Michael Moorcock

Mother London

*Traduit de l'anglais
par Jean-Pierre Pugi*

Denoël

Cet ouvrage a été précédemment publié dans la collection
Lunes d'encre aux Éditions Denoël.

Titre original :
MOTHER LONDON

© *Michael Moorcock, 1988.*
© *Éditions Denoël, 2002, pour la traduction française.*

Auteur d'une œuvre considérable, Michael Moorcock, né en 1939, a construit un univers littéraire articulé autour de plusieurs cycles interdépendants, mélangeant différents aspects de la science-fiction et de la *fantasy*, genre dont il a écrit l'une des œuvres les plus célèbres, *La saga d'Elric le nécromancien*.

Moorcock a joué en tant qu'éditeur un rôle primordial dans l'évolution de la science-fiction. Devenu en 1964 rédacteur en chef de la revue britannique *New Worlds,* alors en difficulté, il entreprend une véritable révolution littéraire, publiant des textes exigeants, expérimentaux sur la forme comme dans les thématiques abordées, qui rénoveront profondément et durablement le genre.

Je dédie ce livre à la mémoire
de mon ami Pete Taylor
ainsi qu'à Brian Alford,
où qu'il puisse être

REMERCIEMENTS

Je remercie Clare Peake qui m'a permis de citer « Londres, 1941 » de Mervyn Peake.

Les citations des *Penultimate Poems 1897* de Wheldrake sont publiées avec l'autorisation du détenteur du copyright.

Plusieurs extraits de journaux et de chansons populaires ont été puisés dans les *Curiosities of Street Literature* réunies par Charles Hindley, et rééditées en 1966 par John Foreman the Broadsheet King, ainsi que dans *The Minstrelsy of England*, éd. Edmonstroune Duncan, 1905.

Love's Calendar est publié avec l'autorisation de Lorcenius Music Co. +. 1887.

Madcap Mary and Gentleman Joe provient de *The London Rakehell; or, Harlequin Upon the Town* de M.C. O'Crook, 1798.

Je remercie tout particulièrement ma femme, Linda Steele, pour ses recherches et son travail sur cet ouvrage.

Londres, 1941

Tout autant maçonnerie et souffrance ; sa tête
D'où le plâtre se détache
Tels des lambeaux de chair, se détourne
Sur un cou de pierre ; ses yeux,
Fenêtres de verre brisé sans paupières,
Aux pupilles étoilées,
Donnent sur un caveau trop vaste
Pour que son crâne puisse le contenir.

D'âcres rubans fuligineux
S'entrelacent dans les déchiquetures
De ses vitres rompues ouvertes sur le ciel, et les flammes
Qui s'y reflètent font une folle sarabande sur leurs
    fragments.

Tout est paisible, à l'exception de ces éclats dansants
Et de la lente ascension spiralée de la fumée.

Ses seins de brique s'effritent là où le lierre noir
S'agrippe tel un petit enfant qui réclame de l'aide
Et ils pendent à présent, festonnés de squames de papier,
Carbonisées par le feu, bannes décolorées et flasques,
Reproduisant encore leurs feuilles et leurs fleurs spectrales

Duvet de sa peau froide, l'herbe des villes
Racornie est agitée sur ses sourcils de plâtre
Par les vents qui s'écoulent dans les rues des cités :

À l'autre bout d'un monde de peur et de brasiers
Elle redresse avec fierté sa gorge de pierre majestueuse,
Ses côtes rouillées évoquent des rambardes autour de son
  cœur ;
Un personnage de blessures flétries — de blessures
  d'hiver —
Ô mère des blessures ; à la fois maçonnerie et souffrance.

MERVYN PEAKE,
Shapes & Sounds, 1941

PREMIÈRE PARTIE

ARRIVÉE EN VILLE

Je ne sais combien de tonnes d'explosifs ont été déversées sur cette immense cible qu'est Londres depuis le début de la bataille d'Angleterre, le 24 août 1940. Il en résulte une ville sinistre, une ville délabrée, sauf à proximité de Guildhall où plusieurs rues célèbres ont été totalement rasées.

La population, qui a élaboré diverses techniques pour faire face au danger incessant, trouve désormais normal ce qui est aberrant et était il y a peu impensable. Je pense fréquemment que la capacité de banaliser des choses absurdes et inconcevables est une faculté typiquement anglaise.

H.V. MORTON,
London, février 1941

Les patients

« La survie de la plupart d'entre nous dépend de mythes qui ne peuvent être aisément réfutés ou battus en brèche. Toutes les vieilles cités importantes ont les leurs. Parmi les plus récents de l'histoire londonienne figurent ceux du Blitz, de notre endurance. »

David Mummery pose son vieux stylo et prend une photographie du Temple découpée dans un journal qu'il colle à côté de son nouvel article, un texte favorable aux francs-maçons de la City qui devrait assurer son admission dans leur fraternité... et lui permettre enfin de découvrir les secrets du Londres souterrain. Il humecte ses lèvres avec un carré de flanelle bleue. Il a constamment la bouche sèche, ces derniers temps.

Cet homme qui s'est autoproclamé anthropologue urbain a de lourds antécédents psychiatriques et vit de sa plume. Il écrit des chroniques du Londres légendaire. Il pèle la glu qui a séché sur ses doigts enflés et jette un coup d'œil à la pendule en acajou et cuivre qui se fond dans une paroi tapissée d'images aux thèmes principalement patriotiques avant de soulever l'abattant de son bureau du XIXᵉ siècle et de ranger le calepin à côté du cornet acoustique qui lui sert de plumier. Il se redresse et chantonne ce qui est pour lui une sorte de berceuse. L'œuvre de Blake, dans son ensemble, a sur lui un effet apaisant.

« Apportez-moi mon arc d'or ardent… »

C'est un musée encombré de colifichets, de réclames de la fin de la période victorienne, d'objets armoriés de la Belle Époque, de revues des années 20 et 30, de souvenirs de la guerre, d'affiches du Festival of Britain, de soldats de plomb, de camionnettes de livraison Dinky Toys, d'aéroplanes en métal ; toutes les surfaces horizontales de sa chambre disparaissent sous des strates aussi chaotiques que variées, non répertoriées et souvent oubliées. Il pourrait expliquer pourquoi ce sont ses sources d'informations, ses icônes révélatrices, son inspiration.

Au centre de ce collage géant trône la photographie encadrée d'un V-2 qui survole Londres, une autre coupure de journal. C'est son *memento mori* personnel. Peut-être s'agit-il d'une des bombes qui ont failli le tuer lorsqu'il était enfant. Il lorgne, par-delà les piles de livres et de vieux jeux de société entassés sur l'appui de la fenêtre, la brume qui se dilue à l'extérieur. Presque invisible, le soleil bas de décembre se reflète discrètement sur l'ardoise froide des alignements de toits. Après avoir tendu les mains vers les braises du petit feu qu'il a allumé à l'aube sur la grille de fonte de l'âtre, il ouvre une vieille armoire et enfile méthodiquement quatre ou cinq couches de vêtements qu'il complète d'une grosse toque noire en fourrure d'ours, ne laissant à découvert qu'un soupçon de peau rose et ses yeux à l'éclat peu commun lorsqu'il s'aventure sur le palier en piteux état et dévale les marches pour quitter son logement situé à la jonction de Maida Vale et de Kilburn et aller prendre l'autobus comme tous les mercredis. Il est sensible au froid et en souffre, ces derniers temps.

Le V-2 précède avec une grâce imperturbable un vent d'est déchaîné pour traverser la Manche et atteindre Brighton, survoler la ville à si basse altitude que dans les Pavilion Gardens les promeneurs peuvent le voir passer en

trombe, la flamme jaune de sa tuyère se découpant sur les
nuages déchiquetés ; il a tôt fait d'atteindre Croydon puis,
une minute plus tard, South London où, à court de com-
burant, il s'abat sur le quartier où David Mummery, qui
aura sous peu cinq ans, joue avec ses soldats de plomb.
Long de quatorze mètres et bourré de deux mille livres
d'explosif, cet engin élaboré, fruit du génie et du labeur de
savants amoraux, de techniciens en servage et d'ouvriers
réduits en esclavage, est sur le point d'apporter un miracle
dans ma vie.

David Mummery écrit également ses mémoires. Il lui
reste à donner de la cohérence à certains de ses souvenirs, ceux qui sont en gestation dans les limbes de son
esprit et ceux qu'il créera de toutes pièces.

De petite taille et engoncé dans ses vêtements, il offre
un profil informe alors qu'il se dirige d'un pas rapide
vers l'arrêt d'autobus sous les sombres platanes dénu-
dés. Il se félicite comme toujours d'avoir quelques
minutes d'avance sur la foule de l'heure de pointe qui
envahira bientôt High Street où gronde déjà le flot des
véhicules en provenance de la périphérie. Quand le bus
à impériale écarlate s'immobilise en vibrant pour embarquer ses passagers, n'être que le troisième dans la file
d'attente lui procure de la satisfaction. Il se trouve une
place assise au niveau inférieur, à deux rangées du poste
du receveur, et il frotte la glace embuée pour s'aménager un hublot circulaire qui lui permettra de contempler
le monde et la grisaille exempte de menaces de Paddington.

Il compare les rues de la ville aux lits de cours d'eau
tour à tour taris ou alimentés par des sources. Il observe
à travers la vitre ses Londoniens. *Ces épaves admirables.*
Ils sortent des bouches de métro et autres boyaux souterrains (*leurs antres et leurs terriers*) pour se déverser
sur les trottoirs où d'innombrables moyens de transport
les dérouteront vers autant de destinations proches. La

brume s'est dissipée. Le soleil projette sa froide clarté
sur cette éruption d'âmes. De petits groupes s'écoulent
dans les rues, venelles et boulevards qu'ils animent. À
cette distance ils lui inspirent de l'amour et, s'il n'écoutait que son instinct, il retirerait ses gants de laine, plon-
gerait la main sous son pardessus, son cache-nez, sa
veste et son cardigan pour prendre son calepin et traduire en mots la clarté qui nimbe la pierre érodée, le
béton immaculé, la brique rouge sale et la peau gelée ;
mais il impose à son bras de ne pas s'écarter de son
giron car il n'a pas pour l'instant besoin de camper un
décor ; il doit se consacrer aux francs-maçons. Il a remis
lundi son dernier manuscrit (*Cinq Célèbres Fantômes de
Whitehall*) à son éditeur et, débarrassé de tout souci
financier, il est presque torturé par son désir de retourner près du canal et de ses vieilles femmes, là où l'attend
tant de nostalgie. L'autobus passe à proximité d'un viaduc ferroviaire aux lignes incurvées et sous un pont routier peint en blanc, et il pense aux millions d'individus
prédestinés qui se dirigent ou sont emportés de toutes
parts en libérant haleine, fumées et gaz d'échappement
qui atténuent la morsure de l'air matinal.

Mummery a momentanément l'impression que les
habitants de Londres ont été transmués en musique,
tant ce qu'il voit est sublime ; la population exécute un
ballet d'une complexité exquise, une œuvre géométrique
qui transcende ce qui est naturel pour devenir métaphy-
sique, une chose que seuls les langages abstraits de la
notation musicale ou de la physique permettraient de
décrire : rien d'autre ne pourrait définir les rapports
existant entre les chaussées, voies navigables, galeries
du métro, égouts, tunnels, ponts, aqueducs et éventail
d'intersections diverses. Il fredonne un air qu'il improvise alors que continuent d'émerger les Londoniens
qui chantonnent, grommellent, sifflent ou bavardent,
chacun d'eux apportant dès qu'il atteint la surface une

touche d'harmonie supplémentaire ou un nouveau motif à cette spontanéité miraculeuse. *Oh, ils sont merveilleux, aujourd'hui !*

« … mais elle n'est qu'une image, dans un cadre doré ! » C'est comme toujours en ayant une vieille chanson aux lèvres que Josef Kiss gravit le marchepied de l'autobus tel un pirate qui se hisse dans le gréement d'un navire pour le prendre à l'abordage. Sa tenue excentrique s'enfle et tourbillonne autour d'un corps massif qui semble entrer en expansion lorsqu'il s'avance dans le véhicule. Il retire ses gants de cuir, déboutonne son Crombie et donne du mou à sa longue écharpe. En observant à la fois son reflet et ce qu'il discerne de lui du coin de l'œil, Mummery s'attend presque à le voir remettre au receveur ses effets et un pourboire princier. Mr Kiss s'assied à l'extrémité de la banquette avant gauche et soupire. Il a pour principe de jouir de tous les instants de son existence.

Derrière lui une rouquine à la peau gercée et au nez rougi par l'abrasion de mouchoirs en papier trop rêches cherche à obtenir la caution morale de son amie.

« J'ai préféré en toucher deux mots au pasteur. Ça ne portait pas à conséquence. Je l'ai donc rencontré. Il m'a dit que c'était absurde et que je ne devais pas me tracasser pour ça, qu'il était inutile d'en parler à Mrs Craddock. Je ne demandais pas mieux. »

Des cheveux et des yeux magnifiques, mais elle devrait se ménager.

« En voiture, s'il vous plaît. Voilà, madame. Attention à ce sac, monsieur. Merci, merci beaucoup. Merci, monsieur. Merci, madame. Merci, merci, merci beaucoup. »

Avec une patience presque compulsive, la peau plissée de son visage lui donnant des airs de vieux limier, le receveur grisonnant va et vient d'un pas rapide dans les couloirs et l'escalier.

« Ne vous en faites pas pour moi, je pourrai me reposer avant Noël. Il y aura une collecte pour mon départ à la retraite. Parler sans cesse, voilà le secret. Vous le savez aussi bien que moi, Mr Kiss. »

Il meuble ainsi une accalmie entre Westbourne Grove et Notting Hill. Derrière les alignements d'arbres défilent des maisons grises massives, témoignages de l'optimisme de la bourgeoisie de la fin de l'époque victorienne, cadres d'un scandale qui a détruit des vies et des carrières et ébranlé un gouvernement, logements progressivement reconquis à des immigrants exploités par des Anglais de pure souche en pleine ascension sociale.

« Mais ce n'est rien. Le pire, ce sont les circuits touristiques en été. Les étrangers ne savent jamais où ils vont. On ne peut pas leur en tenir rigueur, notez bien. Que ferions-nous à New York ? Ou Bagdad ? Et vos sœurs, comment vont-elles ?

— Elles sont solides comme un roc, Tom !

— Je croyais que vous veniez de chez elles. Saluez-les de ma part, quand vous les verrez. Dites-leur qu'elles me manquent. Et aussi que je pars à la retraite. Je serai à Putney, notez bien. Pas très loin. »

Tom ponctue ses propos d'un clin d'œil et se retient à une colonne chromée car l'autobus vire en bringuebalant pour laisser derrière lui le cinéma qui a changé de nom et Bhelpuri House. Les deux auront bientôt disparu pour faire de la place à des choses sans passé, des immeubles modernes.

« Elles déclarent qu'elles n'ont plus les moyens de prendre les transports en commun, Tom. »

Josef Kiss regarde ce qui l'entoure avec l'avidité de ceux qui ont subi trop de pertes. Son doux sourire traduit de la résignation.

Le receveur déplace sa sacoche pour s'asseoir en face de lui. Il répond par un gloussement, sa soupape de sécurité.

« Elles pourraient acheter et vendre le duc de West-minster en personne. »

Mr Kiss l'approuve d'un sourire puis lorgne derrière lui, sans reconnaître Mummery.

Il n'y a pas de déshonneur dans la fuite. Celui qui refuse de se jeter dans les flammes n'a pas à en rougir. Elle n'a jamais souffert par ma faute. Mais il ne peut savoir qu'il a été mon rival. Désemparé, Mummery se lève, débarque et, maladroit comme un animal empaillé revenu à la vie, il s'éloigne en courant vers la station de métro de Notting Hill dont il dévale les marches deux à deux, franchit en trombe le portillon en agitant sa carte hebdomadaire pour, au bas de l'escalier mécanique, se faufiler de jus-tesse entre les portes d'une rame de la Circle Line, la desserte circulaire, à destination de High Street Kensing-ton où il change pour une ligne allant vers Wimbledon et trouve une place assise qu'il occupe pendant que la voi-ture soupire et gronde jusqu'à Putney Bridge où il des-cend, se précipite dans Ranelagh Gardens dont les maisons d'un ocre soutenu à la disposition déconcertante le rendent claustrophobe, et se dirige sitôt après vers les arbres, les clochers, les parpaings nus et le tintamarre du pont où les véhicules se bousculent pour traverser la Tamise avant de voir devant lui un autobus numéro 30 qui va vers le sud. Il saute sur sa plate-forme à l'instant où il redémarre et le fleuve lui est révélé avec, sur l'autre berge, une étendue de bâtiments en brique rose typique-ment britanniques. La lumière transmue brièvement les flots en vif-argent. Des mouettes grimpent en chandelle et font des piqués. Mary Gasalee est à bord, juste der-rière lui, à côté de Doreen Templeton. Elles fréquentent, elles aussi, la Clinique, mais ne lui prêtent pas attention. Après avoir conclu que son couvre-chef préserve son anonymat, Mummery s'abandonne au réconfort qu'ap-porte le désespoir. Il s'imagine tombant à l'eau sous leurs yeux, un plongeon à la courbe gracieuse qu'il exécute en arborant une expression béate ; il commence à irradier de l'indulgence, une forme élaborée d'apitoiement sur soi-même.

« Mary Gasalee, ce garçon souffre. »

Il n'y a aucune souffrance dans le feu, pense-t-elle, mais elle tourne la tête. Son poing crispé sur la rambarde, il se dresse sur la plate-forme et s'apprête à débarquer. Les flots semblent projeter des reflets sur son visage émacié au teint grisâtre, et ce qui souligne ses yeux privés d'éclat est peut-être dû à la fièvre. Il soutient leur regard sans mot dire, avec défi. *Il n'est pas mon enfant,* se dit-elle avant de s'intéresser aux boutiques qui défilent : McDonald's, Mothercare, W.H. Smith et Our Price. Le garçon saute et laisse l'autobus poursuivre son trajet dans Putney High Street. Les pans de son duffel-coat couleur moutarde battent comme des ailes qui ne peuvent assurer sa sustentation. *Il n'est pas ma poupée blonde.*

Doreen se lève. Elles ont atteint leur arrêt. Mary lui emboîte le pas. Elles descendent sur le trottoir.

« N'avez-vous pas perçu ses tourments, Mary ? » Doreen Templeton s'emmitoufle dans son manteau. Elles gravissent lentement la colline en direction de la lande et de ses buissons et arbres maladifs. « Je l'ai fait. Mais je suis hypersensible, vous le savez. C'est peut-être mon imagination. »

Mrs Gasalee ne lui prête plus attention. Elle sait que cette femme ne s'intéresse à son prochain que pour se mettre en valeur, que sa réceptivité est dans le meilleur des cas un exercice imposé, car si elle a effectivement des « intuitions », ces dernières n'influencent jamais son comportement. Doreen n'est pas sotte (il lui arrive d'admettre qu'elle se fait des idées sur son compte), mais son égoïsme est sans bornes. Il y a désormais cinq mois qu'elle exaspère Mrs Gasalee, même si elle ne l'a pas encore remarqué ; elle continue de broder avec condescendance sur son ouverture d'esprit et ses eff^ts sur ceux à qui cette qualité fait défaut, comme les membres de sa famille et son ex-mari. Les réponses de Mrs Gasalee sont rituelles, superficielles. Obtenir de simples confirmations suffit à son interlocutrice qui ne met pas leur sincérité en question.

Elles atteignent la grille verte du presbytère reconverti en centre de soins et Mrs Gasalee tremble pour diverses raisons. Doreen soupire.

« Eh bien, ma chère, c'est reparti ! »

Le capitaine Black s'élève des décombres, les mains tendues vers un Mummery en bas âge paralysé par la terreur, un des rares chanceux épargnés par les bombes volantes.

David Mummery hésite jusqu'au moment où elles franchissent le portail puis il regarde le bas de la colline et voit Josef Kiss qui ne fait que l'atteindre car il a ce jour-là suivi un chemin plus long que le sien. Mr Kiss prend toujours le même autobus alors que Mummery a pour principe de changer de parcours. C'est pour lui un moyen de rompre la monotonie d'habitudes qu'il trouve exaspérantes tout en les jugeant préférables aux incertitudes. Il a besoin de familiarité comme un ivrogne a besoin d'alcool, mais il pare cette dépendance de dignité en l'assimilant à une preuve de ses nobles sentiments, de leur constance. N'entretient-il pas dévotement sa passion pour Mrs Gasalee, préférant les affres d'un désir inassouvi aux éventuelles déceptions d'une nouvelle liaison ? Se raccrocher aux vérités simples de l'enfance lui permet de laisser le passé immaculé, uniquement voilé par l'ombre d'autres pulsions et ambitions. Il aspire à retrouver l'intimité qu'il a connue auprès de Mary et, tout en sachant qu'elle ne lui reviendra jamais, il s'interdit de tenter l'expérience avec une autre femme ; son amour immuable, son autosatisfaction, ne sont que des illusions.

Il soulève sa toque.

« Mr Kiss. Seriez-vous capable d'avaler du feu ? »

Josef Kiss rejette la tête en arrière et rugit.

« Mon brave garçon ! »

Éprouvant comme toujours de l'appréhension et du plaisir, David Mummery attend son rival pour franchir avec lui les portes de la Clinique. Ses tourments s'estompent, à présent que quelqu'un l'a enfin reconnu.

Les murs crème et vert sombre, héritage de l'après-guerre, sont agrémentés de paysages des Cornouailles dus à R. Wintz, principalement des pastels et des gouaches de St Ives. Plus loin, des panneaux de Formica recouvrent toutes les surfaces. Certains fauteuils marron à armature d'acier sont occupés par d'autres habitués. Ils se font appeler le Groupe et ne sortent de l'ordinaire qu'à titre individuel.

Assis dans un angle, Mr Faysha les accueille par un sourire bienveillant. Ce petit sexagénaire africain a une barbe et des cheveux gris, un corps musclé et une peau si juvénile qu'il a tout d'un enfant devant tenir le rôle d'un roi mage pour la crèche de l'école. Incapable de lever les yeux, comme paralysée par l'angoisse à l'extrémité d'un plongeoir, Ally Bayley reste perchée en équilibre au bord du siège voisin. Dissimulée sous une abondante toison brune frisottée, elle est la benjamine du Groupe et elle a de nouvelles cicatrices sur ses poings serrés. Petros Papadokis, un Cypriote, lit avec une moue condescendante un numéro récent de *Country Life* sans prêter attention à la jeune femme. S'il fréquente la Clinique, c'est selon lui à cause des pressions exercées par la mafia islamique du centre médical de son quartier. L'homme plus âgé qui se trouve près de lui a des cheveux roux bouclés et la mine bien portante et un peu bouffie des stars du cinéma anglais des années 50, une pipe au fourneau vide calée dans sa bouche, un costume en velours côtelé, une écharpe de laine et un pull jacquard d'un Soho bohème appartenant au passé. Reconnaissant que

c'est un nom d'emprunt, il se fait appeler « Hargreaves »
car il craint de ne plus trouver d'acquéreurs pour ses
illustrations de livres de poche si les éditeurs découvrent
qu'il suit un traitement. Il se méfie tout particulièrement
de Mummery, qu'il a parfois croisé dans des maisons
d'édition.

« Bonjour, mon vieux. »

Une courtoisie accordée avec tant de mauvaise grâce
qu'elle équivaut à une rebuffade.

Le Dr Samit, comme toujours en costume trois pièces
gris à fines rayures, repousse en grand la porte de son
bureau et les gratifie d'un sourire qui révèle des dents
trop régulières pour être naturelles.

« Bonjour ! Nous serons prêts dans une minute. J'ai vu
Miss Harmond dans la rue. Tout le monde est là ? Il fait
plutôt frisquet, pas vrai ?

— Le nouveau, le boulanger, n'est pas encore
arrivé. » Doreen estime qu'il rabaisse le niveau de leur
Groupe. « Et nous attendons Old Nonny, comme
d'habitude.

— Mais où est Mr Mummery ? demande le Dr Samit,
surpris. Il est pourtant ponctuel. Oh, excusez-moi David,
je ne vous avais pas reconnu ! »

Gêné, Mummery se décoiffe d'une main tremblante.

« Me protéger du froid devient une obsession. Je ne
voudrais pas reprendre la grippe. »

Doreen Templeton juge qu'il est de son devoir de
signaler qui manque encore à l'appel.

« Et Mrs Weaver va probablement se faire porter
malade. Elle avait l'air patraque, la semaine dernière.
Vous vous rappelez ? Elle ne se débarrassera de sa
bronchite qu'après Noël. Comme toujours, aussi loin
que remontent mes souvenirs. »

Elle aime leur rappeler qu'aucun d'eux ne fréquente
cet établissement depuis aussi longtemps qu'elle, à

l'exception de Mrs Weaver qui ne vient désormais les rejoindre que pour rompre sa solitude.

L'air glacial qui s'engouffre par les portes ouvertes embaume la lavande et leur annonce l'arrivée d'Old Nonny dont la tenue est bleu vif, lilas ou violine, quelles que soient les conditions climatiques. Ce qui s'applique également à son chapeau et même à son mascara. Elle a enroulé plusieurs foulards en mousseline autour de son cou et de ses poignets, tout ce qui dépasse de son chemisier et de son cardigan.

« Assis ! » lance-t-elle sur un ton théâtral à un chien invisible. Tout aussi joyeux et exubérant que sa maîtresse, le loulou de Poméranie attendra dans l'allée. « Bonjour, tout le monde ! » Elle a un étrange accent de vieille Londonienne mâtiné d'un millier d'apports plus exotiques. « Bonjour, très cher Dr Samit. Comment se porte notre médecin ténébreux ? »

Il redresse ses manchettes pourtant irréprochables et s'incline en une parodie de courbette devenue rituelle.

« Bien mieux depuis qu'il vous a vue, Mrs Colman, merci. »

Nonny prétend avoir épousé Ronald Colman en 1941, juste avant qu'une bombe réduise en cendres l'église et ses registres.

« Demander comment vous vous portez serait plus pertinent.

— Je ne peux pas me plaindre. Toujours inébranlable. Je ne viens pas vous voir parce que mon psychisme laisse à désirer mais, comme la plupart d'entre nous, parce que c'est le seul moyen d'échapper à un internement. Vous savez aussi bien que moi qu'il n'y a pas de malades mentaux, ici, sauf peut-être cette pauvre Mrs T. Bonjour, très chère. » Et, après avoir ri au visage de son ennemie, elle lui tourne le dos. « Quoi de neuf, Mr Kiss ? » Elle lui décoche un clin d'œil. « Avez-vous décroché des rôles de premier plan, ces derniers temps ? »

Elle disait avoir été actrice avant la guerre, sous le pseudonyme d'Eleanor Hope. Elle avait rencontré Ronald Colman par l'intermédiaire d'Alexander Korda lorsqu'elle auditionnait pour *Hearts of Oak.*

« Il aurait dû être fait officier de l'Ordre de l'Empire britannique, au moins ! » Elle s'adresse à un Mr Papadokis surpris. « Les sœurs ont écrit au roi, vous savez, mais elles n'ont pas reçu de réponse. N'est-ce pas, Mr K. ? »

Gêné, le Dr Samit se racle la gorge.

« Bien, bien, bien… »

Old Nonny agite ses appendices de mousseline qui dessinent des arabesques. « Ça ne sent pas le renfermé, ici ? »

Le visage en lame de couteau de Doreen Templeton blêmit et s'étrécit encore, ses lèvres se pincent et la fureur réduit ses yeux à de simples fissures. Même Ally est amusée car Old Nonny remporte toujours de telles joutes, et c'est parce qu'elle en a également conscience que Doreen adresse sa réplique au plafond. « Elle devrait se débarrasser de ses casseroles. Tout est leur faute ! » Elle cite souvent une théorie lue dans le *Readers Digest* selon laquelle la maladie d'Alzheimer serait due à l'aluminium et en conclut qu'Old Nonny n'a pas sa place parmi eux.

cette pute m'a souillé avec son sang pour des nèfles ist eine ferbissener

Mary Gasalee plisse les sourcils de surprise, puis elle se détend en constatant que Josef Kiss a remarqué sa réaction et se lève majestueusement pour venir la rejoindre. « Je devrais prendre mes médicaments, lui dit-elle. Et toi, ça va ? »

Il pose sa main sur la sienne et exerce une pression.

« Oh, chère, très chère Mary ! »

Si Mummery les lorgne, il feint de n'avoir rien vu. Il y a longtemps — elle avait une trentaine d'années et il était encore un adolescent — elle l'a quitté pour cet homme dont la tolérance, la stabilité et l'expérience lui feront toujours défaut. Traitements et thérapies lui ont permis de mûrir, mais sa perspicacité reste conventionnelle et la sympathie qu'il tente d'accorder manque de discernement. Bien qu'il soit animé de bonnes intentions, ses peurs le privent de spontanéité. Il n'aborde Mary que lorsqu'il est certain de ne pas la braquer contre lui car elle représente la seule opportunité de retrouver un passé merveilleux où il a brièvement bénéficié de son idéalisme romantique, été son âme sœur. Auprès d'elle, il se tenait en plus haute estime. Il a cru un temps qu'elle lui reviendrait, mais elle souhaitait simplement faire le point. Reprendre espoir était pour lui plus important que le reste. Consciente qu'elle devrait à jamais le soutenir moralement, Mary Gasalee a refusé de porter un tel fardeau. Mummery, qui ignore ses motivations, savoure sa tristesse en jalousant ce qui la lie à Josef Kiss, cet homme qui leur a fait connaître la Clinique. Mummery se demande pourquoi il secoue la tête.

tous les porcs fuient Jérusalem tous les porcs vont à Babylone

Chaque samedi l'acteur à la retraite rend visite à Mrs Gasalee pour l'aider à faire ses courses. Le dimanche, elle retrouve son amie Judith. Le mercredi est le seul autre jour dont l'emploi du temps est immuable. Mais la vie de Mr Kiss est régie par une routine très stricte qu'il s'interdit de modifier. Ses habitudes et son traitement sont ses remparts contre un chaos qu'il affronte trois ou quatre fois par an dans le milieu contrôlé de l'Abbaye, un refuge dispendieux. Il économise pour s'offrir ces congés sabbatiques. Il est divorcé.

Dobrze! Czego Pan chcesz? Cette nuit-là au-dessus de Waterloo le Seigneur Suma affronta le Cockney Bulldog mais s'effondra comme un ballon de la défense anti-

aérienne percé. On raconte que le Bulldog le fit empailler et utilisa sa dépouille en guise de canapé dans sa demeure de Blackheath. Il pleuvait. J'étais si déprimé que je faillis regagner le salon du tatoueur. Les piqûres de ses aiguilles apportent du réconfort. Mais c'est également une habitude. Le Seigneur Suma n'est pas seul en son genre, j'en ai vu d'autres qui n'avaient plus un centimètre carré de peau encore vierge. Il apparut qu'il était londonien, d'Uxbridge. J'aurais pu m'y laisser prendre. Elle a toujours cette odeur. C'est naturel ou un parfum ?

« Venez, tous. » Miss Harmon repousse en grand les doubles portes de la salle de réunion. « Il serait temps de s'y mettre, pas vrai ? »

Dociles, ils se lèvent, se fondent et entrent en file indienne dans une pièce aux rideaux de velours gris. Sur les parois coquille d'œuf sont accrochés d'autres pastels du bord de mer, des collines de Cotswold, d'une montagne. Une table basse, des fauteuils aux motifs floraux, trois chaises droites et un canapé occupent les angles du tapis bleu nuit. À l'exception d'Ally Bayley, ils retrouvent leurs places habituelles et semblent se détendre.

J'aurais dû aller consulter le guérisseur qu'il m'a recommandé. Tout cela ne donne aucun résultat je ne le connais pas mais c'est à l'autre bout de Londres et il n'y a même pas une station de métro à Temple Fortune et cette débauche de pseudo-Tudor me donne froid dans le dos mais on n'en dit que du bien. Les électrochocs ont eu pour seul effet de dégarnir mon crâne.

Mummery se place de façon à voir par la haute fenêtre la lande et ses arbres disgracieux, ses poteaux indicateurs et ses touffes d'herbe à l'abandon. Par comparaison, l'intérieur est agréable.

Un V-2 est tombé sur le terrain communal. Nul n'aurait pu se douter qu'un autre le suivait de près. Le mien.

Le Dr Samit pose crayon et calepin sur l'accoudoir de

son fauteuil, salue Miss Harmon et débute la séance. « Alors, qu'avons-nous fait depuis notre dernière réunion ? Qui veut commencer ? »

Miss Harmon s'incline doucement. « Qu'est-il arrivé à votre main, Ally ? »

Ally sanglote. « Il m'a laissée comme ça. Des bouteilles de lait brisées sur le pas de la porte et je ne pouvais pas arrêter l'hémorragie. Des gens sont sortis du pub avec des linges. J'avais tellement honte ! »

Ses malheurs conjugaux les mettent mal à l'aise. Elle n'a pas le courage de quitter son mari.

« C'est un sous-homme, Ally. » Les yeux d'Old Nonny brillent d'indignation. « Une bête. Encore pire que les autres. Sa place est en prison. Pourquoi n'allez-vous pas dans un refuge ?

— Il viendrait me chercher. » Ally s'abandonne à ses larmes et se balance sur son siège, sans rien ajouter, devenue inaccessible. Mr Faysha a les yeux humides. Il tend vers elle une main grêle qu'il immobilise sur la chaise voisine, au cas où elle ressentirait le besoin de la prendre.

« Et les autres ? » Ternes et raides, les cheveux bruns de Miss Harmon couvrent sa nuque et flanquent son visage allongé. Elle a un nez et un menton saillants préraphaélites et porte une robe en tissu d'ameublement William Morris. Parfois, lorsqu'il somnole et s'éveille en sursaut, Mummery la prend pour un fauteuil animé. « Qu'avez-vous fait, cette semaine ? »

Sous la houlette de Miss Harmon et du Dr Samit, avec empressement ou de mauvaise grâce, avec ressentiment ou sans arrière-pensée, tous racontent des mésaventures qui ont des accents de vérité ou sont de toute évidence de purs fruits de leur imagination. Mr Kiss aime participer à ces séances. Ses narrations sont anecdotiques, fréquemment dramatiques ou humoristiques. Il ne peut s'empêcher d'amuser la galerie alors que

Mrs Gasalee se contente de rapporter les propos d'une connaissance, des comptes rendus attristants d'injustices et de frustrations mineures. Elle se reproche de ne pas avoir su réconforter ces gens. S'il lui arrive d'avouer qu'elle a entendu une partie de ces révélations par télépathie, elle perçoit la gêne de certains patients et du Dr Samit. Old Nonny parle quant à elle d'amis célèbres, d'événements improbables, de rencontres inconcevables avec des personnages connus et pour la plupart décédés, et elle n'attend en retour qu'un hochement de tête ou une exclamation de surprise. Doreen Templeton qui n'en croit pas un mot prend son mal en patience puis dénonce les membres de son entourage qui la traitent de façon inadmissible alors qu'elle veut seulement les aider. D'une voix si basse qu'ils doivent tendre l'oreille quand ses propos les intéressent, Mr Papadokis s'étend en contemplant le sol sur ses problèmes avec sa femme et sa mère, ses trois enfants, ses frères et sa belle-sœur. « Elle a un langage ordurier. Elle parle de petites culottes. Elle est sale. Elle n'est pas grecque. Vous savez. » Il lui arrive de s'emporter pour lancer une protestation purement rhétorique. « Qu'est-ce que ça veut dire ? Je n'en suis tout de même pas responsable. Je ne suis pas Superman ! que je lui ai rétorqué. »

Mr Faysha hausse les épaules et prend la relève. « Oh, pour moi c'est toujours la même chose ! » Il gesticule pour solliciter leur indulgence. Son sourire est toujours bienveillant. « Mais que voudriez-vous que je fasse ? » Marié à une Anglaise depuis quarante ans, ils vivent à Brixton, mais envisagent de déménager. Après avoir subi les préjugés de leurs voisins blancs, ils ont à présent maille à partir avec les jeunes Antillais. Mr Faysha a tendance à oublier ses problèmes personnels pour broder sur des thèmes philosophiques. « Qu'est-ce que je pourrais y changer ? Je pense que nous sommes des victimes de l'histoire, pas vous ? » Les responsables de l'hôpital psychiatrique l'ont envoyé à la Clinique parce qu'il a mordu un chauffeur de taxi qui refusait de le ramener à son domicile, une nuit dans le West End. S'il a été surpris d'y trouver Mummery, c'est devenu pour lui une source d'apaisement.

Mr « Hargreaves » annonce que ce qu'il appelle l'establishment le dégoûte toujours autant. Il a une fois de plus perdu son sang-froid devant les étudiants de l'école des beaux-arts où il donne des cours deux jours par semaine. Il se fera licencier, s'il recommence. Il a frappé un élève. « Je l'ai à peine effleuré. Je ne m'emporte que pour des questions d'ordre artistique. Ce petit taré a fait un commentaire complètement idiot sur Pollock. Les traits d'esprit débiles qu'on entend à tout bout de champ. Tous vous diront que je ne suis pas un amateur d'expressionnisme abstrait, mais je ne supporte pas ces mômes qui se croient plus malins que les autres. Je ne voulais pas lui faire du mal. Je ne lui en ai pas fait, d'ailleurs. Il y a cinquante ans il aurait pris une bonne volée, soit dit en passant. Plus maintenant. Ce qui est certain, c'est que j'aurais dû naître à une autre époque. Même ma façon de peindre le confirme. J'ai tout d'un préraphaélite. »

L'expression de Miss Harmon traduit une sympathie discrète mais sincère.

Tous attendent patiemment la fin de son discours habituel. Mr « Hargreaves » n'a besoin que d'une seule chose, vider son sac une fois par semaine. Il n'a pas terminé qu'Arthur Partridge arrive et Miss Harmon procède une seconde fois aux présentations. « Vous avez fait la connaissance d'Arthur la semaine dernière. » Il traîne des pieds et leur sourit.

C'est un jardin d'enfants où ils nous infantilisent avant de nous déclarer que nous devons apprendre à nous débrouiller seuls ils nous rabaissent et nous accusent de manquer de confiance en soi ils nous volent notre dignité tout en nous reprochant d'être incapables d'affronter la réalité.

Arthur est boulanger et ses mains semblent blanchies par la farine. Il garde les bras ballants, comme s'ils n'avaient pas d'autre utilité qu'enfourner de la pâte. «Vous comprendrez rapidement comment nous procédons», lui dit le Dr Samit en tendant son crayon. «Asseyez-vous là-bas, à côté de David, si vous voulez bien.»

Mary Gasalee rouvre les yeux et se demande qui s'est exprimé en dernier.

Ils l'ont attribué à la chance, pour la première bombe. À un miracle, pour la deuxième. Mais Mr Kiss a une connaissance étendue des bombes et des miracles. Mary aussi.

Mummery se remémore l'étrange récit inachevé d'Arthur Partridge. Il leur a parlé d'une menace tapie dans les égouts. Il s'y intéresse car le sous-sol de Londres sera le thème de son prochain livre. Il s'y est aventuré il y a longtemps à la recherche de tunnels légendaires. Selon des rumeurs un troupeau de porcs aurait regagné ses anciens pâturages et vivrait dans la Fleet, là où cette rivière souterraine passe sous Holborn Viaduct, des bêtes redevenues sauvages au début du siècle précédent, Mummery espère que Partridge lui fera découvrir des croyances folkloriques qu'il ignore ou des anecdotes qui viendront compléter ce qu'il sait déjà. Il se dit qu'il continue de fréquenter la Clinique uniquement pour se documenter car il s'estime guéri, même s'il admet que les pilules lui sont indispensables. Il les prend avec un soin méticuleux, contrairement à Josef Kiss qui interrompt parfois son traitement. «Ces médicaments sont nos amarres, mon jeune ami, mais il faut parfois les larguer et laisser le courant nous emporter vers d'autres cieux. C'est pour cela que je garde mes habitudes. C'est toujours entre deux destinations qu'on vit de grandes aventures!»

Mummery l'a autrefois accompagné dans ces escapades, mais envisager de recommencer suffit à l'angoisser. L'accoutumance a réduit les effets des calmants et il doit désormais forcer la dose. Qu'il tremble par instants lui fait craindre que ses problèmes ne soient dus à des causes physiques et non psychologiques.

Ça devient insoutenable. N'ont-ils pas conscience de nous traumatiser ? Qu'ils n'aient aucune compassion est grave, mais qu'ils n'aient pas une once d'intelligence l'est bien plus.

Oh, Dieu, il n'y a pas de souffrance dans le feu !

Les vieilles dames. Il aurait encore plus besoin que moi du réconfort qu'elles dispensent. Je voudrais tant pouvoir l'en faire bénéficier.

Assis au bord du canapé entre Mummery et Mary Gasalee, Arthur Partridge décrit une créature qu'il sait imaginaire, mais qui a malgré tout gobé la pâte à pain qu'il venait de pétrir. Mummery s'abstient de prendre son calepin. Il se contente comme toujours de mémoriser les détails intéressants. Non qu'ils soient nombreux, en l'occurrence. Partridge manque d'imagination. Le sens du réalisme lui fait défaut. Ses récits sont marqués du sceau de la banalité qui différencie les authentiques malades mentaux des individus qui, comme la plupart des membres de ce groupe, se sont en quelque sorte transcendés pour devenir, ainsi que Miss Harmon condescend parfois à l'admettre, « spéciaux ». Mary Gasalee, par exemple, peut souvent dire à quoi pense son entourage grâce au don déroutant qu'elle partage avec Josef Kiss. Ce dernier démontre fréquemment qu'il possède des capacités quasi surnaturelles. Mummery ne met pas ces choses en doute ; il est d'ailleurs convaincu de pouvoir prédire l'avenir. C'est pour cette raison qu'il ne tire plus les cartes. Il n'en est pas perturbé outre mesure car il sait que certaines personnes sont plus douées que les autres pour interpréter les signes codés du langage, des gestes, du choix de la tenue vestimentaire, etc. Il considère ces talents naturels. C'est une sensibilité exacerbée que ses amis et lui ont en commun avec de nombreux artistes, même si la créativité leur fait défaut. C'est pour cela que tout ce qu'il a écrit dans le domaine de la pure fiction s'est soldé par un échec et que Josef Kiss n'a pu devenir un grand acteur lorsqu'il a renoncé à son numéro de music-hall. Les expériences menées sur eux au National Physical Laboratory, avec des cartes spéciales et autres accessoires usés à force d'être utilisés, n'ont pas été jugées probantes par des chercheurs qui avaient trop d'idées préconçues sur les perceptions extrasensorielles.

Ces Bilans des Pertes ? Notre amitié n'a plus jamais été la même. Et nous croisons ainsi les générations, les gènes. Les genres tels que nous les avons définis. Oui, s'exclama Robert Du Baissy, nous devons semer le chaos ! C'est l'unique voie de salut. Il se remémora une illustration vue dans un magazine que lisait son père, un diable qui buvait un vin tonique. « Heureux en ce bas monde ! Malheureux en Enfer ! » Mais il se souvenait surtout du poignet vert du démon se découpant sur la flamme rouge d'un nutripatch gros comme une pièce de monnaie disant en biffant sa liste disons cinq pence mais six tiendraient mieux au ventre pour un dîner non ? et dix pour un déjeuner ce qui nous conduit moins loin que ce gars qui s'appelait Simon ou que nous appelions Simon et qui a pris la Northern Line pour aller à la Bartholomew Fair et a regagné Morden pour l'Oak Apple Day.

Le moment est venu pour eux d'apporter des réponses, d'analyser leur comportement, de faire leur examen de conscience et d'écouter le Dr Samit leur suggérer quels thèmes ils devront approfondir en attendant la semaine prochaine. Tous ont des réactions différentes : docilité, mépris, indifférence ou angoisse pathétique. Mr Partridge n'est guère prolixe. Mr Papadokis est lugubre, énigmatique et ennuyeux. Ally pleure puis se déclare soulagée. Comme toujours, Mr «Hargreaves» se contente de marmonner car la colère qui bouillonnait en lui s'est évaporée.

Quand tout est terminé, Josef Kiss tend majestueusement la main vers son Crombie.

«Eh bien, jeune David, vous devez être impatient de retrouver votre canal! Êtes-vous satisfait?

— Mon canal.» Mummery est aussitôt transporté de joie. «Et mes mémoires. J'y parle du Blitz, de nos bombes. Oh, oui, je le suis!»

Mrs Gasalee le lorgne par-dessus son épaule, amusée.

David Mummery

Mummery a écrit : environ neuf mois avant le début du Blitz, j'ai vu le jour à Mitcham, une agglomération située entre les aérodromes de Croydon et de Biggin Hill et célèbre pour sa lavande. Mon premier souvenir est celui d'un ciel d'aube pluvieux que des faisceaux de projecteurs balayaient tels des doigts raidis par l'arthrite pour révéler quelques Spitfire et Messerschmidt qui dessinaient des arabesques sur le décor grisâtre des ballons de barrage, les tirs lointains du dernier acte de leur combat aérien évoquant des aboiements de chiens épuisés.

C'est pendant la guerre que mon enfance a été la plus heureuse. Le jour, accompagné d'amis je cherchais des shrapnels et des épaves de chasseurs ; nous explorions les maisons en ruine et les usines incendiées, sautions entre les solives calcinées et les murs branlants à l'aplomb d'abîmes profonds de trois ou quatre étages. La nuit, je partageais le lit de ma mère, la beauté locale aux cheveux noirs de jais qui percevait ce qui se passait autour de la sécurité offerte par le plateau et les mailles de notre abri Morrison[1] davantage avec son cœur qu'avec ses yeux d'un bleu profond.

---

1. Lourdes tables d'acier entourées d'un solide grillage installées à l'intérieur des logements. *(N.d.T.)*

Il n'y a jamais eu de militaires dans notre famille. Mon père, le coureur motocycliste Vic Mummery, servait sa patrie en mettant en pratique ce qu'il avait appris au cours de sa formation d'électricien. Assez séduisant, il avait du succès auprès des femmes, surtout celles qui n'avaient pas oublié sa célébrité d'avant-guerre. Il attendit la fin des hostilités pour quitter ma mère qui ne jugea pas utile de m'en informer. Elle me déclarerait par la suite avoir cru que je ne remarquerais pas son départ étant donné que tous les hommes étaient au loin. Elle n'avait pas songé que je m'étonnerais de le voir disparaître au moment où les pères de mes camarades revenaient du front.

Elle m'a mis au monde dans une petite maison de Lobelia Gardens, assistée par un médecin gallois incompétent qu'elle a admiré jusqu'à sa mort insuffisamment prématurée. Elle souffrait en effet d'une infection de l'utérus due au manque d'hygiène de ce charlatan qui vivait juste en face de chez nous et dont l'épouse semblait la haïr. Construite au début des années 30 et agrémentée de quelques touches d'imitation Tudor et de crépi hollywoodien, notre rue n'avait même pas tenu ses premières promesses, mais je conserve un souvenir attendri de notre demeure. On y trouvait du lambris que mes parents disaient de style Jacques Ier. Tout était en chêne, y compris les placards encastrés aux vitres colorées, les meubles de la salle à manger et deux ou trois châlits massifs. J'en garde un goût prononcé pour cette essence. Le vitrail de la porte d'entrée représentait un galion naviguant toutes voiles dehors.

L'été, j'avais à ma disposition l'immensité verdoyante des communaux de Mitcham et leurs étangs où, depuis que la Luftwaffe avait perdu la bataille d'Angleterre, voguaient des radeaux constitués de barils et des canots pneumatiques de l'armée, un terrain de golf au gazon vert tendre, des bosquets, des marécages où nul n'aurait risqué de s'enliser, des groupes de peupliers, de cèdres et, naturellement, d'ormes. On y trouvait des passerelles de bois et de métal qui enjambaient la voie ferrée, des bunkers de sable et des dépressions où je pouvais ramper, lire ou manger à l'abri des regards. Je ne me souviens pas avoir un jour atteint leurs limites. À l'exception de deux petites forêts que je découvrirais plus tard, ces communaux englobaient tout ce qui subsistait de la campagne entre Londres et Croydon. L'expansion d'une classe moyenne décidée à tirer au mieux parti des avantages offerts par le chemin de fer avait fait apparaître des myriades de rues semblables à la nôtre autour de cette zone, des liens de béton, de brique et d'asphalte reliant Croydon, Sutton, Thornton Heath, Morden, Bromley et Lewisham qui avaient perdu leur statut de bourgades pour devenir des faubourgs délimités par les champs de fleurs et les arbres du Surrey et du Kent, la Ceinture verte de Londres.

Aller à l'école m'eût sans doute intéressé si je n'avais déjà su lire. Les leçons étaient soporifiques et la nourriture immangeable. Moins de quinze jours après la rentrée des classes je vomis sur le bureau de la directrice quand je comparus devant elle parce que j'avais refusé de terminer mon déjeuner. Mrs Fallowell était assise d'un côté et moi de l'autre. Nous étions séparés par divers formulaires et devoirs et mon assiette contenant un hachis grisâtre qui se figeait, du chou pâle et de la purée sans consistance. Je sens encore son odeur. Elle me donne toujours des nausées. Sur un ton de reproche Mrs Fallowell me rappela, comme souvent à l'époque, que les enfants russes mouraient de faim. Ceux qui se souvenaient d'un temps où les aliments avaient été abondants avaient une attitude puritaine à leur égard. N'ayant pour ma part connu que les restrictions et ce qu'ils appelaient la disette, j'appartenais à une génération plus saine. J'estimais n'avoir rien raté. Je ne pouvais comprendre pourquoi les adultes salivaient sitôt qu'ils entendaient parler d'une cuisse de lapin, d'une côtelette bien grasse ou même de chocolat. Tout au long de la guerre ma grand-mère s'est nourrie des pigeons que lui rapportait Néron, son gros chat. Parmi mes premiers souvenirs figure celui des pattes roses d'un tel volatile dépassant d'un pâté en croûte. Par chance, un week-end de 1945, un V-2 rasa mon école et me permit de repartir à l'aventure.

Ma mère, également née à Mitcham, avait parcouru ses immenses communaux, ses grands champs de lavande et ses foires fréquentées par des bohémiens avant que sa famille ne batte en retraite d'un ou deux miles en direction de South London et d'un secteur respectable de Tooting surplombant Brixton. Elle disait que leur maison de briques gris-jaune était plus bourgeoise que les autres parce que les marches du perron révélaient l'existence d'un sous-sol, logis traditionnel des serviteurs. En fait, ma grand-mère s'est colliné la plupart des corvées domestiques entre ses treize grossesses. Huit de ses fils et filles ont survécu à la prime enfance et cinq au Blitz. Trois sont toujours en vie.

Nos ancêtres, parmi lesquels il y avait des Juifs séfarades, des rétameurs irlandais, des réfugiés français et des Anglo-Saxons, n'étaient que des ombres, de vagues légendes, sans doute en raison d'un grand nombre de naissances illégitimes. Les voisins nous trouvaient des airs d'Irlandais. Avec ses cheveux noirs et ses yeux peu communs, ma mère avait un teint blême alors que toutes ses sœurs étaient des rouquines rubicondes, et à en juger à leurs photographies ses trois cadettes avaient été belles à couper le souffle.

Dans les années 30, consciente que son mari ne renoncerait jamais à la boisson, ma grand-mère l'avait mis à la porte et il s'était installé dans un studio à Herne Hill. Tous s'attendaient à ce que le whisky l'emporte. Maître boulanger, il avait écrit des articles pour des bulletins professionnels. « C'est de lui que te viennent tes dons. » Ma mère était sa préférée. Il avait fait la nique à son entourage en mourant de l'emphysème du fumeur et non d'une cirrhose. À en croire le folklore familial, il avait perdu au jeu de véritables fortunes. Au même titre que la majorité de nos voisins, notre statut dépendait moins de notre situation actuelle que d'un passé mythique.

« C'est ton ancêtre. » Je me rappelle mon oncle Jim se dressant avec gravité sur les marches du 10, Downing Street, où il résidait. En manteau noir et pantalon à fines rayures, il avait des cheveux bruns clairsemés tirant sur le roux et un visage un peu rougeaud. Ses doigts jaunis par le tabac reposaient sur mon épaule. Nous contemplions un portrait parmi les douzaines qui tapissaient les parois, tous d'anciens Premiers ministres. Il s'agissait de Disraeli. Je lui trouvais un air de famille. J'avais dix ans. En cachette de ma mère, je profitais des vacances scolaires pour prendre le bus à destination de Westminster et lui rendre visite dans l'espoir de bénéficier de ses largesses et empocher, peut-être, une demi-couronne. J'étais rarement déçu. Les enfants de mon âge consacraient une grande partie de leurs loisirs à se rappeler au bon souvenir de proches généreux. Il n'était pas le seul sur lequel je savais pouvoir compter. Il y avait les parents de mon père à Streatham, ma tante Kitty à Pollard's Hill, ma tante Charlotte à Thornton Heath. J'ai été son neveu préféré jusqu'à la naissance de sa fille.

Après avoir atteint le dix je m'étirais vers le heurtoir, un geste suffisant pour déclencher l'intervention d'un policier qui me reconnaissait ou envoyait chercher mon oncle. Il venait m'accueillir à la porte et chargeait un commissionnaire ou un représentant des forces de l'ordre d'aller m'acheter des petits pains au lait. « Ceux nappés de sucre glace. Vous avez des fils, Bill. Ce que les garçons aiment le mieux.» Puis le vieil ascenseur nous emportait vers son logement où Iris, sa femme paralysée par les rhumatismes et plongée dans la lecture de *La Tour de garde,* m'adressait un gémissement mielleux qu'elle croyait de circonstance. Elle employait les mêmes intonations avec les animaux, qu'elle avait en horreur. Elle feignait de s'intéresser à moi, mais son mal incurable avait tôt fait d'accaparer son attention. Elle ne se montra généreuse que le jour où je leur fis part de mon intention de devenir écrivain et qu'elle m'offrit son vieux Pitman, un manuel élémentaire de sténographie datant de l'époque où elle était la secrétaire de mon oncle au ministère des Finances. Pour Noël, elle m'abonna au *Salutiste* car elle ne faisait pas uniquement partie des Témoins de Jéhovah, un éclectisme qui la conduirait vers la Science chrétienne et une conversion dont mon oncle Jim ne se relèverait jamais. Je ne lui reproche pas de s'être raccrochée à ces cultes du désespoir, mais je n'ai pu lui pardonner d'avoir imposé ses croyances à son mari et d'avoir fait piquer son chat la veille de ses funérailles. Mon oncle Jim était honnête, aimable et généreux. Qu'est-ce qui a pu la dresser ainsi contre lui ?

Je subtilisais dans les cendriers les mégots de cigares de Winston Churchill pour me constituer une collection que je conserverais quelques années. La plupart avaient une bonne quinzaine de centimètres. À seize ans, je les fumai tous pour vaincre les nausées dont j'étais victime chaque fois que je humais une bouffée de tabac. Mon oncle m'avait prédit une belle carrière, tout d'abord en tant que journaliste puis en tant qu'homme politique. Cet acte inconsidéré a eu un effet positif : j'ai compris que je ne serais jamais membre du Parlement et encore moins ministre ; il faut pour cela réfléchir aux conséquences de ses décisions.

Depuis la fuite de mon père et la mort de ma grand-mère, en 1948, oncle Jim avait soutenu ma mère que les

autres représentants de notre famille traitaient avec
froideur, ce qui s'appliquait également à ma personne.
J'avais parfois l'impression d'être une bombe qui n'avait
pas explosé ; tous mes parents faisaient montre en ma
présence d'une cordialité forcée, s'interrompaient au
milieu d'une phrase, changeaient de sujet de conversation ou se mettaient à chuchoter. Ces cachotteries ali-
mentaient ma curiosité sur leurs supposés secrets.
J'aurais plus tard une vive déception en apprenant
qu'ils s'abstenaient simplement de faire des commentaires sur la conduite ignominieuse de mon père et le
déshonneur de ma mère. Il était communément admis
qu'elle était en partie responsable de sa disgrâce.
Qu'une femme qui ne réussissait pas à garder son mari
eût manqué à tous ses devoirs d'épouse était en ce
temps-là une idée largement répandue.

Je me souviens avoir ouvert un journal local pour
chercher les bandes dessinées entre les annonces de
mouvements de troupes et les petites cartes qui y abondaient encore pour découvrir dans les pages centrales
qu'un article avait été découpé avec soin. Je ne com-
prendrais que des années plus tard qu'il s'agissait du
compte rendu du jugement prononçant la séparation de
corps de mes parents. Elle avait 71 ans et lui 77, lorsqu'ils ont divorcé ; un événement qui a traumatisé ma
mère et auquel j'ai participé en tant qu'intermédiaire
étant donné que la perspective d'une confrontation les
terrifiait toujours.

Après la Victoire, et son départ définitif, je ne revis
mon père que deux fois l'an : à Pâques pour la remise de
l'œuf traditionnel et en décembre pour celle des cadeaux
d'anniversaire et de Noël. Agrippé à son large dos, il
m'arrivait de faire un tour sur le tan-sad de sa moto. Il ne
m'a jamais manqué, même si j'ai apprécié les intrusions
de cet élément masculin dans un univers où il n'y avait
pratiquement que des femmes et des enfants. Ses pré-

sents étaient les bienvenus, mais je ne leur accordais pas plus d'importance qu'à ceux de ma mère. J'apprendrais un jour qu'il se manifestait ainsi aiguillonné par Sheila, son amie que ma mère refusait d'appeler par son prénom et continuait de qualifier de sale garce. Vic Mummery n'était pas un méchant homme, mais il n'avait pas l'esprit de famille.

S'il était également né à Mitcham, il était venu au monde dans une villa et appartenait par conséquent à un milieu plus aisé que celui de sa future épouse. Sa mère, originaire du Kent, était morte d'une septicémie peu après l'accouchement et son père avait épousé en secondes noces une autre campagnarde qui l'aimait encore plus que l'enfant né de cette union, son demi-frère Reggie. Je rendais à mes grands-parents paternels des visites presque aussi fréquentes qu'à mon oncle Jim. Leur petite maison victorienne de la bordure de Streatham et de Mitcham, non loin du grand Crématorium de South London, ne bénéficiait plus de la grandeur qu'apporte l'isolement. Elle avait été flanquée de constructions néo-gothiques en brique rouge, des reproductions miniatures d'anciens hospices où abondaient les vitraux et les porches de style ecclésiastique. Accolées les unes aux autres, elles s'alignaient jusqu'à la Grand-Rue où des trams imposants, tout de laque rouge et de cuivre cabossé, se déplaçaient avec autant de majesté que des transatlantiques. Je pouvais compter sur ma grand-mère pour me donner des friandises qu'elle rapportait de son travail à temps partiel à la chocolaterie et sur mon grand-père pour me renflouer financièrement. Moins enclins à glorifier le passé de leur famille, ils constituaient une source d'informations plus fiable pour me permettre d'établir une distinction entre le mythe et la réalité. Ma mère avait tendance à croire ses affabulations et ses sœurs n'ont jamais jugé bon d'éclairer ma lanterne. Le seul moyen de me faire une opinion consistait à observer leurs expressions lorsque je leur répétais ces histoires pour déterminer quand les souvenirs qu'elles en conservaient étaient différents.

Sans être neutres, mes grands-parents paternels ne se sentaient pas obligés de corroborer tous les dires de ma mère, mais je ne fus véritablement fixé sur certains points que lors de mes séjours dans la famille de ma grand-mère, les Lovelucks. S'ils vivaient dans la West Country on trouvait également des Lovelucks dans le Somerset et le Devon, serviteurs de grandes maisons, métayers d'immenses fermes, chauffeurs de la noblesse, se prétendant apparentés à des baronnets normands. Ils me firent des récits non enjolivés de l'enfance de mon père et de son demi-frère et de la jeunesse de ma grand-mère. La plupart étaient sans progéniture ou leurs enfants avaient émigré ou étaient partis à la guerre. Mon statut d'unique représentant de la nouvelle génération me permit de bénéficier d'une attention et d'un prestige que je perdis à la naissance d'autres petits-enfants. Les invitations se firent compassées, moins spontanées, pour finir par s'interrompre. Et la guerre fut suivie par une paix austère où les dunes de Westward Ho, les champs de blé, les bois et les landes de Polperro et les promontoires du Sud me devinrent inaccessibles ; et bientôt, à sept ans, je découvris la triste monotonie des centres d'accueil ruraux qui développa en moi un dégoût de la vie campagnarde que je n'ai toujours pas surmonté.

Londres est ma mère nourricière, la source de mes ambivalences et loyautés. En 1948, nous déménageâmes pour la ville proprement dite, Norbury SW 16, une excroissance de maisons mitoyennes construites dans Semley Road sur les décombres nivelés d'une demeure touchée de plein fouet par un V-1 en 1944. Le 109 partait du bas de Semley Road et remontait London Road puis Streatham, Brixton et Kennington pour atteindre Westminster d'où je pouvais gagner à pied Downing Street et rendre visite à mon oncle Jim. Nous étions juste au sud de Brixton. Ma mère avait perdu de vue ses connaissances, et tous ses parents avaient quitté Tooting qui n'était plus le «Tooting d'autrefois» où ils avaient occupé une belle maison du secteur de Garrett Lane. Sur ses sept frères et sœurs toutes les femmes s'étaient mariées, Oliver s'était engagé dans la Navy, Jim était devenu fonctionnaire au ministère des Finances puis au Foreign Office avant d'obtenir un poste auprès de Churchill, et Albert, l'aîné, entraînait des boxeurs dans son gymnase situé quelque part à la bordure du Kent. Je crois qu'il a également pratiqué l'élevage de lévriers près de Beckenham. Comme la plupart des habitants du sud-ouest de Londres, je me rendais rarement dans son secteur sud-est. Le fils d'Albert était diplomate et ses filles avaient «fait médecine». L'une d'elles avait épousé un rédacteur en chef du *Times* et ma mère me rabâchait de la contacter afin de donner un petit coup de pouce à ma carrière de journaliste. Chose peu commune, j'avais des parents qui appartenaient aux classes ouvrières, moyennes et supérieures. Et même à la noblesse par l'arrière-grand-tante de mon père, Sophie, qui avait convolé en justes noces avec un baron français et s'était installée à Paris où elle était morte respectée de tous. Mais les heurts étaient rares lors des réunions de famille et seules deux de mes tantes en pleine ascension sociale étaient un peu snobs. Les modèles que j'aurais pu imiter étaient trop nombreux et je ne pouvais déterminer quelle était ma place dans la société. Je ne savais même plus comment qualifier tant ma personne que mon travail. Mon éducation était sommaire. J'avais reçu un vernis d'érudition à Cooper's Hall, un collège secondaire de second ordre d'où j'avais été expulsé avec perte et fracas. Je m'interrogeais même sur le statut de ma mère. Oncle Oliver s'imaginait qu'elle était «entretenue» par un homme d'affaires qui se chargeait de régler mes études. Elle me révélerait un jour que c'était oncle Jim qui payait ma pension, discrètement afin que tante Iris n'en sût rien. Des études qui n'ont fait que mettre en péril mon amitié avec Ben French, un compagnon merveilleux jusqu'au jour où du Largactil pris avec la moitié d'une canette de bière lui a été fatal.

On m'inscrivit ensuite dans une école privée cauchemardesque dirigée par deux harpies qui portaient leurs uniformes du Women's Voluntary Service même en classe où j'étais la tête de Turc des frères Newby ; deux sadiques cités par nos parents comme des parangons de respectabilité. Je me souviens de notre joie incommensurable le jour où Chris, le cadet reconnu coupable de complicité d'assassinat sur la personne d'un policier, fut pendu. Il était juste assez âgé pour être passible de la peine capitale. Je ne trouvai un sens à tout ce que m'avait fait subir ce salopard que lorsque cette affaire fit la une des journaux. Et quand l'aîné, Dereck, fut condamné par un tribunal de Copenhague à la réclusion à perpétuité pour le meurtre de sa petite amie, tous ceux que les Newby avaient brimés jubilèrent. Bien que choqués, nos parents oublièrent aussitôt qu'ils avaient tant insisté pour que nous calquions notre conduite sur la leur. Je me rappelle ma mère dans notre salon de Semley Road, regardant avec envie Chris Newby qui se décoiffait devant le pasteur. Je n'aurais pu lui dire que je ne pouvais l'imiter parce qu'il m'avait chipé ma casquette pour pisser dessus.

Je me dresse avec Josef Kiss près du portail de la maison de Semley Road où j'ai grandi. Nous avons derrière nous une église en brique et un petit carré de végétation illuminé par le soleil. « Et vous avez été heureux ici, n'est-ce pas ? » Il fait suivre à sa canne les contours de la villa de banlieue agréable et banale qui a conservé ses arbres et buissons d'autrefois, ses diverses variétés de rosiers, sa clôture en bois, ses plantes grimpantes, son calme sécurisant.

« Je l'ai été presque toute ma vie. Jusqu'aux événements que vous connaissez et auxquels nous devons de nous être rencontrés.

— Et à présent, Mummery, êtes-vous heureux ?

— J'en ai la ferme intention. »

Mary Gasalee

Mrs Gasalee sortit du brasier. En tremblant, elle alla s'asseoir sur un banc proche de Brook Green, à Hammersmith, pour regarder les élèves franchir en plastronnant le portail de l'école des filles St Paul. Elle avait dans son dos une cicatrice de brûlure, l'empreinte du soulier clouté d'un soi-disant sauveteur qui l'avait piétinée pendant le Blitz. Croyant entendre les pensées des enfants, elle se contenta de sourire pour ne déranger personne. Ces fillettes l'aidaient à retrouver les événements et les sensations de son passé. Elle avait eu une jeunesse heureuse, avant que le sexe ne vienne bien trop tôt tout compliquer et la subjuguer au point de lui faire perdre son âme. Elle riva ses yeux verts aux reflets dorés sur les tours des Phoenix Lodge Mansions, à l'angle de Shepherd's Bush Road, où elle avait vécu plusieurs années. Sa fille avait gardé ce logement comme pied-à-terre car on y bénéficiait d'un calme relatif malgré la circulation, intense entre Hammersmith et la voie express.

Le garçon souffre. Elle repoussa cette pensée pour s'abandonner une fois de plus à une multitude de désirs en gestation et de vagues concepts, un monde encore intact. Elle devrait sous peu aller chercher dans Goldhawk Road le médicament qui l'isolerait pour un temps de ces voix juvéniles heureuses, tristes, désespérées ou d'une impensable gaieté. Comme toujours, la perspective de se couper de tout cela l'emplissait de regrets.

Je ne crois pas qu'on puisse te traiter de Baiseuse sans savoir que c'est à se tordre si j'apprends que c'est Shelag je tuerai sa maman qui est en rapport avec ce que je pourrai faire de ce chocolat quatorze cent quatre-vingt-sept est la date de la défaite de je ne sais plus qui et j'espère sacrement que Groggy viendra à la réunion parce que ça sent plus la rose que la violette et c'est vraiment chouette car ça ne pouvait pas être une de ces grosses bombes qui roule, roule et roule encore... La plupart des esprits étaient vides de mots mais pas d'états d'âme, presque tous agréables, même si quelques malheureuses irradiaient une souffrance d'autant plus pénible qu'elle était due à des idées sans fondements mais indéracinables ; ou tout au moins le semblait-il à Mrs Gasalee qui avait appris à rester passive. Le fardeau des tourments d'autrui l'avait renvoyée dans un présent où elle devait se lever à regret pour retrouver l'hygiène illusoire du Formica craquelé et de la peinture tachée du cabinet de consultation, un sanctuaire temporaire accordé de mauvaise grâce au-delà de Shepherd's Bush Green sur la morne route venant de White City.

ne lui ai pas demandé un penny pour péter dès qu'elle a eu terminé

Elle n'était plus ni emplie de fierté ni effrayée par ce qu'elle avait appris à mettre sur le compte d'une imagination débordante qui attribuait des voix et même des identités aux inconnus. Elle avait finalement été soulagée de prendre son médicament. Un siècle plus tôt, à quelque chose près, on l'aurait brûlée vive, soumise à la question ou chassée de son village. David Mummery estimait que leur état découlait de ce qu'il appelait l'évolution urbaine : tout comme un Indien de la forêt amazonienne se servait de ses sens pour déterminer ce qui se dissimulait dans la jungle, un citadin analysait inconsciemment les données mises à sa disposition par le milieu où il évoluait. Il ne trouvait rien d'alarmant ou de mystérieux à cela et était convaincu que la plupart des gens dressaient une barrière mentale pour s'isoler de ces signaux alors que quelques cyniques les utilisaient pour devenir des escrocs, des sorciers des temps modernes, des publicitaires, des prédateurs en tous genres. Quant à eux, incapables de filtrer ce flux d'informations, ils étaient comparables à des postes de radio qui ne pouvaient se caler sur une station donnée. Un point de vue qu'elle n'était pas certaine de partager.

moi une fiotte un môme me déculotter ça pue le porc

Elle se demanda comment eût réagi Patrick s'il avait encore été de ce monde. Qu'elle vive dans un univers parallèle ne l'avait jamais incommodé et peut-être était-ce une des raisons pour lesquelles il l'avait aimée, mais il aurait sans doute fini par ressentir de la gêne. Elle n'avait plus de lui que des souvenirs épars. Elle l'avait épousé à seize ans parce qu'il allait partir à la guerre et qu'elle était enceinte. Ils avaient formé quelque temps un couple véritable, après le départ de ses beaux-parents qui étaient allés se réfugier chez tante Rose, dans le Lincolnshire. Son travail d'ouvreuse dans la même rue, à deux pas de l'appartement, lui permettait d'assister aux projections des derniers films, trois séances par jour six jours par semaine ; le programme changeait le dimanche où de vieux classiques étaient à l'affiche. Lorsque Patrick était parti pour le front, Mary avait déjà de nombreux amis dans le voisinage, et quand le bébé était venu au monde la plupart des habitants de De Quincey Road avaient pourvu à leurs besoins. Il était revenu d'Afrique le surlendemain de la naissance de leur fille. Cette permission lui était due mais les circonstances lui avaient valu d'être rapatrié par avion. Bronzé et joyeux, en bien meilleure forme qu'à son départ, il était transporté de joie et elle était plus amoureuse de lui que jamais. Il leur avait laissé l'abri Morrison du salon et était allé se coucher à l'étage. La bombe avait détruit la maison. Patrick avait été tué sur le coup. Il n'en était rien resté. Les flammes l'avaient entièrement consumé.

Juste avant de sombrer dans le coma, Mary était déjà en état de choc et avait oublié son nom et celui du bébé. À l'hôpital, ils avaient diagnostiqué une forme d'amnésie proche de la sénilité précoce fréquente chez les victimes de la guerre. Elle avait à présent recouvré des souvenirs très nets de sa jeunesse et de ses rêves, très peu du Blitz. Elle ne savait trop ce qui s'était passé la nuit du drame et ne pouvait se rappeler avec précision les traits de Patrick, étant donné que toutes ses photographies avaient été détruites quand ses parents avaient été tués, après leur retour à Londres. Mary se révélant incapable de s'occuper d'elle, Helen Gasalee, dernière du nom, avait été recueillie par son cousin et avait grandi à Earl's Court avec ses enfants.

Mary avait pour Gordon Meldrum une profonde gratitude. Homme bon et consciencieux, il avait pourvu tant aux besoins matériels de sa fille qu'à son éducation. Il l'avait envoyée en vacances dans sa famille à Aberdeen et elle s'était attachée à l'Écosse, le décor de son premier roman, *The Forgotten Queen,* paru chez Mills and Boon qui avaient également publié ses cinq récits historiques suivants avant que Collins ne lui fasse un pont d'or pour le septième, *Laird in Waiting,* qu'elle avait terminé à vingt-quatre ans. Ce best-seller lui avait permis de s'installer dans une maison néo-gothique construite pour des admirateurs de Walter Scott à trois kilomètres du centre d'Édimbourg, où elle vivait avec sa secrétaire et compagne Delia Thickett, une relation qui assurait la tranquillité d'esprit de Mary Gasalee qui avait presque toujours été déçue par les hommes.

Elle se rendait une ou deux fois par an à Durward Hall, où les deux jeunes femmes veillaient à son confort tout en respectant son intimité ; une version plus reposante du séjour qu'elle avait effectué dans un établissement tenu par des religieuses avec lesquelles elle avait peu d'affinités. Elle se sentait chez elle, dans la demeure d'Helen ; elle y connaissait la sérénité qu'apporte l'amour familial.

N'ayant pas à s'inquiéter pour l'avenir de sa fille, Mary s'intéressait aux critiques littéraires et s'empressait d'annoncer à ses voisins quand « Maeve MacBride » donnerait une interview à la télévision ou à la radio. Helen était une habituée de Woman's Hour, surtout lorsque l'émission avait pour thème le folklore et l'histoire des Highlands. Ses livres étaient publiés par épisodes dans *Woman, Woman's Own* et le *Daily Mail*. On la décrivait comme la « voix de l'Écosse », ce qu'elle trouvait d'autant plus amusant qu'elle n'avait pas une goutte de sang écossais… même s'il lui arrivait d'estimer que l'étrange don de double vue de sa mère était typiquement celtique.

Née Mary Felgate dans Seven Sisters Road, à un kilomètre de la prison pour femmes de Holloway, Mary avait été élevée sous l'étroite surveillance de sa grand-mère qui voulait l'empêcher de connaître la fin tragique de sa mère. Ses vêtements étaient si raccommodés et élimés par les lessives qu'on la prenait pour un cas social en liberté conditionnelle et qu'à l'école on l'avait surnommée l'Hospice.

Mary avait huit ans quand grand-mère Felgate, déjà ratatinée en un petit bout de femme de moins d'un mètre cinquante déterminée et économe, avait déménagé pour Clerkenwell. Elles s'étaient installées dans des logements sociaux destinés aux pauvres méritants, qui avaient été construits en 1900 à Bowling Green Land, juste au-delà de Farringdon Road. Le principal point de repère du nouveau territoire de Mary devint la halle aux viandes de Smithfield où, avec les autres enfants, elle apprit à jouer et gagner à l'occasion un

penny. Elle aimait Clerkenwell. Elle avait quinze ans et
travaillait depuis un an aux Gamages, un grand magasin
de Holborn, quand grand-mère Felgate mourut. Le
temps que Patrick Gasalee de l'Electrical Goods fasse
gigoter un petit être dans son ventre, son seul parent
proche encore en vie était grand-père Felgate qui
— après l'avoir longtemps choyée — ne s'intéressait
plus qu'à sa propre personne et avait été ravi de la voir
se marier et partir à seize ans.

Elle ne conservait désormais que des souvenirs confus
de la naissance d'Helen, associés à une sensation de
chute, avec le bébé serré dans ses bras, la tête en bas au
cœur des flammes. Elle n'avait pas été grièvement brûlée et les pompiers auxiliaires avaient parlé d'un miracle,
mais lorsqu'on lui demandait la date de son anniversaire
ou de celui de sa fille elle fournissait fréquemment celle
de la mort de son mari, la nuit où elle avait émergé des
décombres calcinés, le lundi 30 décembre 1940.

Mary Gasalee avait connu une renaissance mentale
en 1955, à près de trente et un ans. Elle avait recouvré
cet été-là suffisamment d'éléments de son passé pour
que les médecins jugent une rechute improbable et la
laissent regagner un monde sidérant qui se couvrait de
grandes tours blanches, dissimulait tout ce qui datait
d'avant-guerre sous du plastique et du plancher poli, et
où les mots d'ordre étaient « lisse », « propre » et « beige
clair ». Les jeunes responsables de l'après-guerre assimilaient corniches, balustrades, vitraux, fleurons, corbeaux
et ornements en tous genres aux affectations wagné-
riennes du nazisme, au romantisme corrompu de la
droite, et ils pulvérisaient les carrelages des villas victoriennes, défonçaient les cheminées tarabiscotées, arra-
chaient les cimaises et les rosaces des plafonds ; mais
Mary, qui appartenait à une autre génération, n'y voyait
qu'un prolongement du Blitz et redoutait de plus en
plus leur pragmatisme et leur puritanisme forcené.

Helen avait bénéficié d'une bourse et préparait son diplôme de fin d'études secondaires à l'école Godolphin and Latymer de Hammersmith. La laisser tranquille jusqu'aux vacances s'imposait, ne serait-ce que parce qu'un cancer avait emporté Rachel, la femme de Gordon, un peu plus tôt cette année-là. À son grand soulagement, Gordon Meldrum l'avait mise dans un train à destination d'Aberdeen où vivait sa sœur, une ville qu'elle trouvait bien moins choquante que ce Londres rénové et où sa fille était finalement venue la rejoindre pour passer avec elle plusieurs semaines.

Mary avait été frappée par sa générosité, son ouverture d'esprit et sa sollicitude. Elle n'avait pu avoir en milieu hospitalier qu'un aperçu sommaire de son caractère. En Écosse, Helen lui avait fait faire de longues balades dans la campagne et le long de l'océan, elle l'avait guidée dans sa découverte d'Aberdeen et des agglomérations proches. Mary avait été émerveillée par l'immense étendue grisâtre de la mer du Nord. C'était la première fois qu'elle quittait Londres.

L'Écosse était pour elle une contrée magique et elle ressentait des tiraillements de culpabilité quand le train reliant King's Cross à Édimbourg franchissait la frontière. Imaginer qu'elle rompait ses liens avec les réalités de la capitale la transportait de joie, et Helen et Delia encourageaient cette fiction. Elles allaient voir des châteaux féeriques et pique-niquaient au creux de vallons isolés ou sur des pics surplombant des vallées sauvages. Elle avait ces cinq dernières années trouvé au cœur des Highlands la confirmation de tout ce qu'elle avait lu dans les romans de sa fille ; et quand elle s'en retournait vers la crasse et le fracas de Londres, Mary Gasalee se sentait malgré tout réconfortée car il s'agissait de son cadre de vie naturel.

Faute d'avoir l'érudition, le langage châtié et l'assurance nécessaires pour évoluer dans le milieu qui était devenu celui de sa fille grâce à la générosité des Meldrum, elle avait les premiers temps été gênée en sa présence. Mais en Écosse où elles avaient toutes deux l'accent du Sud et un statut d'étrangères, ces barrières s'étaient définitivement effacées.

appelait sa curiosité lui a permis de faire fortune en roulant ces salopes de South Ken je n'ai jamais pu supporter l'odeur aigre des nourrissons si écœurante qu'elle donne envie de vomir et on ne mange plus un seul légume et on passe la moitié de son temps à se plaindre d'être constipée et l'autre assise au petit coin à se vider des laxatifs qui ne peuvent être bons pour la santé ma mère a chopé un cancer du côlon et ils ont dit que c'était cette rana ib sab'n afak comme chez toi comme chez toi oh non

Après s'être vu attribuer une réserve de calmants pour trois mois, Mary boutonna son cardigan tout en s'intéressant aux instruments posés sur un plateau en inox près du lit.

« Et les maux de tête ? » Le Dr Bridger se lava les mains dans le petit lavabo se trouvant derrière le bureau puis redescendit ses manches. La maison où était aménagé son cabinet de consultation avait été autrefois opulente. Les motifs vaguement orientaux de la tapisserie en papier gaufré représentaient le Ciel, la Terre et les Flots. Il y avait un plafond mouluré d'où un lustre avait dû nimber les lieux d'une chaude clarté. « Pas de problèmes de ce côté-là, Mary ? »

Qu'on l'appelât par son prénom l'irritait. C'était un moyen de la placer en position d'infériorité. Ces méthodes propres aux milieux hospitaliers avaient été adoptées depuis par les policiers. On lui avait enseigné à s'adresser aux gens avec plus de respect. Mais elle n'aurait pu en faire la remarque sans manquer de courtoisie. « Je n'ai plus à m'en plaindre, ces derniers temps, merci, Dr Bridget.

— Et à la Clinique, tout se passe bien ? » Le médecin s'assit et soupira. « Votre mémoire s'améliore, n'est-ce pas ? Prenez un siège, Mary. Vous me faites penser au petit garçon qu'on voit sur ce tableau. Quand Avez-Vous Vu Votre Père Pour la Dernière Fois ?

— Je présume qu'il était un soldat. » Mary regarda par la fenêtre deux Antillaises en uniformes de leur école qui s'affrontaient à la lutte sur la pelouse miniature pendant que leurs mères papotaient à côté du passage pour piétons. « Peut-être un Canadien.

— Oui », fit le Dr Bridget. Elle leva la main vers une mèche de cheveux châtain clair qu'elle aplatit sur sa joue en semblant devoir faire des efforts pour ne pas perdre patience. « Oui, Mary, vous l'avez déjà dit. Je voulais plaisanter. Nous avons seulement besoin d'augmenter la dose de ce médicament qui nous aide à dormir, ce genre de choses.

— Je ne sais pas en ce qui vous concerne, mais il est exact que pour moi ce ne serait pas du luxe. »

Sa riposte avait manqué de tact et ce fut en fronçant les sourcils que le Dr Bridget mata une autre mèche rebelle.

« C'est habituellement cinquante, je crois, ma chère Mary ?

— Habituellement cinquante, oui. » Insouciante dans la défaite. « Ma chère. »

Le stylo à bille du Dr Bridget griffonna quelques mots. « Pas de constipation ? Pas d'idées noires ? » C'était son rituel. Mary Gasalee jugea inutile de répondre. Puis, après avoir constaté que le médecin ne réagissait pas, elle déclara : « Il me faudrait des comprimés pour la tension nerveuse. Ceux contre la migraine. » Elle remarqua sur son pouce gauche une tache noire, comme de la suie, qui apportait du relief à ses empreintes digitales.

Le Dr Bridget fit une moue et imprima une nouvelle rotation à son siège pour consulter ses fiches. « Votre dernière prescription remonte à près d'un an. C'est très bien. Tout s'arrange, n'est-ce pas, Mary ? »

Mrs Gasalee regarda le stylo rouge ajouter une ligne à l'ordonnance. Du tiroir du bureau s'éleva une bouffée d'essence de rose. Le médecin détacha la feuille du bloc et la pinça entre deux doigts fuselés pour la lui tendre. Son sourire indiquait qu'elle n'accepterait qu'une réponse affirmative à sa prochaine question. « Autrement tout va bien, n'est-ce pas ? »

Mrs Gasalee hocha lentement la tête.

« Et que devient votre célèbre fille ? » Le Dr Bridget parut remarquer que son jacquard pastel, sa jupe d'un gris tirant sur le pourpre et ses bottes fauves étaient de piètre qualité.

« Elle vit de sa plume, en Écosse. » Mary refusait qu'Helen la soutienne financièrement. Si quelqu'un avait mérité d'être aidé, c'était Gordon qui s'était retiré dans le Devon. En outre, le Dr Bridget se mêlait de choses qui ne la regardaient pas.

« J'ai lu dans *She* qu'elle a écrit un best-seller, mais c'est probablement une exagération. Comme pour les pop stars ! » Pensive, le Dr Bridget repoussa le bloc d'ordonnances et fit une grimace qui plissa son nez. « Je présume qu'elle vivote comme nous tous.

— Oh, c'est probable ! » Mary lâcha la bride à son irritation et sa fierté. « Elle vit dans son château, là-bas sur son île, mais vous seriez sidérée par le budget qu'elle consacre à la pâtée de ses lévriers irlandais. »

Irritée par le tour que prenait l'entrevue et s'adressant peut-être des reproches, le Dr Bridget déclara : « Il faudra que je prenne un de ses livres à la bibliothèque, un de ces jours.

— Il n'y a pas de petits profits. » Mary inhala à pleins poumons. « Les auteurs touchent des droits même pour les emprunts, à présent. »

Le Dr Bridget se leva et lorgna sur le côté, comme si

elle s'attendait à voir d'autres **mèches** rebiquer. « Plus de cauchemars, j'imagine ? »

Mrs Gasalee l'imita et se plaça sur la défensive. Elle redressa sa jupe et se dirigea rapidement vers la porte marron et blanc, referma la main sur le bouton et discerna une langue de feu à la bordure de son champ de vision. Elle savait que c'était absurde, mais elle redoutait de déclencher un incendie véritable. Sa grand-mère, qui croyait dur comme fer à la combustion spontanée, lui avait cité cinq cas incontestables, dont celui de son oncle qui était mort à bord de sa péniche en bouillonnant et dégageant des vapeurs jaunâtres jusqu'au moment où il n'était resté de lui qu'un petit monticule de graisse et de soufre sur le tapis calciné. Il avait fallu attendre un an pour que la puanteur se dissipe. Mary pensait parfois que c'était elle, et non la Luftwaffe, qui avait provoqué le brasier dans lequel Pat avait péri. Les médecins avaient beau affirmer qu'il était fréquent de se sentir responsable de la disparition des êtres chers, ils n'avaient pas réussi à la convaincre. L'antipathie que lui inspirait le Dr Bridget l'inquiétait. Elle souhaitait quitter au plus vite les lieux. Elle craignait qu'il ne lui suffise de pointer un de ses doigts boudinés vers cette femme haïssable pour qu'elle s'embrase comme une friteuse.

« Plus un seul. » Mary ouvrit la porte, se glissa dans l'entrebâillement et referma le battant pendant que la réceptionniste lui adressait un sourire mutin sans signification précise. Ainsi peignée et frisottée, Diana ressemblait à une plante tropicale rouge et jaune. Mrs Gasalee estimait que les gens avaient raison de mettre de la couleur dans leur vie.

« Vous vous portez donc bien, Mrs Gasalee ? » Le rictus de Diana s'était fait chaleureux.

« Comme un charme. À la prochaine, Di. »

Mon existence, mon existence véritable, a commencé dans le feu. Mary Gasalee passa devant l'ancien marché de Shepherd's Bush où elle allait autrefois voir les perruches et les souris apprivoisées. Près du Formica terni du BBC Theatre, elle traversa la rue pour fouler la boue du Green. La circulation dense qui la cernait avait sur elle un effet apaisant, comme si le cercle de chariots avait été fermé. Elle voyait au-dessus d'elle une des deux crécerelles qui avaient élu domicile sous le toit du vieux dancing. L'oiseau semblait s'apprêter à fondre en piqué sur deux ivrognes dont la couperose s'étalait sur le visage tel du ketchup et qui lui adressaient des suppliques indistinctes. L'un avait sur le front une vilaine plaie en cours de cicatrisation ; une blessure qui le comblait étant donné qu'elle lui évitait de se lever de son banc pour faire la manche. Elle s'arrêta et remit à chacun une pièce de cinq pence. C'était une habitude, comme verser son obole pour le denier du culte en sortant d'une église. Les sachant parfois agressifs, elle s'éloigna rapidement sur le Green jusqu'au passage souterrain qui la ramena vers Hammersmith puis les Queen's Club Gardens où elle occupait un petit logement au sous-sol. Elle était une des dernières locataires de cette place qui s'embourgeoisait. Helen avait tenté de la convaincre d'acheter l'appartement, avec son aide financière. « Ce serait une excellente décision, maman. Nous le prendrions à ton nom ou aux deux. » Mais Mary Gasalee avait réglé un loyer depuis son arrivée des Phoenix Lodge Mansions, et avant de Bayswater, et elle aurait eu l'impression de ne plus être chez elle si Helen en avait fait l'acquisition.

vers Holborn puis Seven Sisters und dein des Menschen Antlitz dein Des Menchen Glieder und sein Atem Einziehend durch die Pforte der Geburt

Le temps d'atteindre Olympia, le soleil avait réapparu et apportait une chaleur inespérée aux branches dénudées des rares arbres qui poussaient près de la voie ferrée. Ragaillardie, elle inhala une bouffée d'air hivernal avant de traverser Hammersmith Road en direction de North End Road.

Les petites boutiques fréquentées par la clientèle aisée de West Kensington furent progressivement remplacées par des bars à kebabs, des épiceries encombrées, des soldeurs d'électroménager, des marchands de nouveautés démodées, des quincailleries tenues par des immigrants de fraîche date, et elle obliqua après avoir atteint le point où certains commerçants tentaient de séduire la nouvelle classe moyenne qui s'appropriait lentement le secteur plus sélect de Star Road. Des maisons de brique qui, pendant près d'un siècle, avaient eu des locataires bien plus pauvres que ne l'avaient prévu leurs propriétaires et qui n'acquéraient qu'à présent de la respectabilité.

Avant de rentrer chez elle, Mary fit sa halte habituelle à St Andrew, là où Star Road changeait de nom et devenait Greyhound Road. Elle aimait cette église du XIXe siècle parce que ses bâtisseurs avaient voulu lui donner une apparence rurale et que les résultats avaient dépassé leurs espérances. St Andrew avait un porche sculpté merveilleux, un clocher magnifique et il s'en dégageait une impression de dignité et de sérénité.

Mary s'agenouilla pour prier dans la semi-pénombre pommelée du chêne et des vitraux. *Mon Dieu, je vous en conjure, faites que je ne libère pas mes mauvais instincts. Aidez-moi à maîtriser les pouvoirs que vous avez jugé bon de m'accorder. Empêchez-moi de me méprendre sur vos intentions quand le moment sera venu. Je prie pour le salut de l'âme de Patrick Ambrose Gasalee, mon défunt mari, et pour tous les malheureux qui ont péri et qui continuent de mourir à la guerre, Seigneur. Je vous demande également de donner un petit coup de pouce à Joseph Kiss pour qu'il se ressaisisse, car il serait grand temps qu'il se remarie. Rester ainsi tient du gâchis. Merci et amen.* Elle n'avait pas reçu d'éducation religieuse et s'adressait à Dieu en employant des termes glanés à la télévision. Elle ne supportait pas d'assister aux offices et fuyait tant le pasteur que les fidèles.

Ce fut en fredonnant qu'elle ressortit et traversa Greyhound Road pour s'avancer dans le calme surnaturel des Gardens, une enclave d'hôtels particuliers cernant un court de tennis presque à l'abandon, avec quelques parterres de fleurs et une multitude de buissons touffus. Elle poussa la porte délabrée des Palgrave Mansions. Bien qu'aussi obscur que la nef de l'église, le hall ne lui offrait ni sécurité ni espérances. Elle souhaita une bonne soirée à Mrs Zimmermann, une vieille poule à la crête blanche et au bec brun moucheté qui entrebâillait sa porte chaque fois qu'elle passait, puis les ectoplasmes d'un millier de légumes trop cuits l'assaillirent, l'obligeant à retenir sa respiration, à plonger vers le sous-sol et se réfugier dans son logis. Sous les vestiges de clarté de cette fin d'après-midi ses deux siamois aux bouts des pattes et des oreilles couleur chocolat arrivèrent comme toujours du fond de l'appartement en lui adressant des miaulements de reproche et de bienvenue, avant de ronronner sitôt qu'ils eurent atteint ses jambes. Elle les prit dans ses bras, un de chaque côté, le ventre en l'air comme des bébés. Ils se prélassaient tels des petits princes et la lorgnaient avec ravissement.

« Bonjour, mes adorables bambins. Vous m'en voulez, pas vrai ? Vous ne savez jamais quand c'est jeudi. » En berçant les animaux extatiques elle gagna le cadre confortable de la cuisine. Chose exceptionnelle, cet appartement n'avait pas été rénové dans les années 50. On y trouvait toujours un énorme fourneau victorien contre lequel ses chats aimaient se pelotonner. L'eau de la bouilloire qui y était posée frémissait déjà, sous le séchoir de bois et de fonte suspendu à des poulies où était étendue sa lessive du jour : quelques sous-vêtements, un pull-over bleu et deux chemisiers. Elle se servit du pique-feu pour faire basculer la manette du fond de la cheminée et augmenter le tirage, puis elle ouvrit la trappe frontale afin d'inspecter un paysage infernal familier. Il n'était pas nécessaire d'ajouter du coke pour l'instant. Calquer son emploi du temps sur les besoins du poêle lui convenait. Elle utilisait rarement le réchaud à gaz. Elle retira son manteau et le rangea dans le grand placard puis alla ouvrir le réfrigérateur à l'autre extrémité du plan de travail en pin pour en sortir une boîte de Meaty Chunks. Les siamois furent aussitôt sur le qui-vive et se dressèrent pour donner des petits coups de pattes à ses jambes. En fredonnant gaiement, elle emplit deux bols en plastique identiques... elle avait écrit sur l'un Gabby et sur l'autre Charlie, en l'honneur de Rossetti et Swinburne dont elle était tombée sous le charme lorsqu'elle les avait vus à la télévision. Elle écrasa avec soin la nourriture, pour briser les grumeaux.

Elle ouvrit ensuite le four de la cuisinière et vérifia la température avant de retourner vers le réfrigérateur et prendre le pâté en croûte qu'elle avait préparé ce matin-là. Les mains protégées par un torchon, elle le plaça sur la grille du haut. « Et voilà pour mon dîner ! » Elle se courba pour poser les bols devant les chats. Pendant qu'ils mangeaient, elle déroula son écharpe et retira son cardigan, qu'elle jeta avec ses gants et son sac à main sur le vieux portemanteau de style Tudor se trouvant juste au-delà de la porte de la cuisine. Il était festonné de tant d'effets divers qu'elle discernait à peine son visage dans un fragment du miroir. Être sexagénaire la surprenait toujours. Elle ne semblait pas avoir atteint la quarantaine, comme si le processus de vieillissement s'était interrompu pendant les années passées dans le coma et n'avait repris qu'à sa sortie de l'hôpital. *Les religieuses ont également cette apparence, mais pour d'autres raisons.* Un peu perturbée, elle se demanda si elle ne payait pas le prix d'un pacte qu'elle ne se souvenait pas avoir conclu. Ne lui restait-il pas plutôt à régler sa dette ?

Elle vit pendant une seconde les traits tendus de David Mummery près des siens. Elle n'avait pas oublié son corps blême, son ossature fragile, sa chair délicate. Il semblait avoir pris du poids et des couleurs, ces derniers temps, sans paraître plus sain pour autant. Elle en fut brièvement attristée puis reporta son attention sur sa personne. Rien n'aurait pu la déprimer, à présent qu'elle avait expédié la corvée de la consultation et qu'elle se retrouvait chez elle. Être contrariée par la chance dont elle bénéficiait était ridicule. *Tu le dois à ta vie exemplaire, Mary.* Elle déplaça une vieille veste en fourrure pour s'adresser à une partie un peu plus importante de son visage. *Pense à quoi tu ressemblerais si tu avais continué de sortir avec l'insatiable Mr Kiss !*

Elle sourit. Ces souvenirs l'amusaient toujours.

« Que Dieu le bénisse ! »

Josef Kiss

L'admirateur décida de tenter sa chance. « Avez-vous déjà avalé du feu, Mr Kiss ? »

Éméché, Josef Kiss ne put s'empêcher de rire. Debout, le verre levé sur l'arrière-plan de bois ciré et de tapisserie décolorée de la banquette à haut dossier, sa corpulence rapetissait le mobilier massif qui le cernait. À son âge et légèrement maquillé, il était plus imposant que grotesque. Il venait d'expliquer avec suffisance qu'un minimum de talent lui avait permis de gagner sa vie dans la plupart des branches du monde du spectacle, aussi s'accorda-t-il le temps de réfléchir à la question du jeune Sebastian Bashall.

« Si j'excepte la fois où la cuisinière m'a explosé au visage à l'instant où je me penchais sur une casserole de haricots blancs à la saute tomate, seulement en simulation. J'admire ceux qui en sont capables. » Il sirota apathiquement sa bière. « J'ai eu dans *Writs* un petit rôle d'artiste de cirque. Mon vieil ami Montcrieff également. Faute de grives on mange des merles, comme on dit. » Il explora ses souvenirs. « Pendant une brève période, j'ai même servi d'assistant à un tireur d'élite. Vittorio quelque chose. Puis la guerre a éclaté et il a été interné sur l'île de Man. Je n'ai plus entendu parler de lui. Un exil que je ne souhaite à personne, l'île de Man. Sauf à un nazi non repenti, évidemment. Vous connaissez ? » Il s'exprimait avec passion. « Sous un linceul de brouillard, Sebastian, été comme hiver. C'est l'équivalent britannique de la Sibérie, J'y ai travaillé une saison, en 1950, à Douglas. La population est sinistre, la bière imbuvable et la laideur généralisée de l'architecture n'a rien à envier à celle de l'Irlande contemporaine. Les toilettes des pubs ouverts du matin au soir sont envahies de Dublinois ivres, calés les bras croisés sur des cuvettes malpropres pour vomir tripes et boyaux en gémissant : "Oh, Jésus ! Oh, doux Jésus !" pendant que leurs épouses abruties lèvent apathiquement les yeux de leurs demi-pintes de Guinness pour surveiller à travers des vitres opaques de crasse des enfants bouffis de chips et de limonade qui martyrisent les leviers des machines à sous. Voir un tram hippomobile ou s'asseoir sur le banc inconfortable d'un train miniature pour avoir le privilège d'apercevoir, au cas bien improbable où le brouillard se lèverait, une ou deux anses pas plus belles que celles du Devon ne justifie pas d'embarquer pour une traversée aussi longue que pour se rendre en France. On dit que c'est un paradis fiscal. Je crois pour ma part que le fisc y exile les fraudeurs. Ses colonisateurs danois devaient être des condamnés de droit commun ou des Vikings qui ne s'étaient pas montrés dignes du Walhalla. Nul individu sain d'esprit n'accepterait d'y vivre s'il avait le choix. Et si leurs chats n'ont pas de queue, c'est probablement parce que les autochtones trouvent ces appendices plus délectables que les spécialités de la cuisine locale. » Mr Kiss cala son dos contre l'acajou sculpté de ce qui avait été l'arrière-salle du Sun and Roman avant que le bar soit agrandi et doté d'un comptoir en fer à cheval.

La troisième pinte de Director's avait rompu les amarres de l'attention de Sebastian Bashall. L'expression de sa petite face de gnome indiquait qu'il pensait à autre chose. « Et vous avez avalé du feu, sur cette île ?

— Comme la plupart de ses habitants. Pour me réchauffer. Non, je plaisante. Ce n'est que le lieu où ce malheureux Vittorio a été exilé. Mon numéro de télépathe n'a jamais eu un franc succès en province et, à ma grande honte, j'étais devenu une sorte de faire-valoir. J'ai oublié le nom de ce théâtre. Un de ces spectacles estivaux qui permettaient à la population de ne pas mourir d'ennui, avant que les tenancières des pensions de famille ne songent à installer un téléviseur au salon. Oh, que Blackpool m'a donc manqué, cette année-là ! Ce n'est pas moi qui regretterai la disparition des soirées musicales. Les gens de la télévision sont plus fiables et généreux, et nous pouvons grâce à eux exercer nos talents sans avoir à nous éloigner de la capitale. Je dois aux spots publicitaires ma vie et ma dignité. Pourquoi cette question sur les avaleurs de feu, Sebastian ? »

Le jeune agent immobilier se tourna, et un rai de soleil hivernal apporta un court instant à sa boisson des nuances dorées et cramoisies. Il en fut à tel point fasciné qu'il répondit presque avec indifférence : « Je me demande comment ils procèdent, c'est tout.

— Il suffit de ne pas lambiner. Vous pouvez essayer. Regardez. » Mr Kiss sortit une boîte de Swan Vestas de sous sa cape, prit une allumette et la gratta. Puis il ouvrit en grand la bouche pour engloutir la flamme entre ses lèvres fardées. « Et voilà ! Notre palais est plus résistant que nous ne l'imaginons et la combustion s'interrompt dès qu'il n'y a plus d'oxygène. C'est au moins la quatrième fois qu'on m'interroge à ce sujet depuis le début de la semaine.

— Ils disent dans les journaux qu'un avaleur de feu s'est cramé le visage. »

Josef Kiss leva sa bière et grimaça en constatant qu'il n'en restait guère. « Voici un autre mystère de Londres résolu et clarifié. Les explications les plus banales sont un excellent antidote aux ambiguïtés. » Il posa le verre sur le carton humide, inhala à pleins poumons puis le reprit pour le vider d'un trait.

« Ma tournée, Mr Kiss. » Sebastian regarda sa montre. Il devrait être de retour à son bureau dans un quart d'heure. Il s'éloigna sur la moquette sombre dans une foule de fumeurs de cigares rieurs, la crème des hommes d'affaires locaux en costumes lustrés et chemises apprê-tées, en direction du comptoir où il agita deux pièces d'une livre pour attirer l'attention du propriétaire, Peter Edrich, un individu tatoué bien en chair aux cheveux roux grisonnants bouclés par la sueur due aux soins intensifs que réclamait un fouillis victorien de cuivres, miroirs, bouteilles, surfaces de bois ciré, leviers et manettes qu'il bichonnait comme la salle des machines d'un transatlantique à l'époque héroïque de la marine à vapeur. « Une pinte et une demi-pinte de la meilleure, patron. » À travers le verre embué Sebastian jeta un coup d'œil à son agence située de l'autre côté de cette partie animée de Mile End Road. Il discerna derrière le panneau d'affichage de la vitrine des silhouettes familiè-res assises à leurs bureaux. Gerry Pettit s'était absenté une demi-heure avant lui et n'était toujours pas de retour. Il se détendit. Les agents immobiliers de ce sec-teur n'avaient jamais une journée chargée, le jeudi. Il ne venait habituellement au Sun and Roman qu'avec des acheteurs en puissance, préférant déjeuner dans les pubs plus calmes et économiques des rues transversales, mais il appréciait les visites régulières que Mr Kiss lui rendait ce jour-là. Il aurait même pu les justifier profes-sionnellement car cet homme était une mine d'informa-tions sur la plupart des quartiers de la capitale. Il savait à quel prix se négociaient tous les types d'appartements d'Ealing à Epping, de Barnet à Bromley.

Mr Kiss était au mieux de sa forme et, tout en lui tendant sa pinte, Sebastian décida de lui poser une autre question, de tirer au clair une chose qui le turlupinait depuis longtemps. « Excusez-moi si je me mêle de ce qui ne me regarde pas, Mr K., mais où vivez-vous ? Où je veux en venir, c'est que vous connaissez tous les secteurs de Londres. Je sais que vous n'habitez pas dans les parages. »

Josef Kiss effleura le verre du bout des lèvres en éprouvant visiblement autant de plaisir à entamer sa cinquième bière que la première. « Je vais vous confier, Sebastian, que je partage mon temps entre la ville pro-prement dite, c'est-à-dire le West End, Kensington, Chelsea, etc. — la City, à laquelle je rattache l'East End — l'ouest, principalement Chiswick, Acton et Hammersmith — le nord de Camden à Finchley — le sud, Battersea, Brixton, Norwood et j'en passe — et l'est jusqu'à, disons, Dagenham ou Upminster. J'ai un pied-à-terre aux quatre points cardinaux.

— J'avais l'impression que vous viviez… où ? » Sebas-tian regarda encore sa montre. Il disposait encore de sept minutes. « White City ? »

Comme si une corde sensible venait d'entrer en réso-nance à l'intérieur de son cerveau, Josef Kiss cilla. « Que la ville soit blanche ou noire au moins n'y a-t-il pas de grisaille dans mon univers, mon garçon », fit-il, l'esprit ailleurs. Il leva le verre et but la moitié de son contenu. « J'ai à Acton un logement somptueux — même si rien ne le laisse supposer de l'extérieur — un autre à Brix-ton, cet éternel centre nerveux des classes laborieuses et terre d'accueil pour les troupes théâtrales qui ne connaissent pas le succès, comme Brighton l'est pour celles encensées par la critique. J'ai assisté à l'apparition et à la disparition des gangs locaux. J'ai été témoin de la grandeur et de la décadence du Chain Gang de Brixton, ainsi nommé parce que ses armes de prédilection étaient les chaînes de bicyclette, et autres coteries de jeunes blancs-becs auxquels le sens de la mesure faisait cruelle-ment défaut. Vous ne devez pas vous rappeler l'affrontement de Teddy Boys qui a eu lieu à Tooting Common entre le Chain Gang et les Blackshirts de Balham, une rixe qui fit plusieurs morts et de nombreux blessés. Si ce secteur attire désormais des individus plus respectables, je le trouve toujours aussi intéressant. J'ai également un studio à Hampstead, avec une des dernières vues pleines de charme sur la lande. Mais ma résidence principale est proche de Fleet Street, ce haut lieu de la presse, et j'aime considérer qu'elle me permet de rester au cœur de l'actualité. C'est une des rares maisons du XVIIe siècle appartenant encore à des particuliers dans ces petites rues devenues inaccessibles au commun des mortels.

— Là où il y avait Samuel Johnson, le Cheshire Cheese[1] ?

— Je ne me suis jamais permis d'affubler le Dr Johnson d'un tel sobriquet. Je constate que vous avez terminé votre demi. En voulez-vous un autre ? Sur le pouce ?

— Je dois y retourner, Mr Kiss. Vous encaisseriez un beau pactole si vous vendiez ce logement, non ?

— Il est, hélas, en fidéicommis. »

Confronté à un nouveau mystère, Sebastian boutonna sa veste, glissa sa petite écharpe à carreaux sous ses revers, enfila son pardessus en velours côtelé et déclara : « Nous nous reverrons la semaine prochaine ! » avant de franchir la porte pour regagner son lieu de travail.

Josef Kiss chargea en souriant Audrey, une femme aux joues rouges et au tablier blanc qui empilait des assiettes contenant des restes de saucisses géantes, haricots, frites, desserts et pickles. « Le hachis Parmentier était excellent, aujourd'hui.

— Eh bien... » Un haussement d'épaules lui indiqua

---

1. Litt. : Fromage du Cheshire, ancienne taverne de Fleet Street, lieu de réunion d'un club de poètes à la fin du XIXe siècle. (*N. d. T.*)

qu'elle avait trop à faire pour bavarder. « Vous m'en voyez ravie. »

Il termina sa bière en se dirigeant vers le distributeur de cigarettes et les portemanteaux, posa délicatement son verre vide sur une table et récupéra son chapeau à large bord, son long cache-nez, son parapluie. Il était très pointilleux pour tout ce qui se rapportait à l'excentricité anglaise, ces conventions qui préservaient l'intimité sans froisser personne ; l'indication de la distance qu'il souhaitait maintenir entre lui et les tiers.

Avec un soudain empressement et un grand geste de salut adressé au propriétaire et à diverses connaissances, il quitta la chaleur et la cohue du Sun and Roman pour s'éloigner à pas pesants vers l'est et le St Clement's Arms où il avait rendez-vous avec Dandy Banaji, dont la chronique « London Byways » était une des plus anciennes du *Bombay Daily Mail*. Leurs rapports étaient à la fois amicaux et professionnels. Figurant chaque semaine sous la rubrique « collecte d'informations et dépenses diverses » des notes de frais de Mr Banaji, Mr Kiss lui fournissait des sujets d'articles où il était cité en tant que « Vieux résident » ou « Notre ami londonien ».

Le soleil réapparut et régénéra les monticules gelés de neige aux crêtes sales, ce qui le transporta de joie. Le flot incessant de véhicules était le seul point noir de cette belle journée et il dut prendre sur lui-même pour ne pas crier aux automobilistes de s'efforcer de paraître plus joyeux.

« Tu n'es qu'un imposteur, Kiss. » Des mots qu'il ponctua d'un bâillement de satisfaction. « Mais au moins ne fais-tu plus de mal à personne. » Parce qu'il avait l'habitude d'enjoliver ses propos afin d'entretenir l'intérêt de ses interlocuteurs, il avait fait croire à cet agent immobilier qu'il possédait quatre maisons alors qu'il s'agissait de simples chambres meublées où il s'était installé presque par hasard. Il fronça les sourcils en pensant que la circulation avait empiré puis remarqua qu'il entendait des voix.

Vingt minutes de calme relatif sur la South Suburban Line. Je n'ai pas acheté un seul journal avant de m'intéresser à mon horoscope puis aux programmes de la télévision. Je dois admettre que j'ai fini par suivre également l'actualité. Certaines nouvelles m'ont profondément choqué. C'est ce qui m'a incité à me lancer dans la politique. Après mon entrée dans l'administration locale, j'ai rarement ouvert un quotidien national et quand je suis finalement devenu membre du Parlement j'ai totalement cessé de lire. De nos jours, je n'ouvre même plus un livre. Ma femme. Que font ces entrepreneurs à proximité de Paddington? Les quartiers de viande de Smithfield puaient déjà à onze heures du matin. C'est pour ça que nous sommes venus nous installer ici. Pendant la guerre. Nous avions fui Copenhague. Nous trouvions la lumière si belle. Elle est retournée au Danemark et je suis resté. Theobald's Road. L'horloger.

Un concert de sons qui traduisaient du mécontentement lui parvenait de Mile End Road. La froidure avait un effet déplorable sur le moral. C'était l'hiver le plus rigoureux depuis 1947, cette année épouvantable où tous avaient cru mourir. Mime au Streatham Grand, se voir attribuer à la dernière minute le rôle de l'Oie avait été un baume pour son ego. Tous avaient ce déguisement étouffant en horreur mais il s'était surpassé et les critiques locaux avaient vu en lui la grande vedette de la saison. Cependant, regagner Endymion Road par ces nuits où il gelait à pierre fendre avait été une des plus pénibles épreuves de son existence, bien qu'il n'eût approximativement qu'un mile à parcourir à pied. À la fin de la représentation il ne retirait que son masque de palmipède, enfilait son pardessus sur son costume, enroulait son écharpe autour de sa gorge, calait son chapeau sur sa tête et, le poing serré sur son parapluie, il partait vers

Brixton à pas pesants sur ses grosses pattes jaunes, sans faire cas de la curiosité des rares passants. Il avait été à deux reprises interpellé par des policiers qui avaient écouté ses explications en manifestant leur sympathie puis reconnu qu'aucune loi n'interdisait de se promener dans les rues de Londres déguisé en volaille. Une douce soirée d'été, une dizaine d'années plus tard, il avait voulu suivre le même parcours et avait été agressé par un Teddy Boy. Fort heureusement, comme il aimait le préciser, le coup de rasoir n'avait fendu que sa veste. La situation économique s'était peu après redressée et la jeunesse de South London avait pu troquer son arsenal contre des cabans et des tenues plus seyantes. Pendant un temps, la paix avait régné sur Brixton.

Il était conscient d'avoir bu plus que de coutume. «La vie est pleine de hauts et de bas, mon vieux. Il y a certainement des domaines où les choses s'améliorent.» Les rares personnes présentes dans Mile End Road commençaient à prendre leurs distances. Il assimilait leur haleine blanche à des phylactères de bande dessinée laissés vierges par un auteur à court d'inspiration. *C'est un des leaders du Front national. Il tient White City, Shepherd's Bush et Harlesden. Mais il est diabétique, tu vois, et il perd la vue. Il refuse d'aller à l'hôpital. Thomas, qu'il s'appelle… un proche de Dylan Thomas. Ils avaient des liens de parenté. Je sais de source sûre qu'un bébé à deux visages est né à St Mary. Il en avait un devant la tête, comme tout le monde, et l'autre sur le côté. Ce sont ces Pakistanais et ces Juifs de Golders Green qui achètent tous les terrains. La vermine pullule, cette année. Mrs Taylor n'a pas l'électricité. Pas de W.-C. à l'intérieur, pas de gaz. La maison est aussi sale qu'eux. Qu'est-ce qui nous arrive? Je me souviens de tout. Je le peux. Je savais que je te trouverais ici à dire la bonne aventure dans la blanchisserie pendant qu'il pleut Jack s'est dégoté une fille super. J'ai pensé qu'il valait mieux te le dire…* Mr Kiss sourit et se demanda ce qu'il fallait attribuer à son imagination et à sa tendance à broder un peu. Il soupira et se glissa avec détermination dans l'encadrement de la petite porte du St Clement's Arms puis entre les clients pour agiter son parapluie à l'attention de la frêle silhouette de Dandy Banaji voûté sur un tabouret à l'angle du comptoir, sous le téléviseur, en trench-coat en gabardine sur sa veste de tweed, sa chemise à carreaux et son pantalon de flanelle. L'Indien le salua timidement de la main. « Comment vas-tu, Kiss, mon vieil ami ?

— Comme toujours, merci. Et toi ?

— Oh, tu sais ! J'ai vu Beryl, lundi. Une interview pour le journal. Elle souhaite faire parler d'elle. » Comme Mr Kiss s'abstenait de tout commentaire, il précisa : « Elle s'en tire assez bien, à un poste qui n'est guère populaire.

— La promotion rêvée pour une antiquaire ratée. Dans son cas, l'économie parallèle des classes moyennes a été une aubaine.

— Que de cynisme, Kiss ! » D.M. Banaji gesticula afin d'attirer l'attention de la barmaid aux cheveux noirs de jais et les désigna.

Les bras framboise de Molly ballottèrent quand elle tira une pinte de Flowers puis d'Eagle avec un sourire attendri. « Vous m'avez l'air en forme, Mr K. Le froid a sur vous un effet revigorant. » Elle se cala contre le comptoir pour redresser quelque chose sous son chemisier en satin vert.

« Sa carrière a toujours été irréprochable, rétorqua Mr Banaji.

— Ma sœur ? Tu veux rire ! » Mr Kiss accepta sa Flowers en clignant de l'œil. « Quand elle avait sa brocante, les chiffonniers ne se résignaient à lui vendre leurs trouvailles qu'après les avoir proposées à tous ses confrères. Lorsqu'elle s'est installée dans Bond Street, tout a naturellement changé. Les riches sont plus soucieux de leurs intérêts que les pauvres, mais aussi plus stupides. Ce que je me demande, c'est comment elle réussit à se faire des petits à-côtés en tant que ministre de la Culture.

— Elle m'a chargé de te dire qu'elle tient beaucoup à toi et a précisé que nous n'aurons qu'à lui passer un coup de fil si nous souhaitons dîner avec elle et Robert.

— Tu es un brave homme, Dandy. » Mr Kiss leva son verre comme si c'était le premier de la journée. « Par Dieu, tu en as grand besoin, pas vrai ? Un hiver épouvantable. Santé. »

Dandy le dévisagea avec préoccupation mais ne dit mot. Si l'alcool était déconseillé aux personnes qui prenaient ses médicaments, la bière ne semblait pas avoir sur lui d'effets secondaires. Ils se retrouvaient ainsi depuis que le gouvernement avait amnistié les Indiens qui renonçaient à leur exil en Amérique pour venir s'installer en Angleterre, en 1940. En tant que membre de l'Indian National Congress, Mr Banaji avait commencé à travailler pour les services de renseignements avant même que le Japon n'entre en guerre. Un soir, il s'était rendu au Windmill Theatre où Josef Kiss avait repris son célèbre numéro, celui de ses débuts. Désigné dans l'assistance pour monter sur scène, Dandy avait été fortement impressionné quand le télépathe avait révélé des détails de sa vie et d'événements top secret ou connus de lui seul. Après le spectacle, il avait fait porter sa carte de journaliste dans la loge de Mr Kiss. Il espérait convaincre ses supérieurs d'utiliser les talents surnaturels de cet homme qui avait tourné ses dons en dérision en parlant de combines et de chance, d'un simple esprit d'analyse qui lui permettait de sonder les gens. Mr Kiss se déclarait surpris et amusé par l'admiration que lui vouait son visiteur et esquivait ses questions avec adresse, affirmant qu'il n'avait qu'une intuition développée. Il avait toutefois accepté son invitation à déjeuner et ils s'étaient liés d'amitié.

Dandy Banaji avait finalement compris que Mr Kiss était trop terrifié par ses pouvoirs pour aborder le sujet autrement que de façon superficielle. Après une année de sorties où Dandy réglait toutes les boissons, repas et tickets de cinéma, il avait conclu que son ami disposait d'un bouclier psychologique très élaboré. Un soir où ils étaient tous deux assis dans la station de métro d'Aldgate East pour s'abriter d'un raid aérien, il avait exprimé son opinion. «Votre protection mentale est extrêmement complexe, Josef. Vous me faites penser à ces coléoptères que leurs élytres rendent invulnérables. J'ai l'impression d'être confronté à une espèce hautement spécialisée plus évoluée que celle à laquelle j'appartiens, mais vouée à une extinction prochaine.»

Mr Kiss en avait été amusé. «Vous passez du baume sur mon ego, Dandy.» Puis il avait recouvré son sérieux. «Mais je vous conseille de surveiller vos paroles car, pour les fous dans mon genre, rien n'est plus dangereux qu'une hyperbole admirative. Un véritable ami doit veiller à ce que je garde les pieds sur terre et ne *jamais* tenter d'abattre mes remparts par zèle puritain!» Il avait ensuite changé de sujet et narré une anecdote se déroulant à Whitechapel avant le Blitz.

La police l'arrêterait quelques jours plus tard. Après un bref séjour au commissariat de West End Central, il fut transféré dans un hôpital psychiatrique de Tooting. Lorsqu'ils l'autorisèrent enfin à lui rendre visite, Mr Banaji fut confronté à une épave sous sédatifs aux lèvres flasques humides de bave. Un médecin lui expliqua que Mr Kiss avait trouvé dans les coulisses du théâtre une rapière et un costume d'Écossais; en se prétendant à la fois un descendant direct de Brian Borhu et de Charles Edward Stuart, il avait recruté dans un pub proche de King's Cross une douzaine

d'ivrognes originaires des comtés d'Argyll et de Suther-
land pour les conduire à l'assaut de Buckingham Palace.
Guère aimés au tout début du Blitz, car Winston Churchill n'avait pas encore entrepris de soigner leur popularité, les membres de la famille royale n'avaient pas
apprécié. Ulcéré de voir Mr Kiss dans un état pareil,
Mr Banaji obtint finalement sa relaxe sous réserve qu'il
reste sous barbituriques et il fit serment de ne plus
jamais encourager ses pulsions autodestructrices.

Sitôt libéré, Josef alla voir son imprésario pour
l'informer de son intention de se reconvertir. Cet
homme lui répondit de se chercher un nouvel agent. Il
n'avait que trop souvent dû présenter des excuses à des
directeurs de théâtre suite à des incidents de ce genre.
«Et voilà que vous vous en prenez au roi. Je ne tiens
pas à perdre mes chances d'être fait chevalier. Toutes
mes bonnes œuvres n'auraient servi à rien.»

Josef Kiss renonça définitivement à la télépathie et se
dénicha un agent artistique qui sut exploiter ses modestes
talents d'acteur et lui permit de vivre décemment en lui
trouvant des rôles secondaires au cinéma, de brèves
apparitions à la télévision et pour finir des spots publicitaires dont les royalties suffisaient à assurer son bien-être
matériel et lui apporter la notoriété indispensable à son
ego. Parce qu'il avait de Londres une connaissance
approfondie («Celui qui aime baguenauder ne se mor-
fond jamais comme un sédentaire, mon cher ami»),
Dandy Banaji était ravi de financer ses expéditions et
d'en faire le compte rendu pour son journal. Leurs rapports étaient devenus intimes, suivis et mutuellement
profitables, une union idéale. Et les incarcérations de
Mr Kiss étaient désormais volontaires.

Lorsqu'il alla pour la première fois le voir à l'Abbaye,
Dandy Banaji s'inquiétait pour lui. Mais Josef Kiss était
détendu et plein d'assurance. «Le seul problème, c'est le
vol. Je ne sais toujours pas s'il faut en accuser un pension-

naire ou un membre du personnel. C'est fréquent, ici. Une chose courante. » Il lui présenta Mr Pierrot en affirmant avoir trouvé son âme sœur. Ce résident à demeure avait tout d'un épagneul débordant de bonté.

Et quand un voisin qui travaillait comme concierge à l'Abbaye l'informa de sa mort, Dandy se rendit aussitôt au pub de Ludgate Circus où Mr Kiss tenait sa cour tous les vendredis à l'heure du déjeuner, le Old King Lud, pour — disait-il — d'excellents toasts au fromage fondu et une bonne pinte de Guinness.

« J'envisage de me chercher un autre refuge », lui déclara Mr Kiss. « Pierrot était l'âme de l'Abbaye. Il avait plus de bon sens que la plupart d'entre nous. » Il leva le fromage doré dégoulinant de Worcester sauce vers sa bouche écarlate salivante. « Bien plus que toi, Banaji, avec ton métier qui n'en est pas un. Et que moi, évidemment. Ses proches ont dû le faire interner à cause de son nom. Il est le seul Pierrot lunaire de sa famille. Mais tous les cinglés devraient s'appeler ainsi, ne crois-tu pas ? Le pleurer est sans objet. Il a eu une vie heureuse. Comme tu t'en plains souvent, aucun de nous n'est libre. » Il tendit une main festonnée de perles de graisse qu'il faillit poser sur l'épaule de son ami avant de se raviser et de s'essuyer les doigts dans une serviette en papier. « Ceux de l'Abbaye, les habitués, avaient pour lui de l'affection. Cela s'applique même à quelques gardiens. Et tu sais aussi bien que moi qu'il n'est pas facile d'amadouer ces brutes épaisses. Je crains malgré tout qu'ils n'aient perdu ma clientèle. Je pense à une clinique de Roehampton. Un monastère, qui sait ? Être possédé en un tel lieu ne doit pas manquer d'intérêt. »

À l'instant présent, Mr Kiss termine sa pinte d'Eagle et soupire.

« Alors, mon vieil ami ? » Mr Banaji a haussé la voix car à l'autre extrémité du comptoir Molly annonce que l'établissement va fermer. « Où irons-nous, aujourd'hui ? Si le temps le permet.

— Je compte consacrer l'après-midi à flâner dans Battersea et observer les jeunes immigrants qui viennent de Chelsea en franchissant le fleuve, cette tribu interlope qui a revendiqué la zone frontalière, une horde de conquérants comme tant d'autres au long de notre histoire. Ils poursuivent leur expansion. J'ai toujours vu un ou deux de leurs avant-postes dans mon Brixton natal. » Il renfile ses vêtements. « J'ai en outre de nouveaux vers de mirliton à te faire découvrir, même si je crains qu'ils ne soient incompréhensibles pour le bon peuple de Bombay. Je te conseille de mettre des renvois en bas de page se référant aux Moghols ou, si tu préfères, aux Britanniques. Les pauvres. Ils ne peuvent plus brimer que leurs compatriotes les plus défavorisés. » Sur ces mots, Josef Kiss prend Dandy Banaji par les épaules pour s'éloigner du St Clement's Arms en direction de la station de métro de Mile End tout en déclamant :

« Sur ces lieux où brillaient des lampes à pétrole
Je porte à présent un regard courroucé.
L'auvent qui abritait des étals horticoles
N'est plus qu'un souvenir historiquement classé,
Tout ici pourrait être qualifié d'élégant,
Avec à chaque mile douze cafés mondains,
Et à la place de ces pauvres méritants,
On y verra bientôt, j'en suis hélas certain,
Divers courtiers en bourse et deux ou trois banquiers
Un avocat d'affaires véreux et haut placé.

« Après quoi nous prendrons un curry au Star of the Raj. Qu'en penses-tu, Dandy ?

— Que je devrais coucher tout cela par écrit, déclare

avec tact Mr Banaji. Sitôt que nous serons assis dans une rame.

— J'en ai préparé une copie. Même si je doute que ton rédacteur en chef puisse s'en servir.

— Oh, je suis convaincu qu'il dissimulera sa confusion et feindra de tout avoir compris ! » Mr Banaji se détend et arbore un sourire joyeux, car il laisse à Mr Kiss le soin de guider ses pas. Sa démarche devient plus légère lorsqu'ils franchissent l'entrée de la station puis se dirigent vers l'escalier mécanique. « L'important n'est-il pas qu'il paie sans sourciller ?

— C'est la base de notre association, mon cher ami. »

S'élevant à leur rencontre sur les marches ascendantes, David Mummery les reconnaît et s'empresse de retirer sa toque de fourrure. La vision des deux hommes le réjouit à tel point qu'il gesticule avec un enthousiasme inversement proportionnel à la distance qui les sépare. « Mr Kiss ! Dandy !

— Mummery ! Mummery ! Que diable faites-vous avec un chat mort sur la tête ? Vous avez grand besoin qu'on vous prenne en main, mon garçon ! Venez. Nous allons observer les bourgeois de Battersea ! » Avec une extravagance aussitôt remplacée par une émotion authentique, Josef Kiss lui fait signe de les suivre. Mais Mummery a ses propres projets.

« Pour moi, ce sera ce bon vieux canal, tant qu'il reste encore un peu de clarté. Amusez-vous bien ! »

Des profondeurs invisibles s'élèvent les douces harmonies d'un violon, de la musique classique.

« C'est magnifique ! » Josef Kiss incline le cou à l'instant où une rame arrive. Ils sont au niveau le plus bas mais il n'interrompt pas sa progression pour autant. « Hâte-toi, Dandy. Nous avons plusieurs correspondances et Mummery vient de nous rappeler que la nuit ne tardera guère à tomber. Nous devons traverser le fleuve avant le crépuscule. » Ils s'avancent sur un quai égayé par du carrelage et des affiches. Dans la courbe de la station une jeune femme drapée dans de longues étoffes noires entame un nouveau morceau. Mr Kiss lance une pièce en direction de l'étui à violon ouvert. Dandy exprime son appréciation par un sourire alors qu'elle joue les premières notes d'une sonate, les yeux clos.

« Oh, Londres ! Londres ! » Et, emporté par un flot de sensations conjuguées, Dandy laisse sa tête dodeliner et la ville l'absorber.

DEUXIÈME PARTIE

LES GRANDS JOURS

Londres! Il y a dans le nom de la plus grande ville du monde une résonance et un roulement qui nous affectent comme le grondement et la réverbération du tonnerre. On y trouve une majesté soulignée d'une vibration apocalyptique. À Londres, ce qui frappe le plus est l'abondance de vie : le pathos, la passion et l'énergie des multitudes qui luttent et s'agitent. Cela nous électrise et nous comble, comme les marins au long cours sont électrisés et comblés par l'immensité, la puissance et les mystères de l'océan. Si les facettes de Londres sont innombrables, cette ville est avant tout impressionnante parce que l'humanité y est représentée sous toutes ses formes, humeurs et conditions. Comédie et tragédie ; éclats de rire et pluies de larmes ; amour et haine ; opulence et misère ; labeur exténuant et oisiveté avilissante ; civilisation raffinée et barbarie répugnante ; chrétienté florissante de la croix de St Paul qui se dresse fièrement dans le crépuscule et athéisme misérable des taudis crasseux et des ruelles sordides de l'autre rive de la Tamise ; en résumé, tous les éléments qui constituent l'énigme déconcertante de la vie sont ici rassemblés et illustrés avec une abondance sans équivalent dans les autres agglomérations du monde.

R.P. DOWNES,
Cities Which Fascinate, Kelly, 1914

La reine Boudicca 1957

Josef Kiss regagna Londres et passa des nuages de vapeur de la gare de Liverpool Street au linceul de brume printanière qui recouvrait le terrain vague situé à la jonction de Wormwood Street et London Wall. Il haussa les épaules, comme pour faire choir de sa cape en worsted les escarbilles de la locomotive, les grains de poussière étrangère, tout ce qui provenait d'Amsterdam, puis il se dirigea en tenant sa mallette de voyage craquelée d'une main et son parapluie à poignée d'ivoire de l'autre vers la masse rouge tarabiscotée d'un pub victorien se dressant seul au cœur des décombres, palissades et excavations récentes ; un bâtiment qui avait résisté aux bombardements allemands mais qui disparaîtrait bientôt sous le béton d'une cité qui revendiquait ses droits partout où les ruines de la guerre venaient d'être déblayées. De grands murs gris et du verre immaculé anonyme menaçaient déjà ses briques et son stuc de l'autre côté de la rue. Josef Kiss, qui sans être vieux portait son âge tel un déguisement, pénétra dans la chaleur impersonnelle de la salle et expulsa avec bruit les relents d'œuf dur des transports ferroviaires nichés dans ses narines avant de tendre la main vers la pinte de bière que venait de tirer le patron, Mick O'Dowd, un homme à la peau cuivrée et aux yeux d'étain terni qui lui fit remarquer que son besoin de se désaltérer paraissait encore plus pressant que d'habitude.

« La mousse hollandaise ne me convient pas, Mick. » Josef Kiss retira sa cape et la suspendit au portemanteau d'acajou noirci. « Même si mon épouse, qui a élu domicile dans ce pays, m'accuse de parti pris. J'ai entendu vanter la teneur en alcool et le caractère des bières continentales, surtout en Allemagne et en Belgique, mais je ne peux m'y adapter, pas plus que vous ne pourriez apprécier du fromage insipide et du jambon au petit déjeuner. J'ai un souvenir que je dois exorciser. Auriez-vous une tourte chaude et, qui sait, de la purée ?

— Moi, j'ai toujours pris deux œufs et trois tranches de bacon, avec des tomates, du pain grillé et des pommes de terre le dimanche, qu'il pleuve ou qu'il vente, sauf pendant les restrictions, bien entendu. Accordez-moi cinq minutes, Mr Kiss. » O'Dowd resta néanmoins au comptoir. « Vous arrivez de Harwich ? » Son cardigan kaki se reflétait dans les miroirs gravés poussiéreux se trouvant derrière lui, encadré de filles souriantes en shorts et sweaters et de joyeux gars de la marine qui assuraient la promotion des cigarettes Players et Senior Service. Ils se tenaient quant à eux sur un sombre tapis rouge et bleu, un faux persan graisseux.

« Toute une nuit en mer depuis Hoek van Holland, assis sur une banquette en bois et cerné par des vagues noires bien trop hautes pour ne pas m'angoisser. Sans parler de trente de mes cousins sud-africains, ivres comme seuls des Boers peuvent l'être, qui beuglent des chansons paillardes en anglais et d'autres, sans doute encore plus obscènes, en afrikaans et qui tentent de me convaincre de me joindre à eux en me disant de ne pas être "auzzi voutrement mauzzade". Je présume qu'ils fêtaient une victoire de rugby. »

des femmes au conseil de Sligo des actes de vandalisme dans les résidences Mozart et Beethoven plus que cinq

minutes avant de te présenter devant le tribunal de police et
seulement un dynamiteur à la manque qui lâche un ou
deux pétards dans une boîte aux lettres en croyant qu'il va
renvoyer ces dames à leurs fourneaux

«Voilà des gens qui savent s'amuser, commenta
O'Dowd, admiratif. Mais vous êtes content d'être
rentré, je parie?»

Josef Kiss but sa Guinness pression et se vautra en
soupirant sur le capitonnage écarlate d'une banquette.
Il devait être à Soho dans une heure pour déjeuner avec
son imprésario mais n'était pas certain que cet homme
serait au rendez-vous. Une autre pinte et une tourte lui
donneraient des forces pour parcourir cette dernière
étape et lui permettraient de ne pas être tenaillé par la
faim si ce repas lui passait sous le nez. «J'ai vu sur la
pancarte placée à l'extérieur que la soirée ne sera pas
de tout repos pour vos habitués, Mick.

— Oh, un peu de skiffle une fois par semaine ne les
ennuie pas! Et ça attire les jeunes. Vous seriez surpris
par les quantités de bière qu'ils ingurgitent. Sans oublier
que les filles sont jolies. Des étudiants de Polytechnique,
pour la plupart. Ils ne font de mal à personne et c'est
bon pour le commerce.»

Mr Kiss resta muet, lui qui méprisait tant la musique
populaire anglaise et encore plus les musiques exotiques.
Il estimait que les planches à laver et les contrebasses
improvisées avec une bassine et un manche à balai
avaient sonné le glas des derniers vestiges de raffine-
ment de l'expression musicale et il chercha un réconfort
mélancolique dans les lourds rideaux, les tringles de
cuivre, le bois poussiéreux et le plafond voûté décoré de
naïades et de cupidons fuligineux de ce noble palais du
gin qui avait autrefois servi de tremplin à de jeunes
espoirs du music-hall. Ses niveaux supérieurs étaient à
présent piétinés par de bruyants barbus en chemise à
carreaux dont les chansons avaient pour thèmes des

cités qu'ils n'avaient jamais vues, des champs de coton qu'ils pouvaient à peine imaginer et des compagnies de chemin de fer qu'ils prenaient pour des fleuves. *Il est parti là où la Southern croise la Yellow Dog*[1]. «Entre nous soit dit, ils m'inspirent ce que les marchands du temple inspiraient à Jésus.

— Allons, allons, Mr Kiss.» O'Dowd lui adressa un sourire embarrassé, tira une autre pinte, attendit que la mousse redescende et passa rapidement sous la voûte qui le séparait des arches plus imposantes de la salle où cinq de ses clients attitrés, des hommes aux tenues gris sale et aux cheveux coupés court qui faisaient paraître leurs oreilles décollées et démesurées, poursuivaient une partie de poker qui semblait avoir débuté en 1946 quand le pub avait été agrandi et que les affaires avaient enfin repris. Ces Irlandais travaillaient depuis douze ans comme journaliers pour de nombreux entrepreneurs du secteur de Liverpool Street et ils pouvaient espérer gagner décemment leur vie encore aussi longtemps. Chaque matin et soir de la semaine ils prenaient le bus de Kilburn. Le samedi à midi, ils laissaient tout en plan et le dimanche ils fréquentaient l'église et les pubs locaux.

j'ai acheté mon premier costume c'était un trois-pièces et j'ai passé quinze jours à chercher la gare de Lime Street parce que je me croyais toujours à Liverpool

Resté seul, Josef Kiss fit le point sur son voyage. Sa femme, douillettement installée à Amsterdam avec un ancien inspecteur de police reconverti dans l'écriture dont les thrillers se vendaient assez bien, lui tenait toujours rigueur d'avoir interrompu son numéro de télépathe grassement rémunéré, ce qu'elle assimilait à la pire des stupidités; mais elle refusait de lui accorder le

---

1. Croisement perpendiculaire des voies de la Southern Line et de la Yazoo & Mississippi Valley Line, surnommée la Yellow Dawg, à Moorhead, Mississippi. *(N.d.T.)*

divorce sous prétexte que leurs deux fils et leur fille seraient dépossédés de ce qui leur revenait de droit. Il avait souvent rétorqué qu'il n'existait aucune loi allant en ce sens et qu'il n'avait de toute façon rien à laisser en héritage, mais elle n'en démordait pas. Cette fois, il avait renoncé encore plus rapidement que d'habitude après avoir vu l'ancien flic s'éclipser en fronçant les sourcils. Il était évident que l'envie de lui passer les menottes le démangeait. N'étaient-ils pas des ennemis naturels ? Plus que tout, les enfants se sentaient visiblement gênés et coupables d'être heureux de le voir et il devrait se résigner à interrompre ses visites tant qu'ils ne seraient pas plus âgés. Il craignait qu'ils ne finissent par ressembler à des Hollandais. C'était inévitable. Il huma les fumets du repas qu'il avait commandé et tourna la tête pour regarder la rue bondée entre les petits rideaux de velours rouge enfilés sur des tringles de cuivre noirci. La brume ne se dissipait pas. Elle épousait les contours des façades en béton des immeubles de seize étages encadrés d'acier et paraissait ici et là acquérir de la matérialité pour se transmuer en géant près d'autres géants : *Pierres tombales d'un avenir évanoui, unique possibilité d'atteindre l'état de grâce*, pensa-t-il. *Disparue*. Tenant d'une main une assiette, un couteau, une fourchette et une serviette, O'Dowd souleva l'abattant de bois qui les séparait et se pencha pour poser sur la table un plat aux effluves aromatiques.

« Je vais chercher le sel et le poivre. Boirez-vous une autre pinte ?

— Dès que vous me l'aurez servie, Mick. »

Attendant avec impatience la fin de la guerre, Josef Kiss n'avait pas prévu le mouvement d'écrivains protestataires baptisé le Angry Young Man, la vague iconoclaste qui avait balayé la ville après l'échec des travaillistes à forger le nouveau millénaire, la rapide désintégration de l'Empire, la folie des aventures étrangères. Tous avaient espéré que la défaite de l'ennemi les ferait bénéficier d'un avenir meilleur que les socialistes n'avaient pu leur apporter. Mr Kiss ne leur en tenait pas rigueur, mais il prenait un malin plaisir à adopter une attitude de conservateur bon teint face à un radicalisme approuvé de tous.

Fatigué par la bière, ses déboires et sa propre compagnie, il redressa avec grâce son corps pachydermique pour se projeter dans le monde extérieur. Sur le seuil, il fit une pause et poussa un barrissement plein de dignité à l'attention d'un O'Dowd qu'il ne pouvait plus voir : « À la semaine prochaine. La semaine prochaine, comme d'habitude. » À moins que cet homme n'ouvre plus encore la porte au jazz et au skiffle, décréta-t-il en son for intérieur. Auquel cas il s'inclinerait devant la victoire de ceux qui n'avaient pas d'oreille et se chercherait un autre point de chute du lundi soir. Étant donné que la Central Line l'emporterait plus rapidement jusqu'à Soho, il décida d'aller prendre le métro qui le conduirait de Liverpool Street à Tottenham Court Road. S'il arrivait en avance à son bureau de Greek Street, son imprésario n'aurait aucune excuse pour ne pas l'inviter au Romano Santi's situé juste à côté. C'était actuellement son restaurant préféré mais il n'avait pas les moyens de s'y rendre plus d'une fois par semaine. S'il avait tout compris, Bernard Bickerton comptait lui proposer un spot publicitaire destiné à la télévision, un job très lucratif, pour un nouveau produit, du poisson surgelé. Mr Kiss pouvait seulement faire des suppositions sur le rôle qui lui était réservé. Peut-être endosserait-il un costume d'Henry VIII esquimau.

Lorsqu'il sortit de la bouche de métro une vive clarté de bon augure pénétrait dans la crevasse d'Oxford Street et sa bonne humeur croissante semblait se refléter sur les traits des passants qui envahissaient les trottoirs, comme toujours à l'heure du déjeuner. *Mr Bulhary a intérêt à me*

régler aujourd'hui suis-je si sensible que je relève les diffé-
rentes caractéristiques des gaz d'échappement des auto-
mobiles qui aiment contempler le coucher du soleil en
rampant dans le fog de Battersea mais elle a un caractère
que la forme de son crâne ne peut révéler et il estime
qu'Édimbourg sera plus reposant. Il prit en sifflotant vers
Soho Square et sa statue en piteux état de Charles Ier, ses
cabanes de jardinier imitation Tudor faisant penser à des
modèles réduits de maisons élisabéthaines. Ici, les trilles
des oiseaux accompagnaient en contrepoint sa mélodie
« Une des ruines où aimait vagabonder le Cromwell ! » ;
les bordures étaient envahies de jonquilles et de tulipes
précoces et au-dessus de sa tête les jeunes feuilles avaient
des reflets plus pâles. Il était prêt à essuyer n'importe
quelle déception lorsqu'il s'avança dans Greek Street
vers la porte vert et cuivre de Bernard, la plus élégante
des restaurations de style classique, actionna une sonnette scintillante et fut reçu par Mrs Hobday, un petit
bout de femme aux cheveux jaunes qu'il comparait à un
canari humain ; elle virevoltait et gazouillait gaiement
comme un oiseau chanteur. « Nous ne vous attendions
pas, absolument pas, avant au moins vingt, vingt bonnes
minutes, cher, très cher Mr Kiss. Voulez-vous vous
asseoir ? Mr Bickerton a du monde dans son bureau.
Alors… » Elle fit battre un bras bleu vif en direction du
fond mal éclairé où des fauteuils rembourrés et une table
basse étaient disposés sous les affiches des artistes les
plus connus qui avaient confié à Bernard la gestion de
leur carrière.

« Si vous pouviez garder ceci. » Il posa sa mallette sur
le sol puis plaça son parapluie par-dessus. « Le surveiller
jusqu'à mon retour ?

— Bien entendu, bien entendu. Dans mon petit, tout
petit, cagibi. » En hochant la tête avec fausse modestie,
elle ouvrit une porte à côté du panneau de verre ou
était marqué RÉCEPTION et derrière lequel elle martelait

les touches d'une Impérial massive et répondait au téléphone. « D'accord ?

— Je vous en suis infiniment reconnaissant. Et votre
époux ? Mr Hobday va-t-il mieux ? »

Tant de courtoisie ajouta à sa confusion. Elle laissa
échapper un trille joyeux et rougit comme s'il venait de
lui adresser un compliment. « Oh, c'est si… si gentil, oui,
oui, vraiment ! Il se porte comme un charme. Mr Hobday
est solide comme un roc, comme un roc. Il vivra un siècle.

— Et Tiddles ?

— Oh, le chat ? Le chat. Nous avons dû le faire
piquer, piquer… » Un plongeon dans le silence du deuil.

Mr Kiss prit une expression de circonstance. Puis le
téléphone sonna et, sur un geste d'excuse, Mrs Hobday
ramassa ses biens, les remisa à l'intérieur du réduit et
referma la porte. Tout en lui adressant d'autres sourires
elle parla rapidement dans le combiné puis, la tête penchée sur le côté, elle écouta son interlocuteur en décu-
plant son attention.

Désormais débarrassé de ses fardeaux, Josef Kiss
bâilla et se dirigea à pas lourds vers la salle d'attente.
Que Mrs Hobday n'eût pas été surprise de le voir avait
dissipé ses craintes. C'était son seul sujet de préoccupation. Ce fut avec une indulgence rare qu'il lut un exemplaire récent de *Country Life*.

Les voix enthousiastes qu'il entendait dans l'escalier le
surplombant devinrent affirmatives puis reconnaissantes
comme Bickerton raccompagnait ses visiteuses jusqu'au
seuil de son bureau. Deux jolies jeunes femmes en jupes
gonflées par plusieurs jupons, boléros, chemisiers roses
et petits chapeaux épinglés sur leurs cheveux platinés,
Numéro Quatre de chez Chanel, bas nylon et talons
aiguilles, descendirent précautionneusement les marches
jusqu'au rez-de-chaussée où Mr Kiss, en patriarche
débonnaire, sourit en les observant par-dessus sa revue,
non en fonction de leur genre mais de leur type, car elles

étaient des jumelles dont le maquillage renforçait encore la ressemblance. « Oh, mesdames, j'aimerais tant savoir ce que vous faites ! » lança-t-il, empressé.

Elles furent surprises de le voir. La plus en chair des deux gloussa. « Jonglerie, dit l'autre. Et acrobaties. N'est-ce pas, Eunice ? Nous venons de décrocher un samedi soir au Palladium.

— Vous trouverez ça merveilleux. Et une soirée là-bas garantit une année d'engagements partout ailleurs.

— Oui. » Le regardant avec curiosité et sympathie, Eunice leva la main vers sa permanente. « Nous faisons également un tour de chant chorégraphique. Les chansons de Boyfriend et Rock Around the Clock. Tout le répertoire de Bill Haley. » Elle lorgna sa sœur. « N'est-ce pas, Pearl ?

— Ma foi, adresse et souplesse ont bien plus d'avenir. » Il sourit, afin de les encourager. « Les modes musicales changent vite. Faites-vous du skiffle ?

— Oh, non !

— Josef ! Josef ! » C'était avec bonne humeur que Bernard Bickerton l'avait appelé des hauteurs. « Laisse mes filles tranquilles et monte. Elles sont parties vers les sommets, celles-là ! »

Josef Kiss se leva et s'inclina. « Mes hommages, mesdames.

— Et vous, fit Eunice avec à peine un soupçon de condescendance. Ne seriez-vous pas un acteur ? »

Flatté par l'intérêt qu'elle lui portait, il bomba le torse. « Un comédien, pourrait-on dire. Un peu dépassé. » Cédant à une impulsion il prit tendrement sa main et baissa ses lèvres vers ses doigts. « Je le crains, dans votre monde. Vous deviendrez des stars.

— Oh, j'adore les hommes de la vieille école !

— J'ai malgré tout toujours su innover. Josef Kiss, pour vous servir, et je vous souhaite un immense succès. »

Eunice resta sur place, peut-être pour l'encourager encore, mais il avait obtenu tout ce qu'il désirait. Sa femme, ce séjour épouvantable à Amsterdam (où ses chaussures neuves et ses ampoules s'étaient liguées pour le torturer) venaient d'être relégués à l'arrière-plan. Après avoir adressé une courbette à Pearl qui ne semblait pas le trouver amusant, il s'engagea dans l'escalier.

leurs filles étaient des fleurs et leurs garçons des animaux. Rose, Léo et Églantine

Son imprésario, un individu distingué aux cheveux grisonnants et au costume brun à rayures à la coupe irréprochable, veillait à entretenir sa ressemblance frappante avec la vedette du cinéma Stewart Granger, et ce fut en l'imitant qu'il déclara : « Ces petites souris ne peuvent s'intéresser à un vieux débauché dans ton genre, Jo.

— Nous devrions aller au restaurant tous les quatre, un de ces jours, lui répondit Mr Kiss pour le déstabiliser. À tes frais, cela va de soi. Je pourrais leur apprendre la télépathie, non ?

— Méfie-toi, Jo. Elles sont fortes comme des bœufs et te dévoreraient tout cru au petit déjeuner. » Après avoir délivré sa mise en garde, Bernard prit un air gêné. « Écoute, Josef, je sais que j'ai promis de t'emmener au Romano's mais, que tu me croies ou non, toutes les tables ont été réservées.

— Réservées ! » Les larges narines de Mr Kiss se dilatèrent.

« Absolument. Un car complet de fonctionnaires qui arrivent du Nord. Il ne fait aucun doute qu'ils feront ripaille aux frais du contribuable. Mais c'est la vie. Nous irons chez Mme Mahrer, de l'autre côté de la rue. D'accord ? »

Ce fut avec courtoisie mais férocité que Josef Kiss lui rappela : « Nous allons chez Mme Mahrer le mardi soir et, éventuellement, le samedi lorsqu'il y a trop de monde chez Jimmy. Jamais le jeudi. Oh, Bernard !

— Tu aimes sa cuisine, rétorqua Bickerton, un peu vexé. Je suis bien placé pour le savoir. C'est toi qui me l'as recommandée quand je suis venu m'installer ici. »

Deux parois étaient occupées par des étagères accueillant des classeurs et une vingtaine d'albums de coupures de presse, et les fenêtres donnaient sur une cour miteuse quant à elle encombrée par diverses strates de détritus provenant des bureaux et restaurants de son pourtour ainsi que par une chatte tigrée qui attendait des petits en faisant sa toilette à côté d'une malle éventrée débordante de scénarios tachés d'humidité. L'autre mur, vert pastel et crème, était décoré d'articles encadrés vantant les mérites de vedettes de la scène, de l'écran et de la radio. Josef Kiss s'assit dans l'unique fauteuil et regarda son imprésario leur servir des whiskies.

« Qu'est-ce qui te déplaît ? » Bernard lui tendit un verre. « La cuisine allemande te rappelle la hollandaise ? Au fait, comment vont ta femme et son poulet ?

— Ils s'épanouissent comme des bulbes de tulipe au printemps. Les enfants aussi. Des joues rouges et des têtes de plus en plus sphériques. Ils se métamorphosent en edam et en paraissent ravis. Non, j'aime les plats de Mme Mahrer et j'en mangerais volontiers soir et matin. Mais je la réserve pour le mardi soir, pas le jeudi midi. Merci. » Il feignit de boire une petite gorgée de whisky, qu'il avait en horreur.

« Qu'est-ce que ça change, Josef ? Vous n'êtes pas nombreux à m'arracher un repas gratuit. J'aurais pu inviter Yvonne et Colette.

— Tu veux parler de Pearl et Eunice ?

— L'établissement a-t-il tant d'importance ? Qu'est-ce que tu as, aujourd'hui ? D'ailleurs, pourquoi es-tu ravi d'y aller le mardi ?

— Ne va pas croire que c'est une lubie. Je m'y rends ce

jour-là car son horrible cabot se trouve chez le vétérinaire pour son traitement hebdomadaire. Un monstre
que tu n'as pu manquer de remarquer. Elle l'adore et,
laissé en liberté, il baguenaude en remuant ce qui lui
reste de queue. Il va et vient de jour comme de nuit. Si tu
t'en plains, si tu as l'audace d'aborder le sujet, elle refuse
de te servir. Tu ne peux pas non plus battre en retraite.
Elle met des cartons de réservation sur toutes les tables.
Que ce chien se désagrège sous nos yeux ne t'a certainement pas échappé. Il a la gale et tombe en lambeaux sitôt
qu'il se déplace. Parce que sa maîtresse nous intimide et
que nous apprécions sa cuisine, il s'imagine que nous
avons pour lui de tendres sentiments. Si notre société
était juste, il y a longtemps que des clients l'auraient
lapidé. Il est asthmatique. Il m'a souvent donné des
haut-le-cœur. Il s'assied à côté de ma chaise dès que je
porte une fourchette de chou rouge à ma bouche. Il a
ainsi réussi à me dégoûter d'une côtelette de porc au
demeurant excellente dont il s'est certainement régalé
après mon départ. Les plats sont sains, peu onéreux et
copieux, et il est bien connu qu'on peut manger là-bas à
crédit. Mais que Mme Mahrer soit un fin cordon bleu n'y
change rien. Son chien est répugnant. Je ne lui accorde
donc ma clientèle que le jeudi, quand il va se faire oindre,
greffer ou Dieu sait quoi, et le samedi parce qu'elle lui
interdit de mettre les pattes dans la salle. Sans doute
craint-elle que des ivrognes le mordent. Ce cabot est le
ver dans la pomme, la mouche dans un potage autrement
savoureux, le serpent dans le jardin d'Éden. À quelle
heure comptes-tu y aller ?

— Maintenant. Une heure ?

— Pourquoi pas le Quo Vadis ?

— Trop cher. La note ferait fondre ma commission.

— Je croyais que ce spot publicitaire rapporterait un
pactole ?

— Il te reste à passer une audition, même si c'est

pratiquement dans la poche. Ils trouvent que tu as le physique de l'emploi. Tous les autres acteurs corpulents ont été engagés pour *Bird's Eye*. Au fait, je t'ai obtenu un rôle dans *Armchair Detective*.

— De qui serai-je la victime, cette fois ? Et quel sera mon personnage ? Mendiant sourd-muet ? Faussaire ? Patron de bistrot indicateur ? Bijoutier ? Prêteur sur gages ? Cambrioleur ? Maître chanteur raté ? Chef de gang à la petite semaine ? Dois-je mourir dans les cinq premières minutes ou survivre jusqu'au deuxième acte ?

— Tu es un laitier qui a vu trop de choses. En outre, ça t'aidera à décrocher cette pub pour du poisson pané.

— Tu avais parlé de queues de maquereaux ?

— Je sais que ça te faisait jubiler, mais ils ont pris conscience que ça pouvait prêter à confusion et veulent à présent assurer la promotion de leurs Boules du pêcheur. »

Josef Kiss éprouva une douce satisfaction. « Ça se vaut presque. Enfin, il ne reste qu'à aller chez la Veuve Mahrer en priant pour que son chien pestilentiel se soit déjà trouvé une victime. »

Dans la pénombre du restaurant d'où ils pouvaient voir la vieille propriétaire, un tablier blanc bordé de dentelles sur une longue robe grise en flanelle, s'affairer dans la cuisine au-delà du présentoir des pâtisseries ne contenant comme toujours qu'une assiette de strudels, là où les ors et les chromes teutoniques se mêlaient aux fioritures décadentes de l'Art nouveau belge, Bernard Bickerton agitait un petit pain et lui prodiguait ses conseils sur la façon d'impressionner leurs clients. Des suggestions que Josef Kiss écoutait avec attention car sa confiance en lui était inébranlable.

Mr Kiss prit de la venaison et un assortiment de légumes, un de ses plats préférés mais trop coûteux pour sa bourse, pendant que Bernard lui montrait une bouteille de graves en affirmant que c'était le meilleur bordeaux rouge produit depuis la guerre et que le chien galeux disparaissait après n'avoir exhibé qu'un court instant son postérieur abominable, ce qui permettait au repas d'être presque parfait. Plus tard, repu et satisfait, l'acteur corpulent se vit remettre trois enveloppes. Deux contenaient des informations concernant ses rendez-vous et la troisième le règlement de droits complémentaires pour la diffusion d'une pièce de la BBC en Australie, de quoi faire face à tous les loisirs prévus pour l'après-midi. Sous la chaleur du soleil qui brillait dans Greek Street, dressé devant le lourd rideau crocheté de la vitrine du restaurant, Mr Kiss remercia dignement Bernard pour le déjeuner, le travail et l'argent. La Hollande sombrait dans l'oubli. L'avenir était de plus en plus radieux et brumeux. « J'ai laissé mon sac de voyage dans ton bureau. Ça ne t'ennuie pas si je passe le récupérer juste avant cinq heures ? Je ne voudrais pas déranger. »

Avoir obtenu son approbation sans limite rendait Bernard démonstratif. « Fais comme tu veux. Tu vas t'installer à Holborn ? Derrière l'église St Alban ?

— Jusqu'en juin. Ensuite, j'irai dans la chambre qui surplombe la lande. Leather Lane et la délicieuse discrétion de Brooke's Market me manqueront mais, pour cinq shillings hebdomadaires de supplément, j'aurai tout Hampstead en échange. Le propriétaire est à la fois un bohémien et un gentleman. Je ne peux en dire autant du mufle chez qui je loge actuellement et de ses ignobles spéculations.

— Tu comptes te rendre au Mandrake Club ?

— Pour prendre un verre, peut-être. Je ne sais pas. C'est une si belle journée.

— Tu dois avoir raison. » Bernard sortit ses gants.

Ils se séparèrent.

Wally n'aurait pas pu être plus impressionné, m'man. Cette camelote ne vaut pas un rond au nord ou au sud nous formions une famille mais elle n'était pas vraiment unie et il n'y a plus que des Polonais dans South Ken. Oh, mon cœur, ça ne peut pas durer ça va finir par exploser et ils trouveront mon cadavre dans une voiture des quatre-saisons de Berwick Street c'est le fish and chips chinois et j'aurais dû avoir assez de jugeote pour m'arrêter à temps puis il me dit qu'il me filera cinq cents livres pour le remplacer et que personne ne se doutera de rien ça se saura que je réponds

Sans se hâter et transporté de joie, Mr Kiss avançait à grandes enjambées dans les rues et ruelles de Soho, se décoiffant devant toutes les dames qu'il reconnaissait. Quelques-unes étaient sorties plus tôt que de coutume pour racoler les hommes d'affaires qui revenaient de déjeuner. Arrivé dans St Anne Court, un étroit passage du XVIIIe siècle à l'odeur âcre où les chambres des immeubles branlants abritaient des prostituées et les rez-de-chaussée les locaux miteux des restaurateurs et vendeurs de revues, il actionna la sonnette du dernier étage du numéro huit, un code Morse compliqué, et reçut un feu vert électrique. D'un pas décidé, il gravit les marches grinçantes en savourant par avance la gaieté, les senteurs de café et de gin, de pâtes et de désinfectant, et il atteignit enfin le deux-pièces surchargé de mobilier où Fanny, à laquelle il rendait une visite hebdomadaire toujours à la même heure et le même jour lorsqu'il n'avait pas d'engagements, l'attendait en tenue professionnelle de soie et de fourrure. Environ la trentaine, rouquine et maternelle, Fanny s'était spécialisée dans ce qu'elle appelait le réconfort des braves gens. Elle avait déjà mis la bouilloire à chauffer quand Mr Kiss retira sa cape pour se perdre dans ses bras replets, sa douce senteur, sa chaleureuse ambiance. Avec une combinaison élaborée bien que conventionnelle de fond de teint, de fard à paupières, de rouge à lèvres vermillon et de longs cils artificiels noirs, Fanny déposa un baiser sur sa bouche, caressa ses mains superbes et lui demanda comment il se portait.

« On ne peut mieux. » Il plia son manteau sur le dossier du fauteuil puis sortit un petit paquet enveloppé de papier brun d'une poche intérieure. « Je ne t'ai pas oubliée, quand j'étais à Amsterdam. »

Avec une joie sincère elle déballa le présent et laissa échapper un caquetage de poule agréablement surprise. « C'est absolument ravissant, mon Jojo ! »

Elle posa le sabot en porcelaine bleue et blanche sur sa paume rose. « J'adore les bibelots hollandais. J'adore les bibelots tout court. Et tout le reste. Je vais le mettre à côté de mon cochon, le Doulton, d'accord ? » Elle traversa la pièce vers le vaisselier où une centaine d'assiettes et de coqs, chats, châteaux, pots de chambre et aéroplanes, autant de souvenirs de stations balnéaires anglaises, s'alignaient sous un rai de clarté descendant d'une vieille lucarne poussiéreuse.

« Maintenant, chéri, nous allons retirer ce vieux pantalon, d'accord ? »

En tremblant. Oh, au secours ! La voilà qui arrive. Elle regarde mes jambes. Pfttt. Sonnie Hale et probablement Jack Hulbert. C'était l'époque où je ne pouvais plus boire dans la vallée de la mort chevauchaient les six cents mais la guerre avait éclaté et elle avait ses bons et ses mauvais côtés surprise dans le lit avec ce type de l'ARP il était trop tard pour avoir des regrets

David Mummery se dirigea vers le métro en prenant le raccourci entre Wardour Street et Dean Street, son banjo fièrement calé sur son épaule gainée de tissu à carreaux, sans savoir qu'il suivait exactement le même parcours que Josef Kiss. Son ami de petite taille, l'agressif Patsy Meakin, s'était lancé dans un discours sur la carrière héroïque de Woody Guthrie qui, faisant partie des chanteurs de folk ayant dû fuir le maccartisme, était désormais plus célèbre en Angleterre que dans son pays natal. « Il m'a envoyé cette lettre. Ce pauvre gars peut à peine écrire. Sur un bout de sac en papier. Pour me souhaiter bonne chance. Il m'a demandé de remercier tous ceux qui lui ont adressé des encouragements. Quel mec formidable, hein, Davey ? Il a pensé à moi malgré tous ses problèmes ! »

David préférait Jack Elliott. On trouvait des disciples de Guthrie et de Derrol Adams, Peggy Seeger, Dale Parker, Dominic Behan ou A.L. Lloyd tous les soirs de la semaine dans divers pubs, cafés et caves. David ne s'intéressait pas aux disques et aux figures légendaires de la musique. Il allait plutôt écouter Long John Baldry imiter Leadbelly au Skiffle Cellar ou l'orchestre Dixie-land de Ken Colyer au Bunjy's. S'il reconnaissait que les originaux avaient quelque chose en plus, il n'avait aucune passion abstraite pour ces choses et savait que ses chances de voir un jour un Bunk Johnson ressuscité ou un joueur de blues octogénaire de Memphis étaient presque inexistantes ; mais il s'abstenait de le dire car ses amis élevaient au rang de religion ce qui n'était pour lui qu'un passe-temps.

dès que les bombardements s'interrompirent il retourna cultiver les petits pois et autres légumes de son lopin de terre un ami intime de H.G. Wells mon oncle Rex disait qu'il avait été le fondateur de l'église de St John le Violeur eh bien ils ont eu tôt fait de lui régler son compte là-haut ils étaient jumeaux et sa sœur est partie pour l'Australie puis pour l'Inde. Elle vit actuellement en Afrique du Sud et on raconte qu'il y avait jusqu'à une période récente une tombe tzigane à Tooting Common

David et Patsy descendirent les marches vers les néons de la station de Tottenham Court Road. Revenu d'Eton pour les vacances de printemps, Mark Butler, vêtu d'un jean et d'une chemise en flanelle bleue à la propreté irréprochable, les attendait près des distributeurs de tickets. Adossé au carrelage fuligineux, il leva les yeux de sa caisse à thé et les salua avec gêne, un garçon assez bien de sa personne honteux de son statut de « fils à papa » dans ce qu'il appelait « le monde réel ». Il voulait être accepté par les amis de David qui étaient sensibles à son mélange de flatterie, de détachement des biens matériels, d'enthousiasme et d'érudition. S'ils voyaient en lui un représentant des exploiteurs de la classe prolétarienne, ils étaient fascinés par ce bel oiseau exotique qui nourrissait le rêve de devenir un moineau malgré sa peau noire et le titre de baronnet jamaïquain de son père. David l'avait rencontré au cours d'une des parties de poker organisées chez son cousin Lewis. Pour des raisons mystérieuses, Lewis Griffin avait décidé de quitter Eton l'année précédente pour faire Sciences po à l'Impérial College et il avait entre-temps loué une maison proche de Fulham Palace, un lieu de festivités ininterrompues où joueurs, débutantes, étudiants américains entretenus par leurs parents, artistes, journalistes, chanteurs de pop, beatniks et criminels en tout genre allaient et venaient librement. C'était au cours des week-ends passés à Fulham que David avait rencontré la plupart de ses connaissances. Lewis était le fils unique de tante Mary et oncle Robert. Banquier, ce dernier vivait à Hayward's Heath. Il avait déclaré à la mère de David qu'il avait rayé Lewis de son testament.

Les trois jeunes gens se dirigèrent sans hâte vers l'angle du couloir faiblement éclairé menant aux quais de la Northern Line.

« Où est Mandy ? » La voix de Mark résonnait dans le passage, ce qui mettait ses hésitations en évidence. « Je croyais qu'elle viendrait ? »

Jaloux de l'intérêt que lui portait sa petite amie, ce fut un peu sèchement que Patsy répondit : « Elle nous rejoindra après ses cours. Avec Emily et Joss. » Il aurait voulu que Mark s'intéresse à Emily, qui jouait de la planche à laver. Son frère Joss avait opté pour l'harmonica, ce qui était dommage car il était bien meilleur au kazoo qui ne lui inspirait désormais que du mépris. Tel un chasseur de bison sortant un fusil de son étui de selle, Patsy tira sa guitare espagnole hors de sa housse pendant que David ramenait son banjo sur son ventre. Mark avait redressé sa caisse à thé et attachait la corde au sommet du manche à balai. Quand toutes les conditions étaient réunies, il en tirait des sons de contrebasse. Il savait jouer du violoncelle. Les autres étaient absents. Ils s'initiaient à la peinture à l'école des beaux-arts St Martin, non loin de là.

David accorda son banjo sur l'instrument de Patsy, qui avait des dons de musicien et adressait des sourires et des révérences comiques aux passants qui reconnaissaient un groupe de skiffle et lui retournaient ses mimiques ou le foudroyaient du regard. La plupart des gens feignaient de ne pas les avoir remarqués. Sitôt qu'il vit la barbe broussailleuse de David, un petit garçon se mit à bêler : « Vois, m'man, Lonnie Donegan ! » Ses rires idiots le firent rougir. Il estimait que Lonnie Donegan faisait de la soupe commerciale.

doux Jésus Mr et Mrs Morgenthal ont dit qu'ils l'ont mis de côté et c'était comme un raz de marée qui emportait tout sur son passage. Les statues et le reste Oh mon Dieu à quoi faut-il encore s'attendre ? Tu es folle tu n'as pas idée du respect que contient mon amour tu es un rêve qui se matérialise il ne peut y avoir que toi la plus douce de toutes on ne peut pas dire que c'est sale s'il y a des sentiments et il serait idiot d'avoir des scrupules vu qu'il ne risque pas de souffrir de ce qu'il ignore et qu'on est faits l'un pour l'autre

Patsy plaqua un accord. David le rattrapa tant bien que mal. Seul membre du groupe à avoir une voix passable, il avait insisté pour jouer lui aussi d'un instrument. « On va faire "Talking Little Rock Blues". » Il foudroya du regard le gosse qui disparaissait. « Jamais de la vie ! » rétorqua Patsy, catégorique. Ils voulaient gagner de quoi régler leurs billets jusqu'à Liverpool Street et David s'inclina face à sa sagesse commerciale. « It takes a worried man to sing a worried song… » Dédaigné par les puristes car emprunté à Burl Ives,

«Worried Man Blues» leur rapporta quelques pièces qui tombèrent dans la casquette de toile que Patsy avait achetée aux surplus américains parce qu'elle ressemblait à celle de cheminot de Guthrie. «I'm worried now but I won't be worried long...»

Elle devrait être là je suppose que j'espérais la voir si sa mère n'était pas si conne il y a eu ce meurtre et cette femme va se balancer au bout d'une corde c'est le Lyon's Corner House ils doivent être vieux comme Hérode quand mon père jouait dans l'orchestre tzigane ils avaient un alto pas des engueulades je n'écouterai pas les nouvelles je n'écouterai pas les nouvelles je n'écouterai pas les nouvelles je n'écouterai pas les nouvelles je n'écouterai pas les nouvelles je n'écouterai pas

Un type jeune et râblé qui avait une face aplatie de boxeur et un costume noir trois-pièces s'arrêta pour attendre la fin de la chanson. «Z'êtes pas si mauvais qu'ça.» Sans regarder David, il dégagea ses poignets afin d'exhiber des manchettes amidonnées et des boutons sertis de diamants. Ses propos amicaux et son étalage de richesse n'effaçaient pas l'intonation menaçante de sa voix. «Vous jouez ici souvent?

— Pour des clopinettes.» Patsy avait forcé sur son accent de Glasgow pour rendre sa réponse aussi agressive. «On est passé à la radio et on donne des concerts.

— Z'avez enregistré quelque chose?

— Pas encore.» Seul Mark était détendu. Il sourit. «Une maquette, ça ne compte pas.»

Le jeune boxeur parut déconcerté. «T'es pas un peu rupin, pour un schwartze?

— On ne se refait pas, répondit Mark, toujours aimable. Et toi, tu ne fais pas un peu prolo pour un weisse?» Sa repartie les plaçait sur un pied d'égalité mais elle fut accueillie par un froncement de sourcils et une moue. Finalement, le boxeur déclara: «Je m'occupe de ce club, dans l'East End. Vous y êtes déjà allés?

— Nous, on va jouer au Queen B. » David était désormais trop nerveux pour le dissimuler.

« Quoi, le vieux Boudicca de Liverpool Street ? » Le sourire de l'inconnu était lourd de mépris. « C'est pas l'East End, mec. C'est fréquenté par des cocos ! Ils y vont pour préparer leur putain de révolution.

— Pas le jeudi. Et c'est jeudi. On passe avec deux autres groupes. »

Le type avait cessé d'écouter.

« Nous, on reçoit des orchestres de jazz. Des célébrités. On envisage de faire du skiffle. » Il sortit une carte de visite noir et or d'une poche de son gilet. « Moi, c'est Fox. Le frère de Reeny. Vous devez connaître. Elle ne rate aucune de vos soirées d'étudiants. La Reeny de l'Angel ? Avec Horace, son mec. Faites un saut en début de semaine prochaine. Demandez-moi. Je vous donnerai du boulot. Et Bamboula sera le bienvenu s'il amène sa bonne vieille smokerola, d'ac ? » Mr Fox fit un demi-tour plein de dignité et quitta la station d'un pas rapide.

Mrs B ne peut plus organiser de dîners pour les pêcheurs et tu dois te bidonner un bon job au Maroc pourquoi pas dans la Légion mais c'est un cuisinier

« Je présume que je suis le Bamboula en question, fit Mark en riant. Mais cette Smogorola, c'est qui ?

— De l'herbe. » Patsy s'intéressait à la carte de visite. « Des joints, mon vieux. »

David ne savait quoi en penser. « C'est le pote de Kieron. Harry travaillait pour lui et son frère. Tu sais, ces histoires de fausse monnaie et de morphine.

— Harry est mort, Davey. Ils l'ont repêché dans la Tamise. Poppo a dû aller identifier le cadavre, si t'as pas oublié. Il s'est fait buter.

— Exact. Et c'est John Fox qui a fait le coup.

— Merde alors ! » laissa échapper Mark, finalement impressionné.

Thomas à Becket 1963

Tower Hill, redevenue verdoyante après un long hiver, forteresse éthérée sous la clarté de l'aube, était déserte quand Mary Gasalee descendit de la maison d'édition de Leman Street où elle occupait un job de réceptionniste le lundi et le mardi et où elle venait de passer une nuit frénétique avec David Mummery en souvenir du bon vieux temps. C'était leur première rencontre depuis 1959, l'année où elle l'avait plaqué pour Josef Kiss. Elle avait une crampe à la cheville gauche et elle s'assit précautionneusement sur un banc en face de la White Tower. La Tamise évoquait une coulée d'acier qui refroidissait et elle prit le pain dont elle s'était munie la veille pour nourrir les corbeaux. Elle se faisait un devoir de pourvoir à leurs besoins car il était dit que l'Angleterre s'effondrerait s'ils quittaient la Tour de Londres. Sans doute était-ce pour cette raison qu'on leur rognait les ailes. Il n'y avait ce matin-là sur la pelouse qu'un seul de ces énormes oiseaux pleins de sagesse. Il venait vers elle en sautillant avec méfiance, la tête inclinée de côté comme s'il la reconnaissait et son bec ouvert pour croasser.

« Grif préfère le seigle, je sais. » Elle chercha dans son sac la tranche qu'elle lui avait promise. Des boucles de cheveux auburn chatouillaient son visage, ses sous-vête-

ments la gênaient et son ensemble en tweed était de
guingois. Prendre un bain n'aurait pas été un luxe. Elle
avait laissé Mummery dormir, vautré dans deux fauteuils,
en espérant qu'il se réveillerait avant l'arrivée du personnel. Il n'avait pas de contrat de travail avec eux, après
tout. *Personne ne connaissait le véritable Nell Gwynn et
cette ville sait garder un secret mieux que toute autre. Londres a dissimulé des catacombes, des rivières ne figurant
sur aucune carte, une multitude de mystères enfouis encore
plus profondément que les ossements de ses dinosaures.*
Un soleil d'aube magnifique, un disque d'une blancheur
virginale, s'élevait dans le ciel au-dessus de la splendeur
de l'hôtel de la Monnaie et lustrait le plumage noir aux
reflets bleutés du corbeau. Tout était si calme qu'elle
n'entendait que les claquements de son bec, comme des
coups de hache dans le lointain.

Si elle avait couché avec Mummery, c'était avant
toute chose par curiosité car il semblait avoir mûri. Il
avait pris du poids et de l'assurance, perdu son dogma-
tisme mais conservé l'enthousiasme presque obsession-
nel qui faisait son charme. Il avait consacré la majeure
partie de la nuit à lui expliquer que les excavations de
Queen Victoria Street révélaient l'existence d'un culte
rendu par les soldats romains convertis au christianisme
quelque deux siècles avant Constantin et que des traces
d'un temple plus ancien élevé à Andrasta, une déesse
de la guerre celte, des boucliers de bronze et des
torques d'argent pouvaient indiquer l'emplacement de
la tombe de Boudicca. Il fournissait tant de détails et
son débit était si rapide qu'elle n'avait pas tout suivi. La
passion que lui inspiraient ces choses la ravissait mais
elle avait failli lui conseiller de se calmer. Il avait effectué deux brefs séjours à St Jude, depuis leur dernière
rencontre. Il l'avait rassurée pour finir, comme toujours,
par l'épuiser. Son cerveau était aussi foisonnant que *Les
Cimetières secrets de Londres*, le dernier en date de ses

manuscrits. Craddle Press avait réclamé des coupes radicales parce qu'il y avait inclus bien trop d'éléments. Le patron de Mary, Mr Frewer, voulait qu'il le scinde en deux volumes sans être pour autant disposé à doubler son à-valoir. Le soir précédent, dans le pub, David lui avait demandé conseil. Estimait-elle qu'il aurait dû charger un tiers de défendre ses intérêts ? Il avait reçu entre cent et deux cents livres pour chacun des dix-sept ouvrages déjà publiés et ne savait comment s'y prendre pour renégocier ses contrats. Mary lui avait suggéré de s'adresser à Josef Kiss. Agents littéraires et artistiques n'étaient-ils pas du même acabit ?

Une réponse qui l'avait déçu. « D'après les sœurs Scaramanga, il se serait fait souffler des sommes faramineuses par son imprésario. Est-ce que ce ne serait pas remplacer un escroc par un autre ? Ou, plus exactement, permettre à un autre exploiteur de s'engraisser sur mon dos ?

— Tout dépend de ce qu'il peut te rapporter. » Elle l'avait embrassé, pour faire dévier le cours de la conversation.

Il appartenait à ce qu'il appelait un « mouvement de libération » dont les membres se réunissaient tous les mercredis soir dans un pub de Moscow Road, non loin de chez lui. Écœuré par les partis politiques, il lui avait décrit ses visions du futur en affirmant que l'Ère du Verseau était proche. Son idéalisme l'avait incitée à accepter de se rendre à leur réunion, sous réserve que son amie Judith souhaite l'accompagner car elle ne voulait pas qu'il pût interpréter cela comme une intention de renouer avec lui. Gilbert Dolman, qui la retrouvait le week-end et se disait comblé par le temps qu'elle était disposée à lui consacrer, lui suffisait. Il avait un sens de l'humour discret et paraissait plus âgé qu'elle, bien qu'il eût trente-six ans et elle quarante. Il mettait des vestes sport très chic et des pantalons de flanelle, des lunettes et des nœuds papillon. Il avait des cheveux blonds et jouait de la guitare dans un orchestre de bal semi-professionnel. Disquaire spécialiste du jazz, il travaillait dans High Holborn et s'abstenait de régenter sa vie. Sa seule grande ambition était de visiter La Nouvelle-Orléans avant sa mort. Il était en outre l'homme le plus propre et soigné qu'elle avait connu, des caractéristiques qu'elle trouvait désormais réconfortantes.

Grif termina son repas et la remercia d'un croassement. Elle se pencha vers lui.

« Que veux-tu me dire, l'oiseau ? »

Il se rapprocha de trente ou cinquante centimètres, en sautillant et poussant d'autres cris rauques. Pouvait-elle entrer en communication avec le cerveau minuscule de cette créature bienveillante ? Elle ne perçut que de vagues silhouettes noires et blanches, une odeur de seigle, une frustration indéfinissable. « Je ne te comprends pas. »

Passant près d'elle pour se rendre à son travail, une estafette en uniforme bleu marine et crème, casquette, rubans et cordon d'argent dessinant une boucle sur son épaule gauche, l'entendit parler et lança : « Belle matinée, n'est-ce pas ? Oui, vraiment ! » Le vieux militaire leva sa main gantée pour la saluer.

Redoutant d'être prise pour une folle, elle ne dit plus rien. Comme déçu de n'avoir pu entamer un dialogue, le corbeau déploya ses ailes élégantes et courut vers la tour et la douve. Mary pensa à Josef Kiss qui faisait un séjour à l'Abbaye. Elle avait prévu de lui rendre visite dans l'après-midi. Avoir imaginé que Grif voulait l'informer que son vieil ami avait des problèmes l'inquiétait.

Pour chasser ces idées saugrenues elle établit son emploi du temps du reste de la journée. Elle espérait que Judith accepterait de l'accompagner à l'Archery car il fallait absolument qu'elle parle à David et elle avait oublié de lui demander son numéro de téléphone lors-

qu'il lui avait promis de l'aider à reconstituer son passé.
Elle savait déjà que des alignements de hauts immeubles
de béton sale se dressaient à l'emplacement de la rue où
elle avait vu le jour; qu'à Clerkenwell la maison de sa
grand-mère avait été rasée lors du Blitz, de même que
l'église où elle s'était mariée et l'hôpital où ils l'avaient
conduite après l'explosion de la bombe. Qu'elle eût
porté le nom de famille de sa mère avant d'épouser
Patrick révélait un statut d'enfant illégitime, mais elle
manquait trop de sérénité pour contacter les autres Felgate figurant dans l'annuaire et Mummery avait proposé
de s'en charger. « J'effectue des recherches à longueur
de temps. C'est mon occupation principale. Je passe la
moitié de ma vie à la bibliothèque de Westminster. »

Il avait apparemment mené une vie de célibataire,
depuis leur séparation. La solitude était peut-être le
destin de ceux qui avaient leurs problèmes. Pendant
toutes ces années ses liaisons avaient été brèves, insatis-
faisantes, fréquemment interrompues par une reprise de
son traitement, et il avait renoncé à dire la bonne aventure après avoir été informé que les parents d'un ami
étaient morts à moins de quinze jours d'intervalle
comme l'avaient annoncé les tarots. Il n'utilisait plus
son don que pour écrire. « Des rapprochements intuitifs
permettent de défricher de nouvelles voies, Mary. » Il
l'avait finalement interrogée sur sa santé et elle avait ri
avant de lui expliquer comment elle avait appris à
domestiquer les voix. « Je ne suis pas Jeanne d'Arc.
Mais si c'est un fruit de mon imagination je pourrais
devenir romancière. Tu serais surpris par tout ce que
j'entends quand je m'assieds dans un bus. » Il avait
tenté de la persuader de se soumettre aux expériences
de son ami le Dr Bill Christmas, un des chercheurs de
pointe du National Physical Laboratory de Richmond,
et elle lui avait posément rappelé qu'il lui suffisait d'y
penser pour avoir les nerfs en pelote. « En outre, il est

probable que je suis tout simplement timbrée. Et je ne veux pas retourner dans une institution. J'y ai déjà perdu bien trop de temps. »

David s'était excusé. « Bill m'appelle son dénicheur de talents. » Il l'avait interrogée sur les médicaments qu'on lui avait prescrits.

Mary se leva du banc. Elle était lasse. Ses jambes la faisaient souffrir. Elle avait apprécié cette nuit passée avec Mummery mais se demandait à présent si elle n'avait pas eu tort de céder à cette pulsion. Et elle s'interrogeait sur sa véritable nature. Lui avait-il manqué ? Sans doute établissait-elle un parallèle entre lui et Josef, dont elle avait la nostalgie même si son paternalisme qui l'avait rassurée à sa sortie de l'hôpital était ensuite devenu pesant. Si Gilbert Dolman ne la comblait pas dans tous les domaines, il ne représentait pas une menace. Attirée par les déments et elle-même déséquilibrée, elle ne trouvait du réconfort qu'auprès de personnes moins excentriques qu'elle. Il lui arrivait de souhaiter être normale, d'avoir un caractère correspondant aux attentes de la société, avant de se rappeler qu'elle bénéficiait de l'amitié de Judith qui était intelligente, belle, saine de corps et d'esprit et qui l'appréciait justement pour son étrangeté. Elle avait appris à se montrer prudente dans ses rapports avec les hommes.

Par facilité, et parce que la journée était ensoleillée, elle se détourna de la station de Tower Hill pour se diriger vers celle de Monument d'où la District Line la ramènerait directement chez elle, où elle se ferait couler un bain, nourrirait le canari et se détendrait jusqu'à midi. Dans la tranquillité relative de ces rues peu fréquentées, la froide clarté du soleil lui donnait un cœur léger et elle se sentait espiègle, plus aventureuse que de coutume, même si tout ce qui avait débuté dans un pub et avait été consommé sur le tapis poussiéreux du bureau de son employeur avait un côté sordide. Elle se demandait si elle en parlerait à Judith et, si oui, ce qu'en dirait son amie. Son sourire s'était élargi et elle avait envie de siffloter en traversant St Dunstan's Hill quand le seul véhicule à l'arrêt klaxonna. Elle se figea et s'assura que son feu était au vert. Les beuglements sonores de la voiture de sport rouge ne s'interrompaient pas. Elle s'y intéressa en fronçant les sourcils. La glace s'abaissa et une main s'agita. « Mary ! Mary ! Mrs G. ! »

Elle approcha lentement de l'engin écarlate, lorgna à l'intérieur et reconnut les traits réguliers et agréables de Kieron Meakin, aussi charmant qu'autrefois, qui lui faisait signe de monter. Elle hésita. Il insista par des mimiques et des gestes et elle se voûta et tenta de plier sa jupe déjà froissée sous elle tout en s'effondrant sur le siège situé loin en contrebas. « J'ai un boulot formidable, pas vrai ? » Il avait une odeur de tabac de luxe.

« Vous vivez toujours à Brook Green, Mrs G. ? Il y a une éternité que je ne vous ai pas vue. Où vous cachiez-vous ? » Il avait perdu son accent des classes laborieuses et avait tout d'un ancien élève de Harrow un peu imbu de lui-même. Ce fut avec brutalité qu'il mania le levier de vitesses pour se ruer vers London Bridge. « Vous ne faites pas plus de dix-huit ans. Réussirai-je à vous convaincre de partir vers le sud ? Qui pourrait vous éloigner de votre fille ? Comment s'appelle-t-elle, déjà ?

— Nous avons des points communs vous et moi. Vous n'avez pas changé, vous non plus. Auriez-vous comme Dorian Gray votre portrait au grenier ? » Cet enchaînement d'aventures lui donnait l'impression de rêver.

Qu'ils paraissent tous deux immunisés contre les outrages des ans le fit rire. « Sans doute faut-il l'attribuer à nos vies irréprochables.

— Et Patsy ?

— Mon frère est en Irlande. Il y restera jusqu'à mardi. Il va bien.

— S'est-il assagi ? » Elle voulait à la fois lui demander

de la déposer à la station de métro la plus proche et en apprendre plus.

« Où allons-nous, au fait ?

— Brook Green, évidemment. Pour papoter devant une tasse de thé.

— Je ne vous crois pas. Mais c'est gentil.

— Qu'est-ce que vous ne croyez pas ? » Il avait une veste en tweed de prix et un after-shave au parfum entêtant. Bien qu'un peu longs, ses cheveux étaient irréprochables, ce qui s'appliquait également à son teint. Seuls ses yeux bleu ciel étaient légèrement injectés de sang. « Que je vais vous conduire chez vous ?

— Le passage du thé et de la conversation. »

Il regarda sa grosse montre en or. « Je suis au volant depuis la nuit dernière. J'arrive de York et j'aurais grand besoin de me désaltérer. Nous bavarderons un instant et ensuite je vous déposerai.

— Je n'ai jamais pu vous résister, Kieron.

— Peu de femmes en sont capables, Mrs G. » Il glissa un bras sur ses épaules et se pencha pour lui donner un baiser sur la joue. « Je suis vraiment heureux de vous revoir.

— Ce qui est certain, c'est que vous semblez avoir réussi. » Elle fit une pause. « Où trouverez-vous à boire à cette heure ?

— Sur l'autre berge. » Ils approchaient d'une arche de pierre grise enjambant les miroitements de la Tamise. Sur la rive opposée Southwark et ses tours faisaient penser à une cité de conte de fées. « Laissez-moi deux minutes pour me garer. » Ils passèrent devant les portails à la banalité provocante de la gare de London Bridge, d'où commençait à se déverser un flot de travailleurs urbains. « Les voilà, ces malheureux. » Il vira dans une rue latérale puis une venelle bordée d'un côté par de vieux entrepôts et de l'autre par une façade de marbre et de brique aux décorations compliquées. Sans se soucier des véhicules qui pourraient emprunter le passage, Kieron s'arrêta, descendit et fit le tour de la Porsche. Il ouvrit la portière et se pencha à l'intérieur pour donner un coup de klaxon avant d'escorter Mary vers ce qu'elle prit tout d'abord pour une église. Le bâtiment avait une voûte gothique et une lourde porte de chêne noirci aux gonds démesurés. Puis elle remarqua les moines en terre cuite qui récoltaient du houblon ou brassaient de la bière et sut qu'il s'agissait d'un pub.

Kieron frappa avec vigueur, et une femme entre deux âges aux cheveux blonds striés de mèches vint déverrouiller le battant en bâillant. Elle avait enfilé un déshabillé en satin pourpre. « Oh, salut, Kieron ! J'aurais dû deviner que c'était toi. Nous ne sommes pas ouverts.

— Ne te tracasse pas pour ça, Sonia, nous prendrons un verre en quatrième vitesse et repartirons sitôt après. Au fait, je te présente Mary. Je l'aime encore plus que ma mère.

— Bonjour, Mary. » Résignée, Sonia recula pour les laisser entrer. « Tu ne peux pas rester garé là. Nous attendons une livraison à neuf heures et demie.

— Nous ne serons plus là. » Il redressa ses épaules, sa cravate et ses manchettes en faisant un clin d'œil à Mary. « Venez. Nous avons les lieux pour nous tout seuls. »

Sonia regagna les étages et ils pénétrèrent dans une salle magnifique aux poutres massives, peut-être la plus impressionnante qu'il lui avait été donné de voir. Des thèmes de la vie monastique étaient repris de toutes parts sous forme de frises et de bas-reliefs. Si le mobilier était néo-gothique, il y avait également des touches d'Art nouveau et apprendre que les pompes à bière avaient été dessinées par William Morris ne l'eût pas étonnée. C'était la Vieille Angleterre idéale. Elle appréciait ce style, bien qu'il fût passé de mode. Ce qui la surprenait, c'était que rien n'avait été modernisé. Il y avait du cuivre, de l'étain et du marbre sombre, des tables et des bancs en chêne ; même les vieilles lampes à pétrole étaient toujours là. « C'est ravissant. » Elle regarda Kieron qui s'était glissé derrière le comptoir pour les servir. « Un vrai conte de fées.

— Je savais que ça vous plairait. Comme à tous mes amis. Je vais prendre un whisky. Et pour vous, Mrs G., qu'est-ce que ce sera ?

— Un gin tonic, si ça ne vous ennuie pas. Je ne suis pas une grande buveuse, mais je n'ai pas fermé l'œil de la nuit, moi non plus. » L'avoir estomaqué la ravit. Il voyait en elle une femme innocente, sans doute un peu puritaine, qu'il aimait protéger et choquer. Il tendit la main vers la bouteille. « Auriez-vous fait la bringue, Mrs G. ?

— En quelque sorte. Rien d'important. »

Il apporta les boissons vers la table sculptée. « Désolé il n'y a pas de glaçons. Vous éveillez ma curiosité.

— Ne comptez pas sur moi pour la satisfaire.

— Tiens donc ? » Il but une gorgée de whisky. « Ne travaillez-vous pas dans ce quartier ?

— Si. » Elle leva son verre.

« Vous et votre employeur, alors ?

— Vous pouvez penser ce que vous voulez. » Son secret la transportait de joie. « Vous avez réussi. Êtes-vous dans les affaires avec votre frère ?

— On ne pourrait pas imaginer de meilleurs associés.

— On raconte que vous avez renoncé aux cambriolages. » Elle fit une moue, sans le juger pour autant. « Et vos petits trafics ? Qu'êtes-vous devenu, patron de bistrot ?

— Je ne détiens qu'une minorité de parts du Thomas à Becket. Pour des raisons plus que tout sentimentales. J'ai toujours adoré cet endroit. J'ai grandi au bout de cette rue, vous savez, à Peckham. Ma famille y vit encore. Mes bons à rien d'oncles et de tantes et mon salopard de père. Puis j'ai déménagé pour le Kent. Comment va le jeune Davey ? Il y a des années que je ne l'ai

pas vu. Depuis que je lui ai vendu cette Olympia porta-
tive, en fait. »

Elle rit, à son corps défendant. « Vous revoir est
agréable, Kieron. Je ne le rencontre pas souvent. Mais
je me souviens de cette machine à écrire. Quand elle
s'est cassée, il n'a pas osé la faire réparer. Il était
convaincu que vous l'aviez volée. »

Kieron écarquilla ses yeux adorables pour feindre la
surprise. « Où diable a-t-il pêché une idée pareille ?

— Il en était persuadé parce que vous la lui avez
cédée pour trente shillings et que la mallette n'avait
jamais dû être ouverte. Il a en outre eu l'impression
que vous étiez impatient de conclure l'affaire. »

Kieron baissa la tête et prit l'expression contrite qui lui
avait permis de conquérir une centaine de cœurs et d'éviter une douzaine de fois la prison. « Tout ça, c'est le passé.

— Vous êtes entré dans le droit chemin ! » Elle était
amusée.

Il haussa les épaules. « Pour ainsi dire. Mes revenus
sont conséquents et les flics me laissent tranquille. Je
fais presque dans le social. De nombreuses personnes
nous approuvent.

— Où exercez-vous ces activités ?

— À Hampstead, principalement. L'ancien secteur de
Dick Turpin. On voit toujours son fantôme chevaucher
Black Bess et tout ça. Nous suivons son exemple, Patsy
et moi. De joyeux vagabonds, voilà ce que nous sommes.
Des chevaliers errants du XXe siècle. » Il lui fit un clin
d'œil. Elle était son confesseur. Il se sentait en sécurité,
en sa compagnie, mais elle ne savait trop si elle souhaitait recueillir ses confidences.

« Vous attaquez les voitures qui font un détour par
Spaniard's Inn ! » Elle secoua la tête pour indiquer
qu'elle ne voulait pas en apprendre plus.

« Rien d'aussi dangereux. Cependant, c'est de vous
que je souhaite entendre parler. »

Obligée de me plier aux moindres désirs de ce démon j'ai pris mon mal en patience. Mais j'ai fait serment de me venger. Quand Mickey était en sang et qu'il m'a dit d'appeler la police, ça ne m'a fait ni chaud ni froid et je n'ai pas bougé d'un poil.

« L'existence que je mène à présent est bien morne. » Elle se demanda si elle rougissait. Kieron l'avait aidée pour son avortement.

« Elle le serait encore plus si vous étiez toujours avec Davey. Soit dit sans vous offenser, ce n'est pas un joyeux drille. J'ai lu ses livres. Ils sont intéressants. J'ai du mal à croire que c'est lui qui les écrit.

— Je n'en doute pas.

— Ce n'est pas une critique. » Il voulait s'attirer ses bonnes grâces. « Mais vous voyez ce que je veux dire. Au fait, comment va-t-il ? Je comptais lui rendre visite.

— Il a déménagé pour Bayswater. Je le verrai peut-être ce soir. Dans un pub où il retrouve des amis. » Elle grimaça en buvant le gin qu'elle avait commandé pour l'épater. « L'Archery.

— Un cadre très agréable.

— Vous connaissez tous les pubs de Londres. »

Il réfléchit à cette déclaration avant de secouer la tête. « Pas ceux de Notting Hill ni de Bayswater. C'est un territoire inconnu peuplé de putes et de schwartzes, pas un milieu pour un jeune homme convenable. Sans oublier les Grecs !

— Je croyais qu'il y avait toujours une majorité d'Irlandais à Notting Hill, fit-elle sournoisement.

— Je ne pourrais pas vous le dire. Mon père venait de là-bas, mais je suis un cockney. Ce qui est arrivé de meilleur à ce quartier, ce sont les Antillais. Ils lui ont apporté de la vie. C'est bien plus classe, de nos jours. Vous ne vous rappelez pas le dépotoir que c'était ? Malgré les émeutes.

— Selon David, ce sont seulement quelques Teddy

Boys qui s'en sont pris à des Noirs pour des histoires de filles. Les journalistes ont grossi l'affaire.

— Comme à leur habitude.» Il but son whisky, lassé par la conversation. «Venez, je dois tenir parole et vous raccompagner.»

L'alcool semblait avoir décuplé sa fatigue. Quand elle regarda autour d'elle, les religieux du Thomas à Becket se déplacèrent et se tournèrent vers elle pour lui sourire. Les légendes gravées sous leurs pieds ondulèrent. FRÈRE, APPORTE-MOI CÉANS MA CHOPE devint FERME LA PORTE DE L'OCÉAN, SALOPE. C'était mauvais signe. Elle avait intérêt à aller se coucher sans attendre. Elle se ressaisit pour répondre : «Ce serait très gentil.»

La réponse de Kieron fut brouillée, couverte par le grondement des vagues sur les galets, et elle dut se contenter de hocher la tête en feignant d'avoir compris. Elle redoutait un retour des voix et elle se félicita que la ville fût encore presque déserte lorsqu'ils regagnèrent la Porsche et prirent les rues secondaires de South London. Kieron lui fit une démonstration de conduite et ils laissaient peu après Clapham Common derrière eux pour traverser le pont de pierres roses et grises de Hammersmith, cet ultime exemple de grandeur victorienne.

À un moment, sur Haverstock Hill, j'ai pensé qu'elle avait commis un meurtre. Elle a réussi à se tenir loin de tout ça. Tu ne pourrais pas te libérer une ou deux minutes samedi ?

«Vous êtes morte de fatigue, n'est-ce pas ?»

Il l'avait réveillée. Elle s'était endormie juste avant d'atteindre Phoenix Lodge. La voiture s'était arrêtée devant le pâté de maisons et le moteur tournait au ralenti. «Je ne me rappelle plus laquelle est la vôtre.»

Elle craignit un instant d'avoir oublié son sac, mais il était à ses pieds. Elle le fouilla pour y chercher ses clés. «C'est bien volontiers que je vous ferai du thé.»

Il l'embrassa sur la joue. «Vous êtes fracassée. Je ne

m'en étais pas rendu compte. Je crois que le gin vous a achevée. Donnez-moi votre téléphone. »

Le bref somme avait eu sur elle un effet salutaire. Elle se sentait vaseuse, mais la folie avait battu en retraite. Elle trouva son calepin et écrivit son numéro sur une petite page qu'elle plia et déchira pour la lui tendre.

« Je passerai peut-être voir Davey. Il va souvent à l'Archery ?

— Tous les mercredis, je crois. Il m'a dit que tous étaient les bienvenus. Alors, ce thé ?

— À Orpington, deux épagneuls doivent se demander ce qui m'est arrivé. » Il redressa ses manchettes.

« Vous vous êtes vraiment écarté de votre route. » Elle en était émue. « Il va vous falloir un temps fou pour rentrer chez vous.

— Pas avec ça. Une demi-heure. Vous revoir a été agréable, Mrs G. » Il fourra le bout de papier dans sa poche. « Je vous appellerai. Un de ces soirs nous pourrons peut-être dîner tous les trois : vous, moi et le jeune Davey, non ?

— Ce serait formidable. Je suis heureuse que vous vous en soyez si bien tiré. » Elle savait qu'elle ne le reverrait que par un pur effet du hasard. Impulsif et immature, Kieron était généreux de son temps et de son argent pour tout oublier sitôt après, une qualité féline qui la déconcertait et la séduisait. « Je dirai à David que vous avez demandé de ses nouvelles. »

Elle le salua de la main alors qu'il repartait en sens inverse dans Shepherd's Bush Road. Il fit zigzaguer la Porsche, ce qui lui donna des airs de bandit de grand chemin. Stewart Granger dans un film de cape et d'épée. Elle espérait qu'il ne s'attirerait pas d'ennuis. Peut-être ne se livrait-il pas à des activités plus risquées que vendre des véhicules haut de gamme. N'était-ce pas l'occupation des aventuriers des temps modernes ? *Il aurait plutôt ten-*

dance à les voler. La voix qu'elle venait d'entendre avait été très nette et inconnue.

Elle inhala à pleins poumons et se dirigea vers la porte de la maison, les clés tendues devant elle. Tous dormaient, derrière les tourelles et les pignons de brique des Phoenix Lodge Mansions. Même le laitier n'était pas encore passé. Elle atteignit le hall obscur où elle avait l'impression que des géants montaient la garde.

Ces reflets rouge doré teintaient son visage et pendant que je le regardais couvrir mon corps il me semblait constitué de métal en fusion. Pas un dieu, malheureusement, il était bien trop laid. Sie betraten das dunkle Hans.

Elle se rappela à l'ordre et prit des inspirations régulières pour contrer la panique. Les battements rapides du cœur et l'afflux d'adrénaline étaient à l'origine d'hallucinations aux causes purement physiques. Elle s'arrêta pour redresser ses épaules face à l'escalier qui se lovait tel un énorme serpent. Elle n'avait pas emporté ses comprimés parce qu'elle ne supportait plus sa dépendance. Pensant rentrer chez elle la veille en fin d'après-midi, elle n'avait pas cru en avoir besoin. Il y en avait dans la salle de bains.

En pissant dans sa bouche qu'elle a dit et j'aurais jamais cru que ma femme pourrait gagner sa vie en faisant des trucs pareils...

Elle n'eut qu'à foudroyer les marches du regard pour qu'elles cessent de se contorsionner. Elle se ressaisit une fois de plus, gravit la volée de gradins suivante et atteignit finalement son palier. Il ondoyait, lui aussi. *Va te faire foutre te faire crier te faire chanter pour ton putain de petit déjeuner salope qui voudrait t'écouter... Viens où je veux... baise qui je veux... et si t'en veux encore alors ferme ta putain de gueule Seigneur quelle traînée et entre-temps la pluie continuera de tomber toute la matinée sur l'est de l'Écosse...* La vieille peinture écaillée de la porte n'était en soi pas menaçante. Il n'y avait plus de voix au-delà ou, ce qui aurait été encore plus grave, en elle. Elle inséra la clé dans la serrure. Elle sourit de soulagement sitôt après avoir repoussé le battant.

« Oh, Mary Gasalee, tu n'es pas Jeanne d'Arc ! »

Puis, alors qu'elle allait de pièce en pièce pour tirer les rideaux et laisser entrer un soleil printanier magnifique, de doux gazouillis se répandirent dans l'appartement. Son canari s'était réveillé et saluait son retour.

Captain Jack Cade 1968

Patsy Meakin se redressa pour regarder par-dessus une pierre tombale érodée et sursauta en sentant une fougère lui effleurer la joue. Un reniflement lui permit de garder dans ses narines le sulfate d'amphétamine qu'il venait d'inhaler sous le couvert des monuments obscurs pendant qu'il tentait de faire la mise au point de sa caméra 16 mm sur une tache de clarté pommelée par la ramure des arbres au-delà de la surface miroitante du canal. Il ne pouvait comprendre pourquoi son client lui avait demandé de filmer une maison si banale, mais c'était la première fois que ce qu'on lui avait enseigné à l'école des Techniques cinématographiques de Londres lui rapporterait de l'argent. C'était une mission d'espionnage et il était aussi surexcité que s'il participait à un épisode de *Chapeau melon et bottes de cuir* ou d'*Agents très spéciaux*. Renfloué par ses activités nocturnes sur la lande, il s'était pour l'occasion acheté dans Carnaby Street une veste en velours lie-de-vin de style régence.

L'odeur de fougère et d'herbe fraîchement tondue le replongeait dans les histoires qu'il se racontait étant enfant. Se rapprocher en rampant de la balustrade qui le séparait des flots lui permit de cadrer le toit du cottage. Il était incongru, ainsi cerné de bâtiments municipaux et de sites industriels pour la plupart abandonnés. Les gazomètres de Kilburn surplombaient cette construction et le canal qui était toujours aussi sale, même si quelques optimistes pêchaient encore sur ses berges. Plus loin au sud se dressaient déjà des piliers de béton de la nouvelle autoroute. Son client souhaitait peut-être réaliser une opération immobilière juteuse. Tous s'interrogeaient sur le tracé exact de cette voie express.

La maison qu'il devait filmer était presque invisible, quel que soit l'angle de prise de vues. Il avait discerné en grimpant dans un arbre un mélange hétéroclite de pierres, de planches et de briques qui pouvait dater de l'aube de la civilisation. Les diverses extensions semblaient tout aussi vieilles mais une grande haie d'ifs l'empêchait de prendre des images dignes de ce nom et lui dissimulait ses habitants. De temps à autre s'en élevaient d'étranges sons bestiaux ou la voix aiguë d'une femme qui appelait quelqu'un, mais si son imagination le faisait fantasmer sur des orgies contre nature son zoom ne lui permettait pas de voir quoi que ce soit où qu'il pût se placer ; et la réalité commençait à le fasciner bien plus que les suppositions. D'un autre siècle mais toujours habitée, cette chaumière lui inspirait de la crainte. Elle lui rappelait le décor d'une histoire de fantômes qu'il avait lue autrefois. Il y avait même un escalier qui descendait vers un étroit bassin parallèle au canal et il pensait y avoir vu une barque à l'amarre. Il fit un zoom et posa la main gauche dans une touffe d'orties. Son cri fut repris avec des intonations moqueuses par un gros oiseau vert perché sur le chêne qui le surplombait. Le volatile, peut-être un perroquet évadé de sa cage, s'enfuit en zigzaguant au-dessus des flots, en direction de la petite habitation. Estimant qu'il avait mené à bien sa mission, Patsy battit en retraite. Le grand cimetière commençait à l'effrayer. Il remettrait le film à son commanditaire, empocherait ses cinquante livres et tout serait terminé.

Il ne lui restait qu'à déterminer pourquoi Reeny (ou plus exactement son frère John, il en était convaincu) s'intéressait à cette propriété. C'était une curiosité mais les Fox se fichaient autant de l'histoire que de l'esthétique. Le cambriolage n'était pas non plus leur style, contrairement au kidnapping. Patsy s'interdisait d'y penser. Sept ans plus tôt, ils l'avaient embringué dans la tentative d'enlèvement d'un homme d'affaires américain avec lequel ils jouaient régulièrement au poker. Ce type avait eu moins de dix livres dans son portefeuille et la discussion s'était envenimée lorsqu'il avait fallu décider ce qu'ils feraient de lui. Ils étaient dans une Granada volée quand Bobby, le frère caractériel de John, avait frappé l'Amerloque au visage. Patsy avait poussé les Fox hors du véhicule avant que la situation ne dégénère. John l'en remercierait par la suite. Reeny s'était quant à elle spécialisée dans le proxénétisme et le trafic de drogue. Elle n'avait pas son égal pour faire passer des frontières aux gens et aux marchandises alors que John était plus doué pour gérer des clubs et pratiquer le racket. Il avait également une petite agence s'occupant des orchestres de rhythm and blues qui jouaient dans les pubs et il utilisait Bobby, cet abruti congénital, pour effrayer quiconque trouvait à redire à ses activités. Patsy leur conseillait souvent de s'en tenir à ce qu'ils connaissaient le mieux et de ne pas céder à l'ambition qui n'attirait que des ennuis. Figuraient parmi leurs autres **fiascos** le hold-up raté d'une confiserie de Dalston qui avait **valu** à Bobby un an de prison après les deux mois d'hôpital dus aux coups de pelle à charbon que lui avait assénés la vieille propriétaire. Patsy avait accepté de bosser pour eux quand il faisait le musicien ambulant sur le continent et qu'ils lui avaient proposé de servir de passeur. Mais la quantité d'héroïne qu'il transportait dans son sac à dos était si importante qu'il s'était dégonflé et il avait rejeté les autres offres de Reeny, préférant s'associer à son frère Kieron.

Reeny qui n'avait pas ménagé sa peine pour le convaincre que ce boulot était « tout ce qu'il y a de plus honnête, mon cœur. D'accord, la dernière fois je n'ai pas été vraiment réglo avec toi. J'aurais dû préciser qu'il y avait des PPK trente-huit dans la valise, même s'ils étaient démontés et qu'ils ne risquaient pas de partir tout seuls. Tu remarqueras que j'ai expédié les munitions par la poste. Mais tout s'est passé comme sur des roulettes, non ? Et ça t'a permis d'empocher pas mal de pognon et de te la couler douce en Abyssinie, non ? C'était bien toi, hein ? ». Patsy comparait sa silhouette à un sac de patates. Retirer sa robe informe, ce qu'elle faisait fréquemment quand elle allait à des soirées, n'arrangeait rien. Elle était encore plus petite que lui, environ un mètre cinquante-cinq, et avait le même tour de taille. Elle lui avait dit que ce film était « destiné à un collègue qui étendait ses activités ». John voulait peut-être se lancer dans la spéculation immobilière comme la plupart des malfrats de l'East End, s'il ne souhaitait pas acheter ce cottage pour disposer d'une planque. Un lopin de terre pris en sandwich entre un canal, une autoroute en construction, un cimetière et une usine à gaz n'était pas le site idéal pour un lotissement de grand standing, et ce reliquat pittoresque d'un paysage rural du siècle dernier ne devait pas avoir une valeur marchande très élevée. Le secret entourant l'opération indiquait sans doute que John cherchait un refuge où il pourrait aller se faire oublier en cas de besoin.

Il rangea la caméra dans son étui, alluma une cigarette et revint d'un pas tranquille vers le portail en s'arrêtant ici et là pour lire les inscriptions des tombes les plus monumentales. Il aurait bien aimé qu'un ange en marbre noir verse des larmes sur sa dépouille, après sa mort. Il mettrait de l'argent de côté dans ce but, s'il devenait un

jour un grand cameraman. Ses études ne lui avaient pas
encore permis de trouver du travail et il secondait toujours Kieron. Deux ans plus tôt, il s'imaginait en Afrique
ou à Hollywood, engagé par un célèbre metteur en scène.
Il aurait apporté de la poésie aux scènes de violence. Il
avait toutefois l'impression que réussir dans ce métier eût
été plus facile s'il avait eu moins de diplômes et un peu
plus de bagout.

Le speed le faisait planer et ce fut en chantonnant qu'il
continua son parcours entre les tombes. « Adieu, j'ai été
heureux de t'avoir connue. Adieu, j'ai été heureux de
t'avoir connue… » Il s'arrêta pour chasser des larmes
d'un haussement d'épaules. Il venait de penser à la mort
de Woody Guthrie, emporté par la maladie de Huntington l'année précédente. Il regrettait d'autant plus d'avoir
laissé tomber la musique que les cafés et les pubs où il
s'était produit avec les Greenhorns avaient servi de tremplin à des types moins doués que lui. Mais il avait été trop
fier pour commercialiser son talent. Néanmoins, seuls
Joss et Mandy avaient vraiment réussi. Joss était toujours
bassiste et chanteur des Iron Butterfly malgré tous les
changements dans la composition du groupe et il avait
un statut de mégastar bronzée qui résidait près de San
Francisco. Mandy avait quant à elle fondé son propre
orchestre de blues qui avait droit à des critiques favorables ou défavorables en fonction des tendances du
moment. Elle vivait modestement à North Finchley avec
son ami chinois et ses deux petites filles.

Il franchit les piliers de pierre du portail du cimetière,
retrouva le grondement des poids lourds de Harrow
Road et regarda sa montre. Atteindre Cannon Street et
le Captain Jack Cade où Reeny l'attendrait lui prendrait
trois quarts d'heure. Il avait eu l'intention de développer
la pellicule mais n'en aurait pas le temps. Il la lui remettrait en lui disant de la confier à un labo. Il pourrait
ensuite se rendre à Battersea Park où les Pearly Kings

and Queens[1] organisaient un défilé à but caritatif. Il désirait depuis longtemps les filmer dans leurs plus beaux atours, avec leurs poneys et charrettes. Écrire une série de documentaires sur Londres pour la télé américaine pourrait intéresser David Mummery. Le «Swinging London» et les bobbies à bicyclette leur ouvriraient les portes de chaînes comme CBS. Ça lui rapporterait de l'argent et des références qui lui permettraient peut-être de travailler à Hollywood. Les guides touristiques de Mummery avaient exactement le ton qui convenait et, s'il vivait toujours à Notting Hill, Patsy lui téléphonerait pour lui proposer une association. Ils empocheraient tous les deux une part de ce pactole. En sifflant à tue-tête comme un pinson, il sauta dans le premier bus qu'il vit se diriger vers l'est. C'était son jour de chance, il le savait. Quand ses bottes en peau de serpent touchèrent la plate-forme, le vent emporta ses longs cheveux roux, dilata sa veste de velours, fit cliqueter et miroiter ses perles. Un court instant, il ressembla à un oiseau géant de la mythologie celtique.

«Faudrait buter tous les salopards dans ton genre», entendit-il en gravissant l'escalier de l'impériale. La femme s'était adressée à un homme assis près d'elle mais Patsy en souffrit car Ginny lui avait tenu les mêmes propos lors de leur dernier coup de téléphone, lorsqu'il l'avait appelée pour tenter une ultime réconciliation. Mais cela n'affecta pas longtemps son humeur. Il s'installa sur la banquette avant pour fumer une Capstan Full Strength et remarqua en approchant d'Edgware Road que le soleil apportait de la vie aux immeubles grisâtres, aux murs de brique sale et aux rues crasseuses. «Je l'ai embrassée près du gazomètre.» Il y en avait des tas, comme Ginny. Qu'il se soit laissé obnubiler par cette

---

1. Vendeurs des quatre-saisons qui s'exhibent à certaines occasions avec des vêtements couverts de boutons de nacre. (*N.d.T.*)

petite conne le sidérait. Il se fichait de ce qu'elle devenait, cette pouffiasse prétentieuse. Si son père voulait qu'elle épouse un gentil courtier en bourse, grand bien lui fasse !

Il adressa un clin d'œil à la fille timide en robe afghane qui s'asseyait en face de lui. « Belle journée, pas vrai ? »

Elle rougit.

« Tu vas où ? » Il la gratifia d'un sourire, mais il n'avait pas le charme de son frère et elle pivota vers la fenêtre, ce qui éveilla son instinct de prédateur. « Allons, ma jolie, si des gens comme nous refusent de s'adresser la parole, il n'y a plus d'espoir pour le reste de l'humanité. »

Elle tourna vers lui son visage ovale encadré de longs cheveux châtain clair, sans toutefois soutenir son regard. Il en éprouva de la satisfaction : faire appel à la camaraderie était presque toujours efficace. « Je vais à la manif, dit-elle. Tu sais, à Old Bailey. Tu sais, pour *Frendz.* »

Il décida de tenter sa chance et lui montra l'étui de sa caméra en exagérant son accent écossais d'emprunt. « Ça alors ! Je dois justement couvrir l'événement pour la presse underground. Je travaille pour *International Times, Oz,* ce genre de trucs. » Si ça ne le rendait pas irrésistible, rien ne le pourrait.

Bien que méfiante, elle se détendit un peu. « Vraiment ?

— On m'appelle le capitaine Clic, ma jolie. Je filme tous les trucs importants. Les soirées des stars. Les concerts de rock. »

Elle accusa réception de sa déclaration par un hochement de tête. Elle n'avait pour tout maquillage que le mascara qui soulignait ses grands yeux marron et du rouge à lèvres pâle. « C'est la première vraie manif à laquelle je vais participer. Je l'ai promis.

— Promis à qui ?

— Aux types de *Frendz*, tu sais. Je faisais du porte à porte dans Portobello, samedi dernier. J'étais dans leurs bureaux. Tu connais Jon Trux ? John May ?

— Des potes. » Capitaine Clic réunit son pouce et son index. « J'irai là-bas sitôt après avoir livré un film. Et si tu m'accompagnais ? Le temps de s'en jeter un et on y va.

— J'ai dit que j'y serais à une heure.

— Comme tu voudras. Enfin, on se verra peut-être. File-moi ton téléphone, au cas où on se raterait. Je cherche un modèle. Rien de trop sexy, rassure-toi. Tu seras parfaite.

— Nous n'avons pas le téléphone. Mais je passe souvent à *Frendz*. » Elle s'intéressa à la rue pour bénéficier d'un répit et Patsy se mit à siffloter. La voir se lever le surprit.

« Tu descends déjà ?

— J'ai une correspondance. Pas toi ?

— Je vais un peu plus loin. » Il constata qu'ils avaient atteint Marble Arch. S'il l'accompagnait, elle découvrirait qu'il était un imposteur et il arriverait en retard à son rendez-vous avec Reeny alors qu'il avait besoin d'argent. « Ton petit ami sera à la manif ? »

Elle sourit et agita les doigts, ironique.

Il la regarda s'éloigner vers Oxford Street au milieu des personnes qui mettaient l'heure du déjeuner à profit pour faire leurs courses, une princesse de conte de fées en brocarts. « Une petite allumeuse. » Patsy avait adressé ce commentaire au monde dans son ensemble. « Du genre à s'attirer des emmerdes. » Il ferait un saut à Old Bailey, au cas où il se produirait quelque chose que ceux de la télé ne pourraient pas couvrir. C'était en outre l'occasion rêvée de dégoter de la dope et de s'envoyer cette hippie.

La contre-culture ne l'intéressait qu'à cause des jolies filles qui gravitaient autour. Tous ses flirts avec des beatniks, des gauchistes, des fans de jazz et de folk avaient été décevants étant donné qu'elles étaient pour la plupart grassouillettes, myopes et plus enclines à gloser sur le sexe qu'à le pratiquer. Patsy était conscient d'avoir quelques années de trop pour que ses cheveux longs et ses perles soient vraiment convaincants, mais il compensait ce handicap en se faisant passer pour un journaliste doublé d'un artiste. La possibilité de se payer de ravissantes idiotes dans la fleur de l'âge, de planer avec des drogues non frelatées et de pouvoir peut-être participer à des orgies l'incitait à mettre le paquet, et qu'il fût plus vieux qu'elles donnait du poids à ses bobards éculés. Ne lui avaient-ils pas permis de se taper Ginny? Toutes les histoires qu'il faisait gober à ces connes révélaient qu'il n'avait aucun scrupule. Il rit. «Capitaine Clic, le roi de la baise! Tu parles!»

Lorsqu'il descendit du bus dans Farrington Street il lui restait un quart d'heure pour gagner Cannon Street. Assez exotique sous son déguisement à deux facettes il se fraya un chemin au cœur d'une cohue d'employés de bureaux en n'éprouvant que du mépris pour l'intérêt qu'ils lui portaient. Légèrement essoufflé, il gravit Ludgate Hill et reprit son souffle avant de passer devant St Paul, à proximité des nouveaux immeubles dont les immenses surfaces vitrées reflétaient le soleil, des conquérants étrangers arrogants. Il prit soin de ne pas approcher d'Old Bailey. Il voyait ici et là des groupes de jeunes gens aux tenues colorées se diriger vers le tribunal. Tout indiquait que la manifestation serait importante.

Il tourna dans Cannon Street et atteignit ce qui était pour lui le véritable cœur de Londres, le lieu ou quelques années plus tôt, au Captain Jack Cade, un pub à la façade médiévale situé en face de la gare, il avait joué pour le New Socialist Folk Club. Un établissement érigé à l'emplacement de la Pierre de Londres que Jack, un des derniers héros de la plèbe à avoir conduit une armée d'insurgés dans cette ville, avait frappée avec son épée en proclamant le peuple maître de la cité. Le Jack Cade symbolisait les idéaux et les espoirs déçus de ses contemporains et c'était peut-être pour cette raison qu'il avait décidé d'y retrouver Reeny plutôt qu'à Soho, qu'elle préférait, ou dans l'East End qui était le fief de son frère et de ses amis. Sans oublier qu'il risquait à Soho de rencontrer une vieille connaissance qui lui rappellerait un service rendu ou une dette. Il poussa les portes de saloon en s'imaginant qu'il était un hors-la-loi de western puis s'ouvrit à coups de coude un chemin au milieu des beaux messieurs de la City, sans prêter attention aux plaisanteries et aux remarques sur sa tenue vestimentaire car il savait que ce bastion du conservatisme courtisait ses semblables depuis que les Beatles étaient devenus des millionnaires respectés. Les banquiers d'affaires, véritables détenteurs de la puissance, ne pouvaient plus différencier les rebelles des nouveaux capitalistes, un autre élément qui renforçait le cynisme que lui inspirait le mouvement hippie.

Assise à la table du fond, Reeny lisait un exemplaire de *Penthouse* en sirotant son porto citron habituel, les cheveux brillants de henné fraîchement appliqué. Les bleus, orange et rouges de son visage rivalisaient avec sa robe pourpre informe et les colliers de turquoise, jade et malachite qui couvraient sa poitrine. Patsy humait déjà son parfum mêlé à l'odeur de la Gitane pincée entre ses doigts boudinés lestés de bagues. Il terminait son approche dans la foule de tissu à rayures et de worsted lorsqu'elle leva les yeux et le salua d'une quinte de toux avant de se déplacer pour lui faire de la place sur la banquette capitonnée. « Pile à l'heure, Pat. Qu'est-ce que tu prends ?

— Une pinte de Guinness ? »

Elle tendit la main vers son sac et fit le geste de se lever. « Je m'en charge, Reeny. Pour toi, ce sera la même chose ?

— Merci. » Elle fourra un billet d'une livre dans sa paume. « Mes pieds t'en seront infiniment reconnaissants. »

Lorsqu'il revint avec les verres, il lui demanda des nouvelles de son compagnon, un modèle de discrétion. Censé connaître dans leurs moindres détails tous les acheminements illicites de Douvres à Macao, Horace ne sortait pratiquement jamais de chez eux.

« Il est un peu patraque, ces derniers temps. » Reeny était touchée par la question de Patsy. Rares étaient ceux qui étaient conscients de l'affection qu'elle portait à son mari. « Quand je suis partie, il était assis dans le lit avec une tasse d'orange chaude, deux biscuits aux céréales et le nouvel *Atlas maritime du Times* que je lui ai offert pour son anniversaire. Il a mal à la gorge et renifle. » Elle gratta ses bras gainés de rouge et passa des doigts carmin dans sa chevelure orangée. Leur recoin du pub était si tape-à-l'œil qu'il se serait cru dans un décor du *Magicien d'Oz*. « Tu as le film ? »

Il lui tendit le sac. « Ne le sors pas. Il faut le développer et le tirer.

— Il a quelqu'un pour ça. » Elle ouvrit son portefeuille et sortit cinq billets de dix livres agrafés. « Tiens, Pat. S'il y a un os, tu remettras ça dans la semaine.

— Comme convenu. » Il soupira et descendit sa bière pour se détendre.

Le ministère peut aller se faire mettre. La spéculation va bon train. Je crains de ne jamais avoir eu beaucoup de principes. Les gros bonnets ? C'est pas tout à fait ça, mon vieux. T'as toujours ta Rover ? Et ta femme ? Ha, ha, ha. Ha, ha, ha. Ha, ha, ha.

Plus loin, près de la vitre, Judith Park, vêtue de sa tenue la plus austère, s'essuya la bouche avec une serviette en papier tout en souriant à Geoffrey Worrell pour lui indiquer qu'elle avait apprécié le hachis Parmentier.

« Je ne m'attendais pas à ce que ce soit si bruyant. » Il suçota sa lèvre inférieure. « La prochaine fois, nous irons dans un vrai restaurant. »

Cette référence à l'avenir était encourageante étant donné qu'il lui avait déjà déclaré qu'il aimait ses croquis et souhaitait en faire des cartes de vœux, en promettant — si cette série de dix remportait le succès escompté — de lui en commander d'autres. Bien qu'agréablement surprise par la somme proposée, Judith était déçue que ce fût pour solde de tout compte. Mary Gasalee lui avait conseillé de réclamer un pourcentage et elle se demandait comment aborder la question quand les cheveux bruns de Geoffrey, ses dents irrégulières, ses yeux bleus, sa peau hâlée si douce et ses mains puissantes faisaient flageoler ses genoux et que tout en lui démontrait qu'elle le fascinait. Étonnée et un peu choquée par cette prise de conscience, elle se fichait qu'il soit marié ou célibataire. Elle ne supportait plus les compromis, les aventures médiocres, les hommes ennuyeux, et elle avait depuis dix mois opté pour le célibat, refusant même à son ex-mari leurs soirées où ils s'abreuvaient de reproches. Mais elle était ce jour-là prête à tout et son pouls s'emballait comme elle retrouvait la joie et l'appréhension éprouvées lorsqu'elle avait décidé de coucher pour la première fois avec un garçon. Néanmoins, l'enthousiasme que Geoffrey lui inspirait et la stupidité des propos qu'elle lui tenait l'atterraient. Craignant de passer pour une idiote, elle tentait de museler sa surexcitation, mais il semblait simplement flatté et devenait de plus en plus éloquent sur les problèmes que posait la reproduction fidèle des couleurs.

Elle estima que prendre les devants s'imposait. « Nous devrions peut-être poursuivre cet entretien à l'extérieur. Si vous le souhaitez, bien sûr. Il fait si bon et tout est si beau. Nous pourrions marcher un peu. »

Ce qu'il approuva sans réserve. « J'ai horreur des pubs citadins. Ne préféreriez-vous pas une bonne vieille auberge campagnarde ? » Il lui parla d'un endroit situé à quelques miles d'Oxford et de sa bière merveilleuse puis

salua de la main le barman tout en lui ouvrant la porte.
Il se pencha vers son carton à dessins. « Je vais le porter,
d'accord ? » Un sourire rassurant, la légère odeur douceâtre d'un tabac aromatique.

« Oh, ce n'est pas lourd, je vous assure ! » Elle le lui
abandonna malgré tout et sourit à son tour alors qu'ils
se dirigeaient vers Queen Victoria Street et la Tamise.
Cette commande était très importante et elle avait préparé leur rencontre avec soin : sa coupe à la Jeanne
d'Arc la rajeunissait de quelques années, et qu'elle eût
mis des escarpins noirs était secondaire étant donné
qu'il la surplombait de près de dix centimètres. Pendant
ses dix mois de célibat elle avait pris la ferme décision
de ne plus consacrer son temps qu'à un homme en tout
point désirable et Geoffrey, avec sa veste en tweed
épais, son pantalon en serge et ses chaussures cirées en
était l'archétype. Alors qu'ils vagabondaient au cœur de
la circulation sous un ciel crème, il poursuivait son
exposé sur les techniques d'impression qu'elle ponctuait
de petits roucoulements en manquant de peu battre des
cils tant ce temps printanier sublime l'incitait à être
indulgente envers elle-même. S'il était encore trop tôt
pour s'autoriser de telles privautés, elle savait qu'elle
n'hésiterait pas en temps voulu à lui lancer un regard
aguichant.

Geoffrey s'interrompait souvent pour déclarer en
étant convaincu du contraire qu'il devait l'ennuyer, ce
qu'elle niait avec une hypocrisie sans bornes. Tout ce
qu'elle disait contribuait à son plaisir. Ils atteignirent le
quai où les mouettes s'élevaient et plongeaient sur les
courants aériens et où des colverts avaient des prises de
bec dignes de numéros de clowns sur les flots qui
brasillaient. Il précisa qu'il aurait adoré lui montrer la
campagne de l'Oxfordshire en cette saison et, bien décidée à devenir à ses yeux une compagne idéale, elle

répondit sans rougir que c'était avec les collines de Cotswold sa région d'Angleterre préférée.

Ils s'arrêtèrent près des vieux navires de guerre amarrés en ce lieu et il raconta une petite anecdote se rapportant au *Président*, au *Chrysanthemum* et au *Wellington*. Flâner ainsi avec cet homme en se sentant totalement à son aise était reposant. Elle lui dit qu'elle avait l'impression de le connaître depuis des années, qu'il lui rappelait son frère. À propos de famille, il lui demanda si elle était mariée et elle lui parla de son divorce. Qu'elle eût refait sa vie démontrait qu'elle était très courageuse, affirma-t-il. Sa propre épouse était une femme admirable, mais ils se seraient séparés s'il n'y avait pas eu les enfants. « À cause de mon travail, voyez-vous. Elle ne s'y intéresse pas. » Bien décidée à compatir malgré un soudain élancement de culpabilité, Judith avait brûlé ses ponts. La suite ne dépendrait que de son audace.

« Elle a d'autres pôles d'intérêt. » Ils atteignirent les pelouses cernées de feuillus d'Inner Temple Garden. Judith eût aimé s'asseoir mais tous les bancs étaient occupés. Elle regarda avec irritation une vieille épave qui nourrissait des moineaux dans sa paume. « L'édition n'est pas "son truc", comme elle dit. Mais c'est une excellente mère. Les enfants sont heureux. »

Judith l'était également, mais elle ne savait quel comportement adopter. C'était habituellement à ce stade, pour ne pas dire plus tôt, qu'elle reprenait ses distances. Elle eut alors une inspiration. « Ils ont aussi un père exceptionnel. »

Elle laissait sa main effleurer son tweed viril tout en scrutant les ombres vertes du jardin lorsqu'elle vit une silhouette massive sortir de sous les arbres. Josef Kiss était, comme souvent, plongé dans un monologue. Elle frissonna car Dandy Banaji, son ex-mari, l'accompagnait. Si cela ne l'ennuyait pas outre mesure, courtiser Geoffrey

Worrell de façon aussi évidente devant des personnes
qui en seraient visiblement choquées eût été impossible
et elle le prit par le bras. « Je suis vraiment désolée, mais
je viens de voir quelqu'un que je préférerais éviter.
Pouvons-nous nous éloigner ? »

Il plaça sa main sur la sienne, un geste intime et protec-
teur. En débitant des banalités de pure courtoisie il feignit de pas regarder autour de lui et la prit par le bras.
« Écoutez, je suis seul en ville et si ma compagnie ne vous
est pas trop désagréable nous pourrions peut-être dîner
ensemble ? Mais sans doute n'êtes-vous pas libre ?

— Je ne sais pas… » Elle feignit de réfléchir. « J'avais
prévu… Oh, j'apprécie trop votre conversation ! Oui,
j'en serai ravie.

— Je passerai vous prendre. Vous habitez Chelsea,
n'est-ce pas ? » Il la gratifia d'un sourire bienveillant.
« Je trouverai sans peine. Vos coordonnées sont indi-
quées au dos de vos cartes.

— Bien sûr ! » Il y avait des années qu'elle n'avait pas
été d'humeur aussi joyeuse. Elle aurait voulu rire aux
éclats. Elle salivait. « Ça ne vous ennuie pas si je vous
laisse ? J'ai quelques courses à faire. »

Avec décision et courtoisie, il se plaça devant un taxi
pour le héler. « Sept heures et demie ?

— J'attendrai cet instant avec impatience. »

Elle fournit son adresse au conducteur et s'affala sur
la banquette, ravie et horrifiée par sa conduite. Pendant
une seconde elle vit Dandy la suivre du regard en fronçant les sourcils.

« Il n'y a que trois autres églises comme celle-ci en
Angleterre, déclarait Josef Kiss. Une à Cambridge, une
à Northampton et la dernière à Little Maplestead, Essex.
Qu'as-tu, Dandy ? Les Templiers ne t'intéressent pas ?

— C'était Judith, mon ex-femme. Sur son trente et
un. Avec ce type. » Dandy désigna Geoffrey Worrell
qui arrêtait un autre taxi.

« Il a tout d'un avocat sorti de son cabinet, fit Mr Kiss sur un ton amusé. Peut-être a-t-elle l'intention de te réclamer une pension alimentaire.

— Elle avait son carton à dessins. C'est probablement un éditeur. Ça ne me regarde pas, je le sais, mais j'aurais juré qu'elle m'a vu. Ça ne lui ressemble pas.

— C'est peut-être son nouvel ami. Est-ce son genre d'homme ? Tout dans la tenue et rien dans la cervelle.

— C'est bien ce qui m'inquiète. » Dandy reporta son attention sur Mr Kiss. « Elle a toujours eu un faible pour ton imprésario.

— Doux Jésus ! J'aurais pourtant cru qu'elle avait un minimum de bon sens. Malgré ses costumes Bickerton que je ne saurais critiquer, c'est un parasite mondain. »

Dandy Banaji préféra changer de sujet. « C'était sans doute une autre femme. Que disais-tu sur le Temple ? Une chose en rapport avec Jérusalem ? »

Mais Josef Kiss observait à présent les colverts qui faisaient étalage de leurs charmes tape-à-l'œil sous Blackfriars Bridge. « Je trouve qu'ils se donnent beaucoup de mal pour une cane. »

Nell Gwynn 1972

En denim délavé d'une propreté irréprochable, David Mummery sortit du Freedom Bookshop de Red Lion Street et traversa High Holborn pour couper par Lincoln's Inn Fields et humer quelques senteurs printanières avant d'entrer dans les locaux climatisés de Chancery Lane où l'attendait son cousin. Pour donner de lui une image plus contemporaine et séduisante à sa petite amie et à ses employeurs, il avait laissé pousser sa barbe et ses cheveux même si les diktats de la mode l'exaspéraient. Lors de son dernier séjour dans un hôpital psychiatrique les autres patients avaient été amusés par sa méconnaissance des termes dans le vent et son refus d'employer les rares qu'il connaissait. Il n'y avait eu aucun rapport de police et son séjour avait été bref, mais il n'oublierait pas de sitôt l'infirmière en chef qui lui avait lancé sur un ton goguenard : « Alors, un baba cool, c'est quoi ? » à l'instant où il montait dans le taxi envoyé par sa mère.

Le temps est une araignée folle. Oh, quelle gadoue sur ces trottoirs. Ce type s'en tamponne. Banacheck pas bedrin bruk j'ai entendu monter fissa fissa j'étais forcément au courant. Il n'y a pas que les vêtements des pauvres qui puent, eux aussi. J'y vais, j'y vais, d'accord, inutile de me bousculer. Il n'y a pas de foutu numéro quarante-six !

Le soleil et le moral que les Londoniens retrouvaient depuis quelques années étaient évidemment des éléments positifs. Sa vie était bien moins pénible et il n'avait plus l'impression d'être le point de mire de l'attention générale. La ville était de façon surprenante en harmonie avec elle-même et si Mummery considérait que le changement avait débuté à la sortie du premier single des Beatles, la plupart de ses amis l'attribuaient à la victoire des travaillistes de 1964.

La ville avait également recouvré son allant. Elle le devait aux immigrants venus d'Amérique qui y découvraient une créativité, une vitalité et des aspirations qu'ils jugeaient réprimées outre-Atlantique : la concrétisation d'une Utopie, du Rêve américain, même si Lois, son amie originaire de Virginie, se disait déjà un peu déçue que ce potentiel ne soit pas pleinement exploité. Il rétorquait alors que ses concitoyens avaient toujours été sales, mal embouchés, paresseux, bornés et avides. «Comme le Japon, l'Angleterre est une nation qui a prospéré grâce à la piraterie, au pillage des richesses du continent et, quand c'est devenu impossible, en se lançant dans l'aventure coloniale. Ce sont les victoriens, avec leur hypocrisie inspirée, qui ont nié cette évidence. Les pauvres bougres qui ont gobé ces sornettes idéalistes en ont fait les frais. John Osborne, par exemple. Tu ferais mieux de nous qualifier de barbares xénophobes.

— Tu en sembles presque fier, avait-elle commenté.

— Nous sommes en plein déclin. Une authentique civilisation décadente. C'est ce qui fait son charme, comme un coucher de soleil magnifique condamné à disparaître sous peu. Tenter de nous amender serait une perte de temps. Nous savons que la fin approche et c'est le dernier de nos soucis. »

Il se reprochait ces pensées négatives. Elle l'aimait. Il devait impérativement se ressaisir. Tout en étant flatté par l'intérêt qu'elle lui portait, il savait qu'elle finirait par se lasser et renoncer. Elle n'était pas confrontée qu'à sa folie congénitale et sa faiblesse de caractère mais à tout son héritage culturel. Elle se colletait à l'Histoire.

Tu me croiras pas si je t'affirme qu'on avait pour ainsi dire rien fait mec mais ils nous ont malgré tout torturés et ensuite nous sommes tous partis pour l'Angleterre. Salopard qui baise tout ce qui passe. Combien de Peaux-Rouges ont chopé un cancer du poumon ?

Mummery pénétra dans le cadre élégant de verre, d'arbustes exotiques et de plastique fumé high-tech des bureaux de son cousin et déclina son identité à une réceptionniste revêche grisonnante qui, impressionnée qu'il eût obtenu un rendez-vous avec le grand patron, lui demanda de s'asseoir pendant qu'elle décrochait le téléphone et murmurait quelques mots dans le combiné. Mummery était heureux de cette époustouflante réussite. Dénouement d'une histoire d'amour qui avait défrayé la chronique, Lewis avait épousé la fille d'un magnat de la presse ayant des titres nobiliaires et connu une ascension foudroyante. Deux ans plus tôt il avait fondé le *London Town* pour rivaliser avec *Vogue* et *Queen*. La recette se révélant efficace, il y avait à présent six autres éditions, dont une américaine. En tant que principal actionnaire, Lewis était désormais plus riche que son père, qui refusait toujours de lui adresser la parole.

Mummery n'eut pas à faire antichambre. Des instructions parvinrent des hauteurs et il fut guidé vers un ascenseur de cuivre bruni et d'ardoise qui l'emporta sans à-coups vers les sommets. Il passa devant d'autres plantes vertes et décorations de bon goût puis atteignit un comptoir où une douce jeune femme à la minijupe vert sauge et aux cheveux blond clair irréprochables lui sourit sous un maquillage discret pour l'informer qu'elle était l'assistante de Mr Griffin et lui demander de lui emboîter le pas, ce qu'il fit jusqu'à un salon surplombant

Fleet Street, les hôtels-auberges et écoles de droit des Inns of Court et, au-delà, la Tamise miroitante. Elle lui susurra de s'asseoir mais il n'eut pas le temps de s'exécuter qu'un Lewis tout aussi enjoué arriva. Il n'avait guère changé depuis l'époque où il était un joueur invétéré. Il avait une cigarette dans la main gauche, la droite tendue et patinée comme une antiquité astiquée avec soin. « David ! C'est merveilleux. Enfin ! »

Quelques semaines plus tôt Mummery avait commencé à tenir une rubrique intitulée « London Pride ». Son premier texte avait été publié le jeudi précédent et Lewis, surpris de découvrir que son cousin travaillait pour lui, l'avait invité à passer le voir. Mummery était ravi que le paternalisme n'eût joué aucun rôle dans l'obtention de ce job et que Griffin le traite toujours en ami. Il ne l'avait pas revu depuis son départ de sa maison de Fulham.

Il le suivit au cœur d'une jungle d'arbustes en pots vers une immense pièce à la moquette pêche, meublée de fauteuils pastel et d'un grand bureau aux lignes épurées. La vue sur Londres était ici encore plus vaste. « Pas mal, hein ? J'ai gravi des échelons, tu ne trouves pas ? J'étais persuadé que ça ne durerait qu'une ou deux semaines. Je ne peux pas me plaindre. C'est mieux que toucher le tiercé. »

Mummery ne s'était pas attendu à tant de simplicité et de franchise et ne savait quoi répondre. Avec ses cheveux et sourcils noirs, ses dents trop blanches pour être naturelles, sa mine éclatante de santé bien qu'un peu empâtée, son costume Pierre Cardin et sa chemise Jaeger à rayures, son cousin avait tout d'un jeune fondé de pouvoir d'une banque familiale et il aurait dû par conséquent irradier de la suffisance, une assurance teintée de condescendance.

« Nous irons déjeuner au Wig and Pen, si ça te va. » Lewis s'assit dans un fauteuil qu'il fit pivoter pour admi-

rer le panorama. « Est-ce qu'on n'y a pas pris une sacrée
biture, il y a quelques années ? »

Mummery se dérida enfin.

« La bouffe est médiocre et la salle étouffante mais la
clientèle est fascinante : les gens qui dirigent ce pays,
façonnent son opinion publique, décident de sa justice !
Tu en serais sidéré. Tous sont soûls, séniles ou les deux
à la fois. Ça mérite le détour. J'ai dit à Tommy Mee de
nous rejoindre. Ça ne t'ennuie pas, au moins ? Il est
impatient de te revoir. »

La joie de Mummery s'évapora aussitôt. Mee, qui
avait épousé la sœur de Lewis, venait de remporter les
partielles de Kensington East sous l'étiquette du parti
conservateur. Quand Mummery avait participé à sa
campagne en tant qu'indépendant engagé par le London Transport Publicity, Mee qui connaissait ses antécédents médicaux avait été odieux envers lui.

« Entre nous soit dit, je ne l'apprécie guère.

— Merde, j'en suis vraiment désolé, Davey ! Et je ne
peux pas faire marche arrière. J'ai cru en l'entendant
que vous étiez très proches. Nous le larguerons à la fin
du repas et irons prendre un verre au El Vino. »

Mummery se résigna à passer une ou deux heures
désagréables et accepta un Campari soda qu'il but rapidement avant d'accompagner son cousin de la quiétude
de son refuge haut perché à la confusion des ruelles
rénovées de Fleet Street et des Law Courts où ils traversèrent la chaussée pour entrer au Wig and Pen Club. Les
lieux lui semblaient moins vastes que dans ses souvenirs,
avec un bar, une petite salle à manger, d'étroits escaliers, du lambris et des tapis et tableaux du XIXe siècle
aux couleurs délavées et sans aucun intérêt ; un décor et
une clientèle identiques à ce qu'on trouvait dans la plupart des pubs de ce secteur, une atmosphère enfumée et
des rires virils de franche camaraderie. Mummery était
pratiquement le seul à ne pas porter une tenue sombre.

Ils venaient de s'asseoir dans un angle près d'une fenêtre à petits carreaux surplombant ce qui devait être une arrière-cour et d'ouvrir les menus quand Tommy Mee les chargea en gesticulant comme s'il était en pleine campagne électorale. Élancé, avec des cheveux blond-roux, des dents saillantes, des yeux bleu-vert et un teint rubicond de buveur, il avait un costume d'un style fort prisé dix ans plus tôt par les publicitaires. Il serra énergiquement la main de Mummery en se déclarant heureux de constater qu'il n'était pas dans une cellule capitonnée puis adopta une intonation et une attitude respectueuses pour saluer Griffin. Lewis envisageait d'investir dans l'immobilier, principalement de nouveaux bureaux et boutiques, et Mee était bien placé pour lui donner des conseils.

Pendant que Tommy se montrait intarissable sur le regroupement des sites industriels et le réaménagement des emplacements laissés vacants, Mummery mangea un steak, un feuilleté aux rognons et champignons, des frites et un chou-fleur au gratin qu'il fit glisser avec une pinte de bière blonde légère.

« Londres fera peau neuve au cours de ces dix prochaines années, disait Mee. Et, plus important, sa population décroîtra pour la première fois de son histoire. C'est un énorme avantage pour ceux qui savent à quoi s'en tenir.

— Quelle frange de sa population ? » demanda Mummery sans devoir feindre d'être intéressé.

Surpris par son intervention, Mee cilla. « Celle qui n'aura pas les moyens d'y rester ! » Il redressa le bas de son gilet style Régence. « Ces gens partiront vers le bon air. Milton Keynes, Harlow, etc. Tous s'en porteront mieux. C'est l'utilité des villes nouvelles. L'argent est une abstraction, David. Même tes amis de gauche l'ont compris. Personne ne sait aussi bien qu'eux bâtir des châteaux en Espagne puis réclamer des subventions pour les entretenir. Eh, ha, ha, ha ! Les prix ne grimpent pas en fonction des coûts de production, mais de ce que les clients potentiels sont prêts à débourser. Vêtements, nourriture, drogues. Absolument tout.

— Mais la propriété n'est pas une abstraction. Avoir un toit est un besoin, une nécessité.

— Tiens donc ? » Et Tommy Mee lui rit au visage.

Les boîtes d'allumettes vides s'empilent. Il est parti pour devenir un tambour. On les a découverts jouant de la harpe à trois heures du matin. En se pavanant il a failli tomber dans l'étang. Il m'a dit qu'il voulait régulariser la situation. Ys xeber ka ek, ek herf sec hey. Ils ont porté le deuil onze ans. Elle lui faisait mettre des préservatifs noirs, d'après ma femme.

Griffin démontra qu'il était un homme de parole et prétexta des délais à respecter pour expédier le repas. Il promit à Mee de lui téléphoner à la Chambre des communes puis emmena Mummery vers le bas de Fleet Street et prit à droite en direction de la pénombre d'El Vino qui ne fermerait qu'un quart d'heure plus tard. « Tommy est puant. Je n'aurais pas dû l'inviter. Mais il m'est utile et je ne veux pas d'histoires de famille. Ma femme le trouve impayable. Es-tu marié, Davey ? » Ils prirent des doubles brandys accoudés au comptoir.

« Je vis avec une Américaine, une fille qui a un sacré Q.I.

— Je t'envie. » Griffin salua de la tête une de ses connaissances puis alluma une Sullivan's. « Du sang nouveau. Es-tu allé souvent aux States ? New York est une ville merveilleuse, pas vrai ?

— Je n'y ai encore jamais mis les pieds, avoua Mummery, un peu honteux. Cette année, qui sait ?

— Ne crois pas un mot de ce qu'on te raconte. Et Los Angeles est également super. » Il retourna son verre. « Écoute, Davey, je suis vraiment désolé pour Tommy. Un autre ? » Il fit un signe au barman. « Vous pourriez

peut-être passer nous voir, toi et ta copine ? Je t'en prie.
Catherine a prévu un petit dîner. Que des gens char-
mants. Décontractés. Personne du même acabit que
Tommy, promis. »

Une preuve d'amitié qui réchauffa plus encore le cœur
de Mummery. « Ce serait formidable, Lewis. Merci.

— Mercredi prochain, à dix-neuf heures trente ? »
Griffin régla la deuxième tournée et jeta un coup d'œil à
sa montre. « Merde ! J'ai ce truc à la télé dans une demi-
heure. Alors, c'est entendu ? Je trouve tes articles excellents. Nostalgiques sans sentimentalisme. Et drôles. Très
bons. Tu sais où nous habitons ? Chelsea. Trente-deux
Paradise Passage. »

Il y avait longtemps que Mummery n'avait pas été
invité à dîner chez quelqu'un. Leurs amis les emme-
naient dans des restaurants bon marché et revoir les
membres les plus aisés de sa famille serait agréable. En
outre, la simplicité de Griffin surprendrait Lois et c'était
une facette de l'Angleterre qu'elle ne connaissait pas
encore.

Joyeusement éméché, il se sépara de son cousin devant
le bar et se dirigea vers le goulet d'étranglement de
Drury Lane où des représentants de la presse underground tenaient un conseil de guerre au-dessus de leur
imprimerie commune. La paie n'était pas toujours au
rendez-vous et il ne partageait pas nécessairement les
opinions des autres collaborateurs, mais Lois jugeait cet
engagement politique salutaire et il était flatté que les
rédacteurs en chef se déclarent enthousiasmés par certaines de ses idées.

Ils étaient assez âgés, très vieux même, ce qui ne chan-
geait pas grand-chose. J'ai trouvé les ossements éparpillés
d'un pilote allemand dont l'appareil avait été abattu.
Quelqu'un avait déjà récupéré le parachute. Une grande
partie de l'uniforme avait également disparu. Et, naturel-
lement, il n'avait plus ni montre ni portefeuille. Ne

chauffe pas ta maison et tu ne manqueras jamais de com-
pagnie, lui ai-je dit. Les enfants voudront te serrer dans
leurs bras. Les chats viendront se pelotonner sur tes
genoux. Les chiens te resteront fidèles. Kerner ho gia!
Shabash! Tum humara bat janter hi? Avale ça et tu
seras un ange.

Il gravit les dernières marches fissurées vers le dernier
palier et fut chaleureusement accueilli par une blonde
vêtue de daim comme une squaw. «Salut, Davey!» Il
ne se rappelait plus son prénom, ni pour qui elle travaillait. Adossée en équilibre précaire à la paroi, à côté
de la porte, elle tripatouillait un magnétophone portable.
Mummery entra dans une grande pièce occupée par une
table ronde, des chaises désassorties, des posters de R.
Crumb, Grateful Dead et Black Panther. Les surfaces
horizontales étaient encombrées de papier journal poussiéreux, les angles de piles de vieilles revues et de dossiers brunissants. La plupart des hommes étaient jeunes
et entretenaient un look de personnages de westerns
spaghetti avec leurs cheveux longs, leurs chapeaux à
large bord, leurs bottes de cow-boy, leurs ceinturons aux
boucles massives, leurs vestes en peau de daim à franges
et leurs chemises en denim. L'odeur de hasch était âcre
et agréable. Mummery s'assit dans un fauteuil inoccupé
et écouta sans rien dire une discussion portant sur les
problèmes de distribution et la possibilité de regrouper
plusieurs journaux. Les tirages baissaient. Même les flics
avaient cessé de les tenir à l'œil. Ceux qui avaient
apporté leur style et leur talent à la presse radicale
avaient trouvé des créneaux plus rémunérateurs, y compris dans les revues musicales. Les prophéties évangé-
liques annonçant le gouvernement du peuple par le
peuple d'ici la fin des années 60 ne trouvaient plus preneur. Dick Barron, un homme un peu trop corpulent
pour son pantalon de cuir noir, disait que le vent avait
tourné pendant qu'ils planaient. «Nous avons eu tout

l'impact que nous pouvions avoir. Nous devons plier bagage ou chercher de nouvelles cibles. Autrement, tout ça, c'est du pipeau. »

Je glandais dans mon arrière-cerveau quand j'ai compris que c'était un processus de régénération qui m'avait fait trembler sur ce putain de plancher où ils m'auraient laissé crever...

Mummery accepta le joint qu'on lui tendait, sans partager leur réprobation du cynisme de Barron. « Nous devons garder la foi, mec. » Pete Baldock, en veste beige à la propreté douteuse et chemise de velours vert, leva ses yeux injectés de sang. « Qu'est-ce qu'on en a à foutre que ces faux frères bossent pour *Sounds* et *The Village Voice* ? Qu'est-ce que vous reprochez à notre credo ?

— Ça pourrait être notre heure, vous savez... » Mummery ne connaissait pas ce jeune homme rasé de près aux cheveux blond sale. « Vous savez. Notre heure. »

Mummery tira sur le pétard jusqu'au moment où il se brûla les doigts puis attendit le suivant. Il commençait à se détendre. Sans en avoir eu véritablement conscience, il avait été crispé en présence de son cousin. Le hasch était plus efficace qu'un tranquillisant et il s'incrusterait aussi longtemps qu'il en resterait. « C'est historique. » Il avait estimé qu'il était de son devoir d'apporter sa modeste contribution. « Dick a raison.

— Nous ne pouvons pas renoncer à nos idéaux révolutionnaires ! » Jim Enevoldson, le rédacteur américain de *Frendz* depuis la quatrième insurrection du personnel de cette année, un type qui avait tout d'un bûcheron avec sa barbe noire fournie et sa chemise à carreaux, n'était arrivé d'Amsterdam qu'un mois plus tôt. « Je n'en crois pas mes oreilles ! »

Plus ils planaient, plus l'interminable débat dérivait vers des abstractions. C'était une situation familière ne réclamant aucune intervention de sa part et Mummery se sentait à son aise. Il estimait avoir vécu un âge d'or qui avait duré jusqu'à l'enregistrement de *Let It Be*. Plus vieux que la plupart des autres, il avait connu l'austérité des années 50 et savait apprécier cette vie qui se révélait bien moins pénible qu'il n'aurait pu s'y attendre. Le service national avait été aboli avant qu'il soit appelé sous les drapeaux et la reprise économique était survenue assez tôt pour qu'il en bénéficie. Que les meilleurs moments appartiennent au passé n'était pas une raison de se plaindre.

À dix-sept heures trente Dick Barron se leva. « Je vais au Nell Gwynn. »

D'humeur sociable, Mummery décida de l'accompagner. Ils descendirent en riant et titubant l'escalier puis suivirent Drury Lane, comme toujours envahie de piétons à l'heure de pointe, en direction de Holborn Viaduct et de leur établissement favori, avec ses fruits et ses fleurs en terre cuite aux couleurs vives, son intérieur élisabéthain, ses roses en fonte et ses mûriers en plâtre rouge, vert et jaune, ses énormes miroirs encadrés de chêne. Bien des années plus tôt, Mummery avait été un habitué du Folk Club situé à l'étage. La musique avait depuis cédé la place à la poésie. « Si tu veux vendre, Dick, fais-le avec élégance et pour une somme qui en vaut la peine. » Mummery commanda des doubles whiskies. « Je travaille de façon régulière pour *London Town*, à présent.

— J'écris moi aussi de la fiction. Au moins, ça rapporte des droits d'auteur. Et j'écris des chansons, bien entendu. » Les coudes calés sur le comptoir massif, ils regardèrent les autres entrer. Barron se pencha vers Mummery. « Tu vois ce type, dans l'angle ? » Il désigna un quinquagénaire solitaire aux cheveux blancs et au visage étroit assis à une petite table près de la porte ouverte. « C'est le flic qui m'a arrêté il y a deux ans. Il vient ici chaque jour, dans l'espoir de choper quelqu'un. Il ne me reconnaît même pas. C'est pathétique, non ?

— Tu crois qu'il sait qui tu es ?

— Ils sont incapables ne nous différencier les uns des autres. »

Le policier tourna la tête, leur révélant son expression méfiante de fox-terrier névrosé. Dick Barron leva son verre et lui fit un clin de l'œil. « Santé, monsieur l'agent ! »

Mummery, qui vivait dans la hantise d'une arrestation, regarda ailleurs pour indiquer qu'il se désolidarisait de son compagnon. « Tu sais quel jour nous sommes ? J'en parle dans mon premier article. C'est le Oak Apple Day, quand les retraités de Chelsea se mettent une feuille de chêne à la boutonnière pour commémorer la restauration de Charles II. »

Quelle horrible tragédie pour ces pauvres enfants. Mrs Saleem est-elle toujours en vie ? Je ne souhaite pas perpétuer leurs traditions mais j'ai peu d'espoir. Les gens ne sont pas si méchants que ça et on s'est bien occupé de moi. Baiser cette petite salope et elle aurait su qui j'étais. Yüzmeden yüzmeye fark var. J'ai déjà vu tout ça à Wicklow.

« Le passé claque autour de moi telle une bâche agitée par le vent et menace de m'étouffer de nouveau. Mais j'ai l'impression qu'il est collé à ma peau. » D'un geste théâtral « Hargreaves » écrasa le mégot de sa Gauloise. Son pantalon en velours côtelé bien trop ample lui donnait l'apparence d'une peluche aplatie au teint rougeaud et à la toison en bataille. « Ne partez pas, Heather. Restez encore. Vous avez tout votre temps.

— J'ai un train à prendre. J'ai promis à ma mère de rentrer dîner. Je comprends, Joe. » Précautionneusement, pour éviter que sa manche trempe dans la bière répandue sur la table, elle se pencha et tapota son épaule. Ses cheveux préraphaélites se balançaient devant son visage. Sa mâchoire, également préraphaélite, s'abaissait pour traduire de la compassion. La souffrance de l'homme était presque aussi difficile à supporter que la sienne. «On se reverra demain, vous savez. À l'école.

— C'est pour ce soir que je m'inquiète. Je ne voudrais pas paraître mélodramatique mais... »

Sans lui laisser le temps de parler une fois de plus de suicide, elle se leva et décrocha sa cape rouge du portemanteau. À l'intérieur du Nell Gwynn, les conversations devenaient assourdissantes. Ceux de l'*International Times*, apparemment en colère à cause d'une descente de police dans leurs locaux, invectivaient un vieillard. «J'essaierai de vous téléphoner, dit-elle. Plus tard.

— Combien d'autres sont là? En cet instant? Aujourd'hui? Cette nuit? Sont-ils tous comme moi? Je l'ai cherché. Dans toute la ville. Mon amour! Oh, mon amour! Aime-moi de nouveau. »

La gêne vint à la rescousse de Heather Churchill et lui insuffla le courage de partir avant que son professeur ne reprenne ses jérémiades. «Cessez de boire et rentrez chez vous, Joe. Ou allez chez votre ami de Notting Hill. Leon est toujours ravi de vous voir. »

Il l'avait oubliée. Il marmottait, la tête calée entre les mains. Il y avait près d'un an que Donald avait quitté Londres. Il était retourné à Bury à sa sortie de l'hôpital. Pendant qu'un complice faisait le guet, un voleur l'avait roué de coups et dépouillé sur Hampstead Heath. Joe avait entendu ses appels, mais cru qu'il souhaitait se rendre intéressant et avait regagné Chalk Farm. Le lendemain, quand il avait été informé de l'agression et était allé le voir, Donald, vraiment amoché, avait refusé de lui adresser la parole.

Abordée sur le seuil par un enfant qui lui parla en mâchant la moitié des mots d'un souterrain conduisant de ce pub à un monde secret constamment ensoleillé, gouverné, pour autant qu'elle pût comprendre, par un bon roi Charles bienveillant et immortel, Heather cria à

Joe : « Rentrez chez vous. Faites un tableau. Rien ne pourrait vous être plus salutaire. »

Elle contourna le messager du Royaume de l'été éternel et s'avança dans la rue. La gare se trouvait de l'autre côté de la structure néo-gothique rouge, or et vert de Holborn Viaduct. Sous ce pont, dans Farringdon Street, un homme poussait une grosse carriole chargée de fleurs printanières. Bien qu'il fût loin en contrebas, les parfums enivrants des freesias, des narcisses, des hyacinthes, des lis et des roses étaient entêtants. Les mains sur la balustrade, elle se demanda si elle n'aurait pas le temps de descendre en acheter un bouquet pour sa mère. Elle regarda sa montre et fut aussitôt angoissée. Il ne lui restait que trois minutes. Ce fut en fouillant son sac à la recherche de son billet qu'elle courut vers l'entrée de la gare puis traversa le hall en étant distraite par les beuglements des haut-parleurs. À cet instant, un étourneau fila au ras de sa tête et la fit crier. Elle referma son sac et se dirigea à grandes enjambées vers son quai, soulagée de savoir qu'elle était dans les temps.

Joe Haughton, qui l'avait poursuivie en chancelant, la vit se baisser pour esquiver un oiseau puis piquer un sprint en direction des voies. La vision de sa chevelure de feu qui flottait derrière elle lui inspira un tableau, pour la première fois depuis une éternité. Il passa brusquement de son désespoir habituel à une joie sans bornes. Heather avait entre-temps disparu, mais il avait pris une décision. Demain, lorsqu'il la reverrait, il lui demanderait de poser pour lui. Ce soir, avant que cette image ne s'efface de son esprit, il ferait des esquisses. Il se redressa et chercha l'accès le plus proche à la Central Line qui le ramènerait à Notting Hill. Dans les hauteurs, à travers le verre et la fonte tarabiscotée, il vit d'autres oiseaux se réunir dans le ciel bleu crépusculaire pour unir leurs voix en un unique piaillement. Il se représenta les étourneaux partis rejoindre un vol de leurs semblables, un grand nuage sombre se dissipant comme de la fumée au-dessus d'un champ de blé traversé par un train, et qui se prenaient dans la chevelure d'Heather qui courait vers un fleuve, les bras tendus. Sa panique était telle qu'elle risquait de s'y noyer.

Il aurait voulu lui lancer une mise en garde mais son convoi avait déjà quitté le quai. Il se gratta la tête, amusé de constater qu'il avait perdu son apathie et retrouvé son assurance. Ce fut en sifflotant qu'il dévala les marches de la station St Paul pour s'enfoncer dans les profondeurs des tunnels et acheter un billet. Il prouverait à tous qu'il n'avait eu besoin que d'une seule chose, se remettre au travail. Il avait une toile prête et terminerait tous les préparatifs d'ici demain. Heather poserait deux heures, le temps de trouver les mélanges de couleurs. Peut-être présenterait-il ce tableau à l'Académie royale. Tous seraient sidérés. Ce serait son chef-d'œuvre.

La rame arriva en crissant et il monta à bord, trébucha et manqua choir sur une banquette inoccupée. Il fit une esquisse sur la page de garde de son livre de poche, pour déterminer les proportions. Puis il piqua du nez et faillit rater son arrêt, mais l'air de Notting Hill le revigora et il suivit Kensington Park Road, avec ses cerisiers en fleur et ses milliers d'oiseaux qui donnaient un concert vespéral, en étant de nouveau éveillé et enthousiaste. Les effets de tant de pintes bues pour noyer son chagrin s'effacèrent et il se sentit rajeuni de dix ans. Il irait droit à son domicile d'Adela Street et préparerait tout. Lorsqu'il tourna dans Ladbroke Grove et vit les grands murs gris de l'Elgin, familiers et rassurants, il décida malgré tout d'y faire un saut pour informer Leon de ses projets. Il poussa les portes battantes et passa de la pénombre à l'arrière-salle où son ami venait jouer au billard. Debout près du juke-box, sous l'ampoule électrique, Leon s'appuyait à sa queue comme un guerrier grec à sa lance. Originaire de la Trinité, il avait un humour discret et raffiné que Joe trouvait irrésistible. Leon inclina la tête en le voyant. « Je ferai la suivante avec toi, mon frère.

— Pas ce soir, mon vieux, répondit Joe qui ne pouvait contenir sa surexcitation. J'ai eu une idée de tableau. Je rentre chez moi.

— C'est super, à la prochaine ! » Leon leva sa queue de billard pour le saluer puis regagna sa table pendant que Joe se frayait un chemin dans la foule qui venait d'arriver, des Gitans expulsés du Kensington Palace Hotel situé de l'autre côté de la rue à la suite du meurtre qui y avait été commis. Ne s'arrêtant que le temps d'acheter du haddock et des frites à l'échoppe installée sous le pont ferroviaire, Joe se dirigea à grandes enjambées vers son studio donnant sur le canal.

Pour la première fois depuis la fin de son histoire d'amour avec Donald, il sifflota ses airs préférés de Noel Coward.

Même avec une coupe rasta, les porcs c'est pas pour moi. Il peut avoir ses manies, m'en fiche. Ça manque sérieux de classe, ici. Complètement pompé il s'affaisse et se ratatine comme s'il allait se détacher. Si je me raccroche, je doublerai forcément la mise. De la blanche, c'est du bol si c'est de la pure. Cheval à la crinière d'argent, verbe d'or, yeux de rubis, queue en fils de cuivre. Venue du Queensland elle a poursuivi sa route mais n'a pas eu assez de jugeote pour l'arrêter avant qu'ils découvrent la camionnette dans Redcliffe Gardens. Toujours la même rengaine, bordel. Se tirer, très loin d'ici, ils ont une dent contre nous. Ils sont tous en rogne, à présent. Je suis heureux. Heureux, heureux, ô jour heureux ! Il n'y a plus de porcs à Babylone. Tous les porcs fuient Jérusalem.

Sherlock Holmes 1981

Josef Kiss s'engagea sur la passerelle de Hungerford qui reliait le Royal Festival Hall à Charing Cross Embankment et s'arrêta pour regarder un train passer sur sa gauche avant de contempler les immeubles monumentaux en aval, les mouettes qui affrontaient le vent, les flots agités, les péniches à touristes qui s'amarraient le long des quais sous des rayons de soleil intermittents. Il vit un court instant des marécages boueux où proliféraient des fougères géantes, des monstres préhistoriques, un été aussi humide que ceux du Mississippi et qui durait des siècles, et il souhaita assister à une évolution, une amélioration climatique, car il lui semblait que l'hiver précédent s'était éternisé. Le grondement du convoi mourut, le 246 avait entamé son parcours familier vers Lewisham et il entendit une clarinette, un air de jazz mélancolique haché par les rafales. « L'Italie, dit-il sur un ton de défi qu'il lançait à sa ville. Rome, l'année prochaine, si Dieu le veut. »

Il descendit les dernières marches du pont et déposa une pièce dans la casquette en velours côtelé du musicien des rues avant de se diriger d'un pas décidé vers les alignements de maisons en pierre de Northumberland Street. Son déjeuner au County Hall avec sa sœur l'avait indisposé. Elle voulait qu'il joue le rôle de

M. Tout-le-monde pour le nouveau film de propagande de son parti. C'était tellement absurde qu'il en avait ri. Il venait d'obtenir la confirmation qu'elle n'aurait pas reconnu un homme de la rue si sa Daimler en avait écrasé un sur un passage clouté. Lui dire qu'un anarchiste ne pouvait cautionner le système électoral l'avait choquée, ainsi qu'il l'avait espéré, et elle n'avait pas insisté. Elle comptait se représenter sous la bannière des tories aux prochaines élections. Il lui avait affirmé qu'elle était leur porte-parole idéale et qu'elle accéderait certainement à de hautes responsabilités à brève échéance. Elle partageait cette opinion.

Les Peaux-Rouges sont en voie d'extinction. Tourner en rond, fouiller chaque station, chercher ma nation, sans trouver ma destination. Faut que je vive. La nouvelle génération. C'est pas du bidon, un rythme ou une ambition. C'est une question d'éducation et d'imagination. Crier et s'enfuir comme sodomisé. Les dernières nouvelles d'Italie de Mr Perroquet.

Northumberland Street avait un aspect officiel avec ses grandes demeures arcadiennes et victoriennes noircies par le fog au fil des ans, mais cette rue avait une caractéristique plus sympathique : en retrait de la chaussée, près du Craven Passage qui allait se perdre dans la pénombre grondante des arcades de Charing Cross, se trouvait un pub que Josef Kiss appelait toujours le Northumberland bien qu'il eût changé de nom depuis près de vingt ans. Trouver une référence au Northumberland Arms Hotel dans *Le Chien des Baskerville* avait permis à ses propriétaires de relancer les affaires en aménageant au premier une exposition sur Sherlock Holmes acquise à la fermeture du Festival of Britain. À présent, les soirées passées dans ce qui était devenu le Sherlock Holmes étaient fréquemment interrompues par l'entrée d'un guide qui emmenait une cinquantaine d'Américains se recueillir cinq minutes à l'étage, les faisait redescendre, comman-

dait autant de demi-pintes de bière pression que de
membres de son groupe — presque tous trop bien élevés
pour qualifier ce breuvage d'imbuvable — et repartait
moins d'un quart d'heure plus tard. Josef Kiss appréciait
le spectacle, même s'il imposait d'arriver tôt pour avoir
une place au nouveau comptoir de style vaguement Belle
Époque. Ce jour-là, il aurait juste le temps de se désaltérer avant la fermeture, à quinze heures.

Il fendit une mer de vestes à carreaux et de cas-
quettes à la Sherlock qu'il surplombait, ce qui lui indiqua qu'il avait affaire à des Japonais. Il leur sourit avec
la bonhomie d'un oncle retrouvant ses neveux préférés,
leur souhaita un « bon après-midi » et souleva son chapeau à large bord car ces touristes appartenaient à un
des rares peuples de la planète toujours sensibles aux
vieilles règles de courtoisie. Ces étrangers qui envahissaient ce qu'il appelait parfois avec théâtralité un de ses
points d'eau habituels ne lui inspiraient aucune animosité car il considérait que le tourisme apportait de la
diversité à Londres, permettait de garder ouvertes de
nombreuses institutions, soutenait financièrement des
services publics qui auraient autrement dû fermer leurs
portes et, surtout, lui fournissait un auditoire constamment renouvelé lorsqu'il se lançait dans ses péroraisons.
Il qualifiait de symbiotiques ses rapports avec ces millions de visiteurs. Sans eux, estimait-il, il se serait étiolé
et la ville en aurait fait autant.

Avec maintes courbettes, en rayonnant et hochant la
tête, il atteignit le comptoir et commanda une pinte de
stout dans un verre droit. « L'intérêt que vous portez à
notre illustre détective est flatteur, dit-il à un couple
d'Américains débonnaires qu'aucun guide n'accompagnait. Mais avez-vous entendu parler du Dr Nikola, un
scélérat plus intelligent et intéressant que Moriarty ?
C'est dans la ruelle qui longe cette taverne, par une
soirée brumeuse de novembre 1894, que ce génie du

crime a assassiné trois policiers, deux chevaliers du royaume, un juge de la Haute Cour et un officier supérieur. Tous corrompus, soit dit en passant. Vous découvrirez ce récit, et bien d'autres, dans les histoires de Guy Boothby que je vous recommande chaudement. Kipling et Conan Doyle étaient ses admirateurs, eux aussi. Malheureusement, on ne trouve plus ses ouvrages que chez les bouquinistes. »

Le mari sortit un calepin pour noter l'information pendant que le propriétaire du Sherlock Holmes désignait une jeune femme en blazer et jupe de flanelle qui menait son troupeau vers l'étage pour lui permettre d'admirer la reconstitution du cabinet de travail de Baker Street.

« Voilà un métier qui vous conviendrait à merveille, Mr Kiss. Ce Dr Machin a-t-il vraiment existé ?

— Il était aussi réel pour les lecteurs du *Pearson's* qu'Holmes l'était pour les lecteurs du *Strand*, Arnold. Un personnage inquiétant, certes, mais à l'époque encore plus célèbre que l'Homme chauve-souris du Charing Cross Hotel qui a vécu trois ans sous les toits et dans les combles de la gare en se nourrissant de sang humain et de bouts de cadavres subtilisés à la morgue de l'hôpital. Au début du siècle, à quelque chose près. »

Arnold en frissonna. « Je suis sincère, Mr Kiss. Vous pourriez en faire votre gagne-pain.

— Je tiens trop à mon statut d'amateur.

— Je n'ai jamais compris pourquoi vous avez renoncé au music-hall.

— Pour préserver ma santé mentale, Arnold. La télévision pourvoit à mes besoins matériels et le tourisme à mes petits plaisirs. Je m'en contente. Londres subsiste. Ses histoires ne sombrent pas dans l'oubli. Nul ne souhaite que le romanesque disparaisse. Et j'ai toujours confiance en la nature humaine. Je ne suis pas cynique.

— Eh bien… » Arnold essuya un verre. « Ça change un peu de notre limier du 221B et ce n'est pas moi qui m'en plaindrai. Je ne suis même pas un lecteur de romans policiers.» Le temps imparti au séjour de Josef Kiss en ce lieu était écoulé et il leva la main vers son couvre-chef pour saluer les Japonais, puis replongea dans la clarté aveuglante du soleil et se dirigea d'un pas décidé vers la trouée de Trafalgar Square et la National Gallery où il avait l'intention de consacrer une demi-heure à Whistler. Il était attendu à seize heures à St James Park, près de l'île aux canards, pour ce que le metteur en scène avait qualifié de deux prises rapides et un laïus en flou artistique sur les valeurs victoriennes d'un bouillon concentré. Les publicitaires, réalisateurs et téléspectateurs voyaient en lui la quintessence des Vertus antiques et il se félicitait des contrats que cela lui permettrait de décrocher. Avoir tenu pendant neuf ans le rôle de l'Amiral Filet lui avait permis d'obtenir la libre propriété de deux de ses appartements, de régler les vingt années de location restantes sur le troisième et de faire une offre convenable pour le bail à long terme du quatrième. Investir ainsi ses revenus lui apportait la sécurité et, si nécessaire, la possibilité de changer d'identité. Les comptes de sa société civile immobilière étaient dispersés dans diverses agences sous autant de pseudonymes. Il avait dépensé le reste en voyages et retraites où il jouissait pendant quelques semaines de la détente offerte par une folie libérée de toute entrave médicale, en limitant les risques pour sa personne et en les réduisant à néant pour son entourage. Il avait pris des assurances sur la vie dont les bénéficiaires étaient ses enfants qui venaient parfois lui rendre visite et étaient devenus des Hollandais à part entière. Il espérait qu'à son décès on lui attribuerait d'autres valeurs que celles de ses appartements.

La voilà qui vient et elle est si sensible Seigneur ça fait mal ça fait mal ça fait si mal bordel. L'Occident est mort. Babylone n'est plus qu'un amas de ruines. Les

porcs ont fui Jérusalem. Quand me réglerez-vous mon
dû demandent les cloches d'Old Bailey. C'est là que je
l'ai vue dans la crypte de St Martin, en revenant de cet
opéra de Wagner, non? Douze années écoulées sans
mettre un penny de côté. Jeg spurgte om de havde hort
nyt fra Angkor… Se debe pagar la entrada? Hal arga
bokral? Mist put there no more. Vraiment?

Leon Applefield, qui distribuait des graines aux
pigeons en compagnie de Bianca, suivit discrètement
du regard la cape ondoyante de Mr Kiss qui passait
près de la colonne de Nelson et se rappela une vieille
série télévisée qu'il regardait à la Trinité lorsqu'il était
enfant, avant que ses parents n'émigrent pour l'Angleterre. «Zorro est arrivé!» dit-il en souriant à sa nièce,
qui ouvrit de grands yeux.

«On en achète d'autres, oncle Leon?» Elle avait du
ketchup et du jus d'orange sur le plastron en dentelle de
sa robe. Sa mère serait furieuse.

«Bien sûr, ma chérie.» Très élégant avec son long
manteau de cuir et sa casquette de garçon boucher, il la
prit par la main et se dirigea sans hâte vers le vieillard
qui avait suspendu à son cou un plateau de graines pour
oiseaux. Leon n'était plus pressé par le temps depuis que
ceux de C & A s'étaient portés acquéreurs de sa ligne de
vêtements de nuit et il avait proposé de s'occuper de
Bianca car sa sœur devait rendre visite à son mari hospi-
talisé. Sa fille était en Écosse avec sa mère et sa nièce ne
pouvait la remplacer. Tessa était débordante de vie et de
joie, et bien plus spirituelle. Ils plaisantaient constamment alors que Bianca prenait tout au pied de la lettre
ou restait interloquée. Une question d'éducation, sans
doute.

Ils nourrirent les volatiles une troisième fois puis il
suggéra d'aller regarder les pélicans de St James Park et
elle hocha la tête dès qu'il lui eut décrit ces palmipèdes.

Il aurait pu la ramener à Ambre à quinze heures mais sa sœur voulait l'inviter à dîner dans un snack huppé avec ses amis et il ne supportait pas ces représentants des classes moyennes de North London. Il devait côtoyer des individus de cet acabit dans le cadre de ses activités professionnelles et n'avait aucun désir de perdre sa soirée avec une bande de snobinards à Camden Lock, mais il n'aurait pu refuser car c'était en l'aidant à aménager son nouvel appartement que son beau-frère s'était cassé la jambe. Lorsqu'il terminait un travail, Leon se sentait toujours un peu déprimé et il allait dans ses coins favoris de Notting Hill pour jouer au billard, écouter les commérages au Mangrove, fumer de la marijuana dans All Saints Road ; des passe-temps inoffensifs qu'Ambre avait toujours désapprouvés. Elle se raccrochait à ses origines petites-bourgeoises alors qu'il les assimilait à des entraves. Être accepté par ses semblables défavorisés était pour lui bien plus important que parler de taux d'emprunts hypothécaires avec des Blancs qui se disaient socialistes mais possédaient de grandes propriétés à Islington. Il s'esquiverait le plus rapidement possible et traverserait la rue jusqu'au Music Machine où il se trouverait probablement une fille pour la soirée. Il se ferait passer pour un dealer ou un aventurier. Nul ne savait aussi bien que lui comment faire vibrer leur imagination provinciale muselée. Ils étaient presque identiques.

Le parc aux nuances de vert innombrables et aux flots paisibles était bondé. Bianca courut vers le bassin. « Sois prudente, ma chérie », lui cria-t-il. Il pensa avec nostalgie à sa grand-mère. « Il faut toujours se méfier de l'eau qui dort.

— Un pélican, c'est ça, oncle Leon ? » Elle était revenue tirailler un pan de son manteau.

« Non, ma chérie. Ça, c'est un cygne. » Son ignorance

le sidérait. Ambre ne l'emmenait donc nulle part, ne lui montrait donc rien ?

Le vent tomba pendant qu'ils longeaient le lac artificiel et il dressa la liste des oiseaux exotiques qui y vivaient. Au cours de ses promenades avec Tessa il avait appris à reconnaître la plupart des canards, oies et foulques qui venaient quémander des cacahuètes, mais Bianca ne s'intéressait qu'aux cygnes noirs et aux mouettes, qu'il avait pour sa part en horreur. Ce fut en vain qu'il tenta d'attirer son attention sur un canard huppé beige et brun plus timide que les autres, son préféré. Il regarda entre les arbres et les buissons lestés de fleurs printanières les façades blanches des palais et bâtiments administratifs que Tessa avait pris pour des résidences de princesses de contes pour enfants. « On n'y trouve que Mrs Thatcher, avait-il répondu. Et plus personne ne la compare à une fée. » Derrière le rideau de végétation, même la Horse Guards Parade avait quelque chose de féerique mais Bianca resta apathique jusqu'au moment où ils atteignirent le manoir miniature pseudo-Tudor de l'île aux canards où une caméra avait été installée, et une équipe de techniciens imbus d'eux-mêmes se chargeait de dévier le flot de badauds. Un policier solitaire faisait de son mieux pour dissimuler son ennui. Leon laissa sa nièce le tirer vers l'attroupement.

Tous regardaient un individu corpulent et maquillé, au pantalon de flanelle marron remonté au-dessus de mollets et de pieds nus. Il avait une chemise grise, de larges bretelles et un mouchoir noué à chaque angle sur la tête. Avec dans une main une canne à pêche rudimentaire et dans l'autre un sandwich, il écoutait attentivement les instructions que lui prodiguait un homme entre deux âges ayant une veste de cuir, des cheveux clairsemés et une voix peu harmonieuse aux intonations à la fois conciliantes et autoritaires. Docile, l'acteur finit par s'asseoir sur un petit tabouret de toile et lancer sa ligne dans les flots sales de l'étang. Une femme en jean apporta d'une cuisine roulante une tasse de breuvage fumant qu'elle posa près de lui. «Tenez-vous prêts, tout le monde !» Le metteur en scène leva ses traits rosâtres pincés vers le ciel. «C'est bon, Fred ! Action !»

Bianca s'animait enfin. «Je connais ce monsieur, oncle Leon ! fit-elle, surexcitée.

— C'est qui, ma chérie ? Un ami de ta maman ?»

Elle rit, pour la première fois de la journée. «Tu ne te souviens pas de lui ?» Elle chantonna un jingle aux paroles énigmatiques mais à la mélodie familière.

Leon secoua la tête. «Désolé, ma chérie. C'est quoi ? *Blue Peter ? Playschool ?*»

Son ignorance la fit glousser. «Tu sais ! L'Amiral Filet !»

Leon reconnut finalement le spot publicitaire. «Mais oui ! Eh bien, il a dû s'échouer sur une île déserte et le voici contraint de pêcher lui-même ses poissons.»

Il faut qu'elle en prenne un ce soir pour qu'on puisse partir de bonne heure elle veut faire des histoires quand je la tiendrai tu ne risques pas de te noyer dans l'eau qu'il y a ici et il faudra aller à Charing Cross ou ailleurs et ils vont se rompre le cou ou autre chose hume ce lilas il donne envie de vivre éternellement ne le ferais-tu pas si tu pouvais toujours être ici au printemps Michael Denison et Dulcie Grey n'est-ce pas oh tout a disparu et il y a de la violence partout c'est comme une habitude qu'il faut satisfaire d'une manière ou d'une autre même si on ne peut jamais s'en tirer et chier dans mon pantalon si je ne trouve pas un petit coin ce gros con se prend pour Laurence Olivier plus que trois heures et pour Mavis ça va être sa fête.

Bianca était déconcertée. «Il ne porte pas d'uniforme. Il a toujours un uniforme.

— Il a dû le perdre lors du naufrage.» Les curieux qui les cernaient le mettaient mal à l'aise. «Nous serons

fixés quand la pub passera à la télévision. Viens, Bee-
Bee, maman t'attend. »

Elle se laissa éloigner et ils traversèrent la Horse
Guards Parade, passèrent devant l'Amirauté et les mili-
taires assiégés par les badauds, s'engagèrent dans White-
hall. Il regarda du côté de Westminster et s'immobilisa.
« J'aurais dû lui demander un autographe, oncle Leon.
C'est l'acteur préféré de maman. »

Leon héla un taxi et poussa un soupir de soulagement
en le voyant s'arrêter. « Camden Lock, s'il vous plaît. »
Il ouvrit la portière à Bianca. Avant de redémarrer, le
conducteur se tourna. « Vous savez que le marché n'est
ouvert que le samedi et le dimanche, m'sieur ?

— Oui, je dois retrouver quelqu'un. » Leon en fut
irrité, comme s'il estimait qu'il n'aurait pas dû fournir
cette précision. Il s'intéressa aux nuages qui filaient dans
le ciel en cherchant un moyen de se soustraire à cette
épreuve. Il assimilait ce qui l'attendait à une pièce de
théâtre, « Soirée Hamburger chez les Petits-Bourgeois ».
Un thème idéal pour Bosch ou Bacon. Le mépris que lui
inspiraient ces rituels était à l'origine du fiasco de son
couple. Il pensa à Elgin Crescent. Sa vie avec Maggie
avait été une succession de repas bruyants couronnés
chaque dimanche par un déjeuner encore plus chaotique
où ces messieurs se lançaient dans des discussions égocentriques portant sur la politique et l'argent pendant
que ces dames s'emportaient par intermittence contre
leur insupportable marmaille. Quand une voix familière
attirait l'attention d'un mari, sa contribution se résumait
à un : « Oh, décompresse un peu, bon sang ! Ils ont bien
mérité de s'amuser un peu. » Et, en tant que seul homme
de couleur, Leon devait constamment donner son avis
sur la situation en Afrique, les droits civils américains et
l'immigration.

S'il envisagea un instant de conduire Bianca au Elgin
pour lui faire découvrir les joies du billard, il savait qu'il

n'en aurait pas le courage. En outre, elle était trop petite.
Elle n'aurait surplombé le tapis que de quelques centimètres et y aurait probablement fait des accrocs. Il se
consola en pensant que lorsqu'ils étaient à Los Angeles
lui et Tessa n'avaient qu'à aller au Barney's Beanery
pour jouer aussi longtemps qu'ils en avaient envie.

Il se demanda ce que tous ces gens trouvaient de si
agréable à leur vie.

Leurs rites tribaux singuliers, leur libéralisme imprécis, leur unanimité tacite sur ce qui les irritait ou les
outrait était un moyen de maintenir un *statu quo* aussi
précieux pour eux que pour les requins de la finance. Il
ne supportait plus de les entendre parler de la bombe
H, de la vivisection, des poissons mazoutés, des droits
de la femme et des bébés phoques tués à coups de
gourdin pendant qu'ils engloutissaient en un après-midi
plus de nourriture et de boissons que les démunis vivant
à quelques centaines de mètres de là en deux semaines.
Il avait fini par le dire. Leur hypocrisie était un signe de
décadence culturelle. Avouer à son épouse qu'il avait
voté conservateur lors des élections de l'année précédente l'avait incitée à conclure qu'ils n'étaient pas faits
l'un pour l'autre. Elle lui avait intimé de boucler ses
bagages. Ne souhaitant pas en arriver là, il avait tenté
de minimiser leurs divergences jusqu'au jour où sa
colère l'avait emporté sur le reste. Margaret Thatcher
entamait son deuxième mois de règne quand il avait
déménagé pour Powys Square, où un ami lui sous-louait
son appartement en toute illégalité. Il s'y était installé
sous le nom de Nigel Simonson et sa chance avait aussitôt tourné. Toutes ses créations trouvaient désormais
preneur. Une réussite qu'il gardait sous silence pour ne
pas faire d'envieux et éviter que Maggie ne réclame un
réajustement de sa pension alimentaire. Ne lui avait-il
pas déjà laissé la maison, qu'elle avait d'ailleurs vendue
pour regagner Glasgow? Il avait envisagé de lui faire

une offre avant de prendre conscience qu'il ne souhaitait pas réintégrer le milieu qu'il avait fui. Il était plus à son aise à Powys Square, et avec ses petites amies. Il ne regrettait de son ancienne existence que Tessa.

aucune de ces salopes qui se font mettre par la chatte, le cul, la bouche et les nichons ne fait peur à Mickey Pheps car j'ai le même flingue que l'inspecteur Harry, un poignard de Marine, un kit de commando, les tringler et les buter, baiser et zigouiller toutes les tapineuses de Soho, et dans Villiers Street voir ces putes qui se prennent pas pour des merdes se demander si je pourrais en dégoter aux soldes de printemps mais je sais déjà qu'ils n'auront pas ma taille c'est quoi cette odeur bizarre ?

Le bus numéro 15 vira dans le Strand et Mary Gasalee trouva la gare de Charing Cross ravissante sous la chaude clarté du soleil. Elle lui faisait penser aux collèges d'Oxford. Elle baissa les yeux sur le calepin posé sur ses genoux. Elle avait récemment décidé de coucher par écrit ses réflexions, tout ce qui lui venait à l'esprit, les moindres bribes de souvenirs recouvrés. Pour suivre ces pistes lorsqu'elle en avait le temps. Elle se rendait ce jour-là à Aldgate pour revoir le grill où Ron Heinz l'avait emmenée à sa sortie de l'hôpital. Il était originaire de ce quartier. Ils s'étaient rejoints dans un foyer, à mi-chemin. Il s'était suicidé deux ans plus tard.

« Tu es certaine que ce ne sera pas traumatisant, Mary ? » Judith la dévisagea. « De nombreuses maisons ont été bombardées. Il ne manquerait plus que tu découvres que celle-ci a été rasée.

— Oh, c'est sans importance ! » Mary lui indiqua de la main qu'elle était touchée par sa sollicitude. « Je suis heureuse que tu m'aies accompagnée. C'est vraiment très gentil.

— C'est Geoffrey que tu devrais remercier pour son énième voyage d'affaires. » Après des années d'hésitations Judith l'avait finalement épousé. «Je n'ai pas grand-chose à faire, quoi qu'il en soit. J'ai horreur de ça, quand il s'en va. Je sais qu'il m'est fidèle, mais l'idée qu'il pourrait me tromper m'obsède.

— Ce n'est pas son genre.

— Dès l'instant où je l'ai pris à sa femme, pourquoi une autre n'en ferait-elle pas autant? Il tombe amoureux de tout ce qui est suranné.» Elles étaient seules sur l'impériale et Judith s'autorisa un rire. «Je n'ai jamais vraiment souhaité régulariser notre situation, tu sais, mais c'était une question de principe. Voilà comment je suis devenue une briseuse de ménages. Répugnant, pas vrai?»

Mary était de cet avis. Malgré sa profonde affection pour Judith, elle réprouvait d'autant plus sa conduite que Geoffrey n'avait rien de l'homme idéal et qu'elle avait pratiquement cessé de peindre depuis son mariage. «As-tu obtenu ce que tu désirais, au moins?»

Judith décela de l'ironie dans sa voix. «Oui. Tu es sûre que ce bus va à Aldgate?»

Mary tenta de donner un tour plus léger à la conversation. «C'est à peu près ma seule certitude!

— Nous ne serons pas obligées de manger des anguilles, j'espère?

— C'est un grill, Judith, pas une Eel and Pie Shop. Côtelettes d'agneau et de porc, steaks, saucisses, bacon grillés ou frits, purée, frites, petits pois, oignons, pain et beurre, thé. Que des mets simples et savoureux. Des tables en marbre, des box en acajou, de la fonte. On ne pourrait imaginer un cadre plus reposant. Et tout ça pour seulement une livre, en 1956. C'était le préféré de Ron. Il s'enthousiasmait pour un rien. Il se souvenait parfaitement de l'East End de son enfance. Une boutique de farces et attrapes — et également de jouets — dont il adorait contempler la vitrine. Une haute porte et au-delà un grand magasin obscur encombré jusqu'au plafond de denrées exotiques. Des cartons pleins de vieilles choses. Deux bazars. Et un pub. Tout a dû disparaître. Mais le grill se situait plus loin et a pu être épargné. Ron était si insouciant !

— Ce qui ne l'a pas empêché de faire une déprime, lui aussi. »

Mary regarda par la glace alors que le bus progressait lentement dans Fleet Street. « Tu as raison.

— On pourrait croire que quelqu'un veut effacer tous les éléments de ton passé. » Judith plaisantait. « Tu n'en as jamais l'impression ? Tu ne te sens pas bizarre ? »

E potabile, quest'acqua ? Transporté par la joie du printemps mise tout sur ce putain de cheval et dieu sait quelle camionnette de laitier est utilisée pour tirer cette rhubarbe sera bientôt magnifique car elle adore tous les machins en cuivre...

« Si. Mais j'ai Helen. Elle est tangible. Nous sommes très proches. Elle va sortir un nouveau livre cette semaine. » Mary regretta soudain de ne pas avoir effectué ce pèlerinage en solitaire. Sans se mettre à vagabonder pour autant, son esprit était envahi par des mots et des images. Ils déclenchaient fréquemment des flash-back, des souvenirs aussi nets que si elle vivait ces scènes, et elle entendait de nombreuses voix, certaines venant du bus et de la rue, d'autres émanant de son passé. Pour elle, le temps cessait alors d'être linéaire. *Viens vers moi.*

Mesdames cette chaleur ne peut durer toutes vos lèvres se pincent pour le retenir et je ne te quitterai jamais si tu me dis que tu seras une vraie mère, mère qu'allons-nous faire de toi si tu ne peux pas te débrouiller toute seule dans ce véhicule avalé par la rue comme s'il n'avait pas existé et tout ce machin en plus de ce qui se produisait partout dans les parages...

Judith Worrell devait estimer que Mary redevenait morbide. « As-tu appris pourquoi Ron s'est tué ?

— Son chat est mort. Un siamois, qui ressemblait au plus gros des miens. Une leucémie.» Mary était désolée d'avoir inquiété son amie.

«Je ne voulais pas réveiller des souvenirs pénibles.» Judith se racla la gorge.

«Tu n'y es pour rien. Ce n'est pas toi. Ce n'est pas toi.» Mary écarquilla les yeux.

Ils veulent s'amuser et je vais leur en donner pour leur argent et tu ne connaîtras jamais ta chance. Prends plutôt l'ancien module il est bien plus pratique. Les pieds de mon Harold voilà de quoi on parle…

«Mary! Tu pleures. Qu'est-ce qui t'arrive?» Judith murmurait. Deux hommes s'asseyaient derrière elles. L'un d'eux la dévisagea comme s'il pensait la connaître puis il baissa les yeux.

«Je ne suis pas malheureuse.» Elle serra la main de son amie. «Un peu timbrée, peut-être, mais pas malheureuse. Je sens l'arôme de ces roses magnifiques. Dans le parc. Des tonnelles. Tu sais, des portiques. C'était merveilleux. Rien que des roses. Je m'y promenais longuement. Et il y avait la serre. Ne t'inquiète pas pour ces types. C'est un mal nécessaire. On finit par s'y habituer. Je préfère quand ils sont étrangers et qu'il n'y a pas de commentaires. Les roses! Oh, Judith!»

Sans la lâcher, son amie tenta de la calmer. Les deux hommes débitaient des propos dans une langue gutturale.

Bir seyi söylemesi baska, yapmasi baskadir. Il y a pire mais je ne sais pas ce que je répondrai s'il me pose carrément la question. Dois-je descendre et prendre le métro ou simplement téléphoner?

«Une charmille, c'est ça?» Mary ne pouvait plus résister à ce qui remontait du fond de sa mémoire. «Et dehors, au centre, une pelouse. Et sur cette pelouse un colombier. Avec des ramiers qui allaient et venaient. Les fleurs et les roucoulements! Je ne pourrais pas dire où c'était mais je le vois aussi nettement que si je m'y trouvais. Il y a combien de temps ? J'étais encore enfant. Il n'y avait pourtant rien de comparable à Clerkenwell. Ça ne peut pas être Josef, hein ? Un de ses souvenirs ? » Ses yeux étaient ouverts. Elle souriait. Judith pleurait à son tour.

Je n'ai pas honte de ma sexualité et de mes actes. J'ignore si c'est bien ou mal. Mais je dois reconnaître que ça sème la confusion. Il y a des pigeons, là-bas. Regarde. Ils veulent construire un mur autour du Grand Londres mais où ira le gouvernement ? À Guildford ? Chiens, chats et renards. Des renards roux. Entends-tu le tonnerre ? Peux-tu comprendre cette souffrance insoutenable ? Le peux-tu ? Mijoter dans son jus. Ça me fait rire. Parasites paresseux qui bluffent, qui bluffent sur les aurores boréales du crépuscule, petites vieilles sentimentales, homme-orchestre jouant de mon banjo, une ville privée de ses droits de représentation, ça ne va pas s'arranger, surtout pour les femmes…

« Et si nous partions en vacances ? Quelque part dans le Kent ? Une journée, en train. Hever, peut-être ? Une roseraie de style Tudor. Pas Canterbury, en tout cas. Il y a des roses d'autres variétés au centre, autour d'une fontaine, et tous ces pigeons dans leurs colombiers. »

Mary leva la tête comme pour humer un parfum. « Je ne suis pas triste du tout, ma chérie. Je suis heureuse. Mais j'aimerais bien savoir où je suis. »

La princesse Diana 1985

«Vous devez penser qu'il suffit de tout mémoriser. Bien connaître l'agglomération est évidemment essentiel, m'dame, mais ça ne suffit pas. Il faut aussi avoir de l'instinct et une bonne perception du passé. Et des gens. C'est ce que j'essaie de leur faire comprendre. Ils ne savent pas ce qui trotte dans ma tête. Je préfère travailler la nuit. C'est le moment où la ville se dépouille de ses faux-semblants. Ça aide.» L'homme arrêta son taxi devant le grand portail dorique et retira sa pipe de sa bouche. «Tout est néoclassique, ici. La Grèce antique reconstituée en béton.» Ses cheveux gris bouclés, ses lunettes cerclées d'écaille et le hâle de son visage carré mettaient en évidence un nez cassé. «Le Cimetière de Kensal Green. Il est comme vous l'aviez imaginé?»

Quatre chevaux s'emballent et les singes ne mangent pas les bananes avariées, tout brader pour ça je ne comprendrai jamais pourquoi...

«Il paraît immense.» Mary tendit le cou pour regarder à l'intérieur. «Il n'y a pas d'autres entrées?

— C'est la principale. Je vous conduis jusqu'à la chapelle?»

Voir Josef Kiss traverser la chaussée l'incita à ouvrir son portefeuille et régler la course. «C'est très gentil à vous.» Elle lui donna une livre de pourboire. «Non.

— Merci beaucoup, m'dame !

— Josef ! » Elle le salua du bras et il vira vers elle tel un clipper naviguant toutes voiles dehors. Il sourit de plaisir en la reconnaissant. Il portait un panama clair en honneur de cette journée ensoleillée, un costume trois-pièces crème, un brassard en crêpe noir. Il avait suspendu sa canne dans le creux de son coude et tenait ses gants à la main. Son âge était révélé par la prudence de ses mouvements bien plus que par son physique. «J'espérais que tu viendrais, ma chérie. Mais tu le connaissais à peine, je crois ?

— C'était un ami de David.

— Alors, nous sommes tous deux venus pour Mummery. Enfin, c'est un taux de participation élevé. Ils sont peu nombreux, ceux qui ont droit à des funérailles décentes. » Il décrocha sa canne pour lui offrir son bras. «Ma seule réserve, c'est que je refuse de porter du noir. C'est pour les parents et les proches. Ta tenue bleu marine représente, si je puis me permettre, un excellent compromis.

— Je n'ai pas grand-chose en noir. » Elle s'étira pour déposer un baiser sur sa joue. «Ce n'est plus une couleur à la mode. Sauf pour ceux qui ont moins de vingt-cinq ans, évidemment.

— Auquel cas, ce sont les autres teintes qui sont proscrites de la garde-robe. C'est un signe de ces temps moroses. Mummery a parlé de l'association fatale d'une canette de bière et d'un médicament. Quelle malchance ! »

«Du Largactil », ajouta-t-il.

De la démarche hésitante guindée de mise lors des enterrements ils passèrent entre les grilles et s'engagèrent dans l'allée gravillonnée conduisant à la chapelle. «Toute sa famille est là. L'enquête a conclu à un décès accidentel. Quel âge avait-il ? Trente et quelque chose ?

— Quarante-quatre ans. Tous ont cru qu'il s'était tué en voiture car c'était un grand buveur. Il paraissait aussi fort qu'un bœuf, mais il est mort dans son sommeil. David a dit qu'il se tuait à la tâche. »

La Faucheuse n'aura pas ce môme. Il faut prendre son temps, y aller doucement. Ce ciel est un marteau géant qui s'abat sur ma tête. La ramure des arbres ne suffit pas à s'en protéger.

En laissant derrière eux des petits groupes isolés ils gravirent les marches puis s'avancèrent dans la fraîcheur séparant les colonnes de la chapelle où David Mummery, un des placeurs, les accueillit. Il embrassa Mary et serra la main de Josef. « La famille est sur la gauche. » Il désigna les bancs opposés, tel un automate. « Vous pouvez vous asseoir où vous voulez, là-bas. »

Mary reconnut Mr Faysha, un autre patient de la Clinique, et une ou deux personnes rencontrées à des soirées. Elle se glissa dans une travée du fond en espérant que ses sourires n'étaient pas déplacés, déboutonna son manteau, prit deux livrets et en remit un à Josef qui venait la rejoindre. Les lieux étaient dépouillés et d'un classicisme impersonnel. Il y avait quelques mosaïques géométriques, des urnes pleines de fleurs, une sorte de catafalque sur lequel reposait le gros cercueil en pin ciré. Les lieux avaient tout d'un abri antiaérien. Elle estima qu'il y aurait eu beaucoup de choses à dire sur les funérailles religieuses en grande pompe. Elle crut entendre murmurer derrière elle mais il n'y avait personne.

Un pasteur anglican en soutane, un homme blême et chétif à l'expression affligée, apparut et parla d'une voix monocorde de cadre supérieur de « notre cher parent et ami Benjamin ».

Je me sens moins en sécurité dans le métro qu'autrefois. Pendant la guerre, c'était le plus sûr des refuges. Les francs-maçons, tous disent qu'il en était un mais ils n'ont

*rien trouvé dans sa chambre. Quelle horrible façon de
mourir. Et ce n'est pas un suicide. C'est certain. Il aurait
laissé une lettre. Ils n'ont pas pu le détruire. L'Astoria était
son préféré. Il n'y a pas mieux. Il m'avait promis de
m'emmener chasser le cerf dans Richmond Park. Sans
être Errol Flynn, il n'était pas si mal que ça. Quel dommage ! Quel gâchis. Mais il est probablement heureux. Y
a-t-il un Paradis pour les homos ?*

Mary fut soulagée que le premier hymne soit une
version longue de Jérusalem, suffisamment entraînante
pour emporter une partie de sa nervosité. Tout autour
d'elle des gens pleuraient déjà et ne pas se joindre à eux
la gênait un peu mais au moins pouvait-elle chanter à
l'unisson. « Et le moment est revenu ; nos âmes exultent,
et les tours de Londres reçoivent l'Agneau de Dieu afin
qu'il vive dans les retraites verdoyantes et agréables
d'Angleterre. » Elle voyait comme Blake cette cité parfaite débarrassée de ses taudis et de sa misère, un lieu
où chaque construction, parc et bosquet portait le sceau
de la perfection divine. C'était ainsi que d'autres se
représentaient le Paradis, c'était ce que tant de personnes avaient espéré voir après les bombardements.
Leur chant manquait de cohésion et le pasteur se joignit
à eux, d'une voix bon chic bon genre à peine altérée
bien qu'il dût la forcer, pour apporter la respectabilité
et l'aval de la bourgeoisie à ces revendications virulentes. L'Église moderne s'était-elle fixé pour but de
modérer l'ambition, tempérer l'enthousiasme, refréner
les désirs tant spirituels que temporels ? Était-ce suffisant pour effacer les expressions affligées des proches
du défunt ? C'était un défi que Mary Gasalee pouvait
relever et elle n'avait des pensées que pour le disparu et
ceux qui le pleuraient.

David Mummery, qui s'était matérialisé près d'elle, en
fut surpris. Il s'était accoutumé à ses hésitations et la
considérait comme renfermée et timide, mais elle s'était

métamorphosée en alouette libérée des entraves imposées par la société et les sons qui sortaient de sa gorge étaient si purs qu'il s'y joignit. Josef Kiss et la plupart des gens réunis de ce côté de la chapelle suivirent son exemple et l'hymne résonna comme il était censé résonner, en un chœur magnifique qui célébrait l'ascension de l'âme de Ben French vers le Paradis. Sans faire cas des regards déconcertés et peut-être réprobateurs des membres de la famille regroupés dans les deux premières travées de la partie gauche de la nef, Mummery savait que la plupart d'entre eux le tenaient responsable de la mort de Ben, qu'il était pour eux une gêne, un rappel de ses fréquentations douteuses et de sa vie dissolue. Ulcéré par ce deuil si soudain, il éprouvait quant à lui de la haine pour les trois personnes qui s'étaient trouvées avec Ben la nuit de son trépas et n'avaient pas appelé une ambulance de crainte qu'il ne le leur reproche en se réveillant dans un lit d'hôpital. Deux barbus gênés en veste et pantalon de flanelle élimés, assis près du chœur, et une femme aux traits manquant de finesse dressée à côté du cercueil. Celle qui prétendait désormais avoir été le véritable amour de Ben pleurait en tenant la main d'un Hector Brown hébété aux yeux rougis, le compagnon du défunt depuis près de vingt ans. Hector était petit et tiré à quatre épingles, d'une douceur peu commune, et Ben l'avait laissé gérer seul leur ferme du Yorkshire pour venir terminer son livre à Londres. Ben s'était trouvé comme toujours de la compagnie, pour une fois du sexe opposé. Juste avant de mourir.

« Les champs d'Islington à Marylebone, Primrose Hill et Saint John's Wood, ont été érigés sur des colonnes d'or ; et c'est là que se dressent les piliers de Jérusalem. »

C'était Hector qui avait préparé cette version de l'hymne pour la cérémonie, le préféré du défunt.

S'il avait jugé les parents de Ben sympathiques, Mummery avait depuis changé d'avis. Il était évident que son père, un homme hypertendu un peu fêlé, aurait voulu être ailleurs. Dans son testament, Ben avait tout légué à Hector. Sa mère, teint basané et traits empreints de douceur, les lèvres incurvées en un perpétuel sourire que l'affliction transformait en horrible rictus, était à la fois bouleversée par la mort de son fils et la nervosité de son mari. Tous portaient des tenues sombres bon marché. Seul le frère, que Mummery avait pris pour un entrepreneur des pompes funèbres, semblait avoir des revenus conséquents. Il n'y avait que sa sœur, bien plus jeune que lui, cheveux blond doré permanentés et manteau en peau de lapin poussiéreux, qui laissait libre cours à son chagrin. Elle tremblait tant qu'elle avait des difficultés à tenir la feuille dactylographiée et un Kleenex trempé de larmes maculé de mascara. Ben avait confié à Mummery qu'elle avait tenté d'intercéder en sa faveur auprès de leur père, qui avait menacé de la frapper non parce qu'il était homosexuel, mais parce qu'il avait décidé de divorcer. Il estimait que son fils aurait dû accepter des compromis pour sauver les apparences. Quels pactes innommables Mr French et son épouse avaient-ils scellés au fil des ans ? David gardait de son enfance des souvenirs de leur maison obscure et malodorante. Ben passait le plus clair de son temps, parfois des semaines d'affilée, chez les Mummery.

Le service funèbre s'acheva et le lourd cercueil fut hissé sur les épaules du frère et des cousins qui l'emportèrent vers les portes. Le reste de la famille suivit. Les amis en firent autant, de nombreux homosexuels des deux sexes presque caricaturaux et des individus pour le moins exotiques avec leurs vieux cafetans, leurs soieries chinoises et leurs vestes en peau de daim à franges, des survivants bohèmes d'une époque révolue, des vétérans d'une guerre civile depuis longtemps perdue. Mummery trouvait presque la scène amusante. Par comparaison, lui et les autres patients de la Clinique avaient des

allures de petits-bourgeois. Même Josef Kiss, en dépit
de sa tenue excentrique, avait tout d'un dignitaire impérial à la retraite.

Je dois empêcher cette chaleur de se répandre dans mon
aine ou ils me verront bander pourquoi diable la mort me
fait-elle cet effet ? Ce n'est pas normal. C'est la peur. C'est
vraiment la peur. Toujours cette saloperie de peur. C'est
affreux.

La procession suivait les allées gravillonnées entre les
chênes et les marronniers, les monuments funéraires
massifs en marbre, pierre ou béton, une vingtaine
d'anges qui brandissaient leur glaive, pleuraient ou sou-
riaient en tendant l'index pour indiquer la direction du
Ciel aux occupants des tombes. Ronces et fougères
poussaient entre les buissons touffus, comme si les communaux de Wimbledon avaient envahi les jardins botaniques aristocratiques de Kew. Intrigué par un bref
flottement dans l'exécution des rites, Mummery se
tourna et vit « Hargreaves » en costume sombre trop
ample, le visage brillant de larmes, suivre le cortège
légèrement en retrait. Hector se rapprocha de Mummery pour lui demander sur un ton sarcastique qui ne
lui ressemblait guère : « Qui diable est ce type ?

— Je le connais. » Mummery remarqua des fleurs
magnifiques sur un caveau venant d'être scellé. « Mais
j'ignorais qu'il était un proche de Ben.

— Une aventure sans lendemain, je présume. » Hector avait fini par accepter les infidélités de son compagnon sans les lui pardonner pour autant. « Ce salopard
savait être irrésistible, pas vrai ? » Son expression traduisit aussitôt la réprobation que lui inspiraient ses propres
paroles. Il ne supportait pas qu'on dise du mal des gens.
Il s'était montré très courtois avec cette Lizzie qui prétendait avoir été la confidente et la muse de Ben, bien
que Mummery lui eût appris que son ami souhaitait la
larguer depuis des semaines. La nuit de sa mort, elle

s'était rendue à son appartement de Queens Park pour ce qu'elle appelait une tentative de réconciliation. Que ce soit avec une femme ou un homme, Ben était toujours aussi cynique lorsqu'il mettait un terme à ses liaisons occasionnelles et il avait eu la ferme intention de rejoindre Hector au plus vite. Mummery était d'ailleurs convaincu qu'il avait voulu fuir cette femme, qu'il avait pris cette pilule pour chercher refuge dans le sommeil.

Le cercueil s'inclina quand les parents virèrent à l'angle de la balustrade du canal pour parcourir les derniers mètres les séparant de la fosse fraîchement creusée et Mummery ne réussit plus à se dominer. Il se mit à trembler et pleurer, et fut reconnaissant à Hector de le tenir par le bras. Aveuglé par les larmes, il trébucha à l'instant où sur sa droite Mary Gasalee le prenait par le coude et que derrière lui Josef Kiss murmurait : « Tenez bon, mon garçon. Tenez bon, tenez bon, tenez bon. »

Ils atteignirent l'argile retournée et la famille prit position d'un côté et les amis de l'autre, séparés par l'excavation, pendant que le pasteur s'exprimait d'une voix qui se voulait réconfortante, mais incitait Mummery et bien d'autres à se détourner pour dissimuler leur dégoût. Quand les croque-morts laissèrent filer les cordes du cercueil, David cessa de contempler l'autre rive du canal et les hautes haies de Bank Cottage vues sous un angle inhabituel et crut discerner une silhouette entre les ormes, « Hargreaves » qui était resté à l'écart, craignant sans doute de révéler son homosexualité s'il se rapprochait du défunt. Mummery aurait aimé l'inviter par gestes à se joindre à eux.

Les nuages se dissipèrent et le soleil apparut dans sa totalité. Les oiseaux qui avaient élu domicile à Kensal Rise et pondu de nombreuses générations d'œufs dans ses vieux arbres le saluèrent par des chants enthousiastes. Désormais capable de voir les aiguilles de sa montre, Mummery remarqua qu'il était presque midi et estima qu'ils pourraient trouver dans Harrow Road un pub où célébrer les derniers rites affligeants de cette triste journée. Il n'était néanmoins pas pressé d'entendre l'énumération larmoyante des vertus et talents supposés de Ben, ce qui serait la principale contribution de Lizzie au pot d'adieu.

De façon inattendue, « Hargreaves » se matérialisa de l'autre côté de la tombe, en face du pasteur, avec deux feuilles de papier dans sa main droite. Joe Houghton attendit que l'homme d'Église jette la dernière poignée de terre symbolique sur le cercueil pour s'exprimer d'une voix assez forte pour dissuader quiconque d'oser l'interrompre.

> « Est-ce donc là que gît le rêveur exemplaire,
>   qui a tant navigué dans l'espace glacé,
>   emporté loin d'ici par les grands vents solaires,
>   vers des astres lointains et inhospitaliers ? »

Saisi de terreur et de doutes, le révérend se tourna vers la famille qui riposta par des regards accusateurs adressés aux amis de Ben également sidérés. Mais « Hargreaves » avait agi seul. Il ne tolérait pas que Ben fût mis en terre sans qu'il y eût au moins une déclaration venant du fond du cœur.

Mummery se représenta Ben qui gloussait dans son cercueil en constatant l'embarras général. Désormais décidé à écouter « Hargreaves » comme un bon chrétien, le pasteur croisa les mains sous sa soutane et baissa les yeux vers la fosse tout faisant la moue.

> « Vous pouvez l'appeler Hermès ou Aphrodite,
>   lui qui a tant aimé hommes et femmes à la fois,
>   Lui qui a exploré des contrées interdites,
>   appelez-le la Reine, appelez-le le Roi ! »

Le révérend prit alors conscience que ces vers avaient un contenu autant évangélique que sentimental et il chercha le courage nécessaire pour intervenir dans une source d'inspiration surnaturelle ou, à tout le moins, morale.

> « Preux chevalier jovial il était un héros,
>   une mouche du coche, un homme qui savait vivre.
> Honorez-le, manants et pauvres vermisseaux,
>   Car où il est allé vous ne pourrez le suivre ! »

Puis « Hargreaves » s'inclina pour déposer un baiser sur la bière et lâcha son discours d'adieu qui descendit s'y poser en voletant.

« Eh bien… » Deux taches carmin venaient d'apparaître sous les yeux du pasteur. « Je souhaiterais… »

Houghton se détourna pour se diriger lentement vers les portes lointaines, le symbole d'une confiance en soi recouvrée.

Sur le plan historique ce ne seront que quelques fiches remisées dans une malle oubliée dans un grenier où elles resteront jusqu'au jour où elles seront brûlées ou léguées à d'obscures archives. Mabel a des morpions je jurerais que c'est elle de qui d'autre pourrait-il s'agir sinon cette fille qui m'a fum-fum wis ki bat pour mat jeo vok Islam laya hyckian le rehi thi… Il vient de perdre son billet d'entrée dans un cimetière juif…

« Il est toujours préférable de tout organiser à l'avance. S'il y a un élément perturbateur… » Le pasteur esquissait des gestes d'apaisement. « Je suis vraiment désolé, Mrs French. » La mère de Ben dut comprendre que c'était le moment ou jamais de verser quelques larmes. Ce qu'elle fit.

« J'ai trouvé ça charmant, dit-elle.

— C'est un dément insensible à notre douleur ! » Sur les joues de son époux des veines palpitaient et s'assombrissaient. Mummery se rappelait à quel point cela l'avait impressionné, lorsqu'il était enfant. «Je parie qu'ils étaient tous au courant!»

Mummery avait rendu hommage à son vieil ami et il décida de mettre la confusion à profit pour fuir cette zone de turbulences, imité par Mary Gasalee, Josef Kiss, Mombazhi et Alice Faysha aux traits figés par la surprise. «Vous devriez tous pouvoir monter dans ma voiture, déclara l'ex-marin africain lorsqu'ils furent à l'écart. Je présume que vous ne souhaitez pas attendre d'autres personnes. Quelle destination, David?

— Fenchurch Street, c'est possible?» Mummery ouvrit une portière arrière de la petite Escort garée près de la chapelle. «Il y a là-bas un pub où Ben allait lire des poésies.

— Le Princess of Wales, dit Josef Kiss en le suivant. Une façade début du XVIIe siècle ravissante mais déparée par un intérieur néo-élisabéthain orange et bleu.»

Mummery se poussa pour faire de la place à l'acteur corpulent. «Il s'appelle désormais le Princess Diana et la salle a été refaite dans le style Cockney hollywoodien. Ben adorait.»

Installée de l'autre côté de Mummery, Mary Gasalee regardait par la glace. «Que fait ce garçon? Je l'ai déjà vu.»

Mince, le teint maladif, il la regardait. En anorak de la marine et jean, il attendit dans le caniveau que le feu passe au vert puis traversa Harrow Road pour aller se perdre dans le dédale de rues poussiéreuses décrépites du secteur non rénové de West Kilburn.

«Il ne semble pas redoutable.» Mr Kiss étudiait avec soin son expression.

«Celui qui a volé ton sac?» Mummery essaya encore de le voir. «Était-il à l'enterrement?»

Mombazhi Faysha enclencha la marche arrière pour reculer entre les véhicules garés à l'extérieur de la chapelle. Sa femme, qui avait une nouvelle coiffure, se tourna vers Mary Gasalee. «Je sais qui vous êtes, mais nous n'avons pas été présentées. Alice.» Elle se vrilla sur son siège pour lui tendre la main.

«J'ai entendu parler de vous.» Mary lui retourna son sourire, heureuse de constater qu'elle correspondait à la description qu'en avait faite son mari. «Ce qui doit être réciproque, je présume.

— Il vous aime beaucoup. Il dit que vous trouvez toujours un moyen de le réconforter.»

Le temps de virer vers l'est, tous s'étaient serré la main. Mary se pencha vers Alice pour lui expliquer que «Hargreaves» était un membre de leur groupe et que tous feignaient de ne pas connaître son nom véritable. «Mais nous ignorions qu'il était un ami de Ben.»

David Mummery jeta un dernier coup d'œil aux grands arbres de Kensal Rise. Un oiseau planait au-dessus des chênes, près du canal. Probablement une crécerelle. Comme les renards et les blaireaux, elles étaient attirées par les milieux urbains où un peu de témérité permettait de se nourrir. Leur instinct de survie lui inspirait de l'admiration. «Oh, bon sang!» Il referma ses doigts sur l'épaule de Mombazhi. «Nous avons oublié Hector. Nous ne pouvons pas l'abandonner. Ce serait trop injuste.

— Tu voudrais que je fasse demi-tour?» Il était évident que cette perspective ne l'emballait guère. «Nous sommes déjà au complet.»

Alice tapota le volant. «Oh, je lui ferai une petite place! Allons, Momb, va le chercher. Il n'est pas plus corpulent que toi!»

Ils arrivent du Middlesex, du Surrey, du Kent et de l'Essex, du Hertfordshire et du Berkshire. Ils viennent de tous les comtés. Pour s'approprier les fruits de nos vies et de nos œuvres. Du Buckinghamshire ou du Bedfordshire. Ils nous cernent. Des vampires qui bénéficient du

*soutien de la loi, du gouvernement et des règles de l'éco-
nomie. Ils n'ont plus peur de rien. Tous ceux qui auraient
pu les effrayer sont en exil, dispersés dans les communes
situées au-delà de Beaconsfield, Wycombe et Chelmsford.*

Dissimulé sous l'Abribus, Joe Houghton les vit faire
demi-tour et revenir chercher Hector. Il avait fui non la
famille en colère, mais ceux qui, comme Mummery,
s'inquiéteraient pour lui. Il ne voulait pas de leur compassion. Il avait rempli ses obligations envers Ben et se
sentait vidé. S'il avait eu l'intention de rentrer chez lui
et de travailler sur le portrait de Ben qui avait posé
pour lui ces deux derniers mois, il découvrait qu'il était
trop tôt pour affronter son image. Peu lui importait de
s'être ridiculisé au cimetière. Depuis qu'il connaissait
Ben, il n'avait jamais eu le courage de lui déclarer sa
flamme et ses funérailles avaient été sa dernière occasion de le faire.

Arrivé au point où Harrow Road rejoint Ladbroke
Grove, Joe Houghton prit approximativement vers le
sud et sut en atteignant le pont métallique du canal qu'il
était trop affligé pour regagner immédiatement son
domicile. Il décida de descendre les marches vers le banc
vert que la municipalité avait fait installer au bord des
flots, sur le chemin de halage. Il avait autrefois été
emprunté par les chevaux qui tiraient à longueur de journée des péniches colorées puantes des Midlands au cœur
de Londres. Les bateliers de l'époque étaient aussi fiers
de leur profession que de leur langage ordurier ; nul
n'aurait pu trouver des insultes plus cinglantes ou répu-
gnantes qu'eux. Ces bateaux plats avaient alimenté en
charbon les centrales qui produisaient de l'électricité et
du gaz. Il était toujours possible d'atteindre par cette
route Oxford, voire Leeds ou Lancaster. Derrière lui
une berge gazonnée bien entretenue pointillée de pâquerettes précoces et de jonquilles tardives séparait le canal
des ensembles d'immeubles à loyer modéré, un fragment

du rêve d'après-guerre qu'il avait partagé, un paradis urbain paysager, une vue dégagée et des logements décents et lumineux où les plus démunis pourraient vivre dignement en toute sécurité. Que tous y aient renoncé le sidérait encore. Était-ce le résultat inéluctable de la résignation des Britanniques qui les incitait à accepter tous les compromis, même les plus désavantageux ? Il pensa au chant qu'il avait entendu pendant qu'il attendait à l'extérieur de la chapelle. D'autres larmes coulèrent sur son visage et il décida de présenter des excuses à David Mummery. Il n'avait voulu vexer ou blesser personne. Il regarda avec ressentiment le mélange hétéroclite de constructions industrielles en brique non entretenues, d'immeubles modernes, d'alignement de vieilles maisons décrépites, d'herbe et de béton, de mousse, gravats et jeunes arbres fragiles qui bordaient le canal. « Voit-on l'œuvre de la divine providence sur nos collines embrumées ? Jérusalem a-t-elle été érigée ici, au milieu de ces forges sataniques ? »

Tel aurait pu être son dernier hommage. Il aurait rendu Ben French à Blake. Cette toile, un tableau dont Ben était le personnage central, s'agençait dans son esprit. Il prit l'engagement de ne pas la détruire. Il la mettrait en exposition, même s'il lui fallait pour cela en faire don à une institution. Peut-être y incorporerait-il quelques passages de son panégyrique, dans le style de Blake.

« Apportez-moi mon arc d'or ardent ! Apportez-moi mes flèches de désir ! Apportez-moi ma lance ! Ô nuages, déployez-vous ! Apportez-moi mon chariot de feu ! »

Il s'était levé et se dirigeait d'un pas alerte vers Willesden. Cette œuvre célébrerait tout ce qu'il aimait ou avait espéré réaliser. Elle apporterait au monde ce que ce dernier lui avait refusé. Ce serait son acte de générosité rédempteur, libératoire. Ce serait son chef-d'œuvre et l'achever ferait à tout jamais disparaître l'individu mesquin et suicidaire qu'il était devenu. Il leva les yeux vers les nuages illuminés qui s'amassaient dans le ciel. L'ode qu'il avait écrite à la mémoire de Ben était lamentable ; il savait qu'il n'avait rien d'un poète. Mais c'était secondaire car, pour la première fois de son existence, il venait de surmonter son égoïsme et sa peur du qu'en-dira-t-on. Ce qui lui avait permis de comprendre à retardement ce qui avait toujours manqué à ses œuvres. À l'avenir il serait aussi vulgaire que Blake l'avait été. Il serait impertinent. Courir le risque de la banalité ne l'effrayerait plus. Il le devait à Ben ; il le devait à lui-même !

Le cimetière de Kensal Rise réapparut, sur l'autre berge du canal, telle une forêt magique. Il était sur sa gauche dominé par les gazomètres, et dans l'ombre de cette immense forteresse de métal abandonnée une haute haie d'ifs lui dissimulait ce qu'il supposait être un bâtiment municipal, peut-être un transformateur. Il franchit une passerelle en fonte baroque qui enjambait un étroit bassin où était amarrée une vieille barque ayant reçu de nombreuses couches de vernis. Arrivé de l'autre côté, il s'arrêta pour saluer par-delà les flots un amour qui ne s'était jamais concrétisé, le corps sans vie de l'homme dans lequel il avait placé tous ses rêves.

Jusqu'à ce que nous ayons construit Jérusalem dans les terres verdoyantes et agréables d'Angleterre !

Derrière le rempart touffu des arbustes, Elizabeth Scaramanga, courbée par son arthrite, entendit la voix de l'homme décroître et mourir. Sa mémoire était défaillante et elle lui eût sans doute soufflé les paroles de cet hymne si sa prudence n'avait depuis longtemps pris le pas sur ses pulsions. Elle resta à regret silencieuse, car elle n'avait aucun désir d'attirer l'attention du monde extérieur.

Elle plissa les lèvres pour émettre de petits bruits de succion et plongea la main dans le panier qui contenait de

l'aliment à l'odeur entêtante afin d'en prélever une quatrième et dernière poignée qu'elle dispersa d'un geste
fluide autour de ses pieds. Il y avait plus de quarante ans
qu'elle venait chaque jour à cette heure alimenter ses
poules de race.

TROISIÈME PARTIE

LES VOIX INAUDIBLES

Rôti ou bouilli, le bœuf a maintenu sa supré matie dans toutes les communautés anglophones de la planète et que la moutarde forte soit aussi appréciée en Australie qu'en Angleterre, et tout particulièrement dans sa capitale, en apporte la preuve. C'est, nul n'en disconviendra, l'accompagnement idéal du porc, du bœuf, du jambon et autres viandes, salades et plats préparés, de la volaille et de certains poissons, et, pour les fins gourmets, du *mouton*.

Il suffit qu'un dénigreur de la viande froide en goûte une ou deux tranches relevées par une bonne moutarde, adroitement additionnée d'un trait de ketchup aux noix ou aux champignons, pour qu'il cesse à tout jamais de traiter par le mépris l'épaule rôtie ou le succulent cou bouilli dégustés avec une salade choisie avec soin...

Se tenir près de la statue de Wellington, devant la Bourse, et contempler la résidence du Lord Maire à l'heure du déjeuner alors que s'élèvent les tintements des couverts célébrant notre plat national, est des plus émouvants. Les changements apportés à ce quartier sont révélateurs de l'évolution d'un peuple carnivore...

Gossip About London City,
Keen, Robinson & Co, 1892

Salles d'attente 1956

Les plis de la robe d'hôpital imprimée de fleurs aux couleurs vives adhéraient à son corps telle une chrysalide dont elle s'était en partie dépouillée, alors que Mary Gasalee regardait par la vitre de la serre les lointains saules, cyprès et peupliers, et s'imaginait voir des têtes de géants émergeant des pelouses et bassins d'agrément. À l'intérieur régnaient des senteurs de jungle presque salines, entêtantes et primitives. Le corbeau solitaire qui se découpait contre un ciel sans nuage avait tout d'un ptérodactyle regagnant en *vol* plané son nid de boue amniotique. Tout se décomposait rapidement, ici. Elle écarta ses doigts que doraient les rayons de soleil. *Les mains de Mary Gasalee.* La plupart des infirmières feignaient d'admirer son dernier trésor, son alliance d'argent et d'or, l'astre des nuits enchâssé dans celui du jour. Une vieille chanson s'y rattachait. Elle la sifflota, mais elle avait oublié les paroles et la mélodie lui échappa à son tour pour regagner le refuge que ses autres souvenirs s'étaient aménagé.

Elle était en compagnie de quatre femmes, deux plongées dans une douce sénilité, une dont les lobes avaient été cautérisés par un accident du travail et Joyce qui souffrait comme elle d'amnésie même si ses pertes de mémoire n'avaient pas de causes précises et prenaient des formes variées. Il lui arrivait de se remémorer une dizaine de versions contradictoires de son passé sans qu'une seule corresponde à la réalité, à en croire ses proches. Schizophrène, elle endossait une nouvelle personnalité chaque fois que le Dr Male et son équipe exorcisaient la précédente et s'évadait sans avoir à quitter son lit, et encore moins l'hôpital psychiatrique de Bethlehem.

Toutes étaient assises dans des fauteuils en bois orientés vers les fleurs estivales des jardins géométriques verdoyants et des bassins, les patients et les visiteurs qui s'y promenaient. *Bon Dieu de bon Dieu de bon Dieu de coliques.* Joyce était pour l'instant détendue. Ses traits se crispaient et s'enlaidissaient uniquement quand une de ses personnalités était menacée. Elle avait une peau claire délicate, des cheveux argentés, une ossature fragile, un visage émacié et d'immenses yeux gris. Elle était presque toujours d'humeur joyeuse car la plupart des chimères qui lui traversaient l'esprit étaient agréables. *Annabel rougit de l'audace de sir Rupert, mais elle ne pouvait contenir la sensation de plaisir qui se répandait dans la totalité de son être.* Que la subtile transition d'un mode impersonnel à personnel pût apporter tant de relief à des personnages autrement falots sidérait Mary Gasalee.

Le verre qui la surplombait concentrait la chaleur. Craignant d'être victime d'une combustion spontanée, elle se leva pour déplacer son siège. Rachel, le cas chirurgical, en fit autant. Elle calquait tous ses actes sur les siens pendant que Mrs Parsons et Mrs Tree, aussi grisâtres et vénérables que des spectres, riaient de ce qui se déroulait dans leurs univers privés. Mrs Parsons voyait des oies et des porcs au milieu d'une cour de ferme ; Mrs Tree surveillait un aérodrome où décollaient et se posaient des avions en tous genres, pour la plupart pilotés par des célébrités de la Belle Époque.

Lillie Langtry grimpe dans le cockpit de son Gloster Gladiator. Deviner quelle est sa destination n'est guère difficile ! Et qui se trouve à bord de l'Avro 642 qui roule derrière son appareil ? Oh, j'aurais dû m'en douter ! C'est la reine Alexandra, toujours aussi belle. Bon après-midi chers auditeurs, et bienvenue à Croydon. Ceux d'entre vous qui viennent de nous rejoindre seront sans doute intéressés d'apprendre que Mr Max Berrbohm testera son nouveau Junkers J84 dans une demi-heure. Il porte aujourd'hui un ensemble marron tirant sur le roux très élégant… Rachel attendit que Mary se fût rassise. Et lorsque Mary s'éventa avec la main, elle l'imita encore.

« Quelle chaleur ! Je vais aller prendre l'air. » Que Rachel reproduise tous ses gestes la mettait mal à l'aise. Cette patiente n'était pas autorisée à se promener seule dans le jardin et c'était pour Mary un excellent moyen de s'en débarrasser sans la froisser. Rachel se leva elle aussi, mais resta sur place en hésitant pendant que Mary gagnait la fraîche pénombre de la salle de détente. « Je peux sortir ? »

Assise à l'ombre pour lire *The Daily Graphic*, Mrs Coggs hocha la tête sans la regarder et Mary ouvrit la porte latérale donnant sur l'extérieur. « Oh, non, ma chérie ! » L'infirmière s'était adressée à Rachel. Tous les patients étaient traités tels des animaux domestiques même si les plus dociles, comme Mary, bénéficiaient de plus de libertés. Presque aussi lourde et étouffante que celle de la serre, la chaleur du jardin la fit hoqueter. Mais c'était l'air sec qui l'incommodait le plus. Les roses, d'une incroyable diversité de fragrances et de couleurs, étaient magnifiques et avaient sur elle les mêmes effets qu'un vin capiteux. Elle quitta l'allée de gravillons et s'aventura sur la pelouse, s'arrêta à côté d'un sapin à la taille irréprochable et prit son mouchoir pour s'essuyer le front. Elle n'avait aucun souvenir d'un été pareil. Reine Mary, Joseph Lowe, Mrs Cocker,

Arthur B. Goodwin, Muriel Adamson, Mme Hardy, William Lobb, Great Maiden's Blush... autant de pétales incarnats et pourpres, jaunes et blancs ; de vieilles fleurs d'une douceur incomparable...

« Nos amies les roses thé hybrides.

— Comment se fait-il que vous les connaissiez si bien ? » Elle vit par-dessus son épaule un gentleman imposant qui se dirigeait lentement vers elle. « Avons-nous été présentés ?

— Josef Kiss, pour vous servir. » Il tendait sa main, la paume vers le haut. Elle lui abandonna la sienne et il y déposa un baiser qui ne fit que l'effleurer. Ils étaient d'humeur joueuse et ironique. Elle aurait pu soupirer, devant ce bouddha séduisant et radieux. « Mr Kiss ? Moi, c'est Mary Gasalee.

— Votre beauté n'a rien à envier à la leur, mademoiselle.

— Madame. » Flattée, elle reporta son attention sur les fleurs.

« Une femme enfant ? Seigneur, j'espère...

— Une veuve enfant, Mr Kiss. » Elle sourit et s'inclina pour humer une Captain F. S. Harvey-Cant, son cœur qui embaumait. « On m'a conduite ici bien avant mon réveil. Dans la section spéciale.

— Quoi ? Vous vous étiez endormie ? » Ses cheveux blonds étaient souples, sa peau hâlée, ses yeux d'un bleu extraordinaire.

« En 1941. J'avais dix-sept ans. J'ai depuis passé le cap de la trentaine, même si j'ai des difficultés à l'admettre.

— Vous ne faites pas plus de quinze ans. » Il s'était exprimé rapidement, comme gêné par cette déclaration, mais il se reprit. « La moitié de votre âge véritable, je suppose. Vous paraissez aussi jeune que Mummery. Vous êtes donc la Belle au Bois dormant. Vous êtes une légende, ici. Comment vous ont-ils ramenée à la vie ? Et que faites-vous encore dans cet établissement ?

— Je me suis réveillée, tout simplement. Je partirai dès qu'ils auront terminé leurs examens… et qu'ils s'estimeront satisfaits des résultats.

— Le seront-ils un jour ?

— Ils veulent s'assurer que je peux me débrouiller seule. Je dois leur prouver que j'en suis capable.

— Ah, oui !

— Et vous ?

— Je dois quant à moi les convaincre que je ne perturberai plus des réunions publiques, que je m'abstiendrai de semer le chaos, de faire des esclandres dans les restaurants et de placer dans l'embarras des courtiers en bourse et ma sœur. Je ne suis pas fou mais un peu soupe au lait. Enfin… » Il s'interrompit pour se draper dans sa lourde robe de chambre en cachemire. « J'ai des amis haut placés, vous savez.

— Au sein du gouvernement ?

— Pas encore mais bientôt, fit-il, songeur. Très bientôt, j'en suis certain. Même si le terme "amis" n'est pas le plus approprié. Néanmoins, le Dr Male est mon beau-frère et je pourrais lui en toucher deux mots.

— Rien ne presse ! Que sont quelques jours comparés à quatorze années ? En outre, nous ne sommes pas des spécialistes.

— Excusez-moi. » Il s'inclina. « C'est ma faiblesse. N'hésitez pas à me le rappeler. Pardonnez-moi.

— Souhaiter venir en aide à son prochain n'est pas de la faiblesse, Mr Kiss.

— On m'affirme le contraire. Et j'avoue le penser également. »

Au bord des larmes, il se détourna pour renifler voluptueusement des fuchsias écarlates. C'était la première fois qu'elle rencontrait un homme avec lequel elle avait tant d'affinités et elle redoutait de l'effaroucher et de l'inciter à s'éloigner. « Vos conseils seraient les bienvenus.

— Mary Gasalee, vous avez fait une expérience très

singulière et intense. Je ne dis pas que c'est un handicap mais vous avez été coupée du monde extérieur. Nous sommes dans un Paradis, ici. Le mal est défini avec précision et jugulé. Nous sommes sous protection.

— Et privés de liberté.

— Vous vous souvenez de votre vie antérieure, n'est-ce pas ? De quoi ? Avant le Blitz ?

— Je me suis mariée très jeune.

— Avant que tout ne soit irrémédiablement chamboulé. Je ne voudrais pas vous voir souffrir.

— J'ai déjà été durement éprouvée. Ils disent que j'ai eu une enfant que je n'ai pu ni voir, ni élever, ni... » Un geste exprima son impuissance. « Notre maison a été bombardée. Incendiée. Tout s'est effondré. Nous étions au cœur des flammes. Mon mari — tout semble s'être produit la semaine dernière — a été tué. Et j'ai connu la passion. Je le sais. N'ai-je pas eu un bébé ?

— Vous me jugez présomptueux. Je n'ai pas dit que vous manquiez d'expérience, mais que vous ignorez tout du monde qui nous entoure. » Il redressa son corps imposant. « Connaissez-vous Mummery ? Je le cherche. Il m'a emprunté un de mes *Magnet* et *Gem*.

— Oh, je sais de quoi vous parlez ! Billy Bunter et compagnie !

— D'autres victimes de la guerre. Il se passionne pour mes exemplaires. Ceux de mon enfance. Je lui en prête un par semaine, pour le changer un peu de ses histoires de cow-boys. Il découvre ces romans-feuilletons vieux d'un quart de siècle avec autant de spontanéité et de plaisir que je l'ai fait à l'époque. Nous avons ceci en commun. Mais il me doit un *Magnet*.

— C'est un enfant et il se trouve ici ?

— Il a quinze ans et les nerfs à fleur de peau. Il est en observation. Ils le soumettent à des examens. Semblables aux vôtres, je présume. Pour les vacances. Il terminera ses études cette année et il leur échappera encore plus.

Ils affirment à sa mère qu'ils font leur possible pour le sauver. Est-ce de la bonté ?

— Je ne saurais répondre.

— Vous n'avez pas un esprit caustique. Je regrette. Mais vous venez de renaître. Par un été merveilleux. Le plus agréable depuis 1939.

— Je ne l'ai pas oublié. J'ai emprunté une bicyclette. Nous sommes allés à Hever, en train. Oui, vous avez raison. C'était une saison magnifique. Je sais certaines choses, Mr Kiss, et j'ai des souvenirs.

— Vous me trouvez condescendant ? Peut-être le suis-je un peu. » Il s'avança et elle lui emboîta le pas. Ils contournèrent une haie. Là, sur la pelouse, près d'une fontaine aux sirènes de cuivre qui bavaient des filets d'eau brunâtre dans une mare envahie de nénuphars, grignotant une pomme et couché à plat ventre, les jambes nues et les lacets de ses tennis défaits, en short kaki et chemise bleu ciel aux manches retroussées, elle vit un adolescent aux cheveux châtain clair absorbé par sa lecture, à première vue pleinement satisfait. « Vernon Smythe est allé au Green Man pour une soirée de jeu et de tabagie, dit Josef Kiss à Mary. Et le voici, je crois, victime d'un maître chanteur.

— Je l'ai toujours aimé.

— C'était le but recherché par l'auteur. Auquel il ressemblait énormément, soit dit en passant. Mummery ! Je tenais à vous présenter une personne qui ne confond pas Tom Merry et Harry Wharton. »

L'adolescent tourna la tête à contrecœur, révélant des yeux noisette que son imagination faisait briller, un visage au teint plus sombre que le reste, un long nez, des lèvres de Cupidon. Mary Gasalee s'étonna de ce qu'elle ressentait. Peut-être était-ce sans rapport avec ces hommes, mais elle n'avait rien éprouvé de semblable depuis la naissance d'Helen. Rien n'avait été aussi intense, ensuite. *Oh, Seigneur, c'est exquis ! Mais cela me rend trop vulnérable pour que je m'en félicite.*

« Vous aimez ? »

L'impression qu'ils étaient les diverses facettes d'une même personnalité n'était pas liée à ses pertes : quinze années d'existence, son mari, sa fille, sa jeunesse. Cela s'accompagnait de détermination et de satisfaction. Elle se sentait heureuse.

« J'en suis à la dernière page. Mais oui, c'est excellent. Le meilleur à ce jour.

— Je partage ce point de vue. C'était un de mes préférés. Connaissez-vous Mary Gasalee ? Elle est ici, avec nous. »

Bien qu'impatient de terminer sa lecture, l'adolescent alla pour se lever afin de mettre en pratique les règles de savoir-vivre qu'on lui avait inculquées. Mary agita la main et désigna le sol. « Non, non, non. Continuez. Ne gâchez pas votre plaisir. Nous serons encore dans les parages, quand vous l'aurez terminé. »

Il y avait à proximité un mur rouge piqueté veiné de lierre et chapeauté de tuiles en terre cuite et de barbelés. Des véhicules circulaient au-delà. Cet hôtel particulier autrefois campagnard était désormais cerné de rues importantes et plus proche du centre de Londres que du moindre champ véritable, car le quartier d'Angel était entré en expansion environ un siècle plus tôt et avait été englobé par Islington. De la tour de conte de fées qui surplombait le bâtiment, une construction ronde couverte d'ardoise et surmontée des vestiges d'une girouette, on entendait les violons et violoncelles des musiciens qui répétaient le concert de la semaine suivante pendant qu'en contrebas six ou sept vieillards disputaient en bougonnant une partie de cricket, allaient en se dandinant frapper des boules invisibles et trébuchaient sur les guichets.

« Ça simplifie les choses, dit Josef Kiss. Ce n'est pas très différent, Mary. *Mary*, je peux n'est-ce pas ?

— Je veux, mon neveu. » Elle se souvenait avoir été une fille à la langue bien pendue rarement prise au dépourvu. « Aucune objection. Mais vous resterez pour moi Mr Kiss. Pour l'instant. Ça ne vous ennuie pas ?

— Pas le moins du monde. »

Elle était plus détendue, malgré les tiraillements délicieux du désir. Elle s'arrêta pour reprendre son souffle au milieu des véroniques, des ibéris et des brachycomes iberidifolia d'un vieux jardin anglais.

« On trouve son pendant, en plus modeste, à Kensington. Un jardin en terrasse. » Il était évident que Mr Kiss partageait ce qu'elle éprouvait et y prenait autant de plaisir qu'elle. Elle percevait la chaleur de sa main, près de son bras. « Le connaissez-vous ?

— Je ne suis jamais allée de ce côté. » D'autres senteurs, si puissantes.

« Une fois libérés, nous pourrons y faire un saut.

— J'aimerais tant voir Kensington ! Nous comptions visiter ses musées, vous savez. Mais nous avons préféré aller à la campagne quand l'opportunité s'est présentée. Et il y a les châteaux. Celui d'Arundel est si mignon. À Leeds, je crois ?

— Vous êtes originaire du Kent, n'est-ce pas ?

— Non, pas du tout. Je l'ignorais avant qu'un psychologue me déclare que dresser mon arbre généalogique m'aiderait peut-être à recouvrer des souvenirs. Croyez-vous aux liens du sang, Mr Kiss ?

— En quel domaine ? La loyauté ?

— Les personnalités héréditaires.

— Je ne sais pas trop. Pourquoi ? Vos ancêtres auraient de quoi vous inquiéter ?

— Je ne connais que la branche maternelle de ma famille. La paternelle reste pour moi un mystère. Peut-être est-elle américaine ou irlandaise. S'intéresser aux

Gasalee est sans objet car c'est mon nom de femme mariée. Les parents de Patrick venaient du Suffolk. J'ai malgré tout fait des recherches. On trouvait dans les ports d'East Anglia un Gazely et des Gayslee esclava-gistes, pirates et contrebandiers. Des activités douteuses mais lucratives. Pat disait que son grand-père possédait des navires. Certains sont devenus des industriels et ont déménagé pour Peterborough. Mais ça ne me concerne pas directement, bien entendu. Je suis une Felgate, un nom plus répandu. C'est sans doute une contraction de "field" et de "gate", la porte du champ. Une porte dans un champ ! » Elle rit. « Qu'est-ce que ça veut dire ? Rien du tout. Kiss est en revanche un nom peu commun. » On aurait pu croire qu'elle se détendait pour la première fois, qu'elle n'avait jamais eu l'occasion de s'exprimer librement. Elle se demandait pourquoi elle se sentait si importante en sa présence. « C'est exotique, ajouta-t-elle avec un plaisir évident.

— On pense généralement que c'est polonais ou juif, mais c'est un des plus vieux noms anglais qui soient. Les "kisses" étaient des corroyeurs, des personnes qui apprê-taient le cuir. Et c'est à l'origine de mon nom. Déjà cité dans le Grand Livre, ce registre établi sous Guillaume le Conquérant, il est aussi ancien que le vôtre.

— Oh, j'avais espéré…

— On trouve quelques Gitans du côté de ma mère.

— On raconte que mon père était un romanichel.

— Ça explique tout. Nous avons hérité des dons des gens du voyage. » Il effleura son épaule pour lui indi-quer qu'il plaisantait. Ils venaient d'atteindre un autre mur. Ce terrain qui lui avait tout d'abord paru immense se rétrécissait chaque jour. Ils entendaient les violonistes et les joueurs de cricket, mais les bourdonnements d'une abeille qui se dirigeait vers une touffe d'iris couvraient presque ces sons. Ils s'assirent sur la pelouse. L'odeur de l'herbe fraîchement coupée était exquise. Au-dessus d'eux le soleil palpitait et le ciel bleu acier miroitait. Elle inclina le cou en arrière, comme pour l'inviter à lui donner un baiser.

« Je serai désolé quand mon séjour s'achèvera, dit-il pour dissiper une morosité partagée. Mais je vous laisserai mon adresse. Me contacterez-vous ? J'aimerais avoir un ami qui a connu cet établissement. Il est rare d'y rencontrer des gens dignes d'intérêt. Je pense en avoir trouvé deux, cette fois.

— Venez-vous régulièrement à Bethlehem ?

— Oui. Oui. » Cela l'amusait tant qu'il en tremblait. « N'est-ce pas le destin de Joseph ? Et celui de Marie ? »

Un blasphème qui la choqua. « Oh, non ! Ne dites pas des choses pareilles. Je vous en supplie.

— Je regrette. Je ne savais pas. Peu d'Anglais... »

Elle fronça les sourcils. « Vous alliez vous référer à leur piété, n'est-ce pas ? Je n'ai pas reçu d'éducation religieuse, mais Patrick prenait ces choses au sérieux. » Elle avait la bouche sèche. « Je regrette. Je sais que vous vouliez plaisanter. Vous ne m'avez pas scandalisée, pas vraiment. » Craignant de nouveau qu'il ne s'en aille, elle osa un trait d'esprit. « Mais où est le divin enfant ?

— Oh non, non ! » Il leva les mains. « Inutile d'en rajouter. Je suis confus.

— Aller à l'église nous aurait peut-être été salutaire. Nous nous y rendions rarement. Ma grand-mère était croyante mais pas pratiquante. » Elle se racla la gorge. « Plus exactement, elle redoutait la colère divine. Une forme de religion très primitive. Mais je lisais beaucoup et je me suis intéressée au christianisme. C'est valable. Le concept. » Lentement, elle inclina la tête sous un angle inhabituel.

« Vous aimez la lecture, évidemment. Qu'avez-vous lu, ces derniers temps ? » L'intérêt qu'il lui portait paraissait authentique. « Et avant ?

— À mon réveil, j'ai consulté de nombreux ouvrages

de référence et des revues. Pour mettre à jour mes connaissances. Se retrouver dans la peau d'un Rip Van Winkle fait un drôle d'effet, croyez-moi. Mais cela finit par s'estomper. Peu de choses ont véritablement changé depuis la guerre. Pas pour les gens de la rue. Les noms des personnages qui faisaient la une des quotidiens ont été remplacés mais les articles ont encore des accents patriotiques que je supporte difficilement. À cause de ce qui m'est arrivé. N'est-ce pas étrange ? Avoir raté le couronnement et le reste ne m'inspire aucun regret, même si apprendre que ce pauvre roi George est mort à moins de soixante ans m'a attristée. Je l'ai toujours cru animé de bonnes intentions. Ma grand-mère s'intéressait à la famille royale alors que mon grand-père, républicain bon teint, l'avait en horreur. J'ai lu surtout de la fiction. Avant mon somme, évidemment. Des histoires stupides comme celles de la baronne Orczy, *Sexton Blake* et P. G. Wodehouse. Si je n'aimais pas les livres pour enfants, j'adorais les romans-feuilletons. Je suppose que le bon goût me faisait défaut. J'ai voulu les relire et les ai trouvés assommants. J'aime à présent Jane Austen. Elle est habile et sait me réchauffer le cœur. Les sœurs Brontë passent leur temps à hoqueter, crier et bousculer tout le monde. Sans oublier que les châtiments sont toujours sans commune mesure avec les fautes. » Elle tourna vers lui un visage ouvert, redevenu souriant. « J'ai emprunté des douzaines de classiques illustrés de Macmillan à la bibliothèque de l'hôpital. Avez-vous lu *Jacob Faithful* ? Les récits du capitaine Marryat sont un vrai régal. De même que les romans de Mrs Gaskell, Fenimore Cooper, Thomas Love Peacock. C'est le plus merveilleux des mélanges. Et il y a ces illustrations adorables. George Eliot, Maria Edgeworth, George Borrow. Sans doute pensez-vous que c'est pour moi un moyen de m'évader.

— D'où, ma chère ?

— D'ici.

— Qu'avons-nous à affronter, dans cet établissement ? Mrs Coggs est moins hautaine que Mrs Craik.

— Vous connaissez cette infirmière ?

— Elle régentait la section des hommes, avant son transfert.

— Elle est gentille. Les médecins nous traitent avec jovialité et méfiance, ce qui est plus démoralisant que ses façons de responsable de la classe.

— Nous avilir est le but de notre séjour en ce lieu. » Josef Kiss dilata ses joues. « Je n'ai jamais su pourquoi. Sans doute faut-il appartenir au corps médical pour pouvoir en comprendre la raison. Une question de rapport de forces. Mes désirs relèvent du même domaine. Aimeriez-vous détenir la puissance, Mary ?

— Uniquement pour protéger ma vie privée, Mr Kiss. Je ne suis pas certaine de vous suivre. Quelle puissance ? Je crois parfois lire dans les esprits. C'est une illusion fréquente, ici.

— En effet. Mais est-ce bien une illusion ?

— Oh, probablement ! Peut-être pourrez-vous me le dire. »

Il fit glisser sa paume sur les brins d'herbe déchiquetés. « Malheureusement, ce sont eux qui en décident. Tout n'est peut-être qu'un problème de sémantique. Ils tentent de nous ramener dans le droit chemin en jouant sur les mots mais ne semblent pas convaincus de ce qu'ils nous racontent. Et vous, Mary ?

— Je n'ai pas un esprit d'analyse très développé. Il est évident que vous aimez aller au fond des choses. » Chaude sous sa chair, la terre semblait se déplacer sans pour autant représenter une menace. C'était agréable. Elle décida de continuer de parler, de manifester de l'intérêt pour l'inciter à rester près d'elle. Puis elle se vit sous un autre jour : une adulte stupide qui se conduisait comme une enfant. Elle le regarda. Son expression était douce, presque rêveuse. Sa gêne se dissipa en partie lorsqu'elle comprit qu'il réfléchissait à sa déclaration. Il prenait tous ses propos au sérieux. C'était inhabituel, pour ne pas dire effrayant.

« Tout est relatif. » Il bascula sur le ventre, les yeux à la hauteur d'une touffe de soucis aux couleurs chatoyantes. « Mon épouse, qui vit désormais à Amsterdam, me reprochait d'être incapable de déterminer les causes d'un problème. En se fondant peut-être sur son expérience, elle s'imagine que j'impose à mon entourage une vision déformée de la réalité. Il est possible que ma personnalité soit plus forte que la sienne. L'important, c'est qu'elle m'en accuse, entre autres crimes.

— Vous seriez donc un criminel ? » Un papillon argenté tacheté se dirigeait vers les marguerites.

« C'est, je crois, l'opinion qu'elle a de moi. Je ne saurais me prononcer.

— Elle vous a quitté ? » Mary avait posé cette question d'une voix neutre.

« Elle est partie en emmenant nos enfants. Pour se mettre en ménage avec un policier hollandais. »

Elle ouvrit de grands yeux.

« C'est épouvantable !

— Voilà pourquoi je me demande : *N'avait-elle pas raison* ?

— Vous avez du caractère mais vous êtes très doux. Aucunement agressif. »

Il secoua la tête. « Pas envers vous, Mary. Mais je n'ai pas d'amis.

— Et si vous me parliez de votre profession ? » La télévision la fascinait. Chaque dimanche, elle priait pour que tous les patients restent calmes. Si certains médecins jugeaient de telles distractions préjudiciables aux pensionnaires, les infirmières étaient ses chantres. Elle trouvait les slogans publicitaires amusants et les citer à l'occasion lui permettait de se sentir plus proche de l'époque actuelle, lui donnait l'impression de s'intégrer à la société

« J'ai exploité mes dons jusqu'au jour où ils se sont révélés dangereux pour ma santé mentale. Je me suis produit en public dans la plupart des salles de spectacle et des foires, des cirques et des soirées privées. J'ai même été maître de cérémonies et orateur de fin de banquet. J'ai pratiqué toutes les formes de mon art, voyez-vous ? Mon épouse trouvait à redire à mes tournées et me reprochait de ne pas avoir de succès. Elle aurait voulu que je reprenne mon numéro de télépathe. Il était vraiment exceptionnel mais je lui devais d'avoir rejoint les rangs des cinglés, Mary. Je divaguais. Je bavais. Mes crises n'ont jamais été aussi sérieuses, depuis. Cependant, lorsqu'on nous catalogue c'est pour toujours, et je vais régulièrement m'isoler du monde dans un asile. J'ai même la possibilité de choisir lequel ! » Il était désinvolte mais pas ironique. « Je suis un habitué. J'ai commencé à fréquenter ces établissements en 1940. Au début de la guerre. Nous avons cela en commun, pourrait-on dire. Ce n'est pas une comparaison valable, notez bien.

— J'aimerais… » Elle se redressa et épousseta les brins d'herbe coupée qui adhéraient à son dos et lui donnaient l'impression d'être une créature végétale. Ils couvraient ses jambes et ses bras, la protégeant de la morsure du soleil. « Eh bien, Mr Kiss. Si je veux rester dans les petits papiers de Coggs…

— Nous devons tenir en bride nos instincts, à l'extérieur de ces murs. » Il les désigna et se redressa. « Mais ici ce n'est pas une obligation Vous prépareriez-vous en prévision de votre sortie ?

— J'ai saisi le fond de votre pensée. Et je suppose que c'est le cas. Vous estimez que j'ai tort ?

— Eh bien, mes motivations sont incertaines.

— Je vous retrouverai ce soir… Non, à la même heure, au même endroit, demain. D'accord ? »

Il s'était mis debout et la couvrait de son ombre. Il lui tendit une main à la fois massive et délicate. Ses yeux étaient plus sombres, son sourire à peine visible. « Oui, Mary. J'aurai enfin quelque chose à attendre pendant les prochaines vingt-quatre heures.

— Il faut que je file. » Ce n'était pas une de ses expressions habituelles. Elle l'avait entendue à la radio. Ce qui s'appliquait à la plupart des termes qu'elle n'avait pas lus dans les livres. Il ne cilla pas. Peut-être fréquentait-il peu de gens qui s'exprimaient comme elle. Elle n'avait côtoyé que des représentants de la classe ouvrière et étendu son vocabulaire grâce au cinéma. Elle avait eu un faible pour Charles Boyer. Elle trouvait que David Mummery lui ressemblait, en plus jeune. Elle savait que les vedettes de l'écran avaient changé. À la télévision, ils citaient des noms de parfaits inconnus. Comme pour lui démontrer la justesse de ses propos, ce fut en pressant le pas qu'elle se dirigea vers la clinique.

Moins troublé qu'elle, Josef Kiss était malgré tout sous son charme. *Une femme remarquable, autodidacte, avec un étrange accent impossible à définir. Elle a probablement dû réapprendre à parler. Comme un enfant en bas âge ? Male me renseignera. Mais elle est une adulte. Sa fille doit avoir une quinzaine d'années. Comme Mummery, à quelque chose près. Elle fascine Male. J'aurais dû lui prêter une oreille plus attentive. Sa peau est… Elle vibre. Elle me réchauffe. Elle est radieuse. Oh, je ne sais pas ! Je ne sais pas. Qu'est-ce qui nous sépare, la différence d'âge exceptée ? Un écart sans doute trop important. Le stimulus est extraordinaire ! Mais serait-ce convenable ?* Il perçut une légère douleur au centre de son front. Il se gratta puis se tourna vers le mur lointain. David Mummery devait avoir terminé sa lecture et vouloir en parler.

Miss Pauline Gower, qui a transporté plus de 20 000 passagers depuis qu'elle a obtenu son brevet de pilotage en 1930, vole en équipe avec son amie Miss Dorothy Spi-

*cer, nièce de la célèbre femme du monde Mrs Tree. Ce
soir, elles doivent conduire le général russe Alexei Nico-
laevitch Kouropatkin, commandant en chef des armées
du Nord, de Paris à Croydon à bord du nouveau Dewoi-
tine D-332 mis à leur disposition par la compagnie Air
France...*

Mary Gasalee constata que la salle de détente était
déserte. Un rayon de soleil filtrait par l'interstice d'un
store et éclairait le plateau gris de la table de ping-pong
dans un silence évocateur d'une activité frénétique
récente. Une patiente avait peut-être «piqué une crise»,
pour reprendre un terme qu'employait fréquemment
l'infirmière Coggs. C'était le calme qui succédait à une
intervention du personnel, lorsqu'il fallait mettre quelqu'un sous sédatif pour l'emmener, comme si les autres
tentaient de se faire oublier par crainte d'avoir droit au
même traitement.

Heureuse de ne pas être observée, elle gagna la semi-
pénombre et s'assit dans un fauteuil en rotin en face de
la clarté éblouissante de la serre. Quatre silhouettes
occupaient toujours le même emplacement qu'à son
départ. Rachel se balançait lentement, comme toujours
quand elle n'avait personne à imiter, et une des vieilles
gâteuses dormait. Joyce perçut sa présence et se tourna
vers elle, sans la voir dans les ombres. *La selle a meurtri
mes cuisses, elle les a écorchées et rendues calleuses, mais
j'ai fini par aimer le pays et le peuple de Winnahoo, par
croire que j'étais une des leurs, au même titre qu'ils ne
pouvaient établir de distinction entre leurs terres et leurs
personnalités. Il s'agit d'un trait commun aux Indiens
d'Amérique du Nord et du Sud.* Subrepticement, Mary
retira d'autres brins d'herbe collés à ses jambes. Penser
à Josef Kiss la faisait frémir ; penser à David Mummery
la ravissait tant c'était scandaleux. Était-il immoral de
séduire un adolescent ? Il était adorable. Elle secoua la
tête, consciente d'être possédée par un démon mais

n'éprouvant que du désir pour ces deux hommes. Les avoir rencontrés le même jour était une coïncidence. Néanmoins, elle n'était pas convaincue d'avoir des pensées rationnelles. Les infirmières parlaient de « liaisons à bord » et d'incursions dans d'autres services pour des rendez-vous secrets, des fugues amoureuses. De telles fixations étaient peut-être inévitables lorsqu'on n'était pas sénile ou semblable à Rachel. Elle avait entendu le Dr Male décrire les symptômes de la maladie de Huntington. L'énergie sexuelle était décuplée au détriment du surmoi. En se fondant sur ses lectures, elle en avait déduit que la personne concernée était métamorphosée en Bête de Sexe par sa libido. Amusée et sceptique, elle se disait que c'était simplement du désir à l'état brut et que Mr Kiss éprouvait probablement la même chose. Son problème n'était pas de savoir pourquoi cet homme et cet adolescent éveillaient sa concupiscence mais par quel moyen elle pourrait l'assouvir. Spoliée de quatorze années d'existence, elle ressentait un besoin de plus en plus intense de rattraper le temps perdu, ce qui l'incitait à céder à toutes ses pulsions et à prendre des risques émotionnels, alors que son bon sens l'informait qu'un tel raisonnement était sans fondement et qu'avoir été plongée dans le coma lors du raid aérien était de la malchance, que s'être réveillée était de la chance tout court. Ils devaient être nombreux dans son cas, sans compter ceux qui avaient été tués. Elle inhala à pleins poumons, en frissonnant.

« Que nous arrive-t-il ? » L'infirmière Coggs ouvrit les doubles portes de verre armé de la grande salle sur les sons métalliques des hôpitaux psychiatriques, les odeurs de désinfectant, de médicaments et d'urine, les plaintes et les petits cris étouffés, les rires irraisonnés. « Pourquoi restons-nous assise dans le noir ? Le soleil nous incommode. Nous craignons de prendre un coup de soleil, Mary. Vous et moi, nous sommes les seules à ne pas être maboules et je ne saurais trop m'avancer en ce qui me concerne.» Les infirmières tenaient fréquemment de tels propos, comme si elles étaient convaincues que l'instabilité mentale de leurs patients était contagieuse. «Qu'avez-vous? Vous recherchez le calme et la solitude?» Elle s'assit dans son fauteuil, allongea devant elle ses jambes gainées de nylon noir, ramassa son journal, soupira et gratta distraitement diverses parties de son corps. Elle sentait la cigarette juste éteinte.

«S'est-il passé quelque chose pendant mon absence?» Mary avait posé cette question avec désinvolture. Elle souhaitait rester seule avec ses pensées et, si elle savait s'y prendre, Coggs la laisserait tranquille.

Coggs qui grogna. «Que vous deviniez toujours tout me sidère, Mary. Nous avons reçu la visite d'Eleanore. Elle s'est réveillée en étant convaincue que Napoléon avait débarqué à Douvres ou qu'un Zeppelin venait d'attaquer l'abbaye de Westminster. Ses histoires habituelles. Toujours est-il que nous avons dû l'isoler dans sa chambre. Elle va se calmer. Mais on ne sait jamais à quoi s'en tenir, avec Old Nonny. Un jour elle débite des blagues désopilantes et le lendemain elle débloque complètement. Je ne sais pas. Elle nous raconte les mêmes bêtises sans queue ni tête que la plupart des autres pensionnaires. Oh, bon sang!» Elle mit l'accent sur son exaspération en se déplaçant avec bruit dans son fauteuil en rotin. «Le jardin était agréable?

— Il y fait aussi chaud qu'ici.

— Vivement le week-end. Nous descendrons sur la côte, mon mari et moi. Son frère vit à Seaford, près de Brighton. J'adore la jetée. Vous connaissez?

— Je n'ai jamais vu la mer. Seulement la campagne, le Kent et d'autres endroits. Des enfants y partaient mais nous n'en avions pas les moyens. Quand nous avons eu un peu d'argent, j'ai eu une bicyclette. Nous nous sommes rendus à Arundel, par le train. Ce n'est qu'à un ou deux miles de la Manche, je crois. Je ne pourrais répondre, si on me demandait si je vis sur une île. Pas en me fondant sur ce que j'ai vu, en tout cas. » Elle sourit.

« Oh ! » L'infirmière Coggs avait repris sa lecture du *Daily Graphic*.

« J'envisageais de faire un saut à la bibliothèque. » Mary se leva et attendit son feu vert.

« Vous empruntez énormément de livres. » Coggs redressa la tête, les sourcils froncés. « Vous les lisez vraiment ?

— J'en ai le temps. »

Elle atteignit la fraîcheur du vestibule et traversa le sol de marbre plongé dans l'obscurité, car les stores des fenêtres avaient été baissés et les grandes portes sombres étaient verrouillées. Elle salua d'un geste Noreen Smith qui travaillait dans les bureaux et une infirmière dont elle ne connaissait pas le nom puis gravit les larges marches de pierre conduisant à l'étage. Tout ici était en pierre et en bois. Des tableaux floraux modernes incongrus s'alignaient sur des murs au plâtre lépreux, sous des poutres en piteux état réparées à la va-vite. Dans un de ses rôles les moins originaux, Joyce se prenait pour une belle du Sud habitant les vestiges d'une demeure saccagée par la guerre de Sécession, et cet escalier était un décor idéal pour une jupe à paniers. Mary tourna la poignée en chêne sculpté et entra dans la bibliothèque où elle fut accueillie par Margaret Hezeltine, grande et anguleuse, une authentique bibliothécaire qui avait trouvé ici une occupation malgré sa tendance à déchirer les ouvrages dont elle désapprouvait le contenu. « Ah, Mary ! Ma cliente préférée ! » Elle la traitait comme elle avait autrefois traité ses chouchous à l'école où elle avait travaillé avant un renvoi mystérieux, un séjour en prison et son internement à Bethlehem. « Qu'est-ce que ce sera, aujourd'hui ? Jane

Austen ? Non, vous les avez déjà tous lus. Et vous n'aimez pas Ann Radcliffe. Je ne peux pas vous donner tort. Alors...

— Je vais jeter un coup d'œil aux Macmillan. » Mary se sentait obscurément gênée.

« Scott ?

— Pas Scott. Mais je pourrais faire un autre essai avec Disraeli. » En sa présence elle calquait son langage sur celui d'un personnage de récit pour jeunes filles. « Il m'a séduite avec *Sybil*. » Elle s'étonnait de ses capacités de mimétisme. Elle pouvait désormais imiter presque n'importe qui, y compris le Dr Male, mais si ce don apportait quelques distractions dans son existence elle en était un peu effrayée. Des individus à la personnalité instable auraient sans doute eu des problèmes d'identité.

Les alignements de livres, disposés de façon que toutes les allées soient visibles du comptoir central pour interdire toute activité non surveillée, s'étiraient vers les fenêtres. Des stores verts les isolaient du soleil et il régnait ici des odeurs de cire, de poussière et de vieux papier. En plus de ranger méticuleusement chaque ouvrage, Margaret les dépoussiérait régulièrement. Les dos étaient astiqués, les jaquettes essuyées de toute tache. Mary la surprenait parfois à remettre des pages en état, lisser avec application des angles écornés.

Le troisième occupant de la salle, un vieillard chenu qui avait reçu le sobriquet d'Ernest le Poulet en raison de son accent rural et du poste d'inspecteur en chef de la police judiciaire qu'il prétendait avoir occupé, ne lisait que des romans policiers ou ce qu'il appelait des récits de « vrais crimes ». Il tourna vers elle ses traits de gnome et ses yeux fuyants malsains se firent accusateurs. Lors de sa première admission à Bethlehem, il avait voulu arrêter tout le monde, y compris le médecin en chef. Il se contentait à présent d'enquêter sur les affaires dont il apprenait les détails à la radio. Il reporta furtivement son attention sur Agatha Christie, bien qu'il eût lu tous ses romans plus d'une douzaine de fois, prit un livre au hasard et revint en traînant les pieds vers le bureau pour le faire tamponner dans un silence réprobateur par Miss Hezeltine qui le suivit du regard avec dégoût tant qu'il n'eut pas franchi la porte. Elle se replongea ensuite dans une activité fiévreuse que dissimulait le comptoir.

Les Classiques Macmillan, donation de Mrs H. E. Standlake, séduisaient d'autant plus Mary qu'ils étaient négligés par la plupart des lecteurs. Ils s'alignaient sur les étagères qui leur étaient réservées et plus de la moitié n'avaient jamais été lus. Il lui fallait fréquemment utiliser un coupe-papier pour séparer les pages qui n'avaient pas perdu l'odeur d'imprimerie du jour de leur tirage. Elle appréciait également leur uniformité anonyme avec leur dos rouge terne estampé d'or défraîchi, subtilement gaufré d'un motif floral dépouillé, souvent illustré par le même dessinateur. Elle connaissait leurs noms et leurs styles aussi bien que ceux des auteurs. Fred C. Pegram, H. R. Millar, C. R. Brock, H. M. Brock, Chris. Hammond, Hugh Thompson, F. H. Townsend, J. Ayton Symington et autres. Elle les avait découverts pendant l'enfance dans le *Windsor Magazine* et divers vieux recueils qui avaient été les seules lectures à sa disposition, des exemplaires défraîchis offerts par des bouquinistes de Farringdon Road parce qu'ils étaient invendables. Cette rue se trouvait à l'angle de la maison où elle avait grandi. Certains jours, les étals paraissaient s'aligner jusqu'à Ludgate Circus où il lui était interdit de s'aventurer, au-delà de Barts et de Smithfield, ces noms célèbres du vieux Londres, et sous Holborn Viaduct. Les après-midi d'été elle mettait fréquemment les vacances scolaires à profit pour se rendre dans ce marché aux livres où tous les vendeurs la connaissaient. La plupart lui recommandaient chaudement leurs auteurs préférés, refusaient de lui vendre quoi que ce soit et lui offraient des éditions bon marché, des ouvrages mal en point, des livres brochés, des classiques imprimés sur deux colonnes. Et sur le viaduc les dames en robes de pierre symbolisant les vertus victoriennes du commerce et de l'étude semblaient porter sur elle un regard approbateur et bienveillant. Même après avoir quitté l'école et commencé à travailler aux Gamages de Holborn, elle mettait ses pauses déjeuner à profit pour retourner dans Farringdon Road. Fascinée par son amour de la lecture, sa grand-mère ne protestait que pour la forme. Son grand-père, qui se perdait dans les abstractions, lui affirmait que l'éducation était la voie de salut des classes laborieuses et l'implorait d'oublier ses romans et de lire des œuvres plus édifiantes telles que *The Martyrdom of Man* de Reade et *The Outline of History* de Wells.

D'une étagère proche du sommet elle tira *Sybil*. Même les illustrations de Fred Pegram manquaient d'inspiration. Elle feignait de s'y intéresser mais se contentait de jouir de l'isolement et du silence de ce sanctuaire. Finalement, elle apporta le roman à Margaret Hezeltine. «Si on ne réussit pas au premier essai, dit-elle avec vivacité.

— Voilà une attitude positive. C'est très bien, ma fille.» Miss Hezeltine apposa un nouveau coup de tampon sur la fiche. «À demain, peut-être?

— Ou après-demain.» Mary soupesa le livre.

Elle sortait sur le palier quand un cri cordial lui parvint des hauteurs. «Vous voici!» Le Dr Male, basané, malingre, aux cheveux bruns malpropres et aux yeux noirs, en costume à fines rayures et cravate au nœud difforme, dévalait les marches tel un marmouset dissolu. «Mary! Mary! Mary! Nous vous avons cherchée partout. Nous aurions dû nous douter que vous étiez à la bibliothèque.»

Elle se demanda s'ils n'avaient rien remarqué dans

son comportement et s'inquiéta. Comptaient-ils l'isoler ? Pour l'empêcher d'avoir une aventure avant même qu'elle n'eût débuté ?

« Oh, rassurez-vous ! » Il vint la rejoindre, à peine plus grand qu'elle. « Ils vous attendent dans la salle d'entretien. Votre nom a été avancé. Votre cas va être réexaminé. » Son sourire traduisit de l'irritation. « Voulez-vous monter ? Là-haut. » Il tendit le doigt. « J'y serai. Tout va bien. »

Elle trouverait le temps de faire l'amour avec ces deux hommes, en commençant nécessairement par Josef Kiss. *Éveillée par un Kiss... un baiser. Mais David serait pour moi moins dangereux, sans être pour autant exempt de tout péril. Il est trop jeune ? Même Patrick avait des choses à apprendre de mon grand-père.* En serrant *Sybil* contre son ventre elle gravit une volée de marches. Elle voyait, par la porte ouverte du vestibule, du chêne ciré immaculé, des sièges et des tables. Le soleil n'atteignait pas directement ce côté du bâtiment. Elle resta là, à contempler le vide aseptisé de la pièce. *J'étais un peu replète mais il disait qu'il m'aimait comme ça et je n'ai jamais ressenti le besoin de changer. Notre vie était agréable, à l'époque. Nous étions heureux... très heureux, quand j'y pense. C'était avant la guerre et l'incendie. Je lui préparais du haddock fumé pour son goûter du vendredi. Et nous allions au cinéma chaque samedi.* Elle savait quel rôle elle devait interpréter pour les satisfaire mais manquait de temps pour se mettre dans la peau du personnage.

Josef Kiss hantait son esprit. Il était nu. Elle se mit à trembler et dut s'appuyer au chambranle.

« Allez ! Allez ! Vous n'avez pas à vous inquiéter, Mary ! Entrez ! Voyez-vous ça, petite écervelée ? Vous avez laissé tomber votre livre. Allez ! Vous avez plus de chances qu'aucun d'entre nous de partir d'ici ! Entrez ! Entrez et soyez vous-même. » Le Dr Male montait, jovial et pressant, impatient de regagner son domicile.

Il se pencha pour ramasser et lui rendre *Sybil*. «Ça va, n'est-ce pas?

— Ça va.» Elle décolla des cheveux qui adhéraient à son visage et pénétra dans la pièce, inhala l'odeur de cire d'abeille sans voir le moindre grain de poussière où que ce soit et regarda les portes qu'elle devrait franchir pour qu'ils réétudient son cas. *Tout indique que c'est le traumatisme provoqué par la mort de Pat qui a effacé mes souvenirs. Ce qui m'étonne le plus, c'est qu'il ne semble pas y avoir de séquelles. Je me sens parfaitement capable de reprendre ma vie là où je l'ai laissée, même si mon bébé a grandi et que la plupart des choses ont changé. Je trouverai facilement du travail. Votre ventre brille comme du cuivre vous êtes une bien gentille bestiole et votre sexe d'or est si doux qu'il me pénètre sans me meurtrir. J'ai rêvé de cet instant. J'ai rêvé de vous deux.*

«Entrez, Mary, entrez!»

Elle exécuta cet ordre en arborant un sourire qui ne révélait rien de ses pensées.

Les jardins de bohème 1954

C'est une question délicate, écrivit David Mummery dans la biographie succincte qu'il destinait au Dr Male. L'année la plus importante de mon existence ? Je dirais 1954, quand j'ai compris que ma mère était folle et que je me suis inquiété de nos antécédents familiaux. Rien de personnel, j'ai déjà dû le préciser. Le plus ancien de mes souvenirs se rapporte à des bombes des faisceaux de projecteurs, des silhouettes d'avions, des explosions. Mon oncle Reg disait être entré dans la chambre de notre maison de Mitcham et avoir vu ma mère me lever vers la fenêtre pour me permettre d'assister au spectacle que nous offrait le Blitz.

Il connaissait plus d'histoires de famille que tout autre proche. Ce frère de mon père avait fait des courses et préparé leurs motos avec lui. Il vivait dans l'appartement qui jouxtait le nôtre. Ma mère et sa femme étaient amies. Je le voyais bien plus souvent que l'auteur de mes jours.

Vic Mummery, le roi de la piste. Je crois qu'il travaillait dans une usine d'armement de Croydon et je bénéficiais rarement de sa présence. Lorsque j'allais à la campagne ou au bord de la mer, c'était avec ma mère ; des évacuations partielles, en quelque sorte. Elle était toujours tendue, d'humeur changeante, même s'il me semble qu'elle a tenté de développer sa logique au fil des ans. Il est toutefois indéniable qu'elle avait tendance à tout dramatiser. Peu après le départ de mon père, je la revois vaciller au sommet de l'escalier puis tomber et glisser vers moi tête la première. L'avais-je appelée ? C'est possible. Suis-je responsable de sa chute ? Ses blessures étaient heureusement superficielles.

Nous avons déménagé et elle a remis ça. Étant plus âgé, je suis allé chercher des sels. J'ai retiré le bouchon de la fiole et me suis penché pour la placer sous son nez. Des gouttes d'ammoniaque ont coulé sur sa lèvre supérieure et dans sa bouche. Elle s'est redressée d'un bond en hurlant que je voulais l'empoisonner.

Si je la suspectais de simuler ses évanouissements, ce que m'inspiraient ses dons de comédienne était plus proche de l'admiration que du dégoût. Lorsque ses manifestations mélodramatiques ont cessé de me bouleverser, j'ai été impressionné par ses talents de manipulatrice, son jeu tout en nuances et ses intonations. Celui qui voudrait m'influencer en tablant sur un sentiment de culpabilité ou sur la honte perdrait son temps. J'ai eu en ce domaine un excellent professeur. J'en suis venu à assimiler ses « numéros » à des joutes loyales. Je ne l'aurais jamais abandonnée et je n'avais que de la sympathie pour elle, mais je refusais de la laisser arriver à ses fins, quelles qu'elles soient, en usant de tels stratagèmes. Quand je l'accompagnais en voyage ou au cinéma, sans doute en avais-je véritablement envie. Lorsqu'elle me demandait sans détour quelque chose, je lui fournissais une réponse sincère et réfléchie. En d'autres termes, j'essayais de l'inciter à se conduire plus raisonnablement sans y réussir pour autant. J'avais quatorze ans quand j'ai compris qu'elle ne voyait pas en moi un fils ou même un substitut à son mari. Elle aurait voulu que je prenne la place laissée vacante par mon grand-père ! Sitôt après en avoir pris conscience j'ai su ce qu'elle attendait de moi et quel comportement je devais adopter. J'ai cessé de lui opposer une résistance aveugle et veillé à ne pas avoir pour elle plus d'attentions que si nous avions formé une famille comme les autres.

Rien de tout cela ne fournit une explication à ma folie, cette capacité d'entendre et de voir ce qui est inaudible et invisible pour mon entourage, mes crises intermittentes de démence, ma paranoïa. Mes rapports avec les femmes sont, m'ont-elles affirmé, absolument normaux. Mes liaisons durent aussi longtemps que celles de mes amis. Je ne deviens difficile à vivre que lorsque je lâche la bride à mon esprit, ce qui n'est pas un signe de profonde blessure psychologique. Ma mère et moi étions très proches. Nous avons fait front côte à côte à la guerre.

Je dois admettre que j'aime les ruines. La plupart des enfants étaient fascinés par les sites bombardés qui leur offraient liberté et aventure. Surtout les maisons qui n'avaient pas subi de dégâts trop importants. Nous avions appris à nous déplacer d'une poutre à l'autre, d'une solive à la suivante, en évitant les planches et les plafonds de plâtre qui céderaient sous notre poids ; nous savions tester la résistance d'une cloison et en quel point il fallait exercer une pression pour la faire basculer et rendre les lieux moins périlleux. Nous déterminions sans peine si un toit risquait ou non de s'effondrer sur nous alors que nous gravissions des escaliers branlants cernés par le vide pour atteindre des greniers où nul adulte n'eût osé pénétrer et y dénicher des trésors soumis aux intempéries. Un jour, nous avons découvert un piano au dernier étage. Nous l'avons poussé et il est tombé sur les rosiers d'un jardin jonché de briques en soulevant un nuage de poussière qui a trahi notre présence, ce qui nous a contraints à fuir rapidement sans pour autant commettre des imprudences.

Certains greniers nous terrifiaient. Nous nous attendions à trouver des cadavres entre les matelas puants et les planches pourrissantes d'abris improvisés. La pluie y formait des flaques et ils puaient les excréments et l'eau croupie. Nous levions des allumettes devant chaque tuyau pour déterminer s'il s'agissait de conduites de gaz ; nous buvions aux robinets encore alimentés. Il nous arrivait de tirer des baignoires jusqu'au terrain communal pour les lancer sur les étangs, tenter d'atteindre les îles et sombrer à quelques mètres du rivage. Ce fut une période merveilleuse ; soulagés que les bombardements soient terminés, nos parents n'avaient pas encore été contaminés par la nervosité qu'engendrent la sécurité et l'aisance.

Nous ne redoutions pas les bombes qui n'avaient pas explosé car nous avions survécu à leur chute. Nous trouvions naturel de fabriquer des fusils avec des tubes d'acier que nous bourrions de poudre pour attaquer nos cibles favorites. Des armes capables de perforer une plaque de tôle ondulée avec une bille de roulement, soit dit en passant. Nous avions des lance-roquettes, des grenades faites avec des bouts de ferraille et des explosifs et ayant pour amorce les propulseurs Jetex de nos aéroplanes modèles réduits. Nous fabriquions des cocktails Molotov en utilisant la précieuse paraffine de nos parents et des lance-flammes constitués de pompes à vélo remplies de pétrole que nous allumions en actionnant le piston pour expulser un jet embrasé qui se consumait en quelques secondes. Il nous arrivait de plonger les mains dans ce produit inflammable et d'y mettre le feu, pour impressionner ceux qui ignoraient que seules les vapeurs brûlaient. Maîtriser la technique des cracheurs de feu a été facile, mais quand j'ai voulu avaler des lames de rasoir je me suis profondément entaillé le palais et la langue. Je ne saurais toujours pas dire si je m'y suis mal pris où si le type qui m'a montré comment procéder s'est moqué de moi. Nous n'avons toutefois jamais mangé du verre car tous savaient que cette expérience avait été fatale à plusieurs personnes.

Nous jouions aux soldats avec des Sten aux culasses bloquées identiques à celles utilisées par les militaires. Nous nous dépensions en toute liberté dans ces ruines, sous un ciel estival, et je suis convaincu que ces activités nous procuraient un plaisir bien plus grand que les jeux vidéo et autres jouets compliqués n'en apportent aux enfants de l'époque actuelle. Nous explorions un vaste territoire dont nous repoussions les frontières au fur et à mesure que nous prenions de l'âge grâce aux vieilles bicyclettes rouillées que nous donnaient des parents.

L'école était une prison où des individus qui n'avaient sur moi aucun droit voulaient m'imposer leur autorité. À dix ans, j'avais déjà subi les affres de deux établissements municipaux et deux privés. Seule la nature des souffrances infligées différait. J'étais toujours persécuté. À quatre ans, j'avais appris à lire par mes propres moyens. Je dévorais tous les manuels en moins d'une semaine et m'ennuyais sitôt après. Le directeur d'une des écoles privées a convoqué ma mère pour lui annoncer que ma présence n'y était plus souhaitée, même si j'avais véritablement apprécié certains aspects de cet établissement : les bois environnants, la ferme et ses porcheries, le vieux bâtiment de style Tudor parcouru de passages secrets que nous avions eu tôt fait de découvrir. Nous les empruntions pendant la nuit pour aller piller le garde-manger ou sortir sans être vus. Je m'y suis faufilé à trois reprises pour m'enfuir, avant de m'égarer et d'être capturé par la population locale. J'adorais notre uniforme et j'ai continué de porter ses knickers en velours côtelé vert et ses pulls marron bien après mon renvoi.

J'étais parvenu à convaincre bon nombre d'élèves que j'avais été élevé par des loups dans la jungle indienne. Kipling n'était pas, à ce stade de l'évolution politique de Cooper's Hall, considéré comme un écrivain progressiste, et nul ne m'accusa de plagiat même si certains étaient sceptiques depuis qu'ils m'avaient vu grimper à un gros chêne proche de l'atelier d'expression artistique et devoir réclamer l'aide du responsable de mon groupe pour redescendre sous les quolibets de mes adversaires qui, menés par Tommy Mee, me demandaient de faire une démonstration des capacités acquises dans la forêt. Je pris peu après les oreillons et ce fut à l'infirmerie que j'eus ma première vision. Il s'agissait d'un Christ de type classique : barbe et cheveux blonds, peau claire et yeux bleus. Il me sourit, l'index et le majeur levés pour me bénir. Avant de regagner mon domicile j'eus le temps de voir également sir Francis Drake, le roi George VI (toujours en vie), sir Henry Morgan le pirate et un assortiment de spectres variés moins célèbres. Tout d'abord surexcité, je me souvins de toutes les fois où mes maîtres m'avaient puni parce que j'avais ce qu'ils appelaient une imagination débordante et décidai de ne souffler mot de ces apparitions à personne. Je finis malgré tout par confier mon secret à mon ami Ben French. Sa mère était blanchisseuse et on disait que son père était un Américain de bonne famille qui avait servi dans la RAF avant-guerre.

Je fus sur pied avant le début des vacances d'été. Ma mère allait à son travail et Ben à l'école, et je descendais à bicyclette vers les communaux de Mitcham, passais devant la rangée de boutiques reconstruites, la bibliothèque, l'entreprise de pompes funèbres et la laiterie pour atteindre le quartier de Rocky et les écuries de mes amis les Tziganes. Ma Lee et ses filles à la forte carrure, Marie et Phebe, étaient ravies de me voir mais les garçons me considéraient déjà comme un étranger mollasson jouissant de privilèges immérités. Si nous avions été inséparables à la fin de la guerre, ils allaient à présent rôder dans les cours pour effrayer les chevaux, jeter des pierres contre les murs, donner des coups de pied rageurs aux touffes d'herbe pour extérioriser leur ressentiment pendant que je restais assis dans le salon pour boire du thé et parler à ces dames de ma vie scolaire et des messages qui me parvenaient de l'au-delà. Toutes trois avaient une lourde mâchoire saillante, une peau olivâtre sous une masse de cheveux bruns bouclés, de grosses boucles d'oreilles en or et Ma Lee des dents assorties. Les garçons et les filles portaient de vieux pull-overs, des pantalons en moleskine et des bottes de caoutchouc qui les rendaient presque identiques. Mon premier béguin fut une bohémienne. Bien qu'elle eût deux ou trois ans de plus que moi, Marie me faisait partager son lit. Je me rappelle qu'elle avait des vertiges en se levant le matin mais, pour autant que je m'en souvienne, il ne s'est rien passé entre nous. Elle s'occupait de moi quand ma mère partait en voyage d'affaires.

Ma Lee lisait l'avenir dans le marc de café. J'ignore pourquoi elle m'enseigna des secrets de femmes. Marie m'apprit à tirer les cartes, pas le tarot fantaisiste des hippies mais des cartes à jouer ordinaires. Phebe voyait la destinée des gens dans leur paume. Que son épouse m'eût accepté suffisait au vieux Lee qui me montra comment monter à cru leurs poneys. Je n'ai pas oublié l'odeur des écuries, des petits chevaux, de la sueur et de la toile de jute humide, de l'avoine et du crottin... à laquelle se mêlait la senteur de l'*Eau de violette* que Marie mettait depuis l'âge de sept ans. J'aidais le vieux Lee à curer les stalles, panser et nourrir les bêtes, les atteler à leurs carrioles pimpantes avec des harnais déco-rés de soleils, de lunes et d'étoiles en cuivre ; les seuls qui conviennent aux poneys des Tziganes. J'insistai tant que Marie m'inculqua des rudiments de leur langage, même si je la soupçonne à présent de l'avoir fort peu pratiqué. J'appris ainsi que *rom* et *mort* signifiaient homme et femme, qu'un *chur* était un voleur et une *distarabin* une prison. Elle m'appelait parfois *tamo*, ce qui voulait dire petit. Un cheval était un *prad*. Je pus bientôt savoir de quoi parlait mon entourage et plus particulièrement les garçons qui me tenaient à l'écart de leurs conversations. On retrouve une partie de la langue des Tziganes et de leur argot dans le jargon des gens de théâtre, repris depuis par les homosexuels.

Je crois que Ma Lee voyait en moi un futur gendre. Elle disait souvent à ses filles qu'elles devaient s'élever dans la société ; que faire du porte-à-porte pour proposer des pinces à linge, implorer les usagers des transports en commun de leur acheter de la bruyère blanche porte-bonheur ou dire la bonne aventure aux ivrognes des foires manquait d'ambition. De temps en temps toute la famille prenait la route. Les Lee attelaient leurs poneys à leurs vieilles roulottes entretenues avec soin pour partir vers les marchés où ils pourraient acheter et vendre des chevaux. Si tant de bohémiens se sont installés à Mitcham, c'est pour cette raison même si le maquignonnage a cessé d'y être pratiqué peu avant la guerre. Ils avaient des proches qui étaient *d'authentiques nomades*, mais ils s'assimilaient à des *didicoys*, des sang-mêlé. Seuls les jeunes avaient honte de cette vie. Ma Lee disait souvent qu'errer sur les routes était très pénible et qu'elle avait toujours rêvé d'une petite habitation comme la sienne. « Mes parents ne sont jamais entrés dans une maison. Ils n'ont connu qu'une roulotte identique à celles où nous disons la bonne aventure. »

Un jour de Pâques, à la grande fête foraine annuelle, je fus séparé de Marie et de mes amis, et d'autres Tziganes m'assaillirent et me rouèrent de coups derrière les groupes électrogènes. Je n'ai pas oublié l'odeur d'huile des moteurs ni, me semble-t-il, celle de mon sang. Après quoi ma mère me fit promettre de ne plus les fréquenter. J'y retournais malgré tout quand j'en avais le courage. Que Marie se déclare choquée par cet incident était insuffisant pour combler le fossé qui s'était creusé entre nous. Puis je suivis ma mère à Norbury et nous cessâmes de nous voir. Elle me manque. Je sais qu'elle a épousé un épicier et, comme l'avait tant redouté Ma Lee, qu'elle passe tout son temps à servir leurs clients.

Je me mis à fréquenter plus assidûment Ben French, qui avait au même titre que moi peu de chose en commun avec les autres garçons. Nous fûmes presque inséparables jusqu'à son incorporation dans la RAF. On nous prenait pour deux frères. Nous construisions des cabanes dans les arbres, fabriquions des pirogues et partions à l'aventure à bicyclette. Que sa sœur ait été écrasée par une camionnette de livraison devant la boulangerie de Norbury High Street, en 1954, contribua sans doute à nous rapprocher.

L'été, je quittais Cooper's Hall pour rentrer à mon domicile et passer une semaine chez mon oncle Jim, au 10, Downing Street. Sauf lorsque je déplaçais les rideaux de la fenêtre pour inciter les touristes à lever les yeux dans l'espoir d'entrevoir Mr Attlee, le Premier ministre, mes activités étaient peu nombreuses. En 1951, mon oncle Jim m'emmena au Festival of Britain. Ma tante Iris resta à la maison. Elle nous affirma que nous nous amuserions bien mieux sans elle. Nous errâmes dans la cohue, hésitâmes à aller grossir la file d'attente du Dôme de la Découverte, regardâmes la tour métallique en forme de fuseau du Skylon en nous demandant quelle était l'utilité d'une chose pareille, mangeâmes une ou deux glaces et regagnâmes Downing Street. Cette exposition était censée célébrer l'avenir radieux de la Grande-Bretagne. Je me souviens avoir été déçu.

Parfois, quand il y avait foule devant le 10, mon oncle Jim me faisait traverser un immeuble désaffecté pour entrer par une porte dérobée. Il y avait un grand jardin intérieur cerné de hauts murs et planté de roses trémières, de soucis et de marguerites, mais je n'étais pas autorisé à y jouer. Juste pouvais-je aller m'asseoir sur ses bancs pour lire, Mr Attlee ne voulant pas être dérangé.

Cette maison — que j'explorais dans la mesure de mes possibilités faute d'avoir d'autres occupations — me paraissait immense alors que je la trouvais petite vue de l'extérieur. Sans doute s'agissait-il de deux bâtiments reliés par un couloir, et c'est pour cela que je me souviens avoir aperçu d'une fenêtre la Horse Guards Parade, mais je n'avais aucune idée de la disposition des lieux. La première fois que je l'ai vu, Winston Churchill portait une sorte de pyjama de soie bleue et s'était coiffé d'un casque. Il s'adressait à mon oncle en s'égosillant pendant qu'une bombe volante s'abattait en sifflant puis explosait près de la Tamise. Mon oncle semblait être à sa disposition de jour comme de nuit. Je dois préciser que Churchill a manifesté bien plus d'intérêt pour moi qu'Attlee, son successeur. Il paraissait convaincu que j'étais le fils de mon oncle Jim. « Votre enfant grandit Griffin. Où va-t-il à l'école ? » L'odeur de cigare et de brandy était entêtante. « Ne te lance pas dans la politique, mon garçon, m'a-t-il dit un jour. C'est un attrape-nigaud. Sois raisonnable, suis l'exemple de ton père et entre dans la fonction publique. »

Au cours de mon séjour à Downing Street, cet été-là, je lus presque tout Dickens et une bonne partie de l'*Encyclopaedia Britannica*. Le dimanche je remontais Whitehall qui était pratiquement désert. Il faisait très chaud et tout était poussiéreux. Peu de voitures circulaient dans Londres, le week-end. Mon oncle Jim m'emmena à la National Gallery puis à l'Odéon de Leicester Square pour voir *Pinocchio*. « Ta tante Iris aurait adoré », disait-il souvent, mais je savais qu'elle avait horreur de sortir. Il était aussi digne qu'un majordome de pièce de théâtre et ses mains étaient très douces. « Je garde le fort, ne vous en faites pas pour moi, déclarait tante Iris. Amusez-vous bien, tous les deux. » Son visage était ridé, presque grimaçant. J'ai appris depuis qu'elle souffrait à longueur de temps.

Ce fut au 10, Downing Street que je fus présenté à Hopalong Cassidy. Mon oncle Jim aimait les westerns et en lisait une douzaine par semaine. La plupart étaient répétitifs et ennuyeux, mais les livres de poche de Clarence E. Mulford, avec leur dos jaune et noir et leurs illustrations de cow-boys et hors-la-loi des années 20, étaient merveilleux. Je leur trouvais une authenticité qui me fit juger les films de Bill Boyd que je vis par la suite infidèles et édulcorés, des versions aseptisées de ce qui était pour moi un mythe. J'ai été de la même manière déçu par les adaptations cinématographiques des aventures de Tarzan. Je continue d'associer au 10, Downing Street le Ranch Bar-20, et Tex Ewalt reste pour moi plus mémorable que Mr Churchill qui avait à mes yeux un je-ne-sais-quoi de pathétique, peut-être parce que je l'ai rencontré à la fin de sa carrière. Il lui manquait l'ironie mordante d'un Tex Ewalt qui dissimulait ses sentiments derrière sa légende, un peu comme Alan Ladd dans la plupart de ses rôles, plus particulièrement dans *L'Homme des vallées perdues*.

Je garde de bon nombre de politiciens célèbres le souvenir de leur odeur plus que de toute autre chose. Seul sir Alec Douglas-Home était inodore. La première fois qu'il m'a vu, à une réception de la BBC, il m'a serré la main en demandant de mes nouvelles. « Ravi de vous revoir, jeune homme. » Il avait tout d'un squelette souriant car sa bouche était figée comme celle d'une marionnette de ventriloque. Il était si petit qu'il dépassait à peine le prince Philip, un individu horriblement guindé, peut-être parce qu'il croulait sous les obligations officielles. Sitôt qu'ils apprenaient qui j'étais, tous ces gens ne tarissaient pas d'éloges sur mon oncle Jim qui était un serviteur de l'État très apprécié des grands de ce monde. Anthony Eden, pour lequel il a également travaillé, dégageait une odeur de vieux lin, de linceul et de térébenthine. Macmillan, le Premier ministre que mon oncle a le plus admiré, avait quant à lui des relents de cuir rustique, d'herbe et de papier moisi. Je n'ai jamais eu l'occasion de renifler un Premier ministre socialiste mais Nye Bevan, que je trouvais très impressionnant, sentait la soupe de légumes en boîte.

Il va de soi qu'après 1954 je fus considéré comme *persona non grata* au 10, Downing Street.

Je gravis les marches conduisant à l'appartement de mon oncle Jim et m'arrête devant les tableaux qui couvrent les murs, certains sont des ancêtres et d'autres de vieux ennemis de la famille. « N'écoute pas Winston, dit mon oncle Jim. Tu feras de la politique. C'est le moment de t'y mettre. Le monde va changer. Tu dois veiller à ce que l'avenir soit meilleur et non pire. Promets-moi seulement de respecter tes engagements. Pas de compromissions avec les libéraux. » Ma casquette est suspendue à une patère ministérielle et il me fait asseoir dans la salle du Conseil, devant un sous-main noir sur lequel je peux lire un mystérieux « Ist Lord ». Je me demande combien on en dénombre. Existe-t-il un vingtième lord ? Je ne suis pas sûr d'être à la hauteur, pas à onze ans. Cependant, j'ai pour mon oncle Jim autant d'affection que pour ma mère et je me sens moralement obligé de faire tout mon possible pour ne pas le décevoir.

Il y a des ombres dans le jardin clos de murs et une forte fragrance de lavande. Je voudrais être avec Marie. En pyjama, je traverse en courant la maison pour voir le soleil se coucher sur les arbres de St James Park, loin de là. Des oiseaux s'élèvent au-dessus des silhouettes des grands bâtiments néoclassiques. Les hérons qui battent des ailes et disparaissent me font penser à des figures héraldiques. Des cris me parviennent de la Tamise. Je vois des soldats aux tuniques de laine rouge bardées de médailles d'or se déplacer sur le terrain de parade. Je me sens vulnérable, dans cette tenue et les pieds nus sur

le marbre poli, le parquet ciré, le tapis d'Orient. Des
voix montent vers moi. Je hume des odeurs de viande
rôtie et de légumes bouillis, de vin et de tabac, et les
sons s'amplifient, deviennent plus catégoriques et agressifs. Que puis-je faire sans désappointer mon oncle Jim ?
Mr Churchill m'a sans doute mieux jugé. Je peux seulement promettre de ne pas me présenter en tant que
candidat du parti libéral. Mon cœur s'emballe. Je suis
terrifié par ce qui se passera si on me trouve seul dans
cet escalier, sous ces portraits. Mon frisson d'impuissance a une intensité presque sexuelle. Faut-il l'attribuer
à la proximité de tant de pouvoir ? Je cours sans bruit
dans les couloirs et les appartements déserts, je gravis
les marches recouvertes d'un tapis vert sombre conduisant à ma chambre.

Mon oncle Jim et tante Iris sont assis aux deux extrémités d'un canapé de cuir et écoutent les nouvelles à la
radio. Chaque fois que je prends connaissance des résultats des matches de football je les revois ainsi, figés et
silencieux, comme morts. Je m'avance et ils lèvent les
yeux, sur le qui-vive, peut-être pour demander quelque
chose à la bonne.

Mon arrière-grand-mère du côté paternel était camériste au château de Hever, dans le Kent. Elle a vu les
Astor construire leur village modèle au-delà de la douve
et reconstituer un Moyen Âge idyllique. Elle était célèbre pour ses longs cheveux roux et sa peau laiteuse et
douce. « On aurait cru que sa tête était embrasée », m'a
confié William Mummery, mon grand-père, né dans ce
château. « Elle nous disait à quel point les Astor étaient
des gens charmants, même Nancy. Lorsque je les ai rencontrés, j'étais trop jeune pour me faire une opinion. Une
camériste n'est pas une souillon. Tous rêvaient d'entrer à
leur service, à l'époque. Tout le confort moderne. Bien
mieux qu'à Cliveden. Sa tante, tu le sais, a épousé un
baron. Elle vivait à Paris et s'appelait Sophie. Je dois

avoir son certificat de décès quelque part. Il a été expédié à ma mère. Elle était sa plus proche parente, je crois, mais l'héritage était négligeable. » Il était âgé de quinze ans quand sa mère s'était noyée dans l'Eden, près des tonnelles d'Anne de Clèves. Elle avait dû oublier qu'on avait détourné le lit de la rivière et y était tombée en pleine nuit.

Mon grand-père tenait un bureau d'import-export dans la City. Il parlait sans cesse de connaissements et de transit maritime. C'est en 1954 que je partis à sa recherche. Je savais seulement que son local se situait près de Fenchurch Street et je m'attendais à le trouver aisément à l'autre bout d'un champ de mauvaises herbes et de fleurs pourpres, au milieu de pans de murs écroulés et de dalles de béton aux armatures métalliques rouillées évoquant des arbres effeuillés par une explosion, mais je dus renoncer. Il y avait des maquettes de navires dans toutes les vitrines, pas uniquement dans la sienne.

Le lieu le plus lointain où je me rendis à bicyclette avec Ben French fut le château de Hever, près d'Orpington. Un choix influencé par les récits de mon grand-père. La propriété étant interdite au public, nous laissâmes nos vélos contre le mur du cimetière pour y chercher les tombes de mes aïeux. Mais la plupart des stèles étaient en grès et les intempéries avaient effacé toutes les inscriptions antérieures à ce siècle. Je n'y trouvai aucun Mummery. Il faisait très chaud et j'avais mal aux fesses. Si Ben possédait un BSA à trois vitesses, j'avais hérité d'un Raleigh que je remisais dans sa cabane parce que ma mère ne voulait pas que je l'utilise avant d'avoir onze ans. Il était très lourd, mais avait servi pour les livraisons d'une boucherie ; dans le panier métallique installé à l'avant, au-dessus d'une roue ridiculement petite, pouvait prendre place Brandy : un terrier noir et brun aussi doux avec moi que hargneux envers le reste du monde. Il courait à mon côté jusqu'à l'instant où il en avait assez et s'asseyait sur la route pour aboyer et attendre que je fasse demi-tour et lui permette de remonter à bord, d'où il se contentait de ahaner et gronder dès qu'il voyait un chat ou un de ses congénères.

J'ai tendance à considérer que mon enfance a été radieuse. Il y avait bien sûr des moments plus difficiles et des disputes avec ma mère qui s'achevaient presque toujours par des pleurs et des excuses réciproques. Habitué à cette intensité dramatique, je la croyais normale. Pour moi, les autres enfants avaient une existence aussi morne que s'ils n'étaient pas nés. Cependant, tout cela était profondément ancré dans la vie quotidienne, sans aucun aspect morbide ou outrancier, et je n'ai jamais été tenté comme tant de mes contemporains par des expériences bizarres ou exotiques. J'ai vu la moitié des représentants de ma génération mourir ou se détruire, se perdre dans un univers de conservatisme mesquin et de grandeur impériale, d'aventures militaires scandaleuses et coûteuses, de philosophies de comptoir, ce qui a fait du dernier Empire des Français une imposture dérisoire et a rendu leur société cruelle et égoïste. Et ces Petits Anglais sont si imbus d'eux-mêmes, aussi suffisants que des prélats, qu'ils n'ont pas conscience de s'enliser dans des sables mouvants. Mais il ne faut pas se leurrer, ils trouveront le moyen de se jucher sur nos épaules lorsqu'ils seront sur le point de suffoquer. Le monde actuel appartient à Tommy Mee.

Je n'ai pas manqué d'amour, pendant l'enfance. J'en suis certain. J'ai souvent accordé ma confiance et rarement été trahi. Et j'ai toujours pardonné aux faibles qui m'ont déçu. Nul parent ne peut tenir toutes les promesses faites à ses enfants. J'étais joyeux, sûr de moi et indépendant. Personne n'essayait de me culpabiliser pour mes échecs et je réussissais dans tous les domaines qui m'intéressaient vraiment. Faute de savoir quels étaient mes projets, ma mère m'adressait des encouragements d'ordre général. Quand je vendis mon premier article à un journal local, à treize ans, elle en fut transportée de joie. Les voisins me félicitèrent, mes professeurs se déclarèrent fiers de moi tout en me répétant que je devais être plus attentif en classe. Ils me punissaient parce que je faisais l'école buissonnière, que je ne remettais pas mes devoirs ou que je dissipais mes camarades, autant de choses naturelles à cet âge. Si je me singularisais, c'était par mon amour de la musique atonale, surtout celle de Charles Ives, et de livres considérés rebutants par tous ceux de mon âge.

Certaines personnes voyaient en moi un enfant solitaire. S'il est vrai que j'appréciais le calme, j'avais des amis auxquels je rendais visite dès que j'en ressentais le besoin, plus particulièrement Ben French. J'ai déjà précisé que nous étions comme deux frères. Néanmoins, il lui arrivait de séjourner chez des parents dans les Midlands. Puis, parce qu'il était mon aîné de deux années, il partit travailler et faire son service militaire. S'être inscrit au Air Training Corps lui apporta exactement ce qu'il avait espéré, une affectation à Whitehall où il pouvait se rendre chaque jour comme s'il occupait un emploi et passer toutes les nuits et les week-ends à son domicile. Une réussite qui m'incita à l'imiter. Ben avait des traits délicats, raffinés, et ses lectures préférées étaient, comme les miennes à l'époque de notre rencontre, les livres de Richmal Crompton's William. Nous nous intéressions en outre à la chimie et consacrions une grande partie de nos loisirs à fabriquer de la poudre. C'était une activité empirique, ponctuée par de fréquentes explosions, car chaque préparation devait être testée. J'eus pendant la moitié de mon enfance des sourcils inexistants et une chevelure à moitié roussie. Le plafond de ma chambre était aussi noir que les fenêtres et les rideaux carbonisés. Ma mère s'y était résignée, peut-être parce qu'elle avait des craintes encore plus grandes. Quoique irrégulière, notre production suffisait à nos besoins.

Et nous collectionnions les soldats de plomb, ce que nous faisions avec méthode en nous rendant régulièrement dans une petite boutique proche des communaux de Streatham où nous trouvions la plupart de nos modèles britanniques. Les seuls qui nous intéressaient vraiment. Nous nous fîmes expédier un catalogue aussi gros qu'un annuaire téléphonique où étaient proposés des régiments et des armées de tous les pays, des animaux de ferme et de zoo et des personnages pour amateurs de modélisme ferroviaire. C'était notre bible. Nous débattions pour déterminer quels seraient nos prochains achats, quels petits boulots nous permettraient d'acquérir un détachement de débarquement de la marine ou d'étoffer le Camel Corps. Ces soldats de métal de tous les corps d'armée ont pratiquement disparu avant la fin des années 50. J'ai eu un choc quand de grossières figurines en plastique aux uniformes fantaisistes ne rappelant que vaguement leur nationalité les ont remplacés. Je n'ai pas les moyens d'acheter ce qui est devenu la chasse gardée de quelques collectionneurs fanatiques. La première série d'articles que j'ai vendus à une revue pour enfants traitait de ce sujet.

Si je n'étais pas solitaire, je n'étais pas non plus perturbé. J'avais des activités très saines, des hobbies ordinaires, des passions banales. Je pensais à l'avenir et non au passé. Vous m'avez encouragé à coucher tout ceci par écrit dans l'espoir d'y trouver des indices sur mes troubles mentaux. Mon enfance ne vous apprendra rien. La réponse se tapit dans mes gènes, ma chimie organique, mon hérédité. Qui sait, je suis peut-être un médium !

Mon autre oncle Jim, celui qui avait épousé Daisy, la sœur de ma mère, s'intéressait à ma collection. Directeur d'une petite école privée proche de Richmond, il avait fait la guerre en Orient et ramené d'Asie du Sud-Est des sarbacanes, des têtes réduites, des idoles en bois sculpté, de l'ivoire, des coiffes singulières et des colliers amassés dans la jungle pendant qu'il attendait d'être secouru. En 1942 il avait sauté en parachute d'un avion en flammes et s'était retrouvé parmi de paisibles indigènes, les membres d'une tribu si éloignée de la civilisation que Japonais, Hollandais et Britanniques ignoraient leur existence même s'ils avaient quant à eux une idée assez précise de la situation. Quand ils avaient appris que les Japonais évacuaient le secteur et que des Américains et des Anglais débarquaient, ils lui avaient fait descendre le fleuve en pirogue. Je me demandais souvent s'il avait souhaité revenir en Occident. Toujours est-il qu'il s'était retrouvé deux semaines plus tard à Londres avec ses nombreux bagages. Il avait distribué quelques souvenirs, mais la plupart s'entassaient dans leur maison attenante à l'école. Il s'en servait à l'occasion pour intimider les élèves les plus turbulents, car des rumeurs voulaient qu'il eût réduit lui-même ces têtes et qu'il fût imbattable au tir de dards empoisonnés.

Il était originaire de Cork et avait une façon adroite, humoristique, de raconter des histoires. Il m'a beaucoup appris. Il m'a un jour avoué que sa vie n'était pas rose auprès de tante Daisy et qu'il aurait préféré rester dans ce village où il avait une épouse indigène, mais que sa peur de la voir débarquer en pleine jungle était si grande qu'il avait renoncé. Sans doute plaisantait-il. Ce qu'il me disait sur sa femme était difficile à croire étant donné qu'elle m'adorait. Pour une raison mystérieuse, elle ne m'a jamais traité avec le mépris qu'elle réservait à son mari et ses deux fils qu'elle menait par le bout du nez. Quand je séjournais chez eux elle prenait mon parti, me préparait des friandises, m'encourageait à affirmer mon indépendance par des actes dont la simple pensée eût terrifié ses propres enfants. Mon autre oncle Jim gardait la tête basse, acceptant tout et tentant d'ignorer le reste. Il exerçait sa puissance hors de chez lui. Le soir, il s'attardait dans son cabinet de travail pour contempler des cartes de contrées lointaines. Ma tante Daisy admirait mon père et ne cessait de répéter qu'il avait du cran. Je n'aimais guère aller chez eux, tant à cause de la tension constante que parce que je trouvais mes cousins veules et privés d'imagination. Ils finiront leurs jours dans un centre de soins car ils ont été mutilés dans l'accident qui a fait perdre la vue à leur père et a défiguré leur mère ; une banale explosion domestique.

Je vais régulièrement voir ma mère à Mitcham, mais j'ai peu de contacts avec eux. Je rencontre mon père une ou deux fois par an, dans un pub de son choix. Il boit quelques demi-pintes de bière et parle avec nostalgie de l'île de Man telle qu'il l'a connue avant-guerre. Sur les terrains des bohémiens ont été érigés des immeubles tracés sur du papier millimétré, des cubes de béton à la disposition géométrique. Même certaines parties des communaux ont disparu. Les foires actuelles sont bien tristes et il n'y a plus là-bas un seul pied de lavande.

Après la mort de mon oncle Jim, tante Iris est restée dans leur maison de Hove, une grande bâtisse très laide, pendant encore dix ans. Devenue sénile, elle a été admise dans un foyer. Je ne lui ai jamais rendu visite, à elle non plus. Peut-être n'aurais-je pas dû la juger aussi sévèrement car sa maladie avait altéré sa personnalité tout autant que son corps.

Au moins mon oncle Jim n'a-t-il pas eu à subir Margaret Thatcher. Tommy Mee est un de ses plus jeunes ministres. Mon oncle Jim estimait qu'Edward Heath n'aurait pas dû occuper de telles fonctions. Il était au fond de son être un conservateur radical qui méprisait le socialisme, mais avait un respect profond pour les hommes intègres qui composaient le parti travailliste de l'après-guerre. Il les tenait en haute estime et avait accepté après maintes hésitations de servir Attlee, même s'il n'appréciait guère Gaitskell. « Quant aux libéraux, leurs principes sont dépassés. Ils ne peuvent les mettre en application. » Il me conduisit un jour dans une grande demeure proche du Mall où je dus endurer la compagnie d'enfants mal élevés à l'accent insupportable qui, apprendrais-je par la suite, appartenaient à la famille royale et au cercle de ses intimes. Mon oncle s'en excusa. « J'avais oublié qu'ils sont totalement coupés de la réalité. » Je n'ai rien à reprocher au petit prince de Galles si ce n'est que, grisé par sa popularité croissante et emporté par une onde de délire nostalgique, il a fini par se prendre au sérieux. Lui qui était à juste titre un peu penaud s'assimile désormais à un intellectuel doublé d'un humaniste. Il déclare fièrement qu'aider les métayers à travailler la terre permet de découvrir les conditions de vie du peuple. Il devient chaque jour plus pompeux. Certains tiennent son épouse pour responsable. J'accuse quant à moi l'opinion publique (et peut-être son état dépressif) car les masses ont l'habitude de crétiniser leurs idoles, Bien que royaliste bon teint, mon oncle Jim a toujours soutenu que le Parlement devait s'assurer que la monarchie reste à sa place. Il disait que le jour où les politiciens croiraient au droit divin, même sous une forme déguisée, notre pays irait à sa ruine. « Nous suivrons tôt ou tard le même chemin que la France. » Je n'aurais pu imaginer un destin plus épouvantable.

Tout en étant fermement convaincu des vertus de la démocratie, mon oncle Jim exécrait les corvées du parlementarisme. Tout d'abord attiré par le Foreign Office puis par le ministère des Finances, son soutien à Churchill tant en matière de politique de non-conciliation que pour la plupart de ses autres prises de position des années 30 l'incita à le suivre au 10, Downing Street où, par une alchimie mystérieuse, il servit également ses successeurs et devint un intermédiaire officieux entre le gouvernement et l'administration. Nul n'aurait pu dire quelles fonctions découlaient de son poste de secrétaire permanent. Même les raisons pour lesquelles on lui avait conféré le titre de chevalier étaient vagues. Il s'était installé en ce lieu et y était resté après le départ de Churchill, là d'où il voyait les badauds et surveillait les allées et venues de ses célèbres occupants tel un grand vizir dont le peuple ignorait le véritable pouvoir. Ce qui, affirmait-il, était conforme à ses désirs. Wilson ayant souhaité officialiser son rôle il s'y est opposé et a obtenu gain de cause avant de réfléchir à sa situation et de prendre sa retraite, en 1965. Il m'a un jour avoué que la politique de Wilson lui inspirait du dégoût. Elle manquait de profondeur. S'il qualifiait Eden et Home d'individus simples et honnêtes auprès desquels il se sentait à son aise, il disait qu'autour de Wilson «l'atmosphère était délétère». Mais les conservateurs alors en pleine ascension étaient bien pires encore.

Il ne m'a parlé de ces choses qu'à son retour de Rhodésie. Il s'est ouvert à moi avant que la Science chrétienne et le cancer ne lui portent des coups fatals, sans perdre pour autant la discrétion qui avait fait de lui une sorte de majordome idéal aux yeux de bon nombre de personnages dignes des romans de P.G. Wodehouse. Son affection pour Churchill m'a empêché de lui révéler mon opinion sur cet homme, même si je le jugeais préférable à la plupart des politiciens actuels. Mon oncle Jim ne disait-il pas que lorsque les leaders n'ont plus d'idéaux, peu importe lesquels, le peuple n'a d'autre choix que se rabattre sur les rois et les reines, les princes et les princesses, ce qui est toujours catastrophique car il place alors tous ses espoirs dans des rêves et non des réalités. Ce qui m'intrigue, au sujet de la Maison de Windsor, c'est comment une famille allemande peu argentée a pu accumuler tant de richesses en si peu de temps. Si le prochain roi Charles succombe aux folies du premier, ce sera le comble de l'ironie. L'avenir nous le dira.

Mon oncle Jim se retrouvait en moi et je regrette de n'avoir pas été à la hauteur de ses ambitions. Je crois sincèrement qu'il est désormais impossible de suivre son exemple. Sa génération était moins désillusionnée, plus idéaliste. En outre, j'appartiens officiellement à la catégorie des déments et les étiquettes sont capitales pour quiconque souhaite faire carrière dans la politique.

J'ai commencé à m'intéresser vers quinze ans à ce qui se déroulait dans mon esprit et je me suis abandonné à mes voix et mes visions. Ce qui nous amène à ce qui s'est passé en 1954. Devenue directrice d'une société qui fabriquait du mobilier de bureau sur le marché international, ma mère devait parfois s'absenter une semaine. Je perdais le sommeil et, dans un état second, je racontais à tout un chacun ce que je voyais et entendais, révélant à mes interlocuteurs ce qu'ils pensaient et désiraient dans leur for intérieur. J'avais également quelques délires sans grande importance. C'est ce qui m'a valu d'être admis à l'hôpital psychiatrique de Bethlehem pour y être examiné. Par vous. Mais tous semblaient dépassés. Vous êtes bien placé pour savoir qu'on m'administrait des médicaments mais, moins actifs que ceux de la pharmacopée actuelle, ils ne filtraient que partiellement les voix. Je trouvais un doux apaisement dans les histoires de Tom Merry and Co., Billy Hunter et Harry Wharton que me prêtait un autre pensionnaire devenu depuis un ami. Passer du monde de George Bernard Shaw au pays imaginaire juvénile de Frank Richards et aux *Magnet* et aux *Gem*, ces hebdomadaires publiés des années avant ma naissance, a été étrange mais plus efficace que vos thérapies. Je me suis immédiatement calmé. Cet habitué de votre établissement avait plus de bon sens, si vous voulez bien me pardonner, que n'importe quel médecin. Et je ne suis pas le seul à avoir bénéficié de sa sagesse.

Je ne citerai pas son nom, car je sais à quel point les membres de votre profession sont jaloux de leurs prérogatives. Je vois parfois en lui une sorte d'apôtre des temps modernes qui n'hésite pas à entrer dans une léproserie pour apporter du réconfort, de l'espoir et parfois le salut aux âmes abandonnées.

Autant d'idées qui ne nous seront d'aucune utilité si le but de cette analyse est d'établir un nouveau traitement. Ma vie ne diffère de celle de la plupart des gens que sur des points de détail et seule ma folie est divine. Ce que vous assimilez à des hallucinations est pour vous facile à répertorier. Je les partage avec des milliers de gens. Mais il ne vous est jamais venu à l'esprit que si nous sommes si nombreux c'est peut-être parce que nous détenons la vérité. Vous vous raccrochez à vos théories comme des voyageurs perdus dans le désert se raccrochent à des mirages ou à une foi aveugle car ce sont vos uniques certitudes. Est-il inconcevable que nos différences soient dues à l'intensité avec laquelle nous vivons ? Ne redoutez plus la chaleur du soleil et les frimas de l'hiver, car nous avons des pastilles et des pilules en guise de purgatifs et de cages d'acier inviolables. Vous nous dites que nous nous emportons pour un rien. Qui resterait de marbre face à des questions aussi stupides et condescendantes ? Je vis dans un monde de couleurs, de sons, de sensations tactiles et de sexualité bien plus extrêmes que dans le vôtre, à tel point qu'il me semble que ces choses débordent de mon corps ; et quand elles me submergent, quand j'en oublie les conventions qu'il convient de respecter pour être libre au sein de votre société, vous me capturez, m'entravez et me retirez de la circulation. Puis vous me rabâchez que je suis dans un état second, que je délire, que j'ai la folie des grandeurs parce que je ne vous considère pas comme mes maîtres. Est-ce ce qui est arrivé à Jeanne d'Arc ? Pourquoi insistez-vous pour que je vous mente ? Pourquoi est-ce si important à vos yeux ?

Pourquoi jouez-vous constamment cette comédie ? Que redoutez-vous ? De prendre conscience de l'iniquité avec laquelle vous imposez vos volontés ?

Les communaux sont agréables. Allongé dans l'herbe je lis *Love Among the Chickens* de P.G. Wodehouse et croque une pomme reinette, me désaltérant à l'occasion d'une gorgée de Tizer bue à la bouteille, pendant qu'à proximité Brandy fend des buissons. J'ai emporté un Edgar Rice Burroughs et un baronne Orczy et je dispose de toute la journée pour les lire. Je peux humer l'odeur du papier. Dans le ciel bleu, le soleil paraît immobile. Je suis en un lieu situé hors du temps, loin du flot de la circulation et des importuns, un après-midi d'été parmi tant d'autres après-midi d'été idéaux d'une enfance idéale. Chasseurs blancs, guerrières farouches, valets de chambre comiques, dandys héroïques, gentils-hommes bretteurs et cow-boys philosophes me tiennent compagnie. Le monde peuplé de penseurs haïssables et de bourgeois respectables, avides, malveillants et violents, est trop éloigné pour m'affecter. Peut-être ai-je reçu le don de double vue, comme le laissait entendre Ma Lee. L'explication serait-elle aussi simple ? Je vous ai dit quelles étaient vos pensées, Dr Male, et vous m'avez félicité pour ma sagacité, mes capacités de déduction. Mes périodes de démence sont-elles le résultat d'une perte de contrôle de ce don ? Est-ce ce qui vous irrite ? Ce talent ? Ne devriez-vous pas étudier ce que je puis voir ? Tout ce qui vous est caché ? Oh, peu m'importe ! Je ne suis pas mort. Le pire que vous puissiez m'infliger, c'est une légère gêne. Qu'est-ce que cela vous rapporte ? J'en tire probablement plus de profits que vous.

Je suis fort, auprès de mes amis. Nous sommes trois. Nous sommes unis. Le père, le fils et la sainte vierge. Nous résistons à vos attaques et aidons notre prochain du mieux que nous le pouvons. Je tremble comme si tout ce que vous avez emprisonné en moi menaçait de jaillir de mes pores, mes muscles et mes veines.

Les ruines me réconfortent. Il leur arrive de se dresser autour de moi pour me protéger. Sous cette chaleur les mauvaises herbes poussent et les papillons, abeilles et guêpes se déplacent de façon erratique. Je suis couché derrière un mur avec Doreen Templeton : mon pantalon est baissé, sa jupe relevée. Nous frissonnons et sourions en explorant nos différences. Les bombes m'ont apporté la sécurité, la sexualité, l'évasion et l'aventure. Les enfants du Blitz ne doivent pas être pris en pitié mais enviés. Nous méritons des félicitations pour avoir survécu ; et si vous avez de la compassion à revendre accordez-la aux proches, aux parents, de ceux de ma génération qui ont péri, mes amis ; mais nous sommes plus heureux que nos prédécesseurs et nos successeurs. Nous avons eu pour terrain de jeu un monde bien plus vaste que le leur.

Aujourd'hui, je sais ce que vous pensez. Demain, je l'ignorerai car vous m'aurez fait une autre injection. Est-ce que ce sera suffisant pour vous rassurer ? Ne devrez-vous pas m'éliminer pour retrouver votre sérénité ?

Je me demande ce qu'on voit de ma fenêtre. Elle a des barreaux et se situe loin au-dessus de ma tête. La chambre est relativement confortable, avec un lit moelleux, de jolis draps et oreillers. J'ai à ma disposition de nombreux livres, un magnétophone et un assortiment de cassettes. Mais l'activité extérieure m'intrigue. Peut-être n'est-ce qu'un arbre qui se couvre de feuilles. Je suis las et j'ai l'impression que mon esprit s'égare. Je vais réécouter Mahler. Ses *Kindertotenlieder* m'inspirent ; ils m'emportent dans cette partie de mon être où les pensées m'abandonnent pour me laisser seul avec moi-même.

Stations perdues 1951

Assis dans un de ses pied-à-terre, Josef Kiss regarde le soleil vespéral réchauffer la place cernée de bâtiments pimpants de brique rouge et ombragée par de grands platanes. Il y voit une voiture à bras de Leather Lane et une vieille femme en manteau graisseux au col en lapin. Brooke's Market, où tout commerce a cessé deux siècles plus tôt, est devenu pour une poignée de privilégiés un havre de paix à seulement quelques mètres de la grandeur gothique de la Prudential, de High Holborn grouillant d'activité qui exhibe par endroits des façades bien plus anciennes, de Staple Inn's qui prend appui sur des maisons alignées de style Tudor et où Josef Kiss va se fournir en tabac et gommes acidulées, en face des Gamages où il achète babioles et vêtements, de Hatton Garden et de ses joailliers. Sa femme ignore l'existence de ce studio où il vient répéter ses rôles, être lui-même, méditer. Il lui raconte qu'il se rend à Bradford ou Dundee, ou qu'il travaille dans des clubs qui ferment au petit matin. Pour le propriétaire, il est le professeur Donnol : un de ses noms de scène d'avant-guerre. Les bombes n'ont infligé que des dommages mineurs à la place, à l'église dessinée par Butterfield qui est un chef-d'œuvre d'architecture anglaise du XIXᵉ siècle inspiré par Eastlake, un condensé de tout ce que Mr Kiss trouve réconfortant et agréable. Il se retire en ce lieu dès qu'il se lasse de l'imitation Tudor de Harrow. La tranquillité y est encore plus grande quand les employés de bureau rentrent chez eux et que la douce odeur de tabac de la manufacture d'Old Holborn embaume l'atmosphère ; même si quelques tintements métalliques s'élèvent d'un atelier de Brooke Street où des ouvriers font des heures supplémentaires, là où Chatterton est mort, écrasé par un trolleybus ou un tram.

Mr Kiss reporte son attention sur son Shelley et le *Concerto pour violon* d'Elgar qu'il écoute sur son combiné radio tourne-disque en ébène, une diffusion de la station de musique classique aux grésillements négligeables. Le poste se dresse sur ses serres d'aigle entre des étagères occupées par des recueils de poésie et des romans d'une lecture facile : A.E. Rossetti, Yeats, Mac-Neice, Peake, Thomas, Dornford Yates, P.G. Wodehouse et John Buchan sous des jaquettes illustrées ; une douzaine d'ouvrages aux dos plus ternes pour W. Pett Ridge, quelques Gerald Kersh à l'état neuf. Sur la tapisserie victorienne surchargée sont suspendues des affiches encadrées où il s'exhibe sous ses diverses personnalités : Signor Dante, Doctor Donlon, Tarot le Télépathe, Mandala le Médium et Igor Raspoutine, les noms que lui ont attribué une succession d'imprésarios. Si d'autres que lui pouvaient les voir, il en serait gêné ; tout comme il n'aimerait pas être jugé sur sa bibliothèque, car même les poètes ont des livres de Drinkwater, Berjeman, Chesterton et Flecker. Ici, Mr Kiss est libre de citer Alfred Austin, Wheldrake et les dernières œuvres énigmatiques de Swinburne car cet antre se veut moins un lieu de méditation que de bien-être ; un terrier à seulement un pas de Bloomsbury qui s'étend de l'autre côté de Southampton Row ; à une courte marche de Fleet Street et à une agréable balade par un temps aussi clément du Black Friars qui, d'une époque et d'un style comparables à ceux de Brooke's Market, reste son pub préféré. C'est pour lui le plus beau coin du Londres tant ancien que récent, son véritable centre, car ce n'est ni la City ni le West End et il n'est ni miséreux ni résidentiel. Ses grands-parents paternels, tous deux vendeurs dans un magasin de nouveautés, ont convolé en justes noces à un kilomètre de là, à St Jude's, dans Gray's Inn Road, et ils ont vécu dans Argyll Street même si cette église et leur maison ont depuis disparu ; Argyll Street est une rue à l'abandon où des immeubles de rapport se multiplieront sous peu, St Jude's abrite un foyer pour infirmières, le clocher et la chapelle ont été rasés pendant le Blitz. La mère de Mr Kiss est née au-dessus d'une boutique de Theobald's Road, à cinq minutes de son refuge, son père dans Verulam Street également très proche. C'est pour cela qu'il est venu à Brooke's Market. C'est pour lui l'œil du cyclone dans la tempête londonienne, un havre de silence, et il ne révèle son emplacement à personne car il est convaincu que le Mal est une entité qui cherche à détruire tout ce qui est beau, mais n'a pas encore eu vent de l'existence de ce lieu. Peut-être parce qu'il est placé sous l'égide de saint Alban le Martyr, saint patron d'une église d'un modernisme discret érigée pour apporter apaisement et réconfort aux habitants du quartier. Même les bombes d'Hitler n'ont pu entamer l'intégrité de la place, alors qu'elles ont dévasté tant de rues avoisinantes.

Assis sous la chaude clarté du jour dans le plus simple appareil, ne prêtant attention ni à Shelley ni à Elgar, Mr Kiss se concentre sur son dîner. Dans le cagibi proche d'une porte où sont suspendus divers effets se trouvent un évier en porcelaine, une cuisinière à gaz miniature, un petit assortiment de denrées comestibles en boîtes et en paquets, des légumes verts, une demi-bouteille de bordeaux, une théière, un nid de casseroles bleues émaillées, quelques épices. Il déplace son corps énorme mais gracieux comme ceux qui décorent certains plafonds sybaritiques du XVIIᵉ siècle pour traverser le lit étroit, s'étire et tripote pensivement ses parties génitales flasques en réfléchissant aux choix qui s'offrent à lui ; il s'assimile à un grand singe satisfait de sa captivité, encagé parce qu'il veut l'être, un fruit de l'imagination de Blake, à la fois demi-dieu mortel et bête divine. Dans son esprit, « L'Ode à la capitale » de Wheldrake se substitue au génie de Shelley.

LONDRES ! Mère de cet Hémisphère ;
   Mère du Commerce ; Mère de la Prospérité ;
Parente de la Vérité ; Maîtresse du Mensonge ;
   Mère des Innocents ; Génitrice des Sages ;
Matriarche de la Paix Impériale :
   Mère de la Légende : laisse les Sots te mépriser !

Il se dit que Wheldrake n'a reculé devant rien pour se faire attribuer la couronne de lauriers[1]. De vaines compromissions car cet honneur est revenu à son rival Alfred Austin. Après avoir commis ce texte, en 1895, Wheldrake a retrouvé son style décadent plus joyeux. Mais c'est à Holborn qu'il a écrit ces lignes, avant de déménager pour Dorking afin de se rapprocher de Meredith.

Pendant la guerre Josef Kiss est venu à Brooke's Market aussi souvent qu'il l'a pu car il s'y sentait en sécurité. S'il n'avait rien à reprocher aux abris antiaériens, aux stations de métro et aux caves, ce n'était qu'en ce lieu qu'il avait l'impression d'être invulnérable. C'est là qu'il a conçu son fils aîné, même si Gloria n'en a rien su. Il n'a pas fait la lumière et elle a cru qu'ils se trouvaient dans une garçonnière mise à leur disposition par un ami.

---

1. Référence à l'attribution du titre de « Poet Laureate » chargé à l'époque d'écrire des odes à la royauté et rétribué en tant que représentant de la Maison royale. *(N.d.T.)*

Le désir a balayé sa prudence. Il est d'ailleurs toujours l'esclave de ses pulsions et de ses émotions du moment.

Si je ne l'avais pas rencontrée, serais-je encore ici ? se demande-t-il. *Elle était trop jeune pour moi. Mais avait-elle le choix ? Je comblais ses besoins. Et il y a à présent ces enfants que j'adore. A-t-elle été mère trop tôt ? Suis-je à blâmer ? L'ai-je drainée de toute la vie qu'il y avait en elle avant de prendre conscience de mes actes ? Je m'efforce désormais d'être responsable et de la traiter avec considération, mais je pense parfois qu'elle voulait seulement s'amuser et que je lui ai imposé toutes ces grossesses puis une lente autodestruction. Néanmoins, mon interprétation des faits n'est-elle pas erronée ? J'aime prendre l'avion et elle en a horreur. J'aime chanter et elle se couvre les oreilles sitôt que j'ouvre la bouche. Elle m'a en quelque sorte adressé un ultimatum : si je retourne à l'asile, elle n'ira pas me rendre visite. Ces douces nuances de lilas et de magnolia, l'eau qui miroite comme de l'argent en fusion ou peut-être de l'or mais je t'aime toujours, toi qui es devenue une mère, et je voudrais encore me promener à ton côté, entre les arbres, dans les serres. Comme à Kew, là où tes jambes ont enserré mes cuisses et où tu m'as soufflé ton haleine au visage, sans te soucier du reste. Qu'ai-je donc fait ? Changer ? Je ne le puis.*

Au milieu de choux monstrueux, cernés de cosses déme-surées, dans cette jungle miniature hantée par des craque-ments où nous comptions effectuer d'autres expéditions avant que la guerre nous en empêche. « Quel été, pas vrai, Gloria ? Tu rêvais d'être actrice. Ils disaient que tu res-semblais à Gloria Stuart. Non, tu étais bien plus jolie qu'elle.

« Oh, tu es encore la plus belle de toutes mais tu as décidé de vivre à Harrow ! Peut-être pour m'attendre. Peut-être pour pouvoir placarder sur la porte un avis m'annonçant que je n'y suis plus le bienvenu. J'ai d'autres refuges. Si je retourne là-bas, c'est uniquement pour toi et les enfants.

« Nous avons continué d'en avoir tout au long de la guerre, comme des insensés. Il est exact qu'il y avait alors une multitude d'âmes dans les limbes, Gloria, Gloria, Gloria. Tu dis que je suis devenu un autre homme mais c'est faux. Je n'ai pas changé. Cependant, contenir mes pulsions accapare ma volonté. Je ne puis rien faire d'autre pour toi, pour moi, pour les enfants. Il y a tant de choses qui me blessent et m'effraient à cause de ce maudit conflit.

« Tu m'as reproché de t'avoir emmenée à Brighton. Tu croyais y trouver des plages de sable. Qu'est-ce qui t'exaspère ? Tu déclares que le soleil a sur moi un effet néfaste, qu'il me dilate. Mais n'as-tu pas bénéficié de ma dilatation dans la serre tropicale ? Comment pourrais-je être à la fois prudent et amoureux ? Les deux sont incompatibles. »

« Du potage », dit Josef Kiss. « J'ai une boîte de Gibier royal. » Il l'a gardée pour un grand jour, comme la clôture du Festival of Britain qu'il a apprécié autant que les enfants, sinon plus. Gloria a aimé le train du plaisir et le bateau-théâtre de Battersea, les garçons se sont intéressés au Dôme de la Découverte et la petite May est restée si longtemps sur les chevaux de bois qu'elle en a eu le tournis. Une vraie sortie familiale, d'après Gloria. *Mais, à d'autres occasions, je n'ai pas pu déterminer ce qui n'allait pas.* Tu parles trop, disait-elle. *Et je ne peux te comprendre... ou ne le pouvais pas. Je t'écoutais d'une oreille distraite, ce qui te blessait.* « Je surveille les enfants, vois-tu, voilà ce que j'ai à l'esprit. » *Mais, quand je me taisais, elle trouvait cela insupportable. Elle marmonnait que je faisais la tête. Je suis trop simple pour elle... ou trop compliqué.*

« Ou complètement dans l'erreur. L'amour, mon cœur, est de toute évidence insuffisant. Tout comme l'argent.

Qu'est-ce qui permettrait de redresser la situation ? Que je reste au loin, que je me fasse rare pour être apprécié. Mais je ne suis déjà plus qu'une gêne, un importun, un étranger, Gloria. Et j'ajouterai un peu de vin, pour qu'il soit aussi délectable que ceux qu'ils servent au Rules. Mais du civet de lièvre ne peut convenir. Josef Kiss. Que racontes-tu là, Josef Kiss ? Du civet de lièvre ? Je m'en fiche. Autant que de la solidarité des gens de théâtre ? Et comment ! Ce sont des balivernes qu'on débite aux membres de la troupe. »

Et il se rappelle un uniforme, un uniforme de la RAF. Ils venaient de décider de ne plus avoir d'enfants, peu avant la Victoire. Même à cette époque il était rare de voir un aviateur courir à toutes jambes dans une ruelle de Harrow. « J'ai façonné Gloria et elle ne me l'a pas pardonné. Qui pourrait lui tenir rigueur d'avoir voulu changer de pilote ? » Ce potage doit mijoter longuement. Il sait qu'il n'en trouvera pas une autre boîte avant longtemps. La guerre est terminée mais tous semblent redouter une reprise des hostilités.

Rassurer la population s'impose. Même s'il faut pour cela rappeler Churchill. Ce qui est en soi plein d'ironie. Il a ici ses *Magnet* et ses *Gem*, soigneusement rangés dans des cartons à archives par années et numéros ou, pour certains, par séries. Il les regarde avec espoir, mais aucun déclic ne se produit. Il reporte son attention sur le Gibier royal et inhale son fumet. Oh, qu'il est donc puissant ! Il fredonne et prend une spatule pour touiller le contenu de la casserole en veillant à ne pas éclabousser sa peau. « Changer de peau, vraiment. Mieux vaudrait changer d'esprit, changer de tête. Voilà une chose que tu peux maîtriser. Voilà un but que tu peux atteindre, préparer un succulent potage. C'est insuffisant, Mr Kiss. » Il pense au bonheur passé et gémit. « C'est le pire des enfers ! » s'exclame le Signor Dante, l'homme pour lequel nul cerveau n'est inviolable. Le ciel vert pâle, les palmiers en sueur de Kew, l'odeur douceâtre et entêtante de la jungle. *Oh, Dieu, la terre humide de ce temple de verre, ses cosses et ses fleurs, ses cuisses refermées sur mes hanches, ses lèvres rouges et brillantes, le verre argenté et l'eau qui suinte au-delà!* « Adieu veaux, vaches, cochons, couvées, Mr Kiss! » *Et voici Mme Roitelet qui construit son nid, Gloria! Combien de nids Mme Roitelet doit-elle bâtir? Et combien résisteront aux éléments jusqu'à l'été et l'éclosion des œufs? Les oisillons ne tomberont-ils pas, Mme Roitelet? Les nids de Mme Roitelet ne vont-ils pas se défaire? Les nids sont trop nombreux pour Mme Kiss, le roitelet qui se prend pour un coucou.* Le potage! Il ne doit pas entrer en ébullition. Il ne faut même pas le laisser frémir sous peine de voir sa saveur s'évaporer. Hume le gibier! Hume le vin. Hume la sauvagine et la venaison, le cerf royal. *Hume Gloria qui se colle à ton corps sous les panneaux de verre vertigineux.*

Vient le moment de goûter ce régal. Fermer le gaz. Sortir le pain de seigle que prépare ce boulanger de Soho et en couper deux tranches. Pas de beurre pour aujourd'hui. Prendre une grande assiette, y placer le pain et un bol blanc ourlé de bleu et y verser la soupe, la moitié seulement. Pom, pom, pom, avec le violoncelle d'Elgar qui poursuit son *allegro, ma non troppo* en direction de la coda. Emporter ce festin jusqu'à la fenêtre, le poser entre deux petites plantes grimpantes, retourner se servir un demi-verre de bordeaux, assez bon pour son prix, une gâterie, un souvenir d'un séjour à Paris, l'année précédente, quand Gloria est venue le rejoindre, nerveuse et libérée des responsabilités qu'elle assumait en tant que substitut au bonheur. Laisse les enfants à Mrs D. et viens en Italie avec moi, lui a-t-il dit. À Rome. Je te montrerai la Méditerranée et les flots bleus de la mer Égée, et tu n'en croiras pas tes yeux. Mais ils sont restés deux jours en France puis le train est reparti pour Londres. À bord du ferry, il a joui du confort du sommeil alors qu'elle n'a pas fermé l'œil. Le risque de sombrer dans un cercueil métallique, déjà au-dessous de la ligne de flottaison, allongée dans un compartiment dont elle ne pouvait ouvrir la porte, et de couler comme une pierre sans avoir la moindre chance de s'en sortir l'angoissait ; cela ne lui est donc pas venu à l'esprit ? Pas au point de le rendre insomniaque. Il a voulu se glisser près d'elle pour la rassurer mais la couchette était trop étroite. « Tu m'écrases. Tu ne trouves pas que je suis assez mal comme ça ? » Qu'as-tu, Gloria ? De la claustrophobie ? « Tu es mieux placé que moi pour le savoir, tu passes la moitié de ton temps dans des cellules capitonnées. » Claustrophobie, conclut-il. « C'est fini. Je sais que tu étais animé de bonnes intentions, Jo, mais je ne prendrai plus jamais un bateau. Et je ne parle pas du roulis ! » Il y a l'avion. « Voler ? Moi ? Tu veux rire ! »

Le *Concerto d'Elgar* s'achève et Josef Kiss tourne le bouton pour chercher les Rocky Mountain Boys de Big Bill Campbell. « Je suis un vieux vacher du Rio Grande. » Il goûte le potage, trempe son pain, parcourt du regard son corral silencieux. Il aime la musique hillybilly et ici, uniquement cerné d'entrepôts et de bureaux, il peut chanter à tue-tête. « Je n'ai pas les jambes arquées, les joues tannées. » Il se sert ce qui reste dans la casserole. « Et quand je regarde les étoiles du ciel, je voudrais pouvoir m'élever jusqu'à elles… »

Josef Kiss a connu les camisoles de force, les cellules capitonnées, les barreaux et les geôliers, les médecins et les psychanalystes sadiques. Il a eu droit aux pilules, aux piqûres et aux électrochocs, à tout à l'exception d'une lobotomie. Il a également connu à titre professionnel les récépissés de blanchisserie, les tickets de tramway et autres bouts de papier qui dilatent les portefeuilles. *Dites, monsieur, ai-je raison de croire que votre prénom commence par un G ? Merci, monsieur. Merci, George.*

Vous êtes marié, n'est-ce pas ? Oui ? Le prénom de votre femme commence par un M, monsieur… Elle s'appelle, si je ne m'abuse, Marjorie. Merci. Merci beaucoup. Vous venez d'Edmonton et vous avez acheté un nouveau costume. Vous avez une liaison sordide peu satisfaisante avec une vendeuse du magasin d'à côté et vous ne seriez pas venu dans ce théâtre si elle n'avait pas refusé au dernier moment de partir avec vous pour Southend, vous contraignant à chercher une occupation pour la soirée car vous aviez raconté à votre femme que vous seriez retenu par votre travail. Oh, je ne vous reproche rien, mais j'avoue que je préférerais avoir affaire à des personnes plus honnêtes ! Des personnes qui ne me donneraient pas l'impression d'être constamment cerné par des rongeurs pervers.

« Je n'étais pas cynique, à mes débuts. J'étais un idéaliste. Je savais que j'avais un don mais il ne me rapportait que quelques misérables shillings par séance. Et les George Bernard Shaw, H.G. Wells et professeur Huxley étaient rares aux places d'orchestre à neuf pence de l'Empire Theatre de Kilburn, les jeudis soir pluvieux. Il n'y avait que de la violence. De la frustration. L'insoutenable misère des gens. »

— N'avez-vous pas un chien, madame ? Vous l'appelez Pat. C'est un berger, n'est-ce pas ? Votre mari a pour lui plus d'affection que pour vous et vous rêvez d'empoisonner cet animal ? Ai-je raison, madame ? Qu'en dites-vous, monsieur ?

« C'est bon, Kiss, remonte sur ta bicyclette. Retourne chez les cinglés, là où est ta place. Qui ira encore te voir si tu continues dans cette voie ? Crois-tu que les imprésarios souhaitent t'entendre dire combien ils vont se mettre dans la poche, qu'ils se rongent les sangs en se demandant avec qui leur femme s'envoie en l'air et qu'ils imaginent dans les moindres détails ce qu'ils feraient bien volontiers à la jeune assistante de l'illusionniste ? Pars, Kiss. Fiche le camp. »

Un démon œuvre en ce monde. Mr Kiss a appris à ses dépens à tenir sa langue, à ne pas aborder certains sujets en public, à feindre d'avoir baissé les bras. Il sait désormais que nul ne veut être mis en garde contre les légions infernales qui font le siège de la cité et l'investissent lentement mais sûrement en s'emparant de toutes les âmes qu'ils convoitent.

« Et vous, monsieur, vous estimez que Herr Hitler n'a pas tort sur toute la ligne, n'est-ce pas ? Que nous devrions, nous aussi, regrouper tous les Juifs de ce pays et les expulser. Et vous n'arrivez pas à comprendre pourquoi nous nous soucions du sort de ces foutus Polonais. Qu'ont-ils fait pour nous, après tout ? Ai-je raison, monsieur ? Merci beaucoup. Non, monsieur, je ne vous ai traité ni de collaborateur ni de traître. Je n'ai à aucun moment laissé entendre que l'idée de fourrer votre pénis dans le sexe minuscule de fillettes de neuf ans vous obsède. Bien sûr que non, monsieur. Pardonnez-moi, monsieur. Je me suis trompé. Oui, monsieur, je vais regagner les coulisses, mais sans prendre une corde de piano pour aller me pendre à un crochet de boucher. Bonsoir mesdames, bonsoir mesdemoiselles, bonsoir messieurs. Musique, maestro ! »

Pourquoi dis-tu tant de choses horribles ? lui a demandé Gloria. Qu'ils se mettent en colère ne m'étonne pas. J'en ferais autant, à leur place.

Oh, Gloria, j'ai trop peur de lire tes pensées ! Autrefois, je m'y suis refusé par noblesse de sentiments. À présent, c'est la crainte de ce que j'y découvrirais qui m'en dissuade. Si seulement Dieu pouvait m'accorder la bénédiction de ne plus me voir tel que les autres me voient !

— Mr Kiss, vous êtes ce que nous appelons à l'institut Steiner un "sensitif". C'est bien volontiers que nous vous aiderons à domestiquer vos pouvoirs. On pourrait actuellement vous comparer à un poste de TSF sans bouton de recherche des stations. Nous vous apprendrons à capter la BBC, Radio Luxembourg, Radio Paris ou l'Australie, vous n'aurez que l'embarras du choix.

« Ce n'était pas envisageable. Je souhaitais me débarrasser de mon don, pas le dompter. Surtout pas le développer. À quoi jouaient-ils donc ? J'avais sollicité leur aide. Tous avaient la même réaction. J'aurais pu employer mes talents pour servir l'humanité. Mais quand la guerre a éclaté et que je me suis porté volontaire pour entrer dans les services de renseignements, ils n'ont pas voulu de moi. Et lorsque Dandy m'a contacté, il était trop tard. Gloria disait que j'étais stupide, que la guerre m'offrait de merveilleuses opportunités. Les directeurs de théâtre cherchaient désespérément des numéros.

« Non ! Ne montez pas ! Je ne veux pas de femmes sur scène, ce soir ! »

Après avoir essuyé son assiette avec un morceau de pain complet, Josef Kiss termine lentement son verre de vin. Il est tenté de récupérer l'étiquette, pas celle du bordeaux mais du potage. « Il s'écoulera de l'eau sous les ponts avant qu'il me soit donné d'en voir une autre. Sauf si je décroche un engagement à Édimbourg et que je revois Mary MacCloud. »

Elle était apparentée par mariage à la famille Baxter, les fabricants de soupes, et il avait vendu son corps contre deux boîtes de consommé de mouton et une de Gibier royal. Il n'en avait aucune honte. Il avait toujours considéré cette transaction comme équitable. À la guerre comme à la guerre, après tout.

« Et l'Austérité est parfois pire. Da-da-da-da ! En plein cœur du Texas ! »

Il lave l'assiette, la casserole et la cuiller. Il range son Shelley et envisage de lire Buchan et Guy Boothby, feuillette un Cutliffe Hyne. Mais rien ne le séduit. Un cri l'attire vers la fenêtre d'où il voit trois enfants pousser un vieux landau. Ils pourraient être ses fils, réduits à la mendicité, venus le tourmenter, lui rappeler que sa place est à Harrow. Il recule d'un pas et se demande s'il amènera un jour Ronald, son aîné, en ce lieu ; mais il est sans doute déjà trop tard. Qu'en feraient-ils s'il mourait et que quelqu'un leur révélait l'existence de ses refuges, ces nids de pureté ?

Une légère brise fait bruire les feuilles et les platanes se balancent comme s'ils étaient las. La lumière du soleil n'a rien perdu de sa chaleur. C'est l'heure des vêpres. Les enfants s'éloignent vers Bleeding Heart Yard. Il est toujours surpris que la place soit si souvent déserte quand tant de familles vivent dans les vieux immeubles qui l'entourent ; on pourrait croire que tous les territoires ont été attribués et que celui-ci a été oublié. Certains soirs il s'assied sur un de ses nombreux bancs sans voir âme qui vive ; il peut lire un roman, manger un en-cas ou même chanter sans être dérangé. Il s'y sent aussi en sécurité que dans la cour intérieure d'un château fort médiéval. Une forteresse qui disparaîtrait si quelqu'un savait où il vit.

Il trouve un vieil exemplaire du *London Magazine* de février 1909 et lit, sans s'y intéresser vraiment, un article de Wilbur Wright. *Avec des moteurs un peu plus puissants que ceux dont nous disposons actuellement et des machinistes un peu plus expérimentés et habiles, il serait possible d'aller de Londres à Manchester par la voie des airs sans prendre de risques considérables. Si le futur vainqueur du prix met sa vie en danger, c'est parce qu'il ne pourra attendre que les conditions idéales soient réunies s'il veut accomplir cet exploit le premier.* Il y a également un long article sur Valeska, la femme détective ; « Pas de Vote pour les femmes », de Mrs Frédéric Harrison — une beauté célèbre dont on trouve une gravure ; d'autres représentations de jolies femmes pour lesquelles Mr Kiss ne ferait pas des folies, quelques tours qu'on peut réaliser avec des allumettes et un épisode de *L'histoire amoureuse de Don Q*, le roman-feuilleton de K. et Hesketh Prichard. Josef Kiss le lit, tout en sachant qu'il ne saura probablement jamais comment s'achève ce récit.

À sept heures précises, il va vers sa veste suspendue à la porte et fouille une poche à la recherche des légers sédatifs que lui prescrivent les médecins pendant ses périodes de liberté. Il les met là car il craint d'égarer un flacon et ne tient pas à ce qu'on puisse le voir prendre des médicaments en public. Il sait que ce produit renforcera son ennui, mais il n'a pas ce soir la volonté nécessaire pour sortir. Il a attendu avec impatience de passer cette soirée chez lui. Gloria croit qu'il est allé auditionner pour une place de Monsieur Loyal dans un cirque de Birmingham, mais il préférerait à présent être près d'elle et des enfants. Il pourrait enfiler ses vêtements, sauter dans le métro, rentrer à Harrow à huit heures et demie et prétendre que le rendez-vous a été annulé, mais il n'ose débarquer à l'improviste. Il n'a pas oublié l'uniforme bleu de la RAF.

Si son humeur reste aussi maussade, il se dirigera vers l'Embankment pour assister au coucher du soleil. Il sait qu'il retrouvera ses sirènes dans Essex Street, mais devra-t-il en arriver là ? Il doit y avoir ici quelque chose qui inhibe son potentiel de plaisir et d'évasion. Big Bill lui dit « Adios » jusqu'à la semaine prochaine et Josef Kiss éteint la radio et met un disque, convaincu que « Caravan » de Duke Ellington lui remontera le moral. Le 78-tours se reflète sur le bras en bakélite du phonographe. « Doooo-doo-dada-dada-doo-da-da. » Il ne lui reste qu'à caler son dos contre les nombreux coussins du lit, fumer un cigarillo Winterman, regarder les souvenirs d'un passé peu glorieux et se demander si une saison à Bexhill lui permettra de boucler les fins de mois jusqu'à la fin de l'été. L'argent ne coule pas à flots et Gloria devra peut-être reprendre son travail à temps partiel aux British Home Stores, ce qui marquera inévitablement la fin de la trêve. Il décide d'aller voir son imprésario à la première heure, le lendemain matin. Un rôle à Ealing lui suffirait. *Whisky à gogo* et *Passeport pour Pimlico* ont permis à sa famille de vivre décemment, bien qu'il n'ait eu qu'une ou deux répliques. Ils le disaient parfait au sein de leur troupe et lui avaient promis de le contacter dès qu'ils monteraient autre chose. Gloria avait retrouvé le sourire lorsqu'il lui avait annoncé qu'elle pourrait peut-être l'accompagner dans les coulisses et obtenir pour les enfants des autographes d'Alec Guinness et de Stanley Holloway. Elle le croyait au début d'une nouvelle carrière. «À présent que tu as un pied dans la place, tu décrocheras d'autres rôles. Tu vas devenir célèbre. Une grande vedette, Jo!» Elle n'avait pas apprécié qu'il parle du revers de la médaille, autrement dit ses piètres qualités d'acteur. Il avait de la présence, les metteurs en scène étaient unanimes sur ce point, mais il perdait sa conviction sitôt qu'il était confronté à une longue tirade. Trois ou quatre répliques, de préférence espacées dans un acte ou, bien mieux, tout un film, étaient dans ses possibilités et lui permettaient de ne décevoir personne. «Tu es pourtant parfait, quand tu fais ton numéro.

— Je suis face à des spectateurs. Je m'adresse à des humains, pas à une caméra. Et je n'ai pas un texte à respecter.

— Tu ne veux pas cet engagement.

— Ça se pourrait.»

Mais il est constamment sur les planches. Plus exactement il devient le personnage qu'il a créé pour se produire en public, que ce soit dans un restaurant, au Victoria Palace ou dans la taverne. Ses boucliers se mettent en place automatiquement mais il s'inquiète car il n'a pas d'autre protection lorsqu'il tient le rôle d'une autre personne, peut-être un individu semblable à ce qu'il croit parfois être ; il revêt la même armure en toutes circonstances. La modifier affaiblirait sa cuirasse, dénuderait son esprit et le rendrait accessible à tous. Il a essayé de l'expliquer à Gloria qui reste convaincue qu'il accorde trop d'importance à ses névroses. Peut-être est-ce exact, mais il n'ose mettre sa santé mentale en péril pour être fixé sur ce point. Elle considère que ces dangers menacent sa fierté, son ego ou des choses du même genre, alors qu'il sait que c'est sa liberté qui est en jeu et, surtout, sa dignité. À chaque admission dans un hôpital psychiatrique de ce siècle de lumières, c'est la cible des premières attaques de ceux qui se rengorgent d'obtenir un taux de réussite élevé en utilisant des décharges électriques pour guérir de l'homosexualité. Mr Kiss a un faible pour les électrochocs qui renforcent sa sensation de bien-être, même s'il lui arrive de dire que c'est de la masturbation mécanique dans un bordel d'État. Gloria refuse d'entendre parler de ces méthodes et a délégué toutes ses responsabilités à Beryl Male. *Nous sommes pour eux des animaux, bien qu'un peu plus complexes ; des complexités qu'ils se feraient une joie d'effacer s'ils le pouvaient. Bon nombre préfèrent utiliser le scalpel pour exciser les problèmes mentaux et ils auraient depuis longtemps procédé à l'ablation d'une partie de ma matière grise si ma sœur ne jugeait pas moins gênant d'avoir parmi ses proches un cinglé plutôt qu'un légume, même si les deux font de l'ombre à sa carrière politique.* Appartenir au conseil municipal de Westminster n'empêche pas Beryl de s'enrichir en harcelant des veuves pour qu'elles lui vendent à bas prix leurs tableaux et bibelots en porcelaine. Pendant combien de temps pourra-t-elle encore passer aux yeux de tous pour une bienfaitrice de l'humanité ? Ne perdra-t-elle pas un jour patience et ne donnera-t-elle pas son feu vert pour qu'ils enfoncent leurs lames dans son crâne ? Elle est consciente qu'il sait beaucoup de choses sur son compte. Elle ne courra jamais le risque d'affronter les pisseurs de copie et les photographes prêts à tout du *Daily Mirror*, ces chercheurs de scandales aux feutres graisseux et impers crasseux qui attendent au tournant tous les conservateurs en vue. Qu'il puisse la faire chanter n'est qu'un fruit de sa méfiance maladive. Il n'a pas l'intention de provoquer sa perte. Il ne s'est pas suffisamment intéressé aux procédés qu'elle utilise pour assouvir ses ambitions. Il compare cela à l'étude des pratiques alimentaires des vautours, des choses qu'il vaut mieux laisser aux spécialistes.

Et si Beryl Male hante les cauchemars de son frère, c'est réciproque. Elle redoute son opposition au pouvoir comme il redoute son accession au pouvoir. Elle a eu de nombreux accrochages avec Gloria, qu'elle qualifie de femme du peuple. Ses parents, bien qu'accablés de dettes et désespérés, avaient leur boutique de nouveautés et de mercerie dans Theobald's Road. Ils appartenaient au prolétariat. Son père avait été égoutier et fier de l'être. S'il avait obtenu une licence de chauffeur de taxi, il aimait trop la solitude pour exercer ce métier. Il disait que peu de gens souhaitaient frayer avec un membre de sa profession. Ces passages pleins d'échos, brillants d'humidité, luminescents de phosphore et où régnait une douce chaleur étaient bien moins nauséabonds qu'on n'avait tendance à le croire. Il les trouvait agréables. Un jour, peu après que Mr Kiss eut épousé sa fille, il l'avait fait descendre dans la grande salle voûtée haute de près de quatre mètres surplombant la Fleet River, à guère plus d'un jet de pierre de Brooke's Market. Il avait des façons de propriétaire lorsqu'il parlait de son secteur et Mr Kiss avait cru qu'il lui assénerait une tape sur l'épaule avant de lui déclarer qu'il le lui laisserait en héritage. Mr Lightstone avait été tué pendant le Blitz, alors qu'il tentait de sauver des malheureux coincés dans un autobus tombé dans un cratère de bombe, une nuit à proximité du dépôt de tramways proche de Southampton Row. Mr Kiss avait presque autant d'affection pour lui que pour Gloria. Son beau-père avait été un homme intelligent et plein d'humour. Avant de mourir, il lui avait transmis une grande partie de ses connaissances.

Les propres parents de Mr Kiss avaient été tués dans un train atteint de plein fouet par un V-2. Ils avaient finalement décidé d'aller se réfugier chez la tante de Mr Kiss, non loin d'Oxford, dans les contreforts des collines de Cotswold. Mr Kiss était sous sédatifs à l'hôpital de Friern Barnet. Beryl était venue lui annoncer la nouvelle sous prétexte de relayer Gloria. Elle paraissait joyeuse, peut-être ravie par la disparition de ce lien avec un passé peu glorieux. Josef avait pleuré et sollicité une permission. Ils lui avaient fait d'autres injections, d'hydrate de chloral pur à en juger à ses épouvantables migraines. Beryl, qui n'avait pas encore épousé le Dr Male, avait obtenu sa libération et lui avait demandé d'aller débarrasser l'appartement délabré de leurs parents qu'elle se voyait contrainte de vendre pour régler leurs dettes. Il devrait trier les affaires personnelles, prendre ce qu'il voulait et balancer le reste. Tout ce qui avait de la valeur avait déjà disparu. C'était presque au-dessus de ses forces. Il avait finalement jeté son dévolu sur quelques photographies, des médaillons, des lettres et un mouchoir ourlé de dentelle blanche que son père avait offert à sa mère en 1914, l'année où ils l'avaient eu.

Ses initiales, AK, y étaient brodées près d'un cœur rose et d'un «Avec amour» en fil bleu. Désormais encadré comme les portraits, il est au mur entre deux affiches. Sa mère était une grande femme de près d'un mètre soixante-quinze aux cheveux bruns bouclés, à la mâchoire lourde, aux yeux verts et aux traits de bohémienne. Elle se prétendait de la famille des Petulengros.

Son père, dont elle ne gardait aucun souvenir, était né en pleine nature dans la forêt d'Epping. Les Tziganes naissent et meurent à la belle étoile. Ainsi le veut leur religion. Elle avait une petite boule de cristal, le seul héritage de son père dont la roulotte avait été brûlée avec le corps. Un rituel d'origine indienne, précisait-elle. Le romani est un langage très proche du sanscrit. Des siècles plus tôt ses ancêtres étaient arrivés de la vallée de l'Indus avec toutes leurs croyances. Son patronyme était Hatchim, un terme très ancien donné aux Tziganes sédentarisés. Elle exerçait la profession de couturière mais tant elle que son père avaient toujours préféré les distractions à l'argent, et ils n'avaient jamais vécu dans l'aisance. Elle suggérait parfois en riant de prendre la route, de quitter Londres et de vivre des travaux qu'ils trouveraient dans les villes et villages qu'ils traverseraient, mais au début des années 30 les itinérants n'étaient déjà que trop nombreux et Daniel Kiss n'avait aucun désir d'aller grossir le flot des miséreux chassés de leurs logis. Il affirmait que Londres offrait plus d'occasions que la plupart des autres lieux du monde pour ceux qui se fixaient un but et rappelait qu'il était né et avait grandi dans la capitale, comme tous ses ancêtres depuis sa fondation. « Les pieds devant, voilà comment je partirai d'ici. » Alice Kiss disait qu'elle n'aurait jamais dû épouser un *gorgio*. Mais elle l'aimait. Josef se demandait de qui tenait Beryl. Il regrettait que le souhait de son père n'ait pas été exaucé, qu'il n'ait pas pu mourir dans sa ville.

Les déplacements machinaux de sa main ont légèrement dilaté son pénis et favorisé l'émergence d'un souvenir. *Oh, extase, extase ! Ne lutte pas, ne résiste pas. Oh, dieu… tout finit par se résumer à cela ! Extase. Tu ne peux, tu ne dois pas, le combattre. Laisse-toi emporter. Oh, dieu, c'est le Paradis ! Bien plus ! C'est ce que doit offrir puis reprendre l'Enfer. Je sens l'humidité de la boue, les feuilles charnues, les fleurs majestueuses qui se balancent, le soleil qui se déverse à travers les panneaux d'argent pour engendrer cette clarté dorée. Est-ce que ça va, monsieur?* demande le gardien en me découvrant avec mon pantalon de guingois. «Seulement un coup de chaleur.» *Trop de chaleur, Gloria, en 1939, avec tes offrandes passionnées, ton amour sublime. Qu'est-il devenu? Est-il mort lorsque notre monde a perdu sa continuité, tant d'éléments de son passé? Tu as quant à toi perdu ton enthousiasme quand ils m'ont interné. Mais tu m'es restée fidèle pendant un an ou deux. T'es-tu sentie trahie? Je ne t'ai jamais caché que j'avais des dons, même s'il est vrai que j'ai eu tendance à les minimiser. Tu étais sous mon charme. Tu ne m'as pas cru. Comment peux-tu assimiler cela a une trahison?* Il ferme les yeux. «Ah!» Duke Ellington s'arrête automatiquement à la fin du morceau. «Gloria! Est-ce à la guerre ou à ma passion que je dois d'avoir sombré dans la folie?»

— Vous devez comprendre, Josef, que vous ne faites qu'imposer vos idées à la réalité. Vous finirez par l'admettre.

«Je n'aime guère que vous m'appeliez par mon prénom comme si nous étions intimes.»

— Ne changeons pas de sujet, d'accord?

«Le thème de tout ceci est ma dignité et votre manque de considération à mon égard, Dr Male. Je sais où vous voulez en venir. Mais vous êtes dans l'erreur et j'ai raison. Je réclame de l'aide. Comme toujours. Cependant, vous êtes si enchaîné à vos théories que vos capacités d'analyse ne sont pas plus grandes que celles d'un ver de terre niché sous une pierre, une créature aussi ancrée dans ses habitudes que vous. Je ne réclame rien alors que vous tenez à m'imposer vos idées. Qu'espérez-vous découvrir, docteur? Si je vais me plier à votre volonté, me rallier à votre point de vue? Vous devriez, je pense, y réfléchir. Mais lorsque le fait d'affirmer que je suis sain d'esprit est pour vous une preuve de ma démence, toute discussion devient impossible. Veuillez m'excuser si je déclare que votre approche manque pour le moins de tact. »

Les médicaments dessèchent sa bouche et endiguent ses paroles. Les barbituriques le plongent dans une somnolence qui emporte sa sensualité, ses souvenirs si doux des instants de passion et ceux si pénibles d'une douzaine d'internements. *Ça vient, monsieur. C'est encore un peu flou. Ah, oui, la vérité ! La vérité, monsieur, c'est que j'ai gagné ma vie depuis l'âge de quatorze ans grâce à un don apparu avant que je m'en souvienne. Ma mère en était fière, mon père tolérant malgré lui. Beryl le redoutait parce que son esprit s'alimentait de secrets, qu'elle épiait les gens pour connaître tous les détails de leur vie privée. Je l'ai toujours su, même si je ne l'ai jamais trahie. Mais elle était mon aînée de deux ans. Il m'était difficile d'imaginer qu'elle pouvait me craindre quand elle m'avait à sa merci.*

Josef Kiss se lève et bâille à s'en décrocher la mâchoire. Sa peau a la nuance d'une rose pâle et est aussi brillante que de l'or lorsqu'il regagne une fois de plus la fenêtre, se dirige vers ses étagères, son combiné, son évier et sa cuisinière, écrase avec soin le mégot de son petit cigare, remet la radio et trouve la fin d'une symphonie de Mozart dont la coda est un condensé de souvenirs ; un poème distillé afin qu'il n'en subsiste que son essence. Que ne donnerait-il pas pour avoir le talent artistique qui lui permettrait de modifier le cours de tout cela, de le canaliser pour lui apporter une valeur positive ? Le soleil ne s'est pas couché. Il semble refuser de disparaître. À l'extérieur les contours de Brooke's Market s'adoucissent, mais les lieux retiennent sa clarté. Il a déjà remarqué ce phénomène, que la place reste lumineuse pendant que le ciel s'assombrit au-dessus des hauts toits et des tours de l'immeuble de la Prudential, laissant apparaître les étoiles alors qu'il fait encore jour à Brooke's Market. Il ouvre les vantaux sur les douces senteurs curatrices du tabac et des fleurs, des petites jardinières qu'entretiennent les voisins, des éventaires de Leather Lane, les exhalaisons de Gray's Inn Road, des arbres dissimulés dans tout Londres, des pelouses qui s'y nichent parce que Édouard II a décidé d'offrir au pays des hommes de loi hors pair et fondé les Inns of Court, des coquelicots, liserons et tussilages qui poussent sur les sites bombardés. Contrairement à d'autres grandes capitales, Londres est toujours arrivée à des compromis avec la Nature, sans jamais tenter de l'éradiquer ou de la domestiquer outre mesure. Elle lui a laissé la bride sur le cou partout où elle a des bastions. On trouve, dit-on, des blaireaux et des renards dans les vieilles catacombes oubliées, les tombeaux perdus et les tunnels du métro abandonnés.

Inhaler l'air londonien est excellent pour son moral et lui donne du cœur au ventre ; il s'étire vers le soleil captif et sourit. C'est le sourire d'un demi-dieu qui vient de naître. Derrière lui des murmures s'interrompent et Grieg les remplace. Il dilate ses poumons. Sans refermer la fenêtre il se tourne, s'avance à pas feutrés sur un ou deux mètres de cachemire dégagé et trouve immédiatement le recueil de poèmes de Hardy qu'il place à côté de son unique fauteuil, près de la cuisinière. Il va remplir la bouilloire à l'évier et entame la cérémonie du thé. Le charme maléfique, quel qu'il soit, a été rompu. Il tire le meilleur parti de sa solitude.

Il est plus facile de se rappeler le plaisir que la souffrance, et c'est peut-être pour cela que nous continuons de lutter et d'espérer. Il humecte ses lèvres, lisse avec sa paume ses sourcils broussailleux de Tzigane. Mais le souvenir d'un bonheur aussi intense est une autre malédiction. « Une malédiction, Signor Dante ! » Il se tourne vers l'affiche et un autre lui-même à barbiche pointue et bonnet méphistophélique rouge sang le fixe en plissant le front. «Une malédiction qui vous est familière. Cependant nous sommes là, de nouveau rétablis, de nouveau prêts, de nouveau joyeux, ou presque, Signor Dante. Que pourrions-nous demander de plus ? »

La bouilloire émet des sifflements vacillants, un appel hésitant. Il réchauffe la théière, prend la boîte à thé et y dépose trois cuillerées d'Assam. L'eau, versée de haut, s'abat sur les feuilles et pendant une seconde de la vapeur voile son visage.

Josef Kiss soupire et met le couvercle en place.

Murs lavande 1949

Il y a près de sept ans que Mrs Gasalee repose et rêve dans ce lit sous étroite surveillance. La monotonie du carrelage vert et bleu de la pièce est rompue par des mosaïques représentant des scènes de la vie des saints dans un style néo-byzantin épuré. Tout cela date d'un temps où l'hôpital de Bethlehem était dirigé par des religieuses et la mère supérieure venait ici pour recevoir les proches des patients en puissance, mais cette aile a perdu jusqu'à son nom en devenant la section spéciale ; il ne subsiste que les motifs du sol et une odeur de phénol pour rappeler l'époque, il y a presque un siècle, où les sœurs de la Charité protestante ont fondé ce refuge pour les déments. Mary gît à son extrémité la plus lointaine et un infirmier est chargé de déceler des signes d'éveil ou d'agonie. Des membres du personnel fuient cette corvée mais d'autres se portent volontaires. Figée dans un sommeil profond, Mrs Gasalee ressemble à une sainte. Son ravissant visage a été épargné par les rides, ses cheveux roux bouclés continuent de pousser et doivent être taillés et lavés, elle est vêtue de blanc et sa peau paraît translucide quand les rayons du soleil viennent l'effleurer.

Elle est actuellement sous la surveillance de Norman Fisher, un jeune élève infirmier mort d'ennui qui vient de la section principale et n'a jusqu'à présent eu affaire qu'aux Furieux et aux Légumes, pour reprendre les termes qu'utilisent ses collègues. Il s'est déclaré objecteur de conscience afin de couper au service militaire, mais les principes très stricts de la guerre n'ont pas encore disparu et il a dû choisir entre travailler dans une mine ou un hôpital psychiatrique. Il a opté pour ce qu'il croyait être le moins pénible. Ce métier est dur mais intéressant et il envisage d'y faire carrière étant donné qu'il y a bien pire, qu'il exerce son autorité sur les malades et qu'il est possible de s'amuser avec certains d'entre eux.

La respiration de Mrs Gasalee devient plus rapide, ce qui est fréquent quand un homme est près d'elle. « Elle en a peur, dit souvent Kitty Dodd, son ange gardien. Mais personne ne m'écoute. »

Norman Fisher a apporté des bandes dessinées américaines auxquelles il tient comme à la prunelle de ses yeux, celles en couleurs qu'il achète à des types qui travaillent dans les bases U.S. et non ces torchons noir et blanc qui coûtent trois pence chez Woolworth's et contiennent moins d'histoires. Il ne remarque aucun changement dans l'état de Mrs Gasalee car il a ouvert un *Master Comics* et entamé avec un plaisir intense la lecture d'un Hopalong Cassidy : *Le Congrès des Shérifs*.

— *Quelque part dans les collines de la Twin River…*

— *On peut dire qu'on s'en est rudement bien tiré, pas vrai Bronco ?*

— *Pour sûr, Chip ! Mais l'envie de remettre ça me démange déjà.*

Au-delà de la fenêtre de cette petite aile de l'hôpital se trouve une cour close par des murs en brique et une grande caisse en pin badigeonnée de créosote et fermée par un couvercle doublé de toile goudronnée destinée à recevoir le contenu des poubelles. C'était autrefois un jardin où la mère supérieure allait méditer et les buissons reviennent à l'assaut avec tant de vigueur qu'on n'y voit pendant l'été que des lilas de Chine, de la lavande, des clématites ; d'étranges plantes noueuses dont nul n'assure l'entretien, mais devenues vigoureuses et retranchées là pour l'éternité. Sur l'encadrement de la fenêtre, remontée de quelques centimètres, est tendu un grillage qui interdit l'accès aux insectes. Sans prêter attention aux odeurs qui le bercent, Norman Fisher poursuit sa lecture, bougeant à peine les lèvres.

— *J'aurais pas dû tourner le dos à un rat du désert dans ton genre ! Mais je sais quel traitement te réserver ! WHAM ! On n'avait jamais vu pareille vermine dans le coin et on ne la reverra pas de sitôt... sauf à la prison du comté de Mesquite !*

Norman lit plus lentement pour apprécier pleinement la fin de l'épisode, comme un sybarite savourerait la dernière gorgée d'un verre de bon vin.

— *Hm-hm-hm, pourriez p't'être nous rendre un p'tit service, Hopalong ! Si les gars d'chez nous apprennent ce qui s'est passé, on s'en remettra pas !*

— *Ne vous tracassez pas pour ça, les gars ! Je ne le dirai à personne ! Il faut bien se serrer les coudes, entre shérifs !*

— *Voilà qui prouve que vot' réputation de chic type n'est pas surfaite ! (Ne manquez pas les aventures du célèbre shérif dans son propre mensuel... Hopalong Cassidy ! 10c seulement.)*

Norman tourne la page et lit une publicité pour *Mechanix Illustrated*, une autre pour les Famous Michigan Rainbow Mix Gladiolus (100 ampoules pour 1,69 $) avant d'arriver à Nyoka la Fille de la Jungle dans *Le Léopard déchaîné*. Viendront ensuite *Trader Tom* puis le *Colonel Corn et Korny Kobb*, d'autres annonces, *Lumber Jack* et *Freshman Freddy*, et ce que Norman appelle l'histoire sans images, « L'initiation de Bloobstutter » par Rod Reed. Puis il y aura *Bulletman le Détective volant*, *Bear Scare* et, pour finir, *Captain Marvel*

Junior, son personnage préféré, la cerise sur le gâteau. Contrairement à la plupart de ses amis qui ne jurent que par Superman, Norman est un fan du Captain Marvel. Il aime aussi Lash LaRue, plus encore qu'Hopalong Cassidy, mais il est difficile de se procurer ses aventures.

L'univers intérieur de Norman est peuplé de héros volants et de cow-boys baraqués, d'individus capables d'affronter des adversaires au visage constamment déformé par un rictus d'avidité ou de haine grâce à une force et une agilité surhumaines. Figurent dans son panthéon Spy Smasher, Mary Marvel, Commando Yank, Golden Arrow, Ibis l'Invincible, Phantom Eagle, Wonderwoman, Rocky Lane et Monte Hale. Il brûle du désir de se rendre en Amérique, là où leurs histoires ne sont pas contingentées. Il a en réserve deux magazines qu'il lira après celui-ci.

Pendant que Norman se voit dans la peau d'un superhéros, des effluves de lavande entrent par la fenêtre et atteignent Mrs Gasalee qui repose sur le drap blanc qu'aucun mouvement n'a froissé. Elle rêve du soleil et de ses habitants, de douces entités qui ne peuvent effectuer que de brèves incursions sur cette planète trop froide qu'est la Terre mais qui l'invitent par des gestes et des sourires à aller les rejoindre. Faute de pouvoir se déplacer, elle secoue la tête. Merle Oberon, robe de velours noir, cheveux bruns bouclés qui tombent sur ses épaules blanches, double collier de perles et boucles d'oreilles assorties, veut la guider vers le peuple du soleil mais échoue. C'est pour l'instant impossible.

Merle ne peut rien faire pour Mrs Gasalee. Il y a un monde au-delà du soleil, un parc fleuri apparemment sans limites. Si elle y voit des enfants, leurs traits sont indistincts. Les rires qu'elle entend lui indiquent qu'ils sont heureux mais ce jardin est trop banal pour être celui d'Éden. Merle effleure son bras. Ce n'est pas son but. Elle doit aller rejoindre ces femmes en armure qui s'expriment avec tant d'aisance et sont si détendues. Elle a reconnu Jeanne d'Arc et, peut-être, la marquise de Pompadour. Il est difficile de se prononcer car elle n'a ni sa tenue de bergère ni sa houlette. Elles ont troqué leurs robes contre des cuirasses pour partir guerroyer. Toutes ont été très gentilles avec elle. Si douces qu'elle en a eu des larmes aux yeux. Elle souffre de son impuissance. Katharine Hepburn, Louise Rainer, Elisabeth Bergner et Janet Gaynor viennent à tour de rôle lui tenir compagnie mais seule Merle connaît le peuple du soleil. Elle est son porte-parole. Louise Rainer l'emmène dans une forêt de lis géants multicolores, Janet Gaynor sur la berge de sable doré d'un lac aux flots paisibles. Là, Mrs Gasalee retrouve leurs amies. Janet Gaynor reçoit des stars d'Hollywood, l'élite. Les hommes ont rarement accès à ces rêves. Mrs Gasalee ne tient pas à quitter le monde des songes et nul n'a pour l'instant tenté de la ramener de force dans celui de l'éveil, même si elle perçoit près d'elle une présence.

Toutes les archives ont été détruites pendant la guerre. Je sens ces étranges relents. Il n'y en a pas de comparables. Je vois leur point d'origine... Est-ce un bâtiment? Oui. Ils s'élèvent d'un toit. Pas d'une cheminée. D'un simple toit. C'est bizarre. L'odeur est si forte. Oh, dieu, je ne peux pas continuer! Qu'est-ce qui monte dans le ciel? Les archives?

En fredonnant une mélodie d'une autre époque Merle Oberon la guide dans des rues blanches, l'éloigne de la puanteur. *Vieille Jenny, Jenny qui marche doucement. Ah, Jenny, Jenny qui pleure! Vieille et douce Jenny.* Et tout s'apaise.

— Que comptiez-vous faire?

— Libérer cet étourneau englué dans le bitume. Le dépotoir brûlait et les pneumatiques avaient fondu. Une pellicule nauséabonde s'était déposée sur ma peau, comme le jour où la cuisinière a pris feu et que le rôti

de grand-mère a été calciné. L'oisillon est mort. Un
après-midi d'été, là-bas, quelque part près de King's
Cross, pendant les vacances scolaires. Mais c'est pour
cela que les oiseaux explosent si souvent. Un pur fruit
de mon imagination, bien entendu. Est-ce une rivière,
Merle ?

— Ces flots qui s'écoulent vers Ludgate Circus ?
C'est probable. De quoi souhaitez-vous parler ?

— Rien de particulier.

Elles se dressent main dans la main sur Holborn Viaduct et baissent les yeux.

— L'eau n'est-elle pas pure comme du cristal ? Je
venais ici pour acheter mes livres. Si les lieux ont
changé, c'est en mieux.

— *Puisque vous insistez, je vais vous narrer mon
incroyable histoire ! Vous connaissez déjà mon nom.
Mr ATOM ! Prêtez-moi une oreille attentive car tout ceci
VOUS concerne ! Mon destin est lié au vôtre d'une façon
que le Dr Charles Langley n'aurait pu imaginer le matin
d'été où il m'a donné la vie...*

*C'est une ville de sueur, de brume et de plantes grasses.
Le logeur de Mrs Buxbury est un homme de couleur,
vous savez, mais j'ai pour principe de ne pas me mêler
des affaires d'autrui. Son Bob faisait partie de l'ARP.*

Norman Fisher prend son temps pour lire le magazine
suivant. Il est au comble de la joie. Il n'y a que des histoires du Captain Marvel.

— *Einstein a dit que l'énergie EST dans la matière ! Et
moi, en utilisant l'énergie, je vais créer de la matière
vivante... J'offrirai un esprit à mon robot, j'irriguerai de
vie ses veines de métal ! Et le rayon d'énergie atomique le
transforme progressivement... ZZZZzzzZZZZzzzZZZZ
zzzzZZZZBOUM*

— *Je suis né de la destruction. Mais Langley s'est
trompé. L'arrivée de la conscience n'a pas été graduelle...*

Norman interrompt sa lecture et serre la bride à son

impatience pour jeter un coup d'œil à Mrs Gasalee. Il la croit morte et l'examine plus attentivement, ce qui lui permet de remarquer des mouvements imperceptibles : s'il présentait un miroir sous ses narines, une petite tache de buée y apparaîtrait, et il pense au blaireau en hibernation représenté sur l'image glissée à l'intérieur de son portefeuille, la dernière de sa collection de cartes qu'on trouvait dans les paquets de cigarettes. Enfant, il a perdu toutes les autres au jeu.

— *Il s'est produit une explosion et toute la puissance de l'atome s'est déversée en moi ! Je ne suis pas un simple robot de métal qui se déplace sur des jambes mécaniques grinçantes...*

— Eh bien, ma chère, vous sentez-vous mieux ?

Merle caresse les perles de son collier, une à une, ce qui indique qu'elle souhaite prendre congé.

— Je vais très bien, affirme Mrs Gasalee. Je ne veux pas vous retarder. Nous nous reverrons sous peu, j'en suis certaine.

— Évidemment. Voici le bateau.

Merle dévale les marches de Holborn Viaduct et attend sur la jetée le chaland aux couleurs pimpantes qui approche ; comme la reine Elizabeth montant à bord de sa barque de cérémonie pour aller dans le Kent ou Mary Stuart s'apprêtant à se rendre sur les lieux de son exécution. Peu avant que débutent ses rêves, Mrs Gasalee a vu de nombreux films de Merle Oberon : *Le Mouron rouge, La Vie privée d'Henry VIII, La Fin de Don Juan, Folies-Bergère, L'Ange des ténèbres* et *La Rumeur*. Patrick était au front et elle allait constamment au cinéma. Elle sursaute en croyant voir fondre la péniche, mais ce n'est qu'un effet de la brume qui arrive rapidement de la Tamise en roulant comme des tourbillons de fumée et menace de la faire suffoquer ; alors qu'elle n'a qu'à se tourner pour voir l'autre extrémité du viaduc nimbée de soleil comme la dernière fois où elle s'est dressée en cet endroit avec dans le lointain des décombres, des meubles brisés, des hommes casqués en tenue sombre qui exploraient les ruines. Elle en conclut qu'elle est sur son chemin.

Dans Holborn, venant de St Paul, approche un cortège qui pourrait rivaliser avec celui du Lord Maire. Des femmes en armure d'or et d'argent chevauchent des destriers blancs, bai et alezan, levant haut leurs étendards, leur heaume en métal calé sous le bras, les cheveux coupés court à la Jeanne d'Arc. Leur ample surcot est décoré de broderies écarlates, bleu roi et jaune vif, leurs armoiries, et elles s'avancent avec autant de dignité que si Guenièvre s'était réveillée à la place du roi Arthur pour prendre la tête d'une armée qui puise sa puissance dans les exploits de Boudicca et de ses filles : *Les Femmes d'Angleterre sauveront notre pays*. Elle n'a pas oublié ce que promettait cette affiche.

La poupée blonde gît sur le trottoir d'en face, près de la balustrade, et Mrs Gasalee envisage de traverser la chaussée pour la ramasser quand le cortège arrive à sa hauteur. Elle salue de la main les guerrières et quelques femmes lui sourient au passage mais la plupart ne détournent pas les yeux du but qu'elles se sont fixé, sauver leur nation, vaincre les oppresseurs. Installée dans un chariot de cuivre, Gladys Peach est à un stade si avancé de sa grossesse que sortir de chez elle relève de l'inconscience, mais elle a une lance et un casque comme ses compagnes. Mrs Gasalee se demande si elle n'aurait pas dû se porter volontaire et, si oui, auprès de qui. Elle regarde en contrebas la rivière miroitante qui coule tel du mercure vers St Paul.

— Si Dieu a épargné cette église pourquoi n'a-t-il pas épargné mon Patrick et ma... Des trompettes claironnent et l'assourdissent, et elle lève les mains à ses oreilles.

— *Quelqu'un est coincé sous les décombres !...* SHA-ZAM ! *Sitôt que Billy Batson prononce la parole magique,*

Shazam, un grondement de tonnerre et un éclair font apparaître CAPTAIN MARVEL, *le plus puissant des mortels de ce monde !*

— *Billy avait raison ! Je me félicite qu'il ait fait appel à moi !* Le défilé est passé et Mrs Gasalee traverse la rue désormais déserte pour chercher la poupée blonde mais quelqu'un a dû la ramasser et elle s'accoude à la balustrade en fer peint pour contempler les collines boisées peu peuplées du nord et de l'ouest de la ville qui se transforme en une contrée magnifique de petits hameaux : un paradis champêtre où les clochers des églises reflètent le soleil d'après-midi. La brume dresse un paravent insonorisant sur l'éminence de Ludgate, du côté du viaduc, pendant que Mrs Gasalee remonte Holborn dans le sillage du cortège en direction des Gamages et des tours rouges de la Prudential, remarquant que c'est comme d'habitude un dimanche étant donné qu'il n'y a pas d'autres passants et que tous les magasins sont fermés. Elle regrette de ne pas avoir demandé à Merle de rester auprès d'elle quand Katharine Hepburn arrive de l'angle de Hatton Garden, toujours aussi belle et décontractée.

— J'espère que vous ne vous apitoyez pas sur votre sort, Mary ?

— Non, bien sûr que non. Elles s'étreignent. Elles ont la même coupe de cheveux, le même chemisier ample et la même jupe-culotte, de grandes bottes d'équitation comme si elles revenaient du manège. Le soleil est chaud. Mrs Gasalee ne s'en inquiète pas car elle sait que ses gentils habitants ne lui veulent aucun mal.

Bras dessus bras dessous, les deux femmes se dirigent vers le marbre blanc d'Oxford Street, un large boulevard.

— Nous prendrons un café dans Bond Street.

— CAPTAIN MARVEL ! *Le Dr Langtry est quelque part sous les décombres ! Mais peut-être vit-il encore...*

— *Je vais faire mon possible !*

Mrs Gasalee songe à la poupée blonde, car Katharine a une connaissance approfondie du monde et est aussi gentille que Merle, tout en ayant bien plus les pieds sur terre. Elle regarde le ciel strié de nuages et est surprise de constater que le soir tombe déjà. Les hommes qui se dressent sur les toits lui font penser à des prêtres. Vêtus d'amples chasubles blanc et or, ils tiennent des objets de métal et leurs mouvements sont empreints de solennité. Elle voudrait demander à Katharine si ce sont des druides qui célèbrent un rituel crépusculaire antérieur à l'arrivée des Romains, mais sa compagne n'a rien remarqué et traverse d'un pas rapide Oxford Circus. Elles laissent derrière elles les grands magasins silencieux et se dirigent vers ce qui doit être Marble Arch à en juger à ses dimensions et proportions. Le marbre qui occupe la totalité d'Oxford Street brille comme s'il était recouvert d'une fine pellicule d'eau. Elle n'a jamais rien vu d'aussi imposant. Sans trop savoir si elle s'est déjà trouvée en ce lieu, ni même si elle devrait à présent y être, Mrs Gasalee sent croître en elle une vague appréhension balayée par la chanson que fredonne Katharine.

— *Jérusalem est tombée par Lambeth's Vale, par Poplar et par Old Bow, par Malden et par la mer, emportée par la guerre et les hurlements, la mort et l'affliction..* Londres a beaucoup changé depuis mon premier séjour.

— Londres a beaucoup changé depuis que j'y suis venue pour la première fois, dit à son tour Mary Gasalee. D'une étrange façon. Certaines choses sont identiques. Telles que je les ai toujours imaginées. Ma grand-mère ne m'autorisait pas à m'éloigner de Clerkenwell, voyez-vous. Elle m'emmenait faire des courses mais nous n'avions aucune raison d'aller à l'ouest. Nous n'en avions pas les moyens. Ni à l'est, d'ailleurs, où nous ne connaissions personne. Nous vivions à peu près entre les deux, n'est-ce pas ? Pas au cœur de la vieille ville mais du Londres moderne. Les gens trouvaient cela pratique. C'était exact, à condition de vouloir se rendre quelque part. Au cinéma, par exemple. Et une fois mariée j'ai déménagé pour Tottenham. À des miles de tout ce qui est intéressant.

— Ne pleurez pas, dit doucement Katharine. Tottenham a son charme. Avez-vous visité le Garden of Rest ? Et le terrain de jeux ? Les dangers y étaient moins grands. C'est en tout cas ce que croyait Patrick. Vous ne le saviez pas. Vous ne participiez pas aux décisions.

— Je n'en avais pas l'habitude. L'occasion ne s'en présentait pas. Je ne m'en croyais pas capable ou ne le désirais pas. Ce qui est toujours le cas, Katharine. Je voudrais une seule chose, que rien de tout cela ne soit arrivé.

Norman Fisher lève les yeux de sa bande dessinée et se demande si les bruits qu'il entend sont dus à sa patiente. Sa bouche reste immobile, ses paupières figées. Puis il le remarque encore, ce bourdonnement lointain qui semble s'élever de cette femme, des profondeurs de son être. Il est consciencieux malgré lui. Il commence à avoir de l'affection pour elle et à comprendre pourquoi des gens se portent volontaires pour la surveiller. Au moins est-elle paisible. C'est l'équivalent d'une pause, c'est réconfortant. Dans la section principale subir le vacarme et être constamment touché par les malades est déprimant. Il va à la fenêtre en pensant y trouver une abeille ou une mouche captive du grillage mais ne voit rien. Il se penche vers Mrs Gasalee. « Salut, ma jolie. Ça va ? » La conscience tranquille, il se rassied et rouvre son magazine.

— *Quelle tragédie ! Le Dr Langley est un de nos savants les plus éminents ! Une de ses expériences a dû rater ! Il respire encore ! Mais il est grièvement blessé ! Il doit recevoir immédiatement des soins !*

— Ressaisissez-vous, Mary, dit Katharine. Pensez à l'avenir. Vous pourriez réaliser de grandes choses. Mrs Gasalee n'a pas oublié l'angoisse et le désespoir d'autres femmes placées dans sa situation : dans *Paid*, par exemple, Joan Crawford découvre que le prix de l'ambition est trop élevé, perd l'amour de ses enfants, de ses amis, de son mari et se retrouve seule, amère et malheureuse. Rien ne peut justifier de pareils sacrifices. Mais est-il nécessaire d'en arriver là pour suivre les conseils de Katharine ?

Assises sur des chaises chromées les deux femmes prennent un café à une terrasse et regardent Bond Street grouillant de monde. Des gens qui ne les remarquent pas, tant ils sont occupés à faire des emplettes, entrer et sortir précipitamment des magasins. Les propriétaires s'inclinent bien bas. Mary connaît la clientèle. Seuls les riches fréquentent Bond Street. La Eel and Pie Shop de Clerkenwell Road lui manque, là où son grand-père l'emmenait et où elle pouvait avoir autant de purée qu'elle le voulait. Elle y plantait ses saucisses pour qu'elles soient comme dans les bandes dessinées, dans *Chips* et *Rainbow* où les vertus étaient généralement récompensées par un copieux repas, mais les siennes refusaient de rester droites et il était impossible de laisser dans un gâteau l'empreinte de ses dents sans qu'il s'émiette tout autour. Mrs Gasalee avait consacré une grande partie de son enfance à tenter de reproduire l'art dans sa vie quotidienne. La plupart des habitués de la Eel and Pie Shop connaissaient son grand-père et lui demandaient conseil. « Qu'est-ce que tu vois dans la deuxième, Alf ? Tu penses à quoi, Arsenal ou Villa ? Tu parierais sur Joe Louis ? » Il réfléchissait toujours longuement avant de fournir une réponse prudente. Le samedi il était cerné par une douzaine, ou plus, de novices. Reléguée dans un angle du petit local, alimentée en Tizer sitôt que son verre était vide, elle était ravie d'être admise dans ce milieu masculin. Son grand-père dépliait parfois un journal et utilisait un chicot de crayon pour tracer des coches dans des colonnes, aussi rapidement que s'il effectuait une simple addition. « Il a un don, cet Alf, se disaient les clients. Ton grand-père est vraiment un champion, lui déclaraient-ils. Il ne perd jamais ! »

« Si je ne perds jamais, c'est parce que je ne risque pas mon argent. » Son grand-père était un homme grand et maigre aux cheveux argentés qui portait une chemise blanche, un gilet et un pantalon noirs. Il mettait rarement une veste. L'hiver, il enfilait son pardessus avant de l'emmener à la Eel and Pie Shop où il prenait une assiette d'anguilles en gelée. Il leur devait sa santé, affirmait-il. Elles le maintenaient en forme. « C'est le seul moyen de ne pas se ruiner, Mary. Si tu veux parier, ma fille, fais-le avec l'argent des autres. De toute façon, mon don disparaîtrait si je tentais d'en vivre. J'ai vu trop de types se casser la figure. Je n'essaierai jamais de m'enrichir au jeu. C'est comme ces idiotes qui croient pouvoir se remplir les poches en couchant avec plusieurs gars. Il y a toujours plus de perdants que de gagnants. C'est la vie. » Il allait rarement dans les pubs, même s'il appréciait de boire une Guinness à la maison avec sa femme, pendant le dîner et parfois après. « Il est mieux que la plupart », répétait sa grand-mère. Elle n'avait pourtant pas l'habitude de dire du bien des gens, surtout devant témoin. Il y avait une nappe en velours rouge sur la table de chêne à abattants du salon. À l'étage se trouvaient trois chambres : une pour ses grands-parents, la petite du côté de la rue pour elle et une pour la logeuse, Mrs Marrable, qui venait du pays de Galles. Il y avait une tapisserie décorée de grosses roses sombres, un tapis d'escalier de bonne qualité et une forte odeur de cire d'abeille car sa grand-mère était fière de son intérieur. Certaines voisines la disaient bêcheuse.

— Vous êtes songeuse, fit remarquer Katharine. Le café n'est pas bon ? Vous n'aimez pas cet endroit ?

— Je ne m'y sens pas vraiment à mon aise. C'est trop

sélect pour moi, même si je vous suis reconnaissante de m'y avoir invitée, et je pense que je serais plus détendue à Holborn, au Cawardine où ils servent le meilleur café de Londres. Des gens de toutes les conditions y viennent à des kilomètres à la ronde.

— Vous n'avez pas à être gênée, Mary. Vous avez de la classe. Quel est votre âge, déjà ?

— Dix-sept ans, il me semble. Peut-être dix-huit. Vous savez ce que c'est.

— Vous devriez mûrir. Vous avez tout d'une lady. D'une femme de la haute société.

— C'est ce que disait ma grand-mère. Elle désirait que je m'élève. Ce n'est pas facile, dans mon état.

— Alors, changez-en.

Katharine hèle un taxi qui leur fait traverser Regent's Park où des hardes de zèbres et de gnous lèvent les yeux de leur pâturage. Mrs Gasalee croit voir un lion tapi derrière un massif de rhododendrons. Des oiseaux battent des ailes dans le ciel, si gros qu'ils doivent être préhistoriques. Lorsqu'elle était une petite fille et que son grand-père voulait lui faire vraiment plaisir, il l'emmenait au zoo et elle montait sur Jumbo. Parfois sur le chameau. Des selles à plusieurs places permettaient de transporter six enfants à la fois. Mais il y avait un nombre plus important d'espèces animales, à l'époque. Les prédateurs ont-ils dévoré les autres bêtes ? Son grand-père l'a prédit. Quand ils ont parlé à la radio d'un zoo sans cages, elle a trouvé cette idée complètement folle. Quelque chose rugit à son aplomb. Elle lève les yeux mais le soleil l'éblouit.

– *Je vais l'emporter à l'hôpital le plus proche.*

– *Beau travail, Captain Marvel ! Nous ne serions jamais arrivés à temps ! ENTRE-TEMPS…*

– *EEEOOOWW ! J'ai des visions. Ce machin ne peut pas exister !*

Norman est somnolent et il s'accorderait volontiers

une petite sieste s'il n'avait peur que Mrs Gasalee se
réveille ou s'étouffe et qu'il en soit tenu responsable. Il
se ferait virer et devrait aller s'échiner dans les mines.

Il pose sa bande dessinée et va à la fenêtre, dans
l'espoir que la brise lui donnera un coup de fouet, mais
l'air est lourd et chaud. Laissant la porte entrebâillée, il
entre dans les toilettes, fait couler de l'eau froide dans le
lavabo et s'en asperge le visage jusqu'au moment où un
autre son l'incite à se tourner. Il est possible que
Mrs Gasalee ait déplacé imperceptiblement la tête et
indéniable que ses lèvres se sont ouvertes. Norman
l'observe et tend l'oreille mais sa respiration n'a pas
changé. La B.D. posée sur le lit attire son regard. Ses
bleus, rouges et jaunes criards mettent en relief la fragi-
lité d'une main gauche magnifique avec son alliance d'or
et d'argent. On pourrait croire qu'elle vient de naître, à
l'état déjà adulte mais sans avoir subi les agressions du
monde extérieur, et il croit un instant être témoin d'un
miracle avant de rejeter cette idée absurde. Il sait faire
la différence entre la réalité et les concepts qui abondent
dans les bandes dessinées. Il sait aussi identifier les
symptômes de la démence, ce qui lui permet de se faire
apprécier dans cet hôpital où il a des perspectives
d'avenir. Contrairement à tant de ses collègues, il ne se
laisse pas contaminer par la folie ambiante. Tous sont
censés finir par ressembler aux aliénés à l'exception des
rares qui, comme lui, bénéficient d'une immunité naturelle. Il retourne à la fenêtre pour regarder les fleurs qui
grimpent à l'assaut des murs et humer finalement la
lavande. Il bâille et se gratte le visage avant de curer ses
narines avec son petit doigt. L'eau froide n'a pu le
réveiller. Revenu sur sa chaise il reprend son magazine.

– *PRÈS D'UN CROISEMENT DES VOIES FERRÉES... TOOT!
TOOT!*

– *Je suis fort, oui! Mais comment vais-je utiliser mes
pouvoirs? VOILÀ LA QUESTION!*

Elles ont atteint les flèches grises et orangées de la gare de King's Cross.

— C'est là que je dois vous laisser, ma chérie. Katharine se penche pour l'embrasser. Je passerai le week-end à la campagne. Avec Spencer. Mais je vous reverrai à mon retour. Que comptez-vous faire, entre-temps ?

— Oh ! Il est probable que… Et Mrs Gasalee se met à pleurer. Katharine l'attire contre son épaule et lui tapote la nuque.

— Allons, allons, Mary ! Reprenez-vous, ma fille. Tout va s'arranger. Vous devez seulement déterminer ce que vous voulez faire.

Mais Mary ne peut retenir ses larmes.

— Mon train va partir. Il faut absolument que j'y aille. C'est le seul qui va à Boston, aujourd'hui.

Mrs Gasalee se ressaisit et recule pour regarder Katharine s'éloigner d'un pas rapide sous les voûtes étroites et disparaître dans les ténèbres. Elle se tourne et découvre d'autres arcades qui conduisent vers Gray's Inn Road. Elle approche de l'arcade centrale et entend de lointaines acclamations. Elle n'a pas atteint la rue que la galerie se change en colonnades qui traversent un vieux cimetière. Les pierres tombales sont érodées et à l'abandon ; le soir tombe, un peu brumeux, d'une douce tiédeur — les conditions climatiques qu'elle préfère — dans ce lieu de repos envahi par des halliers impénétrables et des arbres noueux où des anges de marbre proclament qu'il existe une vie après la mort. Elle lorgne entre des ormes qui cernent une tombe plus ouvragée que les autres et discerne une tache jaune. Elle sait qu'elle a retrouvé sa poupée blonde, mais les sentiers qui serpentent entre les sépultures sont tortueux et contourner celle-ci lui prend plus de temps qu'elle ne l'a prévu. Les arbres lui font perdre son sens de l'orientation. La poupée a disparu, mais Mrs Gasalee s'est rapprochée d'un grand portail hérissé de piques de métal évoquant de la dentelle. Elle le franchit et emprunte Gray's Inn Road en direction de l'église St Jude, et sans doute de son logement.

— *Vous dites que vous n'avez rien trouvé dans les ruines?*

— *Rien d'identifiable! Nous avons posté des gardes dès que nous avons appris qu'il s'agissait du laboratoire du Dr Langley, au cas où il serait possible d'y découvrir des secrets importants. Mais l'explosion n'a rien épargné! Que Langley ait survécu relève du miracle!*

Norman est déçu. L'histoire s'achève avant d'avoir commencé. Dans les dernières vignettes, Captain Marvel vole vers la station WHIZ où il redeviendra Billy Batson et lira le compte rendu de ses exploits dans les journaux. Il prête attention à sa patiente qu'il croit avoir vue sourire mais chasse cette idée absurde d'un haussement d'épaules et se replonge dans sa B.D., ravi de constater que cet épisode a une suite. À l'extérieur, un garçon de salle pousse un diable grinçant sur lequel sont empilées deux poubelles, soulève le couvercle du grand bac à déchets et y vide leur contenu. Norman pince son nez entre le pouce et l'index, une façon théâtrale d'exprimer son dégoût. « Pouah! »

— *Écoutez-moi, représentants du monde! Je suis bien plus puissant que toutes vos armées et vos forces navales! Je peux tous vous détruire…*

Heureuse de se retrouver en terrain familier, Mrs Gasalee coupe par les ruelles proches de Theobald's Road, une rue où tout est différent chaque jour de la semaine. Le samedi les bouquinistes y installent leurs éventaires et elle se rend à la Eel and Pie Shop avec son grand-père. Le dimanche est réservé à la lecture, une promenade au zoo ou d'autres occupations qui sortent de l'ordinaire. Grand-mère consacre le lundi à la lessive et sert de la viande froide au dîner, avec de grosses patates farineuses cuites à l'eau. Le mardi elle aide Mrs Kitchen à trier les vieux journaux et magazines que ceux de l'hôpital chargeront dans leurs camions. Le mercredi Mr et Mrs Layborn vont au cinéma et elle s'occupe de leur petit dernier. Ils lui donnent au minimum deux pence, plus s'ils rentrent plus tard que prévu. Le jeudi elle fait ses devoirs que Mr Maincastle ramassera le lendemain matin pour pouvoir les corriger et les noter pendant le week-end. Le vendredi, ils vont voir un film dans King's Cross puis s'offrir une assiette de poisson et de frites à la William Roy Hamer's Fried Fish Shop de Leather Lane, la meilleure de Londres. Mrs Gasalee aimerait connaître la date. Qu'elle puisse se promener à longueur de temps semble indiquer que ce sont les vacances d'été. Elle s'engage dans Hatton Garden et prend conscience d'aller dans la mauvaise direction. Elle revient sur ses pas vers Clerkenwell Road en coupant par Warner Street et voit les contours de la Poste au-delà de Phoenix Place ; elle pousse un soupir de soulagement, désormais sûre d'atteindre Calthorpe Street dans quelques minutes. Elle sait toutefois qu'elle a oublié quelque chose.

— *Je vous ai précisé de quoi je suis capable ! Je vais vous faire une démonstration de mes pouvoirs !*

— COMME ÇA !

— AGGGHHH !

Captivé par l'histoire, Norman ne peut être certain que Mrs Gasalee a gémi.

— *J'ai tout vu ! Assassin ! Un autre challenger ! Je vais également m'occuper de toi !*

— MON DIEU ! *Vous devez être le robot du Dr Langley !*

— *Je suis...*

— Mr ATOM !

Norman fait une pause avant de tourner la page.

Mrs Gasalee regarde derrière elle. La brume s'élève au-dessus des toits rouges et gris familiers de Clerkenwell et de Holborn, un voile qui ne s'est pas rapproché mais étiré vers le haut pour voiler le soleil. Elle s'arrête pour reprendre haleine et estime qu'il serait stupide de s'aventurer dans la grisaille quand tout ici est si lumineux mais il lui semble, sans savoir pourquoi, qu'elle devrait retourner vers le viaduc plutôt que de se diriger vers Calthorpe Street. L'armée des femmes bardées de brocarts et d'acier poli n'attend-elle pas qu'elle aille grossir ses rangs ? Elle ferme les paupières, se sentant seule. Elle voudrait avoir une de ses amies à ses côtés, mais elles ne fréquentent jamais Calthorpe Street et grandpère n'est plus là. Grand-mère est-elle morte, elle aussi ? Horrifiée, elle frissonne et a une fois de plus les yeux larmoyants. Elle mord sa lèvre, cale sa langue contre son palais, contracte sa gorge et se balance pour que nul ne puisse constater son désarroi. Elle sait qu'elle réussira à donner le change tant qu'elle retiendra ses larmes mais son chagrin est insoutenable. Puis la nappe blanchâtre s'élève plus encore et elle comprend qu'il s'agit de la fumée d'un bûcher démesuré dans lequel elle doit trouver le courage de se jeter pour être purifiée, pour que la souffrance s'évapore et que les pleurs se tarissent, pour qu'elle ne soit plus un sujet d'affliction tant pour son entourage que pour elle-même.

Dans la rue aux trottoirs déserts et aux fenêtres vides, en ce lieu privé de vie où elle a passé son enfance, Mrs Gasalee contient ses sanglots et contraint ses pieds chaussés de bottes d'équitation identiques à celles de Katharine Hepburn à avancer : un pas après l'autre, elle retourne vers les émanations des feux dont l'odeur n'est pas déplaisante et lui fait penser aux feuilles et aux brindilles qui se consument en automne ; un pas après l'autre elle se dirige vers Clerkenwell Road, Hatton Garden, l'intersection où débute le viaduc, en regrettant une chose dont elle ne peut se souvenir, portant le deuil de spectres qui refusent de la hanter ; un pas après l'autre, elle découvre que retenir ses larmes est devenu impossible. Elles s'échappent et la font frissonner. Elle les laisse couler sur ses joues, sur ses seins, en sachant qu'elles abîmeront son beau corsage en soie. Elle hoquette et a des difficultés à se déplacer. Bien qu'épuisée, elle doit tenter d'atteindre le viaduc. La fumée qui s'élève autour de St Paul et d'Old Bailey, de Monument et de Mansion House, lui dissimule le vieux Londres. Est-il ravagé par un incendie ? La City ? Est-ce cela qu'elle pleure ?

Les flammes ont consumé l'oxygène et elle défaille et tousse, sa gorge la fait autant souffrir que le jour où ils l'ont opérée des amygdales et elle regrette de ne pas avoir des chaussures de marche au lieu de ces bottes qui compromettent sa stabilité.

— *Alors, c'est entendu ! Je vais vous faire une autre démonstration de mes pouvoirs ! Mort et destruction, voilà ce qui vous guette si vous me défiez ! Choisissez avec sagesse, simples mortels !*

— J'ai toujours esquivé les décisions, répond Mrs Gasalee. Sans doute parce qu'on me dictait ma conduite et que j'étais ravie de satisfaire mon entourage. Si j'ai déménagé pour Tottenham, c'est pour mettre le bébé à l'abri.

Ébranlée par les sanglots, elle se détourne et se met à courir, sans plus tituber, tant qu'elle n'est pas de retour sous le soleil, dans Soho Square. Assise sur un banc elle prend du pain dans le sac posé à côté d'elle et nourrit les petits oiseaux, en chassant les pigeons qui sont comme toujours plus gloutons que les autres. Elle et Patrick se sont installés sur un de ces bancs, autrefois. Ils venaient de voir *Autant en emporte le vent* au New Empire. Le film avait été enchanteur et, pour plaisanter, elle l'a appelé Rhett en feignant d'être Scarlett. Le hasard veut que Merle Oberon entre dans le square par l'entrée de Greek Street et la salue de la main. Lorsqu'elle s'exprime, sa voix est à la fois chaleureuse et inquiète.

— Je me demandais où vous étiez. Vous allez bien ?

— J'ai eu un instant d'égarement. J'ai oublié ce qui s'est passé mais c'est terminé. Mon cycle menstruel, sans doute.

— Je sais ce que vous voulez dire. Merle a troqué sa tenue de velours noir contre des effets plus ordinaires, une robe en cotonnade rose avec des épaulettes, un petit chapeau léger à voilette et des escarpins blancs. Assise à côté de Mrs Gasalee, elle retire ses gants et plonge les doigts dans le sac en papier pour sortir un bout de pain rassis et l'effriter sur son giron, lancer les miettes aux mésanges bleues et aux bouvreuils.

— Et qu'avez-vous fait, depuis notre dernière rencontre ?

— N'était-ce pas aujourd'hui même ?

— Non, ma chère. Dimanche.

— Je m'en souviens, à présent. Je crois être allée au zoo avec Katharine. Nous avons vu des gnous et peut-être un lion. Et vous, avez-vous travaillé ?

Il est évident que Merle ne souhaite pas aborder ce sujet. Elle soupire et jouit de la tranquillité du square. Les bruits de la circulation d'Oxford Street et Charing Cross Road sont lointains, comme si elles avaient remonté le temps d'un siècle.

— J'adore cette statue de Charles II, pas vous ? J'ai rencontré Édouard VIII, vous savez. Enfin, il avait abdiqué et n'était plus que le duc de Windsor. Il était séduisant, mais à peine plus grand que moi alors que je suis de petite taille. Ce qui s'applique également à son frère. Ils sont pourtant imposants, dans les magazines. Vous croyez qu'ils utilisent un trucage photographique ?

— Ce que je sais, c'est que je l'ignore.

Mrs Gasalee est gênée car, si elle est habituée aux imprécations lancées contre la famille royale, cette conversation à la fois détendue et teintée de mépris est une nouveauté pour elle.

— Mon grand-père estime que nous devrions nous en débarrasser.

— Oh, ce serait épouvantable ! Quels films historiques pourraient-ils tourner dans les siècles à venir ? Imaginez un peu que nous soyons tous gouvernés par des dictateurs ! Je ne peux envisager une chose pareille, pas vous, Mary ? *Édouard VIII* sonne très bien, comme *Henry V*, mais vous me voyez jouer dans *La Tragédie de Mr Chamberlain* ?

— Mon grand-père dit qu'ils détiennent la moitié des richesses de ce pays et que s'ils renonçaient à leur fortune plus personne ne souffrirait de la faim. Qu'ils feraient mieux de nourrir les familles des mineurs plutôt que d'aller leur rendre des visites.

Il est évident que cette conversation n'est pas du goût de Merle et Mrs Gasalee change de sujet.

— Croyez-vous que cet été magnifique durera à jamais ? Je ne m'en plaindrais pas !

Car perdre l'amitié de Merle serait pour elle épouvantable.

Merle qui sourit en lançant du pain à un moineau.

Une brume dorée s'élève des rues avoisinantes et Mrs Gasalee hume une odeur de café et de parfum.

— Le peuple du soleil ! Ils sont ici ! (Elle est troublée.) Que font-ils à Soho ?

— Je crois qu'ils sont venus en bus.

Merle se montre un peu distante et Mrs Gasalee tient absolument à rattraper son impair.

— Pour faire leurs courses, je suppose.

— Je le suppose également.

Merle se tourne vers elle, ce qui révèle que ses joues sont humides, et Mrs Gasalee comprend qu'elle s'est méprise sur les causes de son changement d'humeur. Elles s'étreignent, pour se réconforter.

— Que se passe-t-il ? Que se passe-t-il ? (Mrs Gasalee est de nouveau au bord des larmes.) Que vous arrive-t-il, Merle ? Oh, mon Dieu !

— Ma fille est morte. (Merle prend une inspiration profonde.) À la naissance. Je voulais vous demander de vous occuper d'elle, mais elle n'a pas vécu.

Mrs Gasalee ne trouve rien à dire.

— Merle !

— *Captain Marvel a été plus malin que moi ! Il a tout prévu ! Il a construit cette prison aux épaisses parois de plomb où me voici captif ! Même* MA *force ne peut me permettre de m'évader ! Après cette émission, je ne serai plus autorisé à m'exprimer en public ! C'est donc le dernier message que je vous adresse, à vous qui avez fait de moi votre prisonnier.* PRENEZ GARDE *que je ne revienne pas anéantir mes geôliers !…* PRENEZ GARDE *!…*

Norman ressent une indicible satisfaction lorsqu'il atteint la dernière case. Il sait que la suite sera encore plus captivante.

Mrs Gasalee et Merle Oberon marchent la main dans la main dans les rues étroites de Soho où le peuple du soleil est venu faire ses provisions de vin et de produits d'épicerie, commander des repas et des consommations dans les cafés et vaquer posément à ses affaires. À l'exception d'un visage très digne et doux, ces êtres ont des contours brumeux. Certains reconnaissent Mrs Gasalee et la saluent avec une joie évidente mais les deux femmes ne s'arrêtent pas. Elles atteignent Shaftesbury Avenue à l'heure de pointe et traversent la chaussée. La circulation est très dense. Tous rentrent chez eux. Après Gerard Place elles laissent derrière elles Leicester Square, Charing Cross Road, William IV Street et le Strand pour emprunter Villiers Street jusqu'au jardin qui jouxte la station de métro. Ici, dans un kiosque à musique, un petit orphéon joue *Land of Hope and Glory*, un de ses airs préférés. La pression que la main de Merle exerce sur la sienne devient douloureuse. Sans ralentir, elles s'engagent sur l'asphalte pour atteindre le quai de la Tamise où se dresse l'Obélisque de Cléopâtre que Nelson a ramené d'Égypte afin qu'il surplombe les flots laiteux.

— *Et voilà, les amis ! Un dernier message de Mr Atom, depuis sa prison de plomb souterraine ! J'espère que vous avez pris ses menaces au sérieux ! Car Mr Atom représente un danger que le monde ne peut se permettre d'ignorer !*

Norman passe à une publicité pour les Wheaties.

Le fleuve s'écoule plus rapidement que d'habitude et devient multicolore, comme des coquillages. Sous Waterloo Bridge apparaît une flottille bariolée. Des gonfalons écarlates, or, bleu et blanc volettent à l'extrémité des lances. Merle comprime plus encore la main de Mrs Gasalee.

— Il va falloir que je vous laisse, ma chère.

— Je suis ici chez moi, lui répond Mary Gasalee.

Changements de postes 1944

« Rien n'est aussi efficace que des antécédents psychiatriques pour sauver tant les apparences que sa peau », déclara Josef Kiss en posant la bouilloire sur le réchaud à gaz.

Installé dans l'unique fauteuil de la pièce, Dandy Banaji regardait son ami découper avec soin des tranches de pain de mie pour préparer leurs sandwiches aux tomates.

« C'est bien mieux que se déclarer objecteur de conscience… » Mr Kiss sortit un fruit rouge du sac en papier brun. « Être pédéraste, avoir les pieds plats ou, comme toi, une réputation d'homme de gauche. Qui voudrait d'un cinglé dans l'armée ? En tant que simple soldat, évidemment. »

Comme toujours amusé, Dandy déplaça ses doigts sur l'accoudoir fleuri du fauteuil. « Et moi qui te prenais pour un pacifiste. Tu aurais dû me taire la vérité !

— Tu en es un, n'est-ce pas ?

— Plus ou moins. Il y a Gandhi et le reste. » Il ne s'était pas attendu à découvrir les lieux aménagés de façon si rationnelle avec un lit pliant, un choix réduit de livres sérieux et de disques, un confort matériel spartiate surprenant derrière les rideaux de tulle des maisons de Brixton… une ruche de chambres meublées occupées, lorsqu'elles avaient trouvé preneur, par des acteurs aigris, des journalistes ratés, des ivrognes solitaires et des femmes d'âge canonique qui promenaient des chiens arrivés eux aussi à la fin de leur vie. Il jugeait comme toujours ce quartier plus déprimant que dangereux. Célèbre pour ses bandes dont les membres se faisaient coudre des poches spéciales pour ranger les pics à charbon qui complétaient leurs panoplies de rasoirs et de chaînes de bicyclette, ce territoire avait vu ses petites frappes partir au front et il n'y restait que des individus trop décatis pour représenter une véritable menace. Son hôte lui avait affirmé qu'en dépit des bombardements Brixton n'avait jamais été aussi paisible.

Josef Kiss se pencha vers la bouilloire qui le rappelait à l'ordre. « Je présume qu'un agent secret dans ton genre est débordé ?

— C'est variable. À présent que les Japs s'en sont mêlés, je doute qu'ils fassent encore appel à mes services en Angleterre. Il est probable qu'ils m'enverront en Inde. »

Mr Kiss fouilla une poche de sa veste de smoking en velours rouge. « Tu vas rentrer chez toi ? Pour de bon ?

— Les travaillistes ont pris l'engagement de nous accorder notre indépendance. Je serai probablement accueilli en héros, là-bas. Une pareille occasion n'est pas à négliger.

— Certainement pas. » Après avoir versé l'eau bouillante sur le thé, Mr Kiss ouvrit en l'honneur de son invité une boîte de lait concentré. « Et ce sera amplement mérité. Où iras-tu ?

— Bombay, si tout se concrétise.

— La date n'a pas encore été fixée ?

— Bien sûr que non ! » Dandy prit sa tasse en souriant. « Tu connais l'administration. Oh, quelle merveille ! Fort et doux à la fois, exactement comme je l'aime. »

Mr Kiss prépara leur en-cas. Il débita par habitude les trois tomates en fines lamelles qu'il piqua avec son couteau dentelé pour les disposer délicatement sur le pain chichement beurré, avant de les saupoudrer de sel et de poivre. Quand il eut fait cinq sandwiches, il les trancha en diagonale de gauche à droite puis de droite à gauche afin d'avoir vingt petits triangles. « Je regrette de ne pas avoir trouvé des concombres. Je sais que c'est ce que tu préfères, en cette période de l'année. Mais je ne suis pas un lève-tôt et je me suis retrouvé à l'extrémité de la file d'attente. Je travaille jusqu'à deux heures. Dans un petit club du West End. » Il plaça l'assiette à côté de la théière et des tasses en faïence sur la table basse les séparant. « Assistant d'un médium. »

Mr Kiss s'assit sur sa chaise à dossier droit. « Il n'a naturellement aucun don, mais au moins ne risque-t-il pas de placer les spectateurs dans l'embarras. Je collecte des objets dans l'assistance et les lève à mon front : carnets de rationnement, cartes d'identité, etc. J'en profite pour lui fournir des indices à l'aide d'un code. C'est d'une simplicité enfantine. Tant de "non" et de "oui", tu connais le principe. Il se dit très satisfait de mes services, mais il va se produire à Southend et je ne l'accompagnerai que s'il revoit mes cachets à la hausse. » Mr Kiss soupira et lorgna la fenêtre.

« Nous ne nous reverrons donc pas de sitôt ? »

Une question qui retint son attention. « Je compte rentrer à Londres. Southend n'est, à quelque chose près, qu'à une heure de train de Liverpool Street. Bien que ces trajets risquent d'engloutir la totalité de mon augmentation. »

Ils mâchonnèrent leurs toasts sans rien ajouter.

Dandy Banaji allait prendre l'avant-dernier lorsqu'il déclara : « À vrai dire, je brûle d'impatience d'assister à des parties de cricket dignes de ce nom. Quand la guerre sera terminée, évidemment. »

Josef Kiss essuya ses lèvres séraphiques. « Ce n'est pas mon sport favori, je le crains. Je me suis, fut un temps, intéressé au hockey sur glace à Streatham et j'allais à White City pour les courses de lévriers. J'ai parfois misé de petites sommes lors du National ou du Derby. Mais c'était la spécialité de ma mère. Elle trouvait toujours les vainqueurs. Sans coup férir. Une année après l'autre. J'ai conscience que c'est difficile à croire, mais j'ai appartenu à un club de tir à l'arc, dans ma jeunesse. Les Toxophilites royaux. Une association qui jouissait d'un ancien privilège et pouvait installer ses cibles dans Gray's Inn Fields chaque week-end. La plupart d'entre nous s'étaient inscrits parce que Gray's Inn était autrement interdit au public. Les juristes n'appréciaient guère qu'une bande d'enfants pauvres et inexpérimentés envahisse leurs pelouses pour tirer des volées de flèches. Il nous arrivait fréquemment de viser sournoisement un arbre, voire une fenêtre. Nos aînés ne savaient trop quoi penser de nous. Je vais remettre de l'eau pour le thé. »... *failli la frapper quand elle devenait comme ça. Annie m'avait averti qu'elle déprimait. Un jedak ne dégaine jamais son épée sous l'emprise de la colère. C'est pour lui que je suis désolé... et son regard se perdait au-delà de la plaine infinie...* Il se redressa, jeta un coup d'œil dans la rue et vit une jolie femme aux cheveux noirs lustrés, aux yeux bleus brillants, en tailleur gris et chaussures à hauts talons bleu marine, qui marchait rapidement sur le trottoir d'en face comme si elle était en fuite. Elle avait refermé ses doigts gantés sur la main d'un petit garçon d'environ six ans et qui gambadait gaiement près d'elle, de toute évidence son fils. Ses boucles blondes étaient un peu déplacées dans Endymion Road, tout comme son coupe-vent en flanelle grise, son short assorti, ses chaussettes qui grimpaient jusqu'aux genoux et ses chaussures basses marron. Mr Kiss avait l'impression qu'ils s'étaient mis sur leur trente et un pour sortir. Ils étaient trop bien habillés pour Brixton.

Je ne me serais jamais douté à l'époque que la dernière était si proche ils disaient qu'ils arrêteraient mais ils ne l'ont jamais fait. Harry devrait être ici. Ces petites perles radieuses comme les gosses de Tooting à l'époque où j'étais une fillette ces marches conduisaient au Pays des Merveilles, disait oncle Leon. Oh, pourquoi est-ce que ça continue je ne veux pas souffrir je n'ai rien fait alors pourquoi c'est toujours sur moi que ça retombe quand je me suis occupée de mon enfant il y a constamment une guerre qui menace quelqu'un. Même Marge en est convaincue.

Presque avec sollicitude, Josef Kiss, la bouilloire à la main, les regarda s'éloigner tant qu'ils n'eurent pas disparu à l'angle de la rue.

un taureau mangani beugle son défi qui résonne dans la nuit

Norma Mummery et David prennent le raccourci en direction de l'arrêt de tram de Brixton Hill. Marjorie Kitson, que David appelle tante Marge, a tenu des propos qui l'ont irritée et elle a pris congé plus tôt que prévu, sans en préciser les raisons à son fils. Ravi de sortir et rassuré par le contact du gant noir de sa mère sur sa peau, David pense à Roger, le caniche de Marge. Il se demande comment un chien peut faire le beau et rouler sur son dos. Ils ont joué deux heures dans le jardin pendant que tante Marge et maman parlaient des restrictions et des femmes qui réussissent à obtenir de la viande ou des fruits sans tickets de rationnement, les thèmes de conversation habituels. Pour autant qu'il s'en souvienne, elle aborde ce sujet chaque fois qu'elle est avec ses amies.

Mrs Mummery et son fils ont atteint l'intersection et s'engagent dans la rue principale où un arbre sur deux est couvert de feuilles, l'autre ayant été calciné par une bombe incendiaire ; où des piles de gravats séparent les pavillons à l'abandon aux accès condamnés par des planches, des habitations construites à l'intention d'une future aristocratie locale et pour la plupart reconvertis sitôt après en pensions de famille ; où un tram vermillon et cuivre s'ébranle sous les étincelles de sa ligne aérienne, ambassadeur coloré d'une époque moins lugubre. David trouve magnifiques ces gerbes ignées. Puis le spectacle cesse d'être grandiose et le véhicule les emporte vers le bas de la colline. David reporte son attention sur la rue, fasciné par un passager qui vient de débarquer. Il a un uniforme de marin et un béret posé sur ses cheveux bouclés. Il hisse un gros sac sur son épaule et sourit à une femme qui tend le bras pour le toucher en gloussant. Sa peau est très sombre, de cette teinte que maman appelle «chocolat» quand elle s'intéresse à du tissu ou de la peinture. Même ses mains sont comme ça. Il ressemble à Massepain, dont David lit les aventures dans *The Rainbow*, bien que les lèvres de ce magicien soient plus charnues. Découvrir qu'il existe effectivement des individus de cette couleur sidère David. C'est comme de voir dans la rue Roy Rogers ou un Homme des cavernes. Bien qu'également fascinée, sa mère lui murmure : «Ne le regarde pas. C'est impoli.» Il passe près d'eux en sifflotant, comme tous les matelots qui rentrent chez eux. «Maman, il vient d'où ce monsieur ?» David pense à une contrée féerique. «D'Amérique, d'Afrique noire ou d'ailleurs», répond-elle. Et David s'estime satisfait.

«Pourquoi qu'elle riait, la madame ?

— Parce qu'elle avait conscience d'être un peu ridicule, sans doute. Elle l'a touché pour se porter chance. C'est ce que font certaines personnes quand elles voient un Noir.

— Parce que c'est un magicien, comme Massepain ?»

Il est évident qu'avoir cette conversation avec son fils la détend. «Oh, c'est possible, Davey ! Je ne sais pas.

Mais je trouve ça choquant. Les hommes sont des hommes quelle que soit la couleur de leur peau. » Un court instant, son regard se perd dans le lointain. « Ça n'a pas paru l'ennuyer, note bien. » Elle soupire et s'assied plus confortablement car ils n'ont pas encore atteint leur arrêt.

Mon fils est toute ma vie.

Mombazhi Faysha, que ses camarades de bord ont surnommé le Cogneur, suit Electric Avenue pour regagner son logement. Comme à son habitude, il se tient des propos dans son for intérieur. Le marin est de retour. Le marin africain est de retour avec son sac à dos et son mégot. Le voilà qui arrive. Il descend la rue. Il retourne dans un foyer où il est attendu. On n'a plus besoin de lui, là d'où il vient. Il va retrouver celle qui l'appelle son capitaine. Salut capitaine. Salut chérie. Voici ton petit bébé bochiman ton marin africain ton ange joufflu et qu'est-ce qu'il nous a rapporté de beau cette fois ?

Voici le marin qui revient de la guerre, de Cape Town, de l'autre bout du monde, avec tout son barda. Voici le marin. Voici le marin africain qui va te parler de Shanghai, de Sydney et de Calcutta et de tous les autres lieux que tu rêves de connaître. Il a tant bourlingué. Dans des convois, sur les vieux vapeurs déglingués qui font la navette entre Bornéo et Rangoon. Il a traversé la mer du Nord pour apporter du ravitaille ment aux Russkoffs. Il a sillonné les mers, cru mourir en mer et disparaître en mer. On m'a ramassé ivre mort sur les quais de tous les ports, de Liverpool à Lagos. Mais pas cette année. Cette année le marin africain a économisé sa solde. Il est resté à bord aux escales, pour préparer l'avenir.

Le marin africain revient avec une médaille et une dignité dont aucune discrimination raciale ne pourra le priver.

Le voici, avec une fierté qu'aucune injure ou insulte, qu'aucun Blanc stupide ne pourra entamer. Le voici qui suit Electric Avenue d'un pas alerte, en inclinant la tête vers les gens qui se tournent, saluant ceux qui le connaissent d'un « Salut ! » désinvolte ou d'un « Ravi de vous revoir, m'dame ! ». Matelot breveté de première classe Faysha, qui a survécu à la Seconde Guerre mondiale et à tous les dangers des Sept Mers pour venir déposer son sac aux pieds de celle qu'il aime et lui parler de ses projets. Car il va s'établir à terre. Il compte se trouver un travail plein d'avenir. Il a l'intention d'épouser Alice Moss pour régulariser leur situation.

Il atteint le petit portillon vert. Il y a des rosiers grimpants en fleur sur les murs. Ils encadrent la porte de la maison. À l'intérieur, un chien se met à aboyer. Il sort sa clé et s'avance doucement dans l'allée, en prenant son temps, pas à pas. Il insère la clé dans la serrure. Il peut l'entendre courir dans le vestibule pour venir se jeter à son cou, sa belle adorée.

Ma douce douce beauté ma douceur mon salut ma petite merveille mon beau et doux amour. Merci mon Dieu. Oh, merci mon Dieu !

Brixton arbore aussi fièrement ses blessures que ses enfants exhibaient autrefois leurs estafilades dues à des coups de rasoir ; il y a ici une abondance de platanes poussiéreux, de lauriers-roses, de roses trémières, de coquelicots et de buddleias, et ce n'est plus tout à fait la même entité. Les bombes ont fragmenté Brixton comme elles ont brisé Londres. Bon nombre de maisons ont disparu, des rues presque complètes, parce que l'agglomération a reçu les premières bombes volantes. Tirées par erreur un peu trop au sud, alors que les nazis croyaient pilonner des usines. Brixton a également été le plus proche témoin de la bataille d'Angleterre car les avions décollaient de Biggin Hill, Croydon et une demi-douzaine d'autres terrains d'aviation, pour que South London trompe l'ennemi et l'éloigne du cœur de la capitale, attire les engins de mort. Ce lieu vomit sa poussière, ses cendres et sa fumée noire dont on respire encore la pestilence là où jouent des enfants maculés par les décombres d'un millier de raids aériens.

South London a recommencé à vivre quand la défaite de la Luftwaffe a été annoncée, juste avant l'arrivée des bombes volantes qui ont manqué l'achever et ont plongé ses habitants dans la démence. Ils avaient au-dessus de leur tête trop d'épées de Damoclès qui s'abattaient sans avertissement, sans logique, sans raison. Parce que les nazis aux abois tuaient aveuglément, par esprit de vengeance, parce que c'était devenu pour eux une habitude, leur seule satisfaction. Ils tuaient comme ils avaient toujours tué.

Nul ne se souciait vraiment de Brixton. C'était une cible sans importance. Une ville superflue. Elle n'avait engendré que des sous-hommes violents et avides et abrité que des ratés et des exclus. Si la Wehrmacht et les Panzers avaient avancé sur la capitale, le haut commandement l'aurait sacrifiée sans regrets. Le pays pouvait s'en passer ; un simple secteur de briqueteries, un faubourg ferroviaire sans respectabilité.

La violette était sa fleur préférée et nous la surnommions ainsi bien qu'elle se soit appelée Nelly. Un nom pas même christianisé en Eleanor. Je dirai même pas christianisée du tout, car ses parents étaient à cheval entre deux religions, pas complètement perdus pour le judaïsme et pas encore anglicans. En cours d'absorption, en quelque sorte. Il reviendrait à Nelly et à ses sœurs de changer de prénom comme elles avaient changé leur passé et d'enterrer définitivement leurs ancêtres, minimiser tout ce qu'ils avaient fait, dévaluer leurs existences et celles de leurs aïeux… J'écris ceci parce que je suis mourant, parce que je vais rendre l'âme en solitaire. Je le mérite car j'ai privé ces

spectres de leurs voix légitimes. Par peur. Je ne pouvais
affronter une telle abomination. Je ne supportais pas cette
angoisse. J'ai prié, comme tant d'entre nous ont prié, non
pour recevoir l'illumination ou la connaissance mais pour
bénéficier de l'apaisement qu'apporte l'oubli.

Beryl Male estime que parader au volant d'une voiture dans Brixton n'est pas une excellente idée, mais
l'anonymat dont elle jouit en ce lieu la rassure. Elle a
été informée de la mort d'une vieille dame qui résidait
près de Tulse Hill, une femme qui a dû posséder des
meubles intéressants, deux ou trois tableaux de valeur
et un bric-à-brac où se nichent peut-être quelques trésors. Beryl a besoin d'antiquités pour sa boutique de
Kensington Church Street. Il lui faut des marchandises
pour ce local bien plus grand que le précédent et débarrasser cette maison permettra de le remplir si elle réussit à obtenir le lot à bas prix.

Elle garde une silhouette élancée en se soumettant à
un régime sévère et porte une tenue choisie avec soin
pour ne pas être assimilée à un signe extérieur de richesse
tout en indiquant qu'elle appartient aux classes supérieures. Elle s'est fait faire une permanente et une teinture qui assombrit ses cheveux châtain clair et elle est
fière de conduire la Wolseley neuve qu'elle attendait
depuis 1939. Son pied droit chaussé d'un escarpin verni
hésite un peu sur la pédale de l'accélérateur car elle n'a
jamais eu un véhicule aussi puissant (« le même qu'utilisent les policiers », a affirmé le vendeur). Ses traits sont
plus séduisants quand un peu de graisse adoucit leurs
contours. Elle a des yeux marron, un teint rose pâle, des
sourcils qu'elle a rasés avec autant de soin que le reste de
son corps, et elle dégage une lourde senteur de cette eau
de Cologne qu'elle appelle son répulsif à requins et dont
elle s'asperge avant de s'aventurer en territoire inconnu.
Elle s'immobilise près de l'arrêt du tram et s'adresse à

une femme accompagnée par son jeune fils. Une personne suffisamment élégante pour être bien élevée. La bouche de Beryl s'incurve en un sourire condescendant. « Je suis désolée de vous importuner, mais je ne trouve pas Tulse Hill.

— C'est par là. » Impressionnée par la voiture, l'inconnue tend l'index en direction de l'est. « Cherchez Brixton Water Lane, sur la droite, puis prenez encore à droite et vous arriverez à Tulse Hill. Vous verrez Brockwell Park sur votre gauche. Un gros canon de la DCA y était installé. Je crois qu'il s'y trouve toujours. Nous en venons, soit dit en passant. » Elle rit de cette coïncidence.

« Merci beaucoup », répond Beryl qui a déjà cessé de lui prêter attention et remonte la glace.

Norma et David Mummery la regardent tourner dans Brixton Water Lane en coupant la route d'un tram qui, comme agressé, proteste avec des bruits de ferraille.

« Quelle bêcheuse », marmonne Norma Mummery. Son gant comprime la main de David.

« C'est quoi, ça ? » David désigne un édifice gothique massif, de la pierre victorienne et du fer forgé, mais le tram arrive et le lui dissimule. Ils montent à bord. « Thornton Heath Pond. » Il est évident que le vieux receveur la soupçonne de vouloir aller plus loin.

« Nous descendrons à l'ABC et finirons à pied. » Mrs Mummery fouille dans son sac à main. « Une place entière et un demi-tarif, s'il vous plaît, pour l'ABC Norbury. » Elle tend trois pence pendant que David gravit l'escalier. Il préfère les trams aux autobus car l'aventure l'y attend. Les marches sont à l'extérieur, soumises aux assauts de la pluie et du vent, et un garçon n'a qu'à s'adosser au métal incurvé pour s'imaginer qu'il vogue sur un galion. David aime également les sièges de bois ciré dont les dossiers se déplacent pour permettre aux passagers de se tourner dans toutes les directions. Il tient à voir d'où il vient. Il monte rapidement, suivi par sa mère qui cède à contrecœur à ses caprices, et il s'assied à temps pour jeter un autre coup d'œil au portail métallique et au château se trouvant au-delà. Sa mère sourit. « C'est une prison. C'est là qu'on se retrouve quand on suit le chemin que tu as emprunté.

— Je n'ai rien fait de mal ! » Ce qui n'était qu'une plaisanterie l'a angoissé.

« Pas aujourd'hui. » Elle le serre dans ses bras tout en s'intéressant à la prison qu'ils laissent derrière eux. Depuis qu'il a lu *Les Grandes Espérances* de Dickens, un texte qui l'a à la fois terrifié et sidéré, David a une idée assez précise de la vie carcérale et il se demande distraitement si son père n'est pas parmi les détenus. S'il est presque certain que Vic Mummery n'est pas parti au front, personne ne veut lui dire où il se trouve. Puis l'Astoria de Streatham, son cinéma préféré, apparaît devant eux et il regarde avec attention les affiches pour savoir quels films sont projetés. « Oh ! » Sa mère est de nouveau joyeuse. « George Raft. Nous irons peut-être en fin de semaine. » L'humeur de David s'améliore elle aussi.

une chouette poupée qui a dû se faire tous les Ricains

Beryl Kiss frappa vigoureusement à la porte de chêne ciré du pavillon de style début XVIIIᵉ siècle et constata avec satisfaction que la construction indépendante et mal entretenue avait un grand jardin et un garage, les preuves que sa propriétaire avait appartenu à la bourgeoisie et eu des revenus conséquents. Les fonctionnaires de l'Empire s'étaient installés dans de telles habitations à leur retour en Angleterre. Elle pouvait presque sentir l'odeur du mobilier, deviner la proportion de bambou colonial, voir les toiles accrochées sur la tapisserie Morris. Elle s'intéressait depuis peu à la peinture anglaise, y compris les premiers préraphaélites, ainsi qu'aux beaux meubles du XVIIIᵉ siècle. Une femme âgée vint ouvrir la porte. «Oh!» Beryl s'était attendue à voir quelqu'un de plus jeune. «Miss Boyle-Unsworth?

— Vous êtes Miss Kiss. Vous venez jeter un coup d'œil aux affaires de ma sœur?

— Naturellement. Oui, en effet.»

La femme était timide. Voûtée par l'arthrite, elle avait perdu quelques centimètres tout en restant très grande. Elle avait un teint rougeaud éclatant de santé, des cheveux sombres ramenés en arrière en une natte excentrique, un nez camus et des lèvres très fines, des pendants d'oreilles, bracelets et colliers en turquoise et écaille de tortue, une sorte de châtelaine avec un camée et une ceinture au-dessous de la taille. Beryl Kiss la cataloga aussitôt. Elle avait tout d'une bohémienne du temps jadis, comme si elle avait porté ces vêtements à Chelsea ou Bloomsbury depuis le début du siècle. «Ma sœur était veuve. Son mari est mort avant-guerre. Il était médecin à Singapour, voyez-vous. Il dirigeait un hôpital. Je doute que vous découvriez des choses intéressantes dans ce bric-à-brac. Tout est vétuste sans être vraiment ancien. Mais Mr Victor vous tient en haute estime et j'ai pensé à vous plutôt qu'à un de vos confrères.

— C'est très aimable à vous. Mr Victor est votre notaire?

— Le notaire de mon neveu. De ma sœur. Le mien se trouve à Rye. Là où je vis.» Miss Boyle-Unsworth parlait rapidement, avec un zézaiement étrange. Elle aurait pu être allemande ou même juive, pensa Beryl. Elle la suivit dans le salon où il y avait les fauteuils habituels, le canapé assorti, diverses tables basses, des plantes en pots et des photographies. Mais Beryl avait un regard d'expert et elle remarqua aussitôt les cadres Liberty magnifiques. Un style omniprésent; vases, miroirs et horloges facile-ment revendables mais plus que tout annonciateurs de

choses ayant plus de valeur. Réagissant presque machinalement à ce constat, elle secoua la tête en essayant de
paraître un peu dépitée. « Bon, voyons les autres pièces.
Tout ceci me gêne un peu, voyez-vous. Mr Victor est un
vieil ami…

— C'est gentil à vous d'être venue.

— Je m'efforcerai d'être rapide. Je suis certaine…

— Non, non. J'ai tout mon temps. Je compte passer
la nuit à mon club de Londres. Rien ne presse.

— Lequel ?

— Le New Cavendish.

— Alors, vous devez connaître lady Kenwick. Et
peut-être Mrs Berengori ?

— Pas intimement. Je ne m'y rends plus aussi assidûment qu'autrefois, désormais. » Miss Boyle-Unsworth lui
adressa un sourire gêné.

« Lady Betterton ?

— Nous sommes assez proches, en effet. » La gêne
disparut.

Par un savant dosage de références sociales, de flatte-
ries et de vagues intimidations, Beryl venait d'établir
tant son statut que sa maîtrise de la situation. « Je pourrai vous y conduire. C'est sur mon chemin.

— Je n'ai aucune envie de m'attarder ici. Je vous en
suis très reconnaissante. Les autobus sont rares et la
station de métro est éloignée.

— Allons jeter un coup d'œil au reste, si vous le voulez bien. »

À la fin de la visite, Beryl Kiss avait remarqué un
petit Holman Hunt, deux Palmer de belle facture, divers
préraphaélites et aquarellistes anglais de notoriété
moyenne, un Sargent, un Whistler et ce qui devait être
un Manet à la signature dissimulée par un cadre massif.
Elle avait également reconnu deux meubles de Shera-
ton, un service de table de Wedgwood, bon nombre de

Minton et quelques très belles statuettes en porcelaine de Dresde.

Tout en la faisant monter dans la voiture, elle donna à Miss Boyle-Unsworth l'impression de faire des calculs savants et, juste avant de mettre le contact, elle murmura : « Si nous pouvions conclure l'affaire à sept cent cinquante… »

Visiblement embarrassée, Miss Boyle-Unsworth s'empressa d'accepter. « C'est une offre très généreuse. Vous êtes certaine de ne pas vous tromper ? Je suis si impatiente que tout soit terminé. Vu les circonstances, le tri a été, eh bien…

— Je peux vous régler par chèque, n'est-ce pas ? Je vous l'établirai après vous avoir déposée. » Beryl passa la première.

« Rien ne presse, mais comme le mobilier n'est pas assuré je serai plus tranquille. » Beryl éprouva de la satisfaction en voyant Miss Boyle-Unsworth rougir.

« Si vous me laissiez les clés je pourrais m'occuper de tout, déclara Beryl, compatissante. Je connais des gens de confiance.

— Ça me soulagerait d'un grand poids. » Miss Boyle-Unsworth se carra sur son siège, plus détendue.

« Ces situations sont difficiles à gérer. » Beryl roulait en souplesse vers l'intersection, sous un pont ferroviaire noirci par les flammes. « Mes propres parents ont été tués l'année dernière. Nous avons vécu cela, mon frère et moi.

— Victimes des bombardements ? » Miss Boyle-Unsworth était soulagée de parler d'autre chose.

« Oui, mais à bord d'un train.

— Comme c'est affreux. »

Beryl changea de rapport en faisant son possible pour que le mouvement ne soit pas triomphal.

tout le monde sait que leur saumon c'est du requin et cette mine terrestre a fait sauter le couvent et les épiciers ont

connu le même sort s'il ne rentre pas à la maison ce soir il
le fera demain et trouvera le laitier dans son lit dommage
pour le vinaigre il faudra un certain temps avant un retour
à la normale ce shtoonk il a chié dans ses gatkes et tout le
monde l'aime ce bonditt ce bonditt, le schlub, et son père
est le meilleur boulanger de Brixton slonce juz gaslo

Dandy Banaji traversa aux feux de Brixton Town
Hall et salua Beryl Kiss qui était trop occupée à s'entretenir avec une vieille dame assise près d'elle dans sa
voiture pour lui prêter attention. Il suivit des yeux la
Wolseley qui se dirigeait vers le fleuve invisible puis
repartit vers l'arrêt d'autobus du Bon Marché où il dis-
poserait d'un choix plus étendu de transports en commun pour regagner son appartement d'emprunt dans un
immeuble proche de Smith Square, Westminster, où
tous les autres résidents semblaient être des politiciens
qui n'y séjournaient qu'à temps partiel, ce qui expliquait
le calme singulier des lieux quand arrivait le week-end.
Quitter Londres le désolait. Il regarda de l'autre côté de
la rue une maison éventrée et se demanda combien ce
V-2 avait fait de victimes. Les bombes volantes ne laissaient aucune chance de gagner un abri. Les V-1 avaient
été destructeurs, mais au moins les entendait-on avant
qu'ils entament leur descente. Les V-2 étaient totalement silencieux ; on pouvait être assis dans le salon à
écouter la TSF et ne remarquer qu'un léger gémissement lorsqu'il s'abattait de nulle part. Combien de
temps les Londoniens, dont le moral était si bas à la fin,
auraient-ils pu endurer d'autres attaques ? Bien qu'il
soit toujours interdit d'en parler en public, on en discou-
rait à l'I.S., même si les affaires civiles n'étaient pas de
leur ressort.

Il prit le 109 qui le conduirait à Westminster. Il s'installa en bas, sur un banc. Ils atteignirent Stockwell et les
étendues feuillues de Kennington et il eut l'impression

d'avoir laissé derrière lui le secteur le plus visé par les bombardements. Josef n'avait pas le téléphone et il lui avait demandé de joindre dès son retour chez lui une certaine Mrs Kiss vivant dans Harrow pour l'informer qu'il était retenu à Southend et qu'il rentrerait dans la matinée. Tout indiquait que cette femme était une parente et Dandy était surpris par les cachotteries de son ami, car ils étaient assez intimes, même si Josef ne l'invitait chez lui que depuis quelques mois. Était-ce sa mère, sa belle-sœur, sa femme ? Les Anglais étaient des dissimulateurs. Il prit son calepin pour coucher cette réflexion par écrit, car dès que les Japonais capituleraient et qu'en Inde la situation redeviendrait normale il écrirait des rubriques sur la vie et les mœurs des Anglais pour un des quotidiens locaux. Prendre des notes était difficile en raison des vibrations du bus. Si les journaux indiens n'étaient pas intéressés, il en contacterait un new-yorkais. *The Nation* avait publié quelques-uns de ses articles, même si les rédacteurs en chef soufflaient le chaud et le froid et qu'on ne pouvait pas compter sur eux. Il remit en place le capuchon de son stylo à plume et remarqua que sa manche était effilochée. C'était sa seule veste d'été potable et il l'apporterait dès qu'il pourrait se le permettre au raccommodeur de Piccadilly pour faire poser des parements aux poignets et aux coudes. Le bus traversait Westminster Bridge lorsqu'il rangea son nécessaire et s'apprêta à débarquer.

Je pensais que le Blitz avait donné une bonne leçon à ces salopards mais il en reste toujours. Pour moi, c'est de la trahison. J'ai pour principe d'appeler un chat un chat. Oui, j'ai connu les coins les plus lugubres de Londres. J'ai vécu et travaillé à Fulham, Somers Town et Notting Dale. À côté, Brixton est un vrai paradis. Je sais ce qu'être un flic veut dire. Notting Hill était un repaire de brigands. Les criminels se soûlaient dans les caves avant de monter

dans leurs appartements. Ils avaient tout à leur disposi-
tion sur place, des receleurs aux tapineuses. C'est ce que
mon sergent appelait le spectre coloré du vice... Aucun
chauffeur de taxi n'acceptera de t'emmener dans Notting
Dale. Il circule des tas d'histoires sur les familles régnan-
tes, des gros bras habitués aux batailles rangées avec la
police. Nous avons dû un jour nous barricader à l'inté-
rieur du poste, et nous partions toujours à trois pour les
patrouilles. Non, je préférerais ce vieux Brixton même si
les gangs étaient de retour. On sait où on en est, avec ces
gars. Ceux de Notting Dale sont de la racaille. La réputa-
tion de l'East End est surfaite, crois-moi. Je reprendrai
volontiers une demi-pinte. Tu es sûr que ce type ne risque
pas de nous repérer ?

En y prenant un vif plaisir, Josef Kiss lave les assiettes
et les empile avec soin dans son petit placard en bois ; il
façonne un couvercle en papier qu'il fixe sur la boîte de
lait concentré avec un élastique kaki ; il va s'asseoir dans
son fauteuil confortable. Il a hérité ce logement d'un
jongleur burlesque qui s'est retiré sur la côte du Kent, à
l'époque où il a quitté le foyer familial pour monter sur
les planches. Cette pièce est agencée comme les autres,
bien qu'il garde ici moins de trésors, un petit phonographe à manivelle excepté. Ses affiches sont remplacées
par des photographies de groupe remontant principalement à son enfance, même si l'une d'elles a été prise à
l'hôpital psychiatrique de Springfield. Dandy Banaji est
son seul invité depuis qu'il a fait venir ici une choriste du
Grand Theatre. Cela se passait avant son mariage. Il n'a
jamais utilisé ce pied-à-terre pour tromper sa femme,
seulement pour s'isoler. S'il n'avait pas sombré dans la
folie et tiré un trait sur sa véritable vocation, il l'aurait
sans doute informée de l'existence de ce refuge, mais il
lui a retiré sa confiance quand elle a si mal réagi à sa
décision de renoncer à son numéro de télépathe. Un

coup fatal porté à leur complicité. La maison de Harrow est à son nom et il ne reste que quelques traites. Quoi qu'il puisse lui arriver, ce bien immobilier et une assurance sur la vie d'un montant conséquent assureront l'avenir des siens. Elle a toujours gobé ses mensonges sans broncher et il ignore si elle a des soupçons ou si elle se fiche de ce qu'il fait dès l'instant où il n'entrave pas sa liberté. Il aimerait aborder ces sujets, mais les cachotteries se sont fermement enracinées. Ils ne désirent ni l'un ni l'autre remettre en cause ce *statu quo* pitoyable. Ils continuent ainsi. Il aime encore sa Gloria et c'est peut-être réciproque, mais elle a tant désiré qu'il devienne une star que son besoin incompréhensible d'aller contre son destin la révolte ; elle a rêvé de l'assister dans son ascension vers la gloire et la fortune ou de le soutenir dans son noble échec, mais rien ne l'a préparée à ce manque d'ambition contre nature. Conscient de sa frustration et incapable de la satisfaire, il doit se contenter de compatir.

« Gloria, ma chérie ! » Il lorgne à travers les rideaux en tulle la rue où un chien bâtard jaune et blanc renifle des poubelles rouillées regroupées dans une allée sans portillon. Même le soleil ne peut réduire la misère, l'impression que tous les désespérés de Londres sont venus se terrer ici. L'Utopie socialiste pourrait-elle éradiquer tant de détresse ? La cité de marbre de Wells se dressera-t-elle un jour sur ses ruines ? Josef Kiss ne le désire pas car il aime cette ville telle qu'elle est. La modifier de façon si radicale altérerait son identité, dénaturerait ses millions d'habitants.

Il s'imagine qu'Endymion Road est une voie publique où déambulent des hommes et des femmes en chiton et sandales, comme dans une reproduction idéalisée de l'Athènes de Périclès, et il trouve cela si amusant qu'il en rit. « Oh, pourquoi pas ? Pourquoi pas, bon sang ? Je vous souhaite bonne chance, Mr Attlee. » Il en tremble et la pièce vibre avec lui. Les petits vases chinois offerts par Patricia Grant, l'actrice qui l'a courtisé toute une saison à Scunthorpe, en 1942, s'entrechoquent et risquent de tomber de la tablette de la cheminée pour voler en morceaux sur le carrelage bleu et orange de l'âtre, devant l'appareil de chauffage à gaz. Il se ressaisit et se lève pour les repousser. Parfois, lorsque ses rapports avec Gloria le font trop souffrir, il pense à la Belle de Scunthorpe. Il a apprécié sa compagnie et il l'a invitée à dîner ou à se promener dans la campagne, mais en se comportant toujours en homme marié. Même la vision de l'uniforme de la RAF dans la ruelle passant derrière la maison de Harrow n'a rien changé à son attitude, bien qu'il eût compris que la situation se dégraderait tôt ou tard. Il était fermement décidé à retarder le plus possible cet instant.

polyphonique mais même les responsables des salles d'avant-garde hésitent parce que les gens ont besoin de retrouver des valeurs sûres en temps de guerre ; ce qui n'explique pas ce déferlement de littérature et de poèmes progressistes, ni ces tableaux...

Il se racle la gorge et s'interroge sur ce qu'ils attendent tous, sur l'expectative qu'on perçoit dans la totalité de la ville. Sa population s'est-elle tellement accoutumée à vivre des drames qu'elle en redemande ? Est-ce que se battre est une drogue ? Seraient-ils tous devenus dépendants ? Si l'Angleterre sombrait dans une hébétude léthargique, que feraient les politiciens pour réveiller ces gens ? Engageraient-ils d'autres hostilités ? Les socialistes ne pourront bâtir leur société idyllique en deux ans et Josef Kiss espère qu'il n'en découlera pas une guerre civile, car il sait que les hommes perdent toute humanité quand l'adrénaline les sature, que lorsqu'ils n'ont pas d'ennemis officiels à combattre ils se retournent contre leurs semblables.

Avoir lâché la bride à ses pensées l'a entraîné dans

des eaux dangereuses. La politique lui a rappelé sa sœur et il est sur ses gardes, comme s'il la suspectait d'être dans les parages, venue le chercher après avoir utilisé son influence et ses connaissances haut placées pour retrouver sa trace. Tous les Londoniens ont entendu des rumeurs concernant des services qui disposent d'une liste complète des abris et autres recoins où se nichent ceux qui souhaitent se faire oublier, une organisation moscovite dans sa complexité. De retour à la fenêtre il tend le cou pour voir la totalité d'Endymion Road mais même le chien a disparu. Il ne reste qu'un merle déplumé. Ses pennes caudales absentes indiquent qu'il a survécu de justesse aux jeux sadiques d'un félin et, perché dans l'arbre d'en face, il libère un chant angoissé. Mais Josef Kiss sait qu'il s'agit d'un alarmiste qui crie « au chat ! » depuis sa mésaventure. Ses congénères ont cessé de lui prêter attention. Il ouvre le tiroir invisible de son secrétaire et prélève dans sa réserve une de ses pastilles à la menthe d'avant-guerre qui lui apportent à présent un peu de réconfort. Il la suce, calcule les probabilités et se détend.

Il est de retour dans son fauteuil, les traits sereins. Les plis du rideau de tulle dessinent des barreaux sur la fenêtre qui donne sur un toit, du feuillage, un if lointain, le ciel bleu. Il n'a qu'à lever la tête pour voir une ruine bombardée, une des grandes maisons qui apportaient de la régularité à Brixton Hill. Mais les lieux sont devenus méconnaissables. Seuls les rails du tramway assurent ici une certaine continuité. Ils croisent les lignes téléphoniques et électriques, les égouts et les conduites de gaz pour former un immense treillis géométrique et renforcer Brixton comme des tiges métalliques dans le béton armé. Ce faubourg leur doit peut-être de ne pas avoir été totalement rasé par les bombes volantes.

Il sommeille et voit une vieille colline embrumée du Surrey, avant que Londres n'ait étendu jusqu'ici ses tentacules. Les douces vapeurs d'un matin d'été estompent de l'herbe parsemée de pâquerettes et de pissenlits ; une route de terre traverse ce qui deviendra Brixton Hill et hors de la nappe laiteuse émergent les formes bigarrées de roulottes décorées de motifs peints et sculptés, traditionnels ; des roulottes de bohémiens tirées par des poneys à long poil aussi forts et résistants que leurs maîtres. Elles précèdent des chariots plus ordinaires chargés de denrées diverses qui se dirigent vers London Bridge pour approvisionner les multitudes qui s'entassent au-delà. Les chiens des conducteurs de troupeaux ressemblent à des briards et il y a des bœufs, des mulets et de gros chevaux de trait qui vont s'aventurer dans la capitale avant de repartir pour la campagne. Certains ne feront pas le voyage de retour. Il tente de discerner des visages, mais concentrer son attention efface le reste et il se contente de regarder la procession qui s'écoule vers lui sans interruption.

Il a souvent cette vision agréable et banale. Comme si la nation était en perpétuel mouvement à la périphérie de la ville, comme si Londres était un pivot autour duquel tout était en rotation, une force stabilisatrice, civilisatrice et progressiste qui influence les comtés avoisinants, la totalité du pays et pour finir l'Empire et, par cet Empire, le monde entier ; une ville plus puissante que toutes celles ayant existé et peut-être plus puissante que celles à venir, car New York ne peut rivaliser avec elle, pas plus que Washington ou toute autre cité. Londres est la dernière capitale des grandes civilisations et les nouveaux empires seront fondés sur des idéaux et des croisades, de pieuses abstractions. L'âge d'or des puissances urbaines a atteint son apogée. Londres ne pourrait poursuivre son expansion et entre par conséquent dans une phase de régression qui s'éternisera jusqu'au jour où, comme Athènes et Rome, son souvenir sera devenu plus grand et durable que ses pierres.

La brume enveloppe progressivement les Tziganes, les conducteurs de bestiaux, leurs troupeaux. Josef Kiss la scrute encore avant de prendre conscience qu'il s'est endormi et que ses rêves se soustrairont sous peu à l'emprise de sa volonté.

Fleurs tardives 1940

Chloé Scaramanga revint de l'enclos de leurs nouvelles poules, des siciliennes marron et blanc, sans pouvoir contenir son enthousiasme. «Elles s'acclimatent à
merveille. Qui a dit qu'elles sont délicates?»

Assise sous le rai oblique du soleil couchant qui
entrait par une fenêtre basse, Beth Scaramanga triait de
vieilles broderies. Il y en avait de magnifiques, dans le
panier d'osier qui avait appartenu à leur mère, et sur
certaines étaient représentés des gallinacés tout aussi
exotiques car, en plus de s'occuper de chats, de chiens
et de roses, les sœurs Scaramanga se passionnaient pour
l'aviculture; elles jouissaient d'une solide réputation
dans le milieu des éleveurs de volailles de race et avaient
jusqu'en 1939 régulièrement remporté des prix à Earls
Court. Si elles n'avaient pas concouru cette année-là,
seule la guerre en était responsable. Tous semblaient
craindre de ne pas pouvoir remplacer leurs plus beaux
éléments. Les Scaramanga n'avaient que du mépris pour
la pusillanimité de leurs «cousins de la campagne»
qu'elles considéraient loin de tout danger. À l'ombre
des gazomètres de North Kensington, dissimulé par des
haies d'ifs, disposant de son mouillage sur le canal et
donnant sur des arbres, des buissons et les fleurs du
cimetière, Bank Cottage n'avait guère changé depuis

que Mgr Greville l'avait fait construire pour son premier pasteur au milieu du XVIIe siècle. Ses pierres, son bois et le chaume de son toit avaient été entretenus avec soin par la famille Scaramanga qui en avait hérité deux cents ans plus tôt, et c'était un modèle de ce type de bâtiments. La ville avait poursuivi son expansion pour finir par l'absorber et permettre aux deux sœurs de conserver leur statut d'authentiques Londoniennes. Elles étaient nées et avaient grandi dans le Royal Borough et, même si elles décédaient dans le dénuement le plus complet, la municipalité devrait leur offrir des funérailles décentes. À l'époque où elles avaient vécu dans la demeure familiale d'Edwardes Square, ce cottage avait été loué à divers bateliers et artistes, mais quand leur mère puis leur père étaient morts et qu'elles avaient découvert que leurs dettes étaient plus importantes que leurs liquidités, elles avaient vendu la maison citadine pour s'installer dans cette propriété attribuée à leurs ancêtres en récompense de hauts faits oubliés depuis, conscientes que de tels biens ne pouvaient être saisis, pas même par la Couronne. Sitôt après, ce qui n'avait été qu'un hobby était devenu leur gagne-pain. Leur réussite comblait toutes leurs espérances et elles étaient aussi satisfaites de leur sort qu'elles l'avaient été à Edwardes Square, même s'il leur fallait emprunter le chemin de halage ou la barque pour sortir de chez elles car la Compagnie du Gaz, de l'Électricité et du Charbon leur avait refusé tout droit de passage vers Ladbroke Grove. Elles n'avaient eu cure de la haute société de Kensington mais s'étaient efforcées d'être agréables à leur mère. À Bank Cottage elles n'avaient guère ressenti les contrecoups de la récession et elles entretenaient l'espoir qu'il en irait de même pour cette guerre.

Chloé Scaramanga entra dans la cuisine et posa ses gants et son panier. « Je vais me préparer une tasse de thé. Ça te tente ? » Elle portait un chemisier bleu et une vieille jupe beige. Être restée à l'extérieur lui avait donné des couleurs.

« Laisse-moi m'en charger. Je n'ai pas été très active, aujourd'hui.

— J'ai déjà tout sous la main. Que comptes-tu faire de ces morceaux de tissu ? Des coussins ?

— Non. Le pasteur doit venir les chercher pour la prochaine vente de charité. C'est notre contribution à l'effort de guerre.

— Les gens se les arracheront. Ce qui se fait de nos jours est bâclé. Mais je les regretterai.

— Ils appartiennent au passé, même s'il est exact qu'ils sont magnifiques. Tu te souviens de Jack ? » Elle leva un carré d'étoffe.

Elles devaient à ce coq cochinchinois d'un beau plumage chamois tirant sur le doré et aux pattes massives le troisième prix qu'elles avaient remporté.

« Il était plutôt irascible. » Chloé alla vers le vaisselier et prit la théière de Nuremberg. « Il avait déjà un sacré caractère étant poussin. La Mrs Cocker s'est ouverte. Tu l'as vue ?

— Et humée. Nous avons eu encore plus de chance cette année. » Beth retira des fils tombés sur sa robe d'été à fleurs.

Chloé apporta le gros plateau en bois sur lequel elle avait placé la théière recouverte d'un carré de tricot rouge, deux tasses, un sucrier et un vieux bol en porcelaine français, deux assiettes jaune et noir, une vache en céramique du Staffordshire servant de pot à lait et une boîte à biscuits en métal où dansaient Arlequin et Colombine. Beth poussa son panier et Chloé posa leur en-cas et rapprocha sa chaise, puis elles regardèrent leurs roses par la fenêtre et inhalèrent leur fragrance. « Qui croirait que nous sommes en guerre ? » Chloé versa un doigt de lait dans chaque tasse. Leurs deux frères avaient été tués en 1918 et le fiancé de Chloé avait péri près de la frontière roumaine en 1921, pendant les troubles russes. Elles se référaient généralement aux affrontements en employant le terme d'« absurdité » et ne pensaient pas que leurs vies seraient bouleversées outre mesure même si les Allemands venaient occuper Londres. Neuf années d'isolement à Bank Cottage leur avaient communiqué une sensation d'invulnérabilité. Presque invisible même du chemin de halage, la maison avait un unique portail en fer forgé qui s'ouvrait juste en face des marches du mouillage. Un passant était parfois surpris de voir leur barque s'éloigner en direction de Little Venice. Les quelques bateliers qui suivaient encore le canal avaient à leur égard une attitude protectrice et les employés de la Compagnie du Gaz, qui n'avaient que du mépris pour ces deux folles qui élevaient des poulets mais refusaient de les mettre à la broche, ne souhaitaient pas avoir maille à partir avec ces transporteurs de coke irascibles. Néanmoins, les sœurs Scaramanga ignoraient ces détails et les trouvaient polis et convenables. Il était rare que Beth doive se plaindre auprès de la direction parce qu'ils violaient leur intimité du haut de leurs gazomètres.

Beth prit sa tasse. Ce temps automnal lui rappelait une chose à laquelle elle s'interdisait de penser.

« Quand aura lieu cette kermesse ? » La clarté qui pénétrait par la fenêtre adoucissait les traits anguleux de Chloé et rehaussait les courbes gracieuses de ses lèvres. Les deux sœurs se ressemblaient, mais Chloé tenait de leur père alors que Beth avait hérité du visage en cœur et des cheveux bruns frisés de leur mère. Ceux de Chloé étaient magnifiques, du blond vénitien des Hackwood, et elle avait les yeux dorés « féeriques » que Pope avait décrits après avoir rencontré Caroline chez les Holland. Fière de la beauté de sa sœur, Beth avait suspendu le portrait de Florence Hackwood dans leur petite chambre d'amis pour que les invités puissent relever les similitudes et elle ne manquait jamais de broder sur ce thème quand l'occasion s'en présentait. Elle se savait mignonne mais plus banale, et moins fascinante à trente-six ans que Chloé à trente-neuf. Elle sourit en pensant à leurs conquêtes, devenues pour bon nombre des objets de scandale. Certains étaient immérités mais elle avait tiré une satisfaction perverse d'une réputation qui lui octroyait plus de liberté. Elle se demanda quel aurait été son destin si elle était restée à Paris lorsque Jay était partie pour l'Italie avec son marin. Elle ne pouvait s'imaginer plus heureuse qu'à présent. Et elle aurait dû quoi qu'il en soit regagner l'Angleterre quand la France avait capitulé. Ce qui ne l'avait pas surprise. Elle mettait les Français dans le même panier que les Boches car, s'ils étaient plus fantasques et avaient du bon goût, ils étaient aussi grossiers et imbus d'eux-mêmes, ce qui faisait d'eux des alliés naturels plutôt que des ennemis. Elle aimait Paris, mais avait toujours émis des réserves sur l'Entente cordiale.

Sa sœur riait. « Bethy ! À quoi penses-tu donc ?

— À la chance que nous avons de disposer de tant de nourriture. Nous mangeons tous les œufs que nous voulons et vendons les autres un bon prix. Même si cet O'Keefe ne m'inspire guère confiance.

— Si ces activités sont illégales, les autorités nous rappelleront à l'ordre tôt ou tard. Nous aidons nous aussi notre communauté, Bethy. Le pasteur vient constamment quémander quelque chose. »

Beth lui fit un clin d'œil. « Mais oui ! » Elles étaient toutes deux certaines que Mr Goozey était amoureux de l'une d'elles, sans trop savoir laquelle. Les prétextes qu'il invoquait pour passer les voir alors qu'il avait un emploi du temps très chargé étaient de moins en moins convaincants. Il claudiquait mais était assez bien de sa personne et, s'il se disait veuf, on racontait que son épouse avait embarqué pour l'Amérique avec son amant. Il avait deux fils qui fréquentaient l'école locale et une fille dont s'occupait sa gouvernante. Lorsque les sœurs Scaramanga lui rendaient visite au presbytère de Dalgarno Road, son teint virait à l'écarlate jusqu'à leur départ. Elles manquaient de distractions et faisaient durer le plaisir.

Chloé affirmait qu'il s'intéressait à Beth, qui en doutait. Pendant que sa sœur redevenait songeuse, Chloé laissa elle aussi ses pensées vagabonder et s'interrogea sur ses pulsions sexuelles intermittentes, son unique symptôme de ménopause. Après s'être installée à Bank Cottage elle y avait reçu ses amants alors que Beth allait chez ses amies lesbiennes ou les emmenait à Brighton. Elle avait fini par se lasser de la compagnie des hommes tant dans un boudoir que dans un lit et leur fournir les réponses qu'ils souhaitaient entendre l'exaspérait. Vexés, ils avaient cessé de la voir. Elle n'en demandait pas plus, mais regrettait déjà les extases qu'elle avait espéré connaître jusqu'à la soixantaine. Elle s'en était ouverte à sa sœur qui avait toujours été plus sélective. « Mes choix ont été plus limités que les tiens, évidemment, lui avait-elle déclaré. Mais je ressens la même chose. C'est drôle, n'est-ce pas ? »

Chloé avait lu quelque part que la libido des femmes changeait en temps de guerre. Soit elles perdaient leurs pulsions biologiques, soit elles se prenaient pour des lapines, voulant peut-être procréer pour combler les rangs des victimes des combats. Elle avait une piètre opinion de la plupart des théories psychologiques sur la sexualité. Elle était convaincue que les causes de ce phénomène étaient principalement sociales.

Les deux sœurs se balançaient sur leurs sièges, comme enivrées par les senteurs qui saturaient la pièce tout l'été et tous les étés. Un coq se rappela à leur attention. Beth reconnut leur barnvelder, un animal agressif. Elle décida de l'envoyer continuer sa sérénade dans l'au-delà s'il ne cessait pas de leur casser les oreilles. Chloé avait trouvé des similitudes entre sa voix et celle de Mr Churchill et elles l'avaient baptisé ainsi. Elle avait horreur d'égorger leurs volailles, mais elles avaient dû réduire de façon draconienne leur basse-cour pour faire de la place aux chiens et aux chats que leur confiaient ceux qui jugeaient plus prudent d'évacuer la capitale. Elles avaient actuellement trois springers, deux loulous de Poméranie, un berger allemand, un bull-terrier, un lévrier et l'habituelle demi-douzaine de pékinois qui, comme les persans de la pension féline, avaient un instinct grégaire. Les Scaramanga préféraient ces deux dernières espèces car elles leur donnaient peu de soucis et cohabitaient dans un espace où un seul danois eût été à l'étroit. Elles avaient également un couple de siamois et divers chats de gouttière dont un magnifique rouquin aux yeux assortis à son pelage qui passait presque tout son temps dans la maison parce qu'il était le favori de Beth et que ses propriétaires comptaient rester en Australie jusqu'à la fin des hostilités. Elle l'appelait Riley et chaque fois qu'elle recevait le chèque de sa pension elle avait l'impression d'être rémunérée pour s'occuper de son animal de compagnie. Elle serait bien triste, quand la guerre prendrait fin. Chloé préférait les chiens mais n'était attirée que par les loulous de Poméranie. Se procurer de la nourriture pour les animaux posait quelques problèmes et certains étaient mécontents de leur nouveau régime. Elle tendit la main vers son *Woman's Weekly*.

Churchill interrompit ses cocoricos au même instant et ce fut comme si le monde entier venait de se figer. Elles n'entendaient plus aucun son provenant de l'usine à gaz ou du canal, pas un seul véhicule dans Ladbroke Grove, aucun train sur les voies qui passaient derrière les gazomètres. La brise était tombée, les privant des bruissements des branches des ifs. Si de telles accalmies n'avaient rien d'extraordinaire, celle-ci se poursuivait et Chloé regarda Beth qui ne quittait pas des yeux une abeille qui s'était immobilisée près du cœur d'une Mme Ravary jaune et rose et paraissait elle aussi attendre quelque chose. Le temps lui-même avait cessé de s'écouler et Chloé fit une expérience. Voir ses doigts bouger lui apprit qu'un effort de volonté lui permettrait de se lever. Les clapotis des flots du canal lui indiquaient qu'ils avaient également été épargnés par ce charme. Fallait-il en déduire que le temps venait d'inverser son cours ?

Elle concentra son attention sur les poutres créosotées du plafond, le plâtre badigeonné, l'étain et le cuivre qui décoraient les murs, la grande cheminée à l'ancienne avec sa garniture de foyer noire, son gril, la chevrette sur laquelle elles plaçaient leurs bouilloires en hiver, les fenêtres qui donnaient sur la petite pelouse bien entretenue et ses parterres de fleurs très denses, le tout entouré d'une haie impénétrable. Elle pensa à leur sécurité. Elle regrettait d'avoir fait remplacer les vitraux par de simples vitres pour bénéficier d'un peu plus de clarté. L'interminable silence la rendait claustrophobe. Comme pour la dernière fois, elle parcourut du regard les étagères de la bibliothèque protégées par des rideaux de lin plissés pour que le soleil ne décolore pas le dos des livres, les vitrines d'objets en porcelaine et en argent amassés pendant leurs voyages ou hérités de lointains parents, leurs collections de babioles et de bijoux, les portraits de famille encadrés d'étain suspendus au-dessus de l'âtre, les tapis turcs sur les dalles d'ardoise froides en toutes saisons apportées bien des années plus tôt de Lake District.

Cela s'éternisait, comme avant un typhon à Singapour ou un orage en juillet. Mais c'était septembre et il n'y avait pas le moindre grondement de tonnerre.

Puis ce calme angoissant s'interrompit enfin. Chloé entendit dans le lointain un avion grimper péniblement jusqu'à une altitude à la limite de ses capacités, un son qui mourut et fut remplacé par le fracas du métal qui percutait du métal dans le dépôt ferroviaire.

Elle regarda l'horloge. Quatre heures et demie. La ville essayait de revenir à la normalité, échouait et faisait une autre tentative également vouée à l'échec ; telle une bête consciente d'un danger dont elle n'avait pas encore identifié la source.

Étaient-ils la cible d'un raid aérien ? Les autorités avaient-elles imposé à Londres de se taire pour que les postes d'écoute captent plus facilement les bruits de moteurs, qu'il soit possible de les dénombrer, de déterminer leur cap et la distance les séparant de leur objectif ? Non loin de là, à Wormwood Scrubs, un énorme pavillon de détection était pointé vers le ciel. Il y en avait un autre dans Hyde Park. Mais plus personne ne s'attendait à subir une attaque.

L'avion solitaire, peut-être un Gladiator, approchait. Sans doute se dirigeait-il vers l'aérodrome de Farnham, à basse altitude et très rapidement.

L'abeille sortit de sa torpeur pour reprendre sa collecte de pollen, les rameaux des ifs frémirent sous les caresses de la brise. Chloé prit conscience d'avoir retenu sa respiration et vida ses poumons avant de sourire. Beth se tourna et secoua la tête. « Un ange passe.

— Toutes ces absurdités nous affectent, déclara Chloé en tendant la main pour retirer le couvre-théière. Les superstitions m'exaspèrent et ce n'est rien d'autre. »

Mais Beth était tendue. Les doigts crispés sur les accotoirs de son fauteuil, elle laissa Chloé se servir sans lui présenter sa tasse. L'odeur des roses devenait presque insupportable et si son angoisse s'était dissipée Chloé restait songeuse. Elles entendaient de nouveau des véhicules circuler sur le pont du canal et des mouches bleues, des abeilles et des guêpes s'affairer en bourdonnant dans l'air saturé d'humidité. Même la vision d'un taon qui entrait par la fenêtre lui fut agréable. Son vrombissement était interrogateur, comme s'il se demandait si elles lui laisseraient la vie sauve. Chloé fit un geste qui traduisait son impuissance. Pourquoi pas ?

Beth avait une expression de dégoût. Elle avait ces insectes en horreur, comme si elle avait un vieux compte à régler avec eux. Si elle n'avait pas eu autant d'aversion pour le papier tue-mouches, il y aurait eu des guirlandes de bestioles mortes de toutes parts.

« Excuse-moi. Je suis encore toute retournée. » Chloé se leva pour aller prendre le Fly-Tox en ayant l'impression de commettre une ignoble trahison, d'avoir attiré ce diptère vers la mort en l'incitant à se croire en sécurité, et elle fut soulagée lorsqu'elle le vit céder aux attraits du jardin, des déjections et de l'aliment pour volailles, et ressortir.

« On étouffe, ici. » Beth tira sur le devant de sa robe. « Comme si un orage allait éclater.

— Il n'y a pas un seul nuage. » Chloé s'était sentie obligée de regarder le ciel.

Dans les chenils, Tommy, le plus jeune springer, se mit à aboyer frénétiquement. Ses congénères lui donnèrent la réplique par des hurlements bas angoissés ou des jappements aigus, apeurant les poulets et les chats qui se joignirent au concert. « Oh, Seigneur, quel vacarme ! C'en est trop ! » Chloé posa sa tasse. « Ils ont dû voir un rat. »

Beth la suivit dans la cuisine et déclara : « Je vais aller chercher la batte de cricket. » Elles l'utilisaient pour assommer les rongeurs qu'elles réussissaient à coincer dans un angle. Chloé ouvrit la porte de la cour et vit que tous les chiens étaient sortis pour bondir d'un côté et de l'autre en glapissant et hurlant, sauter contre la barrière qu'elles avaient achetée à la vente de la propriété de lord Burnford parce qu'elles la trouvaient plus élégante qu'un grillage ; un souci du détail capable de séduire les clients les plus exigeants. Au cœur de ce chaos, inclinant la tête à droite et à gauche, l'épagneul marron et blanc qui avait tout déclenché s'était assis et se contentait de gronder, comme sidéré par la tournure des événements. « Tommy, espèce de chenapan ! » Beth abattit sa batte sur les barreaux. « Qu'est-ce que tu as vu ? Arrêtez, vous tous ! Oh, ces maudits loulous ! Chlo, je ne supporte pas leurs jappements. Ils me percent les tympans. »

Chloé était convaincue que les interventions de sa sœur ne faisaient qu'ajouter au vacarme, mais il était trop tard pour espérer calmer les chiens. Laissant Beth se défouler sur la barrière, elle contourna les murs blanchis à la chaux et laissa derrière elle les nouveaux piquets qui semblaient aussi vieux que le reste pour aller voir les chats. Elle s'arrêta en chemin près des Mrs Darlington, ses préférées ; ces roses blanches avaient une fragrance à nulle autre pareille. Il y avait des fleurs partout où le terrain n'était pas utilisé comme potager ou enclos pour leurs pensionnaires. Cette année-là il y en avait une diversité incroyable : roses trémières, gueules-de-loup, bleuets, chèvrefeuilles, pivoines, capucines et des douzaines d'autres. Pendant que la frénésie des chiens croissait encore et que la batte claquait contre le métal, Chloé s'accorda le temps d'observer deux paons de jour attirés par un arbre à papillons qui zigzaguaient et piquaient en se livrant à une bataille aérienne pleine d'élégance. Les sœurs Scaramanga avaient trouvé des chrysalides dans la cabane à outils, au printemps, et elles avaient suivi leur évolution jusqu'au jour où elles étaient devenues des chenilles, puis des imagos. Chloé s'intéressait autant à eux qu'à ses poulets, les considérant un peu comme sa progéniture. Trois ou quatre satyres bruns exécutaient un ballet dans l'air pesant. Leur existence tirait à sa fin. Elle le savait. Elle alla calmer les chats. Les persans déroutés lui lançaient d'étranges feulements interrogateurs, mais les grondements et gémissements des siamois qui déambulaient sans perdre leur flegme aristocratique, la queue hérissée comme pour faire face à une contestation de territoire, étaient presque aussi sonores que les aboiements. Elle s'adressa sur un ton apaisant à celui qui était le plus en voix, un chat musclé aux extrémités chocolat qui se tut aussitôt pour l'écouter. « Allons, allons, Chou. Qu'est-ce que tu as vu ? » Il approcha de la barrière et frotta sa tête contre les barreaux. Elle tendit la main pour le gratter derrière les oreilles et il se mit à ronronner. « Ça va mieux, n'est-ce pas ? » Les siamois avaient pour la plupart un solide bon sens.

Le silence revint soudain. Un large sourire aux lèvres, Beth arriva avec la batte de cricket sur l'épaule à l'instant où Chloé remarquait un bourdonnement d'abeille à peine audible. Beth l'entendit à son tour et vint la rejoindre pour scruter le ciel avec elle, à la recherche du point d'origine de cet étrange son. « Là-haut ! » Elle désigna le sud-est avec sa batte puis plaça sa main en visière au-dessus de ses yeux pour ajouter, admirative : « Dieu du Ciel ! Quelle démonstration de force impressionnante ! Il y a plus d'une centaine d'appareils. Où peuvent-ils aller ? »

Les premiers disparurent derrière les gazomètres mais les essaims de bombardiers étaient aussi denses qu'un vol de sauterelles, un spectacle qui réchauffait le cœur. Escadrille après escadrille ils emplissaient les cieux, en partance pour l'Allemagne. Cette procession majestueuse se poursuivait à l'infini et les grondements des moteurs couvrirent le monde, les ailes masquèrent le soleil.

Ce fut Beth qui eut des doutes la première. « Tu entends ça ? » Le rugissement avait perdu son caractère familier car il s'y superposait désormais un staccato bizarre, les expectorations d'un vieillard qui se raclait la gorge. Brusquement livide, elle laissa descendre sa batte. « Oh, Seigneur, oh, Chlo !

— Ce sont des Allemands, n'est-ce pas ? » Chloé

avait refermé son bras sur les épaules nues de sa sœur. « C'est un raid.

— Mais ils sont *si* nombreux ! Oh, Dieu, Chlo ! »

Le sol se mit à vibrer. Les bombes tombaient à des miles de là, à l'est, sur les quais et les usines de Woolwich, Whitechapel, West Ham, Bermondsey, Bow, Limehouse, Poplar, Stepney et Canning Town.

Leurs sifflements épouvantables faisaient penser à des râles d'agonisants.

« Nous aurions dû accepter qu'ils nous installent un Anderson. » La voix de Chloé était presque inaudible. Elles avaient refusé cet abri pour ne pas réduire la surface du jardin. Nul ne leur avait parlé d'une pareille menace.

Elles entendaient également les tirs de batteries de DCA totalement inefficaces pendant que les vagues de bombardiers se succédaient, en nombre incalculable. Ces formations étaient aussi serrées que les phalanges des légions romaines et le ronronnement modulé des moteurs était ininterrompu. Des panaches de fumée noire s'élevaient des docks en tourbillonnant et le ciel hurlant s'était teint en jaune rosé.

« Des bombes incendiaires. Toute la ville est en feu. Personne ne pourrait survivre dans un pareil brasier. » Chloé avait exprimé ses pensées à voix haute pour tenter de se convaincre qu'elle ne rêvait pas.

« Qu'attendent-ils pour intervenir ? » Les larmes de Beth semblaient intarissables. « Que fait la RAF ? »

Les sœurs Scaramanga regardaient les essaims virer avec une précision terrifiante comme si elles étaient allées assister à un meeting à Farnborough. Se réfugier à l'intérieur de la maison ne leur vint pas à l'esprit car ces appareils avaient dû larguer tout le contenu de leurs soutes en épargnant North Kensington.

Elles restaient figées dans leur étreinte, incapables de détacher les yeux des incendies qui dévastaient l'horizon est. « Ils vont raser la ville. » Les lèvres de Beth parais-saient se craqueler sous l'effet de la chaleur. « Il n'en subsistera que des ruines et ils envahiront notre pays. N'est-ce pas, Chlo ? »

Faute de trouver des propos réconfortants, sa sœur ne dit mot. Le ciel s'était assombri comme au crépuscule mais des bombardiers émergeaient toujours du rideau fuligineux et, délestés de leur chargement, montaient se placer hors de portée des batteries de DCA installées dans Regent's Park, Hyde Park et Wormwood Scrubs.

« Ils ont massacré toute la population, dit Beth en baissant enfin les yeux. C'est pire qu'en Espagne. Ils vont nous exterminer jusqu'au dernier, pas vrai ? Sauf si nous capitulons. »

Chloé haussa les épaules. « Que dirais-tu d'une tasse de thé ? Le temps se rafraîchit. »

Le téléphone sonna à l'instant où elles entrèrent. « C'est probablement le pasteur. » Beth sourit. « Il doit faire une collecte pour les victimes. »

Chloé décrocha. « Non, non, murmura-t-elle. Oh, non ! Ils ne s'intéressent pas à nous, seulement aux docks et aux usines. C'est sans doute une exagération. L'East End, dites-vous ? Vraiment ? Oui, naturellement. Non, nous allons bien. Nous entendons à peine les explosions, d'ici. Oui, il se porte à merveille. Non. C'est d'accord. Merci d'avoir appelé. Oui, bien sûr. » Elle remit le com-biné sur son berceau et déclara presque avec désinvol-ture : « C'était Mrs Short. Tu sais, Torquay et son petit garçon. La propriétaire de Puffy.

— C'est gentil à elle d'avoir téléphoné. » Beth était dans la cuisine. Que l'eau n'eût pas été coupée ne l'avait pas surprise. « Que se passera-t-il s'ils touchent les gazo-mètres, Chlo ? Nous sauterons avec eux.

— C'est peu probable, Beth. Souhaites-tu qu'ils nous évacuent ?

— Sur-le-champ, oui. »

Elles s'accoutumaient aux vrombissements, aux explosions et aux tirs des canons. La Luftwaffe allait-elle les pilonner vingt-quatre heures sur vingt-quatre ? Les bombardiers retournaient-ils se ravitailler en bombes et en carburant pour revenir sitôt après ?

Chloé hésita avant de mettre la TSF.

D'une voix posée de majordome, un inconnu parlait du raid. La RAF repoussait les Allemands. La population devait surmonter sa panique et gagner les abris les plus proches. Chloé l'écouta jusqu'au moment où il devint évident qu'aucune de ces informations n'était digne de foi. Elle arrêta l'appareil à l'instant où Beth arrivait avec le thé.

« J'ai remis de l'eau sur l'ancien, précisa-t-elle. Il était bien assez fort. Ça ne t'ennuie pas ? »

Chloé secoua lentement la tête.

« Il serait plus prudent d'aller dans un abri, ne crois-tu pas ? » Beth posait des tasses sur la table. « Où est le plus proche ? Nous avons reçu des imprimés sur lesquels la marche à suivre était indiquée, il me semble ? Il y a longtemps. Les masques à gaz sont rangés en bas du buffet. Dans leurs boîtes. » Elle eut un rire haut perché et Chloé contint son irritation. Sa sœur gloussait toujours quand elle était angoissée.

« Mr Goozey n'a-t-il pas parlé de la crypte ? » Chloé envisageait de téléphoner au presbytère.

« Tu peux le dire, ha, ha ! » La main de Beth tremblait sur le pot à lait.

« Il n'est pas dit que ça se reproduise. C'est peut-être un simple avertissement. Comme en France. Leurs stocks de bombes sont nécessairement limités. Et ils doivent se battre sur d'autres fronts. » Chloé résista au désir de clore les rideaux.

« Ils ont décidé de nous exterminer. » Beth avait pour habitude d'exprimer ses pires craintes, bien qu'elle fût au moins aussi courageuse que sa sœur. « Tu n'as pas encore compris ? Ils commencent par pilonner l'East End puis viendra le tour du West End et des faubourgs. Qu'est-ce que tu paries que le roi et la reine sont déjà au Canada ?

— Ils visent les usines d'armement, ce genre d'installations. S'en prendre à d'autres cibles serait du gaspillage.

— Ils veulent nous démoraliser, comme en Espagne et en Pologne. John a dit qu'ils massacraient les civils.

— Il ne sait pas tout. Il a passé la majeure partie de son temps dans un camp espagnol.

— Il sait plus de choses que nous, en tout cas. » Tenter de la convaincre eût été peine perdue.

Quand Beth servit le thé, le sol vibrait toujours et Chloé décida de clore les fenêtres. Les senteurs du jardin étaient couvertes par les relents âcres de la fumée. Elle se rappela qu'elle avait aéré l'étage. « Je vais faire un saut au premier et tout fermer. » Ce qui se produisait dans son ventre était étrange, presque agréable, et cela s'accompagnait d'une exaltation irrationnelle. Peut-être avait-elle tant redouté une telle attaque que voir l'attente prendre fin la soulageait. Arrivée dans sa chambre elle regarda le mur de flammes qui se dressait sur toute la largeur de la ville, certaine que la totalité de l'East End était ravagée, comme si c'était une deuxième « Grande Conflagration[1] ». Il ne pouvait y avoir suffisamment d'eau et de personnes pour éteindre un tel brasier. Quand Chamberlain avait déclaré la guerre, l'année précédente, ils avaient été nombreux à se porter volontaires en tant que pompiers auxiliaires avant de se chercher d'autres occupations en l'absence de bombardements dignes de ce nom, et tous les avaient accusés d'être des planqués. À présent qu'ils étaient devenus à la fois indispensables et indisponibles, elle se demandait si venir à

---

1. Incendie qui ravagea Londres du 2 au 9 septembre 1666. (*N.d.T.*)

bout d'un tel incendie était réalisable. Le feu ne risquait-il pas de se propager jusqu'ici ? Elles se félicitaient d'autant plus d'avoir toute l'eau du canal à leur disposition que le toit du cottage était en chaume, mais cela leur serait-il d'une quelconque utilité ? Si les flammes se rapprochaient, elles chargeraient tout ce qu'elles pouvaient emporter dans leur barque et partiraient vers Oxford, même si solliciter l'hospitalité de leurs insupportables cousines bêcheuses de Boars Hill serait humiliant. Elles libéreraient les animaux qui devraient se débrouiller sans elles. Elle fit claquer la dernière fenêtre.

« Ça va, là-haut ? » La voix de Beth était chevrotante et faible.

« Oui, très bien. Je musarde, c'est tout. J'arrive. »

Elle avait retenu son souffle, qu'elle libéra avant de refermer la chambre d'amis et de remettre avec soin le loquet en place, comme si c'était une protection contre les bombes. Quand survenait une crise, Beth s'affolait puis finissait par se détendre et afficher un calme imperturbable, alors que le sang-froid de Chloé se transmuait au fil des minutes en panique. Elle s'arrêta sur le palier pour regarder le jardin. Tous les insectes, papillons et oiseaux avaient disparu, comme dans un conte de fées où le monde basculait de l'été à l'hiver en un instant. Mais les fleurs étaient toujours là, dans la pénombre, et elle pouvait voir une partie du secteur réservé aux chats. Terrifiés, ils étaient muets et surveillaient le ciel que les avions noirs traversaient à basse altitude, leur grondement assourdissant parfois rompu par d'autres bruits de moteur. Les chasseurs de la RAF arrivaient peut-être. Elle doutait toutefois qu'ils soient assez nombreux.

Elle redescendit au rez-de-chaussée et décida de donner à sa supposition un statut de nouvelle. « La RAF intervient, annonça-t-elle à sa sœur. Juste à temps pour nous tirer d'affaire.

— Des Spitfire ? » Beth les trouvait magnifiques.

«Ne sors pas.» Chloé s'assit et lissa sa jupe. «À cause des shrapnels, ce genre de choses.

— C'est certainement moins grave qu'il ne paraît», fit Beth, l'esprit ailleurs.

Chloé avait eu une vision de l'enfer. Elle se rappela les combats en Espagne et dans le reste de l'Europe vus aux actualités avant de prendre conscience qu'elle retenait encore sa respiration. Elle chassa l'air de ses poumons, plus lentement que la fois précédente.

«Es-tu lasse? voulut savoir Beth.

— Pas toi? Nous pourrions descendre un matelas. Par mesure de précaution. Est-ce que tu te sentirais plus détendue?

— Énormément.» Beth cala sa tasse chaude contre son sternum. «Ça y est, c'est la vraie guerre.

— Un peu trop vraie à mon goût.

— On croirait assister à la fin du monde.»

Chloé hocha la tête. Elle entendait non loin de là des tirs de mitrailleuses, un gémissement aigu de chasseur et un grondement de bombardier. Elle tenta d'interpréter ces indices en veillant à ne pas alarmer Beth. Tout d'abord à leur aplomb, les appareils qui s'affrontaient s'éloignèrent et les sons se perdirent dans le vrombissement régulier et ininterrompu. Elle avait une pellicule de sueur sur le front, les paumes et au-dessus des lèvres. Elle chercha son mouchoir du regard avant de se lever et d'aller dans la cuisine. Elle se lavait les mains lorsqu'elle détermina la nature d'un sifflement qui s'amplifiait rapidement. À peine eut-elle le temps de se précipiter vers Beth et de l'entraîner derrière le canapé que la bombe percutait le sol avec un bruit sourd. Il n'y eut pas de verre brisé, pas de déflagration, seulement un glapissement épouvantable.

«Reste ici, Beth.» Ne pouvant croire qu'elles étaient toujours en vie, Chloé rampa jusqu'à la fenêtre. La bombe était tombée très près, sans doute larguée par mégarde ou pour alléger un bombardier qui regagnait sa base. Certaine que leur mort était imminente, elle lorgna au-dehors pour discerner le chenil pendant que les plaintes croissaient et que les autres chiens se joignaient au concert, mais elle put uniquement constater que des roses s'étaient couchées, comme sous une pluie battante ou un vent violent, et que quelques brindilles et feuilles jonchaient la bordure de la pelouse. Elle se releva.

« Beth, ma chérie, ne bouge pas, d'accord ? » Elle revint prudemment dans la cuisine, paraissant craindre que des mouvements moins furtifs n'attirent l'attention des pilotes. « Reste ici, je t'en supplie. Je vais jeter un coup d'œil.

— Chlo. Contente-toi de téléphoner à la police.

— À quoi bon, si nous ne pouvons pas préciser de quoi il retourne ? »

Elle avait de cette fenêtre une vue dégagée du chenil. Un objet avait traversé le grillage tendu sur les poutres du toit et s'était planté dans le sol. Un cylindre de métal terne numéroté au pochoir et de courts ailerons qui saillaient au-dessus de l'abri. Tommy avait été tué sur le coup. La moitié de sa tête, un œil ouvert, dépassait sous le nez de la bombe. Il avait dû amortir l'impact et empêcher le détonateur de se déclencher. Puffy avait été blessé. Le petit loulou de Poméranie glapissait, ses pattes arrière broyées et coincées sous l'engin. Les autres chiens s'étaient réfugiés aux quatre coins de l'enclos et tremblaient de frayeur, les yeux exorbités, la langue pendante, très différents des animaux de compagnie qu'elle avait nourris un peu plus tôt.

Elle regagna le salon. « Allons chercher tous les matelas. Les nôtres et celui de la chambre d'amis. Nous les placerons contre ce mur. C'est tout ce que nous pouvons faire.

— C'est un bout de carlingue, Chlo ? Un pilote qui a

sauté en parachute ? » Beth se levait en limitant comme sa sœur l'ampleur de ses mouvements.

« Une bombe qui n'a pas explosé. J'ignore les mesures qu'il faut prendre en pareil cas et nous contacterons les autorités sitôt après avoir descendu les matelas. Elles enverront des spécialistes. Il faudra probablement évacuer la maison en attendant qu'ils aient terminé.

— Mais qui glapit comme ça ?

— Le Puffy de Mrs Short. Ses pattes sont bloquées et nous devrons sans doute le faire piquer. Il risque de déclencher le détonateur, s'il continue de s'agiter comme ça. N'en ont-ils pas plusieurs ? » Elle crut entendre un tic-tac, mais ce n'était que l'horloge en marbre de la tablette de la cheminée. « Heureusement que Mrs Short nous a déjà contactées.

— Téléphone tout de suite, fit Beth qui se ressaisissait. Avant toute chose. Tu veux que je m'en charge ? »

Chloé alla décrocher le combiné et composer le 999. La ligne était naturellement occupée.

Le temps de joindre le pasteur, elle avait toujours une voix qui lui semblait posée mais ses yeux étaient larmoyants. « Pourriez-vous envoyer quelqu'un au poste de police ? Ça va vous sembler incroyable mais une bombe qui n'a pas explosé s'est plantée dans notre jardin. Oui. Au milieu du chenil. Un chien a été tué, un autre blessé. Oui, il faudrait abréger ses souffrances. J'attends de vos nouvelles ? Je vais entre-temps téléphoner au vétérinaire. Intervenir sera très dangereux et je ne crois pas qu'il... Oui, je suis de votre avis. Merci. Oui, peut-être. C'est très aimable à vous. » Elle raccrocha, inhala à pleins poumons et composa un nouveau numéro. « Oh, bonsoir, Mrs Lundy ! Miss Scaramanga, de Bank Cottage. Je sais. C'est épouvantable, n'est-ce pas ? Oui ? Non, je n'en ai pas entendu parler, moi non plus. Naturellement. Oui. Pourriez-vous me passer votre mari ? Oh, je vois ! Oui. Je suis désolée. J'espère que tout... S'il peut m'appeler à son retour. »

Elle se dirigea vers le canapé et s'y laissa choir. « Il est là-bas, quelque part.

— Là-bas ? Où, Chlo ?

— Une réception en ville. Il a pris le bus. Elle n'a pas de nouvelles. Elle m'a demandé de libérer la ligne, au cas où il tenterait de la joindre. »

Le téléphone sonna. Beth fit signe à sa sœur de rester assise et alla rapidement répondre. « C'est très aimable à vous, Mr Goozey. Oui, je l'imagine aisément. Nous pouvons donc aller chez vous ?

— Il faut faire quelque chose pour les bêtes, déclara Chloé avec un calme qui l'étonna. Nous propose-t-il de nous installer dans sa crypte ? Vas-y, Beth. Je préfère ne pas bouger d'ici. »

Beth était toujours en communication avec le pasteur. « Il nous reste deux ou trois problèmes à régler. Oui, je n'en doute pas. Je comprends pourquoi ils ont fait cette déclaration. Ne vous inquiétez pas. Nous ne prendrons aucun risque inutile. »

De nouveau installées côte à côte sur le canapé, les sœurs Scaramanga savaient qu'elles ne quitteraient pas Bank Cottage. Elles montèrent peu après chercher les matelas et se barricadèrent du mieux qu'elles purent pour amortir les effets d'une explosion. Quand Mr Goozey rappela, elles lui déclarèrent qu'elles arriveraient le plus rapidement possible. Puffy interrompit enfin ses jappements, ce qui leur permit d'espérer qu'il avait cessé de souffrir. Elles prirent des lampes de poche et firent venir les chiens dans la maison, deux par deux, en veillant à ne pas les affoler pour qu'ils ne heurtent pas la bombe dans la bousculade. Une fois cette évacuation terminée elles braquèrent les faisceaux lumineux sur l'objet menaçant et virent qu'un de ses ailerons bloquait le portail. Pour sortir de Bank Cottage elles devraient se frayer un chemin dans la barrière touffue des ifs. Presque réconfortées par ce constat, elles allèrent chercher les chats qu'elles installèrent dans la chambre d'amis. Les chiens resteraient au rez-de-chaussée, avec elles. Certains léchaient le sang qui maculait leur fourrure. Chloé suggéra de les laver. Beth secoua la tête.

Le téléphone sonna encore. Beth alla répondre. «Je suis vraiment désolée, Mr Goozey, mais nous sommes coincées ici.» Elle gloussa. «Cet engin interdit l'ouverture du portail. Demain, s'ils n'envoient personne, nous tenterons de traverser la haie. Oh, vraiment? Eh bien, si vous pouviez nous envoyer quelqu'un tout de suite ce serait effectivement une excellente chose.» Elle regarda Chloé, qui haussa les épaules.

«Mr Kiss, dites-vous? Nous l'attendons.»

QUATRIÈME PARTIE

JOURS MAIGRES

La dernière église consumée par les flammes, St Stephen, dans Coleman Street, ne s'effacera jamais de nos mémoires car nous l'associons à la Grande Peste de 1665. S'il est improbable que se reproduise une telle calamité, heureusement antérieure à la Grande Conflagration (que se serait-il passé si l'épidémie avait éclaté après l'incendie, parmi les sans-abri qui dormaient sur des carrioles dans Bunhill Fields ?), elle fut bien plus horrible encore que l'immense brasier et, à mon humble avis, que les bombardements de 1940. Y avoir survécu est à mes yeux un exploit aussi remarquable (et moins discutable) que celui de mon ancêtre qui sortit vivant du cachot de Calcutta. L'hécatombe de 1665 a éclipsé les autres, mais il suffit de consulter les archives ou la correspondance des années et règnes précédents pour constater que la peste était une menace constante et que tous vivaient alors dans l'insécurité que les Allemands nous font redécouvrir. Le plus étonnant, au sujet de cette maladie, c'est qu'elle a pratiquement disparu d'Angleterre sitôt après avoir décimé tant de Londoniens. On attribue son éradication à la purification par le feu de la Grande Conflagration, mais cela n'explique pas pourquoi elle a également cessé de faire des ravages partout ailleurs en Angleterre.

JAMES POPE-HENNESSY,
History Under Fire, 1941

Premiers départs 1940

Josef Kiss prit le plan et la lanterne que lui tendait le pasteur et laissa derrière lui les flammes écarlates de Bermondsey pour se diriger vers une bombe qui n'avait pas explosé. Il ignorait tout de la guerre, des incendies et des bombardements, mais il savait ce qu'il avait appris en suivant les leçons de secourisme des brancardiers de St John et disposait d'un casque de l'ARP et d'un brassard indiquant de façon mensongère qu'il appartenait au corps des volontaires de la défense du territoire. Nul n'avait voulu de lui et il s'assimilait à un franc-tireur, un combattant indépendant. Les autorités ayant rejeté sa candidature en tant que Home Guard ou pompier bénévole, il avait acheté ces accessoires et complété sa tenue d'un pantalon d'aspect vaguement officiel, de bottes en caoutchouc et d'une grosse veste. Au vu de son dossier médical, les fonctionnaires avaient décidé avec leur lourdeur bureaucratique habituelle de lui interdire de contribuer à l'effort de guerre, et il s'était autoproclamé secouriste et se tenait constamment prêt à porter assistance à quiconque en avait besoin. Ce serait ce soir-là son baptême du feu. S'il y avait effectivement une bombe qui attendait d'exploser à Bank Cottage (une propriété non indiquée sur son plan où seuls des gazomètres bordaient le chemin de halage) et qu'il se com-

portait honorablement, il s'accorderait une promotion.
Et s'il s'avérait qu'il n'était pas à la hauteur de cette
tâche, sans doute se congédierait-il.

Une mise à l'épreuve qu'il devait au hasard. Il revenait
d'une audition au Kilburn State, de l'autre côté du canal,
lorsqu'il avait vu les bombardiers et s'était souvenu qu'il
avait son casque et son brassard dans sa sacoche. Il lui
aurait fallu un moyen de transport pour gagner East
London ravagé par les flammes, mais aucun véhicule
n'allait dans cette direction. Le raid avait pris les Londoniens au dépourvu. Il avait tenté de téléphoner, de se
présenter aux responsables, mais tous étaient dépassés
par les événements. Le gouvernement semblait estimer
que la ville ne pouvait résister à un bombardement aussi
massif et se contentait de prendre des dispositions pour
que les morts soient rapidement mis en terre, que des
psychologues aillent soutenir les victimes traumatisées et
que les volontaires de la défense civile soient expédiés en
camions et en bus dans les faubourgs afin de les défendre
contre d'éventuelles forces d'invasion. Ils manquaient
d'informations, de lances à incendie, d'ambulances et de
camions, et rien n'avait été prévu.

Que les autorités aient été prises au dépourvu était
encore plus inquiétant que ce raid qui devait être le plus
dévastateur de l'histoire. Mr Kiss se félicitait presque de
ne pas avoir été enrôlé et envoyé en rase campagne.
Lorsqu'il était arrivé dans Dalgarno Road, à la recherche
de pompiers ou de secouristes auxquels il pourrait se
joindre, il n'avait trouvé qu'un pasteur angoissé qui gui-
dait ses ouailles vers la crypte de son église. Mr Kiss
s'était présenté à ce ministre du culte qui l'avait prié
d'attendre avant de lui offrir une tasse de thé dans son
presbytère. Mr Kiss lui demandait où se situait le poste
de l'ARP le plus proche quand le téléphone avait sonné.
Il avait ainsi appris qu'une bombe menaçait Bank Cottage. S'il souhaitait toujours se rendre dans le secteur

dévasté pour extraire les survivants des décombres et éteindre les incendies qui ravageaient Whitechapel et Stepney, il fallait délivrer les deux occupantes de cette maison et il s'était porté volontaire. Il avait à présent dans sa sacoche des cisailles à haies et un vieux cornet acoustique n'ayant pas trouvé preneur lors de la dernière vente de charité. Sa lanterne provenait de la bicyclette du révérend Goozey et un sifflet se balançait au cordon passé autour de son cou. Un objet subtilisé, comme presque tout le reste, dans le magasin des accessoires du Lyric de Hammersmith et qu'il utilisait sitôt qu'il approchait d'un attroupement. « Bombe à retardement ! » lançait-il au passage. « Tout risque de péter d'une minute à l'autre. Bombe-bombàdi-bombadà ! » Il avait fermé son esprit à leurs invectives.

En suivant le plan et les instructions du pasteur il descendit les marches de béton à côté du pont routier et s'engagea sur un chemin de halage sentant la pourriture, l'eau croupie et la végétation non domestiquée. Les bombardiers traversaient toujours le ciel en rugissant mais ils étaient désormais moins nombreux et il entendait les batteries de DCA londoniennes cracher des gerbes d'obus traçants sur les cibles que leur désignaient les projecteurs. L'air était âcre et la fumée agressait ses yeux. Il ne pouvait imaginer ce qui se passait dans la zone bombardée. Bien qu'il eût une idée assez précise du lieu où il se trouvait, il consulta sa boussole et repartit vers l'ouest. Les ténèbres étaient menaçantes, les flots nauséabonds clapotaient à ses pieds et au-delà un chaos écarlate nimbait un monde dévasté. Pour se détendre, il utilisait régulièrement son sifflet et criait : « Bombe ! Bombe ! Bombe qui n'a pas explosé ! » Il espérait que le son strident rassurerait également les femmes qui l'attendaient, sans doute blotties l'une contre l'autre à côté du téléphone, priant pour qu'il sonne, mais n'entendant que le tic tac de la machine infernale.

nous péchons par suffisance sitôt que nous l'emportons sur une autre personne, Mrs C., surtout s'il s'agit d'une épouse ou d'un mari. Nous n'avons pas conscience que les conseils et sermons que nous leur prodiguons sont aussi éculés que la situation elle-même. Quelles mesquines trahisons sont parées de dorures par notre ego hypertrophié ! Quelles scélératesses et quelle avidité innommable justifions-nous en attribuant nos actes à l'amour ! Plus la trahison est grande, plus les sentiments qui la motivent se doivent d'être profonds. Et je ne vous parlerai pas de la pitié, cette commisération abjecte que nous accordons à nos victimes ! De l'inhumanité avec laquelle nous les effaçons de nos vies. Sommes-nous tous identiques ? Certains d'entre nous admettent-ils que leur conduite n'a aucune excuse morale ? Je croyais que c'était terminé, qu'il avait rongé tous ces os, et voilà qu'il en extrait la moelle. Mrs O'Dare avait douze amants. Un pour chaque mois de l'année, ai-je dit. Parlons plutôt d'apôtres, a-t-il rétorqué. Quelim na fose, oh mon Dieu vous êtes meilleur que moi

Mr Kiss pressait le pas et son casque tressautait. Il savait qu'il n'avait pas toute sa raison et se retrouverait dans un asile si la supercherie était découverte, mais il s'inquiétait pour les sœurs Scaramanga. Il se remit à siffloter pendant que derrière lui le ciel entrait en ébullition : un maelström d'étincelles démesurées, de tourbillons de flammes écarlates, de montagnes instables de fumée orangée, jaunâtre, blanche ou noire. Saisi d'horreur, il s'arrêta pour regarder et tendre l'oreille. La ville hurlait. Il n'aurait jamais cru qu'un raid aérien pouvait être aussi ravageur. Que cette mission humanitaire l'eût éloigné du brasier le soulageait presque. Il avait perdu tout désir de plonger au cœur du danger, non seulement parce qu'il doutait qu'il y eût un seul survivant, mais surtout à cause des entités qui se matérialisaient au-dessus de l'agglomération embrasée :

cavaliers frénétiques galopant sur des chevaux couverts d'écume au sommet de falaises fuligineuses ; géants nus qui se contorsionnaient dans les affres de l'agonie au fond de chaque vallée, les yeux embrasés par la souffrance et la terreur ; créatures difformes qui émergeaient de sombres cavernes pendant que toutes les bêtes de l'apocalypse le lorgnaient, baragouinaient et bavaient en quittant le chaos qui les engendrait et que des démons noirs se dressaient en brandissant leurs glaives incandescents de mercure et de cuivre en fusion pour jouir du spectacle offert par la cité mourante. Il gémit. Il n'avait jamais tant douté de ce que lui révélaient ses sens car ce qu'il voyait était inconcevable. Il tourna le dos au brasier pour repartir sur le chemin de halage. Assailli par un déferlement de cris faussés par l'angoisse, il eut le souffle coupé, hoqueta, mais conserva son allure et son cap. Sa lanterne lui révélait des touffes d'herbe et quelques tas de crottin, puis une étendue huileuse irisée quand sa clarté se répandit sur les flots.

Les voix revenaient à la charge, encore plus virulentes et pressantes, si brutales qu'elles manquèrent le déséquilibrer et le faire choir. Tous ces malheureux étaient désorientés, en proie à d'indicibles tourments physiques et psychiques, et il prit conscience de s'être joint à eux. Ce hurlement assourdissant était comparable au souffle d'une bombe qui menaçait de le dépouiller de ses vêtements. Le sifflet glissa d'entre ses lèvres, rebondit sur sa poitrine. Il se courba comme s'il avait reçu un coup de pied à l'aine et tenta désespérément de se ressaisir. « Oh, Dieu ! » Il subissait l'assaut de tous les démons de l'Enfer, de toutes les âmes en peine qui réclamaient la fin de leurs tourments. Il se mit à courir, trébucha et chut tête la première. « Non ! Laissez-moi ! Je ne recommencerai pas ! Je prendrai ces maudites gouttes ! Pitié ! » Ses doigts griffèrent la poussière, sans y trouver de prise.

Il y avait des mots, des visages, des silhouettes fantastiques et un vent qui le cinglait et l'assourdissait, des rafales qui suivaient le canal et changeaient les flots en gerbes et tourbillons. Il était trempé. Un canot automobile passa. Son moteur emballé l'emportait à une telle vitesse que le moindre obstacle serait fatal à ses occupants. Les voix décrurent, se changèrent en chuchotements. Mr Kiss se mit à quatre pattes et chercha sa lanterne à tâtons. La pile n'était pas déchargée, mais les contacts laissaient à désirer. Il serra la vis du sommet du boîtier puis s'en servit pour chercher son plan et son casque. En s'adressant des reproches, il essuya la sueur de son front, épousseta ses vêtements et s'intéressa à un mur de briques. Il y discerna de grosses lettres noires décolorées : GLCC. Il avait donc atteint l'usine à gaz et, si les indications fournies par le pasteur étaient exactes, il n'était plus qu'à une centaine de mètres de Bank Cottage. Il se mit à chanter, pour couvrir les murmures qui se réverbéraient encore dans son crâne.

> Londres, tu combles tous mes désirs,
>   Car tes femmes sont lascives et gaies,
> Et les plus douces qu'on peut choisir
>   En veulent à notre porte-monnaie.

> Oh, Maggie, Peg, Bess, Jennifer,
>   Je délie ma bourse sans regrets,
> Car mieux vaut rôtir en Enfer,
>   Que renoncer à vos minets.

Et, croyant avoir reconnu le rire de Lucifer en personne, il orienta sa lanterne vers le mur puis vers le canal, au rythme de sa voix de baryton, comme pour défier Satan d'oser le foudroyer. Le chemin de halage se rétrécissait et les débris brassés par le sillage du canot automobile dansaient sur les flots. Il s'arrêta à côté d'un grillage surmonté de barbelés qui le séparait de collines de charbon et de coke, et au-delà des grandes silhouettes tubulaires des gazomètres ; des citadelles romanes dont les hauteurs allaient se perdre dans les ténèbres. Il s'imagina voir les forteresses des dieux londoniens qui s'éveilleraient d'un instant à l'autre pour aller affronter et châtier les agresseurs. Ces cuves étaient pleines aux deux tiers et, ignorant tout de la nature des gaz qui y étaient stockés, il se demanda si elles exploseraient ou se contenteraient de s'enflammer si une bombe les atteignait. Les vider eût été une mesure de prudence élémentaire, mais c'était sans doute une opération compliquée et délicate. Il atteignit l'extrémité de la clôture et se sentit en sécurité sitôt qu'un mur les sépara. À quelques pas débutait une haie si dense qu'elle paraissait lui offrir une meilleure protection que l'enceinte de l'usine à gaz et il se sut arrivé à destination. Il s'arrêta, redressa son casque et s'interrogea sur ce qu'il convenait de faire.

Il finit par utiliser son sifflet avant de crier dans les ifs : « Ohé, là-dedans ! Ohé, là-dedans ! » Pas de réponse. Faute de savoir où se trouvait la maison dissimulée par la barrière végétale, il la longea jusqu'à deux rambardes scellées dans le sol. Sa lanterne lui révéla qu'il avait atteint le mouillage dont lui avait parlé le pasteur. L'entrée se trouvait sur sa gauche. De l'est lui parvint un grondement de monstre fabuleux venant d'être libéré et il leva instinctivement le bras pour protéger ses yeux. L'explosion illumina un étroit sentier qui s'achevait par un alignement de briques descendant vers le bassin où il discernait l'ombre d'une petite embarcation. Une échelle métallique donnait accès à un débarcadère minuscule. Il se tourna vers une lourde porte de fer forgé surmontée d'une tresse de barbelés. Il braqua le faisceau vacillant de sa lampe au-dessus d'une grosse serrure encastrée et vit entre les barreaux la totalité d'un aileron et un fragment d'un autre. Sur la droite, le fuselage disparaissait dans une sorte de cabane. Même si le portail n'avait pas été verrouillé, il n'aurait pu le pousser sur plus de cinq centimètres sans heurter la bombe allemande ; des engins qui étaient magnétiques, croyait-il se souvenir. N'avait-il pas lu dans un communiqué gouvernemental qu'il ne fallait jamais les toucher avec quoi que ce soit de métallique ? Que son cornet acoustique fût en ivoire et en corne lui procura une satisfaction totalement injustifiée.

> « Comme le papillon, elle était belle,
> Et aussi fière qu'une reine,
> La si jolie Polly Perkins
> Qui vivait à Paddington Green...

« Ohé ! Ohé, là-dedans ! Ohé, la maison ! » Il avait oublié les noms des propriétaires. « Mesdames ? Mesdemoiselles ? Ohé ! Je suis Mr Kiss, votre sauveteur. C'est le pasteur qui m'envoie ! » Il orienta la lanterne vers les fenêtres. Si elles avaient été condamnées, ce n'était pas avec le papier utilisé pour le black-out. « Allez-vous bien, mesdames ? »

Une réponse étouffée.

Il plaça ses mains en porte-voix devant sa bouche. « Pourriez-vous parler plus fort ? »

Un appel que couvrit une formation de Heinkels passant à basse altitude, leurs silhouettes révélées à l'occasion par le faisceau d'un projecteur et un obus traçant. Mr Kiss tentait de calculer les probabilités pour qu'ils larguent le contenu de leur soute sur les gazomètres quand ils virèrent et disparurent dans la nappe de fumée qui s'élevait à l'est.

« Êtes-vous ici pour la bombe ? » Un cri lointain, au timbre féminin.

« Absolument, madame. Je ne peux pas ouvrir ie portail.

— Surtout, abstenez-vous-en ! »

— Ce serait impossible. Il est verrouillé. J'ai été informé de la situation. Je vais essayer de dégager une brèche dans la haie. Si vous entendez des bruits, n'ayez crainte. Ce ne sera que moi ! »

C'est cette année-là que je suis tombée enceinte. Pourrai-je l'oublier ? Cette douleur. Plus intense que n'importe quel plaisir. Un souvenir épouvantable. Et le sang ! Je n'ai jamais pu dépouiller un lapin, depuis. Même les poulets m'y font parfois penser. Qu'est-ce qu'elle raconte ?

Mr Kiss remonta son casque et sortit de son sac les cisailles du pasteur. Les ifs étaient de toutes parts touffus et imbriqués. Cette haie devait avoir deux siècles. Il envisagea de creuser une galerie pour passer par-dessous mais présuma que les racines s'enfonçaient aussi bas dans la terre que les branches montaient haut dans le ciel. Il savait que les femmes bloquées dans cette maison tentaient de dompter leur panique, de chercher refuge dans un passé qui s'embrouillait et dans lequel elles s'égaraient ; des vies vécues le plus pleinement possible. Elles devaient avoir conscience des difficultés qu'il lui faudrait surmonter pour arriver jusqu'à elles. À titre d'essai il chargea le feuillage qui, comme irrité par cette agression, protesta par des bruissements mais fut inébranlable. Des aboiements s'élevèrent au-delà. Des poulets caquetèrent. Il y avait là toute une ménagerie. Puis une des femmes cria.

« Vous n'avez rien à craindre, madame ! » Il retira son casque pour se gratter la tête et constata que ses cheveux étaient aussi poisseux qu'à proximité d'un abattoir. Il lui aurait fallu une hache au fer bien affûté ou une grande échelle. « Tenez bon ! »

qui héritera des décombres inutile de poser ta question

Josef Kiss regagna le chemin de halage en gardant les yeux baissés pour ne pas voir les incendies et les silhouettes des démons qui les harcelaient, puis il obliqua vers la clôture de l'usine à gaz. Il braqua sa lampe sur le grillage et les tas de charbon se trouvant au-delà puis il utilisa ses cisailles en s'étonnant que les mailles cèdent si facilement. Il dégagea une ouverture assez large pour qu'il pût s'y glisser et se retrouva dans les contreforts d'une colline de houille en n'ayant eu à déplorer que des égratignures. D'autres avions passèrent, à trop haute altitude pour qu'il pût les identifier. Il entendit du côté de Bow une succession d'explosions qui lui firent penser à un chapelet de pétards géants et dans le lointain des hurlements. Il les contraignit à battre en retraite et se félicita de l'expertise qu'il avait acquise. Il progressa sur les morceaux de coke et atteignit un portail fermé par une longueur de fil de fer torsadé plus résistant que celui du grillage, mais les battants finirent par s'écarter et il les poussa en grand.

Il entra dans une cour et une ampoule électrique s'alluma devant lui, une porte s'ouvrit. «Qui va là? fit une voix à l'accent cockney prononcé. Len! Appelle la flicaille. Y a des voleurs!

— Oh, merde!» commenta Josef Kiss.

Pourquoi est-il reparti, Chlo?

«Sans doute pour aller chercher de l'aide.» Chlo humecta ses lèvres. «Le pasteur a parlé d'un spécialiste. Il doit s'y connaître. S'il nous estimait en danger, il serait intervenu.

— Tout ce que je demande, c'est qu'il n'ait pas fait bouger la bombe. J'ai cru l'entendre bourdonner. Ont-elles une minuterie?

— J'aimerais le savoir.» Chlo but une gorgée de thé froid et pria pour que les employés du téléphone rétablissent la ligne. Elle avait été coupée juste après leur entretien avec Mr Goozey.

Elle avait arrêté la radio car le discours rassurant qui y était diffusé n'avait de toute évidence aucun fondement. Elles l'avaient toutefois remise pour écouter les mouvements les plus délassants des *Planètes* de Holst et, si le contraste entre cette musique et ce qui se passait à l'extérieur l'angoissait, son sens de l'humour était inversement proportionnel à la confiance que lui inspiraient les autorités. « Il ne manquait que ces coups de timbales martiennes pour compléter ce grand spectacle, dit-elle à Beth.

— Nous en aurons bientôt plein les oreilles, si ce machin explose. Je parie que ce type a un masque à gaz. Comme le jour où le poêle a eu des fuites et qu'ils ont envoyé un employé vérifier, un autre prendre des notes, un autre inspecter les tuyaux, un autre apporter les pièces de rechange, un autre les sortir de leur emballage et un autre les mettre en place. Celui-ci a dû établir un diagnostic. Le suivant passera rédiger un rapport dans quatre ou cinq semaines et deux mois s'écouleront avant qu'une personne qualifiée vienne désamorcer la bombe. » Beth sourit en caressant un épagneul.

« Ce qui est certain, c'est que nous ne risquons pas de manquer d'œufs. » Chloé rit, ce qui l'étonna.

Beth l'imita et fut bientôt en pleurs. « Oh, doux Jésus ! hoqueta Beth. Oh, Chlo ! Oh, Chlo ! »

Elles gagnèrent la cuisine d'un pas chancelant pour dresser un inventaire de leurs réserves. Elles burent un verre de sherry et rebouchèrent avec soin la bouteille, comme la fois précédente, puis elles établirent une liste.

Elles avaient une miche de pain complet et, dans le garde-manger, deux tranches de lard et plus d'une demi-livre de margarine. Elles disposaient de sept sachets de Brooke Bond, d'une livre d'Assam, d'une livre de Darjeeling, de presque autant de café colombien moulu et d'un stock de boîtes de conserve que leurs riches cousines d'Oxford leur avaient apportées avant d'aller attendre la fin de la guerre dans les collines de Cotswold. La plupart de ces denrées provenaient toutefois de chez Harrods et Fortnums et ne permettaient pas de subvenir à leurs besoins quotidiens.

« Nous ne risquons pas non plus de manquer de cœurs d'artichauts et de pointes d'asperges. » Chloé inscrivait des nombres sur son carnet à spirale. Elles rirent puis répertorièrent les boîtes de jambon par marque, poids et forme. Elles décidèrent ensuite de classer le pâté de foie gras à l'once.

« Nous pouvons établir plusieurs listes. » Beth lança à sa sœur un regard pétillant d'ironie et de folie partagée. « Une pour celles au-dessous de quatre onces, une autre pour celles d'un poids supérieur, et ainsi de suite. C'est quoi, ça ? » Elle étira le bras sur une étagère obscure du garde-manger et ses doigts se refermèrent sur du métal. « Pas une autre bombe, j'espère ?

— C'est le stilton que nous comptions déguster à Noël, répondit Chloé en grimaçant. Il doit être à point, non ?

— Nous devrions faire un festin. La tradition ne veut-elle pas que ceux qui vont mourir s'empiffrent ? »

Chloé sourit, gênée. « Cet état d'esprit laisse à désirer, Beth. Nous en avons déjà débattu. Certaines boîtes ne portent aucune indication. Faut-il les classer en fonction de leur taille ou de leur diamètre ? »

L'électricité fut coupée et elles entendirent un coup sourd sur le toit. « Oh, mon Dieu ! » Beth posa le pâté de saumon. « Ce n'est pas vrai ! »

Il y eut des cris, mais elles ne purent déterminer s'ils exprimaient de la souffrance, s'il s'agissait d'instructions qu'on leur adressait ou s'ils étaient simplement destinés à les rassurer.

« On dirait que c'est cet homme. » Chloé guida sa sœur vers la table où elle avait posé les lampes de poche. Elle fit de la lumière et éclaira le plateau pour que Beth trouve plus facilement la sienne. Les bruits et vociférations qui leur parvenaient des hauteurs semblaient indiquer que quelqu'un s'y débattait.

« Il est sur le toit ! » Des mots que Beth accompagna

d'un rire plus posé. «Il a rompu les fils électriques! Doux Jésus, il va se faire électrocuter!

— Et mettre le feu à la couverture de chaume.»

La voix se fit plus nette. «Ohé, là-dedans! Est-ce que ça va?

— Il a sauté en parachute! Enfin, il ne manque pas de ressources.» Beth leva la tête dans sa direction approximative. «Faites attention, monsieur. Vous avez arraché notre ligne électrique!»

D'autres personnes criaient au loin et elles entendirent quelqu'un se démener à l'extérieur sitôt qu'elles furent au premier. Elles entrèrent dans la chambre d'amis occupée par les chats, et les persans les dévisagèrent pendant que les siamois déambulaient avec dignité en leur adressant des miaulements interrogateurs. «Empêche-les d'approcher, Beth, dit Chloé en ouvrant la fenêtre. Nous voici, monsieur le préposé!»

Se découpant contre la clarté éblouissante de la ville en feu elles discernèrent deux jambes gainées de bottes en caoutchouc, une pluie de chaume, un torse massif et une tête. Des bras s'étiraient au-dessus d'un homme bien en chair, plus jeune et séduisant qu'elles n'auraient pu s'y attendre. Elles lurent ARP en lettres blanches sur un casque posé de guingois au sommet de son crâne. «Bonsoir, mesdames, fit-il, le souffle court. Les secours sont là!»

Consciente que Chloé gardait plus facilement son sérieux qu'elle, Beth se chargea d'aller calmer les félins. «C'est très aimable à vous d'avoir fait un saut chez nous, déclara Chloé, imperturbable. Mais savez-vous que vous avez emporté notre ligne électrique?

— C'était donc ça? Oh, merde! Pardonnez-moi, mesdames. Oh, merde! Nous avons utilisé une échelle pour franchir la haie et Len et Fred ont lâché prise. J'ai basculé avec elle et me suis retrouvé sur votre toit. Si elle avait été métallique, j'aurais grillé. Vous me voyez confus. Ah!

— Que se passe-t-il, monsieur le préposé ?

— Je crains de ne pas pouvoir rester suspendu encore longtemps. » Il baissa les yeux. « Qu'y a-t-il, au-dessous ?

— Le grand-duc Adolphe de Luxembourg. » Chloé lorgna vers le bas. « Touffu mais guère épineux. Il a dû donner ses dernières fleurs de la saison et si vous tombez sur…

— Hein ? » Kiss gémit.

Beth le prit en pitié. « Nous allons essayer de vous tirer à l'intérieur. Écraser ce rosier serait vraiment dommage. » Elle se pencha pour agripper la taille de son pantalon et sa sœur l'imita. « Là ! Maintenant, lâchez-vous d'une main pour attraper l'appui de la fenêtre. Parfait. Plus vite. Oui, la jambe à présent. C'est bien. Je ne vous aurais pas cru aussi souple. Oh, pardonnez-moi ! Je ne voulais pas… »

Josef Kiss cala un genou massif sur le rebord et tendit les doigts vers l'encadrement. « Vous n'êtes pas la première à vous en étonner, compte tenu de mon léger surpoids. Mais je ne m'offusque pas pour si peu. Je pète de santé, voilà tout. Le plus ennuyeux, c'est que j'ai abîmé ma veste. » Elle s'était déchirée lors d'une de ses acrobaties nocturnes. « Votre toit n'est plus en danger, mesdames. »

Elles l'aidèrent à pénétrer dans la pièce dépouillée et il parut surpris d'y voir tant de chats. Beth laissa le faisceau de sa lampe s'attarder sur le portrait de Florence Hackwood et Mr Kiss releva aussitôt la ressemblance. « Est-ce vous, en grand apparat ? demanda-t-il à Chloé.

— C'est une de mes aïeules, répondit-elle, gênée. Enfin, il nous reste du gaz, beaucoup de gaz. Et du thé. En voulez-vous une tasse ?

— Je suis venu vous évacuer, mais c'est très aimable à vous. J'ai la gorge sèche depuis que j'ai pris congé de ce pasteur. Il y a des siècles, me semble-t-il. Vous aviez perdu tout espoir de me revoir, je présume ? » Il expulsa tant d'air de ses poumons qu'on aurait pu croire qu'il avait accumulé en lui le souffle de la moitié des explosions.

Beth regarda ailleurs. « Oh, non ! Mais où avez-vous déniché une échelle ?

— Je l'ai réquisitionnée. » Fier de son exploit, il assimilait cette question à des félicitations. « J'ai trouvé tout près d'ici deux veilleurs de nuit ni très jeunes ni très dégourdis, mais qui disposaient d'un tel accessoire. C'était le seul moyen d'arriver jusqu'à vous. Je regrette vraiment, pour la ligne électrique.

— Nous ne faisions rien de bien intéressant, quoi qu'il en soit. » Beth calqua son expression sur celle de sa sœur. « Nous manquions de sensations fortes depuis près d'une heure. »

Insensible à leurs sarcasmes mais pas à leur situation, Josef Kiss se ressaisit. « Vous devrez sortir par où je suis entré. Puis j'irai jeter un coup d'œil à cette machine infernale. Un des employés du gaz est allé avertir un responsable. Je suppose que ces messieurs ne souhaitent pas voir une bombe exploser à côté de leurs installations. Les risques de pertes financières les inciteront à ne pas lambiner !

— Pourquoi ne pas nous contenter de les attendre, en ce cas ? » Chloé repoussa dans les angles des chats attirés par leur curiosité. « Poo ! Crispin ! »

Beth referma la fenêtre et dit sur un ton d'excuse : « Ils le font exprès pour nous embêter. Vous savez comme ils sont. » Puis elle fournit des explications en descendant l'escalier. « Il n'y avait pas d'autre solution que les regrouper dans cette pièce. Mais ils ont leurs habitudes et nous tiennent rigueur de les bouleverser. »

Chloé alla vers l'évier et Josef Kiss leva sa lanterne pour qu'elle pût emplir la bouilloire. « Je n'ai pas de chats. Seulement des enfants.

— Ils ne nous appartiennent pas. Nous les avons en

pension. » Chloé hésita puis alluma le gaz. « Combien en avez-vous, préposé ?

— Deux et un troisième qui est encore au chaud dans le ventre de sa mère. À Harrow. J'ai envoyé ma femme chez ses parents, au pays de Galles, mais elle est revenue. Elle a l'impression d'être en pays étranger, là-bas. Ils lui ont fait payer une croûte de pain pour le bébé qui mettait ses dents et cela l'a tant choquée qu'elle déclare préférer mourir à Londres sans bourse délier plutôt que se ruiner pour vivoter au milieu des Gallois.

— La malheureuse ! » Chloé envisagea de sortir un Dundee de sa boîte. « Tant de gens ont regagné la capitale en croyant que le pire était passé ! Je sens – oh, Dieu – tous ces pauvres enfants de l'East End ! »

Beth aida Josef Kiss à retirer sa veste. « Je vais la raccommoder. Nous avons une lampe à pétrole. L'électricité a toujours été pour nous un luxe. Nous pouvons vivre en autarcie, en cas de besoin. Nous nous tenions prêtes à toute éventualité… mais pas à avoir une bombe dans notre jardin, évidemment. »

Chloé trouva le rire de Beth bien trop aigu et elle fit claquer la bouilloire sur le réchaud. « Cherche des biscuits, ma chérie.

— Nous avons ce quatre-quarts.

— Ce ne serait pas de circonstance, voyons. »

Consciente d'avoir irrité sa sœur, Beth glissa l'index dans l'accroc du vêtement. Mr Kiss tendit la main pour reprendre son bien.

« Je le raccommoderai. J'ai des doigts de fée, quand je tiens une aiguille.

— Étiez-vous un marin ?

— Je viens du monde du théâtre. Un autre milieu où un homme ne peut compter que sur lui-même.

— Vous avez été blessé ? s'enquit Chloé qui se tenait devant la cuisinière. Mon pauvre ami. Nous nous attendions à voir un octogénaire. »

Beth suspendit la veste sur le dossier de la chaise.

«Pourquoi ne pas contourner les matelas et vous asseoir, préposé? Ils absorberont le souffle de l'explosion et les murs ont plus de soixante centimètres d'épaisseur. Ils ont mis des gravats en sandwich entre deux parements en pierres. Ils savaient s'y prendre pour construire des maisons indestructibles, à l'époque.»

Conscient d'avoir raté son entrée, Josef Kiss se ressaisit à l'instant où les petites voix se manifestaient de nouveau. Comme à son habitude, il les chassa par des paroles. «Mesdames, mesdemoiselles, le temps presse. J'ai un dispositif d'écoute dans ma sacoche. Si vous m'y autorisez, j'irai dans votre jardin…»

Elles allumèrent et lui remirent une lampe à pétrole: une belle dame style Art nouveau qui tenait un bol de cristal vert d'où saillait un manchon recouvert d'un abat-jour translucide d'un bleu laiteux. «Elle est magnifique, commenta-t-il, rayonnant. Française, n'est-ce pas?

— Belge.» Chloé lui fit signe d'avancer. «Le jardin?

— J'y ai laissé choir mes outils.

— Comme vous voudrez. Le temps que l'eau soit portée à ébullition. Pouvons-nous faire quelque chose?

— Rien. C'est la porte d'entrée, n'est-ce pas?

— Nous ne l'empruntons jamais. Nous passons par celle de la cuisine. De l'autre côté.»

Il alla lever la clenche du loquet. «Tout est très campagnard, ici.» C'était un compliment.

«En effet.» Beth sourit encore.

Pendant que Mr Kiss cherchait sa sacoche, Beth et Chloé se donnèrent des tapes sur les cuisses et les épaules, une manie remontant à leur enfance qui réapparaissait sitôt qu'elles redoutaient d'être surprises en plein fou rire. «Tu t'es ridiculisée, murmura avec gentillesse Chloé. Alors que tu n'es même pas attirée par les hommes.

— Je voulais respecter les lois de l'hospitalité.

— Ce balourd nous a privées d'électricité et je crains qu'il nous fasse sauter. Il faut parfois prendre ses distances, Beth. » Mais Chloé ne pouvait garder son sérieux.

Beth lui donna une autre tape. « Il va nous prendre pour deux hystériques.

— N'est-ce pas ce que nous sommes ? Mais il est amusant. Singulier. Un comédien de la vieille école. » Chloé se tut en voyant Mr Kiss tendre sa tête casquée dans la pièce. Il souriait comme s'il avait entendu leurs propos et voulait les mettre à leur aise.

« J'ai récupéré mon bien. Il ne me reste qu'à examiner l'engin et rédiger un rapport. »

Chloé souffla puis inhala, dans les deux cas avec bruit. Elle s'appuya sur Beth pour s'asseoir sur le canapé.

« Seriez-vous souffrante, chère madame ?

— Elle est seulement un peu… tendue. » Beth savait qu'elle rougissait. « Elle. Hee-hee. Elle va bien. Hee-hee. Oh, Seigneur !

— Si vous en êtes certaine… » Il entra et Chloé n'eut qu'à soutenir un court instant son regard pour savoir qu'il n'était pas dupe. Elle craignit de l'avoir sous-estimé et frissonna. « Je vais procéder à une inspection préliminaire, annonça-t-il. Je prendrai mon thé ensuite, si ça ne vous ennuie pas. »

Vaguement honteuse de sa conduite, elle leva la main comme pour le saluer.

Mr Kiss contourna la maison. Les poules de concours avaient regagné leurs perchoirs pour la nuit. Elles caquetèrent lorsqu'il atteignit la petite allée gravillonnée qu'il suivit jusqu'au chenil au toit défoncé. Il vit le chien écrasé par la bombe et le faisceau de sa lampe révéla un mouvement ; il s'était reflété sur les yeux de Puffy qui haletait et geignait de souffrance, un son presque inaudible. L'animal paraissait si fragile, si tourmenté, que Mr Kiss éloigna la lumière et lui adressa des murmures apaisants. Ses pattes étaient toujours coincées sous l'engin. Il s'accroupit dans l'obscurité. Le métal était chaud et semblait vivant. Il chercha à tâtons la tête du chien et la caressa. Sans réfléchir à ses actes il sortit les cisailles de la sacoche pour creuser le sol. Il avait calé la lanterne contre sa jambe pour stabiliser son faisceau et s'interrompait sitôt qu'il craignait de heurter la bombe, tout en priant pour que la machine infernale tenue en équilibre par le corps broyé et ensanglanté de l'épagneul ne bascule pas.

Les souffrances de Puffy croissaient au fur et à mesure que la pression se réduisait, mais le loulou restait tranquille et léchait la main de son sauveteur qui prit sa patte dans sa paume pour le tirer vers lui de l'autre main. La chair avait été réduite en bouillie mais Mr Kiss n'aurait pu dire s'il faudrait ou non le piquer. Il sortit de son sac kaki le cornet acoustique et sa boîte à sandwich en ferblanc puis enveloppa doucement dans la toile l'animal qui gémissait sans aboyer ni japper.

Mr Kiss secoua la tête et soupira en se redressant avec le chien dans les bras. Il regarda la bombe sous la clarté de la lampe. Il s'en élevait un murmure de plus en plus sonore et angoissant. Il était évident qu'elle ne tarderait guère à exploser.

Il regagna lentement la maison et poussa la porte du pied.

mourir dans des circonstances aussi idiotes n'est pas du tout ce que j'avais imaginé

« Oh, il est vivant ! » Beth se précipita pour prendre l'animal. « Pauvre Puffy.

— C'est très courageux de votre part, fit Chloé d'une voix vibrante de respect. Et très gentil, Mr Kiss.

— Gentil ? » Il s'assit. « Partir d'ici devient urgent, mesdemoiselles. Il va falloir placer l'échelle au-dessus de la haie pour vous faire évacuer les lieux. Fred vous aidera.

— C'est donc sérieux à ce point ?

— Je le crains. Avez-vous une boîte à outils ?

— Elle ne contient pas grand-chose.

— Pourriez-vous aller la chercher ? Nous monterons ensuite au premier pour installer une passerelle improvisée à la fenêtre de votre chambre d'amis.

— Prenez le temps de boire votre thé. J'espère qu'il est encore assez chaud. Vous avez passé un long moment à l'extérieur. Je peux aller appeler ce Fred ?

— Si ça ne vous ennuie pas. »

Beth lui tendit la tasse. « Prenez plusieurs sucres. Vous en avez besoin.

— Je ne suis pas un amateur de sucreries, en temps normal. » Mais il ne protesta pas quand elle laissa tomber trois morceaux dans le breuvage qu'il prit d'une main tremblante. « Je me sens un peu las. »

Beth alla au pied de l'escalier situé entre la cuisine et le salon pour crier : « Tu m'entends, Chlo ?

— Cinq sur cinq. Reste avec Puffy et le préposé.

— L'avez-vous fait souvent ? » Beth lui présenta une assiette bleue et blanche contenant des biscuits au chocolat. « Désarmer une bombe ? Quel terme employez-vous ?

— Désamorcer ou neutraliser. » Il s'étonnait de pouvoir s'exprimer avec tant de désinvolture. « J'ai eu plus que ma part d'émotions fortes, croyez-moi, mais rien n'est pire qu'une soirée à Cleethorpes, comme disent les comédiens.

— Où ça ?

— Cleethorpes. » Il but la dernière goutte de thé. « Prenez quelques affaires pour la nuit, mais sans perdre de temps. Le rideau tombera dans un quart d'heure, quel que soit le dénouement.

— J'emmène Puffy. S'il ne peut le sauver, le vétérinaire abrégera ses souffrances. Bonne chance, Mr Kiss. »

Il inclina la tête. Il était en sueur. Il sourit, comme il

seyait à un héros. « Ce gros pétard sera bientôt aussi inoffensif qu'un nouveau-né. »

drôle que rien ne se passe jamais comme on l'a prévu je me demande s'il sait

Quand Beth eut emporté Puffy au premier, Mr Kiss prit la porteuse de la lampe à pétrole par sa taille de guêpe, autant pour bénéficier de sa compagnie que de sa clarté. Un des chiens voulut le suivre et il lui ordonna de rester à l'intérieur. « Dieu sait quels dégâts tu pourrais provoquer ! »

Il alla s'installer à côté de la bombe, à peine conscient de jouer un rôle. Il était désormais convaincu de connaître ses mécanismes, de pouvoir lire ses pensées rudimentaires. Il se gratta la tête puis appliqua prudemment ses paumes sur l'engin, presque certain de pouvoir le désamorcer par la seule force de sa volonté. Puis il perçut derrière lui un mouvement, une lumière, et il leva les yeux.

« Les outils que vous avez réclamés. » Chloé le dévisageait, déconcertée. « Tout va bien, n'est-ce pas ? Je croyais qu'ils envoyaient toute une équipe.

— Nous manquons de personnel, comme vous pouvez l'imaginer. » Il éloigna ses mains de la bombe pour les caler sur la caisse en bois peinte en vert que Chloé venait de lui apporter. Il fit l'inventaire de son contenu avec ce qu'il espérait être un regard d'expert. « Vous devriez partir. Avez-vous mis l'échelle en place ?

— C'est parfait. Avez-vous besoin d'autre chose ? » Elle s'adressait à lui comme à un vieux camarade, les conséquences de cette intimité qui s'établissait spontanément en temps de guerre. Il l'appréciait. Cela le détendait.

« Dites aux gens du voisinage de ne pas emprunter le chemin de halage. Je présume qu'il y a d'autres maisons, à proximité. Len et Fred devraient s'éloigner, eux aussi.

— Alors, il ne me reste qu'à vous souhaiter bonne

chance, Mr Kiss. » La main qu'elle lui tendit pour sceller
leur amitié était chaude. Puis elle regagna le cottage et il
examina l'ogive de la bombe. Il savait que la retirer coupait des contacts électriques. Il attendit que les sœurs
aient franchi la haie et soient sur le chemin du presbytère.

Puis arrive la reine, si belle et si royale,
En hauts talons et boucles la voilà qui pédale,
Superbement juchée sur cette bicyclette,
Elle paraît rajeunie, toujours plus guillerette,
Salomon, conseiller droit sorti de la rue,
La ligne de Vickey a si bien soutenu,
Que le prince de Galles et le prince Tick viendront
    (s'ils peuvent)
    Inaugurer le Viaduc et le Pont.

Les chevaux et les ânes, bientôt, folâtreront,
Sans plus risquer de se fouler les paturons,
Ceux de la S.P.A. soupirent et jubilent,
    Nous pouvons dire adieu à la vieille Holborn Hill.

Il chantait pour tenir à distance les voix et pensées non
désirées. Au moins ne voyait-il plus une étendue aussi
importante du ciel et des avions qui le peuplaient. Il leva
la dame luminaire et fit danser sa chaude clarté sur le nez
de l'engin. Il y discerna une encoche et posa la statuette.
Il ouvrit la boîte à outils et en sortit un tournevis dont il
cala la lame dans l'évidement pour tenter d'imprimer une
rotation à l'ogive. Un sifflement inquiétant s'en échappa,
comme s'il venait de déranger une vipère. S'il assimila ce
son à un mauvais présage, il ne se laissa pas intimider et
exerça une autre poussée.
    Le cône grinça et pivota. Il s'enfonçait dans la tête du
chien mort qui le calait et offrait à Mr Kiss suffisamment
d'espace pour qu'il pût travailler. Il le dévissa jusqu'au
moment où il fut évident qu'il ne pourrait aller plus loin.

Il se releva et laissa la bombe ronchonner derrière lui pour regagner le cottage et y chercher deux chaises, une corde à linge et deux sangles qu'il trouva dans un des placards de la cuisine. La lampe illuminait la pièce et il prit le temps d'admirer le fouillis ordonné, le confort des lieux. Ce qui renforça sa détermination à empêcher leur destruction.

De retour à l'extérieur il crut reconnaître une odeur de cordite sous les relents de l'urine, des déjections et du cadavre sanguinolent de Tommy. Il improvisa avec ses accessoires un harnais qui soutiendrait la bombe et l'empêcherait de basculer sur le sol. Puis il tira la corde à linge pour remonter la machine infernale dont l'ogive était dévissée d'environ quinze centimètres mais toujours assujettie au reste. Pendant son ascension la bombe siffla un avertissement plus impérieux que les précédents et des cliquetis donnèrent à Mr Kiss l'impression que quelqu'un composait un numéro de téléphone. Bien que pris de nausées, il appliqua précautionneusement sur le métal le cornet acoustique qui amplifia des vrombissements et crissements d'horloge sur le point de sonner. S'il ignorait ce qui se passait à l'intérieur de l'engin, il savait qu'il n'avait plus une seconde à perdre.

Il tenta d'établir un contact télépathique avec la bombe, mais si elle avait un esprit il ne se logeait pas dans sa tête. Il sifflota quelques mesures puis chanta :

> I wish I was in the land of cotton,
>   folks down there are not forgotten,
> Look away, look away, look away Dixieland...

La bombe frémit et il crut qu'elle allait exploser, mais elle se contenta de lui adresser une dernière sommation : un grondement et une augmentation de sa température.

Il se remit à l'ouvrage et termina de dévisser le cône qu'il abaissa doucement sur le corps de Tommy. La torche électrique lui révéla des câbles, des bobinages et ce qu'il prit pour un ruban de fumée qui s'en élevait tel un ectoplasme. Le contenu de ces machines infernales était pour lui un mystère, mais il savait qu'elles se déclenchaient suite à un impact et que l'explosif se trouvait dans la partie principale. Quelque chose comprima sa poitrine, un poing démoniaque qui se refermait sur son cœur. Sans s'intéresser aux fils qui reliaient l'ogive au reste, il prit les cisailles du pasteur et essaya de déterminer ses principes de fonctionnement. Le tic tac d'horloge reprit, plus rapide, et il tendit l'outil vers son point d'origine. L'engin gronda, et le voir se tourner vers lui avec un regard mauvais ne l'eût pas surpris outre mesure. Ce machin avait tout d'un nazi bon teint. Mais il ne se laisserait pas intimider. Il inhala et plongea l'outil dans ses entrailles, sectionna quelque chose. Il recommença en se fiant à un instinct qu'il n'était pas certain de posséder et à la chance, puis il trancha d'autres fils pendant que de la bile grimpait dans sa gorge pour le faire suffoquer. À sa quatrième intervention la bombe parut glapir. Elle finit par maugréer, vagir et finalement se taire.

Mr Kiss laissa tomber les cisailles sur l'épagneul et vomit dans le cône, presque en un acte de profanation. S'il y eut des éclaboussures, elles churent sur le chien mort, ce qui limita les dégâts. Il conservait même en ces circonstances ses habitudes de célibataire endurci. Il se savait complètement irrationnel. S'il avait sauvé la vie de ces femmes, il avait risqué la sienne et agi de façon insensée. La flamme de la lampe à pétrole s'amenuisait. Il la leva pour aller ouvrir le portail. Le battant n'était plus bloqué par l'aileron mais toujours verrouillé. L'engin rendu inoffensif se balança dans son berceau improvisé tel un meurtrier sous le gibet.

Après avoir vainement secoué le panneau métallique, il regagna la maison et fouilla placards et tiroirs tant qu'il n'eut pas trouvé une grosse clé. Les chiens aboyaient, sautaient et bondissaient vers lui comme pour lui manifester leur reconnaissance.

«Je suis Kiss l'Imbécile, leur déclara-t-il affectueusement. Kiss l'Insensé. Kiss la Bombe sur le point d'exploser. Même vous, mes seuls témoins, n'avez pas assisté à ce combat à mains nues. J'ai vengé votre camarade. Quand les gens prendront conscience que tous les gouvernements sont lamentables et inutiles, peut-être iront-ils se battre en ayant des chances d'être vainqueurs. Mais qui en prendra conscience les premiers, nous ou les Allemands?» Il éclata de rire puis se calma. «Enfin, autant être optimistes, mes amis.» En pleurant de joie il serra des chiens contre lui, renifla leur fourrure. Au lieu d'aller déverrouiller le portail il s'assit sur le canapé pour rester avec eux et jouir de ce cadre bien plus agréable et élégant que celui de son refuge. Il était épuisé mais s'interdisait de s'endormir. Il devait informer les gens du voisinage de ce qui s'était passé. Il monta au premier. Le cumulus de la salle de bains ne fonctionnait plus, mais il y avait encore de l'eau chaude. En se demandant dans combien de temps la maison serait de nouveau alimentée en électricité, il fit sa toilette et étudia avec curiosité le visage rond encadré d'un halo de cheveux clairs que reflétait le miroir. «Bon Dieu, J.K., tu as eu ce salopard!» Et il rejeta la tête en arrière pour pousser un cri d'exultation, sidéré par sa chance.

Levez-vous illico, les filles et les garçons,
La reine va venir dans l'agglomération,
Ses visites sont rares et nous nous en plaignons,
Elle va inaugurer le Viaduc et le Pont.
Avec notre Lord Maire qui a tout d'un marsouin,
Voire d'un éléphant car tel est son destin,
Pour voir un tel spectacle, rien nous arrêtera,
Gog et Magog seront là avec Victoria.

Transporté de joie il épousseta sa veste et la renfila, se coiffa de son casque, redescendit pour poser la boîte à outils sur la table de la cuisine, remit ses affaires personnelles dans la sacoche et regarda autour de lui afin de s'assurer que tout était en ordre avant de refermer la porte sur ses nouveaux amis enthousiastes et gagner le portail. La clé était la bonne et il le verrouilla derrière lui avant de s'éloigner d'un pas nonchalant sur le chemin de halage en humant de douces senteurs. Le ciel était toujours en feu mais son chant gardait les entités et les voix menaçantes à distance.

Tous les plus beaux atours qu'on trouve dans la cité
Sont portés par ceux qui contemplent la vallée,
Bob Dusty, Tom et Jem, et Sally l'Africaine,
    Ces vieillards décatis verront enfin leur reine.
Et les carnes bancales feront des bonds de joie,
Car gravir Holborn Hill les emplissait d'effroi,
Je les ai vues tirer des charges étant garçon,
    Longue vie au Viaduc et longue vie au Pont.

Il discerna près des marches de Ladbroke Grove des silhouettes qui venaient vers lui et il déplaça le faisceau de sa lampe pour constater qu'un ruban avait été tendu en travers du chemin. Au-delà se dressaient Beth Scaramanga en robe d'été sur laquelle elle avait enfilé un peignoir en soie de Chine, un auxiliaire de police chancelant aux cheveux gris et aux joues rubicondes, et un jeunot coiffé d'une casquette à large visière d'au moins deux tailles trop grande pour lui. Les flammes lointaines les transformaient en ombres et des explosions ponctuaient leurs propos, l'effroyable confusion de l'East End qui succomberait sans doute à ses blessures.

« Est-ce que ça va ? cria Beth. Est-ce que tout s'est bien passé, préposé ? Est-ce bien vous ?

— La bombe n'est plus une menace. » Une effronterie qui le fit sourire. « Vous pourrez dormir dans votre lit, ce soir. »

Une cigarette au bec, Len le veilleur de nuit revêche descendit maladroitement les marches pendant que le jeune homme les gravissait. « Je ne pensais pas vous revoir, mon vieux. La compagnie vous doit une fière chandelle. Notre patron a refusé de s'aventurer dans les parages. Il a envoyé les auxiliaires de police établir un cordon de sécurité autour des installations. Alors, vous avez désamorcé la bombe ?

— Un jeu d'enfant. » Sa conscience le rappela à l'ordre quand Len lui serra la main.

épouvantable pour eux mais horriblement passionnant mon foie est toujours là sauf si ces saloperies de rats le grignotent je préférerais trouver tout ça moins amusant je crois que je suis fichu elle ne pourra pas se débarrasser de l'odeur des copeaux imprégnée dans ses narines et regardez ce qu'ils ont fait à l'East End tout ça à cause des Juifs, pas vrai ?

« Fred et Chloé ont emporté Puffy chez le vétérinaire. » Beth sortit un paquet de Gold Flake de son sac et lui offrit une cigarette. Il refusa et elle demanda machinalement : « Ça ne vous gêne pas ? » tout en grattant une allumette. « La maison est donc intacte ? » Ses yeux étaient immenses, sous les lueurs des flammes.

« Absolument, Miss Scaramanga. » Il souleva son casque et lui rendit la clé. « Il faudra calmer les chiens et faire un peu de nettoyage. Ce n'est pas très ragoûtant. Il y a cet épagneul broyé et… d'autres choses. » Il était trop gêné pour fournir des précisions.

« Vous resterez bien avec nous pour une tasse de thé ? Pourquoi ne pas passer la nuit ici, si les chats n'ont pas détruit la chambre d'amis ? Vous semblez mort de fatigue.

— Il faut que je retourne à Harrow. Ma femme et

mes enfants doivent s'inquiéter, même si je n'étais pas censé aller là-bas. » Il désigna l'East End.

«Et notre téléphone est inutilisable. Je peux vous être utile ?

— Transmettez mes salutations à votre sœur. J'ai été ravi de faire la connaissance de deux femmes aussi belles et raffinées.

— Comment est-il possible de vous joindre ? Avez-vous un bureau ? Un poste attitré ?

— Voyez en moi un galion qui n'a fait que passer. Un Zorro surgi de la nuit. » En vérité, il eût aimé bénéficier de leur compagnie et jouir de leur admiration dans leur charmant cottage. Gloria lui battait froid, lorsqu'il était ainsi. Ses extravagances avaient cessé de l'amuser et elle ne voulait plus de lui à Harrow. Il ne savait trop ce qu'il ferait après avoir trouvé une cabine téléphonique d'où il pourrait l'informer qu'il était sain et sauf.

«Non, vraiment. Nous tenons à vous manifester notre gratitude.

— Vous êtes un homme courageux.» La voix de l'auxiliaire de police était aiguë et fêlée, début du siècle. «Ne laissez personne le contester. C'était comme le dernier combat d'Arthur aux Paddington Baths. »

Chloé apparut sur les marches du pont et sa silhouette se découpait sur la fumée ensanglantée qui les surplombait. «Mr Kiss ? Allez-vous bien ?

— Il a réussi, Chlo. La bombe est désamorcée.

— Allez-vous rester et prendre un verre, Mr Kiss ? »

journée extraordinaire et moins catastrophique que prévu elle portait cette robe qui ressemblait à une crino-line et il était impossible de se déplacer avec ça à moins que le vent en emporte autant mais je ne peux adresser de reproches à personne, il y en avait un pot complet, comme du rubis je les ai vus sous le soleil dans une jungle d'un vert qui n'existe que sur les tableaux sauf qu'il y avait cette petite brûlure insupportable oh nul ne

répondra à vos attentes et vos espoirs c'est tellement stu-
pide d'espérer seulement un enfant qui pleure une jeune
femme et l'homme est-il mort aidez-nous aidez-nous je
n'en peux plus

« Les siens vont s'inquiéter », déclara Beth, posses-
sive.

« Peut-être pourrez-vous passer demain ? Avez-vous
notre téléphone ?

— LAD 9375, dit Beth. Notez-le. »

Il sortit de sa veste un calepin sur lequel il écrivit
l'indicatif avec un chicot de crayon. « J'aimerais tant
vous revoir. Si je peux joindre Gloria... Je suis en effet
fourbu. Une longue journée. Je n'avais pas prévu. Je
serais ravi d'accepter.

— Vous avez bien plus l'habitude de ces choses que
nous ! » fit Beth en aidant l'auxiliaire de police à enrou-
ler le ruban.

Josef Kiss musela la vérité qui souhaitait s'exprimer.
« Eh bien, si vous attendez mon retour je reviendrai. Je
reviendrai. » Il préleva dans son sac le cornet acoustique
et les cisailles qu'il remit avec la lanterne électrique à
l'auxiliaire de police. « Pourriez-vous avoir l'amabilité
de rendre ces objets au pasteur ? » Il s'inclina bien bas
devant les adorables sœurs qui avaient pris des poses
d'héroïnes celtiques que la guerre rendait encore plus
altières.

c'est finalement soporifique la fumée emporte tous les
vêtements et cette vieille femme se retrouve nue au milieu
de la rue comme dans ces photographies envoyées par sa
cousine qui vivait en Allemagne que vont-ils nous faire ?
Qu'allons-nous leur faire ? Pourquoi nous haïssent-ils ?
Les hommes haïssent-ils les femmes parce que nous les
avons mis au monde, haïssent-ils la vie, haïssent-ils tout
ce qui bouge au point de le tailler en pièces le souiller le
priver de dignité et d'identité comment peut-on nous en
accuser brûler et broyer le corps calciné du petit singe qui

tourne la manivelle de l'orgue de Barbarie à deux pas
d'ici m'atteindront-ils le tout c'est de ne pas y penser et ce
silence de tombe est si profond que je ne sais pas si c'est
la nuit ou le jour mais tout est brûlant même quand nous
tentons de nous plier à leurs moindres désirs

Josef Kiss gravit les marches deux par deux et chercha
dans les ténèbres mouvantes une cabine téléphonique. Il
décida de se diriger vers Notting Hill. Il percevait derrière lui la chaleur des deux femmes, presque équivalente à celle du ciel agité. Il se savait merveilleusement
et platoniquement amoureux. Il vit un cheval noir infernal se cabrer au-dessus des toits de Cambridge Gardens
et concentra son attention sur la rue où il savait trouver
un téléphone près de la station de métro de Ladbroke
Grove.

« Étendards et drapeaux feront des rotations,
    Emblèmes et symboles de toutes les nations,
        Travailleurs d'Angleterre, de contrées étrangères,
            Et ce vieux Besley qui voudrait tant être maire,
    Lawrence est aplati, il a tout d'une limande,
    Sur son ventre se dresse le chef de cette bande,
    Les conseillers défilent pour faire les fanfarons,
        Tout en inaugurant le Viaduc et le Pont. »

dois l'empêcher de repartir en arrière j'étais heureuse
pourquoi ne puis-je pas accepter le présent inaltérable ni
renoncer au passé les tropiques me hantent comme une
punition

« Les chauffeurs de taxi dansent avec la police,
Cow Cross est tout pimpant, on n'y trouve plus de saucisses,
Comme une lettre à la poste tous circuleront,
    À présent que sont ouverts le Viaduc et le Pont. »

je souffre

Il cessa de chanter après avoir atteint les ombres du pont ferroviaire et s'appuya au mur pour attendre qu'une vieille dame endimanchée libère la cabine téléphonique. Deux mois s'écouleraient avant qu'il ne revoie les sœurs Scaramanga.

Avis de décès prématurés 1946

« Je lève l'ancre, mon vieux ! fait Josef Kiss dont la main imposante s'abat sur l'épaule de Dandy Banaji. Tu as le choix entre regagner le rivage ou te laisser emporter avec moi par le courant et courir le risque d'être drossé contre les récifs de notre société. » Dressé dans les gravats, les chaussures et le bas de son pantalon couverts de boue, il contemple la Tamise. Ils sont à l'emplacement qu'occupait, avant le Blitz, le plus grand entrepôt de livres et de jouets de Southwark. Il ramasse et brandit un bout de ferraille calciné. « Une voiture de gosse !

— Où nous conduira-t-il ? demande Dandy Banaji, à la fois amusé et inquiet. Je présume que tu l'ignores.

— Suis-moi, sans prendre d'engagements. » La pluie estivale a apporté aux ruines de la fraîcheur, des coquelicots, des pissenlits, des pâquerettes, quelques buissons et des herbes folles, des pervenches et une saxifrage. Un papillon brunâtre volette un court instant autour de la tête de Banaji puis descend se poser sur une touffe d'épilobe laurier-rose. « Si tu m'accompagnes ne serait-ce qu'un moment tu auras de plaisants souvenirs en regagnant Bombay. »

Dandy ne veut pas le décevoir. Son ami a réduit sa consommation d'opiacés, son seul garde-fou contre la démence, et il attribue cette décision à son départ imminent. « Et si tu fais naufrage et coule corps et biens ? Est-ce que je me noierai, moi aussi ?

— Je n'irai pas immédiatement par le fond et serai secouru, répond Mr Kiss, qui est l'incarnation de l'auto-dérision. Viens, je t'en prie. »

Dandy résiste difficilement à son charme et un sentiment de culpabilité incompréhensible balaie son bon sens. « Entendu. Mais à condition que tu te fixes un cap.

— L'ouest. Toujours l'ouest, à ces occasions. Mon cher Dandy, nous irons à Tower Bridge et remonterons la Tamise, peut-être jusqu'à Hampton Court. La vision de parterres de fleurs entretenus avec amour me sera plus agréable que ce que nous pouvons voir ici. » Il escalade un bloc de maçonnerie effondré qui évoque le pont d'une trirème échouée sur la grève et scrute du haut de cette éminence les flots qui charrient de nombreux détritus, des fragments de meubles détruits et de vieilles ferrailles, tout ce que la guerre a emporté. « Le soleil est de retour. Ce sera merveilleux. Nous déjeunerons de sandwiches achetés en chemin et ne mâchonnerons nos cartes de rationnement qu'en cas d'absolue nécessité. Attends ! » D'un geste théâtral il fait claquer sa paume sur son front. « Je sais à quoi vous pensez, monsieur ! Ne seriez-vous pas inquiet ? Pour un parent ? Non ? Un proche ? C'est bien ce que je me disais. Une dame – non, non, un ami. Vous craignez qu'il débloque ? Qu'il perde les pédales ? Ai-je vu juste ? Seul le temps vous permettra d'être fixé sur ce point !

« Buvons et réjouissons-nous, dansons et prenons du bon
    temps
Avec du bordeaux, du porto, des théorbes et nos belles
    voix ;
Qu'il est donc injuste et instable, le monde vacillant de
    nos joies,
Aucun trésor n'est éternel, nous n'emportons rien dans
    la tombe,

Dépensons livres, shillings et pence, n'hésitons pas à
　　faire la bombe,
Car il serait vain d'espérer que nous serons là dans
　　cent ans ! »

Sur ces mots, Mr Kiss entraîne Dandy dans son sillage.
Il a tout d'un étendard agité par le vent dans son blazer à
rayures vives. « Laissons les ruines derrière nous pour
retrouver un paysage bucolique épargné par la puanteur
poussiéreuse de la mort. Quittons cette vallée de larmes,
de fog et de plantes grasses jaunies. Fuyons la crapule, la
crasse et les signes des temps. N'est-ce pas plus séduisant
que votre Mrs Duxbury ? Un samedi ? Mieux que le Meccano de Mr Rodriguez ? Mieux encore que le Locarno de
Streatham ou l'Empire de Leicester Square ? Et même
préférable à une soirée du Ballet cinghalais se produisant
au centre culturel ? J'irai jusqu'à dire que c'est presque
aussi agréable que l'indépendance de l'Inde, non ? Et je
ne parle pas de n'importe quelle indépendance ! Tout ce
qui est apparu dans les plus beaux rêves et les pires cauchemars de Mr Gandhi. Des choses que tu verras de tes
propres yeux. Je t'envie, mon ami.

— Pars avec moi. » Il le lui a souvent proposé.

« Las ! Mon psychisme me lie à Londres et ses envi-
rons, mon Hythloday. Sans parler des lourdes responsabilités que fait peser sur moi mon statut d'homme marié.
Envers mes enfants, bien plus qu'envers ma femme. Mais
ceci est une autre histoire. Ha, ha, ha ! Viens, Dandy.
Suis-moi ! »

Ils laissent derrière eux le secteur dévasté, se
retrouvent sur Bank Side et flânent sous le viaduc
métallique de Link Street puis devant l'extravagance de
la cathédrale en direction de London Bridge. Les sons
sont feutrés, comme absorbés par les grilles rouillées et
les murs de brique branlants, les échafaudages et les
plaques d'amiante posées sur les toits, les ruines qui

couvrent désormais la quasi-totalité de Southwark. Puis, pour poursuivre leur progression vers Steam Packet Wharf et Billingsgate, ils s'engagent sur London Bridge et l'odeur de poisson devient presque palpable, le monde se dépouille de son manteau de grisaille et ils sentent les effets d'un soleil qui n'a pu communiquer sa chaleur à Southwark. Cerné par la ferronnerie victorienne et le classicisme du XVIIIe siècle du marché, Dandy est comme toujours fasciné par les étranges chapeaux-paniers que les débardeurs empilent sur leur tête, par leur jovialité brutale, par leurs injures rituelles et leur bonne humeur qui paraît déplacée. Puis ils passent devant les immeubles arcadiens austères de Custom House Quay, aussi bondés et puants que les galeries des halles, avant d'atteindre d'autres sites bombardés et les escaliers métalliques qui gravissent des pentes de gravats en tant qu'accès provisoire aux pelouses bien entretenues de Tower Hill, un contraste frappant avec le labyrinthe de bâtiments croulants et éventrés et le granit pâle scintillant de la White Tower surmontée d'un mât où flotte le drapeau royal. Sur le quai que des canons auraient défendu si les Boches avaient tenté de remonter la Tamise, Josef Kiss imagine les têtes de Mussolini, Hitler et Hirohito piquées sur les pointes de Traitor's Gate, contraints de contempler à jamais les conséquences de leur folie dévastatrice. Quand la guerre battait son plein, il s'est rendu au 10, Downing Street muni du sabre de la cavalerie polonaise que le comte Obtulowitcz lui avait offert en 1941 pour proposer de se charger de ces décapitations. Un acte de bravoure qui lui a rapporté un séjour d'un mois à Orchard View, la clinique privée proche de Canterbury vers laquelle étaient dirigés les malheureux traumatisés par le Blitz et où, faute de disposer de son dossier médical, le personnel soignant l'a traité avec une humanité dont il n'espérait pas bénéficier. Arrivé devant le guichet de bois vert, il soulève son canotier pour présenter ses respects à la vieille dame qui y est de faction et règle avec munificence les deux billets. « Correspondance à Westminster, capitaine Sanders, ma belle. »

Ils gagnent le petit tunnel qui donne sur Tower Pier et voient une cheminée cracher des caillots de fumée noire. Le vapeur s'apprête à appareiller et Josef Kiss bondit, hurlant à l'homme de barre de les attendre. Sidéré, le marin obtempère, peut-être pour la première fois de son existence.

nous irons à la foire s'ils la rouvrent cette année tu sais qu'il s'est tué sur un pousse-pousse et le plus drôle c'est qu'il se méfiait bien plus de ces connards que d'un dynamiteur qui a lâché quelques pétards dans une boîte aux lettres c'est encore un coup des Juifs et ils finiront par tout posséder crois-moi

Le taud de poupe abrite un assortiment disparate de passagers et des écoliers des deux sexes ont envahi la proue. Josef Kiss frémit et s'éloigne le plus possible de la marmaille. « À cause de l'odeur, vois-tu, murmure-t-il à son ami. Elle croît et atteint son summum lorsqu'ils sont une douzaine pour disparaître dès qu'ils sont vingt ou plus. C'est un mystère qui me dépasse, et ça s'applique également à mes enfants que j'adore. » Une femme plantureuse serre contre elle son panier à pique-nique pour leur faire de la place. Josef Kiss porte deux doigts à son couvre-chef. « Je suis votre obligé, madame.

— Je peux ? » Amusée pour des raisons connues d'elle seule, elle porte une robe imprimée d'énormes coquelicots, un sac à main en toile aux motifs voyants et le frottement de ses sandales à semelles compensées a rougi ses talons et emporté la teinture dont elle a badigeonné ses jambes pour faire croire qu'elle a les moyens de s'acheter des bas. Dandy Banaji s'imagine voir la patte d'une jument pie et rit avec elle pour dissi-

muler sa gêne. Elle lui offre une Weights, qu'il refuse.
« Oh, allons, accordez-vous un petit plaisir !

— Non, merci.

— Ça en fera plus pour les autres. » Elle allume sa
cigarette. « Êtes-vous ensemble… ?

— Permettez-moi de vous présenter le célèbre colonel
Q.J. Dadderji, commandant de la cavalerie de Sa Majesté
en poste à Bombay, décoré de trois Victoria Cross et bien
d'autres médailles, mais venu ici incognito pour se soustraire à ses admirateurs. » Josef Kiss a fait cette déclaration sur un ton solennel.

« À d'autres ! » Elle rive ses yeux qui pétillent d'intelligence sur ceux de Dandy. « Votre ami se moque de moi. »

Mais Dandy s'est laissé contaminer. « En vérité, je ne
suis qu'un modeste maharaja.

— Vraiment ? Avec des éléphants, des monceaux de
pierres précieuses et le reste ?

— Seulement deux cents pachydermes et quelques
douzaines d'émeraudes. Le Banajistan est un petit État.

— Je m'en contenterais. » Elle passe son panier du
côté opposé pour le prendre par le bras. « Je m'appelle
Marvis Essayan. Un nom presque aussi drôle que le
vôtre, ne trouvez-vous pas ? Vous n'êtes pas noiraud. Je
vous avais pris pour un bohémien ou un Thaïlandais. Je
devais aller pique-niquer à Kew avec un ami, mais il m'a
fait faux bond et c'est volontiers que je partagerai ce
repas avec vous. Et votre ami, cela va de soi.

— Vous venez de faire une conquête, Votre Altesse. »
Josef sourit tel un courtisan qui joue à l'entremetteur.
« C'est avec grand plaisir que nous vous aiderons à alléger votre panier, madame. Et Kew est également notre
destination. »

Dandy s'abstient de mentionner Hampton Court. Il
sait que celui qui part à l'aventure doit composer avec
les choix du destin. La bonne humeur de ses compagnons
lui fait oublier sa réserve habituelle et il ne repousse pas

les avances de Mavis. Les détritus charriés par le fleuve se font rares et leur sillage a perdu la coloration grisâtre propre à l'écume d'un bain ayant servi à trois personnes. Ils ont mis le cap vers des flots plus salubres. «En ce cas, la question est réglée.» C'est avec une expression de vive satisfaction qu'elle s'adresse à Josef Kiss. «Savez-vous que ce bateau ne va pas jusqu'à Kew?

— Certes, Miss San. Nous procéderons à notre transbordement à Westminster Pier, sous la Shot Tower et en face de la reine Boudicca.

— Essayan. La plupart des gens estropient mon nom. Et vous, comment vous appelez-vous?

— Pardonnez-moi. Kiss. Josef Kiss.

— Qu'avez-vous fait pendant la guerre, Jo?

— Il a désamorcé des bombes, secouru des civils, intervient Dandy. C'est un héros, pour ne pas dire un saint.

— Oh, je n'aimerais pas tripatouiller ces engins!» Mavis s'ébroue et le vapeur glisse entre un dock calciné et les ruines d'un immeuble que rasent des grues et des bulldozers. «Je n'ai pas assisté au Blitz, grâce à Dieu. J'étais dans le Norfolk, avec ma sœur. Dans l'armée de terre. Un travail difficile mais une vie rêvée comparée à celle des Londoniens, et je dois avouer que nous nous sommes bien amusées. Êtes-vous allé là-bas pendant le conflit, Mr... colonel, Votre Altesse?»

Devant son ami ébahi et émerveillé Dandy Banaji improvise le récit d'une carrière militaire aussi brillante qu'improbable se déroulant sur plusieurs continents, l'apogée de ce scénario digne d'Hollywood étant le largage à mains nues de la bombe atomique sur Hiroshima suite à un malencontreux silence radio de l'U.S. Air Force. Et c'est en étant ébranlée par un fou rire que Mavis passe d'un vapeur à l'autre. «Décidément, cette sortie est formidable! Entre nous soit dit, je n'étais guère enthousiaste. Le type qui m'a fait faux bond est un ami de mon beau-frère et il ne parle que d'électricité. »

d'un peuple métissé de façon puritaine l'Écossais conserve ses préjugés en pinçant les lèvres et en ayant des principes réactionnaires fanatiques qui ont brisé le cœur de Ben un homme si gentil et au sens pratique si développé qu'il estimait qu'on aurait dû pouvoir choisir mon avocat est un salopard d'Indien et en plus d'être juif mon notaire est une femme et si nous voulons la propriété de Mr Wheatstraw mieux vaut céder sans attendre ou ils seront gagnants sur toute la ligne il ne me serait pas venu à l'esprit de le qualifier de gentil et il n'aurait jamais dû faire une chose pareille mais il a abrégé ses souffrances et tout ça pour trois putains de livres

Ils passent devant Vauxhall et Chelsea. Les stigmates de la guerre sont ici moins nombreux, bien que l'ennemi se soit acharné sur les cibles bordant la Tamise comme les entrepôts et les centrales électriques. Josef Kiss n'a aucune envie de penser à cette époque, il lui préfère un présent imaginaire.

« Ce bon vieux Battersea. » Mavis s'adresse avec tendresse aux grandes cheminées Arts déco. Que cette centrale électrique ait été épargnée est aux yeux de bien des Londoniens plus important encore que la réapparition miraculeuse de St Paul hors du brasier. « Avez-vous visité ? Ben m'y a conduite. On se croirait dans un film, un château. Moderne mais joli quand même. Ça fait un peu penser aux salles de cinéma huppées du West End. » La plupart des ruines environnantes ont été rasées et l'herbe a envahi le sol, une étendue régulière comme un terrain de cricket.

« C'est ici qu'est donné le départ de la compétition de natation qui va de Battersea à Hammersmith. » Nostalgique, Mr Kiss est doucereux. « N'importe qui peut s'inscrire. Ils étaient des centaines, avant-guerre, surtout des enfants. De nos jours, des individus plus âgés y participent. L'éternelle rivalité qui oppose Battersea à Fulham. Les parents y envoient leurs marmots pour qu'ils fassent de l'exercice. Toutes ces centrales polluent les flots au-delà de Hammersmith, malgré les arbres qui cernent Putney et Barnes et ce vaste terrain qui a été rendu à la nature entre Hurlingham et Bishops Park. Les résultats n'ont pas été à la hauteur des espérances et l'eau est presque toujours tiède. En 1920 mon oncle Edmond, le chapelier, un dandy qui fréquentait la famille royale et montait son cheval à Newmarket, un gentleman dont seul le prénom laissait à désirer, a fait seize fois ce parcours. Il a fallu le repêcher. Tous ont cru qu'il s'était noyé. S'imaginer que les Kiss sont en voie de disparition est d'ailleurs une erreur fréquente. Ma sœur voudrait me voir disparaître mais c'est logique, étant donné qu'elle fait de la politique. Conseillère municipale et futur membre du Parlement, elle a vendu très tôt son âme. Il faut dire qu'elle en a obtenu un bon prix. »

Buffalo Bill et Texas Jack scrutent le fleuve pour y chercher des traces de Couteau Brisé et ses Pieds Noirs je suis devenu un fumeur de cigares et c'est idiot en pleine guerre car le trésor de Troie est censé se trouver à Kensal Rise. Deux officiers SS l'ont emporté de Berlin en 1944. L'affaire des lingots d'or n'a jamais été plus brûlante et fourre-toi-la où je pense

Un petit homme basané en blazer décoloré agite la main de l'autre côté du banc et son épouse lui siffle de se taire, mais il y a déjà un bon moment qu'il bougonne. Elle se tourne vers eux, visiblement contrite, ce qui leur permet d'admirer ses yeux bleus d'une rare beauté. « Vous dites des foutaises ! gronde l'inconnu. J'ai toujours vécu à Fulham. Nous avons des régates, de Putney à Mortlake, mais aucune épreuve de natation. Je suis bien placé pour le savoir. Je travaille pour le journal local.

— Je m'incline devant ces messieurs de la presse. » Josef Kiss se renfrogne. « Néanmoins…

— Tu te ridiculises, Dickie.» En tiraillant la veste de son mari, la femme précise avec gêne : «Il est imprimeur. Il se croit omniscient.

— Je lis toutes les unes, pas vrai ? Une semaine après l'autre ! Vous débitez des balivernes, monsieur. Dire n'importe quoi devrait être interdit. Tout comme se faire passer pour un guide lorsqu'on n'en est pas un !

— Savez-vous qui je suis, cher Dickie ? » Contraint de se draper dans sa dignité face à cette mesquine attaque, Mr Kiss agrippe une barre en métal et se lève. «Vous avez certainement entendu parler de l'expédition Kiss et Banstead de 1928. Eh bien, après la mort de Banstead tué en amont par les indigènes, j'ai poursuivi seul le relevé des méandres du fleuve ! Mais vous l'ignorez peut-être, comme vous ignorez que les Vikings ont remonté la Tamise jusqu'au palais de Fulham pour s'approprier le trésor de l'évêque ? Où étiez-vous pendant les raids, Dickie ? Non, monsieur. Ne vous rasseyez pas. Debout, monsieur ! J'exige réparation. Vous m'avez accusé de parjure !

— Vous êtes cinglé.» Dickie cille et regarde son épouse. «Il a une araignée au plafond.

— Faites venir le capitaine.» Bien qu'il subsiste une étincelle d'autodérision dans les yeux de Mr Kiss, Dandy craint que son ami ne perde toute maîtrise de soi. «Cette affaire doit être réglée sur-le-champ. Capitaine !

— Dis-lui que tu regrettes, demande la femme en tiraillant la manche de son mari. Présente-lui des excuses. »

Dickie y réfléchit. «Entendu, je vous prie de m'excuser si je soutiens que vous dites n'importe quoi.

— C'est très aimable à vous.» Josef Kiss exécute un demi-tour pour adresser un rictus jovial aux membres de l'assistance qui ont pris discrètement leurs distances. Il soulève son chapeau de paille. «Je suis pour ma part désolé de vous avoir traité de lâche.

— Il est votre obligé, déclare sa moitié. Et toi, Dickie, plus un mot ! C'est toujours la même chose. Tu crois tout savoir. Et tu nous tournes en ridicule.

— Pas vous, chère madame. » Josef Kiss se rassied et agite galamment son index. Elle lui sourit et se replonge dans la lecture de *Reveille* où est exposée la vie scandaleuse des stars.

« Oh, regardez, des cygnes ! » Mavis Essayan agrippe plus fermement Dandy Banaji. « Nous serons à Kew en un rien de temps. Aimez-vous Kew, Mr K ?

— Si j'aime Kew, adorable Mavis ? J'en suis fou. La lande ! L'odeur féconde de l'humus ! » Il lève les yeux au ciel tel Al Jolson au comble de la joie. « Mavis, vous ne pouvez imaginer ce que ce lieu représente pour moi. Je m'y suis marié.

— J'ignorais qu'on y trouve une église. Peut-être était-ce un bureau de l'état civil ?

— Devant Dieu si ce n'est devant les hommes. » Des souvenirs d'extase le font rougir.

elle n'est pas et ne sera jamais aussi douce et vulnérable et intelligente que moi le garçon est à l'étude je le trouve finalement dans la cantine et il baisse son pantalon en un clin d'œil et c'est encore mieux que je l'avais rêvé et ça ne se reproduira pas c'est bien ma veine j'ai pris le bus là-bas mais ils étaient tous partis je ne sais pas quoi offrir pour l'anniversaire de ce petit salopard une giclée dans la gueule petits cons petites salopes petites enculées de mendiantes en baiser une douzaine avant le petit déj

« Approchez, belle dame, ouvrez grandes vos oreilles ;
La pudeur de ce chant est vraiment sans pareille. »

Le couple débarque à Putney Bridge. En attendant sur le quai de franchir le portillon, l'imprimeur foudroie du regard Josef Kiss qui n'y prête pas attention. Il ne s'intéresse qu'à ce qui se trouve au-delà des platanes, les

immeubles victoriens à peine égratignés par la guerre et
Putney High Street presque identique à ce qu'elle était
en des temps meilleurs, avant que l'austérité ne remplace les denrées mises en montre dans les vitrines par
des reproductions en carton-pâte. Depuis l'époque où
Swinburne y a vécu, on se croirait dans un petit village
et que Putney soit cerné par Wandsworth, Wimbledon
et Barnes n'y change rien. Josef Kiss manque céder à
une pulsion et sauter à terre pour aller visiter le vieux
cimetière de Barnes. Ce lieu de repos situé au milieu du
terrain communal, sans autres barrières que des buissons laissés à l'abandon, est un de ses préférés, un autre
lopin d'Arcadie niché dans la ville, mais Kew est encore
plus attirant ne serait-ce qu'en raison des souvenirs
doux-amers qu'il garde des ébats auxquels il s'y est
livré avant-guerre.

seulement moi et lui sur le bûcher toujours vivants et
hurlant et entendant leurs rires je me croyais morte et j'ai
fui et personne n'a retrouvé le bébé je reviendrai le plus
vite possible pour partir en Égypte à la première occasion
qui se présentera

Ils partagent ce nouveau navire avec sept religieuses
qui doivent appartenir à un ordre très strict car elles ne
disent mot ; trois cadets de l'armée qui fument de façon
ostentatoire et sans discontinuer ; bon nombre de dames
entre deux âges coiffées de ces chapeaux surchargés
qu'on associe aux emplettes organisées et qui, faute de
se connaître, ne sont pas plus prolixes que les nonnes ;
et pour finir un individu blême et maussade d'une trentaine d'années qui porte du worsted noir malgré la chaleur et reste assis à l'écart, à la proue du bateau qui
repart sur le fleuve.

« Vous formez un étrange duo, vous deux. » Mavis
transfère sa prise sur la main de Dandy qui ne s'y
oppose pas. « Comment vous êtes-vous connus ?

— C'était pendant le Blitz, répond Dandy. Il passait au Windmill. Je suis devenu son fervent admirateur.

— Qu'y faisiez-vous ? Kiss, c'est un nom de scène ? Seriez-vous un comique ?

— Je le pense, Miss Essayan. Je me comporte presque toujours de façon théâtrale. »

Ils se dirigent vers la douceur gothique de Hammersmith Bridge, ses pinacles et tourelles de grès humidifiés par la pluie et rosis par le soleil, et les flots ont quelque chose de féerique, voilés de brume, flanqués de saules touffus pleins de mystère alors qu'ils longent des canards, un cygne, quelques pêcheurs venus profiter au mieux de leur samedi après-midi, des gens qui les saluent de la main depuis des pubs situés à tribord et bâbord, des enfants qui courent le long des berges en s'égosillant. « Nous allons bientôt franchir le dernier méandre, déclare Mr Kiss.

— J'oublie constamment que la Tamise est si tortueuse. » Mavis se penche sur le bastingage pour s'intéresser à leur sillage, désormais marron et crème. « On s'imagine qu'elle coule en ligne droite. On est toujours surpris.

— Peut-on vraiment aller jusqu'à Oxford par bateau ? » Distraitement, Dandy tente de discerner quelque chose sous la surface.

« Et même plus loin. Mais pas à bord d'une embarcation qui a un tirant d'eau aussi important. Nous pourrions atteindre Henley ou Kingston. Avant-guerre, une compagnie assurait des liaisons régulières mais toute sa flotte a dû partir pour Dunkerque avec Mr Miniver. Elle comptait des canots automobiles, des vapeurs, des barques, des youyous et des vedettes. Les flots étaient très fréquentés, avant les hostilités.

— La réglementation a dû devenir plus stricte. » Dandy lève les yeux. « Et la clientèle est moins nombreuse. Quel gâchis !

— Tout redeviendra un jour comme autrefois.» Mavis n'en doute pas. «Mr Attlee l'a promis. La même chose, en mieux.

— C'est ça!» Josef Kiss n'entend que la confirmation de ses désirs. «Toujours plus loin et plus vite. Le *Cutty Sark* reliera Greenwich à Oxford en une demi-heure. Réduisez la voilure! Stoppez les machines!»

Surprises, les religieuses le lorgnent puis se replongent dans leur méditation. Avec une indifférence feinte qui ne pourrait convaincre personne des passagers gagnent lentement le bord opposé. Mr Kiss retire son couvre-chef et les regarde, pensif. «Je subodore une mutinerie, colonel Dadderji. Tenez-vous prêt à sortir les mousquets. Avoir emmené une femme avec nous relevait de la pure inconscience.»

Un marin âgé qui porte sur son visage une carte de vaisseaux capillaires éclatés, le testament des innombrables pintes qu'il a ingurgitées tout au long de son existence, scrute le fleuve depuis sa petite cabine en bois puis place un vieux chiffon sur le capot de cuivre du moteur et bloque le gouvernail avec un bout de fil de fer. «Que se passe-t-il, chef?

— L'équipage, capitaine. Nous ne pouvons aller plus loin sans risquer une révolte.» Josef Kiss calque son attitude sur les poses convenant à un mélodrame classique

«Ce n'est pas un problème, répond le marin, las et désabusé. Je les débarquerai à Kew. En même temps que vous, gouverneur. Il lui faudrait un gardien.» Après avoir ajouté ces mots à l'attention de Dandy, il vire brutalement dans des eaux agréables. Ils se dirigent vers un pont de pierre imposant et ont à bâbord un long mur décoratif et un chemin ombragé par de grands noisetiers. «Vous voici rendus à bon port, mesdames et messieurs. Tout le monde descend! Les femmes, les enfants et les cinglés d'abord.» Le quai apparaît.

j'ai été l'équipage pendant toutes ces années et entre-

temps nous mourons de soif qu'est-ce qu'ils en ont à foutre
sur la passerelle qu'ils amènent des Turcs et Dieu sait quoi
encore avant qu'ils donnent un salaire décent à un Irlan-
dais pue la chambre à un mile personne n'a jamais pensé
qu'il avait bu un verre et encore moins trois bouteilles par
jour un type bien sous tous rapports pour la plupart des
gens

« Regardez ! » Mr Kiss est transporté de joie. « Une piéride de la moutarde ! On n'en trouve plus une seule à Londres, de nos jours. » Il débarque le premier, à la poursuite du papillon qui s'empresse de disparaître sous les ombres du pont.

« Votre ami est-il toujours aussi excentrique ? » Mavis esquisse une révérence pour rester dans le ton, quand Dandy prend le panier à pique-nique et la tient par la main pour la guider vers la terre ferme.

« Toujours, répond gaiement Josef Kiss en venant les rejoindre. Nous allons suivre la route jusqu'à l'entrée que vous voyez là-bas. » Il sort de la monnaie de son ample pantalon de flanelle et se dirige vers les murs et les portes plus ou moins baroques des Jardins botaniques royaux. « Trois entrées, s'il vous plaît ! » Il dépose autant de pièces brunes sur le cuivre sombre et usé du guichet derrière lequel un vieillard coiffé d'une casquette pois-seuse reste en retrait pour se soustraire à la morsure du soleil puis les dénombre au passage du tourniquet qui grince. Ils inhalent l'air embaumé et contemplent des arbres, des pelouses et des parterres de fleurs qui se succèdent à l'infini.

« Oh, des campanules ! Regardez ! » Mavis Essayan en hoquette. « On croirait un tableau. »

Dans le lointain, au-delà des araucarias, se dressent deux structures de verre et de métal qui font penser à des modèles réduits du Crystal Palace avant son incen-die. Dandy tend le doigt. « Qu'est-ce donc, Mr Kiss ? C'est merveilleusement victorien.

— Les serres à fougères et cactées, si je ne m'abuse. Des miniatures, comparées à la serre des palmales et à la serre chaude. Nous les visiterons en premier. » Il les désigne avec son canotier qu'il a retiré pour essuyer la sueur qui imbibe son ruban. « C'est plus exactement la serre des fougères rares et délicates. Vous sentez-vous d'attaque, Miss Essayan ? Il y fait très chaud.

— Et humide. Je sais. Je ne m'y attarde jamais. »

Josef Kiss s'avance dans l'allée pendant que Dandy et Mavis lambinent pour admirer et humer roses, pivoines et arbres en fleurs à la douce fragrance.

Arrivé sur le seuil de la serre, Dandy pense à son pays. Le verre et le fer peint, les lettres noires sur les pancartes blanches, tout cela est d'un style rappelant les aspects les plus acceptables de la colonisation, ce qui ne l'empêche pas d'être réprobateur.

Josef Kiss pousse le panneau demandant VEUILLEZ LAISSER CETTE PORTE CLOSE et se fige. « Opium ! Quelle fécondité merveilleuse ! N'êtes-vous pas comme enivrés ? »

Dressés épaule contre épaule sur la grille du sol, ils referment le battant derrière eux. « Nous voici dans la préhistoire. » Dandy s'étire pour sentir une fronde. « Un passé primordial. Je ne serais pas surpris de voir une bête – un reptile démesuré – se ruer vers nous en broyant tout sur son passage.

— Très peu pour moi ! fait Mavis. Je n'y tiens pas. » Puis elle ajoute, comme sur une arrière-pensée : « Même si je dois avouer que rencontrer Victor Mature en pagne ne serait pas pour me déplaire. »

Mr Kiss s'intéresse à une gerbe de géantes délicates et applique sa paume sur l'humus humide avant de lever sa main vers ses narines en grondant de plaisir, puis il s'avance lentement dans l'allée tel un Cro-Magnon pistant une proie, s'arrête pour inhaler et rugit de nouveau. Trouvant sa conduite aussi fascinante que la végétation luxuriante, Dandy et Mavis le suivent en hésitant jusqu'au moment où, avec la mimique d'un guide indigène qui vient de déceler du danger, Josef Kiss les ramène sur le territoire sec et ensoleillé du parc où l'air s'est rafraîchi. « Commencer la visite par ces fougères est logique. Ce sont nos racines et elles nous permettent de mieux appréhender notre histoire. Et je ne parle pas de deux millions d'années avant Jésus-Christ, chère Mavis, mais de deux milliards ! Le temps ! Oh, le temps ! Les espèces animales disparaissent alors que les plantes survivent… et nous nourrissent, nous sont indispensables. Elles nous fournissent de l'oxygène. Elles détiennent les secrets des dinosaures et des hommes de Neandertal. Tout est écrit là, quelque part. Mais c'est un code que nous ne décrypterons jamais. Nous avons perdu le savoir-faire. Nous ne nous identifions plus à ces choses.

— Aurait-il fait la guerre au Service du chiffre ? » s'enquiert Mavis en pressant le pas pour ne pas se laisser distancer.

les films du dimanche seraient super sur son poste de télévision ne t'excite pas comme ça George attends plutôt d'avoir vu tous ces portails et ces grilles défiler tu aurais pourtant dû deviner que je ne pouvais rien te dire et tu ne t'es pas demandé pourquoi la moitié de ces soldats font la pute je ne parle pas de parties de jambes en l'air mais de curer ces saloperies d'écuries puantes de Knightsbridge je haïssais les chevaux j'avais horreur de les monter les nourrir les étriller et la plus grande connerie de mon existence a été de m'enrôler dans ces putains de Horse Guards bon dieu cette odeur te ferait gerber pendant des jours t'as qu'à le fourrer où je pense qu'il disait les chevaux s'en foutent

« Un manteau écarlate et une jolie cocarde
Sont pour toi les entrées à la grande parade ;
Car on dit que la belle Vénus était naguère
Prodigue de ses charmes pour Mars dieu de la guerre. »

« J'ai déjà précisé qu'il désamorçait des bombes et la morosité du public. Il aurait pu faire n'importe quoi. Comme s'il était…

— Illuminé ?

— Dans le sens non péjoratif du terme.

— Mais inoffensif.

— Pour nous. Oh, oui ! »

Ils ont devant eux une étendue d'eau limpide évoquant une plaque d'acier bleui par le soleil. « Broad Walk, annonce Josef Kiss. Turkey Oak sur votre gauche. Nous approchons de Weeping Beach. C'est là qu'ils espéraient m'abandonner mais j'avais encore mes esprits, ma boussole et ma carte. Ça y est ! Ça se produit, Dandy. Les sons s'amplifient et retrouvent leurs rimes. Je sais ce que l'on pense. Je peux voir les dames, même si ce n'est heureusement pas réciproque.

— Que des essences rares et différentes, dit Mavis en essuyant son front qui a rougi. Nous nous installerons à l'ombre pour pique-niquer. J'espère que vous aimez le fromage et les tomates.

— Ainsi que les concombres. » Dandy s'est exprimé avec espoir.

« J'avais l'intention de préparer des concombres et du jambon, parce que ma mère m'en a donné une boîte en échange de mon sucre, mais j'ai changé d'avis à la dernière minute. Je n'avais pas envie d'en faire profiter Derek.

— C'est une excellente chose. Je suis végétarien.

— Je retire toujours le gras. Ouf ! J'avais oublié qu'il fallait marcher si longtemps. »

Ils ont atteint l'étang avec ses fontaines et ses nénuphars, ses saules, ses petits canards bruns et ses foulques noires. Sur les gradins de pierre quelques enfants leur jettent des morceaux de pain. Derrière eux, tel un château sorti le siècle précédent de l'imagination de H.G. Wells, imposante avec ses courbes et ses surfaces planes, presque facettée, miroite l'énorme serre des palmales où les attendent une véritable jungle et l'aventure.

Josef Kiss s'immobilise avec la lourdeur d'une locomotive antédiluvienne au pied d'une des bêtes fabuleuses qui flanquent la construction. Sculptées dans le granite elles sont à son échelle. «Le Bestiaire de la reine, explique Mavis Essayan à son nouvel ami. Les animaux qui sont censés protéger l'Angleterre, il me semble. Des licornes, ce genre de choses. Et aussi des dragons.

— Je crois qu'il s'agit d'un griffon.» Dandy lève les yeux et fronce les sourcils. «Mais je ne suis pas un spécialiste. Je leur trouve un air un peu distant.»

Deux groupes d'enfants aux uniformes différents défilent dans des directions opposées.

«Ils ont effectivement un je-ne-sais-quoi de hautain, à présent que vous le dites.»

affirmait qu'Hitler vivait sur le même palier de la maison d'Oxford Gardens je suis vieux et débraillé et je traîne la patte dans Chiswick High Street alors que je me baladais autrefois dans Bond Street comme un roi du jazz ek kali bhutni si deraoni suret me dit que c'est trayf plaise à Dieu je sais que mes toches de ma torah estiment que c'est le seul moyen de conduire un taxi après quoi ils se sont tous installés à Finchley

«Debout devant le juge. Je bois du vermifuge. Car je suis un transfuge.» Josef Kiss baisse la tête tel un taureau joueur. «Sur la route de Portsmouth. J'ingurgite de la mousse. Pleins de vers, pleins de vers, pleins de vers, comment peux-tu me regarder de travers quand mes étrons grouillent de vers? Tes yeux sont-ils toujours pers? Shalom! Shalom! N'allez pas croire que je ne vous entends pas. J'ai des oreilles, bande de salopards. Vous qui débitez des bobards.» Josef Kiss se tourne vers eux. Il est rayonnant. «Oh, Dandy! Elles reviennent. Toutes à la fois. Non, c'est parfait. Je n'ai pas besoin d'aide. Laissons-les approcher. J'y suis habitué. *Vieille Jenny, impotente Jenny. Ah, Jenny, Jenny qui pleure. Douce Jenny d'un autre temps.* Ne respires-tu pas les senteurs de ces centaines de roses hybrides ? Il y a ces routes blanches qui s'élèvent du néant et franchissent les collines basses pour aller nulle part, simplement s'éloigner de la cité. Je suis allé à Eton, à Slough. Il n'y a que des braves gens, là-bas. C'est moi, à l'apogée de ma gloire. Ils trouvaient que j'apportais au music-hall la dignité qui lui manquait. N'as-tu donc plus de cœur ? C'est quoi, cette volte-face brutale, cette Blitzkrieg ? Tu disais que tu m'aimais. Une semaine plus tard nous partions en vacances. Il y a longtemps que tu préparais ton coup ? Tu ne m'as adressé aucune mise en garde, aucun ultimatum. C'est une trahison. Traîtresse ! Traîtresse ! Traîtresse ! Tu es folle – tu n'as aucune idée du respect que je te porte, des sentiments que tu m'inspires – Lorna, je t'aime comme un rêve qui s'est matérialisé. Roule boule coule foule soûle. C'est toujours la même rengaine. Combien franchit-on de portes dont le grincement est identique ? Un repas pour les miséreux des coups de bâton pour les pesteux. Les services sociaux ne disparaîtront pas. Il est devenu le portrait craché de son père, cette grande gueule. » Il sourit à ses compagnons que ses divagations ont réduits au silence. « C'est un avant-goût de ce qui se passe ici. Ou plutôt de ce qui arrive. » Il tapote sa tête plongée dans l'ombre. « D'imperceptibles courants électriques circulent dans l'atmosphère et charrient des voix issues du passé. Ceux qui les perçoivent sont accordés sur des fréquences différentes, il n'y en a pas deux identiques. Regardez ça. » Il se penche pour caresser une grosse rose rouge, la prendre en coupe dans sa main et la humer. « Cette rose a un nom. Toutes les roses ont un nom. Je vous présente le Comte G. de Rochemur. C'est plein de panache et ça lui convient à merveille, non ? Et sa senteur. Reniflez le Comte. Vous allez adorer. »

À grandes enjambées rapides, il pénètre dans la serre des palmales.

« Êtes-vous certain qu'il a toute sa tête ? » Mavis inhale, s'écarte de Dandy et redresse sa robe. « Est-il souvent comme ça ?

— À vrai dire, c'est la première fois que je le vois dans un état pareil. Mais, comme vous l'avez dit vous-même, il est inoffensif.

— Ce n'est pas ce que j'avais prévu. Je comptais m'asseoir et pique-niquer en profitant du parc. Faites ce que vous voulez, mais je vais m'installer là-bas, sous cet arbre. » Sur ces mots, elle s'éloigne d'une démarche chaloupée qui traduit son irritation. Dandy n'a d'autre choix que suivre son ami dans la serre.

La température qui y règne est encore plus élevée que dans une jungle et c'est une agression presque physique qu'il subit lorsqu'il est assailli par une forte odeur d'humus et de végétation pourrissante, une multitude de senteurs. Les passerelles en fonte ajourée sont jonchées d'étamines et de gousses, d'énormes feuilles et d'excroissances aux formes organiques. Il y a ici des roses ternes et des rouges vifs, des jaunes délavés et des verts singuliers. Le feuillage lui dissimule son ami.

« Josef ! Josef Kiss ? »

La voix qu'il entend a une étrange résonance. « Vous dites qu'un Romain, même né de parents britanniques, restera à jamais un Romain et non un Breton ? Parce que cela lui apporte la puissance, qu'il est un colonisateur. Mais un Breton qui vit pendant cinq ans à Rome devient-il un Romain ? Parce qu'il est un sujet de l'empire ? Comment est-ce concevable ? »

C'est en vain que Dandy cherche son point d'origine. Des portes se referment avec des bruits sourds. Il se retrouve seul avec la voix désincarnée, désormais étouf-

fée. Elle provient d'un fouillis de plantes suintantes
d'humidité, un secteur interdit aux visiteurs. « Extase,
extase, ne lui résiste pas, ne la défie pas, ne t'avise
même pas d'aller au-devant d'elle ! Oh, Dieu, c'est ce
qu'il y avait dans le feu ! L'extase. Abstiens-toi de le
combattre. Ne lutte pas contre lui. Oh, Dieu, c'est bien
supérieur au Paradis... C'est ce que l'Enfer doit offrir
pour le reprendre sitôt après ! Je n'ai pas mis qui que ce
soit en garde. Je ne me suis jamais plaint. J'ai tenté de
vivre avec. Est-ce toi, Dandy, mon vieil ami ?

— Josef. As-tu besoin de moi ? Où es-tu ?

— Les frères turcs viennent ici une fois par semaine
mais tour à tour le mercredi et le jeudi, à cause de
Petros qui est grec, comprends-tu ? Un grand nombre
de Cypriotes vivent désormais en Angleterre, mais ils
ont des difficultés à s'entendre. Le comble, c'est que ce
sont justement les Britanniques qui les ont divisés.
Quand les voix débutent, Dandy, on éprouve la nécessité messianique d'en informer son entourage. Cependant, les gens s'affolent alors qu'il suffit de se taire pour
avoir la paix. Est-ce que je t'effraie, Dandy, mon ami ?

— J'avoue que je m'inquiète un peu. Je crains que tu
ne t'attires des ennuis.

— En ce cas, aide-moi de ton mieux. Je cède à mon
sybaritisme. J'ai déjà précisé que tu peux me laisser.

— Je ferai mon possible. » Dandy traduit son sentiment d'impuissance par un geste. « Puis-je aller te
rejoindre ? »

Des bruits s'élèvent de la végétation touffue, comme
si Mr Kiss avait entamé une métamorphose. « Il serait
préférable que tu t'en abstiennes. Je ressentais autrefois
un impérieux besoin de faire partager mes expériences.
Mais comme ces choses n'intéressent personne et que
ma peur s'est évaporée, j'ai changé d'attitude. Ils sont
quoi qu'il en soit nombreux, ceux qui m'accordent le
bénéfice du doute et considèrent que je suis peut-être

sain d'esprit. Les véritables victimes, les vrais fous, sont les malheureux privés d'imagination. Je suis pour ma part transcendé. Il n'en résulte rien de préjudiciable! C'est en ce lieu béni que nous nous sommes courtisés, ma femme et moi. Gloria s'est lovée et renfermée sur moi telle une liane. Peux-tu t'imaginer faisant l'amour au cœur de cette végétation? Ne nous envies-tu pas? C'était sublime! Les gardiens ne nous ont jamais surpris, malgré les indices que nous leur laissions parfois. Des empreintes de pas et quelques branches rompues, sans que ce soit intentionnel. Les débordements de la passion, Dandy. Des rapports plus torrides qu'il n'est possible de le concevoir. À tel point que par comparaison cette serre semblait fraîche. Oh, c'était merveilleux! C'est ici que nous avons conçu notre premier enfant. C'est pour cela que nous l'avons appelé Sylvester. À toi de deviner pourquoi nous avons baptisé le suivant Leicester! Tout ce que je fais rime, ce n'est pas de la frime. Les Reds de Rhode Island, et toutes les autres bandes, voient en moi un héros et pas un rigolo. Ils ont bien ri pour pas un rond et savent que je ne suis pas Néron, ils poussent des cocoricos car je suis un Pierrot!» Un rire sonore presque orgasmique s'élève du bosquet central et Dandy voit enfin son ami qui se hisse vers le haut d'un palmier tel un cueilleur de noix de coco de Papouasie, un grand singe, un orang-outan rose portant un canotier, un blazer à rayures maculé de boue et de feuilles et un pantalon qu'effilochent les aspérités du tronc.

«Nous sommes les citoyens d'une contrée décadente, Dandy. Un monde d'ignorance. Rien n'aurait pu altérer la trajectoire de ces bombes volantes. C'est ce qui se passait de l'autre côté du viaduc qui m'horrifiait, les derniers temps. J'étais allé rendre visite à Mrs Mackleworth seulement un ou deux jours plus tôt. Oh, l'odeur infecte de son appartement! De cette femme et de son petit chien puant! Qu'elle était donc belle! Quel dommage!

J'en ai des nausées. Je suspectais ma volonté d'avoir guidé la bombe incendiaire jusqu'à elle. Sont-ils nombreux, ceux qui ont développé un tel sentiment de culpabilité pendant la guerre ? N'est-ce pas une idée absurde, totalement égocentrique, étant donné qu'Hitler et ses avions s'en prenaient à tous leurs ennemis ? Le Temple, Dandy ! Ne le regrettes-tu pas ? J'ai vu rouge. Littéralement. Brillant comme un phare dans mes yeux. C'étaient des enfants qui perpétraient ce massacre. Les nôtres et les leurs. Ce visage au calme insoutenable dans les décombres. Le pauvre G.I. qui n'avait pas demandé à quitter son pays. Seulement des os, des muscles et du sang... d'un seul côté. À quoi bon continuer ? Une ombre en négatif sur la nuit. Oh, ce n'est pas ce que j'avais prévu ! Quel gâchis. Il est dommage de ne pas jouer le jeu. »

Dandy l'observe et ne sait trop s'il s'exprime à titre personnel ou s'il répète ce qu'il croit entendre. Un peu des deux, sans doute. Désormais proche du bouquet de feuilles, Josef Kiss tend la main vers un fruit. « C'est peut-être la calebasse que j'espérais trouver.

— Josef, j'ai comme l'impression que tu vas t'attirer de sérieux ennuis si tu ne redescends pas tout de suite. Josef, mon vieil ami !

— Te souviens-tu du Zombie blanc de Norbury, Dandy ? C'était moi. Ils ne m'ont jamais capturé. Quelle tragédie sanglante, ces trois malheureux bébés ! Mrs Saleem est-elle toujours en vie ? La dernière fois que j'ai séjourné au sommet d'un arbre, Dandy, c'était dans Hyde Park. Une bande de jeunes voyous m'y avait pourchassé. Ils avaient des rasoirs. Je ne pouvais regagner le sol. J'ai été finalement secouru par deux dames et un berger allemand. Les gens ont un bon fond, après tout. On s'est bien occupé de moi. À la fin de l'affrontement, quand le panier à salade est reparti et que la police a dispersé les ivrognes regroupés devant le pub, il ne restait qu'une chienne qui aboyait et aboyait sans cesse. Elle s'emportait contre ses propres souvenirs de violence. Est-ce important pour toi, Dan... ah !

— Oh, Josef ! Redescends. Tu vas te tuer. »

Mais la masse gracieuse de Josef Kiss recouvre son assiette et il revient contre le tronc en serrant triomphalement son butin dans son poing. Il lorgne la verrière miroitante comme s'il espérait discerner au-delà les confins de l'infini. « Nous sommes si ancrés dans notre arrogance culturelle, Dandy, que nous n'avons pas conscience de débiter des variations de plus en plus vides de sens sur les mêmes thèmes et techniques, pendant qu'ailleurs s'élèvent de nouvelles voix que nous n'entendons pas. Nous nous enlisons dans le conservatisme. Qui prendra la relève ? S'agit-il de visions prémonitoires ou de souvenirs oubliés et par conséquent d'illusions ? Un coucher de soleil sanglant sur Barnes ou peut-être Hammersmith. Ces briques ont été cuites pour de tels crépuscules. Une ville en trompe l'œil. Qui se doute qu'elle a tant de facettes et qui pourrait déterminer ce qui est dû au hasard ? D'autres briques – plus dures, grisâtres – sont mises en valeur par les pluies estivales. Certaines sont à leur avantage sous le fog hivernal. Ces effets ont-ils été voulus, Dandy ? Quel génie, si c'est le cas ! Et quel génie si c'est fortuit. Les Allemands devaient tout bombarder. Sais-tu de quoi je parle ? Je le suppose. Imposer toutes ces souffrances et pilonnages tant qu'il subsistait des vestiges de la ville. Le monde qui lui succède devrait être gouverné par les femmes. Oups ! » Il s'immobilise précautionneusement. « J'ai dû me coincer un testicule. Remonter de quelques centimètres s'impose.

— Redescends sitôt après, mon vieil ami. Mavis a servi le pique-nique. Des sandwiches au fromage et à la tomate. Et de la limonade, je crois. Accorde-toi une pause. »

Le grincement d'une porte fait sursauter Dandy.

« Que la diversité de Londres manque à ce point d'intensité dramatique démontre l'imprécision des métaphores. On ne peut imposer aucun cliché à cette ville, contrairement à Paris, New York ou Rome. Est-ce juste ? C'est l'antre où je suis né. Ce qui est sans doute valable partout ailleurs. » Il fronce les sourcils et ajoute d'une voix plus sonore : « Nous ne pouvons choisir le point de départ de notre vie, pas plus que celui d'arrivée. Je m'en tiens à ce que je connais. Je ne sais déjà que trop de choses. Je me rappelle le fonctionnaire qui est venu inspecter le cratère. Chapeau haut de forme et dents saillantes. Nous étions maculés de poussière, de sang et d'excréments. Nous étions à l'ouvrage depuis vingt-quatre heures. "Vous avez l'air crevés, les gars. Reposez-vous un peu." Nous nous penchions vers ce fragment de mur pour écouter le bébé qui pleurait dans une cave, quelque part sous les ruines. Il ne l'avait même pas remarqué. » Il renifle le fruit tel un singe curieux. « Ils ont conclu que j'avais perdu les pédales et l'ont attribué aux horreurs de la guerre. Que mon dossier médical ait disparu en 1941 m'a permis de prendre un nouveau départ, avec un statut de héros plutôt que de victime. Ce qui est parfois utile... Ough ! » Il a mordu dans son trophée. « Ce n'est ni une figue ni une banane, pas même une papaye. Ça sert à quoi, bon sang ? Supposons que nous soyons sur une île déserte. Se retrouver seul et entendre des voix est pénible, mais moins que de ne rien avoir à grignoter. Mon comportement est-il bizarre ? » Il adresse à Dandy un clin d'œil de connivence.

« Mon bon ami !

— Elles m'ont fait participer à une séance de spiritisme, je parle de mes femmes. Nous avons joint les mains et je suis entré en contact avec les esprits. Tu peux me croire quand je te dis que la vie n'est pas rose après la mort. J'attribue tout d'abord les coups à des voisins ou des ouvriers qui font des travaux. Ça continue et je prends conscience qu'il n'y a personne dans les parages. Une ombre pénètre rapidement dans mon champ de vision pour s'effacer sitôt après. » Il s'inquiète. « Dandy ? » Il lève les yeux et est ébloui. « Ne le dis pas à ma femme, mon vieux. Je t'ai donné son téléphone, hein ? Si j'ai des ennuis, avertis ma sœur. Beryl Male, WHITEHALL 8762. C'est elle, ma plus proche parente. Pas Gloria. » Il perd ce ton de confidence pour aborder des sujets moins personnels. « Si je me suis rendu dans la vieille maison gothique de ce pharmacien, un laboratoire encombré de cornues asymétriques et d'éprouvettes, c'est parce j'espérais qu'il trouverait un antidote, mais c'était un charlatan comme les autres. La Tamise était aussi rouge que la rose que nous avons contemplée, un gros rubis fondu. Puis la nuit est tombée. Il me suffisait de décrocher un contrat. Un jeu d'enfant, à première vue. Il disait que les Celtes pratiquaient la magie. » Il remonte vers une courbe du tronc surplombant de grandes feuilles plates et les examine tel un homme qui discerne des silhouettes dansant dans des flammes. « Tous les peuples opprimés ont cherché du réconfort dans la sorcellerie ou la religion, ai-je rétorqué. Ou les deux. C'est dans la nature humaine. Je parle de ce médium. Elle a eu encore plus de tics que d'habitude et a fini par sombrer dans la folie. Un blocage permanent. Je la revois à l'occasion, lorsqu'ils nous internent dans le même établissement… »

Il fait avec prudence demi-tour sur lui-même pour s'adosser au tronc et, à première vue installé plus confortablement, il examine sa cueillette et la gratte avec ses ongles. « Gloria, Gloria. C'est le décor de nos plus doux instants. Tu n'imagines pas le nombre et la complexité des rôles que j'ai assumés pendant ces quelques années, Dandy. Little Mike, le roi de l'évasion, restait à l'écart de tout ça. Il a été tué par un V-2. *C'est une colonie de babouins, Mr K.*, me disait-il toujours. *Et rien ne me force à m'y joindre. Je préfère renoncer à certains avantages et choisir qui je fréquente.* Ce sont les clodos du refuge de l'Armée du Salut de Balham, qu'il a côtoyés les derniers temps. Ils ne pouvaient différencier les pensionnaires de ceux qui seraient au menu du lendemain. Mon Dieu, Dandy, tu devrais monter me rejoindre. Tout s'élève vers moi. Les senteurs sont enivrantes. Nous avons envisagé d'appeler notre fils Pan, mais ça lui aurait posé des problèmes à l'école. Pan Kiss n'est pas un joli nom. Il n'est même pas mélodieux. Du sable noir coule entre mes cuisses. Un bélier noir nage dans sa pisse. Des meutes de rats martiens nous régissent. J'ai des fourmis dans les jambes, Dandy. Ou des termites. Peut-être de simples pucerons. Oh, merde ! Un insecticide, vite !

> « Quand je vide ma coupe de vin,
> Je connais un bonheur divin ;
> Vers les Cieux grimpe mon chant,
> Toujours beau et toujours fringant... »

« Reviens, mon vieux. Nous allons déjeuner. »

Livide, Josef Kiss tend les bras derrière lui pour agripper le tronc et lever prudemment la jambe. Il la secoue. Quelque chose tombe de son pantalon déchiré et disparaît en contrebas. Dandy n'a pas eu le temps de déterminer s'il s'agit d'un objet qui s'est enfoui dans l'humus ou d'un animal qui a décampé sitôt sur le sol. Une voix fluette et vibrante de colère s'élève dans son dos et le fait sursauter.

« Descendez immédiatement de cet arbre, monsieur. J'ai averti le conservateur qui téléphone en cet instant à la police. Les gens de votre acabit sont mal vus, ici.

— Sans doute est-ce dû à votre myopie et malgré votre dépit je mets les points sur les "i" et déclare que

je n'en ai aucune envie même si je vous rends ceci. »
Avec une moue de dédain Josef Kiss jette le fruit qui
percute la casquette du gardien. « Envisageriez-vous,
mon ami, de m'expulser *manu militari* ?

— Sitôt que vous aurez regagné le sol, confirme sèchement le nabot replet qui se drape dans sa dignité. Vos
agissements ne peuvent me ridiculiser, seulement vous
nuire. »

Josef Kiss feint la contrition. « Je comprends votre
position. C'est pour vous une profanation. Et pour moi
une célébration. Je crois qu'ils ont le même problème, à
Stonehenge. Cette serre est à mes yeux sacrée. Du
monde entier, c'est mon lieu préféré. J'en garde des
souvenirs d'une période de désir, d'une femme très
belle, d'une jouissance exceptionnelle, d'une procréa-
tion digne de Cupidon.

— Ça suffit comme ça ! Avez-vous la moindre idée des
soins qu'il a fallu prodiguer à cet arbre pour qu'il pousse ?
Je l'ai protégé ! Tout au long de la guerre. Et vous allez
lui infliger je ne sais quels dégâts.

— Avoir bénéficié de mon auguste compagnie n'a pu
que l'enrichir.

— Ne vous emportez pas contre mon ami, intervient
Dandy Banaji d'une voix apaisante et exaspérante. C'est
un héros. Il a été traumatisé, comprenez-vous ?

— J'ai vu des gens commotionnés, monsieur. Les
symptômes sont différents. Ce m'as-tu-vu est un exhibi-
tionniste. Je ne serais pas surpris de voir des journalistes
envahir Broad Walk d'une minute à l'autre.

— Si j'avais voulu faire parler de moi, c'est au sommet de la pagode que je me serais juché ! rétorque
dignement Mr Kiss. Je peux la voir d'ici. Elle est très
belle. Un autre souvenir de jeunesse de ma Gloria. Je
fais un pèlerinage, monsieur. Je suis comme ces dévots
qui se rendent à Jérusalem. Et, de toute évidence, aussi
critiqué par la majorité. Comment vous y prendrez-vous

pour me contraindre à descendre ? Chargerez-vous vos
termites apprivoisés de me dévorer ? »

nom de Nutbrown travaillait à Buckingham Palace il
déclarait que c'était un magnifique spécimen d'épilobe de
Sicile dans les ruines James Parr et l'amibe esthétique om
sani rana om sani rana sed efris nogod l'appelait le Phé-
nix Déchu disait que j'étais son image

> « Vivez, si m'en croyez, n'attendez à demain ;
> Cueillez dès aujourd'hui les roses de la vie. »

« Non, ce n'est pas un traumatisme de guerre.

— Il n'est pas animé de mauvaises intentions, insiste
Dandy, au désespoir.

— Laissons aux autorités le soin d'en décider. Je faisais partie de l'ARP, à plein temps, en plus de mon
travail de gardien.

— Hitler de la botanique, l'accuse Josef en croisant
les bras.

— Je t'en prie, Josef, descends. Tu dois prendre tes
cachets. »

Son ami n'en fait pas cas.

Mavis approche, grignotant une pomme, son panier
sous le bras. « Mince alors ! »

Dandy sort un papier de sa poche et y griffonne un
nom et un numéro de téléphone. « Pourriez-vous chercher une cabine et informer cette dame que son frère a
des ennuis ? » Il lui remet deux pence. « Je surveillerai
votre panier. Je vous en supplie. »

Elle lorgne l'indicatif. « Eh bien, pourquoi pas ! »
Impressionnée par son ton pressant, elle obtempère
mais emporte son bien. Dandy constate que Josef Kiss
a fermé les paupières et somnole.

« Je me fiche qu'il se rompe le cou. » Le gardien a
murmuré cette déclaration comme si Dandy était devenu
son confident en renonçant à plaider la cause de son ami.

« Et c'est ce qui arrivera. Au premier faux pas. Il ne peut s'être vraiment endormi. »

L'expression de Mr Kiss est béate, comme s'il écoutait une musique lointaine. Les deux hommes se trouvant sur le sol lèvent les yeux sans rien ajouter. Le soleil qui traverse le verre poussiéreux illumine la silhouette massive de l'acteur juché dans les hauteurs qui paraît exécuter un tour de lévitation sidérant. Le gardien retrouve sa voix pour annoncer : « Sa chute ne saurait tarder », quand la porte de la serre s'ouvre sur un courant d'air frais et deux policiers suivis par un individu en complet-veston de prix ; il est grisonnant et a un teint cireux, de fines lèvres carmin, des yeux caves marron. Les représentants de l'ordre sont quant à eux caractérisés par la pâleur propre aux hommes qui ont fait d'innombrables rondes de nuit.

« Quel est le problème, Varty ? » veut savoir le dandy.

Varty lui désigne Josef Kiss.

« Bon Dieu ! Comment a-t-il grimpé là-haut ? Pourquoi ne tombe-t-il pas ? Est-il évanoui ? Mort ?

— Il dort, je pense, répond Dandy Banaji sans pouvoir expurger de sa voix une certaine fierté.

— C'est son ami, monsieur. » Varty a fourni cette précision au conservateur pendant que les policiers foudroient du regard le palmier et son occupant. Pas plus aventureux que la plupart de leurs semblables, ils avaient espéré se la couler douce à Kew et n'ont pas reçu la formation nécessaire pour affronter une situation de ce genre. « Pour qui se prend-il ? demande le plus petit. Pour King Kong ?

— Je dirais plutôt Dumbo l'éléphant volant, lance l'autre avant de dévisager Dandy. Est-il violent ?

— Non. Il a été blessé à la guerre. Un héros. Traumatisé. » Dandy n'a d'autre choix que répéter les mêmes excuses, des justifications auxquelles il ne peut croire. Les raisons véritables sont presque inexprimables. Les cinq spectateurs sont redevenus muets et Varty jette un coup d'œil à sa montre.

«Ce n'est donc pas un pari stupide», conclut le conservateur. Dandy secoue la tête.

«Réveillez-vous. Vous allez vous tuer, espèce de datte molle! crie Mr Varty.

— Disons plutôt une banane bien mûre, ricane le plus grand des policiers.

— Qui va tomber du bananier!» Son collègue ricane. Ce qui choque Dandy. «Je vous en prie, messieurs! Cet homme est en danger. Il souffre. Ne pouvez-vous le constater?

— Je le trouve joyeux.» Un peu honteux, le conservateur tapote sa jambe. «Il s'est échappé d'un asile?»

Dandy soupire. «Nous sommes venus pique-niquer. J'espérais que ce cadre de verdure aurait sur lui un effet apaisant. Je n'étais pas au fait de son amour immodéré pour les palmiers. Il venait souvent ici, avant-guerre.

— Pas en haut de cet arbre.» La colère de Varty s'est dissipée et c'est avec curiosité mais sans animosité qu'il dévisage Mr Kiss. «Bien qu'il me semble l'avoir déjà vu. En compagnie d'une femme.» Il se renfrogne. «Il a dû s'attacher. Fabrique-t-on des cordes invisibles?

— Nous devrions aller chercher un filet ou une couverture, déclare le policier rougeaud et en sueur qui déboutonne le haut de sa tunique. Chez les pompiers?

— Je vais leur téléphoner», propose le conservateur, visiblement heureux d'avoir un prétexte pour s'éclipser. «Ouvrez l'œil et le bon, Varty.»

Dandy Banaji se demande s'il est témoin d'un miracle tout en sachant que ce n'est qu'une mise en scène destinée à attirer l'attention. Son ami ne s'est-il pas toujours exhibé ici et là? Ne se contente-t-il pas d'étendre le domaine de ses représentations?

Ils consacrent une autre demi-heure à le surveiller puis Mavis Essayan revient annoncer qu'elle a passé le coup de téléphone, lève les yeux, constate que nul n'a envie de bavarder avec elle et repart. Varty la suit pour suspendre la pancarte FERMÉ à la porte qu'il verrouille derrière elle. Sitôt après un petit attroupement se forme à l'extérieur, comme si ces gens attendaient la réouverture des lieux. Ils viennent de se disperser quand une femme aux traits anguleux et à l'ensemble noir et blanc sévère tape à la vitre. Ses cheveux sont si permanentés qu'on les croirait englués sur sa tête. Varty va ouvrir et elle charge avec irritation et morgue les trois autres hommes. « Bonjour, Mr Banaji, comment allez-vous ?

— Pas trop mal, merci, Mrs Male. Et vous ?

— Ça irait mieux si je n'avais pas un emploi du temps si chargé. » Elle jette un regard de dégoût à son frère. « Je pourrais être de meilleure humeur, cela va sans dire. La presse est-elle au courant ?

— Pas que je sache.

— Nous devons régler la question le plus discrètement possible, dit-elle aux représentants de l'ordre. Savez-vous qui je suis ? »

Le plus grand reste dans le vague. « Oui, madame, je crois.

— Je suis Mrs Male, du conseil municipal de Westminster. Mon mari est le Dr Male de l'hôpital New Jerusalem. Ce monsieur, là-haut, est mon frère. Il a été blesse pendant le Blitz.

— Le pauvre bougre », commente le petit policier qui sue désormais encore plus que son collègue. « Je me doutais que c'était quelque chose de ce genre. »

Dandy Banaji hausse les épaules. « Tout s'est bien passé jusqu'au moment où nous avons vu un site bombardé et qu'il a voulu remonter le fleuve, dit-il à Mrs Male. Je pense qu'il souhaitait se détendre.

— Mais il a décidé de se donner en spectacle. Est-ce vous ou Josef qui a demandé à cette femme de me téléphoner ?

— Il craignait d'inquiéter son épouse.

— Elle ne l'aurait pourtant pas volé. Elle n'a jamais rien fait pour lui. Sans oublier qu'elle n'a pas une réputation à protéger. Josef ! Josef ! Réveille-toi ! »

Sans rouvrir les paupières, Josef Kiss reprend son monologue d'une voix chantante.

« Les pythons mesuraient environ trois mètres et deux femmes bulgares les ont finalement retrouvés dans l'enceinte de la vieille abbaye, mais les voleurs n'ont pas été appréhendés. Trent a modifié sa politique de recrutement en engageant aussi souvent que possible des Juifs afin qu'à son retour Hopwood le remarque aussitôt. *C'est ce que vous m'avez demandé, j'ai suivi vos instructions à la lettre.* Hopwood en reste sidéré. *Je n'ai jamais dit une chose pareille. Seulement de relever le niveau pour que la société fasse un peu plus rupin.* Et Trent de répondre : *Vous avez dit rupin ? J'ai dû mal comprendre.* Je sens ta présence, Beryl. Ton esprit est un ver qui ronge mon cœur. Je sais ce que tu attends de moi. Les crochets plantés dans les pouces, une fois de plus. Les lambeaux de chair ensanglantée. Quel monstre **tu es. Je te connais, vois-tu. Pas eux. Ils n'ont pas su** exploiter tes talents, pendant la guerre. »

Il sourit et son visage paraît plus lumineux encore que le soleil, cerné d'un halo doré, les traits d'un demi-dieu, d'un messager de l'Olympe, d'un ange.

« Josef ! La police est ici !

— J'aurais peut-être dû avertir Gloria, après tout. J'avais oublié tes colères. Ah ! » Il glisse sur deux ou trois centimètres avant de réagir et de coller son dos au tronc. « Sors d'ici, Beryl. Il y a à l'extérieur un individu très intéressant. Il s'appelle Alemada. C'est un ornithologue amateur. *J'en aurais fait ma profession si j'avais les diplômes nécessaires. Mais je suis passé dix fois à la télévision, en étant rémunéré, y compris pour* In Town Tonight, *ce qui me donne un statut de semi-pro. Ce que j'aimerais avoir, c'est un magnétophone portatif. Comme ceux des gars de la BBC. Un Grundig ou un truc comme ça, mais ils sont pour l'instant au-dessus de mes moyens. Oh, un ptilorhynque! N'est-il pas magnifique? On peut acheter des enregistrements, évidemment...* Sa voix décroît, Beryl, il s'éloigne. Rattrape-le. Demande-lui, Beryl, il atteint Victoria Gate. *Mais rien ne vaut une prise de son personnelle. Le magnéto que j'avais loué ne fonctionnait pas très bien, même dans le jardin...* Oh, vite, Beryl! Précipite-toi et interroge-le. Il va disparaître. Pourquoi refuses-tu de me croire?

— Je ne me laisserai plus avoir. » Chose surprenante, elle a cessé de prêter attention aux gens qui les entourent. Dandy a l'impression d'assister à une dispute qui a débuté au cours de leur enfance. « Il n'y a pas de Mr Alemada. Et dans le cas contraire il serait ton comparse. Comme ces sales gosses...

— Ce n'était pas ma faute. *Montre-nous ta culotte. Montre-nous tes fesses. Non, je ne veux pas. Non, je ne veux pas.* Je suis arrivé à temps pour te tirer de ce mauvais pas, Beryl. Mais tu as toujours prétendu que c'était un coup monté. Je n'ai jamais compris pourquoi tu étais en colère contre moi.

— C'est toi qui m'avais dit d'aller là-bas.

— Absolument pas.

— Descends, Josef. Bernard t'administrera des calmants. Il t'attend au New Jerusalem. Il envoie une ambulance.

— Arrête! Ne peux-tu élever ton esprit, Beryl?

« Mon esprit est un antre dont je suis le seul roi,
Un royaume où m'attendent des plaisirs ineffables :
Qui surpassent de loin toutes les autres joies,
Mais je n'appartiens pas à un genre respectable :
Et si ce que je souhaite est par tous possédé,
Mon monde m'interdit d'encore le désirer. »

Précédés par le conservateur, trois pompiers pénètrent dans la serre, coiffés de casques rutilants, bardés de tout leur équipement et munis d'une échelle et d'un filet. Mavis Essayan est sur leurs talons. «Je suis avec ces messieurs, dit-elle. J'ai l'autorisation d'entrer.

— Alors, que faut-il faire?» demande un des pompiers. Il tire sur sa jugulaire et se décoiffe, révélant un teint rose et des boucles blondes. «Vous voulez descendre, mon vieux? Bon sang! C'est Jo Kiss. Salut, Jo!»

Mr Kiss est visiblement ravi de le voir. «Bonjour, Don. Est-ce que ça boume? Et ta femme?

— Faut pas se plaindre, Jo. Le dingue, c'est toi? Sincèrement désolé.» Il lui tourne le dos pour s'adresser aux hommes en uniforme, y compris Varty qui est venu grossir le groupe. «C'est Jo Kiss. Bien connu dans ma brigade. Je l'ai rencontré au début du Blitz. Il a sauvé plus de vies que nous tous réunis. Et il nous a accompagnés à Holborn, quand nous y avons été envoyés. Il avait du flair pour trouver les survivants, quelle que soit la profondeur à laquelle ils étaient enfouis ou depuis combien de temps. Comme un chien, en mieux. Des centaines de Londoniens lui doivent la vie. Quel dommage! Pauvre Jo.» Il regarde son vieux camarade. «Tu veux descendre pour me faire plaisir, Jo? Si je t'amène une échelle?

— Tu sais que je ne peux rien te refuser, Don, mais...» Josef Kiss se gratte la tête. Il semble rester dans les hauteurs par la seule force de sa volonté.

«Il faut l'arrêter.» Que le conservateur soit rongé par de la frustration est évident. «Je l'exige. On ne va tout de même pas laisser n'importe qui agir à sa guise, ici. C'est un parc royal.

— Ces hommes sont mes collègues, monsieur.» Josef Kiss s'est exprimé d'une voix ferme et posée. Le soleil se reflète sur sa peau dorée, ses nobles haillons. «Ils se porteront garants de moi. En outre, j'avais de bonnes raisons de grimper dans cet arbre. C'est mon anniversaire de mariage.

— Oh, bon Dieu, obligez-le à descendre ! gronde sa sœur.

— Vous voulez que des poursuites soient engagées contre lui, madame ?» Le petit policier fait montre d'une patience de simple subalterne qui réprouve les décisions de ses supérieurs. Il est évident qu'il s'est placé dans le camp des pompiers qui sont comme lui des hommes d'action.

«L'ambulance sera là dans une minute. Je vous demande seulement de l'y faire monter.

— Ces personnes te diront qui je suis ! lance Josef, ravi de la tournure qu'ont prise les événements. Je suis Kiss le Sauveteur, la Providence des chats, des chiens et des poulets !» Des gousses géantes se détachent des palmiers environnants et explosent au contact des grilles de métal qui séparent les spectateurs du sol. La serre luxuriante est envahie par l'odeur qui devait être celle du monde à l'aube des temps, comme si c'était un merveilleux renouveau.

la tante de Mr Fitzmary avait une de ces charmantes cours entourées d'arbres dissimulées derrière les Gamages avant leur départ pour Jersey où ils auraient dit-on collaboré Paternoster Row puait l'encre d'imprimerie et le brouillard la seule passion du Dr Fadgit était la danse moderne il a dit donne-moi une tasse de café si je la bois d'un trait je vais pour ainsi dire décoller mais si tu m'avertis ça va foirer à la station de pompage de Deptford bien avant qu'il fasse carrière grâce au soutien de l'Église

> «Sur Richmond Hill vit une fille,
> Plus radieuse qu'un matin de mai ;
> Aucune autre n'a de tels attraits,
> C'est une rose sans épines. »

« Le Q.G. de la brigade se trouve à Albert Embankment, déclare Don à un des policiers. La brigade fluviale. *Massey Shaw.* »

le mec de la volante veut jeter un œil dans le placard aménagé sous l'escalier et voilà-t-y pas que le gazier entre pour relever le compteur

À l'autre extrémité de la serre, dont nul n'a songé à condamner l'accès, entre une femme brune et son jeune fils en tennis, culotte courte, chemise et chaussettes blanches. Il tient un livre et une tache verte sur sa poitrine révèle qu'il s'est allongé sur l'herbe.

« Désolé, madame. C'est une urgence. La serre est fermée, madame. Vous devez ressortir. » Varty les chasse en gesticulant.

Déconcertée, Mrs Mummery agrippe la main de David et lui fait rebrousser chemin. Vexée mais impuissante, elle obtempère.

une ventrée de poitrine ils avaient une auto et un frigo en regardant simplement le menu il dit une joue et je réponds qu'elles doivent être pas mal et il demande c'est quoi cette odeur quand nous avons vu les tanks passer et je n'avais à leur montrer que le bulletin d'abonnement à Mickey Mouse hebdo cet Errol doit se souvenir de toi il a subi deux interrogatoires

Du haut de son arbre Josef Kiss suit par la pensée les Mummery, Mavis Essayan et d'autres personnes jusqu'à Victoria Gate et le fleuve d'où ils regagneront leurs foyers, puis il glisse sur trois ou cinq centimètres – l'écorce râpe ses fesses et le fait glapir. Un palmier ne peut aller contre sa nature, mais qu'il le retienne ainsi devient pénible. En outre l'agitation qui règne en contrebas l'empêche de s'adonner à la méditation. Il est tenté d'écarter les bras pour descendre en vol plané vers leur filet, mais il craint d'endommager ces arbres. Ne sont-ils pas les seuls souvenirs tangibles de son bonheur ? Il réfléchit à ses problèmes.

« À ton arrivée là-bas,
Ils t'ont surnommée la Belle,
Tu y vis depuis six mois,
Et ils te disent Cruelle.
  Si j'étais où j'ne suis pas,
  J'aurais ce que je n'ai pas,
  Si j'l'avais je n'y serais pas.
Diddle-iddle-iddleda.
  O, dee-di-do-di-do-da ! »

« Approche ton échelle, Don, lance-t-il finalement. Je descends. On ne peut décidément être tranquille nulle part. »

la queue a Australia House mardi dernier as-tu vu que mes tétons étaient brûlés mais ça n'a pas laissé de cicatrices et il ne remettra jamais ça ach, mec tu ne me feras pas retourner dans ce foutu merdier j'en ai fait dans mon froc

« J'ai eu un truc comme ça, il y a longtemps, déclare un autre pompier en secouant la tête. Pour les mêmes raisons. Le Blitz. Ils m'ont gardé des mois à l'hôpital. Je croyais que j'avais créé le soleil et que je pouvais par conséquent éteindre les flammes. Mais pas la mer. C'était une sorte d'ennemie. Plutôt paradoxal, non ? La flotte est pourtant la meilleure alliée des pompiers. » Tout en parlant il participe au dépliage de l'échelle puis aide à la positionner pour que son sommet soit juste au-dessous des chaussures boueuses de Josef Kiss dont les orteils sont orientés vers le bas.

u gory blekitnawy na zachod rozany

« Pas de polonais ! » s'exclame Mr Kiss, ce qui les déconcerte. Tout en se rapprochant graduellement de l'échelle il regarde une fois de plus à travers la verrière et voit le rouge et le blanc familiers d'un véhicule qui approche sur Broad Walk. Il interrompt sa descente, soudain angoissé.

« Je suis là, mon vieux.

— Tu monteras avec moi dans l'ambulance ? Jusqu'à l'hôpital ?

— Bien sûr, si ça peut te faire plaisir.

— Ne leur cède pas, s'ils refusent. La chute est toujours décevante, lorsqu'on est confronté à des gens fondamentalement sains d'esprit. Elle n'est spectaculaire qu'avec les fous furieux. » Il sourit à sa sœur qui le foudroie du regard puis il entame une nouvelle chanson.

« Je présume que vous réglerez les dégâts, madame ? » Le rictus modèle réduit du conservateur ne lui fait ni chaud ni froid.

Rapports abstraits 1950

Mary Gasalee s'agite dans son sommeil. Si Kitty Dodd le remarque, elle y est habituée et s'installe plus confortablement dans son fauteuil en rotin pour feuilleter un *Woman's Weekly* tout en pensant à ses vacances, sa véritable passion. L'infirmière voit en Mary Gasalee un miracle d'innocence, une femme immaculée et bénie sauvée des péchés du monde. *Elle est Dieu merci heureuse au moins une partie du temps le pire c'est quand elle crie et que personne ne l'entend Susan et moi exceptées et Susan est si empotée qu'elle ne sait pas quoi faire.* Kitty Dodd se considère comme la gardienne d'une châsse universellement vénérée et porte un intérêt à la fois bienveillant et possessif à Mrs Gasalee. Elle travaillait déjà dans la section spéciale de Bethlehem, le jour où Mary y a été admise. Les médecins qui viennent montrer leur patiente à leurs invités s'en remettent à Kitty ; c'est à elle qu'ils s'adressent pour obtenir des réponses. Mary n'a pas pris une ride depuis son arrivée mais la plupart de ses fonctions vitales sont normales. Même son cerveau est actif, comme si elle était en hibernation. Il s'agit d'une forme de narcolepsie très rare. Le plus célèbre de ces cas est celui d'Alfred Gordon Blount. Kitty sait qu'il faut se contenter d'attendre qu'ils se réveillent ; mesurer leurs réflexes, leur rythme cardiaque, leur respiration, des choses qui ne révèlent pas grand-chose si ce n'est une évidence : qu'ils sont en vie. Mary Gasalee est sensible à la souffrance. Elle perçoit ce qui l'entoure. Il faut la nourrir. Il faut la laver. Il faut attendre.

Papa disait avoir trouvé une nouvelle recette pour les WEETABIX *– plus qu'un simple petit déjeuner Oh, qu'accommoder des Weetabix est donc passionnant – même pour les cuisiniers en herbe ! Ils se marient avec tout. C'est du blé, du malt, du sel et du sucre. Que des bonnes choses ! C'est tout prêt. C'est parfait !* EN BOÎTE FAMILIALE *pour 9d. À présent, ayez toujours dans votre sac à main de quoi respirer sans problème !*

Guidée par la traînée de condensation qui descend en s'incurvant vers le cimetière, Mary franchit en courant le portail pour suivre l'allée qui sépare les tombes et traverser la tonnelle de roses du jardin du souvenir où l'avion s'est écrasé. À travers les flammes qui cernent le cockpit en Plexiglas elle constate avec soulagement que son ami a sauté et cherche des yeux son parachute. Elle remarque une chose noire qui se balance dans le ciel dégagé puis se pose derrière la chapelle et, soulagée de le savoir en vie, elle se tourne pour quitter les lieux par l'entrée principale, là où la plupart des maisons sont rasées ; elle ne reconnaît aucune boutique mais les trams circulent de nouveau et elle a la chance d'atteindre l'angle à l'instant où un 79 se rendant à Smithfield s'arrête. Elle bondit à bord comme si elle était poursuivie. Elle n'est pas une inconnue pour le receveur qui lui adresse un sourire amical avant de repousser sa casquette en arrière et siffloter. Elle est ravie de revoir son vieil ami Ronald Colman, un homme qui déborde de malice et de gaieté.

— Jusqu'au terminus, Mary ?

Il fait tinter sa sacoche pleine de pièces.

— Oui, merci.

— Je parie que nous allons rendre visite à grand-père.

Les rouages du tram grondent et claquent, les cuivres vibrent, la coque de métal écarlate gîte et tressaute en crissant sur les rails provisoires installés dans les rues du nord-est de Londres, des ruines d'où s'élève toujours une fumée poisseuse désormais familière.

— Votre ami s'est-il posé sans encombre ?

Enfreignant le règlement, Ronald Colman s'assied en face d'elle et allume effrontément une cigarette.

— Tout le laisse supposer, répond-elle. Comment va Claudette ?

— Elle ne s'est jamais si bien portée. Elle appartient au Women's Royal Army Corps et fait son devoir comme nous tous. Dieu merci, l'hiver est terminé. On ne s'attend pas à ce qu'il neige en mai, pas vrai ? D'ailleurs, même le béton est brûlant. Mieux vaut en rire, pas vrai ?

ancien symbole du savoir des apothicaires, il continue de briller mystérieusement dans les vitrines de nombreuses pharmacies. Pour informer les passants de ce qu'ils trouveront à l'intérieur

Le tram atteint le terminus de Smithfield et Mary est heureuse de voir la halle aux viandes toujours intacte avec son fer peint rococo et ses vitraux ; un décor invraisemblable pour les portefaix aux tabliers raides de sang séché qui s'affairent bien qu'il n'y ait plus grand-chose à vendre ou acheter. Lorsqu'elle en a la possibilité Mary vient en ce lieu en fin de journée, quand tout est plus calme, ou certains après-midi où l'activité est presque inexistante. Avant-guerre, il était possible d'obtenir ici un steak dans les bas morceaux pour un penny, et on avait un vrai régal pour bien moins cher que dans les boucheries. Les bouquinistes installaient leurs étals à l'extérieur, dans la rue, avant que les bombes incendiaires ne les détruisent ; les Allemands les larguaient sur les libraires et les marchands de journaux pour les raisons qui les incitaient à procéder à des autodafés dans leur propre pays. Ils avaient réduit les livres en pulpe et en cendres, jonché Farringdon Road de petits monticules ressemblant à des cadavres, noirâtres à l'exception ici et là d'une jaquette à moitié consumée. Mary se dirige vers le rouge, l'or et les bleus du grand pont qui surplombe sa vallée ; Holborn Viaduct résiste aux raids comme la cathédrale St Paul et permet aux autobus d'aller d'est en ouest ou d'Oxford Circus à la City sur des hectares de désolation, car l'ennemi a rasé tous les immeubles qui séparaient ce lieu de Charterhouse Street. Des passe-relles de bois enjambent à titre provisoire des décombres où des petits garçons et des petites filles jouent à cache-cache, où des vieillards retournent briques et madriers dans l'espoir de trouver un trésor ou des papiers perdus. De l'autre côté de Farringdon Road les bombes ont endommagé sans totalement détruire Saffron Hill et Bleeding Heart Yard dont les maisons semblent aussi invulnérables que celles qui ont été soufflées. Elle se souvient des monte-charges qui s'élevaient et descen-daient sur les trottoirs comme les vagues de l'océan, de la chaleur étouffante, du vent qui tentait de vous dévêtir, de vous énucléer, et elle cherche autour d'elle sa poupée blonde.

Quand ça commence comme ça on sait que son mari a une idée derrière la tête.

— De l'eau a coulé sous les ponts du Pays des Rêves, dit Beryl Orde. Cette imitatrice était une des vedettes de la radio préférées de Mary, avant-guerre. Beryl peut se faire passer pour Greta Garbo, Gracie Fields, Jessie Matthews, Wee Georgie Wood, n'importe qui. Elle a pris la voix de Maurice Chevalier, mais Mary la reconnaît immanquablement. Elle se tourne pour saluer une Beryl dont le visage allongé a comme toujours une expression comique.

— Comment va-t-elle, notre Mary ? (Beryl a dans la vie de tous les jours l'accent de Liverpool.) Il y a longtemps que nous ne vous avons pas vue à la Maison de la radio. Auriez-vous été souffrante, ma chérie ?

— Je suis retournée au cimetière pour chercher ma poupée et mon ami. Son avion s'est fait descendre, mais il a sauté en parachute et me voici !

— Et votre poupée se porte bien, elle aussi. Je l'ai vue hier ou avant-hier. Ce ne sont pas quelques raids aériens qui risquent de l'endommager, pas vrai ? Mais je peux lancer un avis de recherche, si vous le souhaitez.

— Ce serait aller un peu loin, non ? (Mary rit.) Il y a des années que je n'ai pas écouté votre émission, Beryl. Je suis impatiente que tout ceci s'achève pour vous entendre de nouveau.

— J'ai été très triste, quand j'ai appris pour votre grand-mère. La fin a dû être rapide.

— Non. Je ne crois pas. (Mary lui tient un peu rigueur d'avoir abordé ce sujet mais elle n'en laisse rien paraître car elle craint de la voir partir.) N'êtes-vous pas allée chez le coiffeur ? Vos cheveux sont plus frisottés.

Elle touche du doigt une boucle rousse. Elle aime le soutien moral qu'apportent les gens célèbres.

— Enfin, ma chérie, elle est dans un monde meilleur.

— Oh, oui ! Et moi aussi.

Mary veut rire mais ne réussit qu'à soupirer et elle s'assied sur un vieux coffre-fort dépassant des décombres pour contempler tristement la Tamise toujours voilée par la brume.

— Oh, oui !

Elle se souvient d'un temps où sur ses berges s'alignaient des bûchers où des femmes se consumaient telles d'horribles chandelles sous un chaud soleil d'été, leur graisse dégageant une infecte fumée jaunâtre, peut-être une armée vaincue, des révoltées exécutées. Elle a oublié quelle était leur cause et le reste.

— Eh ! Beryl Orde grimace. Qui est-ce ?

Mary force la porte de ses souvenirs.

— Gracie Fields. Chantez-nous une chanson, Gracie !

— Tourne vers la paroi le portrait de mon père, et ne prononce plus jamais son nom, maman, car il a apporté sur nous le déshoooonneur...

Elle prend la main de Mary dans la sienne et elles avancent en gambadant sur le trottoir de planches improvisé entre des ruines où des hommes tentent de récupérer ce qui est utilisable, coiffés de vieux sacs, les traits dissimulés par un masque de poussière. Elles gravissent peu après les marches branlantes qui grimpent vers le viaduc. Approcher du pont familier sous cet angle inhabituel donne à Mary l'impression de vivre une aventure.

— Eh bien, constate-t-elle, ce n'est pas mieux qu'avant ! Les Allemands n'ont pas gagné, au moins ?

— Nous les avons vaincus. Même s'il serait plus juste de dire que c'est la Russie qui les a battus. C'est ridicule mais Mr H et ses nazis ont toujours manqué de bon sens. Ils ne sont pas allés plus loin que Dorking. Et Dorking a de quoi saper le moral de n'importe qui.

En robes de cotonnade imprimée à manches courtes elles s'accoudent à la balustrade rouge noircie à proximité des armoiries de la City et d'une dame grecque hautaine qui personnifie le Commerce. Elles regardent le sud et l'est, pour admirer la vue offerte par St Paul et Blackfriars. Se passant la même cigarette, trois vieillards en uniforme des Home Guards les croisent sur l'autre trottoir puis montent dans un bus qui passe lentement, mais High Holborn et le viaduc sont autrement déserts

— Ont-ils évacué tous les habitants du quartier, Beryl ?

— La plupart sont morts, je le crains. La comédienne tend vers elle une main consolatrice.

— Tout est calme. Comme un jour férié. Mary s'interdit de pleurer et reporte son attention sur le fleuve, surprise que la brume se soit dissipée. Si quelques poteaux calcinés s'y dressent encore, tous les cadavres ont disparu. Contre qui ou contre quoi ces femmes se sont-elles révoltées ? La guerre ? Il y a sur la Tamise deux étranges embarcations.

— Ils draguent le fond, lui explique Beryl. De tous les décombres. Farringdon Road a été inondé. Les Chleuhs ont fait sauter des égouts. On aurait pu croire que toutes les rivières taries étaient de nouveau alimentées. C'était moins sérieux où nous nous trouvions, mais ils ont bombardé St Anne, Soho. La plus laide des tours de Londres est désormais la seule ! (Beryl glousse et devient George Robey, Premier ministre de l'Hilarité.) Mais le roi et la reine ont été *admirables*, pas vrai ? Ils ont retroussé leurs manches et déplacé des piles de briques, chanté des chansons et préparé du thé pour tout le monde !

Mary en est surprise.

— Je les croyais partis au Canada.

— C'était ce qui était prévu. Il faut dire que la population ne les portait pas dans son cœur.

— J'étais là. Nous les avons conspués. Des salopards de nantis. Qu'avaient-ils de commun avec nous ?

— Ils s'en sont mieux tirés que les autres. Beryl a pris un accent écossais que Mary ne peut identifier.

— Ils étaient imbus d'eux-mêmes. Ils auraient mieux fait de nous offrir du thé plutôt que des belles paroles, comme disait mon grand-père. Je présume qu'ils se sont adaptés à la situation, conformés aux souhaits de leurs sujets. C'est comme ça que les monarques réussissent à conserver leur trône. Ont-ils ouvert Buckingham Palace aux sans-abri ?

— N'exagérons rien, ma chérie. Devenue Gertie Lawrence, Beryl cligne de l'œil. Un tout petit effort suffisait. Ils n'avaient aucun désir d'en faire trop.

— Je vois toujours en eux des imposteurs. Mary devient maussade.

— Les valeurs sont un peu différentes au Pays des Rêves. (Il est évident que Beryl voudrait changer de thème. Elle est plutôt conservatrice et ces propos qui frisent le crime de lèse-majesté la mettent mal à l'aise.) Vous ai-je raconté comment je me suis perdue sur le toit de la poste de Mount Pleasant ? On m'avait parlé d'un raccourci par une terrasse. Cela se passait avant que j'aie vraiment du succès et j'occupais un emploi de coursier. L'important, c'est que j'ai trouvé la première porte mais pas la seconde. Je pouvais voir des gens travailler à travers les lucarnes et j'ai tapé aux vitres pour qu'ils m'indiquent mon chemin. Personne ne m'a remarquée. Il s'est mis à pleuvoir. Il n'y avait que des bureaux, là-haut, aucun centre de tri. Ce qu'on découvre ainsi est surprenant. Des choses banales, mais aussi deux femmes. Deux femmes, imaginez un peu, qui s'embrassaient et s'étreignaient. Qu'en pensez-vous ?

Mary essaie de comprendre ce que cette scène a de choquant, mais son imagination n'est pas à la hauteur.

— Je vivais derrière Mount Pleasant. Vous connaissez Phœnix Lane ?

Beryl regarde sa montre.

Mary perçoit l'irritation de son amie et ne sait comment s'y prendre pour rentrer dans ses bonnes grâces.

— Sur le toit ? Par les lucarnes ? Bon sang !

— Mon bus arrive. (Beryl a l'esprit ailleurs.) Mon émission débute dans une demi-heure. Au revoir, ne pleurez pas, essuyez vos larmes ! Soyez prudente, d'accord ? Elle saute dans un bus de la ligne 25 qui progresse lentement sur le viaduc à destination du West End et la salue de la main depuis les marches qu'elle gravit pour atteindre l'impériale.

Mary la voit s'asseoir sur la banquette arrière et allumer une cigarette.

— Désolée.

Mary hausse les épaules. Je ne suis pas de taille à affronter le monde, sans doute. C'était ce que lui disait sa grand-mère en souriant et caressant son visage. Mary flâne le long du pont indestructible en direction de la gare de Holborn dont les poutrelles se découpent comme les côtes d'un squelette contre un ciel bleu clair. Devant les murs de brique éventrés et la façade en pierre effondrée de l'entrée principale, le père de Mary, tenue kaki, ceinturon et baudrier, bandes molletières et fusil Enfield, monte la garde. Il redresse sa casquette au-dessus de ses yeux d'un vert doré et lui sourit en lui envoyant un baiser furtif.

— Salut, ma fille. Si tu vois un officier approcher, pars comme si de rien n'était. Je lui dirai que tu me demandais ton chemin. Comment va ta maman ?

— On raconte qu'elle est partie au Canada avec la famille royale.

— Ça ne m'étonnerait pas d'elle. Mais elle avait ses bons côtés.

— J'ai également entendu dire que le roi et la reine sont revenus. Maman a pu en faire autant.

— Pourquoi ne pas leur poser la question, ma chérie ? Ils sont à l'intérieur. Tiens-moi au courant, si tu apprends quelque chose.

Il lui fait un clin d'œil et un autre sourire.

Mary entre dans le hall principal bien éclairé, sous des poutrelles métalliques endommagées qui servent de perchoir à des nuées d'oiseaux exotiques. Une crécerelle vient se poser sur son épaule puis va rejoindre un pigeon. Les lieux sont déserts à l'exception des porteurs qui attendent à côté des portillons des quais et du roi et de la reine qui boivent du thé, assis autour d'une table basse installée près des guichets. Elle approche et ils lèvent les yeux. George est si mince que la grand-mère de Mary le qualifierait de gringalet, si petit qu'il a tout d'un écolier, alors que son épouse fait penser à une poupée replète posée près de lui. Par comparaison, Mary se trouve énorme et empotée.

— Veuillez m'excuser si je ne vous fais pas la révérence, mais c'est contraire aux principes de ma famille.

— Voilà qui est intéressant, déclare la reine Elizabeth. Ton papa vit seul, je crois ?

— Il m'a chargée de vous demander si maman était revenue du Canada avec vous.

Une question qui affole la reine. Elle regarde son époux qui joint les mains devant lui.

— T-ta maman n'est pas ici.

Mary avait oublié qu'il bégaie.

— Ne vous fatiguez pas pour moi. Vous semblez éreintés.

— Il a participé au dégagement des corps. (Elizabeth tapote sa bouche avec un joli napperon.) Le pauvre. Il a toujours été plutôt fragile. Tout ceci est la faute de son frère. Comment s'appelle ta maman, ma chérie ?

— Nellie Felgate. C'est grand-mère Felgate qui m'a dit qu'elle était au Canada.

Le roi George prend un paquet de cartes et entame une réussite. La reine essuie des perles de sueur sur son front.

— Il n'y a rien de tel pour le détendre. Nous n'avons rencontré aucun Felgate, mon enfant. N'est-ce pas, Davie ?

— P-pas depuis notre retour du Canada.

Elizabeth le foudroie du regard.

— Nous n'avons pas mis les pieds là-bas depuis la Déclaration de guerre.

— Ça s'est passé avant, précise Mary. Il doit y avoir une quinzaine d'années. Je suis encore très jeune.

— Eh bien, tu peux constater qu'elle n'est pas avec nous ! répond sèchement la reine. Elle n'a pas épousé ton père, tu sais. Il était un militaire de carrière. Ici un jour, au loin le lendemain. Elle savait à quoi s'attendre. Tu as eu de la chance d'avoir ta grand-mère pour veiller sur toi. Et ton grand-père. Des gens charmants.

— C'est un mensonge ! Enfin, pas un mensonge, mais si vous connaissiez mon grand-père vous ne diriez pas ça. Il vous traitait de chancres purulents vivant sur le dos de la société, de parasites qu'il aurait fallu virer à coups de pied au cul avant de redistribuer leurs biens.

— Nous sommes l'âme de ce pays, ma fille. (C'est avec colère que la reine Elizabeth croise les bras sur son petit ventre rond.) Tu devrais rougir de tes propos.

— Il disait que vous étiez un luxe inutile. Que si une monarchie était indispensable à la cohésion de l'Empire il aurait certainement été possible de trouver une famille régnante moins dépensière que la vôtre.

— Les Felgate étaient des roturiers de la pire espèce. La reine renifle. Ce qui s'applique également aux Gasalee. De vulgaires pirates. La lie de notre société. Mais nous sommes habitués à ces mesquines attaques. À l'occasion, nous lisons nous aussi le *Daily Herald* et le *News Chronicle*. Mais vivre et laisser vivre, telle est notre devise. Je pourrais te faire pendre pour haute trahison, faire empaler ta tête sur une des pointes de Traitor's Gate.

Comme toujours lorsqu'elle se sent menacée, Mary devient agressive.

— Mon grand-père disait que vous étiez des Boches et que vous finiriez tôt ou tard par jeter le masque. Il disait aussi qu'à votre arrivée dans notre pays vous n'aviez même pas un pot de chambre pour pisser dedans et que vous possédez à présent la moitié de l'Angleterre. Vos cousins allemands peuvent bien parler des Juifs !

— N-nul n'est parfait, balbutie George VI en levant les yeux de ses cartes. Calme-toi, petite. Nous sommes en guerre. Nous devons nous serrer les coudes. La journée a été dure pour moi et pour ta mère.

— Pas si vite ! s'exclame la reine, affolée. Qui a dit que j'étais sa mère ?

— C-ça m'a échappé, pardonne-moi ma puce.

Le roi retourne deux cartes.

Tenace comme un fox-terrier, Mary ne renonce pas à ses proies.

— Mon grand-père disait qu'il faudrait vous chasser de Londres et vous obliger à vivre dans un petit village. Que c'était là qu'était votre place. Quand on n'aime pas le lieu où on se trouve, il faut plier bagage. Partir n'importe où en Écosse et y rester. Mais il tenait ces propos quand il était dans de bonnes dispositions. Il consacrait le reste de son temps à choisir les réverbères auxquels il vous pendrait. En fonction de la taille.

— Ton grand-père est mort, ma fille. (Dans un tourbillon de mousseline bleu pastel la reine Elizabeth s'assied.) Comme tous les autres membres de ta maudite famille. Tu aurais intérêt à surveiller tes paroles. Te voici seule, à présent.

Ulcérée par ce coup bas, Mary repart à l'attaque.

— Il disait que vous n'aviez pas changé, pas au fond de vous-même. Je pense qu'il avait raison. Qu'avez-vous fait de sa pension ?

— J-je ne l'ai pas mise dans ma poche ! bredouille George qui desserre sa cravate sans interrompre sa réussite. S-si tu continues, ma fille, je vais appeler la police. Rien ne nous oblige à écouter ce monceau d'inepties. Nous faisons notre devoir. Tous en conviennent.

— Pas dans l'East End.

— Le sel de la terre, l'East End ! La reine s'est ressaisie. On y trouve des agitateurs étrangers, des espions et autres individus du même acabit qui exploitent le mécontentement du bas peuple et le dressent contre nous. Nous allons là-bas pour prouver à ces gens que nous nous soucions de leur sort et tout s'arrête. Nous avons pris en charge leurs enfants et nous leur avons donné des uniformes. Que voudrais-tu de plus ?

— Que vous nous rendiez une partie de ce que vous nous avez volé, par exemple. Mary sait que c'est son grand-père qui s'exprime par sa bouche. Il aurait tant aimé pouvoir dire leur fait à leurs souverains qu'elle lui doit de le faire à sa place. Autrement, ce couple ne lui semble pas pire que les autres. Ce sont des individus ordinaires, à l'exception de leurs voix bizarres.

— Personne n'a réduit vos subsides, que je sache ? Mary décide d'en rester là et tourne le dos au roi et à la reine qui font des commentaires sur sa vulgarité. De retour à l'extérieur de la gare elle constate que son père n'est plus là. Sans doute a-t-il été muté à cause de son comportement scandaleux.

— Papa ?

À moins qu'il n'ait déserté.

Quand les policiers la chargent, comme ils ont chargé la foule dans Cable Street avant-guerre, elle s'enfuit dans Holborn et finit par atteindre Hatton Garden et se demande ce que sont devenus les Gamages. Les forces de l'ordre perdent sa trace et dévalent les marches jusqu'à Farringdon Road inondé où le niveau de l'eau continue de grimper. Elle a l'impression d'avoir accompli un exploit réclamant beaucoup de courage, comme Patrick, et il y a longtemps qu'elle n'a pas été aussi euphorique.

— Un des avantages du Pays des Rêves, c'est qu'on n'a pas à tourner sa langue sept fois dans sa bouche ! C'est en sifflotant effrontément qu'elle se dirige vers Tottenham Court Road, convaincue qu'il lui suffira d'arriver dans Shaftesbury Avenue, de suivre St James et de descendre le Mall pour voir Buckingham Palace réduit en cendres. Pour quelle autre raison le roi et la reine seraient-ils allés s'asseoir autour d'une table basse dans la gare de Holborn Viaduct pour boire du thé et jouer aux cartes comme des sans-abri ? Elle est malgré tout tiraillée par un sentiment de culpabilité et se demande si elle n'a pas été un peu dure avec eux, mais c'est à son grand-père décédé que va sa loyauté, une loyauté qu'elle a amplement démontrée aujourd'hui.

On peut s'amuser en Angleterre !

Kitty Dodd tourne une autre page de son *Woman's Weekly* et se détend. Elle éprouve un soudain bien-être qui, elle en est certaine, est irradié par sa patiente. *Tel est le message que nous adresserons au monde l'année prochaine, à l'occasion du Festival of Britain, et le pull-over représenté ci-contre devrait remporter un vif succès car il associe harmonieusement le symbole féminin de cet événement à un léger tricot estival.*

Kitty Dodd prend la brochure gratuite où sont décrites les manifestations et les expositions prévues. Elle a déjà dressé la liste de ce qu'elle irait voir mais elle doit expédier ce dépliant à son frère qui vit à Cork. Il le lui a demandé car il a l'intention de venir à Londres avec sa femme et il tient à en avoir pour son argent.

« Sans cornemuses bêlantes et sans tambours de guerre
 aux roulements menaçants,
C'est avec leurs fusils que les fils d'Angleterre
 s'en vont dans l'océan… »

Mary se retrouve à Soho Square et s'assied sur son banc habituel pour se reposer dans la douce chaleur que les habitants du soleil ont laissée derrière eux. Elle a sur sa gauche Hermione Gingold et sur sa droite June Havoc.

— Voilà comment je comprends la vie, pas vrai, mes chéries ?

Hermione les gratifie d'un de ses rires gras.

L'uniforme jaune clair de June Havoc semble sorti d'une comédie musicale et apporte à son teint une nuance cireuse. S'en offusquerait-elle, si elle le lui disait ?

— J'ai vu votre poupée, Mary. Vous savez de quoi je parle. Le roi et la reine la cherchaient pour la rendre à leur petite fille.

— Ils n'ont plus de petite fille. Ils l'ont abandonnée.

Mais si vous revoyez ma poupée, pourrez-vous veiller
sur elle ? Mary apprécie tout particulièrement June qui
lui paraît vulnérable.

— Ça se passait au Canada. Elle reviendra bientôt,
j'en suis certaine. Savez-vous combien coûte un aller
simple ? Plus de vingt livres. (June ouvre son poudrier et
fronce les sourcils en se voyant dans le miroir.) Repas
non compris. Ho ho ! (Elle referme brusquement le petit
boîtier.) Les mâles arrivent.

Se tenant par le bras, leurs pas parfaitement synchronisés, leurs lèvres rose vif pincées pour siffler, trois
marins de taille absolument identique tournent à l'angle
de Falconberg Street et approchent en chantant.

> « Johnny Todd a décidé
> Dans le monde de bourlinguer,
> Et sa belle il a laissé,
> À Liverpool, sur les quais... »

— Vous semblez avoir besoin de vous amuser un
peu ! Hermione leur adresse un clin d'œil aguicheur.
Stoppez les machines, joyeux matelots. Alors, on vient
de débarquer ?

— En escale, mesdames ! Ils peuvent parler tout en
sifflant et en chantant, à l'unisson. Et en bordée !

— Vous cherchez de la compagnie ? June redresse
son uniforme et tapote sa chevelure brune.

— Bonjour, leur dit Mary... les gars. Elle n'a pas
l'assurance des deux stars et craint d'éclater de rire.

— On se tient tranquille, murmure Hermione.

— Je suis une femme mariée respectable.

— Oh, non, ma chérie ! Vous avez changé de
statut. Vous êtes une jeune veuve ravissante. Vous en
souvenez-vous ?

— Patrick serait mort ?

— Il y a très, très longtemps.

— J'ai vu son avion. J'ai l'impression que c'était tout à l'heure.

— C'est fréquent, au Pays des Rêves.

Vive comme un pinson, Kitty Dodd remarque que la respiration de sa patiente s'est modifiée et elle inspecte les instruments, tuyaux et fils qui surveillent ses fonctions vitales et évacuent ses déchets corporels. N'ayant rien relevé d'anormal elle reprend sa lecture. *Chris était prête pour l'amour. Elle voulait s'abandonner dans les bras de Jean-Louis pour qu'il la cajole et la chérisse. Sans le moindre espoir ! Elle le surprenait parfois à laisser son regard s'attarder sur une épaule nue et était transportée de joie lorsque c'était la sienne. Mais, après avoir été sous les feux de rampe, elle était très sollicitée.*

Bras dessus bras dessous, les trois femmes et les trois marins avancent à grandes enjambées sur la place, en direction de Piccadilly Circus.

— Toutes les jolies filles aiment un marin, toutes les jolies filles aiment un matelot...

Mary suit le mouvement et siffle avec eux.

— Ohé du bateau ! Ohé du bateau !

Calquer sa conduite sur la leur lui permet d'être en harmonie avec eux et ses craintes se dissipent. Elle est fière de son attitude et certaine que son grand-père l'approuverait, ce qui serait également le cas de sa grand-mère même si elle refuse de l'avouer. Les couleurs sont à la fois pâles et vives, une palette infinie de pastels, et elle n'a jamais vu Londres propre à ce point. Même les ruines paraissent avoir été lavées à grande eau et sont aussi nettes que la peau de leurs compagnons.

— Eh bien, vous savez comment sont les marins !

Elle envisage d'aller au Windmill, là où elle et Pat ont passé de si bons moments lorsqu'il était en permission. Rien ne vaut une chanson quand on a le bourdon, a-t-il dit la veille de son envol et de l'effondrement de leur maison.

— Libres et insouciants, joyeux et joviaux...

June Havoc reste à côté de son ami et sa démarche joyeuse est presque masculine.

— D'où viens-tu, beau marin ?

Il a des lèvres rouges et des yeux ronds du même bleu que la Méditerranée. Il sort de l'adolescence et a encore un visage glabre, des cheveux frisés d'un blond si clair qu'ils paraissent blancs.

— J'étais dans les Horse Guards mais je n'ai pas pu le supporter. Polir ces saloperies de casques et plastrons à longueur de nuit, blanchir pantalons et ceinturons, sans parler des tapettes qui vous faisaient du rentre-dedans. La vie d'un soldat d'opérette n'est pas rose, croyez-moi.

— C'est ce que disait mon ami Pat.

Mary sort des chewing-gums de sa pochette en velours. Tous en prennent un sans perdre la cadence. Ils sont à présent dans Shaftesbury Avenue où les vitrines sont pleines à craquer de gâteaux et de cellophane colorée, comme si les commerçants attendaient l'arrivée du peuple du soleil.

— Suivez mon conseil et devenez chimiste, dit le marin de Mary en comprimant sa main sous son bras. Ou électricien. Voilà des domaines d'avenir. Il faut faire marcher ses méninges. J'en ai par-dessus la tête d'être envoyé de-ci de-là comme si j'étais une bouillotte. Quand j'étais gosse, je vivais près d'ici.

— Moi aussi ! Mary est ravie d'entamer une conversation normale. Où, exactement ?

— Juste à côté de Leather Lane. Près de Hatton Garden. Vous connaissez ?

Il hausse des sourcils presque invisibles.

— Je savais bien que je vous avais vu quelque part.

— Je parcourais Hatton Garden pour chercher des diamants dans les caniveaux, en espérant qu'un vieux joaillier en aurait laissé tomber un. C'est le plus grand marché du monde, vous savez ? Plus important que ne l'est actuellement celui d'Amsterdam, évidemment.

Hermione est placée plus ou moins au centre de leur chaîne et les précède d'un pas. C'est toujours elle qui prend la tête de leur groupe.

— Allons voir une comédie musicale, lance-t-elle. Un spectacle formidable, avec Fred Astaire. C'est juste au-delà de cet angle, dans Leicester Square. Il est si gracieux qu'on croit qu'il danse dans les airs.

— Tous sont fascinés ! June les gratifie d'un de ses rires merveilleux teintés de défi.

— Mon père avait un éventaire dans Leather Lane, déclare le marin de Mary qui semble avoir perçu son désir de parler de choses banales. Il vendait des outils d'occasion. Des tenailles à six pence. Il travaillait dur pour nous faire vivre. Avec une honnêteté désormais rare. Vous avez dit que vous viviez où, déjà ?

Mary est de nouveau au bord du fou rire.

— Calthorpe Street. (Elle hésite.) Dans le premier immeuble à loyer modéré, puis nous avons eu notre propre maison. Avec une nappe sur la table et un tapis dans l'escalier !

Elle s'est ressaisie et le marin paraît impressionné.

— Mon père était gérant d'un club, là-haut à Percy Square. Vous l'avez peut-être vu. Constamment tiré à quatre épingles, avec un manteau en poil de chameau. Les gens le prenaient pour un chef d'orchestre.

L'Éros du Circus est de retour, miroitant d'or et d'argent sur une estrade émeraude et Mary en a le souffle coupé. Le matelot d'Hermione se tourne vers elle.

— Ron jouait avec Harry Roy. Pas vrai, Ron ? Du trombone. Il en joue toujours. Il faudrait que vous puissiez l'entendre. Il fait partie de la fanfare du bord. Tu

reprendras ta place dans sa formation après ta démobili-
sation, pas vrai, Ron ?

— S'il veut encore de moi, répond le marin de Mary
avant de se remettre à siffler.

En vous voyant hier soir j'ai été fasciné,
Quand vous êtes apparue j'ai été bouleversé,
Puis vous m'avez frôlé, me faisant frissonner,
Et quand vous m'avez vu mon cœur s'est arrêté...

— Liverpool Street a été construit sur les ruines de
Bedlam et a reçu le nom d'un lord.

Les visages deviennent indistincts sitôt qu'ils quittent
Shaftesbury Avenue pour les rues animées où le peuple
du soleil va faire ses emplettes. Les voix sont toujours
nettes et différentes mais ses compagnons cessent progressivement de s'intéresser à elle et dérivent seuls vers
le Circus en la laissant au cœur d'une foule importante
et affairée. Mary est malgré tout heureuse car le peuple
du soleil la protège. Elle saisit autour d'elle des bribes
de conversations et s'affale sur une banquette, sous une
banne.

— Mes jambes enflent de nouveau. Je devrais les
ménager. À l'îlot de Brentford. Nous nous sommes rencontrés sur le chemin de halage. Oui, absolument adorable. Oui.

*Mr Blacker a émigré de Bornéo en 1948 j'aimerais que
vous puissiez l'entendre lorsqu'il brode sur les complots
anarchistes, le jeu et autres thèmes aussi révélateurs eh
bien ils ont pris tout son stock de caoutchouc mais si
vous avez besoin de quelqu'un pour fabriquer un kayak
il est votre homme le café sera sa perte il a pris cette fille
avec lui et lui a montré comment procéder et elle fait de
sérieux progrès, elle ne racontait pas de doux souvenirs et
jouait en paisible harmonie quand il s'est mis soudain à
faire très froid et qu'il y a eu cette lumière et que nous*

avons finalement compris que la montagne se trouvait
au-dessous mais tout indique qu'il a tiré sur son fils puis
tenté de se suicider et ce médecin m'a soignée pendant
trois ans et nous saluons Walter de la Mare qui pilote
son Douglas DC3 personnel et revient d'Australie où il a
rendu visite à des membres de sa famille il s'en est fallu
de peu c'est sa troisième tentative et si elle remet ça elle
peut toujours courir pour que j'intervienne.

Le peuple du soleil va et vient pour expédier ses
affaires dans les petites boutiques et cafés de Soho,
acheter des billets de cinéma et de théâtre, s'asseoir
dans les bars pour bavarder.

— *Qu'est-ce que vos garçons ont ramené du conti-*
nent ? Rien par rapport à ce que les Américains ont
trouvé là-bas ou à l'Est tout ce que je réclame c'est d'y
passer sans souffrances

Mary Gasalee boit une gorgée de son cocktail rose.
Elle a l'impression d'être redevenue une petite fille,
pense-t-elle avec satisfaction. Ça me convient pour
l'instant.

défricher une nouvelle voie je suppose et présenter des
excuses humiliantes était une question de vie ou de mort
elle remplaçait sa maman à qui vais-je rendre un culte à
présent que j'ai demandé que nous nous posions sur l'eau
regarde elle n'a pas seulement mon cœur mais aussi mon
stylo j'entendais le fracas des bâtons qui s'abattaient et
c'est comme ça que j'ai rencontré Mrs Gasalee

«Mrs Gasalee ?» Il arrive à Kitty Dodd de s'adresser
ainsi à sa patiente. «Est-ce que ça va, ma chérie ?
Mary ? Comment allez-vous ?» Elle va à la fenêtre et
l'ouvre, pour inhaler l'odeur de la végétation pourrissante et du lilas. «Tous les cinglés ont été lâchés dans
le parc, aujourd'hui.»

mais les fleurs ont finalement une senteur merveilleuse.
Primevères, cornes de cerf et jusquiame elle devait en
acheter beaucoup à Chinatown c'est là où ils en vendent

à présent à Limehouse nulle part ailleurs et il n'en reste jusqu'à preuve du contraire pas grand-chose je pouvais seulement la voir sous la clarté du feu qui entrait dans la pièce quel est le rapport avec le soleil elle avait cet animal de compagnie un chat appelé Gog plus vieux que Londres disait-elle comment vais-je lui survivre sa boutique et son studio ont été bombardés la puanteur de toutes les potions et produits chimiques brûlés était insoutenable encore plus délétère que celle du pétrole qui flambe et je pensais sincèrement qu'ils y verraient des choses tu sais comme dans ces films mais je suppose que c'était injuste elle a en pratique fait plus de mal que de bien puis ils l'ont conduite ici

Une débutante se tirera d'affaire en sortant du placard sa robe blanche à fanfreluches pour ressembler à Merle Oberon lors d'un de ces merveilleux bals vénitiens. Mais toute fille ayant une robe blanche plus banale peut la décorer avec des guirlandes de roses en papier, s'improviser une couronne et obtenir un résultat identique. Kitty Dodd secoue la tête. Elle doit se trouver un costume pour le gala de collecte de fonds de l'hôpital qui aura lieu l'autre week-end.

— *Je préfère à titre personnel la période Charles II avec ses satins et dentelles, rubans et volants et tissus magnifiques, mais il y a encore les tenues inspirées par les Chevaliers de la Table ronde, les films sur Beau Brummel et les pièces d'Oscar Wilde, avec leurs tournures, leurs chapeaux démesurés et leurs robes de bal ouvragées.*

— Oh, Dieu du Ciel, l'impatience me consume !

Mary Gasalee lève les yeux de sa consommation et voit sa vieille amie Merle en ensemble magnolia qui se hâte dans Old Compton Street comme si elle allait retrouver son petit ami. Elle reconnaît Mary et lui sourit.

— Mary, très chère ! Je croyais que vous ne veniez plus dans ce quartier. Je dois me dominer, mais qui pourrait me guider ? Quel est le rapport avec le soleil ?

Qu'ai-je à y gagner ? Il y avait la lueur du feu qui se déplaçait dans la pièce. À qui appartient cette tête ? Avez-vous déjà rencontré ce petit misérable, ce Freddy Bartholomew ? Il mijote quelque chose, c'est certain ! Pourquoi ne puis-je déterminer quoi ? Oh, Mary, allons prendre une tasse de chocolat au Radice's ! Vous allez adorer. Vous êtes-vous remariée ?

Mary se lève et étreint Merle. Il n'existe pas de parfum plus suave que le sien.

— Ne deviez-vous pas vous rendre à une soirée ?

— Je reviens à l'instant d'un bal à Venise. Il y avait de la friture. Bien trop de communications à la fois, évidemment. Puis ils se sont posés sur l'eau. Regardez !

Le geste de Merle est si dramatique, ce qui ne lui ressemble guère, que Mary s'en inquiète. Mais elle a simplement voulu désigner l'entrée marron et crème de la pâtisserie polonaise. Elle rit de soulagement.

— Quel est le rapport avec le soleil ?

— C'est aux Californiens qu'il faut le demander. (Avec son éventail bleu pastel elle fait tomber des miettes d'une chaise en fer peinte en blanc et s'assied avec grâce.) Ces gens courent tout le temps. Ils parcourent Londres dans un sens et dans l'autre au moins douze fois par mois. Comme s'ils étaient chargés de récolter des informations pour quelqu'un ou quelque chose. Je me demande si tout cela n'est pas orchestré. Un peu comme ce qui se passait avec les anciennes guildes des mendiants et les tribus urbaines, si vous saisissez le fond de ma pensée. Le Dr Male est arrivé. Elle lève les yeux quand la femme rougeaude que tous appellent Mrs Boulette vient prendre leur commande.

— Deux *cafés au lait*, s'il vous plaît, Mrs B. Est-ce que ça vous va, Mary ? Que pensez-vous de lui ?

— Je ne l'ai pas encore rencontré. Mary aimerait porter une tenue plus seyante que cette robe imprimée bon marché retaillée par sa grand-mère.

— Eh bien, cela ne risque pas de se produire ! Pas ici, ma chérie. Combien y a-t-il de cliniques de ce genre à Londres ? Comme celle qu'il veut fonder ? De l'avis général, ça nous permettra de souffler un peu. Son teint était-il déjà sombre ou sa peau a-t-elle été brunie par le feu ? Il nous fait rougir, n'est-ce pas ? Puis noircir. Je présume qu'on doit dorer à mi-cuisson. À un instant précis. Un teint de bohémien. Mary a quant à elle un teint très pâle. Intact. Une peau de bébé. Mary, ma chérie ?

Mary est surprise d'avoir somnolé. Il y a longtemps qu'elle se trouve dans ce lit.

— Vous avez parlé d'un costume. Pour un bal ?

— *Si vous voulez être à la fois amusante et originale, pourquoi ne pas opter pour les années 20 ? Vous serez certaine d'engendrer la bonne humeur en portant une robe ressemblant à celles qui faisaient fureur voici vingt-cinq ou trente ans. Le début des années 20 a été négligé et il se prête parfaitement à la caricature. Vous imaginez-vous avec une de ces coiffures tout en bouclettes ceinte d'un bandeau porté bas sur le front et orné de fanfreluches qui en dépassent comme des andouillers, une robe taille basse qui a tout d'un sac, des bas couleur abricot et des chaussures tarabiscotées ? Je viens seulement de prendre conscience qu'il est possible de trouver de tels vêtements empilés dans les greniers de tantes et de cousines entre deux âges parce qu'ils sont pratiquement devenus des « curiosités ».*

— Je n'ai pas de tantes, je ne crois pas, dit Mary. J'ai peut-être des cousines, mais elles ne doivent être guère plus âgées que moi. Je ne saurais pas où chercher.

— Nous pourrions envisager d'octroyer à certains patients un statut d'externes sous réserve qu'ils fréquentent régulièrement ces cliniques, comprenez-vous ? Y réfléchir en vaut la peine. Il y a combien de temps que vous êtes parmi nous ?

— Près de vingt ans, docteur.

Kitty Dodd pose son *Woman's Weekly*.

— Bonne nuit, mon bébé, bonne nuit, le marchand de sable va passer...

Mary et Merle se sont arrêtées dans Fleet Street pour prendre une tasse de chocolat chaud. Des fourgons hippomobiles et des véhicules à moteur vont et viennent comme s'il n'y avait pas de pénurie de carburant. Elles remarquent un couple sur l'autre trottoir. Un Nils Asther à la mine revêche accompagne une Janet Gaynor exubérante qui fait une courte halte devant un grand mur de pierre. Mary pense qu'il doit s'agir de la prison.

— Ces portes me font peur. Je me suis retrouvée de l'autre côté, autrefois, tout comme vous. Ce qui s'y passe est épouvantable.

Mary lève la main pour saluer Janet, mais il est évident que Merle ne souhaite pas leur parler. Le bras de Mary redescend.

— Cet homme est un vrai porc, marmonne Merle. Ils devraient le boucler. Je ne peux vous raconter ce qu'il a fait à sa femme.

— Il a tout d'un sale reptile.

— Il est bien pire que ça !

Ces critiques ne ressemblent guère à Merle. Derrière elles, à la table voisine, Mary entend les murmures de deux représentantes du peuple du soleil.

— *Et alors tu entres. Ne te laisse pas attendrir. Ne pense pas qu'il a un air bizarre. Il n'est pas vraiment difforme, tu vois, mais maquille-toi avec soin car il aime nous voir à notre avantage et ne t'afflige pas il n'est pas malheureux il redeviendra normal et ne leur prête pas attention s'ils te disent que c'est comparable à la restauration d'un vieux tableau*

Mary va pour tourner la tête afin de voir ces femmes mais Merle l'en empêche.

— Restez avec moi, ma chérie. J'ai besoin de vous.

Flattée, Mary se penche vers son amie.

— Vous ai-je dit que votre robe est absolument ravissante ? J'aurais aimé que vous veniez nous rejoindre plus tôt. Nous nous sommes bien amusées. Avec ces marins. Oh, Merle ! Que vous arrive-t-il ?

Merle a baissé les yeux mais il est évident qu'elle est au bord des larmes.

— J'ai travaillé dans un cirque, avant de venir ici. Jusqu'au jour où il a fermé. Il ne reste que Bertram Mills, à Olympia. Il n'y a plus de cirque d'hiver à Londres, de nos jours, seulement à Paris, sur le boulevard du Temple. Connaissez-vous ?

— Je ne suis jamais allée en France.

— Il n'y a aucune différence, vraiment. Rien n'a changé depuis des siècles. Ce que je me demande, c'est si nous sommes désormais plus nombreux. Elle s'assure que Nils Asther et Janet Gaynor sont partis et c'est en murmurant presque qu'elle ajoute :

— Vous savez, ceux qui ont besoin de cachets. Pardonnez cet euphémisme, ma chérie, mais je crois que nous ne sommes pas autorisées à dire *fous*. Qu'en pensez-vous ? Sortirons-nous un jour d'ici ?

— Il n'y a pour l'instant aucun avenir, répond Mary avec gentillesse. Pas pour moi, en tout cas. Je reste en quelque sorte collée au présent. Aborder la vie au jour le jour permet de fuir les responsabilités. Je suis trop faible pour les affronter.

— Vous êtes trop dure envers vous-même. Ou trop indulgente. Je suis toujours un peintre valable. Une question de confiance en soi, sans doute. Les enfants endurent mieux la souffrance que les adultes, non ? Parce qu'ils ne savent pas ce qu'ils font ? Oh, Mary, je peux à peine différencier mon coude de mes fesses, comme aurait dit votre grand-père ! Il y a ici très peu de gens qui n'ont pas à un moment ou un autre changé de personnalité. Hein ? Merle soupire. Comme votre père.

Mary ressent le besoin d'aider son amie mais ne sait comment s'y prendre. Elle termine son chocolat et se penche en arrière sur sa chaise pour s'intéresser à la circulation devenue très dense.

— J'avais une vieille photographie de la Première Guerre mondiale, quand j'étais petite. Je me disais que c'était peut-être mon père : un jeune homme aux traits presque féminins. Mais il avait des galons de sergent. J'ai pris une loupe et regardé l'insigne sur sa casquette, ce qui ne m'a guère avancée. Il devait être instruit car il avait une très belle écriture. Un aristo, sans doute. Il est parti au Canada, je crois, et ma mère a dû le suivre, mais ma grand-mère n'a jamais eu de ses nouvelles et ils n'étaient pas mariés. L'écusson faisait penser à un animal couché, peut-être un cerf. C'était signé *Cordialement, Edward S. Evans*. Je suppose que ça ne vous dit rien. C'était pour moi une source de réconfort.

— Eh bien, il a pu mourir ! Merle semble inquiète. J'aimerais vous aider mais mes flammes sont désormais cachées et ils se repaissent de mon sang *c'est pour cela que je suis pâle car le feu est vorace mais il y a une consolation après tout combien de femmes ont péri dans les incendies de Dresde Tokyo ou Madrid ils l'ont trouvée dans Richmond Park et elle disait qu'elle avait suivi Robin des Bois vers Greenwood nous n'avons pas découvert Robin mais un cerf abattu par une flèche de soixante centimètres empennée aux couleurs des Toxophilites royaux datant du XIVe siècle néanmoins de nombreuses personnes sont de nos jours au fait de ces choses et on m'a dit qu'ils n'ont jamais capturé ce Robin des Bois des temps modernes qui avait tué au moins trois mâles.*

— C'est interdit par la loi, n'est-ce pas ? (Mary referme sa main sur celle de Merle dont les yeux sont brûlants et plats comme ceux des membres du peuple du soleil. Ses pupilles ont pratiquement disparu.) Le cerf est mort. Enfin, vous y étiez. Vous êtes bien placée pour le savoir.

— Formellement prohibé. Merle hausse les épaules et se ressaisit. Elle lisse les plis de sa robe magnolia. Ne confondez-vous pas avec Olivia de Havilland ? Mais que feront-ils en plein black-out ? Comptez-vous rester ici jusqu'à la fin des temps, ma chérie ? Je n'y vois aucun inconvénient, mais je m'interroge. Sa voix est devenue plus douce et a pris un léger accent irlandais. Il m'a demandé de lui revenir en restant libre. Nous n'aurions jamais dû nous séparer. Est-ce ma faute si je ne pouvais pas lire les pensées des gens ? Mais il avait plus besoin que moi d'évasion, le pauvre.

il est probable que je serais morte je n'aurais pas su quoi dire je pleurais tout le temps à bord de cet avion mais il était si faible c'était pour lui une nécessité il était comme les autres et il a vu en moi la femme forte la mère est-ce juste

Dans son sommeil Mary Gasalee fronce les sourcils. Kitty Dodd redresse le léger drap qui la couvre. Après lui avoir tenu des discours si égocentriques et hors de propos qu'ils l'ont laissée dans un état second, le médecin est reparti. « Vous pourriez avoir envie de sortir d'ici, ma chérie. Je n'aime pas le tour que prend tout ceci, c'est la stricte vérité. Mais mon nouveau petit ami est irrésistible. Vous l'adoreriez. »

j'ai tenu mon rôle sans jamais m'en écarter je n'ai pas dit un mot de trop et c'est là que vit la crécerelle elle a dans sa maison une vingtaine de faucons qu'elle a élevés depuis leur éclosion ils parlent de chercher la source de chaleur je ne sais pas comment tous ces Asiatiques s'y prennent pour s'enflammer comme ça une petite brasserie et un pub juste à côté de ce lierre doit avoir quatre siècles et j'avais autrefois des milliers d'hommes sous mes

ordres mes décisions ont façonné notre histoire et tout ce
que je demande c'est une chambre individuelle ils volent
nos affaires dans ce service pas seulement les pension-
naires ou les infirmières sont les pires suis-je si sensible
que je relève des différences dans les gaz d'échappement
des véhicules qui aiment contempler les couchers de soleil
en rampant dans le smog j'appartenais à un groupe cari-
tatif secret les London Owls c'est toi Peter on dirait qu'on
a un pépin sur l'escalier mécanique

Mary Gasalee se frotte les yeux. Elle a horreur de se
retrouver à l'intérieur et elles sont apparemment dans la
même pièce.

— Ne faites pas ça ou ils seront tout rouges. Merle lui
tend un ravissant mouchoir.

Elle était finalement dans les bras de Jean-Louis... sur
la piste de bal. Il dansait merveilleusement et elle avait
l'impression d'être légère comme une plume. Il lui susur-
rait des mots tendres à l'oreille, mais Chris savait désor-
mais que ce n'était qu'un mirage. Et ceci, pensa-t-elle, cet
été à Paris, n'est qu'un extrait du roman de ma vie. Une
page courte et joyeuse. Mais les pages sont faites pour être
tournées et ces choses ne peuvent durer autrement que
sous forme de souvenir. Kitty Dodd poursuit sa lecture
avec ressentiment. Ce n'est pas le dénouement qu'elle
avait espéré pour cette histoire.

— Désolée, fait Mary. Je suppose que je vais une fois
de plus me ridiculiser. Je fais toujours les mêmes erreurs,
encore et encore. Il m'arrive de sortir en ayant oublié de
mettre ma petite culotte. Ce qui choque vraiment certaines personnes. Je tiens des propos que je n'avais pas
l'intention de tenir. Je reviens aux mêmes endroits sans
avoir souhaité m'y rendre. Avez-vous déjà rencontré
quelqu'un d'aussi stupide ?

Merle récupère son mouchoir.

— Ce n'est pas ici que vous retrouverez votre poupée, ma chérie. Pas en restant seule. Vous devrez tôt ou

tard regagner le monde extérieur. On ne peut rien résoudre dans le Pays des Rêves.

— Ils en résolvent bien trop, et bien trop fréquemment, partout ailleurs. Mary s'est exprimée sèchement car elle est terrifiée. Vous le savez, Merle. Vous vivez dans les deux mondes. En outre, il faut me laisser du temps.

« Combien ?

— Il y a près de dix ans, désormais, monsieur, mais j'ai l'impression que nous assistons à une amélioration. » Kitty Dodd s'est levée par respect pour le grand spécialiste grisonnant qui s'est attardé derrière le groupe de visiteurs. « Mais je ne sais pas trop en ce qui concerne les électrochocs, professeur. Ils pourraient faire plus de mal que de bien. Elle s'est en quelque sorte repliée sur elle-même.

— Vous semblez savoir de quoi vous parlez. Merci. » Flattée d'avoir été prise au sérieux, car les médecins stupides qui viennent voir sa patiente ne lui inspirent habituellement que du mépris, Kitty Dodd se rassied et tend la main pour caresser le visage angélique de Mary. « Je ne les laisserai pas vous prendre, Mary. Pas tant que je serai là.

— Vous ne vous attendez tout de même pas à ce que je fasse tant de choses en quelques jours. Mary sait que Merle la désapprouve, même si elle est toujours aussi bien disposée à son égard.

— Mais vous accorderont-ils le délai que vous réclamez ? La voix de Merle se réduit à un murmure pressant. Vous êtes patiente. La plus patiente de toutes les patientes. Un exemple pour tous. Mais la patience peut s'avérer destructrice. Il faut parfois combattre, comme vos femmes en armure. Le peuple du soleil veillera sur vous où que vous soyez. Pensez aussi à tout ce que vous ratez. Katharine est du même avis. Elle vous l'a dit la semaine dernière, quand vous êtes allées à Whaddon chercher une fois de plus votre Patrick.

Mary craint de se mettre à pleurer avant de prendre conscience qu'il n'y a en elle plus de larmes.

— Patrick est mort, dit-elle. Il est mort quand St Paul a été épargné. J'espérais qu'il irait voir les éperviers dont vous m'aviez parlé. Ceux qui ont fait leur nid dans l'immeuble de la Prudential. J'avais une carte postale mais elle a dû brûler, elle aussi. « Se faire des amis. C'est le temps idéal pour ça. » Naturellement, je l'ai revu ensuite. Il nous a fait descendre puis le raid a débuté. Nous comptions aller au Trocadero pendant sa permission. Il avait de l'argent. Mais c'est différent, pour la poupée. On peut la réparer. Vous avez malgré tout raison, je risque de ne jamais la retrouver si je reste ici. Je ne suis pas prête à renoncer. Je m'accroche, quand j'ai décidé quelque chose. Je l'ai toujours fait.

— Nous allons donc nous séparer, ma chérie. Une autre tasse ? Merle lève les yeux, surprise. Les véhicules ont disparu et June Havoc et Hermione Gingold avancent d'un pas rythmé dans la rue, bras dessus bras dessous avec trois marins aux uniformes bleus immaculés.

— Oh, nous aimons être près de la côte, nous aimons être près de la mer...

Mary les salue de la main mais son désir de se joindre à eux l'a quittée.

— J'ai trouvé l'homme de ma vie, Mary ! crie June en lui envoyant un baiser.

Merle les suit des yeux, avec affection, et son expression a retrouvé sa vieille douceur angélique.

— Nous méritons tous un peu de liberté.

Kitty Dodd ramasse ses aiguilles à tricoter et sa pelote de laine et regarde attentivement sa patiente. Elle a l'impression que des courants invisibles courent sur sa peau et détendent ses traits. À la fois sidérée et encoura-

gée par ce mystère, elle tend la main vers son *Woman's
Weekly. – monter ces derniers 22 pts sur 5 cm. Arrêter.*

« Voilà où j'ai sauté une maille ! »

C'est en éprouvant la satisfaction du devoir accompli
qu'elle reprend son tricot, désormais convaincue que tout
est pour le mieux.

Accouplements alternés 1956

Mrs Gasalee se rendait chaque jour dans la serre située à l'extrémité du jardin clos de murs en se demandant quand l'instinct de Josef Kiss le conduirait jusqu'à elle. L'attente s'éternisait et elle commençait à douter d'avoir rencontré l'âme sœur lorsqu'il apparut enfin au milieu des pots de violettes et de fuchsias d'Afrique, dans l'atmosphère chaude et humide et la pénombre verte, écarlate et cerise où elle lisait *The Amazing Marriage* de George Meredith.

« Ils ont fait sur moi des expériences. » Il examina une gousse jaune clair tirant sur le doré, une fleur blanchâtre ; l'orchidée avait entamé l'ascension d'un treillis qui grimpait jusqu'à la verrière couverte de striures. « Je ne m'y suis pas opposé, car j'étais intrigué. Ils m'ont administré des drogues et isolé derrière des paravents. Ils m'ont montré des dessins d'enfants, principalement de simples silhouettes, et ils m'ont demandé de leur décrire ce qu'ils avaient sous les yeux quand les miens étaient couverts d'un bandeau. Ce genre de choses. Avez-vous eu affaire à des représentants de la branche la plus excentrique de leur profession ?

— Je ne saurais me prononcer. » Elle portait sa robe en rayonne crème aux poignets et au col pistache. « Je somnolais encore, après mon réveil. Comme ces matins qui succèdent à un sommeil de plomb. C'est là que tout devient imprécis. Le reste est très net. »

Il huma la fleur. « Sa fragrance m'est familière mais je ne peux dire à quoi je l'associe. Qu'elle est donc fragile !

— Fragile aux gelées, sentant la crème glacée ? » Elle referma son livre. « Je crois que c'est une plante d'origine mexicaine. *Vanilla planifolia.*

— Vous en êtes sûre ? Vous parlez de ce que vous avez connu avant votre coma ?

— Et pendant. On en extrait la vanille. J'ai fait de nombreux songes. C'était merveilleux, même si j'avais conscience de rêver.

— Seriez-vous restée volontairement coupée du monde ? »

Elle se redressa de la chaise pliante pour inhaler les effluves exotiques. Une auréole évoquant de l'écume ceignait sa chevelure incandescente. « Je n'avais aucune raison de le regagner. »

Il effleura une feuille du doigt, un geste qui manquait d'assurance. « Venez-vous dans cette serre par amour de la végétation tropicale ou pour vous cacher ? »

Les yeux verts de Mary brillaient de sincérité et de désir. « Pour vous y attendre, répondit-elle avec une douceur qui révélait ses sentiments.

— Vous avez lu mes pensées. » Il sourit. La quarantaine bien sonnée, il avait un teint éclatant et la clarté que filtrait la verrière lui donnait les iris les plus bleus qu'elle avait vus. Tout indiquait qu'il devait être tendre sans être mièvre, réaliste sans être cynique, et ce qu'il lui inspirait la fit frissonner lorsqu'il referma sa main en coupe autour de l'orchidée pour l'étudier en semblant la considérer son égale. Sans doute n'aurait-il pas été surpris ou bouleversé outre mesure si les rôles avaient été inversés et que la plante lui eût porté autant d'intérêt. « Oui, la vanille, évidemment. Que vous me considériez comme votre ami me ravit. Bethlehem n'est pas le lieu idéal pour faire des rencontres. La plupart des patients sont des fous ordinaires, si vous voyez ce que je veux dire, et par conséquent de bien piètre compagnie.

— N'êtes-vous pas dément, vous aussi ?» Amusée, elle déplaça un pied sur le caillebotis.

«Pas selon le sens courant du terme. Même si je l'ai sans doute été, autrefois. Peu après la Victoire, des problèmes peut-être dus à la bombe atomique. J'espère me tromper. Je ne me tenais pas en haute estime. J'étais désolé pour les habitants d'Hiroshima, mais nous avions été durement éprouvés et je ne jugeais pas ces représailles excessives. Pas à l'époque. Je considère à présent que nous avons eu la main lourde. Enfin, l'incident a eu lieu au Round Pond de Kensington Gardens, un matin d'automne, au lever du jour. Je m'y promenais et hésitais entre aller au nord vers Hampstead ou au sud vers Battersea quand je suis entré en collision avec un démon. Grand d'environ deux mètres, vert vif et tout en crocs, avec des yeux rouges luisants et un rictus comme il se doit satanique. Je crois me souvenir qu'il avait une queue fourchue de dragon.

— Vous rêviez ?» Elle tirailla la cotonnade qui adhérait à son dos

«Oh, non ! J'étais bien éveillé. Sa matérialité était incontestable.» Il leva les yeux. «J'ai été terrifié.

— Il y a de quoi.» Elle écarta de son front une mèche de cheveux humides.

«Vous n'avez pas saisi le fond de ma pensée. Ce qui m'horrifiait, c'était le manque d'originalité de ce fruit de mon imagination. "Bonjour, Mr Kiss, m'a-t-il dit. Que puis-je faire pour vous par cette belle journée ?" Il avait un accent celte prononcé, pas tout à fait irlandais, mais avec les mêmes tournures et cadences surannées. Peut-être venait-il d'une région reculée d'Amérique. Je ne tenais pas à ce qu'on puisse me voir m'entretenir avec une créature invisible, d'autant plus qu'elle manquait vraiment d'originalité, et je n'ai rien répondu. "Allons, Mr Kiss, n'avez-vous pas un désir inavoué ?" a-t-il ajouté. Je suis reparti, en frôlant ses écailles.» Josef Kiss contempla un fuchsia, des gouttes de sang aux stries laiteuses. «J'ai continué mon chemin. Il m'a suivi, en marmottant. Il me promettait le monde. "La folie est-elle si banale ?" ai-je pensé. Je sentais sur ma nuque le souffle de son haleine ignée et me disais qu'il allait m'emporter en Enfer quoi que je fasse. J'ai cessé de lui prêter attention mais n'ai pu lui fausser compagnie qu'à proximité de l'Albert Mémorial.

— L'avez-vous revu, depuis ?» Elle remarqua que les plis de sa veste en lin dessinaient une carte, peut-être un plan de la ville. Les motifs de son pantalon en coton étaient différents et elle se demanda si la vie d'un homme était inscrite dans ses effets comme dans ses paumes.

«Jamais.» La sueur lustrait sa poitrine sous le col ouvert de sa chemisette hawaiienne. «Cette mésaventure m'a incité à me ressaisir et à mettre un frein à mon imagination. J'ai vu trop de gens obsédés par une rencontre avec Satan, des extraterrestres ou un ange. Très peu pour moi. Il n'y a rien de plus ennuyeux et antisocial. La démence est une calamité et je plains sincèrement ses victimes. Je suis un hystérique qui ne souhaite pas développer ses dons télépathiques rudimentaires. Je les dissimule pour ne pas devoir perdre mon temps en expériences stupides. Je suis aussi sain d'esprit que vous, Mary.

— Vous me flattez. Mais que faites-vous ici, en ce cas ?» Elle tenta de lui indiquer qu'elle avait voulu plaisanter en haussant les épaules avant d'écarter des cheveux de devant son visage, étonnée par sa désinvolture. Puis ils se regardèrent dans les yeux et soupirèrent. «Suis-je cruelle ?

— Poser cette question est une preuve d'équilibre

mental. Je suis dans cet établissement parce que je ne supporte pas de me bourrer de calmants. J'interromps mon traitement dès que les entraves imposées par ceux qui veulent me faire garder un profil bas m'exaspèrent. Il est à l'occasion salutaire de se défouler dans un asile comme Bethlehem qui, soit dit en passant, n'est pas mon préféré. J'ai malheureusement été appréhendé non loin d'ici et jugé dans le tribunal le plus proche. Voilà pourquoi j'ai été expédié à l'hôpital où exerce mon épouvantable beau-frère. Mais j'ai désormais lieu de m'en féliciter, Mary. » Elle était prête à lui abandonner sa main, lorsqu'il la prit dans les siennes.

« J'en suis également heureuse, fit-elle d'une voix chantante. Oh, oui !

— Humez l'odeur des paillis. » Il était rayonnant. « Elle est presque aussi enivrante que celle de Kew Gardens. Pardonnez-moi.

— Quoi ? » Elle était surprise.

« Rien. Je me référais à mon passé. » Il se coupait des pensées de Mary car il doutait de pouvoir les supporter, et elle eut un frisson digne du Pays des Rêves.

« Une femme. » Elle ne souhaitait pas approfondir certains mystères, elle non plus. « Êtes-vous marié ? » Elle n'avait pas suffisamment de force de caractère pour se libérer.

« Gloria n'a pas de temps à me consacrer. Je ne lui en fais pas le reproche. » Il exposait rapidement son problème, pour se débarrasser de cette corvée. « Mais je ne l'ai jamais trompée. C'est la première fois qu'une autre femme m'attire et que je le lui avoue, ma chère Mary. » Il s'interrompit, le souffle court. Il s'était rapproché. *Même s'il avait huit épouses*, pensa-t-elle, *j'aurais sur lui plus de droits qu'elles*. « Nous nous voyons rarement. Nous ne vivons plus ensemble. Je ne dis pas cela pour contrer un éventuel sentiment de culpabilité, le mien ou le vôtre, mais parce que c'est la stricte vérité. » *Si je*

vous révélais ce que dissimule mon esprit vous prendriez
la fuite ou tomberiez raide mort, à moins que nos pou-
voirs conjugués ne m'incitent à détaler avant vous. « J'ai
refusé l'excuse offerte par ce sergent en uniforme bleu
qui s'est éclipsé dans la ruelle au coucher du soleil. Je
n'étais pas tenté par des aventures car c'était un combat
personnel. Je n'étais pas non plus animé par un désir de
vengeance. S'il est exact que je lui ai fait une petite
infidélité en Écosse, c'était à des fins purement alimentaires. Je ne peux m'autoriser de telles tromperies. Pro-
fessionnellement tenu d'abuser mon public, je sais que
duper mes proches serait de la sottise.

— Je ne me suis pas fait des idées fausses à votre
sujet. C'eût été sans doute impossible. » Elle se pencha
pour déposer un baiser sur sa joue et le désir la submer-
gea. L'air lourd de la serre envahit ses poumons,
presque aussi dense qu'un fluide. Elle trembla et libéra
son souffle. Il la prit dans ses bras et elle perdit une
chaussure quand il crocheta sa jambe droite avec la
sienne. Conserver son équilibre sur le caillebotis qui
craquait entre les bacs pleins de terreau n'était pas aisé
et elle craignait de mutiler une fleur, de faire choir un
pot et d'alerter le personnel, de compromettre les projets que lui dictait sa passion. Derrière l'épaule de
Mr Kiss les rouges cerise, les pourpres, les écarlates, les
blancs et les fuchsias devenus familiers au fil des jours
devinrent plus vifs pendant qu'elle étreignait un corps à
la fois dur et doux comme le membre qui se dilatait
contre son aine. Il vibrait. Il la serrait. Elle se laissa
soulever puis abaisser vers la sécurité du sol et ils
s'allongèrent sous les jardinières suintantes, dissimulés
aux regards, et elle sentit l'humus sous son dos et ses
fesses, les mains de l'homme sur son corps, sa bouche
sur la sienne, et elle s'appropria ce mâle, ce Falstaff
fougueux et plein de bon sens qu'elle aida avec maladresse à déboutonner sa braguette. Il n'avait de toute

évidence guère plus d'expérience qu'elle. Elle n'avait à aucun moment pensé faire une telle rencontre ; il n'avait jamais espéré ou redouté cela. Les fantasmes de Mary avaient été conventionnels, semblables à ceux des autres femmes, avec des amants imaginaires qui la courtisaient dans des châteaux français, des salles de bal ou sous des tonnelles de roses.

C'est en quelque sorte une tonnelle et je me demande ce que je raconterai pour justifier la boue qui macule mes vêtements, pensa-t-elle. Elle crut l'entendre glousser. *Ma robe neuve !* Kitty Dodd la lui avait achetée quatre jours plus tôt sans savoir que ce serait sa robe de mariée, sa robe de bal, les atours de sa parade nuptiale, une jupe destinée à être retroussée sous les fleurs exotiques et les cactées *je savais qu'il la trouverait irrésistible il associe la jungle au sexe et ne peut me résister doucement Jo cet élastique est tranchant comme un fil à couper le beurre laissez-moi souffler retenez-vous monsieur attendez une seconde ! stop ! heureusement que nous sommes confortablement installés je prie le ciel pour que personne ne voie ma petite culotte s'agiter comme un étendard au bout de mon pied ah « Ouch ! » il y a si longtemps prends ton temps Jo bon Dieu quels grognements et sa sueur coule sur nous alors qu'il y a déjà de la flotte partout risque-t-on d'attraper des saloperies dans cette gadoue il n'y a que des gousses de vanille des pucerons et le plaisir le plaisir et du crachat de coucou qui risque de nuire à ces pauvres plantes mais pas à moi je ne souffre pas Seigneur ce n'est absolument pas douloureux et son pénis est un peu tordu différent de celui de Patrick pour autant que je m'en souvienne et si je pense encore à toi mon chéri c'est pour cette fois seulement tu devras ensuite retourner au ciel car les plaisirs de ce genre sont réservés aux vivants Dieu Dieu Dieu baise-moi Dieu tout-puissant tout va bien se passer et pour longtemps mais je dois regagner le monde extérieur où nul ne risquera de nous surprendre*

*oh je sais qu'il ne m'épousera jamais mais il est quoi qu'il
en soit trop tard car j'ai une petite fille Josef Kiss par le
Christ Josef Kiss tu es en feu tout comme moi et la vapeur
va ébouillanter ces plantes oh tant d'odeurs saveurs et
sentiments vont me terrasser Mary Mary pas de chair
plus tendre pas de chaleur si agréable pas de chatte aussi
douce chérie tu es si débordante de vie que c'est peut-être
la fin d'un rêve et je risque d'y laisser ma peau mais je
m'en fiche car c'est un miracle un vrai miracle bordel
adieu Patrick Gasalee adieu on se reverra bien assez tôt
au paradis si je n'y suis pas déjà « Ouh ! » il y a une pierre
laisse-moi changer de position oh nos mouvements se
sont synchronisés et je n'ai rien connu de comparable
pendant ces mois de vie conjugale avant que ce pauvre
Patrick nous quitte avant qu'il devienne un homme avant
qu'il sorte de l'enfance j'ai perdu trop d'années j'ignorais
que le monde de l'éveil avait tant à m'offrir et elle est tout
tout ce que j'ai désiré et je te possède Josef ma création
dieu matérialisé par mon besoin*

Puis vint l'oubli écarlate et des éclairs plus agréables
que le feu, plus jouissifs que les aiguilles dorées qui
caressaient ses rêves, plus extraordinaires que la vie, la
mort ou tout plaisir concevable. *Qu'est-ce donc ?* Elle
frissonna, l'étreignit et trembla en sachant qu'elle gémissait, mais il libérait lui aussi une plainte et elle ne pouvait dire à qui appartenait leurs voix ni quel serait le
prix à payer pour la délivrance car c'était un accouchement sans douleur et elle s'abandonna à une chose à
laquelle elle n'avait encore jamais dû résister faute d'y
avoir été confrontée et c'était merveilleux car plus
intense que l'amour même si elle sentait naître de tels
sentiments et comprenait enfin pourquoi les héroïnes
des romans étaient de simples jouets de la destinée.
Elle les avait jugées stupides et souhaitait leur présenter
des excuses quand il la pénétra avec tant de violence
qu'elle cria et se blessa contre une planche avant qu'il

ralentisse, s'arrête et se retire et qu'elle s'intéresse au ruisselet argenté qui s'écoulait de son pénis purpurin, sa peau de la couleur du cuivre soyeuse et douce comme du duvet, aussi brûlant que le soleil mais pas assez chaude pour consumer *Mary Mary Mary. Mary!*

« Bon sang, fit-elle, trop flasque pour bouger. Bon sang! Est-ce que ça va? Mince alors, regarde ce gâchis! Oh, nom d'un chien! »

Des rires ébranlaient ses muscles et sa graisse, sa peau et ses cheveux. Tout son être dansait sous les rais effilés qui descendaient empaler la chaude pénombre, la fange amniotique, car ils venaient de renaître, ressusciter dans le paillis des orchidées et des fuchsias, ce qui était peut-être un excellent présage.

« On remettra ça dans une minute. D'accord? »

Elle secoua la tête. De telles choses devaient se faire avec mesure, ne pas se changer en simples habitudes et besoins, car elle savait au fond de son être qu'elles rapprochaient l'heure du trépas. Les humains ne bénéficiaient pas de la vie éternelle et la mort était inéluctable mais elle la repousserait le plus longtemps possible. Elle avait en outre fait des projets, échafaudé des plans pour réintégrer le monde, devenir une nouvelle Mary, une Mary qui n'aurait pu exister si elle ne s'était pas endormie et qui n'aurait pu s'épanouir si elle n'avait pas rencontré Josef Kiss, mais elle ne lui devait rien à l'exception du plaisir que lui procurait la vision et le contact de son corps à la fois massif et gracieux.

« Pas avant demain, décréta-t-elle avec la gravité d'une petite fille établissant les règles d'un nouveau jeu. Car nous sommes leurs prisonniers et ils nous isoleront s'ils nous surprennent. Nous aurons déjà des explications à fournir. La boue sur ma robe neuve, nos sous-vêtements, ton pantalon, ta veste et ta chemise. Sans parler de nos cheveux. Une chute accidentelle? Nous sommes en été et le jardin est sec. Il va falloir chercher un tuyau d'arrosage, nous séparer et rentrer le plus discrètement possible. Nous nous retrouverons quand les risques auront disparu. Mieux vaut d'ici là être discrets. »

Ce fut avec une expression de profonde satisfaction que Josef Kiss cueillit des grumeaux de terre qui adhéraient à ses genoux. « Tu t'exprimes comme mon démon.

— Peut-être était-ce moi. Tu as pu me rencontrer sans savoir qui j'étais, à l'époque où je rêvais et tu imaginais des choses. Est-ce concevable ? Est-ce ainsi que nous avons préparé le terrain ?

— Oh, Mary, tu voudrais que tout soit symétrique ! L'ontologie est de nos jours dangereuse. Tu es une force qu'il convient de redouter. »

Elle n'en fut pas impressionnée. « Je présume que c'est pour cela que tu côtoies des diables et moi des stars de l'écran. Faire un brin de toilette s'impose, Josef. » Leurs yeux se retrouvèrent et ils s'abandonnèrent une deuxième fois au plaisir, lui allongé sur le dos et soufflant comme une baleine extatique alors qu'elle le chevauchait telle une amazone montée sur un pachyderme.

pour s'élever à jamais dans cette lumière dorée le Nirvana peut-il offrir autant de choses que sa mâchoire carrée aux lignes nettes ses mains puissantes sur sa gorge et ses poignets et tous les regards se rivent sur la piste car le Silver Gull de la KLM vire sur l'aile pour entamer son atterrissage piloté par le seul et unique J.H. Squire qui a introduit le jazz en Angleterre et est devenu la plus populaire des personnalités de la radio

Le temps que Josef Kiss et Mary Gasalee se séparent, trempés comme par accident et débarrassés d'une grande partie du compost et du feuillage, lui en direction du Service psychiatrique général (hommes) et elle de la section spéciale (femmes), le thé avait été servi. Il n'y avait dans la salle de détente que Doreen Templeton, trop absorbée par ce qu'elle écrivait (depuis son admission, deux jours plus tôt, elle avait adressé des lettres à une trentaine de politiciens) pour remarquer l'arrivée de Mary qui put ainsi regagner sa petite chambre sans être vue. Il ne lui restait qu'à espérer que personne ne comprendrait la signification des empreintes humides qu'elle avait laissées sur les dalles de marbre du couloir. Elle savait que s'ils se fixaient des rendez-vous galants dans la serre les risques seraient minimes, mais qu'ils se feraient repérer partout ailleurs. Kitty Dodd parlait souvent des malades qui se livraient à « ces pratiques » en précisant qu'ils se faisaient presque toujours surprendre en « pleine action ». En outre, Mary n'avait pas encore mis en œuvre la deuxième partie de son plan. Josef Kiss ne l'avait pas déçue ; cette expérience avait été bien plus agréable que prévu et elle se suspectait d'aimer cet homme ; mais avant que quiconque ne se doute de quoi que ce soit, avant que des sentiments les unissent, elle ferait découvrir à David Mummery les plaisirs de la chair : une ambition encouragée par un messianisme de fraîche date, un besoin de partager ses joies alors que ce jeune homme était le seul autre patient qui lui faisait de l'effet. Si l'occasion de passer à l'acte se présentait pendant la nuit ou le matin suivant, elle retournerait en fin d'après-midi dans la serre avec l'extraordinaire Mr Kiss et laisserait au Destin le soin de décider du reste.

Kitty Dodd la trouva dans son bain. « Oh, Mary, ma chérie, je constate que vous êtes au courant ! » Tant de douceur et d'innocence lui apprit qu'elle ignorait tout de ses exploits.

« Au courant de quoi ? » Elle déplaça l'éponge pour cacher une ecchymose.

« Que votre fille est ici avec votre cousin. Ils l'ont informée de votre réveil dès la fin de ses examens. Ce n'est pas sa première visite, évidemment, mais vous dormiez et n'avez pu la voir. Ils arrivent d'Écosse et son tuteur a tout d'un brave homme. Vous souvenez-vous de lui ? »

Toujours figée et muette, Mary se dissimulait sous l'eau. « Oh, mon Dieu !

— Vous souvenez-vous de lui ? » répéta Kitty en cherchant du regard de quoi occuper ses mains. Elle poussa un morceau de lino cassé du bout du pied. « Mr Meldrum ?

— Oui. » Elle se laissa couler pour s'autoriser un sourire aquatique.

« Oh, Mary ! Vous avez peur, ma chérie. Mais tout va bien se passer. Ils sont très gentils et tiennent énormément à vous. Votre fille est également tendue, mais surtout folle de joie. Il y a si longtemps qu'elle attend cet instant ! Quinze ans. C'est presque une jeune femme. »

Mary se suspectait d'avoir abandonné sa fille et se demandait si elle ne lui inspirait pas du ressentiment. À moins que ce ne fût l'inverse. Le Dr Male l'avait informée de cette visite. Elle avait tout oublié pour courtiser Josef Kiss et son impunité renforçait son sentiment de culpabilité.

« Oh, Mary, j'ai été sotte de ne pas prévoir votre nervosité ! Mettrez-vous votre nouvelle robe ?

— Elle est tout abîmée. » Mary redressa la tête et essuya du savon de ses yeux. « Sale, dans le meilleur des cas.

— Allons. » Kitty devait croire qu'elle voulait plaisanter.

« Un jardinier qui arrosait la pelouse s'est imaginé que j'allais l'agresser et a cédé à la panique. Il m'a bousculée et je suis tombée. » Elle avait débité ce mensonge sans ciller.

Kitty était indignée. « Ils ne devraient pas laisser certains pensionnaires aller et venir librement. Qui est-ce ?

— Je ne sais pas. C'était ma faute, vraiment. » Elle plongea, pour que Kitty ne la voie pas rougir.

« Il vous reste votre robe marron si élégante. » La

voix indistincte de l'infirmière avait des intonations optimistes.

Mary refit surface, une naïade aux apparitions fugaces. « Oui, c'est celle que je mettrai.

— Et Helen est bien trop contente de vous voir pour prêter attention à votre tenue. » Kitty prit la serviette de bain qu'elle déploya devant elle. « Maintenant sortez de là, ma petite vierge ! »

ex ex ex

Vingt minutes plus tard Mary Gasalee vêtue de marron et de beige se dirigeait vers le marbre moucheté du hall. Se remémorer les plaisirs de sa récente escapade et, dans une moindre mesure, ne plus avoir à redouter que ses agissements soient révélés au grand jour lui permettait de se détendre. Kitty Dodd l'attendait à côté du cabinet du Dr Male, là où avaient lieu les entrevues de ce genre. Mary se retrouvait à la frontière du Pays des Rêves, tant elle s'était coupée du monde. La voix de l'infirmière était brouillée, ses propos sans signification, quand la porte de chêne ciré s'ouvrit sur une plage dorée où déferlaient des vagues lumineuses (elle ne s'était encore jamais rendue sur la côte) avant qu'il ne subsiste sur la grève que trois créatures échouées, des bêtes fabuleuses à l'aspect un peu inquiétant.

« … insignifiant, murmurait le médecin. Oh, vous voici ! » Il avait tout d'une plante étiolée, plus proche d'une liane que d'un humain, et ses doigts étaient des cirres qui s'étirèrent vers elle pour l'effleurer et l'orienter vers les visiteurs. « Enfin ! »

Des flammèches d'un roux léger encadraient le visage blême de la jeune fille et l'homme qui se tenait près d'elle n'était qu'une silhouette, car ils tournaient le dos à une fenêtre aux vitraux d'inspiration celtique derrière lesquels brillait le soleil d'après-midi.

« Je vous présente Helen, susurra le Dr Male. Et Gordon Meldrum, dont vous devez vous souvenir.

— Non. » La chevelure d'Helen était blond vénitien, bien plus claire que la sienne. Elle avait une robe bleue à manches courtes, une chaînette et un bracelet en or. Sa ressemblance avec Merle Oberon n'était pas surprenante. Elle était le portrait de sa grand-mère.

« Nous ne nous étions jamais rencontrés. » Gordon Meldrum avait une voix profonde, rassurante et agréable, des façons hésitantes. Mary était incommodée par la forte odeur de tabac de sa veste en popeline et de son pantalon blanc en flanelle. Il fit un pas de côté et elle vit finalement ses yeux gris, ses cheveux épars, ses lèvres fines qu'incurvait un sourire. « Bonjour, Mary. Ton rétablissement me ravit, dit-il sans s'avancer pour l'étreindre.

— Bonjour, maman ! » Helen avait fait un pas vers elle et s'était exprimée avec un enthousiasme forcé enfantin. « Bon sang, tu es radieuse ! J'en suis folle de joie. » Elle s'interrompit.

Tant de gentillesse était touchante. Elles n'avaient rien vécu en commun et Helen avait dû l'assimiler à un légume. « J'ai souvent rêvé de toi, Helen. Enfin, j'ai rêvé de mon bébé. Tel que je l'imaginais. Je craignais que tu ne sois morte. » Elle soupira, embarrassée. « J'ai des difficultés à exprimer ce que je ressens, mais je suis vraiment heureuse de m'être trompée. Ce qui est sans doute une façon négative de voir les choses. » Le simple fait de déplacer son bras réclamait un effort.

« Tu es magnifique ! fit Helen avec un enthousiasme qui n'était pas uniquement dicté par son sens du devoir. Si jeune !

— Absolument, on croirait voir deux sœurs qui n'ont que deux années de différence d'âge. » Le médecin était très fier de son compliment de commis voyageur.

« Ce qui n'est pas normal, me semble-t-il. » Mary Gasalee se félicitait du tour banal que prenait leur conversation. Cela l'aidait à forger des liens avec sa fille et son cousin que tout cela paraissait amuser.

« C'est une situation pour le moins inhabituelle. » Le Dr Male écarta les mains et elle pensa à une plante carnivore tropicale qui venait de détecter l'approche d'une proie. « Je dois m'absenter. J'espère que vous ne m'en tiendrez pas rigueur ? »

Un sourire attendri aux lèvres, Kitty Dodd restait sur place. La joie que lui procuraient ces retrouvailles l'avait paralysée. « Appelez si vous avez besoin de quoi que ce soit. Je vous apporterai du thé tout à l'heure. »

Mary s'assit sur la banquette de la fenêtre, de l'autre côté du grand vitrail, pour désigner les lignes géométriques du jardin scindé par l'allée gravillonnée. « Le cadre est très agréable. Surtout les roses. Êtes-vous venus en train ?

— En bus. » Gordon Meldrum était lui aussi soulagé par ces propos terre à terre. « De West Brompton. Le 30 couvre la totalité du trajet. C'est pratique. Nous l'avons souvent pris. Pendant que tu dormais. Helen connaît la route mieux que personne, depuis sa plus tendre enfance.

— Vous vivez près du cimetière. » Mary ne savait trop si elle l'avait appris en rêve ou si Kitty l'avait précisé. Peut-être l'avait-elle lu dans une lettre égarée depuis.

« Brompton, c'est Earls Court. Un quartier peu recommandable. Les gens convenables comme Mrs Pankhurst sont morts et enterrés ! Nous sommes sans doute les seuls habitants de Philbeach Gardens à ne pas venir d'Australie ou de Pologne. Mais c'est animé et bien situé, et l'école d'Helen est à proximité. » Il se déplaça pour s'intéresser aux rosiers rouges et blancs régulièrement espacés.

« Elle est dans King Street, je crois ? Hammersmith ? » Mary s'écarta pour lui laisser plus de place et fuir son odeur. « D'après Kitty Dodd, c'est une des meilleures de Londres et il n'est pas facile d'y être admis. » Elle trouvait rassurant que des pensées décentes remplacent ses souvenirs de luxure.

«J'ai surtout été favorisée par le destin», fit Helen. Elle se rapprocha de quelques pas.

Mary ne s'était pas encore accoutumée à la clarté de la pièce et elle crut voir des larmes dans les yeux de sa fille. «Je ne suis pas folle, ma chérie, rien de la sorte. Pas même malade. J'ai seulement subi un choc. Ils présument, mais tu dois déjà le savoir, que j'ai été assommée quand la maison s'est effondrée sur nous. Je te serrais si fort. Nous avons eu de la chance. Ton père beaucoup moins. Mais c'est le passé et je ne suis pas triste, même si je regrette de ne pas t'avoir vue grandir. Je sais que je n'aurais pu t'apporter tout ce que t'ont donné Gordon et Ruth.

— Écoute, Mary, Helen a été pour nous une source de joies.» L'émotion altérait le timbre de la voix de Gordon. «Elle sait tout cela. Nous en avons souvent parlé et nous devons à présent en faire autant avec toi. Il faut nous dire ce que tu désires et ce que tu ressens.

— Je me sens détendue. Libre.» Incapable de trouver une réponse conventionnelle, elle haussa les épaules. «En pleine forme. Prête à recouvrer ma liberté et rattraper le temps perdu.

— Tu le feras bientôt.» Gordon tapota sa poche, comme pour s'assurer qu'il n'avait pas oublié sa pipe. «Je suis désolé, Mary, c'est plus difficile que je le pensais. Je me référais à toi et Helen. J'aurais aimé que Ruth nous accompagne, mais elle doit suivre ce maudit traitement. Elle viendra dès qu'elle ira mieux.» Il tentait de dissimuler ses craintes.

«Est-elle en voie de guérison?» Mary préférait parler du cas de Ruth plutôt que du sien.

«Oui. Oh, oui!» D'autres tapes sur le tissu, par acquit de conscience.

«Elle a encore perdu du poids.» L'intonation d'Helen

indiquait qu'elle assimilait cette référence à sa mère adoptive à une trahison, et Mary voulut se faire pardonner.

« Je suis désolée. Je sais qu'elle a été pour toi une mère exemplaire. Dis-lui que j'ai pour elle énormément d'affection et que j'irai la voir si elle ne peut pas se déplacer. Je suis impatiente de sortir d'ici. Le Dr Male a mentionné un centre de réadaptation où je bénéficierai d'une certaine indépendance. Une fois habituée au monde extérieur je pourrai me chercher un petit appartement.

— Viens plutôt vivre chez nous, fit Gordon sur un ton catégorique. Tu y seras la bienvenue, pour aussi longtemps que tu le désires. C'est la meilleure solution et tu ne nous dérangeras guère. »

Mary sourit, sincère et reconnaissante. « Tu es un saint, Gordon, vraiment. Mais je ne te ferai pas une chose pareille. Je ne serais pas qu'une gêne, mais aussi un véritable cauchemar sur le plan émotionnel. »

Il n'avait pas envisagé qu'elle lui opposerait un refus et paraissait blessé par sa franchise. « Faire un essai n'engage à rien. Ruth ne peut se débrouiller seule. Tu n'es pas une proche démunie à qui nous offrons la charité, Mary. Nous avons besoin de toi.

— Ce serait un excellent moyen de réinsertion dans la société. » Helen se pencha pour prendre sa main, un mouvement qui manquait de naturel. « Si Ruth et Gordon ont été mes parents, tu es ma seule mère.

— Helen nous appelle par nos prénoms, jugea utile de préciser son cousin en devenant écarlate. Je veux dire qu'elle a su dès son plus jeune âge qui tu étais et où tu te trouvais. Nous ne lui avons rien caché. Tu étais pour elle *maman* et nous *Ruth* et *Gordon*.

— J'ai un père et deux mères, désormais. » Une tirade qui semblait avoir été apprise par cœur. « J'ai plus de chance que les autres.» Mary s'intéressa au soleil qui jouait sur les bras nus de sa fille.

«Eh bien, rien ne m'empêchera de chercher un petit appartement juste à côté! Nous verrons.» Mary n'était pas prête à accepter ce qu'ils lui offraient; l'amour familial et la bonté qu'Helen jugeait naturelles, mais qui n'avaient pour elle aucune réalité. Elle voulait rester seule et limiter les contacts tant qu'elle ne ressentirait pas le besoin de fréquenter des gens. Par ailleurs, s'installer chez les Meldrum était peut-être son devoir et elle reporterait ses projets si l'état de Ruth empirait. Elle le lui devait. Mais ce ne serait pas de gaieté de cœur qu'elle apurerait sa dette. «La vie était plus simple, au Pays des Rêves.

— Je te demande pardon?» Gordon se levait et Helen avait affermi sa prise sur sa main.

«J'ai fait de nombreux rêves, pendant mon somme interminable. C'était parfois un roman feuilleton dont j'ai fini par bien connaître les personnages, comme en ce monde. Des fruits de mon imagination, je suppose.» Elle baissa les yeux. «Des vedettes du cinéma, pour la plupart.» Elle eut un petit rire qui dérida Helen.

«Des vedettes du cinéma?

— Ainsi que des membres de la famille royale et ce drôle de Premier ministre. Et mon père, qui nous a abandonnées peu après ma naissance. Un rétameur, il me semble.

— De qui étais-tu la plus proche?

— Merle Oberon et Katharine Hepburn. Sont-elles toujours en vie?

— Je les adore! Qui d'autre?

— June Havoc, Ginger Rogers que je n'aimais pas tellement. On constate qu'elle manque d'ouverture d'esprit sitôt qu'on la fréquente. Janet Gaynor. Ronald Colman a tenu un tas de rôles différents. Je suppose qu'il ne pouvait pas rester en place. Il a été conducteur de tram puis postier. Et laitier. Je crois que c'était dans *Les 39 marches*.

— Ce n'était pas Robert Donat ? » Gordon était courtois, hésitant.

« Possible. Il m'arrive de les confondre. J'en ai pris conscience en lisant les revues qu'ils ont ici. Et en regardant à la télévision ces films que tous jugent trop anciens, moi exceptée. Vois-tu tout ce qui s'offre à moi ? » C'était un plaidoyer pour sa liberté.

« Tu vois le bon côté des choses, Mary, fit Gordon qui semblait toujours contrarié.

— Tu es exactement comme je l'imaginais, maman. » Désormais détendue, Helen vint s'asseoir près d'elle et Mary huma son doux parfum, perçut sa chaleur corporelle, remarqua ses rondeurs juvéniles, et la vie familiale qu'ils voulaient lui faire partager devint soudain plus attirante, même si une partie de son esprit restait sous le charme de Josef Kiss et refusait de renoncer à ses projets de séduction de David Mummery. Elle savait que les siens voyaient en elle une innocente dépassée par les événements, mais elle avait depuis son éveil acquis de l'expérience en côtoyant des individus de tout acabit, dont bon nombre au paroxysme de leurs émotions, et elle avait en outre eu d'excellents guides au Pays des Rêves. Gordon Meldrum lui offrait le calme et la sérénité alors qu'elle en avait bénéficié pendant quinze ans et qu'elle désirait connaître l'aventure. Elle eût fait le tour du monde, si elle en avait eu la possibilité. Elle avait été tout particulièrement impressionnée par les documentaires radiophoniques et télévisés et était une fervente admiratrice d'Armand et Michaela Denis. Elle décida de changer de sujet. « Tu es partie pour l'Écosse sitôt après tes examens ?

— C'est là-bas que j'ai appris que tu t'étais réveillée. Ils ne voulaient pas que la surexcitation nuise à mes résultats.

— C'est une chose que tous redoutent. » Mary se gratta la nuque. « Ici, ils administrent des sédatifs dès que Norman Wisdom nous fait rire un peu trop fort. Tu aimes Norman Wisdom ?

— Eh bien, oui, un peu ! » Helen était embarrassée.

« Ce n'est pas ton genre, n'est-ce pas ? Ne va pas imaginer que c'est ce que je regarderais si j'avais le choix. Gordon, ont-ils parlé d'une date ?

— Ils estiment que tu pourrais sortir immédiatement, mais ils doivent prendre des dispositions. C'est un des sujets que je souhaitais aborder. Ils pensent comme toi qu'aller dans ce centre serait la meilleure solution, pour commencer. » Il écarta les mains. « Ensuite, si tu le souhaites, tu viendras chez nous.

— Ce serait merveilleux, dit Helen en retrouvant son enthousiasme. Je te montrerai mes affaires. J'ai gardé un tas de choses de ma petite enfance. J'ai un chien qui s'appelle Muffin. Il est cabochard mais je l'adore. » Elle commença à dresser la liste de ses biens, ses plaisirs et ses passe-temps.

Mary était consciente que sa fille ne pouvait comprendre pourquoi elle voulait préserver son indépendance et faire de nombreuses expériences, mais que Gordon en fût incapable lui apportait une preuve supplémentaire de la validité de sa décision. Même si elle était reconnaissante aux Meldrum de tout ce qu'ils avaient fait pour sa fille ; Helen avait bénéficié de leur amour, de leur bonté, d'une vie bien meilleure que celle qu'elle aurait pu lui offrir.

Gordon Meldrum, qui l'observait avec concentration et embarras, dut percevoir ses pensées car il lui déclara dès que l'occasion s'en présenta : « La vie de tous est bien plus facile qu'avant-guerre, Mary. Grâce au plein emploi et aux salaires plus élevés. Nous ne sommes pas riches, tu sais ? De nos jours tous ont un réfrigérateur, une machine à laver, un téléviseur. Ils sont nombreux à posséder une

voiture. Et un logement confortable. Que les bombardements nous aient contraints à tout reprendre de zéro a eu
ses avantages. Dans quelques années, savoir à quoi
consacrer nos congés et notre argent sera notre seul problème ! Des ouvriers envoient leurs enfants à l'université.
Il n'y a plus de classes sociales. La différence entre travaillistes et conservateurs est devenue insignifiante. Nous
encaissons les bénéfices de l'austérité, des rationnements
et du reste. »

Mary cherchait un moyen de lui faire part de sa
reconnaissance. « J'ai donc dormi pendant le pire. J'ai
lu des revues et écouté les informations. Tous se
plaignent que les gens sont âpres au gain, mais ils ne
me semblent pas plus intéressés qu'avant-guerre. Mes
souvenirs sont sans doute plus nets que les vôtres, car
rien d'autre n'encombre mon esprit. Je suis impatiente
de voir ce monde nouveau. Tu pourras m'en faire
découvrir certaines facettes, n'est-ce pas, ma chérie ? »
Bien que presque spontanées, ces paroles adressées à sa
fille engendrèrent un silence et de la tension. « Je suis
un peu lasse. » Mary regarda le jardin et crut voir Josef
Kiss et David Mummery se promener ensemble près
des parterres de roses, mais les buissons les dissimu-
lèrent aussitôt. « Je manque d'expérience en ce qui
concerne mes rapports avec autrui. J'étais très jeune,
quand j'ai perdu conscience.

— Ton aisance me sidère, intervint Gordon, heureux
de pouvoir s'exprimer avec franchise. Comme si tu avais
suivi la méthode *Apprenez en dormant* où un phonographe rabâche des leçons pour enseigner une langue
étrangère ou autre chose. Je n'en reviens pas.

— Je me suis inscrite à des cours de rattrapage. J'ai
beaucoup lu. » Elle exerça une pression sur le bras
d'Helen. Il était chaud.

Kitty Dodd frappa à la porte et demanda :
« Tout va bien ? »

— J'aime toujours Edith Nesbit même si ce n'est plus de mon âge, déclara Helen en guise de confidence. Mais je lis également des auteurs plus modernes. Quels sont ceux que tu préfères ? »

Mary haussa un sourcil. Tous hochèrent la tête et elle lança : « Entrez ! »

Ils entendirent grincer la desserte que l'infirmière poussa dans la pièce et immobilisa cérémonieusement devant elles. « Laquelle est censée être la maman ? »

Ce fut Gordon Meldrum qui leva la théière pendant que Kitty Dodd sortait à reculons. Il emplit trois tasses aux trois quarts. « Du lait ?

— Je m'en charge, c'est la moindre des choses », répondit Mary. Tous rirent quand leurs mains se heurtèrent à l'aplomb du sucrier.

« J'espère que tu réfléchiras à notre proposition. Lorsqu'ils t'enverront dans ce centre, viens passer un weekend à la maison. Ruth est impatiente de te voir. » Gordon était un véritable saint-bernard.

« Avec joie. » Que son esprit se fût ainsi ouvert à un éventail de possibilités plus vaste que prévu surprenait Mary. Elle pourrait connaître à la fois des plaisirs interdits et d'autres plus conformes à la morale à condition de ne jamais faire passer les projets des médecins, de Josef Kiss et même ceux de sa fille avant les siens. Il lui faudrait suivre son parcours personnel. Comme pour le proclamer, elle caressa la bosse qui commençait à apparaître sur son mollet. Elle avait aux fesses et sur une cuisse d'autres ecchymoses qu'elle portait avec la joie simple d'un enfant qui exhibe entailles, égratignures ou cicatrices d'interventions chirurgicales. C'était pour l'instant les seuls signes tangibles de la réalisation de ses ambitions.

Ils burent le thé et grignotèrent quelques biscuits presque en silence, puis ils encouragèrent Helen à les finir. « Dire maman à la troisième personne est facile car je l'ai toujours fait, mais c'est plus difficile quand je t'ai en face de moi.

— Tu peux m'appeler par mon prénom, comme tu le fais avec Gordon et Ruth.

— J'aurais l'impression de te renier. Tu m'inspires tant d'affection. Je sais que tu m'as sauvé la vie.

— Tiens donc ? » Mary était désorientée. « Je croyais t'avoir laissée quelque part.

— Tu me serrais dans tes bras.

— Je m'imaginais t'avoir perdue.

— Non, fit Gordon en secouant la tête. Tu l'étreignais toujours, quand ils t'ont retrouvée. Ils ont parlé d'un miracle. Tu l'as tenue contre toi du début à la fin. Ton dos avait été brûlé, et tu en gardes encore la cicatrice, mais tu refusais de lâcher Helen. Ils n'ont pu te la prendre qu'après ton admission à l'hôpital. Tu l'as agrippée tout au long du trajet. » Il en avait des larmes aux yeux.

Mary fronça les sourcils. N'était-ce pas une de ces contre-vérités dues à un sentimentalisme excessif ? La guerre les favorisait. « Juste après Noël.

— Le 30 décembre. Je me suis entretenu avec un préposé à la défense passive. » Gordon leva la théière, mais elles n'en voulaient plus.

« Il n'y a pas de quoi être bouleversé, Gordon, fit Mary, perplexe. Les choses ne sont pas toujours ce qu'elles semblent être au Pays des Rêves. » Elle bâilla.

Pendant que ses proches se ressaisissaient et s'apprêtaient à partir, Mary sentit renaître son désir et se demanda si elle aurait encore le temps de prendre Mummery dans ses filets.

Mouvements successifs 1964

1964 fut sans doute l'année la plus marquante de ma vie d'adulte, écrivit Mummery sur le papier à en-tête de l'hôpital. Le pivot entre 1954 et 1977, même s'il me serait difficile d'en définir les raisons. J'ai retrouvé le capitaine Black. Mes premiers livres ont été publiés. J'ai découvert le Londres souterrain. J'ai revu mon premier amour ; la femme d'âge mûr à laquelle j'ai offert ma virginité dans un lit de pâquerettes africaines qui ne s'épanouissent que sous un soleil lumineux.

Un événement qui remonte à une chaude journée de 1956. Ma mère avait été admise dans une maison de repos de Bournemouth et moi dans un établissement où résidait également ma séductrice. Sa quête du plaisir était débridée et les jeunes matamores au langage ordurier qui m'agressaient dans High Street l'auraient probablement traitée de nymphomane. Si elle paraît s'être assagie, je pensai à l'époque à une expérience réussie du baron Frankenstein. Rousseau se serait émerveillé de ce vivant exemple de tous ses rêves, cet *Endgeiste*. Elle reprenait vie après une longue période d'inconscience. Alitée pendant des années, elle s'était soudain rétablie, et je la rencontrai alors qu'elle était décidée à profiter de tout ce que le monde avait à lui offrir. Je me demande encore comment elle s'est procuré de l'alcool.

Avouer qu'on a perdu la tête est toujours embarrassant, mais je peux dire à ma décharge que ma mère avait une constitution fragile et que j'étais constamment harcelé par les Teddy Boys du quartier. Nous vivions dans une maison individuelle située à la bordure d'un grand ensemble de logements sociaux et ma façon de parler plus châtiée que la leur me désignait comme leur souffre-douleur. Ils se moquaient de moi, me pourchassaient ou m'adressaient des défis que je n'aurais pu relever. Mon meilleur ami, Ben French, qui habitait dans leur cité et fréquentait la même école qu'eux, n'était pas mieux loti que moi, ne serait-ce que parce qu'ils le voyaient fréquemment en ma compagnie. Le chef de cette bande de voyous, Ginger Burton, lui lançait des couteaux dans la cour de récréation ; une lame avait transpercé son bras, une autre sa main. Nos pointes de flèches remplacées par des têtes de fléchettes afin d'améliorer leur force de pénétration, nous allions nous dissimuler avec nos arcs pour attendre son passage, mais ce petit salopard n'était jamais seul. Il ne se déplaçait qu'entouré par sa meute. Je voyais en lui notre Ivan le Terrible local. Quand nous comprîmes que l'assassiner serait irréalisable, il ne nous vint pas à l'esprit de nous adresser à nos parents ou à la police. Nous savions ne pouvoir compter que sur nous-mêmes, ce qui était insuffisant.

Affronter cette bande chaque fois que j'allais à l'école ou en revenais alimentait une nervosité qui, conjuguée à la tension des examens, fut à l'origine d'une crise dont ma mère fut à son tour victime. Pendant qu'elle gémissait dans sa chambre obscure, j'étais obsédé par la situation à Suez, que j'analysais comme une histoire de Hopalong Cassidy. Pour moi, le 10, Downing Street était le Bar-20 qui risquait de subir une attaque juste au moment où Tex, Skinny, Buck, Red, Johnny, Pete, Lanky et les autres avaient quitté le ranch pour pourchasser des voleurs de bétail. Étant donné qu'il ne restait que Hoppy et Mary (sa femme) pour repousser les bandits ou les Peaux-Rouges, je devais les aider dans la mesure de mes moyens. C'est ainsi qu'en chemise à carreaux, chapeau kaki à large bord, vieux gilet, jambières découpées dans un tapis mis au rebut et pistolets à air comprimé glissés dans les étuis de mon ceinturon, je me présentai un beau matin sur le seuil du ranch en péril. Quelques minutes plus tard j'étais assis dans le salon et, pendant que ma tante Iris semblait subir d'épouvantables tortures sur le canapé et que deux policiers amicaux m'appelaient «p'tit gars» en m'affirmant que tout finirait par s'arranger, je leur déclarai que je défendrais la propriété jusqu'à ma dernière cartouche. Quand mon oncle revint d'un entretien avec Mr Eden, il sut immédiatement de quoi je voulais parler et cala ses mains sur ses hanches gainées de tissu à fines rayures pour me dire : «Eh bien, part'naire ! Tes Colts ne seraient pas de trop pour protéger ce bon vieux Bar-20, c'est sûr ! Et s'il n'en était que de moi, je t'embaucherais sur-le-champ. Mais j'ai comme l'impression que tu devrais économiser ton plomb pour éliminer la vermine qui grouille sur ton propre territoire. T'es le plus qualifié pour ça, mon gars. Et t'fais pas d'bile pour nous. Les hommes vont rentrer au bercail en moins de temps qu'il n'en faut pour dire "ouf" ! Hoppy a été catégorique à ce sujet... *Je veux que ce môme couvre les collines du sud-ouest*, qu'il a dit. »

Je compris aussitôt que je n'avais pas affaire à mon oncle Jim mais à son double diabolique. Quand les policiers m'emmenèrent vers le véhicule garé contre le trottoir, l'imposteur m'accompagna jusqu'à la porte. Il se déclara désolé de ne pas pouvoir rester avec moi parce que le Premier ministre l'attendait. «Je voulais dire, Hoppy.» Un autre lapsus révélateur qui me confirma qu'il s'agissait d'une infâme machination, étant donné qu'Hopalong Cassidy et le vrai oncle Jim ne faisaient qu'un. Comment avait-il pu espérer me faire gober qu'Anthony Eden était le contremaître du Bar-20 ? J'éclatai de rire et moins d'un jour plus tard je revenais en catimini pour découvrir où ils gardaient prisonnier le Hoppy véritable, mais un membre de leur bande m'immobilisa d'une clé au bras. J'allais subir un sort peu enviable quand mon oncle arriva. Je revois le sergent détective Culpepper, bouche bée, regardant un haut fonctionnaire distingué m'implorer dans le langage de l'Ouest sauvage de me remettre en selle pour aller m'occuper de ma maman.

Je regagnai Norbury pour assurer la défense de notre ranch. Je patrouillais d'une fenêtre à l'autre pendant que ma mère me demandait d'une petite voix mélodramatique : « Davey, qu'est-ce que tu fais ? » Je lui affirmais que tout était calme, car l'inquiéter eût été sans objet. Lorsque j'eus la certitude que tout danger était écarté, je pris le 109 dans High Street pour retourner au Bar-20. J'avais finalement compris que si mon oncle Hoppy m'avait tenu ces propos sans queue ni tête, ce n'était pas pour m'induire en erreur, mais pour tromper la vigilance des traîtres qui vivaient dans son entourage ; que c'était un moyen subtil de m'adresser une mise en garde.

Ils me trouvèrent à la cime du mur du jardin, immobilisé par une pointe métallique qui s'était plantée dans ma cuisse et m'empêchait d'aller plus loin ou de rebrousser chemin. Un journaliste qui passait par hasard dans les parages tira mon portrait et le soir même mon histoire s'étalait dans tous les journaux londoniens.

Seul le *Standard* publiait la photo d'un petit garçon en jambières taillées dans un tapis, avec un chapeau de boy-scout remodelé en Stetson tel qu'on les porte dans le Montana, suspendu par une jambe et ses mains aux chardons du 10, Downing Street, mais tous fournissaient leur version personnelle de ma tentative d'intervention pour arracher oncle Hoppy des griffes des hors-la-loi.

J'étais le « Kid de Whitehall », « Roy Rogers Junior » ou
« Tex Mummery », écuyer de cirque, fils d'un grand ran-
cher américain venu étudier à Eton ou neveu d'Anthony
Eden. Ce soir-là, quand je sortis de l'hôpital avec vingt
points de suture, j'appris que je devrais aller vivre chez
tante Charlotte et que tante Daisy s'occuperait de ma
mère. Nous fûmes peu après exilés dans une maison de
repos. Des établissements différents. J'y rencontrai ma
première maîtresse et fus pris en charge par Josef Kiss
qui me fit partager son savoir sur Londres et ses légendes.

Les pubs étaient les nodosités d'où rayonnaient ses
divers itinéraires, des parcours qu'il respectait si scrupu-
leusement que je pus bientôt prévoir presque sans coup
férir où il se trouverait à telle ou telle heure. Je devins
son protégé. Je quittais tôt le matin mon domicile pour
me lancer à sa recherche. Et s'il m'arrivait de le rater,
explorer la ville me procurait un vif plaisir. Je l'attendais
devant un pub de Holborn, un club indescriptible de
Mayfair, dans des ruelles mystérieuses de Soho. Je vis
un jour sa masse impressionnante dévaler avec lourdeur
la colline de feuillus de Haverstock en direction du
métro, une main sur son feutre noir, l'autre tenant sa
canne et ses gants, son ulster claquant au vent, un monument d'extravagance, d'assurance et de vulgarité délibé-
rée. « Je sors de chez mon psychiatre, mon cher Bolton.
Oh, dieu, je suis si joyeux ! » Des propos adressés à un
bouquiniste décharné et surpris qui tirait à l'extérieur le
bac des livres à six pennies. « Ça ne durera pas, bien sûr,
mais n'est-ce pas une belle journée ? » Sans m'avoir vu,
il disparut dans la station de Belsize Park en remettant
son couvre-chef, enfilant ses gants, la canne calée sous le
bras pour sortir un billet de son gilet. Je dus courir pour
le rattraper.

Je savais sur lui peu de chose, à l'époque. On le disait
homme de théâtre, artiste de l'âge d'or du music-hall.

Bolton, le libraire, me déclarerait un jour : « Je crois qu'il était magicien, mais je le verrais mieux dans la peau d'un vieux cabotin shakespearien, comme Donald Wolfit. » J'avais vu Wolfit à la télévision.

« Il semble gentil, chéri », intervint Mrs Bolton, une ombre aux cheveux frisottés qui émergeait de l'arrière-boutique pour venir nous rejoindre. « Kiss, c'est un nom juif ?

— Il passe environ une fois par mois et regarde un peu tout, mais il est rare qu'il achète un livre. Il essaie de tuer le temps. Il aime la fiction idiote bon marché.

— Peut-être est-il dans le besoin. » Mrs Bolton dépoussiéra quelques Dickens.

« Il ne porte ni des fripes ni des vêtements élimés. C'est du sur-mesure, pas de la confection. Il est fréquent qu'il arrive en taxi pour consulter son médecin dont le cabinet est à deux pas d'ici. Un psychiatre.

— Il n'a pas l'air d'un fou.

— Il affirme qu'il est sain d'esprit. » Le bouquiniste n'avait pas souhaité s'étendre sur le sujet, seulement raconter une anecdote et donner son avis.

J'assimilai néanmoins ses propos à une vile trahison et ne remis jamais les pieds dans sa boutique. J'allais attendre en face de la papeterie que mon ami descende en voletant la colline et adresse la parole à toutes ses connaissances, pour ne me remarquer généralement qu'au dernier instant. Mais tous ces gens avaient sur lui des opinions similaires et je finis par les encaisser sans broncher, même si ceux qui me tenaient de tels discours ne m'inspiraient que du mépris.

Mr Kiss me fit découvrir ses pubs dès que j'eus dix-sept ans. Il avait des douzaines d'amis, pour la plupart encore plus excentriques que lui. Un adolescent qui avait prématurément interrompu ses études n'aurait pu espé-rer trouver un meilleur mentor. Après ma crise, je ne retournai pas à l'école, mais j'eus un professeur particulier puis je suivis des cours du soir, avant d'obtenir un premier emploi en tant que coursier pour une agence maritime de la City. Mes employeurs, deux personnages grotesques aux faces cramoisies par la boisson, m'avaient affirmé que leur affaire était en pleine expansion.

Ils engageaient d'ailleurs de plus en plus de personnel qu'ils entassaient dans une salle située au-dessus d'un entrepôt de café de Pepys Street. En août 1956, nous étions vingt-deux dans ce local qui n'était aéré que par deux fenêtres, et Londres subissait une vague de chaleur. Je m'absentais souvent car j'étais chargé de porter des connaissements à divers consulats et bureaux portuaires, ce qui me laissait le temps de lire en attendant que ces documents reçoivent les coups de tampon réglementaires ou pendant les trajets dans les transports en commun. Ce fut à cette époque que je me mis à écrire des articles sur Londres, sans pour autant envisager d'en faire mon métier. Lorsqu'il m'arrivait de me rendre dans un secteur de la ville que je ne connaissais pas, j'oubliais mes obligations et rentrais au bureau bien après sa fermeture. L'été me plongeait dans une douce somnolence mais la promiscuité d'un tel parc à bestiaux rendait les altercations inévitables. Le dernier incident ne fut pas provoqué par mon manque de ponctualité ou de conscience professionnelle, mais par un compliment que j'adressai à une secrétaire, pour respecter la lubricité de mise dans ce milieu, sans savoir qu'elle était la maîtresse d'un des patrons. Si elle ne s'en offusqua pas outre mesure, mon employeur en prit vraiment ombrage. Il me remit dix jours de paie et m'intima de débarrasser le plancher, ce que je fis bien volontiers. La semaine suivante je travaillais pour des conseillers de gestion de Victoria, un cabinet où l'atmosphère était à l'opposé de la frénésie miséreuse de mon premier emploi. Josef Kiss me fut d'un grand réconfort et me donna d'excellents conseils chaque fois que je les sollicitai. Je vendis bientôt de petits textes, entre cinq cents et un millier de mots, à divers périodiques y compris *John O'London's, Everybody's, Lilliput, London Mystery Magazine, The Evening News, Reveille, Illustrated, John Bull* et plusieurs magazines destinés à la jeunesse. Si nous regrettions l'âge d'or de la presse d'avant-guerre, les publications étaient encore nombreuses et je devins free-lance à plein temps peu après mon dix-neuvième anniversaire. Je précise que je le dois aux encouragements de Mr Kiss, à ses suggestions et ses interventions auprès des éditeurs qu'il rencontrait dans les pubs de Fleet Street.

Il me révéla qu'il avait passé les premières années de sa vie en Égypte, où son père était en garnison, et qu'il n'était revenu à Londres qu'à six ans ce qui lui avait valu d'être affublé à son école du sobriquet de «Romano». «J'ai fini par leur imposer le respect en lisant leur avenir dans leur paume ou le marc de café, ce genre de choses. Être traité comme un paria, un étranger, m'a apporté de la considération dans le secteur de Theobald's Road.»

Il parlait de ses voyages, de son expérience du monde du cinéma et du théâtre, des personnages qu'il avait rencontrés. Il avait séjourné dans les grandes villes d'Europe, tant avant qu'après la guerre, ainsi qu'en Afrique du Nord, à Marrakech. Tous ses souvenirs étaient marqués du sceau de sa personnalité et il m'arrivait de les coucher par écrit sitôt rentré chez moi, tel un fervent admirateur. En mai 1964, par exemple, il me confia: «Je résidais à l'époque au Grand Hôtel Lafayette de Bucarest. Nous avions coutume de dire que c'était le plus beau fleuron de la nation bohémienne, même si Carol n'était pas le premier de leurs rois. Place de la Victoire, je crois. J'ai oublié son nom en roumain. Très beau. Cet hôtel. Je ne suis pas certain que c'était le plus sélect ou le plus connu... Il doit s'agir de l'Athénée Palace, à moins que je ne confonde avec un film où j'ai joué avec Peter Lorre, juste après la guerre. Nous utilisions des documents d'archives. *Le Masque de Démétrios*. Le livre était meilleur que cette adaptation. Lorre séjournait régulièrement avec des amis communs dans les St Mary's Mansions, à Paddington, un ensemble de très vieux immeubles. Isolé au cœur de la laideur urbaine des alentours de Church Yard et de Paddington Green, rendu célèbre par Polly Perkins, évidemment, et cerné d'abominations en tous genres. Voies express, bâtisses grisâtres, hooligans. On y réfléchit à deux fois avant de décider de s'installer là-bas. Pas moi. C'est pratique et bon marché. J'avais un logement qui donnait sur l'arrière, sur les tombes du cimetière. Le Lafayette était bien plus chic que ce que nous appelions l'Hôtel du Porc. L'Hôtel du Parc, naturellement, mais les propriétaires étaient de vrais pourceaux. Non, c'était probablement en Hongrie. Tu ne dois pas connaître cette période très romanesque de l'histoire des Balkans. Ce que j'appréciais le plus, c'était que loin de Londres les voix se raréfiaient. » Ses digressions avaient de quoi déconcerter tant qu'on n'avait pas compris qu'il reprenait systématiquement le thème de départ. Il ne s'adressait que rarement aux *voix* qui le tourmentaient bien plus que moi.

Pendant les années 60, nous consacrions des nuits à bavarder et profiter des ténèbres de cette ville d'où bon nombre de dangers avaient été éradiqués. En juin 1964, lors d'une promenade nocturne entre les alignements de petites maisons d'inspiration classique du secteur de Praed Street, nous entendîmes un hurlement trop sonore et pénétrant pour être attribuable à un humain. Ce cri poussé dans une chambre des hauteurs de Sale Place et qui s'était propagé dans la pénombre du petit matin ne pouvait être dû qu'à une apothéose sexuelle inimaginable, une jouissance attendue des dizaines d'années, une chose dont le souvenir frémissant suffirait à satisfaire son auteur jusqu'à la fin de ses jours. Si j'en fus terrifié, Mr Kiss hoqueta et appliqua ses paumes sur son front, en pleurant et gémissant. Il implorait ce son de s'interrompre, bien que le silence fût déjà revenu dans les venelles de Paddington. Il était évident que le spectre de ses perceptions s'étendait au-delà de ce qui était audible. Nous allâmes nous remettre de nos émotions dans le hall d'un des hôtels bon marché de ce quartier, un établissement dont le gardien était son ami et où les chambres étaient moins chères pour une nuit que pour une passe, et il me déclara : « Ne te laisse pas convaincre que le Mal avec un M majuscule est une pure invention. Croire seulement au Bien en niant l'existence de son contraire relève d'un sentimentalisme qui sert les intérêts du Malin, même si les intéressés l'ignorent. Les manichéistes nous diraient que s'il y a certainement une divine providence, il y a nécessairement un Mal absolu. Celui qui veut servir le Bien doit le combattre sans relâche. C'est la stricte vérité, crois-moi. *Je l'ai lu dans leurs esprits.* » Il était en sueur et tremblant. Son ami, le vieux gardien pitoyable, lui apporta un verre de whisky qu'il but d'un trait. « Demain, j'irai demander à ce porc de Male des cachets plus fortement dosés. Pouah ! » Cédant à une impulsion, il effectua le jour suivant une de ses rares escapades hors de Londres et prit le premier train du matin pour Oxford, comme s'il fuyait toujours ce son épouvantable. Je l'accompagnai à la gare. Comme promis, il revint dans l'après-midi mais se fit admettre peu après dans une clinique privée où je ne pus lui rendre que deux visites pendant son mois de séjour.

Ces établissements étaient principalement des lieux où les gens aisés dissimulaient des parents qu'ils n'osaient pas montrer à leurs connaissances et celui-ci était propice à la mélancolie. Mr Kiss me parlait du Londres d'avant-guerre, ce qui me convenait étant donné que j'y trouvais de quoi alimenter mes opuscules. Après l'incident de Sale Place, il faisait de fréquentes allusions à son père qui avait été victime d'un accident ferroviaire. Il déclarait regretter la disparition des machines à vapeur. «Cette vapeur omniprésente! Libérée tant par les locomotives que par les navires. L'haleine condensée des hommes s'y mêlait, les petits matins glaciaux. Le fog apparaissait sous nos yeux. Mon père disait qu'il lui serait fatal parce qu'il avait pris une bronchite à son retour du Moyen-Orient. Mais il l'aimait. Je parle de la vapeur. Il faut dire qu'il fumait des Capstans. Nous connaissons à présent les méfaits du tabac, mais il n'était pas conscient des causes de ses problèmes, à l'époque. "Mieux vaut en rire, pas vrai? répétait-il. C'est préférable à en pleurer, non?" Il était à l'hôpital mais il a signé une décharge pour en sortir. C'était pendant la guerre. Il ne s'y sentait pas en sécurité. Son frère était mort dans le même service, ce qu'il assimilait à un mauvais présage. Je me rappelle être allé voir mon oncle, là-bas. Mon père affirmait qu'il n'avait jamais rencontré quelqu'un d'aussi gentil que lui, bien qu'il fût son frère. Il était de bonne composition, comme sa femme. Un couple exceptionnel. Il avait un sacré tempérament. Il faisait la cuisine et lorsqu'il chantait "My Old Dutch" il y mettait encore plus de sentiments qu'Albert Chevalier. Nous avons séjourné quelque temps chez eux, à notre retour d'Égypte. Elle a survécu à son mari et se trouve dans une maison de retraite proche de la forêt d'Epping. Mes cousins restent en contact avec elle. Je les vois parfois, mais ils ne me tiennent pas en haute estime. Ils sont plutôt du genre à admirer ma sœur.»

La sœur de Josef Kiss, Beryl Male, est notre actuel ministre de la Culture, un poste qui ne convient qu'à quelqu'un qui hait et méprise tout à l'exception de l'opéra sous ses formes les plus rudimentaires, et elle est le seul membre féminin du gouvernement que Mrs Thatcher peut apprécier, même s'il est évident qu'elle n'obtiendra aucun portefeuille important tant que les tories n'auront pas changé de leader. Mon

oncle Jim est demeuré jusqu'à sa mort le secrétaire officieux d'un certain nombre de conservateurs radicaux
déçus et il a toujours su ce qui se tramait au sein du
parti. Il n'a, à son grand regret, jamais rencontré Josef
Kiss mais bien connu Mrs Male, qu'il définissait en tant
que politicienne prête à se laisser corrompre avant
même d'avoir quoi que ce soit à monnayer. «Comme si
l'absence de probité suffisait pour conférer des avantages.» Mon oncle Jim avait côtoyé de tels individus
tout au long de son existence, mais qu'ils réussissent à
s'élever dans le monde politique était un phénomène
nouveau. «Notre société est un parfait exemple de
décadence, me dit-il peu avant sa mort. Un gouvernement décadent dans un pays décadent. La fonction
publique a perdu toute efficacité parce qu'elle n'attire
plus les gens compétents, et l'énergie manque partout
ailleurs. Les politiciens veulent tout stériliser et réduire
l'inflation alors qu'ils s'en mettent plein les poches.
C'est un conservatisme réactionnaire de la pire espèce,
de la pure hypocrisie. Les intellectuels ne sont pas
représentés, pas plus que les classes laborieuses et la
population urbaine, et si nos dirigeants retirent leur
confiance à l'administration, cette dernière n'a pour
eux que du mépris. Je regrette presque de ne pas être
mort il y a quelques années, sous Macmillan, quand il y
avait encore de l'espoir.» J'ai vu Macmillan, devenu
lord Stockton, s'exprimer à la Chambre des lords.
C'était un nonagénaire fragile, mais je croyais entendre
mon oncle Jim. Ils partageaient le même dégoût de ses
derniers successeurs et étaient restés bons amis. On ne
pourrait en dire autant de mon oncle et de Churchill.
Leurs rapports se sont dégradés, surtout quand Churchill a sombré dans la sénilité et que le parti s'est
retrouvé avec un mort vivant à sa tête. Mon oncle pensait qu'il aurait dû remettre sa démission. «Mais il avait
trop longtemps désiré le pouvoir pour y renoncer. S'il

avait été un peu plus strict envers lui-même il aurait pu donner le change et conserver sa dignité, mais il a toujours été un sybarite.» Mon oncle ne me révéla ces choses qu'à l'approche de la mort. Il estimait que la famille royale avait été contaminée par le cynisme qui venait de faire son apparition au sein des classes politiques britanniques. «Ils utilisent les méthodes publicitaires qu'affectionnait Wilson.» Il avait dit que notre nation était perdue quand le prince Charles s'était juché sur un cageot de pommes pour paraître plus grand que lady Diana Spencer. Il mourut quelques mois après leur mariage, en se lamentant de la sottise des rois et en faisant de plus en plus d'allusions au destin des Français. Sa principale plaisanterie sur ce sujet était qu'à la fin du siècle Charles III serait peut-être devenu un catholique aussi dévot et discret que Charles Ier. «Un signe évident d'un retour de l'obscurantisme, David. Prie Dieu pour qu'Il nous envoie un nouveau Cromwell!»

Josef Kiss partageait ces craintes, mais ses souhaits étaient moins politiques. Il disait que nous n'avions pas assimilé la leçon que nous avaient donnée les nazis, que le Mal était tourné en dérision tant par ceux qui ne songeaient qu'à s'enrichir que par ceux qui refusaient d'admettre son existence. «Ils poussent les hauts cris parce que des hommes chassent les baleines pendant que des peuples entiers se font massacrer.» Cette facette lugubre et dissimulée de sa personnalité me mettait mal à l'aise. Je sombrais fréquemment dans la dépression, même si elle alimentait mon inspiration, et je ne pouvais endurer une vision aussi affligeante de l'humanité. Je la contrais en pensant au miracle de ma vie, la preuve de la Divine Providence. Ce que j'appelle la Légende du capitaine Black en est un parfait exemple.

C'est en 1964, quand nous sommes devenus sensibles à l'exaltation engendrée par les Beatles et le Nouveau

Libéralisme, que j'ai revu le capitaine Black pour la première fois depuis la guerre. Je commençais à douter qu'il fût réel. Naturellement, il n'était pas un officier, mais un simple matelot de deuxième classe, lors des faits. Néanmoins, il n'était pas un fruit de mon imagination. J'ai consacré un livre à cette histoire. Nous nous sommes retrouvés par un pur hasard dans la salle d'attente du cabinet de consultation d'un médecin. Ce matin-là, assis en face de lui et certain de l'avoir reconnu, je surmontai ma gêne pour lui demander s'il ne s'était pas trouvé dans le secteur de Streatham pendant les attaques de V-2 de mars 1945. Il vivait à Brixton et était en permission. « Ne vous appelait-on pas capitaine ? » m'enquis-je. Son rire me confirma que j'avais devant moi l'homme qui m'avait sauvé la vie. Je lui parlai de mes dernières recherches, ce qui parut le déconcerter.

En 1964, je travaillais sur un livre concernant ces lignes de métro « perdues » dont on ne peut consulter les plans que dans des bibliothèques maçonniques. Il y a sous Londres de nombreux tunnels, certains qui ont toujours leurs voies, quelques-uns leurs quais, leurs guichets et autres compléments d'une station. Il y a aussi des galeries plus anciennes, forées pour des raisons diverses, qui passent sous la Tamise ou relient des immeubles. Ma fascination était telle que je me consacrais à cette enquête de jour comme de nuit en m'écartant du domaine du simple journalisme. J'obtenais des preuves irréfutables que Londres était parcouru par des passages mystérieux, l'habitat d'un peuple qui s'était réfugié sous terre à l'époque de la Grande Conflagration et dont les rangs avaient été grossis par des voleurs, des vagabonds, des condamnés de droit commun en cavale et, pendant le Blitz, par tous ceux qui s'étaient abrités dans le métro. Je découvris des références à un Londres situé sous Londres dans de nombreux textes remontant à Chaucer et je décidai finalement de partir à la recherche de ces troglodytes.

Ma première expédition sous les vastes voûtes de cette rivière souterraine qu'est la Fleet manqua singulièrement d'émotions fortes. Muni d'un équipement respiratoire d'homme-grenouille, de cuissardes de pêcheur, de lampes puissantes, de cordes et d'une réserve de nourriture et de boisson, je n'eus aucune difficulté à trouver un regard qui me donna accès à ce monde parallèle. J'avais pour principal souci d'éviter les équipes d'égoutiers qui patrouillaient dans le secteur, mais des boyaux de toute sorte m'offraient une multitude de cachettes et renforçaient mes théories. C'était un terrier à la complexité sidérante et parfois d'une beauté à couper le souffle, un milieu à la fois plus diversifié, merveilleux et mystérieux que celui de la surface et également plus paisible et rassurant en raison de son isolement. La faune y abondait. Une nuit, me déplaçant d'un pas régulier à contre-courant dans une écume et une brume vaguement luminescentes, j'entendis des porcs grogner et crier. Ils prirent la fuite à mon approche et je ne pus les rattraper. Je n'entrevis que l'ombre d'un énorme verrat. Je connaissais la légende selon laquelle une harde de cochons sauvages vivait et se reproduisait en ce lieu depuis que la Fleet avait été recouverte, et qu'ils soient si farouches m'incita à penser que les humains du sous-sol se nourrissaient de leur viande.

J'y descendais soir après soir, le plus souvent en me dissimulant dans les stations de métro pour attendre leur fermeture. J'explorais ainsi des lignes désaffectées et je découvris les spectres figés de quais et de kiosques à journaux déserts, de bancs condamnés à rester inoccupés. Je trouvai deux squelettes d'enfants dont la tenue vestimentaire m'apprit que leur mort était relativement récente. Bien que les indices soient peu nombreux, je ne renonçai pas à ma quête. Pour se soustraire à la curiosité des habitants de la surface, ceux du sous-sol devaient être aussi experts pour s'y dissimuler que les Jivaros dans la forêt amazonienne.

Je tentais d'établir un contact en leur laissant des messages et des offrandes de plus en plus coûteuses : transistors, paniers de nourriture, livres, gadgets à piles. Puis, une nuit bénie, mes efforts furent enfin récompensés ! Le peuple du sous-sol avait accepté mes présents ! Par la suite, chaque fois que je descendis dans un égout, un tunnel ou une station, je pus constater que tout ce que j'avais déposé en ce lieu avait disparu. Je pris rapidement l'habitude de placer mes cadeaux toujours aux mêmes endroits, accompagnés de suppliques que j'adressais aux autochtones pour les implorer de se révéler à moi. Ma constance porta ses fruits en septembre 1964 et je vis, muet de stupeur et de respect, des silhouettes indistinctes émerger des profondeurs d'un conduit souterrain. Certains de ces êtres avaient une démarche simiesque et tous étaient de petite taille. Ils rivaient sur moi leurs yeux brillants mais je n'avais qu'à avancer d'un pas pour qu'ils battent en retraite.

« Que voulez-vous que je vous apporte ? leur demandai-je. De quoi avez-vous besoin ? »

Des voix gutturales et étouffées me répondirent enfin. Ces troglodytes semblaient fascinés par les aspects les plus frivoles du monde de la surface : revues libertines, disques, bandes dessinées. Comme la plupart des primitifs n'ayant eu aucun contact avec notre civilisation, ils n'en voyaient que ses facettes les moins raffinées.

La curiosité de mes nouveaux amis étant insatiable, je dus vendre une grande partie de mes possessions. Bientôt, mon appartement de Colville Terrace fut d'un dénuement spartiate mais mon livre s'étoffait. J'y travaillais tout le jour, ne m'accordant que des sommes aussi brefs que sporadiques, afin d'être à pied d'œuvre sitôt la nuit tombée. Je veillais à m'exprimer le plus simplement possible pour leur demander depuis combien de temps leur peuple vivait sous terre et qui était leur chef, mais leurs réponses étaient si énigmatiques ou contradictoires que je finis par conclure qu'ils n'assimilaient pas mieux mes propos que moi les leurs.

Je les implorai de me guider jusqu'à leur royaume mais ils refusèrent par des grognements et des gesticulations.

Découvrir leur domaine était devenu pour moi une telle obsession que je décidai de les suivre à leur insu. Une nuit, dans un secteur de la ligne de World's End abandonnée à cause des infiltrations de la Tamise, je me présentai à eux avec mes offrandes habituelles de transistors, de piles et d'exemplaires de *Playboy* et *The Beano*. J'avais mis des bottes de caoutchouc et des effets noirs. Des sections du tunnel étaient inondées mais d'autres étaient sèches et quand le peuple souterrain rebroussa chemin vers son antre j'étais paré. Me croyant reparti, ils avaient oublié leur habituelle prudence et s'éloignaient en ricanant, vagissant et échangeant des propos incompréhensibles d'êtres plus bestiaux qu'humains.

Ils finirent par se hisser dans un conduit vertical que je situai sous Fulham Broadway. Leurs voix se réverbéraient et étaient encore plus déformées, mais je crus reconnaître des mots tels que « maison » et « en retard » et j'en conclus que nous approchions de leur cité secrète. Imaginez quelle fut ma stupéfaction quand je constatai que l'échelle métallique qu'ils venaient de gravir donnait accès à un des trous d'hommes qu'il m'arrivait également d'emprunter ! Si j'effectuais des incursions dans leur univers, ils nous rendaient la pareille ! N'était-ce pas l'explication la plus logique à tant de légendes urbaines et de contes de lutins et de farfadets qui sortaient chaque soir des égouts pour piller des garde-manger et enlever des enfants ? Dans les villes, ces créatures avaient remplacé les traditionnels bohémiens. Je décidai de leur laisser prendre une certaine avance avant de les suivre dans le monde de la surface puis me hissai vers le haut des échelons et la bruine fraîche de cette nuit de mai. Je dus toutefois baisser rapidement la tête pour ne pas me faire décapiter par un bus et ne vis du côté de la mairie de Fulham que deux écoliers qui s'abritaient de la pluie. Des enfants qui crièrent et déguerpirent sitôt qu'ils m'aperçurent.

Je regagnai souvent World's End, mais j'avais dû effaroucher le peuple des tunnels car il ne se manifesta plus jamais. Peu après cette aventure mon médecin me suggéra de changer d'air et j'en profitai pour aller explorer les mines du nord des Cornouailles aux galeries moins compliquées. Je finis par voir les choses sous une autre perspective et comprendre que poursuivre cette quête en empiétant sur le domaine des francs-maçons risquait de me conduire à ma perte. Mon opuscule *Regardons ailleurs : La vérité est sous nos pieds* s'est assez bien vendu chez Watkin et autres libraires spécialisés.

Je suis convaincu que la fascination que le sous-sol exerce sur nous tire ses origines des plaisirs du Blitz, quand nous descendions nous y abriter. Tous étaient joyeux et amicaux ; et nous y ressentions une merveilleuse sensation de sécurité, plus grande que dans le vieil abri Anderson où j'avais dormi les premiers temps. Pouvoir nous réfugier dans le métro pendant les bombardements fut une véritable aubaine mais ce n'est que plus tard, lorsque les Allemands commencèrent à utiliser leurs bombes volantes, que nous prîmes l'habitude de nous y rendre chaque soir.

Les V-2 se faisaient plus rares et la guerre touchait de toute évidence à sa fin lorsque ma mère m'envoya à l'angle de la rue, dans Manor Road, acheter un pain long chez le boulanger et dix cigarettes, des Players, chez le buraliste qui se trouvait à côté. S'il restait de la monnaie, je pourrais m'offrir un bâtonnet de réglisse, ces bouts de bois immangeables qui n'étaient pas rationnés. Je me souviens de peu de chose, après mon arrivée. Seulement d'un sifflement juste avant qu'un grand voile de feu se déploie devant mes yeux et m'aveugle, m'emporte dans le ciel comme suspendu au crochet d'une grue et m'y retienne un instant avant de me laisser retomber sur le sol.

Je voulais crier mais je ne pouvais pas respirer. Le vacarme tentait de forer mon crâne et je demeurai accroupi, les bras refermés sur mes genoux, pour me tasser. Puis le rugissement s'interrompit enfin et je me levai. J'étais couvert par la poussière gris-rose des briques pulvérisées et j'avais des éclats de verre dans le col de ma chemise, dans mes cheveux. Mes bras étaient poisseux de sang et j'avais perdu mes manches. Je n'avais cependant pas lâché le filet à provisions désormais plein de plâtre, ni l'argent que je serrais dans mon poing, et je me dirigeai vers la boulangerie pour faire mes emplettes. Je ne pris que graduellement conscience qu'elle avait disparu, avec tout ce qui se trouvait autour. Je m'arrêtai. J'avais devant moi une jambe de nourrisson au pied gainé d'un chausson bleu en tricot; le landau qui contenait le reste était entortillé sur lui-même à plusieurs mètres de là, tenu par une femme au visage emporté et au torse changé en steak saignant. À proximité, une fillette qui devait avoir à peu près mon âge hurlait, mais aucun son ne sortait de sa bouche. Je vis quatre ou cinq autres cadavres, pour la plupart déchiquetés comme le bébé. En marchant dans les gravats vers l'emplacement qu'occupait autrefois la boulangerie, je découvris d'autres amas de chair et d'os, de la viande anonyme, mais aucun bout de pain. Janet, l'amie de ma mère, ne fut jamais identifiée. Au-delà, les fenêtres avaient été soufflées, les toits défoncés. Un tourbillon de poussière s'élevait toujours du cratère et j'entendais des gens crier sous les décombres. Puis je reconnus une voix familière. En tablier, cheveux enturɒannés, ma mère courait dans Manor Road. « David ! David ! David ! » Je l'informai que je n'avais pas eu le temps de faire les courses. Elle me cloîtra à la maison pendant deux semaines. Puis, un samedi, un V-1 tomba sur mon école de Robin Hood Lane et, bien qu'aucun enfant n'eût été blessé, je fus exempté de cours jusqu'à la fin des hostilités. Voilà pourquoi les Allemands ont droit à ma reconnaissance.

Je garde moins de souvenirs des V-1 que des V-2 qui attendaient de s'abattre sur nous, issus de nulle part, pour nous hurler leur sommation. En temps de guerre, il est normal de considérer les dangers présents et à venir plus angoissants que ceux passés, et les Londoniens ont fini par parler du Blitz comme d'un âge d'or. Les déportés d'Auschwitz devaient se référer à Sachsenwald comme d'autres à un club de vacances.

Je sens toujours le sol se soulever sous moi, un vent impensable arracher mes vêtements, le brusque silence me frapper de surdité, puis le rugissement accompagné par le retour du sens de l'ouïe, l'éclair aveuglant, la chaleur insoutenable et la poussière qui me recouvrait de la tête aux pieds. Peu sont passés aussi près de la mort et ont survécu. Je n'ai pas oublié ceux qui grommelaient que les richards de Westminster, Knightsbridge et Mayfair faisaient dévier les bombes vers les secteurs les plus défavorisés où vivaient les représentants des classes laborieuses ou moyennes. Mon oncle Jim m'expliqua que nous adressions des informations erronées aux Allemands pour les inciter à croire qu'ils atteignaient des cibles stratégiques alors qu'ils se contentaient de raser des quartiers sans importance. Il ne fut pas surpris quand, après la Victoire, le parti travailliste fut plébiscité par un peuple convaincu d'avoir été trahi par ses gouvernants. Churchill, le British Bulldog qu'on voyait sur les affiches et à la une des journaux, n'était pas aimé de tous. Ce n'est que dans les années 50, quand l'Empire s'est réduit comme une peau de chagrin et que les Britanniques ont eu besoin que quelqu'un dissipe leurs craintes, qu'il a été fait chevalier et est devenu le demi-dieu dont nous gardons le souvenir. Ma mère disait que sans lui la guerre se serait terminée plus tôt, sans jamais préciser pourquoi. « Demande à ton oncle Jim », répondait-elle à mes questions. Et mon oncle Jim restait muet comme une carpe, évidemment.

Mon oncle Jim qui vint en 1964 me voir dans cette maison de repos des Cornouailles. Il séjournait à proximité, avec de vieux amis, dans un château tarabiscoté érigé sur un rocher escarpé en pleine mer. Il m'y invita à dîner. Je refusai, pour ne pas courir le risque de le placer dans l'embarras comme lors du scandale de Downing Street, et il rit en m'entendant mentionner cet incident. « Sincèrement, David, j'ai vraiment apprécié, sauf pour ta blessure. Tu as apporté une touche de farce domestique à ce qui n'était jusqu'à cet instant qu'une épouvantable tragédie. Eden a beaucoup ri, lui aussi. Tu lui as permis de se détendre. Il m'a précisé qu'il y aurait toujours une patère à laquelle tu pourrais suspendre tes Colts et ton Stetson, au 10, Downing Street. T'en parler à l'époque n'aurait pas été judicieux sur un plan politique. *J'te dirai seulement que t'as marqué plus de points que tu croyais, part'naire. Et que tous les gars du ranch t'en sont sacrément reconnaissants !* » Des félicitations qui m'allèrent droit au cœur et qui ne m'auraient pas fait plus plaisir si elles m'avaient été adressées par le contremaître du Bar-20.

Miraculeusement en vie grâce au capitaine Black, j'aurais volontiers offert une douzaine de ces années supplémentaires à mon oncle Jim. J'aurais tant souhaité qu'il vive plus longtemps et puisse profiter de sa retraite. C'était un tory égalitariste à l'ancienne, humain et ouvert à toutes les suggestions capables d'étendre les libertés. Il manifestait autant de compréhension et de sympathie pour l'émancipation des Noirs que des femmes, principes qu'il soutenait avec l'enthousiasme d'un radical. Je n'ai aimé personne comme lui, pas même Josef Kiss, qui en un certain sens lui ressemble.

Ce fut également en 1964 que je rencontrai la femme qui me permit de retrouver le premier amour de ma vie. Eleanor Colman arriva dans cette maison de repos peu avant mon départ et me reconnut lorsque nous nous croisâmes un peu plus tard à Londres. Elle s'habillait de façon excentrique dans les nuances les plus vives de lilas, turquoise et lavande, comme une caricature de portrait de Sargent et, s'il était impossible de déterminer son âge, elle était pensionnée. Elle allait en fait retirer son mandat, quand elle me vit dans le bureau de poste de Westbourne Grove. Nous traversâmes la rue pour prendre une tasse de thé et un sandwich au bacon. Tous la connaissaient, dans cet établissement.

« Je suis aussi vieille que les collines et plus encore que la Tour de Londres », me répondit-elle quand je l'interrogeai sur son âge. Nous nous intéressions tous deux aux mythes de la cité. Elle alla jusqu'à prétendre avoir connu son fondateur. « Brutus le Troyen, mon cher. Il est toujours parmi nous et vit honorablement en exerçant la profession d'antiquaire. Ce qui lui va comme un gant. » Après l'avoir retrouvée plusieurs fois dans ce café, je demandai à visiter sa boutique. Ce qui l'amusa. « Il ne vend pas des meubles anciens, il les fabrique. Vous savez, ces histoires de clous, de marteau et de ciseau émoussé. » Son atelier était proche, dans une des anciennes écuries de Portobello Road où poètes et peintres avaient remplacé les chiffonniers. Et Nonny me présenta enfin Mr Troyen. Il était encore plus vieux qu'elle, et si ratatiné que nul n'aurait pu dire à quoi il avait autrefois ressemblé. Ses yeux verts perçants me firent penser à des bourgeons sur l'écorce de sa peau brune et il me montra comment on « abîme » un meuble quand Mrs Colman lui réclama une démonstration.

«Tout peut être artificiellement vieilli, dit-il non sans fierté. Même les immeubles. C'est courant, en Californie.» Pour un Troyen, il avait un bel accent cockney début de siècle auquel mon oreille moderne trouvait des intonations presque aristocratiques. «Le cockney est le premier langage des Londoniens, fit-il. Peut-être la langue originelle du monde, comme le romani. Le *rhyming slang* qui consiste à remplacer un mot par un autre en fonction des sonorités n'est apparu que dans les années 20, à l'attention de touristes américains ayant oublié qu'ils ont la même chose outre-Atlantique. Mais le cockney est authentique. Il vient de l'Inde, comme mon père.

— Il était dans l'armée des Indes?

— Il y est né, comme moi. C'est à nous que vous devez tout cela.» Il tendit son marteau pour désigner le West End. «Vous n'auriez pas des liens de parenté avec Vic Mummery, le roi de la piste?

— Je voudrais vous présenter une autre personne», intervint la vieille Nonny.

C'est ainsi que je me retrouve dans les bras doux et protecteurs de ma première séductrice; même si je ne suis plus aussi impatient d'explorer sa sexualité. Elle a acquis une maturité qui n'a pas altéré le plaisir que lui procure le monde. Âgée de quarante ans, elle a la peau et la silhouette d'une jeune fille, l'assurance d'une déesse; sa sagesse et sa bonté sont intemporelles. Sans interrompre ses baisers et ses caresses, elle parle de sa vie pendant qu'à l'extérieur, dans Shepherd's Bush Road, le flot de la circulation se tarit. Et toutes les années de souffrance, d'espoirs déçus et de désillusions sont balayées par une douce chaleur. Je redeviens l'enfant que j'étais lorsqu'elle m'a pour la première fois guidé en elle. Je hume la fragrance des pâquerettes, des roses capiteuses, de l'herbe fraîchement coupée, des érables qui nous offrent leur ombre. J'irai ensuite me promener dans un état second dans les jardins anglais, à la française ou de rocaille, et regarder le soleil s'empaler sur les pointes d'un haut mur, identique à celles qui m'ont empêché de délivrer Hoppy et valu d'être envoyé là où m'attendaient ces délices. Je marcherai dans l'air figé et chaud comme pendant la fraction de seconde qui a suivi la chute de la bombe, avant qu'elle déchiquette des chairs, arrache des yeux, des langues et des membres. Celui qui a connu de tels instants y pense avec nostalgie. Mais ils sont fugaces et presque introuvables dans le confort banal d'un simple lit. Il faut aller les chercher dans l'œil du cyclone, juste avant le trépas, au cœur des dangers et de l'angoisse, car c'est pour la plupart d'entre nous le seul moyen de réunir toutes les conditions favorables. Mais mon aimée, dans son infinie sagesse, n'a pas besoin de tels artifices car elle a été comme moi miraculée et sa vie a également repris contre toute logique.

Je crois que ma dame chante pour moi car je perçois une mélodie délicate. Je soupire et mon sang entre en ébullition. Elle me dit que ce feu n'est pas dévastateur mais qu'il cautérise les plaies, qu'il est annonciateur de joies éternelles. Elle précise qu'il existe un feu destructeur que nous devons à des hommes belliqueux, dépravés et iniques. Le nôtre, celui qui nous enveloppe quand nous nous accouplons au milieu des fleurs, est engendré par la force opposée. Il réchauffe un creuset où les principes masculin et féminin fusionnent pour devenir inattaquables, indestructibles et peut-être immortels, même si la chair est condamnée à disparaître.

Ma dame me couvre de baisers. Un feu doux et dévorant referme mes blessures. Je suffoque et elle rit. Elle me caresse au gré de ses caprices. Un cri m'échappe. Ses doigts sont des scalpels qui excisent le passé. Elle m'a cherché et trouvé dans ma détresse et je ne suis plus las. Elle m'apporte un autre avenir, une nouvelle vie.

Courants variables 1970

Avachi sur la banquette arrière de la Rolls, planant un peu et abrité sous son feutre marron, David Mummery tentait d'expliquer à Mary Gasalee et Josef Kiss qu'un des principaux avantages des Swinging Sixties était de permettre à des adultes de se déguiser en cow-boys et en Indiens. «Même si le style est très différent de celui de Hoppy, évidemment.

— Il est exact que tu as les bottes, le ceinturon et la veste.» Amusée, Mary palpa les franges en peau de daim. «Et les perles sont jolies.

— Une tenue de pied tendre qui va à un rodéo.» Il ne plaisantait pas. «Présentez-vous au Bar-20 attifé comme ça pour essayer de vous faire embaucher, et vous saurez tout de suite ce qu'ils en pensent.» Son humeur changeait et il s'enfonça en gloussant dans le cuir beige capitonné.

Ils se rendaient au festival d'Été de Kensington. Mr Kiss et Mrs Gasalee avaient hésité à l'accompagner jusqu'au moment où il avait insisté pour passer les prendre dans la voiture de ses amis Mark Butler et Piers Swineburn, qui s'étaient avec d'autres portés caution du festival. Une manifestation organisée à Holland Park et à laquelle participeraient peut-être John Lennon et Mick Jagger. En raison du rôle qu'il avait joué

dans ce qui était l'événement londonien le plus important de ce genre, Piers Swineburn (lord Wheldrake)
avait eu droit au battage habituel. *The News of The
World* le surnommaient « lord Hasch » depuis qu'il avait
reconnu à la télévision avoir fumé de la marijuana, mais
ses amis l'appelaient Worzel. Il avait volontiers mis à la
disposition de David sa Rolls et son chauffeur, Jack le
Sportif. Un Apache costumé pour une danse de la pluie
qui leur fit quitter Ladbroke Grove. Assise entre deux
jeunes passagères aux tenues ravissantes qui lui rappelaient Titania et Oberon, Mary était avec Josef Kiss un
canard égaré dans un vol d'oiseaux de paradis. Ils tirè-
rent une ou deux bouffées sur les joints qui passaient de
main en main et un large sourire bon enfant étirait les
lèvres de Josef Kiss alors qu'ils roulaient lentement sous
les grands arbres verts de Holland Park Avenue. « Je
crois avoir trouvé un excellent produit de remplacement
aux drogues qu'ils me prescrivent. Que font ces bâtisseurs florissants près de Paddington toujours en deuil et
éploré ? Dressés sur l'imposante route où Satan rem-
porta sa première victoire, et où Albion dormait sous
ces funestes frondaisons… Est-ce bien *route* ? Ne t'ai-je
pas trahi, David ?

— Vous me servez mieux que je ne le mérite,
Mr Kiss. » David était satisfait.

Josef Kiss était rayonnant lorsqu'il se tourna vers la
jeune blonde en robe de soie bleue style années folles
qui avait embarqué à Colville Terrace et s'était présentée sous le nom de Lucy Diamonds. « Il y a bien longtemps que je suis son guide dans cette métropole
grouillante de dangers. Je connais les moindres fissures
séparant les pavés d'ici à Hornsey, Harrow, Hounslow,
Hammersmith, Hayes, Ham (Est et Ouest), Harold
Hill… Londres étant cerné par plus de "H" que de
douves. Houndsditch entrant toutefois dans les deux
catégories. Vous savez, Lucy, les Londoniens sont

comparables aux rennes de Laponie. Ils suivent toujours les mêmes traces. Le comportement migratoire
des retraités en est la preuve. Ceux de l'East End
partent finir leurs jours sur la côte sud-est. Ceux de
South London vont à Worthing et Hove. Ceux d'Acton
se rendent généralement plus à l'ouest, disons Bournemouth. Même pour gagner le cimetière ils refusent de
traverser des secteurs qui ne leur sont pas familiers.

— C'est renversant ! » Lucy écarquilla ses yeux de
panda, rongée par la curiosité. « C'est cette histoire de
ley-line[1]. Y a-t-il un rapport avec les soucoupes
volantes ?

— Vous voulez dire qu'ils suivent les mêmes parcours ? demanda Mary en se redressant.

— Ça, c'est une idée ! » Assis sur la banquette avant
avec Annie — une grande rouquine emmaillotée de
batik — sur les genoux, Mark leur tendit un des joints
qu'ils roulaient presque sans interruption. « Quoi ? » Les
mains velues de Jack effleuraient le volant avec légèreté. Cet énorme Écossais tenait lieu de grand-mère
attentionnée à ses jeunes passagers. Il avait été responsable des roadies pour Led Zeppelin et les Yardbirds.

« Une idée.

— Sommes-nous pris en filature par une soucoupe
volante ? » Mark voulut jeter un coup d'œil dans le
rétroviseur et faillit tomber sur Jack qui, serviable, le
redressa.

« Plus probablement par un flic ou un cochon, gloussa
Jack.

— Un cochon ! » Mary ne put s'empêcher de rire et
de regarder derrière eux, mais elle ne vit que des Cor-
tina et des Escort, ainsi que quelques Rover. Elle avait
toujours trouvé les cochons sympathiques.

---

1. Ligne droite imaginaire reliant des sites préhistoriques et supposée
correspondre à une ligne d'énergie terrestre. (*N.d.T.*)

«Les comtés du centre sont vraiment invivables, dit Annie avec un accent de Belgravia poussé à l'extrême. Non? Une sorte de pâte molle de privilèges autour de la Grande Tarte qu'est Londres.

— Dis plutôt le Grand Ragoût, avança gaiement Lucy.

— Ou la Grande Saucisse! fit David.

— Le Gros Crapaud!» Mark s'intéressait à Jack qui mettait le clignotant pour virer à gauche.

«Crapaud?» David était perdu.

«Je vis à Toad Hole[1].

— Super!» Josef Kiss libéra un soupir de satisfaction. La voiture, tombereau majestueux et luxueux de vagabonds de comédie musicale, franchit la porte en fer forgé baroque qui donnait autrefois accès à Rolland House et désormais sur ses ruines. Sur les vestiges d'une véranda de pierre de la demeure victime des bombes incendiaires s'installait le premier des groupes prévus au programme. Les pelouses du parc se couvraient déjà de jeunes gens bariolés, de quelques policiers incommodés par la chaleur et d'autochtones qui s'intéressaient autant aux spectateurs qu'aux roadies et aux musiciens. «Essai. Un, deux, trois. Essai. Un, deux, trois. Salut, David!» Du haut de l'estrade Worzel Swineburn, comme Mark ancien d'Eton et caractérisé par une moustache à la Zapata et une chevelure à la Geronimo, le salua de la main avant de désigner le ciel radieux. «Magnifique!»

Aidé par Lucy et Beth, son amie frisottée, Josef Kiss s'extirpa d'un pas chancelant du véhicule et redressa son panama. «N'est-il pas étrange qu'en dépit de tous ces changements notre société continue d'être gérée par de jeunes Américains et de vieux élèves d'Eton qui, de toute

---

1. Litt.: le trou du crapaud. *(N.d.T.)*

évidence, détiennent un secret qu'ils refusent de partager ? On doit leur enseigner que la clé du pouvoir est la souplesse d'esprit. Avant la guerre ils s'asseyaient autour d'un feu avec des chefs kikuyus et pathans pour vanter les mérites de la chair de serpent rôtie ou des yeux de mouton bouillis, lorsqu'ils ne devenaient pas des leaders socialistes. Je dois reconnaître qu'il existe des moyens bien plus contestables pour arriver au même résultat et au moins sont-ils pour la plupart assez élégants. »

Tu vas m'écouter, m'man. Bon sang, tu vas m'écouter ! Surpris, Josef Kiss interroge du regard Mary Gasalee qui se renfrogne et secoue la tête. Ils cherchent le point d'origine de cette voix, sans le trouver. « Le hachisch n'est peut-être pas la solution, après tout », marmonne Josef. Mary se joint à lui avec Lucy et Beth. « Ça n'atténue rien du tout. » *Rien que de la racaille si je m'écoutais j'alignerais tout ça devant un mur et bang bang.* Mr Kiss s'intéresse à un policier à l'œil torve en haussant un sourcil. Ils présentent leurs laissez-passer et sont autorisés à franchir les barrières et entrer sous le chapiteau où se préparent les orchestres et leur *staff*. Il règne ici une forte odeur de patchouli, d'essences aromatiques, de chanvre, d'alcool et de graisse. Sur leurs gilets sans manches étriqués les roadies arborent les noms et les logos défraîchis des groupes de rock'n'roll les plus sélects, Love, The Grateful Dead, Fleetwood Mac. Certains ont des tatouages. Assis sur les motos qu'ils ont poussées sous la vaste tente, des Hell's Angels suent dans leur denim et leur cuir. Ils boivent des packs de bière et se renfrognent en regardant les jeunes filles en longues jupes en tapisserie et chemisiers en lin, foulards et colliers de perles, qui s'affairent derrière les tables à tréteaux pour servir des jus d'orange et des aliments complets. *Ces mecs salopent tout et en sont fiers faudrait tous les buter.*

« Ils sont sortis en se saluant de la main du Phoenix et

du Sun, d'Abbey et de Hambro Life, et les voici ! Ils sont là, mon garçon. Ils sont là ! Flamboyants et rugissants, leurs grands étendards claquant au vent. Qu'apportent-ils, sinon la paix de l'esprit ? Mais les polices d'assurance n'ont rien changé à la nature. Elle n'a pas bougé d'un poil. » Avec insouciance, Josef Kiss tire une autre bouffée sur la pipe qu'on lui a tendue et refuse le sucre que lui propose Lucy. Elle le fourre dans sa bouche. « C'est inté-ressant », ajoute-t-il en se penchant au-dessus d'un jeune homme souriant qui tente d'accorder sa guitare, le pied posé sur un ampli miniature. « Vous me croyez plus sage que je ne le suis. Vous vous appelez Jamie, est-ce exact ? Vous avez abandonné cet été des études d'anglais à l'uni-versité du Sussex ? Merci, monsieur. Merci beaucoup... »

Mary regarde David Mummery qui se contente de hausser les épaules, car il sait que la mode est à l'indif-férence.

« Liberté ! » Sur scène, un musicien à la voix amplifiée lève son poing vigoureux, ce qui incite Josef Kiss à se tourner. « C'est formidable. »

comment peut-il être toujours en vie après ça et ils disent que ce n'est qu'une déception j'ai mal ça me fait mal je leur fais mal

« David m'a dit que vous étiez télépathe. » La peau noire de Mark Butler est mise en valeur par l'ivoire qui pare son cou et ses poignets. Son accent évoque tant les classes dirigeantes et il est si respectueux que Josef Kiss en reste coi. Il n'a d'autre choix que sourire en silence comme un Mister Natural imberbe. « Nous nous sommes demandé si vous ne pourriez pas faire votre numéro, monsieur. Nous avons organisé une petite fête foraine, là-bas derrière ces arbres : toboggans, ce genre de choses, mimes, clowns, acrobates en monocycle et jongleurs. À moins que vous ne préfériez tenir la scène une demi-heure, ce soir, entre deux groupes. Nous ne voudrions pas... »

— Mon cher ami. » Josef Kiss lève une main bienveillante. « Vous avez un esprit généreux. Je ne suis pas moi-même, aujourd'hui, et j'ai perdu ma prudence mais pas mon bon sens. La nouveauté de tout ceci est agréable et si la plupart des participants sont un peu naïfs, un peu arrogants, ils sont dans leur ensemble bien élevés. Il ne fait aucun doute que si la bonne volonté suffisait pour améliorer le monde nous atteindrions très rapidement la perfection. Néanmoins, vous remarquerez que votre classe tient toujours les rênes du pouvoir. C'est dans sa nature. Et c'est pourquoi ce mouvement merveilleux qu'on peut pleinement apprécier par cette belle journée d'été a autant de chances de fêter le prochain millénaire que votre Église d'Angleterre.

— Si vous avez des trucs, monsieur, j'aimerais les connaître. Entre-temps, que dites-vous de mon idée ? » Mark déplace sa masse imposante.

« Lire dans leurs esprits à leur place ? Pourquoi pas ? J'ai exploré le for intérieur d'individus moins recommandables. Mais je dois vous avertir que mon numéro n'a jamais remporté un vif succès. Il y a ici des pensées qui auraient intérêt à rester cachées. Certaines personnes savent se déguiser. » Approbateur, il tire encore sur la pipe.

« David affirme que vous êtes le meilleur et je suis sûr que tous apprécieront. Mr Banaji sera-t-il votre assistant ?

— S'il peut se libérer de son article du jour. »

Emily Croak a senti ma bite grimper dans mon caleçon et le long du bâton

Habitué à ignorer les mises en garde, Josef Kiss soulève son panama et sort de la tente avec dignité et bonhomie, franchit les barrières métalliques et se dirige vers la musique d'un orgue à vapeur. Le rattrapant par-derrière, Lucy Diamonds agrippe son bras comme une enfant, ce qui le ravit. Sa progéniture lui manque, ses adolescents qui s'occupent d'une troupe de théâtre des rues à Amsterdam, la Mecque des hippies, le symbole du nouveau millénaire. «Je reste avec vous.» Lucy a besoin de la sécurité qu'il apporte. «Je me passionne pour Londres, les soucoupes volantes et tous ces machins.»

Josef Kiss perçoit sa nervosité mais l'intérêt qu'elle lui porte le flatte. «Je me rends à la fête foraine. Les aimez-vous?

— Quelques-unes. Certaines choses.» Bien que prudente, la voilà qui sautille de surexcitation.

«Quel âge avez-vous?» Il a déjà fait une estimation et se demande quelle sera sa réponse. «Et où viviez-vous avant de venir à Londres? J'espère que ces questions ne vous ennuient pas, Lucy, mais je ne monte jamais sur un manège avec une inconnue.

— J'ai dix-sept ans.» Ce qui est un mensonge. «Je suis née à Berkhamsted et je suis venue à Londres ce printemps. J'habite Notting Hill, où j'ai rencontré David. Nous sommes nombreux à Powys Square, des logements sociaux. C'est bien. David vit à l'angle, à Colville Terrace. Nous allons chez Finch. Vous connaissez?

— Je connais les toilettes et le tapis de seringues qui crissent sous les pieds!» Il s'est exprimé sur un ton de plaisanterie car il juge inconvenant de lui infliger un sermon, de la mettre en garde, de lui parler de son avenir, bien que son instinct paternel l'incite à la protéger car il sait qu'elle est une proie idéale pour des hommes mal intentionnés. «Et le service laisse à désirer. Je préfère Hennekey's, plus haut sur la colline.

— Moi aussi, approuve-t-elle en lui serrant le bras. Mais la plupart d'entre nous vont chez Finch.»

Bon nombre de spectateurs sont allongés sur des couvertures, des couvre-lits crochetés et des tapis afghans. Ils dorment au soleil, aussi colorés et fiers que les paons qui sont les résidents permanents de ce parc. «Comme Kew, c'était autrefois un jardin botanique privé. » Mr Kiss s'arrête à côté d'une bougainvillée. « Lord Holland était un grand mécène. Une famille très honorable, dans son ensemble. Qu'elle ait été si durement frappée par la guerre est injuste. L'incendie a été dévastateur. Il n'a été possible de sauver qu'une petite partie de la maison, quelques pans de murs et l'orangerie. La bibliothèque a été entièrement consumée par les flammes. Addison a vécu ici, bien sûr. Addison Road lui doit son nom.

— Un poète ?

— Un homme de lettres, un satiriste, un journaliste politique, un personnage important. De nos jours, rares sont ceux qui ont une de ces qualités, et je ne parle pas de toutes. La colère est désormais exprimée sans élégance, peut-être parce que les écrivains ne sont plus véritablement en danger. Prenez ce pauvre Locke, qui a dû choisir entre la Hollande ou la décapitation ! Alors qu'il avait tout à perdre, Addison a écrit avec encore plus de pertinence et de férocité. Je ne me souviens plus s'il logeait dans une maison de gardien. Il y en avait deux. La bombe de Troy Court les a rasées. Tout le secteur était un dépotoir, après la guerre… méconnaissable. Seuls les arbres et les buissons les plus résistants n'ont pas été soufflés ou broyés sous les décombres. Mais le plus joli parc de Londres a pu renaître de ses cendres, toujours aussi naturel et inattendu.

— C'est très beau. J'adore les oiseaux. Et les fleurs. » Elle en parle comme si elle s'adressait au paysagiste qui a créé ce lieu.

« Vous avez dû connaître mieux, à Berkhamsted ?

— Oh, non ! »

les nazis nous ont appris que les amateurs d'art peuvent être bestiaux il ne reste que Vardy et elle a épousé un Pyrtle et vidé tout le chargeur sur l'alarme du pub qui a encore retenti tout le week-end pas vraiment une maison mais elle a des siècles ils y jouaient aux

échecs j'étais en Californie quand j'ai reçu un coup de fil
m'annonçant que ma grand-mère était morte elle ne m'a
jamais aimé et fourre-toi-le bien profond que je lui ai dit
tout sera bientôt prêt

Ils atteignent finalement la pelouse principale et la fête
foraine avec ses tentes à rayures, ses jeux de massacre,
ses pousse-pousse, circuits de petites voitures, autos tamponneuses et autres manèges et stands, un lieu bruyant et
bondé. C'est parce que les bénéfices iront à des œuvres
de charité que Piers Swineburn et ses amis ont été autorisés à s'installer dans le parc.

poilu va montrer à cette petite salope qu'on ne dit pas
non à un James Bond play-boy millionnaire qui baise
comme un dieu

« Salut, Jo ! » En se grattant le lobe de l'oreille Mr Kiss
se tourne et sent croître son dégoût. « Qui est la beauté
qui vous accompagne ? »

John Fox, ce malfrat poids coq à tête de truand, a un
aspect incongru dans son costard étriqué de Carnaby
Street, son chapeau à large bord, ses cheveux relativement longs et son étrange moustache. Ses manchettes en
cachemire ont des boutons d'escroc, des roulettes de
casino, et il a près de lui sa sœur Reeny comme toujours
vêtue d'une robe pourpre informe à laquelle s'ajoutent
aujourd'hui un boléro en cuir blanc et un foulard noué
sur sa toison rousse. Kieron Meakin a quant à lui une
chemise à fanfreluches qu'il aurait pu voler à Tom Jones,
des lunettes miroir, un pantalon vert, des bottes de cow-
boy, une casquette de boucher et une barbe soigneusement taillée. « Ça fait un paillon.

— Tu les tombes toutes, Jo-Jo. » Reeny adresse une
œillade concupiscente à la douce enfant.

Pendant que Josef Kiss regarde le trio avec gravité,
Lucy est surprise de l'entendre émettre une sorte de
grondement avant de se racler la gorge. « Lucy, je vous
présente les Fox. Aussi ignorants de leur destin que

tous les autres, je présume. Et Kieron Meakin, le nouveau Dorian Gray. »

Kieron rejette sa tête en arrière et rit, avec une cordialité forcée. « Je ne suis pas si mauvais que ça, Josef.

— Bien pire, sans doute, si j'en juge à vos fréquentations. » Un reniflement de taureau en colère.

« Toujours aussi prétentieux, je vois. » John Fox
hausse ses épaules, petites mais menaçantes. « On voulait simplement vous saluer. Nous sommes venus pour
le concert. Ils disent que les Stones joueront gratuite-
ment, après. Quand ?

— Demain, je te l'ai dit. » Reeny agite un *Evening
Standard*. « Aujourd'hui, il n'y a que des hippies. Le
grand jour, c'est dimanche, pas vrai Jo-Jo ? » Elle n'a,
comme à l'accoutumée, pas conscience de sa réprobation. « J'aurais jamais cru que ces machins psychédé-
liques étaient ta tasse de thé. » Elle lorgne une fois de
plus Lucy avec désir. « Ça va, ma chérie ? » Elle a perdu
ses intonations maternelles, il y a des années que ses
activités de maquerelle ont périclité.

« Laisse tomber, Reen ! » John est comme les autres
conscient que son savoir-faire s'est évaporé. « Allons
plutôt au stand de tir. À bientôt, Josef. »

Mr Kiss dévisage posément Kieron. « Alors ?

— J'ai laissé tomber. » Kieron rougit. « Juré. Je me
tiens tranquille. Je suis rangé des voitures. » Il roule un
peu moins les mécaniques qu'autrefois.

« Qu'est devenu le joyeux bandit de grand chemin ?

— Oubliez ça, Jo. C'est le passé.

— Comment gagnez-vous votre vie ? Où est Patsy ? »

En entendant ces mots Kieron se détend et sourit. « Je
fais partie de la société alternative. Je vends de l'acide et
du speed. Patsy est toujours à Chelmsford.

— Une pilule, c'est combien ? » demande Lucy. Josef
Kiss inhale à pleins poumons, expulse l'air, se ressaisit
et s'éloigne. Il n'écoute pas ce qu'ils disent, mais le rire

de Lucy le déprime. Puis il jette un coup d'œil par-dessus son épaule et constate qu'elle le suit, courant aussi vite que le lui permet sa jupe de brocart. « Il y va un peu fort, Mr K. !

— Ce n'est pas quelqu'un de très recommandable. » Son soulagement est si grand qu'il a chanté ces mots. « Pire que les Fox, en un certain sens. Et bien plus retors que son frère.

— Qu'est-ce que vous leur reprochez ? » Elle est de nouveau à son côté.

Ils ont été absorbés par la fête foraine. Ils se dressent près de la rambarde rouge et jaune des autos tamponneuses et écoutent les accents joyeux et altérés de « Sgt Pepper », les coups sourds des collisions, les hurlements, les rires aigus, les crépitements des perches sur la grille électrifiée qui les surplombe comme s'ils avaient devant eux une multitude de trams miniatures. « Presque tout. » C'est au prix d'un effort qu'il s'exprime sur un ton léger. « John et Reeny sont des Fox de Bow. Leurs frères sont des bandits de grande envergure. John n'a ni leur courage ni leur férocité, et il se cantonne à des activités comme la contrebande, le trafic d'armes et un peu de traite des Blanches. Il vend des filles en Arabie. Reeny en fournissait à divers bordels, mais elle se contente désormais de fourguer de la drogue et de saisir les opportunités qui se présentent, dès l'instant où ça ne l'oblige pas à s'éloigner de chez elle. Elle est la plus paresseuse du lot. La dernière fois que j'ai vu Kieron, c'était au tribunal. Il passait en jugement avec son frère Patsy et il m'a juré qu'il ne voyait plus les Fox.

chavire et tous ces arcs-en-ciel s'entrecroisent comme des couches de crème dans un gâteau

« Il a pourtant l'air gentil. » Ils se joignent à la queue de ceux qui attendent le prochain tour. Une Noire d'âge mûr se tourne pour leur sourire, afin qu'ils excusent sa petite fille turbulente.

« Son charme lui a autrefois beaucoup servi. Il était pas mal de sa personne. Le problème, c'est qu'il n'hésite pas à passer à la manière forte quand le reste ne donne aucun résultat. Ils sont nombreux, comme lui. Son frère Patsy est simplement violent. Ou plus exactement il était violent lorsqu'ils l'ont bouclé.

— Je ne croyais pas voir ici des gens qui se fichent des idéaux hippies. C'est complètement idiot.

— Cinquante pour cent des humains exploitent leur prochain d'une façon ou d'une autre. » C'est avec prévenance que Josef Kiss l'aide à grimper dans une auto rouge et argent. « Je crois que rien n'a changé, mais seul le temps révélera si j'ai tort ou raison. » D'un brusque mouvement du volant il les écarte de l'embouteillage et une longue courbe calculée avec soin les amène derrière sa première victime, la n° 666, un engin blanc et vert piloté par deux bruns frisés coiffés de chapeaux emplumés qui ressemblent de dos à des dames de la Belle Époque en goguette. Des couvre-chefs qui manquent tomber quand il les tamponne. Josef Kiss s'éloigne et accélère en adressant un pied de nez à ses proies ébahies. « Mes prouesses sont légendaires, se vante-t-il auprès de la fille surprise. Nous sommes, mon ami Dandy Banaji et moi, les meilleurs auto-tamponneurs du monde. Nous avons été récompensés par d'innombrables tours gratuits dans des fêtes foraines de tout le pays, mais nous avons deux manèges favoris, les meilleurs de trois continents. L'un se trouve à Kew, l'autre à l'extrémité de la jetée de Brighton. Nous avons passé des semaines complètes sur leurs pistes. Les garçons qui récoltent les billets en sautant comme des cabris sur les bolides s'inclinent bien bas devant nous ! » Tout en parlant, il zigzague et ne se laisse percuter que lorsque ça lui convient. Il atteint toujours la cible qu'il s'est fixée et Lucy est impressionnée et transportée de joie. « Je parie que vous êtes un as du volant, Mr Kiss.

— Je n'ai jamais conduit ailleurs que sur une piste de ce genre, Lucy. Confieriez-vous votre vie à quelqu'un qui emboutit tout ce qu'il rencontre ? » Il voit David Mummery et Mary Gasalee qui l'observent derrière la barrière et ils échangent des signes de la main.

pipes à Marrakech mais je n'ai jamais vendu mon cul

« C'est son passe-temps préféré. » Avec un plaisir évident Mary Gasalee inhale l'odeur de friture, de parfum bon marché, de barbe à papa, de sucre d'orge à la menthe, de sueur, de graisse des hamburgers et des hot-dogs, et l'onirisme de la fête foraine l'emplit de nostalgie pour le monde qu'elle a perdu. Elle aime les visages burinés et sales des bohémiens qui tiennent les stands, la sexualité débridée des jeunes gens qui font des tours de manège, les détonations hachées des carabines, les hurlements des filles et des machines, les grondements des moteurs, les hoquets des orgues, les grésillements des haut-parleurs, la musique déformée, les gémissements du métal et du bois, les chocs et les cliquetis, les voix surexcitées de ceux qui sont emportés dans les airs, lâchés, ballottés d'un côté et de l'autre, sifflant et criant d'impuissance volontaire après avoir confié leurs membres et leurs vies à des assemblages de tringles, pistons, chaînes et câbles, à des adolescents en jean sale et chemise déchirée qui sautent et semblent exécuter un ballet entre les autos qui tourbillonnent, les animaux aux couleurs criardes, aussi vieux que le dieu Pan et aussi durs que des Spartiates. Mary Gasalee rit à gorge déployée et David Mummery est sidéré de la voir revenir à la vie.

« Dave ! Dave ! » Une femme corpulente aux cheveux oxygénés en chemisier turquoise, jupe noire, bas résille, talons aiguilles et petit tablier où sont représentés l'Union Jack et les mots « L'Angleterre en a besoin » agite un avant-bras rose pétant de santé sur lequel sont enfilés des anneaux en plastique multicolores et l'appelle du stand situé derrière eux. «Dave Mummery! C'est Marie Lee!»

Il regarde tour à tour Mary Gasalee et Marie Lee, surpris comme s'il avait jusqu'à cet instant cru qu'elles étaient une seule et même personne. Puis un sourire étire sa bouche. «Tu n'as pas une épicerie à Tooting, Marie?

— J'aide mon oncle Harry. Viens me présenter ton amie. Bonjour. Vous n'avez pas à vous méfier de moi. Nous sommes de vieux amis. Des petits amis d'enfance.» Et elle rit pour indiquer qu'elle plaisante, même si David a gardé de cette époque des souvenirs moins superficiels.

«Vous viviez tous les deux à Mitcham, dit Mary. Vous vous occupiez de lui.

— Aurions-nous quelque chose en commun? C'est exact, ma chérie. Il était le préféré de maman.» Puis Marie lance d'une voix plus forte, un peu perçante: «Bob! Regarde qui est là!»

Adossé au pilier central d'un pousse-pousse à l'arrêt, son frère se tourne et son expression se durcit. Ses traits sont soulignés de poussière, mais ses yeux noirs brillent comme autrefois et ses cheveux gominés évoquent le plumage d'un corbeau. Il a un blouson de cuir sur une chemise à carreaux, un jean déchiré, des bottes de cowboy blanches éraflées et tachées d'huile, une cigarette très fine calée entre les lèvres. Bob a reconnu Mummery qui lui inspire autant de mépris que vingt ans plus tôt, ce qui semble amuser Marie. «Il est toujours aussi mauvais coucheur. Alors, Davey, qu'est-ce que tu fais? Tu vas rester longtemps? Tu es avec un de ces orchestres ou tu écris? J'ai rencontré ta mère. Elle te l'a dit? Il doit y avoir cinq ou six ans. Elle m'a expliqué que tu t'étais lancé dans le journalisme, ce genre de choses. J'ai cherché tes articles, mais j'ai dû les rater. Es-tu devenu riche et célèbre ? J'ai trois enfants, deux filles et un petit garçon extraordinaire. Mon mari tient la boutique et je me raccroche au stand. Je ne supporte pas de rester enfermée. C'est ton amie ?

— En quelque sorte. » Mary serre la main rougeâtre et chaude. « Vous faites ça en permanence ?

— Non. Je suis une vraie didicoy. La moitié des forains vivent dans des maisons, de nos jours. Les véritables gens du voyage sont une espèce en voie de disparition.

— Et ta maman ? Et ton père ? » Mummery se rapproche du jeu d'anneaux et de ses chevilles numérotées pour laisser passer des Hell's Angels titubants.

« Papa a des ennuis avec son cœur et ses yeux et il ne s'occupe plus des chevaux, mais maman va bien. Elle vend de la bruyère dans Ken High Street presque tout l'été. C'est une affaire qui marche. Elle prend la Northern Line. Et la tienne ?

— Elle est dans une maison de repos de Bournemouth. Des problèmes familiaux l'ont un peu secouée.

— Elle a toujours été sur les nerfs. » Marie retient sa langue.

ville qui m'aime ville qui m'aime jolies femmes aux fesses rebondies qui me tombent dessus m'embrassent me font rire si gentilles de m'aimer les aimer toutes jolies jolies femmes

Heureuse du bonheur de David, Mary pense qu'il suffirait que Katharine Hepburn sorte de derrière une attraction pour que la journée soit parfaite. Elle bâille comme pour se nourrir de l'air chaud et dense de la fête foraine.

Mon sang bout. Voir des choses pareilles vous corrompt à jamais j'ai vu rouge vraiment rouge comme un feu dans ma tête car j'étais l'invité du Seigneur d'Arabie cette chatte m'a permis de m'offrir une partie des Dix Commandements, du Lucky Mojo Oil, des huiles essen-

tielles qui écartent la poisse, racines d'Adam et Ève, et vertèbres du Diable et nous verrons bien qui ira au Paradis avant tous ces tarés et Londres en schlingue tant que c'est rien de le dire et voici le Seigneur, le Christ Tout-Puissant, l'exode de ces porcs qui quittent Babylone pendant que les outardes s'envolent du zoo et se métamorphosent en jolis flamants roses oui le temps me consume le temps est ma nation j'ai du feu dans la tête du feu dans mon esprit mais j'en fais abstraction car le moment est proche et je veux découvrir ce qui cloche dans mon âme ce qui déconne en moi ce qui durcit mon cœur et aussi mes artères ainsi que mon esprit et touche mon cerveau contamine ma tête fait de moi un zombie qui attend le grand soir la nuit des morts vivants en vendant des foulards ici sur les trottoirs voilà qu'elle veut savoir s'il faut continuer ? C'est pas exactement ce que j'avais prévu et c'est vraiment dommage ! Ne pas jouer le jeu, oui c'est vraiment trop moche. Môme en petite culotte je crois que j'ai la cote et me voilà sorti de la merde, de la merde, la merde de Notting Dale et de ses porcheries, ses tanneries puantes et son vieux champ de courses qui s'y trouve toujours le pont qui flambe n'est qu'un arc-en-ciel à la con et je lui planterai une épée dans le ventre et ils n'auront jamais une seule preuve contre moi et je m'en tirerai je me demande pourquoi ils l'ont interrogée. Putains de bonnes femmes !

Putains de putains de putains de bonnes femmes.

Bien qu'inattendu, tout cela est familier à Mary Gasalee qui cherche le point d'origine de ces pensées et aperçoit John Fox dans la foule. Il se dispute avec sa sœur. Ils ne l'ont pas remarquée. John donne d'un geste brusque une poignée de pièces à Reeny, et Mary s'étonne qu'il se soit ainsi déguisé avant de voir Kieron et de trembler, de songer à la fuite, mais le trio s'éloigne sans lui prêter attention. *Danseuses de Dresde et tantes de Coventry. Oh, bordel ! Oh, mec !* Elle n'est pas seule au Pays des

Rêves. Elle sourit, soulagée. *Cette toile laisse à désirer.*
Que dites-vous, Mr Kiss ? Que dites-vous ?

Veux-tu m'imiter, copier ou parodier mon style,
David ? Te faire passer pour une araignée ? Que désires-
tu ?

Seulement que vous reconnaissiez en moi le zombie
blanc de Holland Park, l'égal de celui que vous étiez
quand vous hantiez Norbury. Les Peaux-Rouges sont en
voie d'extinction. Le Temple a-t-il été rasé par les
flammes ? Le terminus de la ligne de métro pourquoi
ont-ils ouvert les portes à ces putains de Turcs mais ils
leur font des fleurs et c'est pour ça que, ouais, on est bien
plus nombreux. Ouvert ? Je crois avoir compris qu'ils
l'ont reconstruit, reconstruit, reconstruit pour chercher
ma station pour chercher ma nation mais sans destina-
tion pour cette génération ça n'a rien de bidon c'est plutôt
une question de simple éducation et d'imagination

Pourquoi est-ce plus facile si on y met du rythme et des
rimes

« N'est-ce pas superflu ? » Deux personnes se tournent
vers Mary et, consciente d'avoir parlé toute seule, elle
secoue la tête et leur sourit.

« Désolée. Je pensais à voix haute. »

Flammes racistes moi pauvre conne gentille qui n'a pas
de tétons cette femme prend bien trop de risques je ne sais
pas comment elle ne disjoncte pas j'ai eu une vision pré-
monitoire de la disparition de la boîte en fer-blanc il y a
deux semaines qu'il charrie son sac d'ordures dans mon
autobus et l'odeur est insupportable

Les choses ont l'air de s'améliorer et les Blacks des-
cendent à Pimlico pendant ces soirées interminables
j'aimerais retourner à Kerry pourquoi est-ce que j'ai tou-
jours des boulots aussi chiants

C'est comme le vieux jardin d'herbes aromatiques de
Bishop's Park il n'a pas changé depuis les Tudor et on y
trouve des plantes très jolies et de vieilles branches énor-

mes aux feuilles ornées de multitudes de motifs et je n'ai jamais vu tant de visages tout semble en cristal comme des vitraux et je reste assis là avec mes bandes pour écouter les voix des amis absents ou morts

Tigre tigre dont l'œil luit dans les forêts de la nuit après la guerre le Dr O'Rourke est mort d'un arrêt cardiaque dans le vestibule en allant voir un patient je me demande si elle est infirmière elle a dit qu'il faut garder sa maison fraîche pour avoir de la compagnie il pense que je suis gay et je ne l'ai pas démenti car je le suis peut-être

Mrs M. a craqué elle ne cache pas elle ne sort plus et la voir comme ça est désolant elle pique une crise et crie et pleure puis reste muette douce et passive comme un agneau qu'on mène à l'abattoir et si elle refuse de regarder la mort en face elle s'est résignée à la voir arriver

C'est seulement des vacances. De la graine d'emmerdes.

« Eh ! C'est formidable ! » Un cri des Angels en denim ; des jeunes Noirs en grand manteau à carreaux et chapeau emplumé à la Jimi Hendrix se mettent à applaudir en voyant les petits poneys Shetland tirer les carrioles des marchands des quatre-saisons aux tenues couvertes de boutons de nacre, suivis par leurs parents et grands-parents, des Cockneys qui représentent leurs quartiers avec autant d'agressivité que des Angels exhibant les couleurs de leur bande. Le roi de Pimlico et la reine de Dalston. Leurs visages fiers, sages et amicaux ne sont guère différents de ceux des bohémiens, les gens du voyage, les premiers colons qui ont regagné Londres après la dévastation, arrivant des quatre points cardinaux pour faire les marchés, s'installer en ville ou à la périphérie et cultiver la lavande ; d'autres encore pour aller planter des vergers dans le Kent ; éleveurs de chevaux venus de l'Inde pour trouver la Nouvelle Troie, puissants rois et reines, arrogants bâtisseurs de cités et de dynasties partout où ils se sont arrêtés ; pour repartir inlassablement, peut-être vers d'autres planètes, vers les étoiles; propagateurs discrets d'une civilisation à laquelle ils ne semblent pas appartenir, mais qu'ils répandent tels des vecteurs de virus dans tout l'univers. Dompteurs de monstres et de dieux, ils ont soumis Gog et Magog qui doivent désormais servir les étrangers qu'ils méprisent. Les fondateurs de Londres s'avancent sur les accents stridents d'une fanfare, leurs cuirasses d'un blanc argenté ressemblent à des gilets, mais tous les éléments de leurs cottes de mailles ont été arrachés à des créatures qui vivent sur les écueils, les fonds sablonneux et dans les marais salants qui vont de l'estuaire de la Tamise à la grande cité, la plus belle des perles, la plus grosse, vorace et conquérante, génitrice de pirates, protectrice des bandits, reine des marchands et déesse des soldats, putain-guerrière qui se demande si les points blancs qui la parsèment sont des signes extérieurs de richesse ou de lèpre.

Des clochettes tintent et des têtes de navet en robe jaune dansent, êtres à l'esprit consumé et à la bouche baveuse souriante qui sautillent pour exprimer leur non-violence et chantent pour repousser le Chaos et les Ténèbres, comme si leurs gémissements suffisaient pour les rassurer, comme si les démons de l'Enfer pouvaient avoir peur de deux cymbales désaccordées dont la rencontre donne un avant-goût de cacophonie éternelle, mais la foule est docile, enivrée et droguée par le soleil, le doux pollen et la chaleur cendreuse d'un amusement braillard et rutilant. Qu'est-ce qui arrive de l'Inde ? Est-il concevable que ce soit la sagesse ? David Mummery est bousculé. « Désolé, vieux. » Les frères de Marie ont emboîté le pas aux Hare Krishna et ils se trémoussent et font claquer leurs doigts pour les parodier. Ces hommes portent des ceinturons ornés de lunes et d'étoiles et des harnais désormais inutiles, anciens symboles que révèrent encore certains de leurs semblables, tous bons catholiques, suivent en esquissant des pas de danse le fanatisme qui les a chassés vers l'Occident, se moquant de ce que leurs ancêtres ont le plus redouté, car dans leur fuite ils sont devenus plus puissants qu'Israël, ils ont tendu sur le monde un filet que seul un atome fissionné pourrait traverser, une résille de racines si fines qu'elles en deviennent presque invisibles, un réseau de ruelles, comme les chemins secrets qu'empruntaient Hereward ou Robin dans une forêt si dense que nul humain ordinaire n'aurait pu s'y déplacer mais où onze hors-la-loi bondissaient et filaient, démons bruns dans la verdure du Lincolnshire, hommes libres ne pouvant être expulsés de leur logis parce qu'ils n'en avaient pas tant qu'ils ne décidaient pas de fendre du clayonnage, de cuire des briques, de tailler des pierres et de couper le chaume pour le bâtir. Ils montent sur le carrousel et se juchent sur les riantes montures, des chevaux au sourire vermeil, aux yeux brillants et à la crinière rigide qui s'élèvent et s'abaissent, enfourchant leurs selles de bois pour se lancer dans une vieille valse, vers le haut et le bas, et en rond, toujours en rond.

Il y a Mary Gasalee dont la chevelure drue ondoie telle une flamme agitée par le vent, ses lèvres entrouvertes par le ravissement, ses jupes retroussées sur ses cuisses ; Josef Kiss qui rugit sur un fier destrier qui galope en cercle depuis un siècle, le bord de son chapeau repoussé en arrière par la rapidité de son déplacement, ses vêtements blancs qui claquent tant qu'on pourrait croire qu'il va d'une seconde à l'autre se métamorphoser en oiseau monstrueux pour apporter de l'amour à tous les hommes ; David Mummery le cow-boy en jean délavé, veste de Buffalo Bill et sombrero de Clint Eastwood. Seul son foulard est conforme à ses anciennes aspirations, lorsqu'il rêvait de parcourir une grande prairie où Tex Ewalt citait Shakespeare, parlait de la réalité ou se servait des théories de Kant pour lui apprendre à utiliser un colt et où Hopalong Cassidy lui révélait les secrets du marquage du bétail pendant qu'une femme aussi fière et droite qu'une reine, meilleure cavalière et tireuse que la plupart des hommes, réveillait le héros qui sommeillait en lui. Il y a aussi Lucy Diamonds, qui ressent les premiers effets de l'acide et glousse en se demandant pourquoi la bête qu'elle chevauche ouvre la bouche et agite ses pattes. Va-t-elle partir au galop en l'emportant et, si oui, vers quelle destination ? Et Leon Applefield qui, en veste de cuir bigarrée coupée à la taille mais aux revers intacts, casquette de garçon boucher sur la tête, jean blanc et chaussures vernies bicolores, enfourche une jument se cabrant aussitôt pour impressionner une Écossaise qui n'en croit pas ses yeux. Kieron se met en selle, imité par John Fox qui observe avec dégoût sa sœur au visage enrobé de sucre et lèche sans enthousiasme sa propre barbe à papa rose. Tous s'abandonnent à la fête et c'est le tour de chevaux de bois le plus joyeux de l'histoire de la ville. Le festival d'Été surpasse les foires de Hampstead, Mitcham ou Scrubs, Wandsworth ou Putney, de toutes les landes et terrains communaux où les forains peuvent faire tourner leurs machines, arrêter le temps ou l'accélérer, en fonction des besoins. La valse s'amplifie et s'emballe. L'air cingle les cavaliers qui s'agrippent, certains avec une consternation à peine dissimulée et d'autres en arborant des sourires béats de terreur, car aucun ne s'attendait à ce qu'un manège puisse aller aussi vite. Ils galopent vers les deux et le monde fait une ronde folle et leur révèle pendant une fraction de seconde un visage familier, un inconnu séduisant, une silhouette mystérieuse.

« Plus vite, plus vite, plus vite ! » Josef Kiss crie comme un homme qui fuit Satan après lui avoir vendu son âme. « Plus vite, mon intrépide coursier ! » Il se penche sur sa monture pour passer un bras amical autour de la taille de Lucy et lui donner un baiser malicieux sur la joue, afin de chasser toutes les peurs que le LSD a éveillées en elle et lui permettre de retrouver sa sérénité, de s'émerveiller de tant de beauté sans courir le risque de choir, car elle a un ange gardien qui désire lui faire connaître non son sexe mais l'avenir. Et parmi les myriades d'étoiles qui scintillent tels des joyaux nichés dans les multiples strates de la réalité, dans la vision *multiverselle* apportée par l'échange de quelques shillings contre un sucre imbibé d'acide lysergique, Lucy voit les visages sécurisants de la foule embaumés dans le spectre de la lumière, enchâssés dans une flamme porteuse de vie qui ne les consume pas, dans les couleurs de métaux précieux et inconnus, alors qu'ils ont les ongles en deuil, que leurs joues sont bar-bouillées de couches de maquillage qui coule en frétillant de leur chair pour révéler une peau ordinaire, des gens inchangés dans leur diversité, avec leurs expressions de chaque jour, leurs petites frustrations et passions dévo-rantes ; elle croit qu'elle pourrait lire ce qui se tapit dans leur cerveau mais sait qu'elle en serait effrayée.

« Yi-hi-hi-ki-yay ! » David Mummery cale une jambe sur sa selle et regrette de ne pas avoir du tabac à rouler ou une chique. Mary Gasalee se contente de savourer le rugissement qui engloutit toutes les pensées, la musique qui transmue les émotions, le tangage de sa monture qui ne l'emporte nulle part mais l'éloigne de ce qui n'est pas.

Là-bas vers la demeure, derrière les arbres, le premier groupe de l'après-midi entame un rock qui manque de punch. Les musiciens lèvent les doigts à l'attention de la foule, leurs poings, pour confirmer qu'il y a un paradis sur terre. *Lou a vu les déserts de mon cerveau grillé, elle m'a tenu et aimé quand je pleurais de souffrance et elle m'a ramené vers la santé mentale et reconstitué, parce que tu m'aimes, pas vrai, Lou. Lou avec tes longs cheveux, Lou avec tes longs cheveux, Lou avec tes longs cheveux qui tombent librement.*

Une ovation indique que le festival débute. Les gens qui s'installent sur l'herbe, devant la scène improvisée, sont de plus en plus nombreux. La vie n'a jamais été plus douce. John et Yoko se promènent derrière les murs d'amplis et Mick, Pete et Eric viennent s'imprégner des vibrations. Ceux qui se parent de plumes, de soie, de cotonnades indiennes, de vestes afghanes, de pantalons pattes d'éph et de fleurs se font appeler les enfants du soleil. Kieron Meakin est descendu de sa monture et s'éloigne sur la route goudronnée qui conduit à l'auberge de jeunesse. Ses traits se détendent et lui donnent des airs de gosse dépravé. Il hoche sa tête empanachée au rythme de la musique pendant que John et Reeny Fox, moins débridés car ils ont refusé ses drogues, tapent du pied et le suivent en claquant des doigts comme des chanteurs de variétés d'un autre âge bien décidés à démontrer qu'ils ne sont pas décatis. Désireux de tirer au mieux parti de ce qui reste de son physique et de son charme, Kieron leur tourne le dos en souriant tel un dieu de lumière en voyant un doux visage féminin auréolé de cheveux blonds immaculés.

Le groupe semble vouloir rester en scène jusqu'à la fin des temps. Le morceau interminable décroît finalement en breaks de guitare introspectifs et contretemps égocentriques ou s'immiscent à l'occasion des rifs de basse agressifs manquant de conviction. Ces musiciens appartiennent à une autre génération, leurs attitudes ne sont pas spontanées mais étudiées, observées dans des miroirs et vues dans des revues, empruntées aux vieillards trentenaires qui savourent cette merveilleuse journée d'été. Il y a derrière l'estrade presque autant de journalistes que d'artistes et d'assistants, presque autant de photographes que de princesses venues dans leurs plus beaux atours se faire baiser par une rock star. Mais l'orgue à vapeur joue toujours les mêmes valses et fait effectuer à ses passagers ivres de bonheur un tour ondulant en trente secondes. David Mummery, que la dope et l'espoir ont libéré de la gangue de son esprit, tourne la tête pour hurler sa joie à Josef qui tient la main de la fille sous acide, à Mary qui comme une Boudicca face à ses vexateurs, une Elizabeth hautaine, une Nell Gwynn exubérante, à la fois fière et joyeuse, chevauche sa monture avec presque autant de plaisir qu'elle a chevauché ses amants, sans jamais contenir ses rires ou ses cris, sans la moindre affectation. Mummery croit voir tous ses amis dans la foule et il cherche sa mère du regard quand, tournoyant vers le bas du toboggan, caquetant comme un choucas pris de folie, ses écharpes pourpre et son chemisier lavande, sa jupe et ses jupons lilas et bleu barbeau s'agitant comme pour lui adresser des signaux frénétiques, une Old Nonny transfigurée par l'allégresse traverse en accélérant son champ de vision et disparaît. Quand le manège ralentit, Mary tend une pièce au jeune bohémien qui fait le tour de la plate-forme. « Je reste ! »

Tous l'imitent à l'exception de Lucy, que Mr Kiss confie à Beth, et Annie qui se sont allongées sur l'herbe pour se faire des confidences. Puis le bois grinçant, la mécanique bien huilée et le souffle de l'orgue donnent le départ d'une autre folle chevauchée.

« Attendez, attendez ! Je savais que je vous seriez ici ! Serrez les freins ! » Old Nonny a retrouvé ses amis. « M'autorisez-vous à monter à côté de vous, Mr Kiss ? »

Il soulève son chapeau. « J'en serai honoré, Mrs C. Vous avez choisi Nellie. » Il désigne les lettres tarabiscotées peintes sur l'encolure de la jument pendant que Nonny s'installe avec grâce et dignité sur la selle. « J'espère que la balade sera agréable. J'ai l'habitude de ce qu'il y a de meilleur. »

Le manège se met à tourner.

La valse accélère, plus enlevée à chaque tour. Assise sur le sol Lucy les regarde. Ses yeux évoquent des étoiles venant de naître et elle tape des mains en cadence en incitant ses amies à l'imiter. David salue le capitaine Blake et son épouse qu'il a vus près d'un jeu de mas-

sacre. À la bordure de la fête foraine les buissons et
parterres sont en fleurs, et leurs senteurs se mêlent un
instant aux autres. Il respire la fragrance de l'herbe et
repousse un souvenir de souffrance. Brusquement vigi-
lante, Mary Gasalee se penche et l'embrasse, pour qu'il
rayonne. C'est la première fois qu'il bénéficie d'une
aussi bonne compagnie et qu'il se sent à ce point satisfait de son sort. Il sifflote la mélodie qui devient « La
Valse de l'Empereur ». Au-dessus d'eux les ors du soleil
se fondent dans le bleu du ciel et la plate-forme s'incline
et tangue tel un clipper atteignant la haute mer. Les
rênes fermement serrées, Mary se dresse sur les étriers
et accentue les mouvements de sa monture comme si
elle était vivante et l'emportait dans l'infini.

« Êtes-vous heureux, Mr Kiss ? crie Old Nonny à
pleins poumons.

— Plus que je ne l'ai jamais été. Cet écho ininterrompu. Il ne peut disparaître totalement mais il
s'estompe ce qui m'apporte l'espoir d'en être un jour
débarrassé !

— Et ?

— Je suis aux anges ! J'ai trouvé à la fois l'exaltation
et l'équilibre. Que pourrait-on désirer de plus ?

— Ce sont les valses que je préfère. Je ne m'en lasse
pas. On n'entend plus que de la rumba et du swing, à la
radio. »

Marie Lee est près de son oncle Harry dans le stand du
jeu d'anneaux. « Et voilà, mon petit. Six pour un shilling.
Six pour un shilling, monsieur. Et vous faites une bonne
œuvre. Très bien, très bien. Choisissez ce que vous voulez. Sur l'étagère du haut. Danny a mis la gomme. Il veut
les tuer ?

— Aucun danger. » Oncle Harry Lee cligne de l'œil.
« Il leur offre un extra parce qu'ils sont tes amis. » Ses
traits burinés se fendent comme une noix pour révéler
des dents blanches. « Ils s'amusent. Ils sont restés pour

un deuxième tour. Ça ne te donne pas envie de danser ? Notre manège en a vu d'autres. Tu te rappelles la guerre ? La vieille dame est encore plus joyeuse que les autres. Je jurerais la connaître. Elle est bohémienne ?

— Oh, Seigneur ! » David Mummery s'adresse à un monde débordant d'amour. « Faites que ça ne s'arrête jamais. »

La musique couvre tous les autres sons et toutes les misères. David regarde le papier perforé tomber en se pliant dans le bac récepteur au centre du carrousel. Il a finalement reconnu la face de gnome du frère de Marie qui boit une Carlsberg et le salue de la main. Danny sort de sa cabine tarabiscotée, le calme de l'œil du cyclone, pour jeter un coup d'œil privé de curiosité à ses joyeux passagers.

« Aimer, Boire et Chanter », « Histoires de la Forêt viennoise », « Le Beau Danube bleu », « Feuilles d'automne », « La Valse des patineurs », « La Valse du coucou », « La Valse de Londres », « La Vie d'artiste ». L'orgue à vapeur a été créé pour jouer de tels airs. « Le Baron tzigane » cède la place à « La Valse de l'Empereur » et si le Temps semble se figer il atteint puis répète son apothéose. S'ils le pouvaient, tous seraient ravis de prolonger à jamais ces instants.

CINQUIÈME PARTIE

L'ESPRIT COURROUCÉ

C'est le livre d'une cité qui ne sera jamais détruite, le Londres de jadis et des temps à venir. C'est une description de cette ville telle qu'elle était avant que le Blitzkrieg et ses V-1 et V-2 sèment la mort, la ruine et le feu dans ses rues. On a beaucoup écrit sur le Londres de ces temps difficiles, et le monde entier lui a rendu hommage. Quand Mr Churchill a dit à ses concitoyens qu'ils ne connaîtraient pendant longtemps que le sang et les larmes, un dur labeur et la sueur, il s'est exprimé en ayant pleinement conscience de la tournure que prendraient les événements. Il n'avait rien d'autre à offrir à ses compatriotes que ce philtre amer, mais ils y trouveraient de l'espoir et une vigueur renouvelée.

À Dunkerque, l'âme d'une nation a été ressuscitée et peu après Londres prouvait au monde que l'Angleterre était une fois de plus fidèle à elle-même. La capitale déployait le drapeau du courage et devenait l'emblème de l'endurance du pays. Londres était livré à la sauvagerie de la barbarie boche et les longs jours et longues nuits, ces nuits épouvantables et ces jours ponctués par l'horreur, étaient autant de défis auxquels répondait une force d'âme sans égale.

« Londres peut encaisser les coups », devint le cri que l'homme de la rue adressait à un ennemi frustré. « Elle sert celui qui résiste et sait attendre », et les Londoniens qui subissaient stoïquement cet holocauste servaient leur nation avec autant de bravoure que des chevaliers bardés de métal.

Ce Londonien était Mr Résiste, Mr Grand-cœur et Mr Vaillant réunis, un personnage resplendissant qui n'avait pour toute protection qu'un moral d'acier. Le fier Cockney s'était transformé en guerrier dans sa ville changée en champ de bataille. Les petites maisons qui avaient abrité des milliers de personnes disparaissaient et les souffrances étaient atroces. Les rues que les Londoniens aimaient étaient dévastées. Les églises où ils avaient prié Dieu, ces lieux saints où ils avaient reçu les sacrements du baptême puis du mariage et où reposaient leurs parents étaient en ruine. Les auberges où ils s'étaient retrouvés pour bavarder et rire n'étaient plus que des squelettes noirs méconnaissables. Les briques et le mortier s'étaient transformés en sinistres monticules de gravats. Le petit monde des Londoniens s'écroulait autour d'eux. Tout ce qui était familier avait disparu.

ARTHUR MEE, *LONDON,*
Heart of the Empire,
Wonder of the World, 1948

World's End 1985

Josef Kiss et Dandy Banaji se promenaient dans des rues où l'essor économique était si foudroyant qu'il n'y avait pas une maison sans échafaudage, une devanture en réfection ou une simple lucarne qui ne reflétait pas l'optimisme du capitalisme qui remplaçait l'optimisme des idéaux perdus à la fin des années 70. Mr Kiss regardait autour de lui, sidéré et résigné. « Je me souviens de l'époque où World's End méritait son nom de "bout du monde", pas toi, Dandy ? Une église entourée de ferraille rouillée, une friterie misérable, un kiosque à journaux piqueté de chiures de mouches et un pub délabré. Celui qui échouait ici un soir d'hiver n'avait d'autre distraction que suivre des yeux les bouts de papier qui franchissaient une bouche d'égout en sentant une pellicule grasse et glaciale se former sur sa peau.

— J'ai vécu là-bas, dans cette rue sordide qu'était Langston Street. » Dandy la désigna avec le parapluie que la prudence l'avait incité à prendre en ce début septembre. « Il y a maintenant des galeries d'art, Penguin Books, des marchands de vins fins. Et regarde ces immeubles de chaude brique rouge et les espaces verts. Subventionnés par la municipalité ! Je serais fier d'y vivre, à présent. Comme Christine Keeler. Mais je sup-

pose que je n'en aurais pas les moyens. D'où sortent tous
ces gens aisés, mon vieux ? Ça, c'est un mystère. »

Mr Kiss n'était visiblement pas de cet avis et il dilata
ses narines tel un ours empli de dégoût. « De ces maudits
comtés limitrophes, la malédiction de Londres depuis
toujours. Ils sont ses pires ennemis, des parasites mortels.
Ils chassent la plupart des Londoniens de pure souche et
s'approprient leurs maisons, une rue après l'autre. Le
parti de ma sœur encourage leurs investissements destructeurs parce qu'ils favorisent le développement d'une
classe privée d'emplois et de droits. Ces bourdons ignares
et râleurs envahissent Fulham et Finchley où ils s'installent avec leurs meubles en pin naturel et leurs petits
morveux mal élevés. Ils s'emparent de nos ressources et
créent des ghettos lorsqu'ils repartent. Londres cessera
bientôt d'être cosmopolite. Ces nouveaux venus blêmes
sont tous identiques, Dandy ! Il faudrait les parquer dans
des réserves à South Ken et Chelsea ; l'accès à Clapham,
Battersea et au reste leur étant prohibé. Ils se plaignent
des gens qui sont nés ici comme si c'était eux les intrus !
C'est de l'impérialisme pur et simple. » Ce fut en regardant les tours rouges de World's End qu'ils se dirigèrent
vers Eel Brook Common. « Pense à l'Afrique du Sud,
Dandy. Pense au Texas. Sais-tu comment ces immigrants
appellent les Noirs ? Des cache-théière. Je connais des
personnes nées à Bow qui ont dû s'exiler à Stevenage
pour trouver une maison dans leurs moyens. Et qui
emménage à Bethnal Green, mon ami ? »

Conscient qu'il eût été imprudent de l'interrompre
dans sa tirade, Dandy se contenta de hausser un sourcil.

« De la vermine, Dandy. Des courtiers en bourse venus
de Haywards Heath et Beaconsfield qui ont à présent le
toupet d'accuser les Noirs des perturbations dont ils sont
responsables ! Le vrai problème de Londres, ce sont ces
petits Blancs. Il faudrait les expulser ou, au moins, les
obliger à justifier leurs origines. Ou les assigner à rési-

dence dans les Tower Hamlets pendant trois ans, en liberté surveillée.

« Leur place est à Guildford et Thame, mon ami. Ils puent et haïssent les villes. Ils n'ont rien à faire ici. Ils voudraient transformer Londres en Dorking. Nous devrions installer des barrages et vérifier l'identité de quiconque entre dans l'agglomération. »

Sans être certain d'avoir tout compris, Dandy Banaji inclina la tête alors qu'ils contournaient l'angle de King's Road pour se diriger à grands pas vers un bastion exemplaire des subventions à l'amélioration de l'habitat, des maisons restaurées dans des tons d'ocre brun, les BMW et Volvo en double file de Parsons Green. « Qui ?

— Ces fripouilles de la grande banlieue, Dandy ! Ils thatchérisent ceci et thatchérisent cela. Ils sont comme le mildiou, une épizootie champêtre. C'est hideux ! Ils n'ont pas le droit de se répandre dans Londres. Nous pouvons leur laisser Westminster en tant que zone franche à condition d'y installer des chevaux de frise. La City l'a vu venir, tu sais. Nous avons été mis en garde il y a un siècle ! »

Ne souhaitant toujours pas couper son élan, Dandy s'exprima à mi-voix. « Ça fait penser au scénario de ces comédies que sont *Passeport pour Pimlico* ou *Le Napoléon de Notting Hill*…

— Je ne parle pas d'indépendance, Dandy. Je dis simplement que les gens qui vivent et sont nés ici devraient être prioritaires. Nous ne sommes pas confrontés qu'à des individus BCBG et des yuppies. Il y a aussi les courtiers en bourse, les agents immobiliers, les conseillers financiers… » Les imaginer lui donna des nausées. « Les producteurs de la télévision. Établir des quotas s'impose.

— Comme pour les Indiens.

— Si on accepte cette logique, il faut accepter ce qui l'accompagne. Les Thatcher se sont installés à Dulwich alors qu'ils sont originaires d'un secteur épouvantable du Kent ou du Surrey. Il faudrait commencer par les rapatrier. Pour bâtir leurs propriétés il a été nécessaire de raser les maisons d'authentiques Londoniens. Ils ont délogé d'honnêtes artisans qui ont opté pour la préretraite et sont partis s'enterrer à Shoreham-by-Sea. Les seules citadelles épargnées par la tempête sont les anciens logements sociaux, forteresses d'une classe ouvrière harcelée. Et ils comptent s'en débarrasser en menant une politique qui les laisse se dégrader. Il ne leur restera qu'à invoquer des mesures de lutte contre l'insalubrité pour expédier ces derniers irréductibles vers Harlow ou Milton Keynes. Nous sommes confrontés à des ennemis sournois, et ma propre sœur fait partie de ceux qui sont à leur tête ! »

Ils traversèrent le pont de Wandsworth toujours aussi lugubre pour se dresser à l'angle faisant face à Eel Brook Common qui, grâce à l'apport d'argent frais, acquérait la respectabilité d'un vendeur de voitures d'occasion envisageant de se retirer à Marbella.

« Je ne connaissais que vaguement ce secteur. » Josef Kiss remonta une manche crème pour gratter son poignet, avant de sortir une montre de son gilet. « Et ces envahisseurs y viennent et clôturent notre prairie, comme dirait Mummery. À un kilomètre dans cette direction… » Il tendit sa canne approximativement vers le sud. « On trouve un pont qui enjambe les flots et conduit à Putney. C'est là-bas que nous aurions dû les contenir. Je n'aurais rien à redire s'ils s'installaient à Barnes. Regarde-les. Ils vont connaître l'obésité, l'hypertension, la folie des grandeurs. Des Twickenhamiens ! Ils n'ont à la bouche que des mots comme *Ouais* et *Bye-bye* ! Est-ce le monde dont nous avons rêvé, mon vieil ami ? Rien que des femmes enceintes en tabliers Laura Ashley et robes Mothercare, avec des sacs venant de "Notions" ou "Wild Idea" et des blouses Habitat. Regarde-les, Dandy, et dis-moi si je me trompe. Les marchands falots de produits standardisés arrivent dans leur sillage. W.H. Smith et Marks & Spencer, Wimpey et Rymans, comme leurs prédécesseurs ont suivi vers l'Ouest les chariots des pionniers. Safeway et MacDonald et l'Abbey National, Boots et Our Price, au point que dans les rues où il y avait autrefois des merceries typiques, des quincailleries chaotiques, des ateliers d'encadreurs et de relieurs, des cafés et des brocanteurs, des magasins où on ne dénichait pas toujours ce qu'on voulait, mais parfois des objets dont on ignorait jusqu'à l'existence, tout cela a disparu, disparu, disparu ! Les impôts locaux grimpent, les loyers grimpent, les prix grimpent et les autochtones doivent émigrer pour les faubourgs, des zones urbaines censées être prioritaires où ils perdent des heures en trajets d'autobus pour aller se réapprovisionner dans des centrales d'achats monstrueuses parce qu'ils n'ont pas une seule épicerie sur leur territoire. Dandy, dis-moi si je me trompe.

— Eh bien, mon vieil ami, certains doivent y trouver leur compte ! » Dandy venait de constater que les toilettes publiques étaient fermées et condamnées par des planches, leurs fenêtres imitation Tudor couvertes de contreplaqué. Il avait espéré pouvoir s'y soulager.

« Ils arrivent du Middlesex, du Surrey, du Kent et de l'Essex, de l'Hertfordshire et du Bedfordshire. Ils convergent sur nous pour s'approprier ce que nous avons bâti à la sueur de notre front. Ils débarquent du Berkshire et du Buckinghamshire, bouffis de préjugés et de mesquinerie. Ils nous cernent. » Josef Kiss regarda haineusement un jeune homme chauve en pull bleu très ample et pantalon léger qui escortait une fille anguleuse aux cheveux châtain terne portant des chaussures Clark et une robe d'été pleine de modestie. « Des sangsues ! » Le couple pressa le pas et Josef Kiss considéra sa déroute avec la satisfaction d'un homme qui vient de remporter une bataille dans le cadre d'une guerre qu'il sait perdue d'avance. «Et il n'y a même pas ici une ligne de métro ou d'autobus digne de ce nom, ce qui laisse supposer qu'ils ont tous une voiture.» Il alla consulter l'horaire affiché à l'arrêt du 22. «Nous n'arriverons pas à Scribs Lane pour le thé.» Il foudroya du regard New King's Road, au-delà des grands platanes et des boutiques. «Des bars à vin!

— Nous avons le choix entre aller prendre le 28 dans Fulham Broadway ou opter pour le métro.» Dandy s'essuya le front. Il avait trop chaud dans sa veste de tweed et son pantalon de flanelle. «Je peux héler un taxi, si tu préfères.

— Ça te coûterait plus de cinq livres, cher ami. Non, non. Le bus fera l'affaire.» Il se tourna et partit à grandes enjambées décidées vers Harwood Road, une rue encore crasseuse et prolétarienne.

essayer différents tambours on ne peut pas s'attendre à ce qu'ils tapent quatre temps sur quatre sur ce foutu tabla que j'ai dit et il a répondu qu'il était un journaliste huguenot pour quel journal j'ai demandé dans ce restau hollandais du vieux Soho où ils font passer une voie express en plein milieu des nouvelles d'Italie de Mr Perroquet jusqu'à la crèche quand il en est sorti il était presque aveugle lorsqu'il a tenu le rôle de Pantalon et il s'en tirait très bien si on pense qu'on les appelait les Vieux Illuminés ou les Médiums ennemis et ils parlaient de George Robey même s'ils n'auraient pas pu aller si loin sans faire des dégâts pas vrai ma tante a toujours su qu'elle était lesbienne mais n'a jamais eu de préjugés tu me laisses tranquille et je te fiche la paix c'était comme ça à l'époque avec naturellement un certain vernis mais qu'est-ce que le foot vient changer à tout ça c'est une putain de blague de Godfrey toutes les villes ont un coin agréable un bang bang levé un bang bang levé un bang bang qui se répand dans cette souffrance et la martèle pour que la forme soit plus pratique et

*aboie dans l'Essex aboie dans Babylone tous les porcs
sont partis il n'y a plus de porcs plus de Babylone un
bang bang un bang bang un bang bang les vieux cathos
sont les plus redoutables*

Mary Gasalee descendait les marches conduisant au chemin de halage lorsqu'elle remarqua que la vieille balustrade en fonte avait été repeinte en bleu ciel pimpant, les clous décoratifs et entretoises en or et rouge, ce qui lui rappelait Holborn Viaduct et les couleurs à la mode à son retour du Pays des Rêves. Le chemin était lui aussi bien entretenu malgré les graffitis inévitables. Elle estimait que les gosses n'étaient pas pires qu'autrefois, lorsqu'ils n'avaient à leur disposition que des craies. Le problème, c'était qu'ils avaient à présent des marqueurs indélébiles et des bombes de peinture. Le mur et la clôture rouillée de l'usine à gaz abandonnée étaient couverts d'inscriptions, plus énigmatiques qu'obscènes. Cependant, les accotements herbus avaient été taillés et le canal était plus propre qu'en toute autre période de sa longue histoire.

Quand Josef Kiss l'avait pour la première fois conduite à Bank Cottage, Mrs Gasalee s'était enlisée dans la boue jaunâtre et avait craint à plusieurs reprises de tomber dans les flots sales et empoisonnés. À présent, des hommes et des enfants venaient y pêcher et une péniche colorée passait parfois, comme issue d'une scène de ce vieux film avec Ian Hunter, *The Water Gypsies*. Elle huma les roses avant que la haie d'ifs impénétrable apparaisse et que les poules se mettent à caqueter, les chiens à aboyer. Un mélange d'odeurs de ferme. Elle fut heureuse de voir la barque amarrée dans le bief, mais de toute évidence inutilisée depuis longtemps. Les grilles fraîchement repeintes lui rappelèrent les histoires racontées par Josef et les sœurs Scaramanga, presque épiques dans leur narration. Brusquement émue, elle tira le cordon pour faire tinter la cloche sur son ressort et les chiens jap-pèrent jusqu'au moment où, voûtée comme une sorcière par sa scoliose mais toujours rayonnante, arriva Beth Scaramanga, ses yeux clairs de la couleur des jacinthes sauvages, portant son âge telle une merveilleuse tapisse-rie. «Mary, petite Mary. Les roses savaient que vous viendriez. Elles se sont redressées et vous ont attendue depuis l'aube. Entrez. Vous êtes en avance mais c'est tant mieux.»

Mary fit durer cet accueil si doux et excentrique. «Vous êtes splendide, Miss Beth.

— Et vieille comme Hérode, hein? Alors que vous ne changez pas. Vous devez pourtant avoir plus de cin-quante ans, Mary.

— Soixante-trois, répondit Mary sans estimer qu'elle avait voulu la flatter.

— C'est un miracle.» Beth la guida sur les dalles irré-gulières qui longeaient la grille en fer forgé du chenil, au milieu de la splendeur des fleurs et du gazon fraîche-ment tondu, des bleuets, fuchsias, roses trémières, lupins et gueules-de-loup, la magnificence classique d'un jardin anglais rustique. Elles atteignirent la porte d'entrée qu'elles utilisaient désormais de préférence à celle de la cuisine où elles entreposaient les sacs d'aliments pour les volailles et où vivaient les chats qui n'étaient pas enfermés dans la garderie, un siamois sociable aux extrémités chocolat et deux persans bleus somnolents.

«Je me sens encore plus jeune quand je suis près de vous.» Mary aurait aimé la prendre dans ses bras. «Venir vous voir me fait oublier tous mes soucis.

— Le dire est très gentil, même si nous avons nous aussi nos drames. Chlo, c'est Mary!»

S'il ne faisait aucun doute que ses cheveux étaient teints d'une nuance rappelant leur ancienne splendeur, Chloé avait gardé sa stature et son port de reine. Elle

posa le couteau avec lequel elle préparait des sandwiches, s'essuya les mains et s'avança pour l'étreindre.

« Ma chérie ! Je constate que vous vivez toujours avec
Peter Pan dans son pays imaginaire !

— Le Pays des Rêves, vous le savez, fit Mary en riant.
Depuis longtemps. Et on pourrait vous prendre pour
Katharine Hepburn, Chlo.

— Nous envisagions une fois encore d'aller en Italie,
mais Beth m'en a dissuadée à la dernière minute. Elle
m'a déclaré qu'elle n'avait pas envie de se faire cribler
de balles de mitraillette à l'aéroport. Nous ne prenons
jamais l'avion et je lui ai rétorqué que les risques d'être
prises pour cibles chez Harrods étaient certainement plus
grands. Êtes-vous partie, Mary ?

— Je ne suis allée qu'en Écosse, chez ma fille, où il
pleuvait. C'est une année pourrie. A-t-il déjà fait aussi
beau qu'aujourd'hui, ici ?

— Oh, je ne sais pas trop ! » Beth fronça les sourcils.

« Tu deviens sénile, ma chérie. Je vais vous débarrasser, Mary. » Et Mrs Gasalee se retrouva dans un des
grands fauteuils floraux devant une assiette et une tasse
en porcelaine tendre, prête pour le thé.

expert en démolition une journée de canicule quand les
nouvelles les plus dramatiques venaient des courts de
tennis et des terrains de cricket et divaguait sur les femmes
il fallait que Jésus les haïsse et l'aime pour décider d'aller
à Windsor à bicyclette et s'arrêter dès Hampton Court
pour entrer dans ce night-club gay peu après la guerre
mais le Dr O'Rourke a purgé sa peine pour sodomie
même si l'important c'était qui il sodomisait il avait un
perroquet emmêlé dans le cuppah nioch dites ce que vous
voulez c'était un isher et vous me parlez de mama-loshen
l'a lâchée dans le canal cette petite délurée et leur a donné
à tous une leçon ws ki bat per mat jao yeh ciz ws ke kam
aegi se prétend un expert de disons un mi spar-dem et il
suffit de savoir ce que je veux dire su carne es del color de

*un calavera blanqueada à cœur ouvert et il a dit qu'il
valait mieux vérifier au préalable s'il n'en avait pas vu et
j'ai répondu einen frohlichen Tag im Batt avez-vous des
miettes de biscuits il ne reviendra pas et je me fiche de
toutes les bières qu'il a dans son coffre ma belle t'as
perdu ta langue Miss Freezer et Mr Sebidey vous êtes
vraiment collants y usted ?*

Pendant la visite des lieux, David Mummery s'arrêta
pour regarder les poules exotiques qui le fascinaient et
saluer deux chiens. « Je croyais que c'était il y a quarante-quatre ans », fit Beth Scaramanga en essayant de
ne pas prêter attention aux tremblements de sa main.
« Mais Chloé m'a dit que c'était quarante-cinq. » Ils
fêtaient l'anniversaire de l'héroïque désamorçage de la
bombe par Josef Kiss. « Est-ce que Ben French vous a
contacté ? Il nous a téléphoné pour dire qu'il ne pourrait pas venir. Quelque chose le déprime. Mais le capitaine est en chemin, avec sa femme. Tous nos vétérans !
Vous n'avez pas froid, au moins ? » Il avait mis une
écharpe et un manteau.

« Pas trop. » Il la suivit dans le salon et se pencha
pour déposer un baiser sur la joue de celle qu'il avait
aimée pendant toute sa vie d'adulte.

« David. » Bien qu'inquiétée par son teint rougeaud,
Mary ne dit rien. Ils prolongèrent cette communion
intime puis Beth s'écria : « Il y a quelqu'un ! » à l'instant
où la sonnette tintait.

« Comment va Clare ? s'enquit Mary.

— Très bien. Elle travaille, aujourd'hui.

— Regardez tous ces papillons, à l'extérieur. On
pourrait croire qu'ils ne quittent pas ce jardin. En avez-
vous vu autant, à Londres ? »

Les nouveaux venus étaient Mombazhi et Alice
Faysha. Guidé par sa femme, le petit Africain était
comme toujours gêné. En parlant de la circulation et
des problèmes de stationnement rencontrés autour de

Ladbroke Grove, il leva le bras pour les saluer avec douceur et gaucherie puis se réfugia dans les ombres. Alice alla étreindre Mary et David. « Il y a une éternité que nous ne vous avons pas vus. Nous sortons rarement, à cause des chats. Nous envisageons de déménager, vous savez. Brixton n'est plus ce que c'était. »

Heureux de les voir, David serra la main délicate du capitaine Black avec un enthousiasme retrouvé. « Je vais me mettre de faction au portail pour éviter à Beth ces navettes incessantes. On se revoit dans une minute. » Beth manifesta sa reconnaissance en lui ouvrant la porte en grand. Dans le jardin, il s'arrêta pour humer les pétales cramoisis d'une Mrs Anita Porteous et admirer le gros siamois qui donna des coups de tête à ses jambes et le regarda avec de grands yeux bleus interrogateurs. David fit un clin d'œil à un gros cocker stupide qui inclina le cou et s'assit pour brasser la poussière avec sa queue. Il remarqua que la peinture verte était récente, que les pierres et les poutres avaient été passées à la chaux, certainement en prévision de ces retrouvailles. Le chaume avait lui aussi été remplacé seulement trois ou quatre ans plus tôt. Si sa vision baissait, ce qu'il voyait ce jour-là était très net. Il se demanda où on pouvait encore s'en procurer. Il n'imaginait pas cette propriété modifiée ou appartenant à d'autres qu'aux Scaramanga.

Il entendit des voix derrière la haie, le timbre grondant de Mr Kiss lancé dans une de ses tirades, celui flûté et réservé de Dandy Banaji qui aimait Londres avec un esprit moins critique, peut-être parce qu'il avait librement choisi cette ville. Ils atteignirent le portail et s'arrêtèrent, surpris de le voir, le colosse excentrique vêtu de blanc et ganté, en panama et muni d'une canne ; l'Indien tiré à quatre épingles, conservateur et un peu vieux jeu dont la tête n'arrivait pas tout à fait à l'épaule de son compagnon. David sourit et déverrouilla le portail.

« Je constate que vous êtes resté au soleil, Mummery.

Tout va bien ? » Une grande main s'abattit sur son épaule, un geste amical.

« Bon après-midi, David. » Dandy toucha sa manche. « Mr Kiss peste contre les colons des classes moyennes depuis Clapham. Il accuse sa sœur de tous les maux.

— Tu marques un point, mon ami. Enfin, je meurs de faim ! » Avec une détermination pachydermique, Mr Kiss s'engagea dans l'allée pendant que derrière lui Dandy s'arrêtait à quelques pas d'intervalle pour admirer les roses puis courait pour les rattraper. David ne put s'empêcher de penser à Dumbo et son amie Timothy la souris. À l'instant où ils disparaissaient, il entendit le téléphone sonner dans la maison puis Chloé qui l'appelait. « Venez, David, nous n'attendons plus personne. Nous pouvons commencer. »

les grottes les plus merveilleuses rencontré dans un café français il y a si longtemps pourrait difficilement dire un mot à la demande internationale pour l'immobilier londonien a atteint des niveaux sans précédent dans toutes les fourchettes de prix et teint ses chats en vert pâle, lilas et rose tant pour les goûts des classes moyennes qui achètent les Byrds, Beatles et Monkees des années 60

« C'était Helen. » Mary se rassit sur le canapé de style Liberty. « Elle viendra plus tard. Son train a été retardé près de Crewe.

— Son ambition, l'œuvre de sa vie, semble être de traduire les ouvrages de T.S. Eliot en prose », dit Dandy Banaji avant de glousser.

Il s'était référé à Collier, le nouveau génie de l'écriture.

« Je croyais qu'Eliot s'en était lui-même chargé, dit Chloé, en passant.

— Je sais de source sûre qu'un bébé à deux visages est né à St Mary, murmura Beth Scaramanga à Alice Faysha, sur un ton de confidence. Un devant la tête, ce qui est normal ; l'autre derrière, ce qui l'est moins. Mais ils évitent d'en parler, comme lorsqu'ils ont une queue ou des poils. »

épine dorsale de Londres le quartier de Notting Hill est
presque entièrement le produit de la génération actuelle
huit années foutues en l'air on pense à des poltergeists en
avant moi le dunseye jane do chazzer tous quittent Jéru-
salem onun bugün yüzmesil? zum shokran grazie mille
tous les porcs vont frire et il n'y en aura bientôt plus un
seul

Chloé remit à David une tasse de thé. « Les pratiques vaudoues se perdent, par ici, dit-elle par-dessus son épaule au capitaine Black. Se procurer les ingrédients devient difficile. Mais on ne sait rien de ces choses.

— Nous avons des droits, insistait Beth en s'adressant à Josef Kiss. Je me réfère à une classe moyenne privée de représentation électorale alors qu'elle offre son travail à ce pays. Qu'a-t-elle au bout du compte ? Une petite retraite et la possibilité d'aller finir ses jours sur la côte. Mon père a traversé ce pont cinq matins par semaine. Il n'avait que trois semaines de vacances en été. Nous n'étions pas riches. Pas vraiment. Nous n'avions que nos maisons.

— Je parlais de distinctions géographiques et non sociales, Beth. Ces nouveaux immigrants viennent de tous les milieux. La situation a parfois été plus catastrophique. Souhaits sans envergure. Rêves étriqués. Pannes d'électricité. Semaine de trois jours. La livre qui s'effondre. L'éclairage d'un seul côté de la rue. La crise pétrolière. Mais ce sont toujours de piètres excuses. Ce que raconte le gouvernement me laisse sceptique depuis le Blitz.

— Oh, je n'ai pas oublié ! » Beth le tira vers elle et il se jucha en équilibre sur l'accoudoir de son fauteuil avec une grâce monumentale. « Vous avez dit que vous reviendriez dans quelques heures et nous vous avons revu des semaines plus tard. Vous nous aviez tant impressionnées ! Vous avez été témoin de tant de choses ! » Elle s'exprimait à l'attention d'Alice Faysha.

« C'est la première fois que j'ai vraiment compris à quel point les gouvernants se fichent des gens ordinaires, fit Mr Kiss, une réponse presque rituelle. Je ne suis pas rentré chez moi. Je suis resté dans l'East End. Le carnage était épouvantable. Les autorités pensaient que Londres allait s'effondrer et n'avaient pris aucune disposition pour assurer sa défense. Les gens ordinaires ont dû se débrouiller par leurs propres moyens. Ils ont forcé les grilles des stations de métro pour avoir des abris. Malgré la réprobation officielle ils ont organisé des groupes de volontaires, de pompiers amateurs. Ce n'est pas Churchill ou le roi d'Angleterre qui ont entretenu notre moral. Ce sont les hommes et les femmes dont les maisons et les familles ont été anéantis par les bombardements et qui ont puisé dans leurs ressources intérieures. Mais c'était difficile. Nous n'avions souvent que nos mains pour dégager les briques, le béton et Dieu sait quoi, et chercher ceux qui avaient encore un souffle de vie.

— Mais vous les trouviez, Josef. » Chloé sourit. Des années s'étaient écoulées depuis qu'ils avaient parlé de ce qu'ils célébraient ce jour-là. « Le Grand Dante en était capable. Faites-nous le Grand Dante, Jo, comme au bon vieux temps. »

Mr Kiss ne se fit pas prier pour se lever, fermer les yeux et appliquer ses phalanges sur son front. « Dites-moi, monsieur, si j'ai raison. Votre clavicule gauche n'est-elle pas cassée et n'en souffrez-vous pas ? N'y a-t-il pas une poutre qui écrase votre jambe droite, juste au-dessous du genou ? Reprenez-moi si je me trompe, madame, mais n'êtes-vous pas au-dessus de la porte de cette cave qui s'effondre ? Merci, madame. Merci, monsieur. » Seul David Mummery, ému aux larmes, n'applaudit pas. « C'est la seule fois où mes talents ont été utiles, ajoutait

Mr Kiss. Comme si ma destinée avait été d'affronter le Blitz. Je percevais les blessés et ignorais les morts. Je n'ai plus servi à grand-chose, depuis.

— Vous n'en avez rien dit, à l'époque.» Chloé prit la théière pour remplir sa tasse. «Même si la rage vous consumait. Nous étions sidérées par votre changement d'humeur. Vous aviez été si joyeux et pondéré, le jour où vous avez désamorcé notre bombe. Nous avions un peu peur qu'elle n'ait pas été la seule à disjoncter.

— Elles tombaient en chapelets, un largage après l'autre.» Mr Kiss goûta le thé puis posa la tasse dans sa soucoupe. «Des shrapnels volaient de toutes parts, des quartiers complets ondulaient comme une mer démon-tée, asphalte et pavés se soulevaient pour libérer les hordes de l'Enfer; des murs s'effondraient, la chaleur nous contraignait à nous coller au sol, le souffle arra-chait la chair des os, les articulations de leurs cavités. Quand tout se calmait, nous repartions arroser les flammes et dès que les incendies étaient maîtrisés nous nous remettions à creuser. Les Allemands m'inspiraient de la haine, cependant moins que nos gouvernants. Mon cas n'était pas unique, mais nous n'étions pas autorisés à exposer nos opinions. Ils nous dépeignaient comme de vaillants cockneys pleins de ressources qui s'inclinaient bien bas devant Sa Majesté sans préciser qu'aucun aris-tocrate n'aurait osé mettre les pieds dans l'East End de crainte d'être réduit en charpie, que le sel de la Terre aurait voulu avoir la peau de Churchill. Ils étaient tous identiques à nos yeux. Ils étaient pratiquement épar-gnés par les bombardements et leur sollicitude relevait de la supercherie.»

Beth secoua la tête, amusée sans pour autant parta-ger son point de vue. «Josef! Tous ne haïssaient pas Mr Churchill. C'était l'homme de la situation, vous le savez.

— Le pays avait bien plus besoin de nous que de lui,

en tant que chair à canon. Ils n'ont pris des mesures dignes de ce nom que lorsque les bombes ont commencé à tomber sur les beaux quartiers. Vous sauriez de quoi je peux parler si vous aviez tenté de retirer un bébé mutilé, un tas de chair ensanglantée évoquant des déchets de boucherie, des bras de sa mère pour qu'il soit possible d'amputer cette femme d'une jambe. Nous n'étions pas ulcérés par leur richesse, leur absence de compassion ou leurs abris bien profonds mais par leur manque d'imagination inexcusable. » Il s'arrêta pour terminer son thé, se ressaisir et présenter des excuses.

y aller pour de l'argent ou par amitié ce n'en vaut pas le coup quand on peut garder les deux et passer un triste week-end à baiser au Kenilworth mon viking

Surpris par la colère de son ami, David Mummery regarda le capitaine Black, son sauveur, en se demandant comment il réagirait. Mais le marin africain n'avait pas prêté attention à cet éclat. « Anguilles en gelée au vinaigre. Vous pouvez deviner l'effet que ça m'a fait la première fois ! » Il haussa les sourcils pour amuser Beth Scaramanga. « Et, naturellement, l'Empire de Holborn a disparu, avec Mudie's qui était à l'angle de Museum Street.

— Réduit en menus morceaux avec tous ses livres, confirma Josef Kiss, redevenu sociable. J'y suis allé un jour pour échanger mon Sabatini contre un Tennyson Jesse et il n'y avait plus qu'un grand cratère. Le gaz de Mudie a illuminé mes longues soirées d'hiver à Holborn. Vous vous rappelez ces lampes rondes ? Même à distance les nazis étaient des experts des autodafés. Ils ont atteint les entrepôts de la presse de Southwark, pendant le Blitz. »

Il surveille ses intonations car il sent l'adrénaline courir dans ses veines. Il est convaincu que cette hormone jugule tous les tranquillisants, suffisamment pour le faire disjoncter.

ils nous assassinent avec leur confiance en soi excessive
ce sont des êtres sans raison. Des créatures méprisables
qui ne songent qu'à s'emparer du pouvoir puis à le conser-
ver à tout prix on ne peut les empêcher de nuire seulement
essayer de mettre un frein à leurs ambitions

David Mummery se souvient du matin où il s'est rendu
pour la première fois à la Clinique en compagnie de
Josef Kiss et a été surpris par sa banalité. «Les patients
externes de la maison de fous, lui a déclaré Mr Kiss. Je
viens y chercher mes cachets chaque semaine et je reste
en contact avec tous mes espions. Tu as dû constater
qu'il y a très peu de véritables déments, ici, même si la
plupart ont besoin de ces médicaments. Nous nous laissons traiter avec condescendance et appeler par nos prénoms, comme le font les policiers lorsqu'ils veulent nous
humilier. Quand j'avais ton âge ils disaient "monsieur" à
tout le monde. Est-ce un signe des temps? Est-ce plus
démocratique? J'en doute. Les Anglais ont su faire du
libéralisme une arme redoutable.» Il m'a appris à survivre à l'intérieur ou aux marches du système, pense
Mummery. Il a également transmis ce savoir à Mary. Le
capitaine Black a dû l'assimiler sans aide. Les liens de
l'amitié se sont répandus à l'extérieur de la Clinique, car
ses patients ont de nombreux points communs. Il en
résulte parfois des mariages, et des enfants. David y a
rencontré sa Clare, même si elle l'a averti qu'elle ne
serait jamais Mary Gasalee.

«Elle jouait du violoncelle, dit Alice à Mary. Au
vieux Café viennois. Une excellente musicienne. Tuée
par le raid de Zeppelin sur Bloomsbury en mars 1917.
Rien de comparable au Blitz, naturellement. Un simple
avant-goût, vraiment. Mais elle en est morte. Comme si
elle s'était trouvée à Hiroshima, d'ailleurs. Une grande
artiste, disait mon grand-père.»

je vis le sable noir comme du graphite s'écouler dans le
sablier. Le temps est une araignée folle. Il y avait un

magnifique feu de broussailles dans les décombres, et il s'est propagé en direction d'Oxford et des pentes du Vésuve. L'épilobe se consume dans des tonalités de rose sur le décor bleu nuit du soir

« On m'envoyait régulièrement à la capitainerie du port de Londres, dit Mummery à Chloé Scaramanga. La rue que je prenais s'appelait Seething Lane. J'imaginais que le sol allait entrer en ébullition, se soulever et se déformer, s'animer comme pendant la guerre. Mais il était stable. »

et ils n'ont jamais parlé des pillages des années préda-trices rôdant dans les rues de la ville et envahissant jardins et maisons. Des meurtres perpétrés sous le couvert d'un massacre généralisé. Étions-nous meilleurs ou pires que nos ennemis ? Mais on nous voyait aux actualités faisant notre devoir, nous battant, affrontant l'adversité, coura-geux face aux monstres et ne révélant qu'impercepti-ble-ment les monstres que nous étions nous-mêmes devenus. Pourquoi jugeaient-ils nécessaire de nous tromper quand nous avions fait nos preuves ? Pourquoi ne nous respec-taient-ils pas ? De quoi avaient-ils peur ? Que les humbles finissent après tout par hériter de la Terre ?

« Je les assimilais à des glaives de feu. Je croyais que les Cieux eux-mêmes voulaient nous annihiler. » Chloé Scaramanga fait passer les sandwiches au saumon et aux concombres. « Une sorte de punition divine. Je pouvais comprendre que des bombes tombent des soutes des bombardiers, mais ces V-1 et V-2 s'abattaient de nulle part comme un Destin injuste. David, racontez-nous comment Mr Faysha vous a sauvé la vie. Il n'en parle que lorsqu'il est ici », précise-t-elle fièrement à Alice.

The Yours Truly 1980

Mary Gasalee emporta son vin blanc vers la table en fer ouvragée et dut contenir sa panique tant qu'elle foula le tapis jaune citron. Enfin assise, le dos calé contre le verre gravé du Yours Truly[1], ainsi nommé en souvenir de Jack l'Éventreur, elle sortit discrètement une pilule de sa boîte, la glissa dans sa bouche et la fit descendre d'une gorgée de graves, bien que ce fût déconseillé. Elle la déglutit juste avant qu'arrive Judith, toujours rayonnante de désir et de défi, au bras de son petit ami le styliste Leon Applefield qu'on pouvait voir à la télévision et dans les encarts du dimanche, une belle prise de quelques années son cadet. Ils venaient de laisser derrière eux le vacarme de Whitechapel High Street, lui en manteau de toile blanche et chapeau mou, elle en robe noire et rouge bouffante, au mieux de son exotisme. « Mary ! »

Judith avait quitté Geoffrey Worrell en 1979, le jour où elle avait appris que sa secrétaire était enceinte. Depuis, elle faisait des illustrations pour la moitié des revues de

1. Formule de politesse équivalant à « je vous prie d'agréer l'expression de mes salutations distinguées » utilisée dans une des lettres que Jack l'Éventreur adressa à la police, celle où il se désigna sous le nom qui lui serait donné et qu'il signa : « Your's Truly, Jack the Ripper. » *(N.d.T.)*

Fleet Street, plus particulièrement le *London Town*. Le divorce n'avait pas posé de sérieux problèmes. Elle avait rencontré Leon quand Lewis Griffin, devenu membre du Parlement sous l'étiquette des tories, l'avait envoyée faire des esquisses de sa nouvelle ligne de vêtements. Ils ne s'étaient pratiquement plus quittés. Ils vivaient plusieurs mois en Californie, le reste du temps à Londres. La fille de Leon, Tessa, s'était prise d'affection pour Judith. Ils possédaient une imposante maison néo-britannique, autrefois demeure de l'impressionniste anglais Tillot-Kent, juste à côté d'un des studios que louait Josef Kiss. Une résidence qui surplombait l'East Heath et, au-delà de Parliament Hill, le cimetière de Highgate et Upper Holloway. Judith avait des mèches assorties à sa tenue et son maquillage à la mode la rendait sans âge. Elle portait des gants en tulle, des bas nacrés et à première vue du Mitsouki, ce qui lui donnait des airs de lady Olivia Brooke.

« Un autre verre de blanc ? » Leon était toujours poli et méfiant envers Mary. Elle hocha la tête et sourit. Elle était heureuse du bonheur de son amie et, si elle trouvait Leon un peu égocentrique, elle le jugeait bien moins ennuyeux que Geoffrey. Judith s'assit sur la banquette et rapprocha une chaise capitonnée rouge pour son Leon. « Tu te souviens du jour où nous sommes venues ici à la recherche de ton passé ?

— Et nous en avons reconstitué des bribes ! » *Mais elles venaient du Pays des Rêves.*

« Je ne suis pas certaine que nous pourrons faire grand-chose, déclara Judith. Est-il arrivé ?

— C'est lui qui a proposé cette rencontre. Je lui ai dit que nous le soutiendrions du mieux que nous le pouvons.

— Oh, oui ! Bien sûr. Il n'est pas encore là, chérie. » Leon Applefield posa les verres.

« Les bars à vin de l'East End. » Il retira son manteau qu'il plia avec un soin machinal et posa sur le tabouret à côté de lui. «Nous sommes descendus par Bethnal Green. Je n'en croyais pas mes yeux! Que sont devenus les marchands des quatre-saisons et les cockneys? Ben n'était-il pas censé nous rejoindre?

— Il est en chemin.» Judith lui retourna un sourire reconnaissant et laissa s'affaisser ses épaules, pour se détendre. Il but une petite gorgée de côtes-du-rhône. «C'est resté fondamentalement un vieux pub, non? Il y a des années que je ne suis pas venu dans ce secteur. On se croirait dans un parc à thèmes!»

Mary ne savait trop ce qu'était un parc à thèmes. «Avez-vous vu Katherine Dock et ses alentours? On dirait un décor d'*Oliver*.

— C'est Disneyland, fit Leon. Ou plutôt Dickensland. Je sais. Salut, salut. Voici notre homme.» Il se leva pour accueillir le grand blond en chemise de bûcheron et Levi's serré, bottes de cow-boy et ceinturon à boucle de cuivre, qui avec ses yeux bleus enfoncés, sa mâchoire carrée et sa bouche énergique avait tout d'une caricature de héros américain. Mary l'imagina en uniforme de pilote. Il avait vécu en Amérique et été, entre autres métiers, opérateur radio pour la Pan Am avant de revenir en Angleterre et se reconvertir dans la poésie. «Salut, Leon.» Il étreignit le styliste élégant et Mary les contempla avec ravissement. Ils étaient tous deux très beaux mais le mélange des styles lui donnait l'impression de s'être égarée dans une bande dessinée, surtout après leur étreinte.

Ben French embrassa Mary avec fougue et Judith avec plus de retenue, comme s'il craignait que son maquillage ne se dépose sur ses lèvres.

«C'est moi qui offre.» Leon repartit vers le comptoir. «Qu'est-ce que ce sera?

— Un double brandy, si ça ne vous ennuie pas.» Ben fit un clin d'œil aux femmes, comme pour leur indiquer qu'il l'avait échappé belle. «J'ai besoin d'un remontant.

Je sors du cabinet d'avocats. Ils ont apparemment décidé de me coffrer. » Il prit sur lui-même pour retrouver sa bonne humeur. « Enfin, j'ai dit que je m'en fichais si c'est seulement pour quelques mois. Où pourrait-on trouver plus de fesses masculines ? » Mais il était terrifié.

« Alors, il n'est peut-être pas utile de perdre notre temps avec la pétition. » Judith alluma une cigarette démesurée.

« Je renoncerais volontiers à ce plaisir. » Ben fit un autre clin d'œil et prit une mentholée.

« C'est un peu tard pour ça, rappela Judith en se raclant la gorge. J'arrête. » Elle l'éteignit. « Nous ne l'avons appris qu'hier, quand Mary a téléphoné. Elle ne l'a su que dimanche. Je présume que vous avez peur des maladies. Pourquoi vous ont-ils embarqué ?

— Parce qu'ils m'avaient sous la main. Ils m'ont déjà inculpé, au début des années 70. Trois procès retentissants et autant de non-lieux. Pour ma revue. Des poésies et des nouvelles qu'ils qualifiaient d'obscènes. Je m'en suis tiré. Mais de nos jours tout le monde s'en fiche et les flics font des descentes chez tous ceux qu'ils n'ont pas pu envoyer au trou il y a dix ans. Ils n'ont pas oublié ! Je ne suis pas le seul à avoir des ennuis. Il y a des dessinateurs de B.D., des distributeurs, des importateurs. Ils saisissent tous les livres qui traitent de la drogue, de l'homosexualité, tout ce qu'ils réprouvent. Enfin, ma petite boutique était plutôt encombrée, non ? *Une aubergine pour des gouines, La Semaine de fumette, Comment cultiver la coca, Lesbos Hebdo* ou *Nouvelles gay*, il suffisait de demander. Ils ont tout embarqué et l'affaire me rapproche de plus en plus du tribunal.

— Nous sommes tous avec vous. J'ai téléphoné à mes connaissances. » Leon sortit un petit carnet gainé de cuir. « George Melly, John Mortimer, Jonathan Miller, David Bowie. Il me reste encore à joindre Paul McCartney. Ils ont promis de faire leur possible.

— Mais ils estiment que je l'ai bien cherché, non ? »
Ben siffla son verre.

« Certains, reconnut Leon. Et la presse ne semble pas
s'y intéresser. Ce qui m'a surpris.

— Vous avez dû préciser que j'étais un poète. C'est
suffisant pour m'achever. » Ben se prétendait toujours
persécuté. Il sourit.

« Il est vrai qu'ils n'apprécient guère, pour la plupart. » Mary s'en était étonnée. « Puis j'ai dit que vous
étiez journaliste et ils ont un peu dressé l'oreille. »

Ben se pencha pour l'étreindre, en terminant son
brandy. « Je vous en suis vraiment reconnaissant, croyez-
moi. Les rats quittent le navire. Mon éditeur, un salopard
d'hétéro, m'a annoncé qu'il suspend la publication de
mon dernier recueil jusqu'au verdict. La seule chance
que j'avais de vendre deux ou trois exemplaires ! » Il rit
et renifla comme quelque chose chatouillait ses narines
et le rendait larmoyant. « Oups ! » Il fila vers les toilettes,
et Leon échangea avec Judith un regard que Mary ne sut
interpréter.

« J'ai écrit à l'amie de Dandy, Mrs Male, dit Judith.
Elle fait partie du gouvernement. Je n'ai pas encore
reçu de réponse.

— Je peux en deviner la teneur. » Mary n'aimait pas
préciser que Beryl Male était la sœur de Mr Kiss. « Elle
a lancé une campagne sur le thème de la moralité, et
elle est dans le camp de Mrs Whitehouse.

— Elle a beaucoup parlé de la liberté individuelle,
rappela Leon en haussant les épaules. Elle s'est présentée à East Kensington. J'ai même voté pour elle. » Ce
qui l'incita à rire de sa stupidité.

« Et vous avez parcouru des kilomètres dans des chaussures d'emprunt pour aller accomplir votre devoir électoral, c'est ça ? lança Ben French qui revint et regarda son
verre vide. Vous êtes quoi ? L'émule de l'oncle Tom ? »

Leon se mit en colère et Ben se pencha pour tapoter

son visage. « Je ne peux pas m'en empêcher. J'ai un don pour deviner où le bât blesse.

— Vous avez surtout des pulsions suicidaires », fit Leon en se calmant.

un boycott ne sert à rien tous ces enculés enculés enculés nous baisent bien profond ces enculés enculés enculés nous baisent jusqu'au trognon

Josef Kiss, Dandy Banaji et David Mummery entrèrent juste à temps pour dissiper la tension subsistante. Leon alla prendre d'autres consommations. « Désolé du retard. » Dandy était pâle en raison d'une rage qu'il n'avait pas encore catalysée. « Quelqu'un a mis de la merde de chien dans ma boîte aux lettres, ce matin. Enfin, je crois qu'elle était de chien. Je vis dans cette maison depuis… vous savez depuis combien de temps, Judith.

— Vingt-cinq ans, au moins. Vous parlez de Wimbledon ?

— Et les vitrines de deux marchands de journaux ont été brisées. Chez un Bengali, ils ont lancé un cocktail Molotov par la porte. Heureusement, les dégâts ont été insignifiants. N'est-ce pas merveilleux ? » Il était au bord des larmes. « Salut, Ben.

— Asseyez-vous ici. » Ben French se déplaça pour faire de la place à Dandy pendant que Mary s'écartait du côté opposé pour permettre à Josef Kiss de s'asseoir. David Mummery alla prendre une chaise et sortit des feuillets de sa veste. « Voici les copies de mes lettres et la liste des gens que j'ai contactés. À ton sujet, Ben.

— Helen a écrit aux grands quotidiens, au cas où sa célébrité servirait à quelque chose, fit Mary en haussant les épaules. Mais ils pensent qu'elle est folle à cause de ses articles féministes. Ils ne prennent au sérieux que ses ouvrages de fiction.

— Sommes-nous responsables de nos malheurs ? » Josef Kiss récupéra le verre de bière pression que lui tendait Leon. «Ma sœur en est convaincue. Je lui ai téléphoné, Ben, pour la première fois depuis longtemps, et j'ai été surpris par l'intérêt qu'elle porte à cette affaire. Puis elle a dit que vous l'aviez bien cherché en défiant les autorités. Je croyais que vous vous contentiez de vendre des livres. Tu as eu tort de croire les mensonges d'une classe gouvernante en plein déclin, Dandy. Nous démontrons que nous sommes aussi avides et rapaces que n'importe quelle autre colonie de babouins.» Il se tut pour finir sa pinte.

«Je n'en reviens pas.» Leon était sidéré. «Je veux dire que je n'ai jamais vu ça. Surtout en Californie.

— Vous faites partie des bourgeois, mon vieux, dit Josef Kiss sans penser à mal. Votre boîte à lettres n'est pas en danger tant que le gouvernement n'aura pas besoin de désigner les riches étrangers comme boucs émissaires.» Il se racla la gorge. «J'espère qu'il n'en arrivera pas là. N'est-il pas ironique que si peu d'entre nous se soient héroïquement dressés contre Hitler pour pouvoir exprimer librement leurs préjugés et leur haine ?

— Je sais ce qu'est la xénophobie, fit Leon, un peu vexé. Mais je croyais que les choses s'amélioraient.

— Pour vous.» David Mummery l'avait connu par l'entremise de Lewis Griffin et le trouvait antipathique étant donné que Tommy Mee avait des intérêts dans deux de ses filiales. «Plus on s'éloigne des gens du commun, moins on voit leurs problèmes. C'est dû à l'argent, Leon. Les représentants des classes moyennes, peu importe leurs origines, ont horreur des mauvaises nouvelles. Ils n'en tiennent pas compte ou les discréditent dans la mesure du possible. Appartenir à votre milieu, c'est cautionner cette conspiration du mensonge. C'est comme écouter le Discours de la reine à la télé ou le lire dans le *Times*. Lorsqu'elle parle des personnes de toutes les conditions elle se réfère aux fonctionnaires, aux agriculteurs et aux militaires. C'est tout ce qu'ils veulent savoir. Si les SS passaient vous chercher, ils seraient peu nombreux à reconnaître qu'ils ont assisté à la scène…

— Nous ne nous sommes pas réunis pour débattre des menaces hypothétiques qui planent sur Leon mais de celles bien réelles auxquelles Ben est confronté », intervint Mary avec ardeur. David se calma aussitôt, comme toujours en sa présence. « Tu as des nouvelles de ton oncle ?

— Il est malade, répondit David sur un ton d'excuse. Sa femme refuse de l'admettre. Elle est scientiste. Je l'ai eu au téléphone, mais il souffrait tant qu'il m'a à peine reconnu. J'irai le voir demain. Tu dois comprendre que je ne peux pas lui demander d'intervenir quand ça risque d'aggraver son état, Ben.

— Je compatis vraiment. Transmets-lui mes amitiés, s'il se rappelle encore qui je suis. » Ben écarta les mains et leur adressa le plus courageux de ses sourires. « C'est la meilleure compagnie dont j'ai bénéficié depuis 1968. Comme au bon vieux temps.

— Pas tout à fait, lança Josef Kiss, désabusé. Vos chances de vous en tirer sont désormais bien moins grandes. »

Comme les miennes de t'épouser, estima Mary Gasalee.

« C'est du pessimisme de punk. » Judith taquinait Mr Kiss sans connaître son engouement pour ce nouveau dandysme.

« Aha ! » Sa pinte étant vide, Josef Kiss se leva pour offrir sa tournée. « Si seulement je pouvais débuter dans la vie avec leurs avantages. Une attitude théâtrale voulue m'a toujours semblé préférable à une pieuse imitation. Du vin pour tout le monde ? » Il regarda leurs verres puis s'éloigna.

Ils parlèrent de stratégies de défense et argumentèrent sur les idées de son avocat, ses propositions.

« À votre santé, Ben. » Josef Kiss posa le plateau

et porta un toast avec sa bière. «Nous survivrons. Nous sommes des vétérans des guerres psychiques, je crois.»

Combien de femmes n'ont pas survécu à ces incendies? À Dresde, à Tokyo, au Viêt-Nam. Il n'y a pas de précédents. Nous avons eu de la chance. Demain nous en aurons peut-être moins. Mais Mary sourit avec les autres pour insuffler du courage à leur ami. Elle a passé pratiquement deux nuits blanches, depuis que Fiona Patterson Hall est arrivée chez elle en pleurs et à moitié nue. Mary avait beaucoup de sympathie pour cette ancienne amie d'Helen et elle appréciait son esprit rationnel, son sens de la justice et sa générosité. Fiona longeait l'hôpital de Charing Cross en rentrant du palais de Hammersmith quand elle avait été violée. Elle était venue se réfugier chez Mary parce qu'elle s'était souvenue qu'elle habitait à proximité et qu'elle ne souhaitait pas avertir la police. Mary en avait assumé la responsabilité. Toujours terrifiée, Fiona était dans l'appartement des Queens Club Gardens, bourrée de Valium. La femme qui avait essayé avec tact d'obtenir une description de l'agresseur avait confié à Mary que les chances de l'arrêter («des mèches de rasta ça ne veut plus rien dire, de nos jours, c'est la mode») étaient presque inexistantes. «Je doute même qu'il soit du coin.» Fiona était d'autant plus embarrassée qu'elle travaillait pour une association de défense des droits civiques. Elle avait fait des difficultés avant de déclarer qu'il s'agissait d'un Noir. «Ce sont des bêtes, quelle que soit la couleur de leur peau, avait répondu le flic en jupon. Les hommes qui ne peuvent exercer autrement leur pouvoir se défoulent sur les femmes, les gosses ou les chiens. Ils ont l'habitude d'obtenir ce qu'ils veulent. C'est le pire, dans ce métier. Je parle de ce qu'on découvre. Je hais parfois les mâles, alors que j'ai épousé un type absolument charmant.»

«Il n'y a pas que l'aspect financier, dit Leon. Vous n'allez pas nous dire que vous croyez au péché originel comme les baptistes ?

— Oh, si ! dit Mary pour fuir ce qui se bouscule dans son esprit. Je ne suis pas dévote, même s'il m'arrive d'entrer dans une église à condition qu'elle soit déserte car c'est un excellent moyen de canaliser ses pensées. Mais je crois au péché originel.

— Dire que c'est l'opinion de la plus pure des femmes qu'on trouve sur cette terre ! » Dandy se surprend à rire. Il regarde le tapis en se demandant pourquoi un des chemins reliant le comptoir à la cheminée est plus élimé que les autres.

«Je n'ai jamais eu les opportunités de certains. » Mary ne croit pas que les gens soient foncièrement mauvais. «Mais certains souffrent vraiment, Dandy. Ce qui leur passe par la tête est épouvantable.

— J'en ferais de la pâtée pour chiens», avance Mr Kiss en se voulant réconfortant. « C'est pour moi le slogan de l'année : *Mettez un hooligan en boîte et sauvez un kangourou*. Après quoi, nous verrons ce que nous pouvons faire pour nous débarrasser des mouches. » Il est déjà un peu ivre. «Mais revenons à nos moutons. Qui pourrait vous servir de témoin de moralité, Ben ? »

dumpy-di-do, dumpy-dumpy-di-do ; dumpy-di-do, dumpy-dumpy-di-do par le bas et par le haut

«J'ai la liste de Davie et je la remettrai à mon avocat. » Ben s'exprime d'une voix traînante et se gratte la tête. Il est évident qu'il n'a pas envie de s'appesantir sur la question. «Qui veut entendre mon nouveau poème ? »

Au même titre que Josef et David, Mary reconnaît que Ben est un rimailleur de la pire espèce, mais elle estime qu'il serait dans ces circonstances peu charitable de lui opposer un refus, et il déplie déjà de nombreux feuillets sortis de la poche de sa chemise. Les deux côtés sont noircis par ses pattes de mouches arrondies. Avant même qu'il ouvre la bouche, elle tente de se réfugier au Pays des Rêves. *Oh, Katharine, j'aurais besoin de conseils marqués au sceau du bon sens ! Toutes mes amies déraillent.* Juste avant qu'elle vienne ici, Fiona lui a demandé de lui parler de son coma interminable. Mary ne lui a raconté qu'une infime partie de ses rêves. « Pourquoi veux-tu le savoir ? C'est relativement banal, tu sais. Dans l'ambulance, ils ont cru que j'avais reçu une blessure qu'ils n'avaient pas remarquée. J'avais le dos brûlé. J'en garde la cicatrice. Ils ont pensé à un problème interne parce que je me suis évanouie sitôt après avoir déposé Helen sur le brancard. Ils m'ont fait des examens pendant que je dormais. J'ai cru un certain temps qu'ils avaient modifié mon visage. Quand j'ai rouvert les yeux, quinze ans plus tard, ils m'ont dit que je n'avais pas pris une ride. Je m'imaginais qu'ils voulaient être gentils avec moi mais on nous prend toujours pour des sœurs, Helen et moi. Comme si toutes ces années perdues m'avaient été rendues. Ce qui les surprenait le plus, c'était ma subtilité. Il faut dire que j'avais été à bonne école, au Pays des Rêves. Ils pensaient que je n'avais pas vieilli parce que je n'avais pas vécu. Mais il m'est arrivé là-bas un grand nombre d'aventures. Que veux-tu savoir, ma chérie ? » Fiona sommeillait déjà. « Pourquoi on se réveille, je suppose. »

« Les choses
en miniature
ne m'intéressent
guère.
L'ennui
est
intrinsèque
au microcosme »,

commence Ben French. Il a adopté les intonations qu'avait Pound, les derniers temps, et c'est insoutenable.

Tous se sont figés. S'ils subissent cette épreuve, ils la doivent à leur compassion.

S'il y a une seule chose dont je dois remercier ma sœur, c'est d'avoir refusé de dépenser l'argent des contribuables pour encourager ce jeune homme, se dit Josef Kiss. *Par ailleurs, ce serait merveilleux si leur comité devait rester jour après jour dans des salles de marbre poussiéreuses à écouter les déclamations de tous les romanciers avant-gardistes et poètes concrets qui réclament des subventions au ministère de la Culture. Chaque commission, présidée par ma sœur, aurait l'obligation de se farcir au minimum trois chapitres ou un petit recueil de poèmes.* Il imagine le malaise de Beryl et rayonne. Elle aurait tôt fait de solliciter un poste de sous-secrétaire au ministère de l'Intérieur, là où elle n'aurait qu'à trafiquer les statistiques sur la criminalité et manifester son soutien aux représentants de l'ordre. Et les membres de ce jury iraient à toutes les expositions de toiles, sculptures et tapisseries des artistes auxquels ils ont accordé des subsides, et ils les logeraient chez eux aussi longtemps qu'ils conserveraient leur portefeuille. En contrepartie, ces artistes se produiraient à leurs soirées. Ils devraient également aller féliciter personnellement tous les grands noms de l'opéra, ce qui serait la plus cruelle de toutes les tortures. Il se lance dans des spéculations joyeuses sur les tourments raffinés découlant d'une privatisation où le mécénat individuel serait ressuscité. *Au lieu que l'État (autrement dit le peuple) distribue directement des dons, les membres de ce comité se voient attribuer un défraiement qui leur permet de fournir le vivre et le couvert aux créateurs en tous genres.* Son sourire, que Ben French doit mettre sur le compte de sa verbosité épouvantable, s'élargit lorsqu'il imagine sir Nigel Spencer devant héberger Eduardo Paolozzi. Le ministère de la Culture attirerait-il toujours autant de politiciens? Se représenter sa sœur devenue la logeuse d'un concepteur fêlé ou d'un timbalier expérimental alimente encore son ravissement et, quand le bourdonnement soporifique de la voix de Ben French arrive à une conclusion bienvenue, il l'applaudit avec un enthousiasme authentique pendant que Dandy Banaji, paniqué et se sentant trahi, se lève pour payer sa tournée en priant pour que l'établissement ferme ses portes avant que le « poète » ne décide de leur infliger de nouveaux supplices.

« Sincèrement, murmure-t-il au nouvel ami de son ex-épouse alors qu'ils se dressent côte à côte devant des urinoirs qui n'ont pas été rénovés. J'estime qu'ils devraient l'envoyer au gibet.

— Des crocs de boucher suffiraient. » Leon reboutonne sa braguette à la mode. « J'ai appris, il y a longtemps, qu'on peut donner l'illusion de s'intéresser à n'importe quoi si on se représente l'objet de sa haine, autrement dit l'individu qui vous fait mourir d'ennui, suspendu par les pouces à de tels crochets. J'ai testé pour la première fois cette technique sur un de mes professeurs, un vieillard absolument charmant, mais aussi l'être le plus soporifique qui soit au monde. Pour ne pas le blesser, je l'accrochais au plafond. Le choix de la méthode dépend évidemment des personnes. Je ne peux vous affirmer que la mienne vous conviendrait.

— Je m'en contenterai en attendant mieux. » Dandy s'est exprimé avec fougue.

Le Dr Fadgit ne se passionnait que pour la danse moderne il affirmait qu'il ne voyait pas le temps passer et il les a emmenés à Bethnal Green le West End s'éveille disait-il ceux de la volante marchaient à fond et je devais dégoter cinq cents billets avant le lendemain je leur ai demandé comment je pourrais faire ça sans me remettre à voler et ils m'ont répondu de me démerder et tu oses prétendre que les flics ne sont pas des pourris

Judith voit Dandy et Leon sortir des toilettes. Elle suppose qu'ils parlent d'elle au moment précis où elle remarque le sourire un peu hautain de Leon. Ne traite-t-il pas avec condescendance Dandy qui hoche la tête sans enthousiasme ? Elle se lève puis se rassied, incapable de trouver une explication. Elle aurait besoin du soutien de Mary, mais sa vieille amie s'est penchée vers Josef Kiss. Judith se demande quel âge peut avoir cet homme. Soixante-cinq ans bon poids, sans doute, mais il est difficile de se prononcer quand les individus sont bien en chair. Un instant, sa prise sur son propre rêve faiblit et elle craint de céder à la terreur, puis un élément se remet en place. Leon s'installe à côté d'elle et comprime son poignet. *Oh, Dieu ! Celui-là va durer.*

« Londres devient une ville sans intérêt, dit Ben French en savourant son quatrième double brandy. Quand je suis revenu, au milieu des années 60, il s'y passait des tas de choses. Tout était coloré et les gens étaient beaux, enthousiasmés par ce qu'ils entreprenaient. À présent, je crois que je serais aussi bien dans le Wyoming. S'ils voulaient de moi, évidemment. » Des mots suivis par un mugissement de fougue infantile.

vieille copine m'a vendu ses points j'ai pensé balancer dans les chiottes ou les bouches d'égout une grande pile de coupons le principe c'est d'ériger le premier gratte-ciel digne de ce nom de Londres si ce connard s'y connaît en oiseaux je suis la tante d'un babouin karuna khien chan mai kao chai dis plutôt un orang-outang

« Je me souviens de tout. Les Zeppelins, le Blitz, les V-1 et V-2. J'ai survécu à tout ça. J'ai toujours un morceau de Zeppelin dans ma jambe et un shrapnel dans ma vitrine, chez moi. »

Mary regarde au-delà du comptoir et voit Old Nonny parler avec le patron. Elle se rappelle que c'est cette femme qui l'a conduite au Yours Truly pour la première fois. Elle va pour agiter la main mais sait qu'Old Nonny perdra tous ses moyens face à tant de personnes et qu'elle voudra faire son intéressante. C'est également

Old Nonny qui l'a emmenée rendre visite aux gens du voyage sous la voie express, à Shepherd's Bush, dans les camps de Southall, Brixton et Old Kent Road. « J'ai une bonne dose de sang bohémien en moi, lui disait-elle. Je fais partie des basanées. » Mary lui a déclaré qu'elle est censée en avoir elle aussi dans les veines.

« Mais il y a tous ces Africains qui vivent à Londres, dit Nonny. Depuis le XVIIe siècle ils sont des milliers. Tous assimilés. Je ne sais pas ce que veut dire être anglais, de nos jours. Il y a un peu de tous les continents dans chaque Londonien. C'est pour ça que cette ville est un condensé de toutes les autres. »

Mary regarde Nonny pousser la porte de verre gravé et sortir du pub. Aucun Tzigane n'a connu son père. Assis dans leurs caravanes tarabiscotées, ils lui ont offert du thé et des mensonges — sans espérer qu'elle les goberait —, ils ont refusé de lui faire partager ce qu'ils savaient. Ils se sont méfiés d'elle ou l'ont prise pour un pigeon, lui demandant de l'argent, se prétendant descendants des Ptolémées et des rois de l'Inde et parlant de cette voix geignarde censée traduire de l'impuissance propre aux opprimés du monde entier. Mary a été surprise par la dureté des corps de ces enfants qui évoquaient pour elle de petits chevaux qui la bousculaient sans cesse. Ils lui ont à deux reprises volé son sac à main pour le restituer quand Nonny leur en a donné l'ordre, mais lorsqu'elle apprend où se trouve une nouvelle colonie elle s'y rend toujours, même si les seuls Tziganes qui ont vraiment tenté de l'aider sont les amis de David, les Lee de Mitcham. Ils lui ont fait connaître des gens du voyage vivant dans le Kent qui l'ont conduite à la Foire aux chevaux d'Appleby, dans les collines de Cumbria, où elle a cherché au sein de l'immense rassemblement une personne ayant rencontré son père avant son départ pour le Canada. À Londres, un bookmaker qui prenait des paris pour toutes les courses importantes, le prince

Monolulu, un personnage à la tenue fantaisiste composée de vêtements africains et arabes, prétendait l'avoir connu. « C'est un homme très riche, à présent. Il élève des chevaux en Irlande. Mais c'est au Canada qu'il s'est fait son magot. Je vous dénicherai son adresse. » Mais quand elle est retournée à Epsom, la semaine suivante, il lui a déclaré s'être trompé d'individu. « Il a travaillé quelque temps sur les docks, lui avait dit sa grand-mère. À l'époque où les navires étaient nombreux et démesurés. Il s'est engagé et a fini par partir au Canada. » Elle n'a rien trouvé au port et les militaires lui ont refusé leur aide. Elle est donc restée sur une déception et elle regrette de ne pas lui avoir consacré plus de temps au Pays des Rêves.

S'élevant tel un ballon en baudruche dans ses beaux atours, Judith tapote l'épaule de Ben. « Bonne chance. Vous savez où nous joindre. On se téléphone. » Leon déplie avec un air coupable son manteau en lin et l'enfile, tout en retirant son chapeau coûteux de la patère.

« Ciao ! » Dandy n'a pu résister à ce léger sarcasme.

« Je passerai te voir, affirme Judith à Mary. Bientôt. » Un baiser est lancé.

« Oh, tous ces salopards peuvent aller au diable ! » David Mummery reste assis, voûté au-dessus de son verre vide. « Qu'allons-nous faire ? J'aimerais avoir une mitraillette.

— Et sur quoi tirerais-tu, David ? » Ben French recule sur la banquette, presque aussi éméché que son ami.

« M'en fiche. C'est important ? Les cerfs de Richmond Park !

— Ils n'apprécieraient pas », fait remarquer Mary Gasalee.

The Merry Monarch 1977

Si je n'ai jamais pu m'acquitter de ma dette envers le capitaine Black, écrivit Mummery, au moins l'ai-je tiré d'un mauvais pas lors du carnaval de Notting Hill de 1977. Je me souviens avoir ce matin-là regardé par la fenêtre pour constater que la police avait installé des barrages aux deux extrémités de la rue. Il y avait des jeunes gens en uniforme de toutes parts, visiblement nerveux. Mon ami Ben French devait passer me voir et je vis son van Ford arrêté près d'un inspecteur coiffé d'une casquette de style teuton qui agitait une sorte de badine pour le faire circuler. « C'est mon véhicule, monsieur l'agent ! criai-je, sur une impulsion. Il me le ramène. »

Ce flic qui avait tout d'un employé de banque enrôlé dans les SS s'adressa à moi d'une voix traînante de conspirateur. « Je suis désolé, monsieur. Nous ne savons pas ce qui se prépare. » Il lorgnait avec méfiance Colville Terrace. « On nous a dit de nous attendre à des incidents, mais nous ne savons pas d'où viendra le danger. » Qu'il vît en moi un allié potentiel m'indiqua que pour lui les ennemis ne pouvaient être que noirs. Je n'avais encore jamais été en présence de tant de représentants des forces de l'ordre prêts à en découdre, mais ils laissèrent passer Ben auquel je dis dès qu'il se fut garé : « Il y aura des accrochages, aujourd'hui. Je n'ai pas envie de moisir dans le coin.

— Putain de flicaille, marmonna-t-il. C'est toujours mauvais signe. » Il revenait des États-Unis où il avait géré une société de communications. Il avait reçu une formation d'opérateur radio dans la RAF puis avait travaillé pour la Pan Am mais il était aussi un poète et il avait ouvert une librairie à Brighton. Je ne le voyais qu'une fois tous les deux ou trois ans. Il avait à l'époque un air faussement conservateur avec ses cheveux coupés court et sa tenue décontractée démodée depuis cinq ans. Tout cela parce que les habitants du Wyoming se méfiaient de quiconque avait des allures de hippie. Il était bronzé et en bien meilleure forme physique que moi. Le voir resplendissant de santé était agréable.

Nous nous assîmes près de la fenêtre de ma cuisine pour boire un café et regarder les policiers tourner en rond, visiblement dépassés par les événements. Ils n'avaient pas une attitude menaçante, mais ils venaient de l'extérieur de la ville et, n'ayant pas l'habitude de la foule, ils semblaient redouter de se faire massacrer par des hordes de Zoulous armés de sagaies. En vérité, si la situation risquait de dégénérer lors du carnaval de Notting Hill, c'était à cause de ces policiers nerveux. Les hommes du poste local, notoirement racistes, voulaient tirer parti des préjugés déjà ancrés dans la population. Les conseils municipaux de Kensington et Chelsea réclamaient l'interdiction de ces festivités qui s'étaient progressivement transformées en Mardi gras antillais et attiraient des gens de tout Londres et des agglomérations avoisinantes. Les défilés étaient de plus en plus importants, les costumes de plus en plus somptueux. C'était l'événement le plus animé et joyeux de la ville depuis la fin de la guerre. Les autorités avaient réclamé et obtenu ces renforts et fait distribuer aux « contribuables », un euphémisme pour désigner les résidents blancs respectables, un bulletin où elles précisaient que leurs demandes d'interdiction étaient restées lettres mortes et qu'elles se dégageaient de toute responsabilité en cas d'incidents. Il était évident qu'elles espéraient que lesdits incidents leur fourniraient un prétexte pour faire interdire définitivement les fêtes de ce genre. N'ayant aucune envie de me faire passer à tabac pour servir leurs ambitions politiques, je demandai à Ben de nous conduire à Hever, là où nous avions effectué de longues promenades à bicyclette étant enfants, pour déjeuner dans un pub local et parler avec nostalgie du bon vieux temps. Le soleil brillait sur Hever Castle, un rêve américain de Vieille Angleterre. Aucun château de l'époque médiévale n'est aussi charmant, à l'exception de Windsor. C'était une journée splendide, belle comme celles d'antan.

À notre retour en ville, en fin d'après-midi, tout paraissait paisible. Il y avait des promeneurs dans Ladbroke Grove et, si des barrages de police étaient toujours dressés dans les rues transversales, les buveurs sortis des pubs envahissaient Portobello Road. Tous paraissaient de bonne humeur et j'en conclus que j'avais été pusillanime. Ben nous ramena chez moi et je téléphonai à Mary Gasalee pour lui demander si elle souhaitait assister au carnaval. Nous décidâmes de nous retrouver dans la matinée et je me couchai en étant bercé par les rythmes lointains du reggae et de la soul.

Je fus réveillé vers deux heures du matin par un bourdonnement de plus en plus sonore, comme si une ruche essaimait. Puis il y eut des plaintes de sirènes, des grondements d'hélicoptères qui rasaient les toits, des détonations. On aurait pu croire qu'une guerre avait éclaté dans les rues de Notting Hill. Je me levai et allai regarder prudemment Colville Square par la fenêtre. Je vis des personnes regroupées par des policiers équipés de boucliers anti-émeute, de matraques et de casques à visière.

Je pris cela pour un incident isolé avant de remarquer que le bourdonnement était devenu assourdissant et que très près de là s'élevait un fracas de verre brisé et de chocs métalliques, des cris de colère. Puis je vis un jeune Noir au visage ensanglanté passer en courant devant chez moi, pourchassé par une dizaine de flics. Tout indiquait que les autorités avaient ouvert les hostilités. J'étais témoin d'une insurrection des forces de l'ordre.

Trop terrifié pour sortir de mon appartement, je restai allongé pour écouter ce déferlement de violence. Au matin, j'allai en piétinant des débris jusqu'au marchand de journaux d'Elgin Crescent où plusieurs boutiques avaient été barricadées avec des planches. Une seule avait subi des dégâts et les propriétaires de ces commerces, un assortiment de Blancs, de Noirs et d'Indiens, s'étaient réunis pour commenter les événements de la nuit. Une photographie des « émeutiers » affrontant la police faisait la une du journal que j'achetai. L'article laissait comme toujours supposer que, confrontés à des individus déchaînés, les policiers n'avaient eu d'autre choix que se défendre. J'appris que deux voitures avaient été renversées et que des bouteilles avaient été lancées sur les forces de l'ordre, mais il n'était précisé nulle part comment les affrontements avaient débuté. Les rues avoisinantes étaient pour ainsi dire désertes, presque mortes, mais en plus des papiers habituels d'un Mardi gras les trottoirs et les chaussées étaient jonchés de verre brisé. Deux boutiquiers riaient en lisant des quotidiens où il était question d'un pillage généralisé et disaient qu'ils se seraient bien volontiers débarrassés de leurs vieux stocks. J'avais lu que les conseillers municipaux de Kensington prédisaient un bain de sang et que les policiers affirmaient avoir réussi à contenir les émeutiers qui avaient blessé plusieurs agents.

Je suivis Portobello Road jusqu'à Talbot Road et pris

ensuite All Saints Road. Il règne de nos jours dans ce secteur la tension propre aux ghettos, mais on n'y trouvait pas il y a une dizaine d'années des brochettes de Noirs qui sifflaient les femmes, proposaient de la came, jouaient aux machos et avaient une attitude menaçante envers les Blancs. J'avais à l'époque des amis que j'allais voir au Mangrove Café, le Q.G. des organisateurs du carnaval, un des rares restaurants de ce quartier où on servait de la bonne nourriture soul, un lieu de rencontre pour des gens de toutes les couleurs. De vagues connaissances se déclarèrent sidérées par les événements de la nuit, quand les policiers avaient brusquement décidé de fouiller les passants pour chercher de la drogue, les arrêter en les suspectant d'être des pickpockets ou d'être armés, et de disperser la plupart des attroupements.

Ce qui avait naturellement suscité des protestations, des bousculades et des coups. « C'est à ce moment-là que les flics ont perdu les pédales, mec, me dit mon ami Floyd. Ils se sont mis à taper sur tout le monde. À l'aveuglette. Les femmes, les gosses. On allait leur demander ce qui leur avait pris et ils répondaient avec leurs matraques. C'est dingue, non ? »

Si les responsables officieux de la communauté noire n'avaient pas calmé les esprits, la situation aurait dégénéré de façon catastrophique. Je rentrai rapidement chez moi pour téléphoner à Mary, mais elle était déjà partie. À son arrivée, un cortège s'était ébranlé et, à l'exception de groupes de jeunes français et italiens de toute évidence venus s'y joindre pour avoir des émotions fortes, tous semblaient désireux d'oublier les incidents.

« Contentons-nous de nous amuser. » Mary était moins tendue que moi. Elle était enthousiasmée par les chars qui défilaient au son du reggae et des fanfares, leurs compositions florales, leurs scènes bizarres, les représentations des Cieux tels que se les imaginaient les enfants et leurs émissions télévisées préférées. Les camions roulaient au pas en étant entourés par des représentants de toutes les races du globe. Nous nous joignîmes à une procession d'oiseaux-lyres, de tisserins et de paradisiers dont les grands becs oscillaient au rythme des orchestres alors que leurs pattes démesurées me rappelaient les poules exotiques des Scaramanga. Nous étions suivis par des Zoulous avec leurs crinières de lions, leurs coiffes en plumes d'autruches et leurs boucliers zébrés ; des danseurs Ashanti avec leurs masques de bois aux couleurs vives et leurs bâtons de pluie décorés ; des Rastas, des baptistes et des Black Panthers. Tous participaient à cette fête d'unité, ce temps de libération, de camaraderie et de purification tant attendu par les Blancs et Noirs, une manifestation qui apportait de l'exotisme et de la vie aux taudis déprimants de North Kensington ; un fracas de tambour, un grondement régulier de basse qui donnait même aux plus refoulés envie de taper du pied.

Seuls les policiers blêmes et méfiants qui allaient et venaient sur les côtés du cortège ne se laissaient pas contaminer par la bonne humeur carnavalesque. En certains points du parcours il y avait plus d'hommes en uniforme qu'en civil, et quand nous nous engageâmes dans les Cambridge Gardens feuillus, en direction de Portobello Green, je vis des brigades casquées et équipées de boucliers sous les voûtes de la voie rapide. Des hommes élégants en manteau et panama, casquette de garçon boucher et cuir bariolé, s'empressèrent de calmer les esprits. Je savais ce que ces flics livides et tremblants de peur qui nous regardaient avec haine derrière leur visière devaient à ces dandys qui réussissaient bien mieux qu'eux à faire respecter la loi et l'ordre.

Nous approchions du passage souterrain de Portobello Road, là où on trouve à présent toutes les boutiques à la mode, quand je vis une phalange charger trois jeunes Français. Certains d'entre nous s'arrêtèrent pour s'informer des raisons de cette intervention.

Lorsque leurs poursuivants renoncèrent, les Français ramassèrent des pierres et les prirent pour cibles... à l'instant où deux Noirs sortaient en courant d'une rue latérale avec une bonne demi-douzaine d'autres policiers sur leurs talons. Des échauffourées éclatèrent ici et là et des centaines de flics descendirent de leurs cars et perturbèrent le défilé, entrant en collision avec les chars, bousculant femmes et enfants pendant que la panique se répandait. Des spectateurs s'enfuyaient et ceux qui protestaient étaient arbitrairement bastonnés. Je pris Mary par la main pour nous éloigner en longeant la voûte jusqu'à Tavistock Road où tout était encore relativement paisible. De là, nous suivîmes All Saints Road pour aller nous réfugier dans le sanctuaire de la salle aux couleurs vives du Mangrove. Le temps que les hommes en uniforme envahissent la rue et s'arrêtent devant le restaurant, l'établissement était plein à craquer de gens qui essayaient de rire, plaisanter et boire du café sans leur prêter attention. Il y avait ici environ un tiers de Blancs, des couples pour la plupart, et nous nous sentions solidaires comme les défenseurs de Fort Alamo ou, pour reprendre la comparaison de mon ami Jon Trux, les soldats de Rourke's Drift attendant la charge des Zoulous. Les policiers nous asticotaient et nous lançaient des défis, mais nous nous comportions comme si de rien n'était. Finalement, Jon et un ami sortirent demander à un responsable d'où ils venaient et ce qu'ils faisaient là. Un inspecteur lui répondit qu'ils avaient été envoyés de Weybridge et été informés que le Mangrove était le Q.G. des émeutiers. Il devait estimer que nous échafaudions des plans pour renverser le gouvernement tout en dégustant notre chèvre au curry, nos poissons volants et nos patates douces. Quand Jon Trux lui lança que les fauteurs de troubles étaient ses hommes, il le toisa de ses bottes de cow-boy à ses cheveux qui lui descendaient presque jusqu'à la taille et répéta qu'il se trouvait là pour s'assurer que nous ne provoquerions aucun incident. Puis il lui conseilla, ainsi qu'à tous les autres Blancs, de partir tant qu'il en était encore temps. Des propos qui nous amusèrent lorsqu'ils nous furent rapportés. « Je doute qu'ils nous attaquent, déclara Elton Grahame du *Gleaner.* Mais les photographes du *Sun* et du *Daily Mail* postés à l'angle de Macgregor Road seraient ravis si nous tentions une sortie. »

Les bruits d'affrontements avaient repris de tous côtés et je jugeais plus prudent de rester au Mangrove avec mes amis. Mary semblait trouver la situation distrayante et s'entendait bien avec tout le monde. Il était évident que les flics voulaient se battre, mais certains d'entre nous jouaient aux cartes. Peu après, cependant, débuta le rituel le plus étrange auquel j'ai assisté lors des nombreuses manifestations et émeutes londoniennes et parisiennes depuis les années 50, car pendant que nous dînions et bavardions posément les rangs des policiers s'étoffaient et nous ne pûmes bientôt voir par la vitrine que des guerriers casqués. Puis, avec un synchronisme parfait, nos assiégeants se mirent à frapper leurs boucliers avec leurs matraques, comme avant un assaut. Ils nous lançaient un nouveau défi et, alors que nous restions assis à fumer discrètement un joint en saluant nos adversaires avec désinvolture, Elton fit une plaisanterie sur notre situation précaire. « Les indigènes ne sont-ils pas nerveux ? »

Mary était toujours amusée et surprise. Elle n'était pas informée des campagnes racistes que la police de Notting Hill avait lancées contre le Mangrove et les activistes noirs, mais elle comprit rapidement que les autorités voulaient inciter ceux que la presse qualifiait de bandits anarchistes à se battre. Les coups monotones couvraient les bruits intermittents de violence, coups de sifflet et sirènes. Quelqu'un riposta en branchant la sono du res-

taurant et Bob Marley et Big Youth répondirent aux
policiers, ce qui me rappela une fois de plus le vieux film
de John Ford où C. Aubrey Smith remonte le gramo-
phone et met un disque pour contrer les tam-tam. Il me
vint à l'esprit que le rythme était identique à celui des
claquements de mains rituels accompagnant les encouragements psalmodiés par les supporters d'une équipe de
football. Il leur arrivait de faire une pause pour s'entretenir avec un officier pendant que les journalistes et photographes se déplaçaient furtivement comme des chacals
sur le pourtour du futur champ de bataille ; puis les battements lancinants reprenaient. Au crépuscule, quand
nous escortâmes Mary vers Colville Terrace et mon logement, ils ne s'étaient pas interrompus. Nous regardâmes
la suite à la télévision et nous eûmes l'impression que
toute la population noire de Londres avait pris les
armes. L'impérialisme ne meurt jamais, pensai-je. Il ne
change même pas de forme. Telles nos troupes à Amrit-
sar, ces policiers ruraux étaient devenus fous. Même
leurs collègues métropolitains finiraient par l'admettre.

Je conduisis Mary à Notting Hill Gate pour qu'elle
prenne un bus et regagne son appartement de Hammersmith, et pendant que nous traversions les secteurs
résidentiels huppés de Portobello Road nous vîmes des
centaines de personnes qui descendaient toujours la colline, pour la plupart de jeunes continentaux ivres qui
voulaient participer aux affrontements. Un groupe prit
en chasse deux agents isolés jusqu'au moment où un
escadron au grand complet leur fit rebrousser chemin.

Pour convaincre Mary que je n'irais pas au-devant
des ennuis, je lui parlai de ma propension à fuir toute
violence, même s'il m'était arrivé à l'occasion de me
faire tabasser par des policiers parce que je me trouvais
par hasard sur leur chemin. Je rentrais chez moi en
restant du côté le moins dangereux de Ladbroke
Grove, avec ses grandes maisons et ses jardins fleuris,

quand j'entendis derrière moi des martèlements de bottes. Un nouveau détachement anti-émeute venait d'être libéré d'un car garé dans Arundel Gardens et se ruait vers l'intersection d'Elgin Crescent, là où les transports en commun changent de direction. Les vestiges du défilé, deux chars aux décorations arrachées et banderoles déchirées, avaient calé et bloquaient un bus. Les quelques Antillais descendus expliquer ce qui s'était passé prirent la fuite ou remontèrent rapidement dans leurs véhicules en voyant la phalange dévaler la colline. Je reconnus un des hommes qui se dressaient sur un des plateaux, ainsi que son épouse aussi charmante que plantureuse, Alice, qui m'avait soutenu lors de mes périodes de dépression. Celui que j'avais toujours appelé le capitaine Black regardait autour de lui en se demandant s'il devait déguerpir ou attendre la suite. Celui que sa femme avait, elle aussi, surnommé le capitaine parce qu'il était marin lorsqu'elle l'avait épousé, était si petit qu'on le prenait souvent pour un enfant bien qu'il eût au moins cinquante-cinq ans. Je dus avoir plus clairement que lui conscience du danger car je me mis à courir vers les camions, pour demander aux conducteurs de reculer vers Colville Terrace, mais les policiers les atteignirent avant moi et les cernèrent. Je les vis tirer un chauffeur de sa cabine pendant que le capitaine prenait sa femme par la taille pour tenter de traverser leurs rangs. C'était risqué car ils avaient tendance à perdre toute retenue face à un Noir accompagné d'une Blanche. Sans me prétendre courageux, je suis fier de l'instinct qui me poussa à me frayer un chemin au milieu des uniformes de serge épaisse en criant : « Presse ! » à pleins poumons et en agitant ma carte périmée du syndicat des journalistes. Grâce à ce document ou à mes intonations autoritaires de bourgeois, auxquels les représentants de l'ordre ont été conditionnés à obéir, je réussis je ne sais trop comment à atteindre le char à l'instant où une horde d'individus casqués s'y hissaient et se jetaient sur mon ami pendant qu'Alice hurlait d'indignation. Je grimpai à mon tour sur le véhicule et leur intimai : « Arrêtez ! J'ai dit, arrêtez immédiatement ! »

Surpris, ils firent une pause pour me fixer puis regarder leur chef. « Qu'est-ce qui se passe, les gars ? » L'inspecteur avait vu ma carte de presse. « La dame a été attaquée ?

— Cet homme n'est autre que sir Mombazhi Faysha, ambassadeur de Bardonie, lançai-je. Et cette dame est son épouse. »

L'inspecteur foudroya des yeux ses chaussures cirées avec soin. « Je suis désolé, monsieur. Vous comprendrez que mes hommes sont sous pression. Reculez, les gars. Je vais régler cette affaire. » Il salua à contrecœur le couple que j'aidai à descendre du plateau du camion. Tous les autres avaient fui et les chars étaient abandonnés. Les flics semblaient avoir relâché leur prisonnier, mais le conducteur de l'autobus écrasait son klaxon et la moitié de ses passagers étaient sur la chaussée et invectivaient les policiers qu'ils devaient tenir responsables de cet embouteillage. Mombazhi avait refermé ses mains sur sa tête entaillée. « Salopards ! criait Alice, incapable de se contenir. Salauds ! Bande de salauds ! Mon mari s'est battu pour ce pays ! Il a sauvé des gens pendant le Blitz ! C'est un scandale !

— C'est une erreur compréhensible, madame », répondit l'inspecteur sans pouvoir dissimuler la haine qu'elle lui inspirait. Elle tentait de voir les matricules qu'ils cachaient sous leurs pèlerines.

« Bande de lâches !

— Ils ne changeront jamais, cria une des passagères du bus en reniflant de mépris. Ça se résume à peu de chose. Tous les flics sont des ordures. »

De telles réactions devaient être rares à la campagne et

l'inspecteur en fut visiblement choqué. Il s'était imaginé que les Blancs qu'il était venu protéger avec ses hommes leur en seraient reconnaissants. « Retournez d'où vous venez, ajouta la femme. Ils ne vous apprennent donc rien chez les ploucs ? »

J'aidai Mombazhi et Alice à remonter Elgin Crescent et nous nous arrêtâmes au Merry Monarch pour prendre un verre avant de rentrer. Le pub était bondé de jeunes Noirs qui parlaient d'une voix forte de ce qu'ils comptaient faire aux flics, mais les décisions étaient prises par les hommes posés assis dans les angles ou accoudés au comptoir. Autant de Hopalong Cassidy, Tex Ewalt, Red Connors ou Johnny Nelson qui étaient peu prolixes, jaugeaient la situation et ne faisaient que le strict minimum au moment le plus opportun. Mais s'ils étaient capables de tempérer l'ardeur de ces jeunes fanfarons, je doutais qu'ils aient leurs pendants au sein des forces de police.

« Mon Dieu ! » Mombazhi tentait de réduire les tremblements de sa main pour lever sa Guinness. « C'était terrifiant. Je ne comprenais pas ce qui m'arrivait. Ils étaient tous sur nous.

— De la vermine, fit Alice calmée mais toujours en colère. C'est encore pire qu'avant. Quand j'étais jeune ils ne s'en prenaient pas aux femmes. À présent, ils font et disent tout ce qui leur passe par la tête ! »

Pendant les manifs des années 60 et 70, les flics confrontés à des représentantes du sexe opposé les agrippaient par les seins ou les parties génitales et leur décrivaient en termes orduriers tout ce qu'ils auraient aimé leur faire. Au tribunal de la City, après une manifestation devant Old Bailey à laquelle des amis avaient participé, j'ai entendu une jeune inculpée répéter leurs propos à la cour. Le juge, une femme elle aussi, s'est déclarée outrée par son langage et a alourdi la sentence pour la punir d'avoir osé dire la vérité. Le bobby débonnaire qui fait appel au sens civique et à l'esprit communautaire de ses concitoyens a tendance, quand cette technique échoue, à utiliser la manière forte.

« C'est aussi moche que ce qui se passait en Allemagne. » Alice examinait les blessures de son mari. « Ce qu'on voit aux actualités. Combattre les nazis, ça a servi à quoi ?

— Nous ne l'avons pas fait, rappelai-je. Nous nous sommes contentés de nous défendre lorsqu'ils nous ont attaqués.

— C'est faux, me reprit Mombazhi. Tu es trop jeune pour t'en souvenir. Nous leur avons déclaré la guerre quand ils ont envahi la Pologne. Nous n'étions pas aussi veules qu'on le laisse désormais entendre et il y avait à l'époque une excellente tournure d'esprit. Il n'y avait pour ainsi dire pas de discrimination raciale, ce qui a beaucoup surpris les Américains. Alice et moi nous n'aurions pas pu nous marier, aux États-Unis, pas aussi facilement en tout cas.

— Mais nous sommes à présent en retard sur notre temps, dis-je. Le système des classes est indissociable de notre culture et il finira par nous étouffer, car il est alimenté par le déclin de ce foutu pays.

— Même les ruines ne sont pas éternelles. » Mombazhi essayait de voir le bon côté des choses.

Je pensai au V-2 de Streatham.

Allongé sur le dos dans ce qui avait été un jardin, je voyais les décombres tomber autour de moi, percuter le sol en soulevant des mottes de terre, des nuages de poussière et d'autres débris pendant que les murs s'affaissaient. Je ne pouvais bouger. J'étais dans une tombe peu profonde, le visage collé à des touffes de digitales rose et or pâle. Je peux encore les humer, à présent que j'écris ces mots. Les vagues d'un raz de marée gris-blanc nous étouffaient sur cette plage du bout du monde et le souffle d'un ouragan désagrégeait la planète autour de nous.

Puis je me retrouvai seul, unique survivant parti à la dérive dans l'espace. La fumée était brûlante et agressait mes narines et mes poumons, elle obstruait ma gorge et respirer était presque impossible. J'étais coincé sous une masse peu pesante mais suffisante pour m'empêcher de dégager mes jambes. Je crois que c'était un morceau de cadavre. Le voile grisâtre venait vers moi et les décombres se stabilisaient. Tout était désormais silencieux, mais l'air se révélait plus dense que jamais. Quand je vis quelque chose approcher, je crus qu'il s'agissait d'un ballon car cette silhouette flottait sur les courants d'air. Constatant qu'elle avait forme humaine, je m'imaginai que mon âme s'était détachée de mon corps et cherchait le chemin des Cieux, mais je la vis s'abaisser et remonter en soulevant un homme d'une seule main. Puis elle se voûta de nouveau et s'éleva d'une trentaine ou une cinquantaine de centimètres au-dessus du sol pour repartir dans la fumée en tenant également une femme inanimée.

Je m'étais comme tous les Londoniens fait à l'idée que la Mort risquait de m'emporter à tout instant et je dus prendre cette vision pour un avant-goût de l'audelà. Puis la silhouette revint et se pencha vers moi, pour m'adresser un sourire d'encouragement et me tendre ses petites mains. Je reconnus l'homme que j'avais appelé Massepain le Magicien, quand nos chemins s'étaient croisés à seulement un ou deux kilomètres de là. Bien que tête nue, il portait un uniforme de marin et était noir comme la poix, et je n'avais jamais vu d'expression plus douce sur un visage. J'étais en larmes et je dus supposer que j'avais des hallucinations, étant donné que je possédais une imagination fertile et que des fantômes m'étaient déjà apparus.

Il s'abaissa à quelques centimètres du sol, me toucha et me demanda si j'étais blessé. Je lui répondis que je n'en avais pas l'impression.

« Il y a derrière toi une bombe incendiaire qui n'a pas

explosé, mon garçon. Peut-être deux.» Son accent était
exotique, chaleureux et rassurant. «Nous ne savons pas
quand elles vont se déclencher. Est-ce que tu sens tes
pieds et tes doigts ?»

Je lui dis que je souffrais un peu mais qu'ils semblaient intacts. Je le vis dérouler quelque chose sur mes
jambes puis je le sentis tâter doucement mes membres,
mes côtes, ma tête. J'étais somnolent, peut-être à cause
de la fumée, et il me souleva et s'envola. Il avait une
force extraordinaire, car il ne devait pas être bien plus
lourd que moi. Ce Bushman d'une tribu sud-africaine
était en permission et était venu rendre visite à une
amie de Brixton. Ils faisaient des courses quand deux
bombes volantes s'étaient abattues. Elle n'avait été que
contusionnée et il était resté pour aider à sortir les survivants des décombres. Il avait déjà sauvé ma mère,
mais à présent il s'en souvient à peine et déclare qu'elle
a dû imaginer qu'il volait. «À cause de Peter Pan.»

Je me rappelle toutefois une phrase, que j'ai cru à
l'époque être du romani : *Ek ardmi upa si gill gia !*

Bien des années plus tard, quand je l'ai retrouvé, je
lui ai demandé ce qu'elle signifiait sans préciser en
quelles circonstances je l'avais entendue. Ce qui l'a
amusé. «C'est ce qu'on appelle du bas hindoustani, pratiqué dans les ports et à bord des navires qui font du
cabotage sur les côtes de l'Inde. Il faut s'y connaître,
pour suivre ces routes. Ça veut dire qu'"un homme est
tombé de haut"».

Je ne lui ai pas révélé le reste et il est probable que je
ne saurai jamais qui l'a prononcée. Il sait s'y prendre
pour détourner mes questions sur ce sujet.

Je suis convaincu que le capitaine Black volait. Dans
le cas contraire, il n'aurait pas pu me trouver avant que
les bombes explosent, quelques minutes plus tard.
D'ailleurs, s'il ne l'a pas confirmé, il ne l'a pas nié.

«Si ce que tu dis est vrai, c'est un miracle, m'a-t-il

déclaré un jour. Et les miracles sont si brefs qu'ils prennent souvent fin avant qu'on ait conscience qu'ils se sont produits. »

Mais, avec sa bonté naturelle, le capitaine Black a ri de ma confusion.

The Axe and Block 1969

En flânant avec toujours autant de plaisir dans le marché bondé de Brick Lane, Mr Kiss remarqua que les Sikhs et les Bengalis avaient repris des commerces autrefois tenus par des Juifs. Boulangers, bouchers, prêteurs sur gages et tailleurs ne s'appelaient plus Goldstein, Grodzinski, Litvak ou Pashofski mais Das, Patel, Khan ou Singh. Ce qui ne retirait rien à l'exotisme qui animait les rues grises et décrépites de Whitechapel où des cockneys pseudo-commissaires-priseurs, escrocs en tous genres, vendeurs de montres, de porcelaine ou d'anguilles en gelée, religieux illuminés, octogénaires rapiats et enfants aux yeux perçants comblaient tous les espaces disponibles. Des cafés s'épanouissaient dans les interstices séparant les maisons et des petits pains étaient mis en vente à côté des chiches-kebabs ou des tourtes pendant que des latkes étaient mis à frire en face d'un étal de plats chinois à emporter. Sans prêter attention aux monceaux de pièces de tissu, de robes, de costumes, de jouets bon marché, de confiseries mystérieuses, de manuels scolaires, de vieux 78-tours et de décorations orientales aux dorures clinquantes, Josef Kiss s'arrêta près d'un monticule de bimbeloterie à l'italienne pour attendre que David Mummery et Dandy Banaji le rejoignent. «Ce qui démontre mon point de vue. Contrairement au bon goût, le mauvais goût est universel. Ces abominations sont appréciées sur tous les continents. On trouvera par exemple la pendule soleil où qu'on aille : à Los Angeles et Chicago, Paris et Hambourg, Tel-Aviv et Bagdad, Bombay et Pékin, Sydney et Tokyo. Seul le bon goût arabe est unique, mes amis. En est témoin leur architecture. Ce que je dis est valable pour les Anglais, les Français et les Américains. » Il prit un arbre à photographies tintinnabulant peint en doré. « Cela se vendra aussi bien en Amazonie, Papouasie ou Côte-de-l'Or qu'à Uxbridge, Oxnard ou Skokie. » Il lui ajouta un cheval cabré surmonté d'un abat-jour et un horrible chat. « Le triomphe des journaux à scandale et des feuilletons domestiques, les films à succès et même les dictateurs et les démagogues, tout s'explique ! Combien ? » demanda-t-il au propriétaire qui le dévisagea suspicieusement. « Quinze livres le lot, rien n'a été volé. » Le Sikh récupéra son arbre à photos qu'il posa à côté d'une théière argentée. « Et j'y perds de l'argent, mon ami. » Et il fut soulagé, plus qu'offensé, quand Mr Kiss remit ses échantillons sur l'étal et repartit avec l'expression d'un homme qui venait d'obtenir la preuve du bien-fondé de ses déclarations.

Hum pati uss ko dia ce yachna me montre ce qu'est schlock und zu verkündigen das angenehme Jahr des Herrn son obeohman si le vieux schnock me cherche il va me trouver

« Témoin de moralité ! Ah ! fit Mr Kiss.

— Kieron ? » Mummery reporta son attention sur son ami. Il était toujours mal à l'aise, au milieu de tant de gens.

« Le joyeux bandit de grand chemin et son frère, oui. Je me suis demandé comment il s'offrait ces vêtements et ces véhicules hors de prix. » Mr Kiss s'était immobilisé dans l'embrasure d'une porte pour attendre que Dandy se fraie un passage dans la foule et les rejoigne. « Il était

évident qu'il ne se livrait pas à de menus larcins, mais
Mary disait qu'il se vantait des affaires qu'il réalisait à
Hampstead Heath et elle pensait qu'il y vendait des voitures. Ils se sont finalement fait prendre. Mais ça a duré
des années. Des policiers leur ont tendu un piège à Jack
Straw's Castle ou au Spaniard's Inn. Patsy est encore à
l'hôpital. Il est bien connu qu'on fait un tas de rencontres
sur la lande. Kieron, le beau gosse, attirait les victimes
que Patsy se chargeait d'agresser et voler, souvent avec
son aide.

— Je ne peux croire que Kieron soit si brutal. » David
agita la main à l'attention de Dandy.

« Il a affirmé qu'il ne pouvait pas sentir les homos
parce qu'ils le baratinaient constamment, mais je me
rappelle une nuit, il y a longtemps, dans Berwick Street,
quand vous l'avez appelé et qu'il nous a fait un clin d'œil
et dit de le laisser. Nous l'avons vu peu après s'éloigner
bras dessus bras dessous avec un vieil homme d'affaires.
Il devait déjà se livrer à ces activités, en prenant plus de
risques. Depuis le rapport Wolfenden sur la dépénalisa-
tion de l'homosexualité, ses proies ont oublié toute prudence. Kieron a reconnu que lui et Patsy se faisaient en
moyenne deux cents livres par jour. »

Ils avaient apprécié la compagnie de Kieron qui leur
servait de lien avec la pègre et Mummery était déprimé
car ses crimes étaient abjects. Dandy les rejoignit à
l'instant où Mr Kiss concluait : « C'est en quelque sorte
un refus de livraison de la marchandise. » L'Indien, qui
n'avait guère de sympathie pour les victimes de Kieron,
était vêtu d'un pull marin noir et d'un jean, une tenue
inhabituelle qui le mettait mal à l'aise. David avait
l'impression d'être déguisé dans son ensemble blanc,
pantalon pattes d'éph et manchettes, alors que Mr Kiss
portait comme toujours son costume de lin et son
panama avec désinvolture. Les modes des années 60 ne
l'avaient pas incité à changer d'apparence mais lui

avaient fait perdre son excentricité. Il les conduisit de Brick Lane dans Whitechapel High Street qui était bien moins fréquentée. « Le procès débutera lundi à Old Bailey. Mary, qui a été pour lui une seconde mère, est allée le voir. Il n'a pas nié avoir commis ces actes mais les a justifiés en déclarant qu'il hait les pédérastes. J'ai connu des cambrioleurs qui trouvaient naturel de voler ceux qu'ils méprisaient... selon le cas les agents de change, les Juifs, les riches héritières ou les nègres. Il a dit qu'il était une victime de la guerre, qu'il a fait le trottoir à King's Cross pour nourrir sa famille en offrant pour quelques shillings son postérieur à d'horribles vieillards.

— Personne ne se livrait à ces pratiques, quand il était enfant, rétorqua Mummery. Nous avons le même âge. C'est un phénomène récent. Il s'est répandu autour des salles de jeu de Soho depuis Wolfenden.

— C'est juste », confirma Mr Kiss qui fit une autre pause pour regarder, horrifié, les gratte-ciel dressés en face de lui. « Les gagneuses chassées des rues ont été remplacées par de jeunes éphèbes. Que savez-vous sur sa participation à ce projet immobilier ? John et Reeny veulent-ils toujours s'emparer de Bank Cottage ?

— L'usine à gaz va fermer ses portes. » Mummery sortit un plan de sa poche. « Je ne sais pas quand, exactement. C'était dans le journal local.

— C'est donc un terrain de choix pour le réaménagement du secteur. » Bien que le soleil soit rendu magique par les vapeurs d'essence et les gaz d'échappement, Dandy partit vers l'est avec ses amis en remorque et dut admettre que la lourdeur des reconstructions de Whitechapel était estompée par la brume. « Ça colle avec la privatisation des baies de Westway et la construction d'une galerie marchande. Est-ce que la spéculation de South Kensington s'étend à North Kensington ?

— Ils ne prendront pas Bank Cottage ! » Josef Kiss les

dirigea vers les feux et le passage pour piétons. « Ils ne chasseront pas les Scaramanga ! Elles ont reçu des lettres de la municipalité mentionnant des plaintes pour leurs volailles, une prolifération de rats et autres vermines, des activités insalubres de toute sorte, et nous savons tous que ce sont des mensonges. L'en-tête de l'accusateur est révélateur. La Société John Fox, naturellement ! Ce petit pleurnichard est probablement l'unique associé. Quant aux actes de propriété qu'ils contestent, elles ont des droits qui remontent à la Magna Carta. Ce ne sont pas deux sociétés immobilières réclamant ce terrain pour y bâtir des taudis surpeuplés qui pourraient les invalider, étant donné que l'usine à gaz et la voie ferrée qui les séparent suffisent à résoudre la question. Les Fox ont dépassé les bornes !

— Les Scaramanga craignent d'être expulsées. » Dandy s'arrêta de nouveau. Il ne reconnaissait pas les rues rénovées, élargies et privées de personnalité. Il regarda le plan de Mummery.

« Pas tant qu'il subsistera en moi le moindre souffle de vie, déclara Mr Kiss, catégorique.

— Comment déjouerez-vous leurs projets ? » Mummery était curieux.

« J'ai quelques idées. Si tout le reste échoue, j'aurai recours à l'hypnose ! Quand Mary a invité Kieron à notre dernière réunion, je lui ai dit qu'elle commettait une erreur, mais il l'obnubilait. J'ai pu le voir compter sur ses doigts les profits potentiels. C'est certainement lui qui a parlé aux Fox de Bank Cottage. »

Ils se dirigeaient vers la Tour et ils traversèrent la molle circulation du dimanche pour s'engager dans Leman Street. Mummery désigna de la tête un entrepôt en ruine. « Il appartenait à un de mes éditeurs. Mary a occupé un poste chez lui. J'ai eu mon premier emploi là-bas, du côté de l'Hôtel des monnaies, près de Seething Lane. Ces rues reconstruites sont encore plus dépri-

mantes. La Coop est pratiquement tout ce qu'il en
reste.» Il tendit l'index vers ce bastion de marbre et de
pierre du mouvement coopératif dont la devise «Travailler et Attendre» leur rappela un temps où l'optimisme était encore de mise. À une ou deux portes de là
se dressait un immeuble de style anglais du XVIIIᵉ siècle
repeint et rejointoyé récemment, doté de nouveaux
encadrements de fenêtre et de cuivres presque incongrus, comme si le *Time* lui-même avait perdu une partie
de son âme en se laissant contaminer par la modernité.
Mummery lui lança un regard réprobateur. «Leman
Street était plein de théâtres, autrefois. Ils ont périclité
depuis que les Italiens s'y sont installés. Il est possible
que des pièces de la commedia dell'arte soient jouées
dans des arrière-cours secrètes et dans les étages, au-
delà de Half Moon Passage.» Ils passèrent devant un
poste de police hideux, du genre qu'on pouvait voir
dans les thrillers anglais déprimants tournés dans les
années 40, pour se diriger vers East Smithfield. Ils
durent contourner St Katharine's Dock car Josef Kiss
refusait de poser les yeux sur tout restaurant appelé le
Charles Dickens et ils s'engagèrent dans Wapping High
Street, bordée d'entrepôts à moitié écroulés et de clô-
tures métalliques rouillées. Ils se regroupèrent devant le
portail verrouillé des Wapping Old Stairs où les immigrants étaient autrefois arrivés par milliers en croyant
pour bon nombre avoir atteint l'Amérique. «Et à présent ce sont les Américains qui débarquent chez eux, dit
Mr Kiss. Telles sont les vertus de la patience.»

Il laissa apathiquement Dandy Banaji les convaincre
d'entrer dans un grand pub victorien proche de Tower
Bridge et fut soulagé de constater que l'intérieur était
resté presque intact, bien qu'il eût affirmé que le nom
«The Axe and Block» était récent. «S'ils l'ont rebap-
tisé la Hache et le Billot, c'est sans doute pour attirer
des touristes assoiffés de sang venus admirer les épou-

vantables instruments de mort auxquels nos ancêtres ont consacré tant d'ingéniosité. »

Les énormes piliers de fonte soutenant le plafond étaient décorés dans le style Stuart de chérubins, esprits élémentals, plantes et animaux en plâtre délicats. Un juke-box exsudait principalement la ligne de basse du dernier Beatles et, parce que c'était dimanche, les lieux étaient bondés d'hommes et de femmes du cru accoudés au comptoir devant des demis, des porto citron, des rhums et Ribenas, des bières citron vert, ou adossés aux grandes voûtes de la salle principale, jouant aux machines à sous, au flipper, aux fléchettes ou au billard alors qu'une odeur de bœuf envahissait tout et que des assiettes de patates sautées et de chou, de Yorkshire pudding et de sauce au raifort se dirigeaient rapidement vers les tables. Sans s'enquérir de leurs préférences, Josef Kiss commanda trois pintes dans des verres droits et les apporta à ses amis qui attendaient près de la fenêtre en regardant une Tamise qui évoquait du plomb fondu sous cette clarté singulière. « Pas un navire à l'horizon, se plaignit-il. À l'exception de ceux qui restent éternellement à l'amarre. Autrefois, des bateaux appareillaient le dimanche comme les jours ouvrés. Des cargos du monde entier, des bâtiments qui transportaient des passagers. Qu'allons-nous faire de tous ces quais et entrepôts devenus inutiles ?

— Des aires d'atterrissage pour dirigeables, suggéra Mummery avec son alacrité habituelle. J'ai lu dans *The Illustrated London News* un article démontrant qu'ils seraient les moyens de transport les plus économiques et rapides. C'est logique. La technologie actuelle nous permettrait de construire des appareils bien plus performants que, disons par exemple, le *Graf Zeppelin*.

— Qui nous expédieraient tous dans l'au-delà ! » Dandy Banaji fit une moue au-dessus de son verre. « Je me souviens du R101 qui était attendu en Inde et qui n'est pas allé plus loin que la France. Il n'y a pas eu un seul survivant.»

lae orid she'hilw'giddain min fadlak hayeza hayesaen putain de megilla

Trop souvent lassé par les idées fixes de Mummery, Josef Kiss changea de sujet. «Nous avons projeté de parler de la défense de Bank Cottage.

— Qu'en disent les avocats?» Dandy leva les yeux vers un ciel vide.

«Faire appel est le seul recours contre un ordre d'expropriation. Il en découle que les Fox ont au moins un membre du conseil municipal dans leur poche. Les Scaramanga doivent se défendre d'une accusation selon laquelle leur lopin de terre abriterait de la vermine qui mettrait en danger les habitants du voisinage. Il n'y a là-bas ni vermine ni voisins. La municipalité étudie également la formulation de l'Acte de cession royal. Les sœurs ne savent plus quoi faire et sont convaincues qu'elles seront expulsées. Toute initiative de notre part sera utile. J'envisage d'aller rendre visite à John et Reeny.»

Son verre étant vide, Dandy reporta son attention sur le bar. «C'est le moment ou jamais. Ils habitent non loin d'ici et Reeny organise une petite réception tous les dimanches après-midi.»

beurre il fallait descendre Dalston et il n'a pas voulu prendre le bus et c'est tombé à l'eau complètement schlass complètement à côté de ses pompes incapable de bander ce qui était déjà ça

Sentant son courage défaillir, Mummery but plus que les autres. Quand le pub ferma ses portes, ils avaient atteint Tower Hill où un taxi débarquait un touriste près de la White Tower. Ils demandèrent à être conduits à Gunmaker's Lane, dans Bow, où Reeny, son mari et son frère partageaient une maison marchande du XVIIIe siècle décrépite donnant par-derrière sur le canal de Grand

Union. Le chauffeur les déposa dans la rue lugubre et Josef Kiss pria ses amis de le laisser parler, ce qu'ils s'empressèrent d'accepter. Dandy se demanda si les Fox ne voulaient pas s'approprier Bank Cottage pour s'y retirer, étant donné qu'ils semblaient aimer vivre au bord de l'eau, puis il poussa le portail en chêne vermoulu qui avait été autrefois vert sombre pour suivre le dallage irrégulier et gravir une volée de marches privées de rambarde jusqu'à la porte d'entrée écaillée où John avait fixé un bouton de sonnette blanc bon marché. Mr Kiss l'enfonça avec son parapluie et ils n'eurent guère à attendre avant que Reeny Fox, en paréo pseudo-hawaïen confectionné avec du tissu de chaise longue vert et pourpre, vienne leur ouvrir avec un verre à la main. Elle ne parut pas surprise de les voir. « Ça faisait longtemps. Il y a quelques jolies filles, aujourd'hui. Vous les aurez pour presque rien. » Ils la suivirent dans des corridors aux tapisseries moisies où étaient punaisées diverses affiches et photos découpées dans des magazines. Des faces encore plus ravagées que celle de Reeny les lorgnaient de chaque poche d'ombre. « Mes chéries ! Je vous présente Jo-jo, Davey et Dandy. De vieux amis à moi, merveilleux. Nous avons fait des tas de trucs ensemble, pas vrai, les garçons ? » En levant un menton balafré vers Mr Kiss elle lui souffla un mélange de tabac et de gin au visage.

« John est là ? » Mummery était toujours terrifié.

« Il sera ravi de te voir, chéri. Kieron aussi. C'est pour lui que vous êtes venus ?

— Kieron est libre ? » Dandy était surpris.

« Ils ont réclamé une putain de caution. Ça nous a vraiment foutus dans la merde, John et moi. Mais on lui devait bien ça. Qu'ils s'acharnent contre lui est dégueulasse, non ? Tout ça pour deux enculés de pédés. On n'en revient pas ! »

Des femmes lestées de maquillage qui semblaient être

arrivées juste après la chute de Berlin les saluèrent et tapotèrent des canapés de velours moisi ou des coussins indiens. Mummery sentit sa panique décroître et s'abandonna à une impression de familiarité, comme s'il avait été invité à passer l'après-midi dans un des cercles extérieurs de l'Enfer, et il accepta même le verre de punch au goût d'alcool à brûler que lui tendit Reeny. « C'est Georgie qui l'a apporté, dit-elle en désignant un homme livide qui gisait sous les pieds de deux dames qui jouaient aux sept familles. Il est pharmacien ou un truc comme ça, dans un hosto. C'est de la pure, qu'il a dit. Bois.

— Eh bien… » Mummery était presque amusé. « Je constate que rien n'a changé en dix ans. La dernière fois que je suis venu ici, Reeny avait réussi à faire entrer tout un détachement de la police montée canadienne, plus la moitié des chœurs du Windmill, s'ils n'ont pas changé de nom. C'est une sorte de catalyseur. Je croyais que ces choses appartenaient au passé. »

Ils traversèrent une pièce après l'autre, toutes bondées de personnes à divers stades d'euphorie dues à des drogues ou à l'ébriété pendant que Reeny collait ses doigts à ses lèvres et leur faisait signe de la suivre vers le haut d'une volée de marches au tapis mangé par les vers. Cette maison, qui n'avait pas été rénovée depuis le siècle précédent, était éclairée par des lampes à gaz et quelques ampoules électriques suspendues à des fils. Ils atteignirent le palier et Reeny tapa sur une porte en respectant un code, l'ouvrit et fit entrer ses amis. « Devine qui est là ? Comme au bon vieux temps, pas vrai ? Ils ont dû apprendre que tu étais là, Kier. »

Kieron leva les yeux d'un miroir sur lequel s'étirait une épaisse ligne de cocaïne ou de sulfate, puis il cala le tuyau vide d'un Bic dans sa narine et inhala avec bruit. « Tiens, tiens, je suis touché. » Il leur proposa de sa drogue que John Fox plia dans un bout de papier mais qu'ils refusèrent. «J'espérais que vous vous porteriez tous témoins de moralité.»

John Fox toisa Dandy Banaji et marmonna des commentaires sur un petit métèque fouinard jusqu'au moment où le regard de Kieron se durcit et le réduisit au silence. Il renifla et son nez coula. Il plaça sa paume sous ses narines et Dandy lui tendit un Kleenex. «Vous venez uniquement pour Kieron?» Il était évident qu'il pensait aux Scaramanga.

«Nous sommes un peu fauchés, actuellement, avoua Mr Kiss. On raconte que vous avez des vues sur ce vieux cottage, près des Scrubs.

— Pas nous, le conseil municipal, fit John, évasif. Et Horace s'est dit…

— Alors, ce que nous savons sur les catacombes pourrait vous intéresser.» Mr Kiss retira son panama.

«Les quoi?» John Fox essayait de mettre de l'ordre dans son esprit.

«Les catacombes du cimetière qui passent sous le canal. Elles ont des siècles. Vous n'étiez pas au courant? Si vous vouliez entrer dans Bank Cottage pour jeter un coup d'œil, et à condition d'avoir le courage de vous aventurer dans ces vieux tunnels, vous ressortiriez juste derrière la haie. Je les ai découvertes pendant la guerre. Je peux vous servir de guide.

— Qu'espérez-vous obtenir en échange, Jo-jo?» John tournait le sachet en papier entre ses doigts. Une attitude triomphale.

«Disons deux mille livres. Que vaudra ce terrain, une fois dégagé? Cent mille? Un million?

— Bien plus! dit Reeny, au grand regret de son frère. Ils veulent bâtir un centre de loisirs et un supermarché, ce qui est impossible tant qu'il y reste une seule maison occupée. Une loi à la con, voyez? Il faut que tout soit rasé avant. On a proposé à ces vieilles peaux un prix honnête, il y a longtemps, par l'entremise de notre société. Mais elles ont rejeté notre offre. À présent, un de nos potes va obtenir leur expulsion. La beauté d'un emplacement de ce genre, c'est qu'on n'a même pas besoin d'y construire quelque chose pour qu'il prenne de plus en plus de valeur. Il suffit d'attendre ! » Elle était heureuse d'étaler son savoir-faire financier.

« Alors, mon information vaut largement deux mille livres ! fit Mr Kiss avec un regard sournois.

— Vous les aurez après nous avoir montré le chemin, affirma John. Nous enverrons une équipe raser tout ça en quelques heures et personne n'en saura rien. C'est parfait. Quand est-ce qu'on pourra aller jeter un coup d'œil ? » Il ajouta, hésitant, comme pour prouver sa sincérité : « Camarade ?

— Ce soir, ça vous va ? Et pour vous, Kieron ? Qui veut nous accompagner ?

— J'y réfléchirai. » Pour une raison obscure, Mummery avait perdu tout intérêt pour les souterrains.

« Je viens. Ça fera un excellent article ! » Dandy était rayonnant.

« Pas un mot là-dessus, Mr la Mouche du Coche, gronda John Fox en le foudroyant du regard. Pourquoi ce soir, Jo-jo ?

— Parce qu'elles seront à l'église. Je leur ai sauvé la vie, l'ami, et elles ont refusé de me prêter cinquante billets. Enfin, il faut saisir les occasions quand elles se présentent.

— Si nous pouvons entrer, nous foutrons une sacrée trouille à ces vieilles. » John Fox était aux anges. « C'est entendu, Jo-jo. Et je ne reviens jamais sur ma parole. Tu nous accompagnes, Kier ?

— Le procès est pour demain. Je dois arriver pile à l'heure ou ils m'inculperont pour outrage à magistrat. Vous voulez être témoin de moralité, Jo ? » Sa désinvolture apparente trahissait son angoisse.

« Oh, oui, avec plaisir ! » répondit Mr Kiss avant de se détourner pour dissimuler qu'il rougissait.

« Je trouve que tu y es allé un peu fort, Kieron, lança Mummery qui tenait à exprimer sa déception. Ce que tu as fait à ces gays était plutôt salaud. »

L'expression de Kieron se fit provocatrice. « Ça ne s'est pas passé comme ils le racontent, Davey. Ce sont vraiment des tarés, des mecs immondes, juré. Ils te donneraient envie de dégueuler. » Il prit le sachet des mains de John Fox et traça une autre ligne.

sucer les chattes sucer les bites la fourrer où ils veulent c'est toujours la même merde les mêmes putes qui baisent qui pompent l'attacher et baiser ça me fait mal ça te fait mal petite salope ta sale gueule tu pues la mort je vais t'écrabouiller saloperie de malade

Le soir tombait quand Josef Kiss, abandonné par Mummery, guida John et Reeny entre les portes puis sous les arbres à l'odeur suave du cimetière de Kensal Green. Ayant décidé de rester près de la voiture, Dandy Banaji regarda les deux silhouettes de nabot suivre celle d'éléphant sur des chemins serpentant entre les tombes et les monuments jusqu'au moment où ils disparurent derrière la chapelle. S'il ne savait pas quelles étaient les intentions de Josef Kiss, ils avaient dû l'attendre à l'extérieur de deux stations de métro pendant qu'il allait se soulager, ce qui n'était pas dans ses habitudes. Mummery s'était séparé d'eux à proximité de son domicile, juste avant le pont de Ladbroke Grove.

Finalement, Dandy regagna à contrecœur le véhicule, fouilla dans l'habitacle malpropre et trouva un magazine. Reeny avait tenu des salons de massage à Earls Court et Bayswater et ce qu'il lisait était un fidèle reflet de son ancienne vocation. Sidéré, il s'intéressa à des photos de personnes gainées de caoutchouc et affublées de masques à gaz, aux tétons étirés par des ficelles, suspendues par les poignets à des crucifix et des potences rudimentaires, étalées contre des murs. Laissant la portière ouverte pour que le plafonnier reste allumé, il tourna les pages dans un sens et dans l'autre en essayant d'imaginer ce qui se passait dans le sous-sol. Josef Kiss avait déclaré avoir fait la connaissance de Reeny dans un bordel, sans jamais entrer dans les détails. Autrefois habitué de tels lieux de perdition, il avait un beau jour cessé d'en parler. Sans doute avait-il perdu cette habitude en vivant avec Mary Gasalee.

Il consacra deux heures à satisfaire sa curiosité, de plus en plus déconcerté au fur et à mesure qu'il feuilletait les revues prélevées sur le plancher du véhicule, des strates et des strates de désespoir soigneusement ritualisé. Il se demandait par ailleurs s'il était difficile de retrouver son chemin dans les catacombes et si Josef Kiss avait véritablement conduit les Fox vers Bank Cottage. Il savait que les sœurs allaient rarement à l'église et que son ami ne les aurait jamais trahies, qu'il avait voulu contrer les projets de ces ignobles individus par des voies comme toujours détournées.

Vers minuit, Dandy sommeillait avec un exemplaire de *Sentiments séminaux : L'Amour en caoutchouc* sur le visage quand un doigt chaud effleura son poignet. Il sursauta et inhala une odeur de papier moisi qui le fit tousser. «Josef!» Il regarda son ami voilé par la brume, imprégné de relents un peu écœurants et les pantalons trempés presque jusqu'aux genoux. «Où sont les autres?

— John et Reeny sont occupés, mon vieil ami, mais j'ai les clés de leur voiture et nous allons pouvoir rentrer chez nous.» Il rayonnait de satisfaction.

«Tu ne sais pas conduire.» Dandy était vaseux. Il retira de la chassie de ses yeux. «Tu ne leur as rien fait…

— J'ai déjà conduit des autos tamponneuses et je me sens d'humeur à essayer pour de bon. Je veux fêter ça.» Il s'assit et palpa le volant.

« Tu les as abandonnés là-dessous ? » Dandy suçota sa lèvre inférieure et décolla de ses dents un bout de papier.

« Ils ont eu une vision de ce qui les attend, c'est tout. Ils ont été témoins de ce qu'ils trouveront un peu plus loin sur la route qu'ils ont décidé de suivre. Ils seront finalement secourus, mon ami, sans doute par d'honnêtes égoutiers. Les études du Londres souterrain dont m'a fait bénéficier mon beau-père ne m'ont jamais été d'une grande utilité, sauf pendant la guerre, quand j'étais un débutant. » Il referma sa grosse main sur le levier de vitesses.

« Mais où sont-ils ? » La voix de Dandy venait de se changer en couinement aigu.

« Ils ont dû atteindre la station de White City, à l'heure qu'il est. Pas l'actuelle, évidemment. Celle abandonnée. À moins qu'ils descendent Counter's Creek et atteignent l'autoroute en construction, non loin de Portobello, également désaffectée. De là, il est difficile de deviner quelle direction ils prendront mais il n'est pas à exclure qu'ils aillent vers Chelsea par Olympia et trouvent un tuyau de décharge donnant sur la Tamise.

— Je ne vois pas comment tout cela les empêchera de chasser les Scaramanga. » Dandy dévisageait nerveusement son ami, cherchant sur son visage des traces de son ancienne folie.

Josef Kiss tourna la clé de contact et le véhicule fit un bond en avant. « Demain, Dandy, nous veillerons à ce que Bank Cottage devienne un site classé. Je compte sur toi pour obtenir l'aide de ma sœur. Elle ne peut rien te refuser. Et cette propriété cessera d'intéresser les promoteurs. Entre-temps, les Fox feront une expérience que peu de Londoniens ont partagée. Une aventure quasi mythique, pourrait-on dire. » Il avait murmuré ces mots pendant que Dandy le regardait prendre Harrow Road, heureux qu'il y eût si peu de circulation. « Découvrir la part de vérité que contiennent les vieilles légendes devrait les impressionner.» Il rit, un rugissement que Dandy adorait, avant d'entamer une de ses chansons:

> Jérusalem est tombée par Lambeth's Vale
> Par Poplar et par Old Bow,
> Par Malden et par la Mer,
> Emportée par la guerre et les hurlements,
> La mort et l'affliction.
> Spectre d'Albion! Ennemi belliqueux!
> Dans des nuages de sang et de ruines,
> Je te revendique céans,
> Mon individualité! Satan! d'or caparaçonné.
> Nous affluons, nous affluons dans les ruines,
> Nous affluons, nous affluons dans les ruines...

Des jours plus tard, Dandy retrouva Mr Kiss dans Essex Street, près des vieilles marches de Water Gate. Il était plus guilleret que jamais. De ce lieu de rendez-vous habituel ils pouvaient gagner le labyrinthe de Covent Garden ou le quai et traverser la Tamise par Hungerford Bridge. Les immeubles avaient été bombardés et il ne subsistait pratiquement de la rue d'antan que la porte qui, avant la construction du quai, avait conduit directement au fleuve. La journée était chaude et une légère brume voilait le ciel. Mr Kiss semblait être ceint d'un halo de triomphe. «Il y aura un orage avant ce soir, Dandy.» Il sortit de sa poche la photocopie d'une lettre qu'il lui tendit en descendant les degrés vers les massifs d'arbustes. Les avocats des Scaramanga les informaient que leur cottage était désormais classé monument historique, que les conseils municipaux de Kensington et Chelsea avaient établi que les lieux étaient salubres, que l'Acte de cession royal était inattaquable et que la propriété resterait à elles, ou ceux qu'elles désigneraient, pour l'éternité.

Dandy félicita Mr Kiss. «Elles doivent être folles de joie ! As-tu hypnotisé les Fox ?

— Un peu, sans doute, mais Mummery a contacté de vieux amis bohémiens vivant près de Wormwood Scrubs qui ont été ravis de participer à notre petite fête. Mary y a contribué, elle aussi. À nous tous, nous avons harcelé nos adversaires qui ont été très soulagés quand tout s'est arrêté. Par ailleurs, ils ne nourrissent envers moi aucune rancœur étant donné qu'ils croient que je me suis également perdu. Le simple fait de penser à Bank Cottage les terrifie et je suis prêt à parier qu'ils ne reprendront jamais le métro.

— Tu restes donc le héros des Scaramanga.»

Mr Kiss rayonnait toujours. «C'est une sensation merveilleuse, mon ami, et amplement méritée. Les Fox vont se cantonner aux activités qu'ils connaissent le mieux. La seule mauvaise nouvelle, c'est que les jurés ont déclaré Kieron non coupable. Les témoins étaient pour la plupart ses victimes et il a été facile de brosser d'eux un portrait peu flatteur. Peux-tu sentir le vent tourner, Dandy ?

— Oh, allons, mon vieil ami, ce n'est pas le moment de céder au pessimisme !»

En flânant vers l'ouest et Charing Cross, Mr Kiss inclina son panama pour se protéger du soleil. «Dans deux ou trois ans, Dandy, ce sera la fin de notre âge d'or.»

The Pilgrim's Gate 1965

De l'angle opposé de la voiture qui se ruait avec fracas dans les ténèbres séparant Victoria de Sloane Square, Mary Gasalee observait subrepticement deux hommes âgés séparés par un échiquier en équilibre précaire qui disputaient une partie ayant dû débuter dans la matinée sur la Circle Line et s'était poursuivie alors qu'ils traversaient une trentaine de fois les stations de King's Cross et High Street Kensington. Leurs barbes blanches jaunies par le tabac, leurs manteaux de tweed lustrés, leurs pantalons noirs incrustés de crasse et leurs vieilles chaussures amincies par l'usure les rendaient pratiquement identiques. S'ils se passaient parfois une bouteille de vin, ils ne semblaient pas ivres. Elle avait autrefois pris cette ligne pour être à l'aise, lire ou regarder les autres passagers, chercher un moyen de faire taire ses voix. Elle refusait de s'intéresser à tous ces esprits désespérés, suicidaires, déconcertés, vicieux, frustrés, malsains ou blessés, dont certains qui projetaient dans les moindres détails l'exécution de crimes abominables. À présent, les médicaments étouffaient ces murmures, mais l'extase qui les accompagnait lui manquait.

Elle leva les yeux sur le plan des stations au-dessus des vieillards et, constatant qu'il lui restait cinq arrêts avant Notting Hill Gate, elle regarda sa montre. Elle arriverait à temps pour retrouver sa fille dans le petit restaurant italien qu'elles aimaient tant. Elle avait quitté le Palace Hotel de Victoria Street moins d'une demi-heure plus tôt, à cinq heures et demie tapantes, un établissement où elle avait beaucoup d'amis et dont elle deviendrait probablement la gérante. Helen lui avait téléphoné à son travail pour proposer cette rencontre, en précisant qu'elle avait d'excellentes nouvelles à lui annoncer. Mary se demandait si elle comptait l'informer qu'elle allait se fiancer, étant donné que de nombreux indices révélaient qu'elle vivait une liaison passionnée, même si elle n'avait jamais cité le nom de l'élu de son cœur. Elle atteignit la station et se leva à l'instant ou un des deux hommes disait posément : « Échec, vieux couillon stupide. » Son ami répondit par un petit rire entendu. Elle avait apprécié leur compagnie. Aussi loin qu'elle pouvait s'en souvenir, elle avait vu de tels vieillards sur la Circle Line, depuis qu'elle était sortie de Bethlehem pour s'installer au centre de St John's Wood et le quitter le plus rapidement possible parce que ses rapports avec Josef Kiss n'y étaient pas vus d'un bon œil. Elle avait les premiers temps continué d'avoir une liaison tant avec Mr Kiss que David Mummery. Mais, de retour de la maison de repos, la mère de David s'était inquiétée des absences nocturnes de son fils et Mary avait pris progressivement conscience que prolonger cette aventure était une erreur. Josef Kiss lui apportait de la compréhension et souhaitait l'aider à reconstituer avec Helen ce qui s'était passé avant et après l'incendie. C'était devenu une obsession alors que l'intérêt de sa fille s'était émoussé au fur et à mesure que ses livres étaient édités. Mary avait ses quatre romans sur son étagère et elle en empruntait fréquemment d'autres exemplaires à la bibliothèque afin que leurs fiches soient couvertes de coups de tampon.

En suivant la ruée de l'heure de pointe elle atteignit

l'escalier mécanique gémissant et poussif d'où elle
regarda sans y prêter attention les affiches publicitaires
de divers sous-vêtements et paquets de cigarettes qui
défilaient sur sa gauche. Au sommet, elle franchit avec
la foule le guichet où un employé récupérait les billets
et salua de la main Helen qui l'attendait au-delà : cheveux auburn coupés à la Jeanne d'Arc, bottes mon-
tantes, bas jaune citron, minijupe rouge et sac en PVC
porté en bandoulière. Elle embrassa sa fille, ravie de
constater qu'elle avait enfin décidé de soigner son apparence et renoncé à sa tenue noire démodée. « Comment
vas-tu, ma chérie ?

— J'ai des nouvelles sensationnelles à t'annoncer,
maman. Mais nous en parlerons devant un thé,
d'accord ? » Son visage ovale rayonnait de surexcitation
alors qu'elles suivaient le tunnel et empruntaient
l'escalier de Notting Hill Gate du côté sud pour passer
devant le cinéma Coronet et sa coupole désuète et
entrer au Maria's, où elles furent reconnues avec
enthousiasme par la propriétaire replète et brune entre
deux âges. « Mary ! Helen ! Vous êtes sur votre trente et
un ! Vous allez au spectacle ?

— En quelque sorte, Maria. » Elles se glissèrent dans
un des box et Helen prit un menu, bien qu'elle sût déjà ce
qu'elle commanderait. Mary lissa la nappe et les nappe-
rons en dentelle, redressa le service à condiments et les
sets, tout en regardant de l'autre côté de la rue animée le
grand magasin Woolworth où les femmes ne semblaient
acheter que des plantes vertes. Elles en sortaient avec
des aspidistras, des chlorophytums et des impatiens,
aussi ravies que si elles venaient de piller une pépinière.
Surprise par tant de diversité végétale, Mary s'installa
plus confortablement sur la banquette. Voir des gens si
jeunes en tenues aux couleurs vives la ravissait. Elle avait
l'impression que Londres était devenu aussi beau qu'au
Pays des Rêves.

Bien qu'il fût tard, Maria leur apporta leur théière habituelle, leurs petits pains au lait, leur beurre et leur confiture de fraise, pendant qu'Helen parlait de son travail de recherche aux Services éducatifs de la BBC et des occasions offertes par la nouvelle chaîne, Channel 2. « Si ça continue comme ça, il va falloir que tu t'achètes une télé couleurs, maman.

— Oh, la vieille me suffit pour mes westerns et mes documentaires ! *Il n'y a rien à comprendre, part'naire, on les prend au lasso, on les ramène et on les marque.* Je me demande si un seul cow-boy s'est un jour assis en face d'une vache pour tenter de dresser son profil psychologique. Cet Eric J'oublie-toujours-son-nom est mon idole, avec Rowdy Yates. »

Helen secoua la tête et fronça les sourcils. « Une enseignante ne peut t'approuver, maman. Nous estimons qu'ils passent trop de westerns à la télévision.

— J'adore aussi ces vieilleries comme *Mademoiselle Gagnetout, L'Impossible Monsieur Bébé* ou *La Forêt pétrifiée.* Elles datent un peu, sans doute. » Elle termina son dernier petit pain et lécha la confiture sur ses doigts. « Alors, ma chérie, quelle est la grande nouvelle ?

— Eh bien… » Une pause. « Tu sais que j'ai écrit des livres pour un éditeur qui se limite plus ou moins à fournir des bibliothèques privées ?

— Miles and Boon. Les tiens sont de loin les meilleurs.

— Je viens de prendre un agent, Mr Archibald, et c'est également son opinion. Il m'a demandé de préparer deux chapitres de mon prochain manuscrit et un résumé de l'intrigue. J'ai hésité mais Delia, la fille avec laquelle je partage mon appartement, m'a dit que je devais prendre des risques. Et je l'ai fait. Qu'est-ce que tu en penses ?

— Cet Archibald l'a vendu ? » Mary trouvait tout cela amusant.

« Absolument. Et tu sais à qui ? À Collins ! Ils sortent

tous les romans historiques et policiers à succès. Agatha Christie, Ross MacDonald, Hammond Innes. Tu n'as qu'à dire un nom. Et devine pour combien !

— Cinq cents livres ? » Mary avait cité ıe chiffre le plus élevé qu'elle pouvait imaginer.

« Deux mille, maman ! Ça ne te paraît pas incroyable ? Nous allons déménager pour un appartement décent et faire presque tout ce que nous voulons.

— Nous ? » Mary estimait que l'instant de la vraie révélation était venu.

« Delia et moi. Nous allons nous chercher quelque chose à Linden Gardens ou Orme Court, de l'autre côté du parc.

— Ce serait merveilleux, ma chérie. Pourquoi n'ai-je jamais vu Delia ?

— Oh, tu le feras bientôt ! Elle meurt d'impatience de te rencontrer. Mais elle est infirmière et elle a des horaires impossibles. C'est la personne la plus chaleureuse qui soit. Alors, que penses-tu de ta fille ? Mr Archibald dit qu'avec Collins pour le lancer ce livre se vendra toujours et deviendra peut-être un best-seller, ou un long métrage. Je gagnerai encore beaucoup d'argent. »

Cunningham ou même Nikoleieff peut-être ce morceau de Cage le film tient la route

Réconfortée par tant de joie, Mary boit une autre tasse de thé. Tout s'est arrangé pour le mieux, se dit-elle. Elle a une vision d'un alignement de Classiques Macmillan reliés de rouge, leur titre estampé en or et portant le nom d'Helen. Elle ne lui a pas dit qu'elle a fait recouvrir chaque Mills and Boon de toile écarlate.

« Ce n'est pas la seule bonne nouvelle. Je t'ai dit que nous préparons une série de programmes sur le Blitz, comment les gens se débrouillaient, ce genre de choses. Je dois parler de la guerre. Sur le plan humain. Ça donne une meilleure idée de ce qu'était la situation. Un membre de l'équipe a déniché un type qui vit dans une caravane, là-bas près d'Euston Station. Ce vieillard a entendu dire que nous cherchions des personnes ayant des anecdotes intéressantes à raconter. Nous devons les filtrer, évidemment, parce que certains diraient n'importe quoi pour passer à la télé ou empocher l'argent, et nous avons tout vérifié. Il travaillait pour le National Fire Service pendant la guerre, là-bas dans le secteur de Tottenham. Il se souvient de nous, maman. »

Mary a l'impression qu'elle va avoir des nausées, puis ses jambes se mettent à trembler et les larmes apparaissent. Elle n'avait pas prévu cela. Elle ouvre son sac et le fouille. « Comment pourrons-nous le remercier ?

— J'ai tout arrangé. Dans environ cinq minutes une voiture va nous prendre pour nous conduire à Euston. Il est impatient de te voir. Il répète constamment que c'était un miracle.

— Un miracle que nous ayons été sauvées. » Mary s'intéresse à la circulation. Elle redoute une chose qu'elle ne peut définir. « Il a peut-être connu ton père, ton grand-père et ton arrière-grand-père. Pourquoi vit-il dans une caravane ?

— Il y a une sorte de campement dans un vieux dépôt de chemin de fer. Il a fait partie des gens du voyage. Tout indique que c'est un bohémien.

— J'ai toujours su qu'il y avait eu des Tziganes dans ma vie, dit Mary qui aimerait gagner du temps. Oh, regarde ces roses ! »

désigné ou je me suis trompé béton qui brûle vision de luth et de Mr Fitzmary phénix qui s'abat en flammes l'archétype de la veuve sicilienne petit agneau correo para mi shaygets shlong oysgemitchet

La Rover de location les emporta derrière la gare d'Euston, dans une médina de rues étroites et d'impasses minuscules ouvertes entre d'anciennes écuries de maisons bourgeoises rasées depuis longtemps. Ces bâtisses avaient été reconverties en remises de chiffonniers et de brocanteurs, en ateliers de mécaniciens, sculpteurs et fondeurs de cuivre. Le quartier avait un aspect déprimant même sous la chaleur du soleil d'après-midi et de partout s'élevaient des tintements de marteaux, des bruits de verre brisé et de bois scié. Des odeurs de crottin, de copeaux, de métal chaud et de caoutchouc brûlé l'assaillirent pendant la traversée de rues nichées sous les voûtes de la voie ferrée en direction des hangars et des écuries en brique qui cernaient une vaste dalle carrée de béton brut. Autour de l'unique colonne d'alimentation en eau se trouvant en son centre étaient réunis des enfants crasseux qui portaient des haillons sans âge ; des vêtements de n'importe quel siècle, passé ou à venir. Ce fut avec méfiance qu'ils regardèrent la Rover se garer à l'autre extrémité de la chape, près de sept ou huit roulottes pour la plupart chromées avec des retouches de peinture argentée écaillée et deux plus traditionnelles peintes en jaune, rouge, bleu et vert ; des volutes rappelant l'Afrique du Nord ou les décorations des camions afghans. Les chevaux qui permettaient de les tirer n'étaient pas en vue. Il n'y avait ici que des piles d'épaves d'automobiles amputées de leurs pièces réutilisables et des tas de tôle pliée pour réduire l'encombrement en attendant le passage du ferrailleur. Helen et Mary laissèrent la Rover à la garde du chauffeur et se dirigèrent vers les caravanes en passant lentement devant les enfants qui les suivaient des yeux. D'autres visages apparurent aux fenêtres et aux portes, aussi crasseux que ceux des gosses, aux regards filtrant toute curiosité. Un homme sortit d'une des vieilles roulottes et s'adressa à elles avec un accent que Mary associa au sud-ouest de l'Angleterre. « Qu'est-ce qu'on peut faire pour vous, mes p'tites dames ? »

Sa voix insinuante, sa tête inclinée, ses jolis yeux sombres et sa peau sale rehaussée d'or avaient déstabilisé Mary. Il dégageait une odeur d'huile et de boue, comparable à celle d'une fête foraine venant de s'installer, ainsi que des relents de tabac indiquant qu'il fumait des cigares quand l'occasion s'en présentait, ce qui n'était pas le cas pour l'instant car ses doigts tachés pinçaient une roulée. «Nous venons voir Jocko Baines.» Le regard d'Helen manquait d'aménité comme si elle voulait lui lancer un défi, lui faire comprendre qu'elle le trouvait antipathique. «Il nous attend.

— Jocko! Jocky!» Il cala la cigarette entre ses lèvres et s'assit sur la marche, pour les reluquer. «Pas mal. Z'êtes deux sœurs, les filles?

— Merci pour votre aide.» Helen salua de la main un homme qui venait d'apparaître à la fenêtre de la plus grosse des caravanes chromées. Elle précéda sa mère sur un tapis d'emballages de bonbons, de pages de journaux et de boîtes diverses. Il y avait un certain temps que Mary n'avait pas côtoyé tant de misère et que le conseil municipal n'eût rien fait pour ces gens la surprenait. Un train aux relents de métal et d'huile fila avec fracas au-dessus de leurs têtes et laissa derrière lui une pellicule de crasse qui se déposa lentement sur la lessive mise à sécher. Un chien aboya.

Jocko Baines essuya du savon sur son visage et ouvrit la demi-porte de son logement pour les faire entrer dans un intérieur à la fois frais, propre et ordonné. Tout était à sa place, même la carafe qui servait de vase à des épilobes, coquelicots, bleuets et pâquerettes. Des fleurs sauvages de toute évidence cueillies sur le remblai de la voie ferrée. *Coronation Street* passait sur un petit téléviseur juché sur une étagère au-dessus d'une couchette encastrée, le son baissé. Toutes les parois étaient décorées de cadres contenant des images pour la plupart pieuses. Le Christ qui changeait l'eau en vin, nourrissait les multitudes ou ressuscitait Lazare d'entre les morts. Il y avait aussi quelques devises telles que *Bénissez cette maison* ou

Home Sweet Home. Le tout piqueté de taches d'humidité comme s'il avait acheté le lot à une brocante. Il régnait une odeur de friture, de tabac blond, de naphtaline. Cadavéreux, Jocko Baines, aussi propre que sa caravane, avait des cheveux bruns grisonnants à la coupe militaire, une peau aux rides cendreuses, des yeux verdâtres, une chemise sans col bleu et blanc, des bretelles bleu marine, un pantalon en flanelle grise et de grosses chaussures lacées à l'ancienne. Tous ces vêtements étaient un peu trop grands pour lui et des intonations du nord du pays filtraient sous son accent londonien.

« Je vous connais, miss. Mais ça fait un sacré bout de temps que j'ai pas vu votre mère, ajouta-t-il en faisant un clin d'œil à Mary. Vous voulez du thé ? »

Elles acceptèrent, et il remplit la bouilloire à un pichet puis alluma son réchaud Calor en sifflotant des extraits d'opéras italiens populaires, des fragments d'arias, pour certains de moins d'une mesure. « Vous vivez à Londres, toutes les deux ? Ensemble ?

— Bayswater, répondit Helen en s'asseyant sur du similicuir blanc. Vous vous en souvenez ? Et ma mère est à Hammersmith, près de Shepherd's Bush Road.

— J'y ai vécu, avant qu'ils nous exilent ici. J'ai pas toujours été sur les routes, savez. J'étais docker. Avant-guerre, j'habitais à Limehouse et c'était un vrai China-town. Ils sont dans l'ensemble polis et propres, je parle des Chinois, même si je ne les ai jamais vraiment fréquentés. J'étais un anar, à l'époque. Cable Street, ce genre de trucs. On luttait contre les fascistes et assimilés. Ça recommence, mais ce sera probablement moins méchant. Il y a encore une bande de l'équipe d'Arnold Leese pas loin d'où j'habitais, à côté de Holland Park Avenue, dans Portland Road. Vous l'avez rencontré, lui ou sa femme ? C'est le type qui a traité Mosley de facho casher. Je suis pas juif, contrairement à ce que pensent un tas de gens. Mon père et ma mère étaient des bohémiens sédentarisés. J'ai repris une vie de nomade et quand je me suis senti trop vieux pour ça j'ai fait valoir mes droits à la retraite. J'aimais les docks. Vous les avez connus, à l'époque où ils étaient en pleine activité ? »

Mary se contente de secouer la tête, pour ne pas l'interrompre. Elle cherche des photos personnelles mais n'en voit pas.

« Qu'est-ce que vous vous rappelez au sujet de l'incendie ? » Il s'étire brusquement vers la bouilloire dont le contenu entre en ébullition.

À sa grande surprise, comme si elle revenait du Pays des Rêves, Mary lui répond sans aucune hésitation. « Je voyais l'escalier du fond s'effondrer. Je serrais Helen contre moi pendant que le feu brûlait ma peau. Il devait la consumer, par endroits, mais je ne souffrais pas vraiment. Je ne pouvais croire que j'étais blessée. Je me demandais ce que faisait Patrick. Puis j'ai perdu l'équilibre et je suis tombée en avant. Je ne me suis réveillée que quinze ans plus tard. »

Avec une expression de satisfaction, Jocko Baines verse l'eau dans une théière marron. « On peut dire que faire ce petit somme vous a réussi ! On vous appelait notre Petit Ange. Penser à vous nous a aidés à tenir jusqu'à la fin du Blitz. La fin de la guerre. Londres vieillit et a des hallucinations, si vous voyez ce que je veux dire. La vieille dame devient sénile. Elle se souvient bien mieux de sa jeunesse que de son passé récent. Elle a deux mille ans, après tout. »

C'est impossible, je l'ai vu, mais c'est impossible. Est-ce que je n'ai pas eu la berlue ? Elle ne s'intéresse pas à moi. Elle ne me met pas à l'épreuve.

Jocko Baines décroche des tasses suspendues à des crochets en se demandant si elles ont conscience de le troubler à ce point. « J'ai souvent raconté ce qui s'est passé. Comme nous tous, d'ailleurs. Mais la plupart des

gars du N.F.S. y sont restés un an plus tard, lors du bombardement massif de Holborn Viaduct. » Il pose les tasses
sur des soucoupes. « Les navires me manquent. Je ne suis
pas contre l'évolution, notez bien. Mais les navires me
manquent. Que je ne sois pas un cockney n'y change
rien. J'ai travaillé presque toute ma vie dans les docks,
depuis 1928. Je me suis fait virer à la fin des années 40,
quand ils ont refilé ma place à un jeunot qui venait d'être
démobilisé. Mais j'ai jamais baissé les bras. J'ai dépensé
tout ce que j'avais mis de côté pour acheter cette roulotte
et un poney et je suis parti sillonner le pays. Je faisais les
petits boulots qui se présentaient. Je suis devenu un vrai
bricoleur itinérant, comme mon père. J'ai hérité de son
don pour réparer n'importe quoi. Puis je suis revenu à
Londres et voilà. »

Par la fenêtre Mary voit des enfants jouer avec de
vieux pneus de la décharge proche. Ils les font rouler
d'un côté et de l'autre sur l'esplanade de béton, sous les
regards de mères prématurément vieillies par une vie
passée à suspendre du linge qui ne sera jamais propre.
« J'aurais cru que la municipalité ferait quelque chose.

— Ils se contentent de nous isoler. Après tout, nous
sommes des voleurs de poules et des semeurs de merde.
Ils en sont convaincus, en tout cas. Lorsqu'ils ne s'imaginent pas qu'on leur jette des sorts. » Jocko Baines
glousse et les sert avec précision. « Lait et sucre ? »

— Vous avez passé toute la guerre dans le corps des
sapeurs pompiers, Mr Baines ? » Helen prend la fine
tasse en porcelaine et la soucoupe.

« Notre dock a été un des premiers à être touché par
les bombes et j'ai été enrôlé dans une escouade. C'était
horrible, mais ça me manque parfois. Je l'ai fait par périodes. Je considérais le Blitz comme une personne. C'était
une mère, pour moi. On m'avait jamais prêté autant
attention. Je ne dis pas qu'elle était gentille, même si elle
a permis à des tas de gens de trouver ce qu'ils avaient en

eux de meilleur. Elle n'était ni sévère ni juste et elle vous fichait la paix au moment où vous vous attendiez au pire. Quand elle s'intéressait à quelqu'un d'autre, vous étiez soulagé mais un peu nostalgique. Les bombes volantes, c'était une autre histoire. Elles n'avaient pas de personnalité, elles étaient imprévisibles. Des saloperies qu'on avait en horreur. » Il s'assied sous le téléviseur et l'image se déforme alors qu'il se déplace pour s'installer plus confortablement. « On était là avec les gars de la brigade du secteur, leur gros camion, leurs échelles, leurs pompes et tout le reste, mais ils n'arrivaient pas à maîtriser l'incendie. Le vôtre. Il consumait la rangée de maisons sur presque toute sa longueur. À force d'en voir, on finit par bien les connaître. Nous étions certains qu'il n'y avait aucun survivant mais nous sommes quand même entrés, Charlie McDevitt et moi, avec des haches empruntées aux pros. Nous avions vu bouger, vous saisissez ? Tous disaient que c'était inutile, mais nous avons insisté. Il y avait des vieilles couvertures. On les a arrosées et jetées sur nos épaules, pour y aller. Votre maison s'était écroulée et flambait comme une torche. Il y avait une sorte de tunnel épargné par les flammes et nous l'avons suivi en criant. C'était idiot, mais on nous répondait parfois. Tout s'était effondré, du toit à la cave. Si nous avions effectivement vu quelque chose se déplacer, c'était certainement des chevrons ou des restes de parois. Ils remuent comme des poltergeists. Vous savez, les esprits frappeurs. C'est dû à la chaleur et aux turbulences, mais ça fout malgré tout les jetons. Certaines maisons devenaient folles et se tordaient comme si elles souffraient. » Il avait la bouche sèche et il but une gorgée de thé.

« Mais vous nous avez trouvées ! » Mary rit. « Ce n'était pas une illusion, dans notre cas. » Elle est ivre de joie.

Jocko Baines se renfrogne et récupère les tasses qu'il va placer dans l'évier. « Pas tout à fait, m'dame. Et c'est bien le plus bizarre.» Il tend la main vers une veste suspendue à un crochet, derrière la porte. «Vous en jeter un, ça vous tente? Aucun problème avec les gens du coin. Ils me connaissent. Ils se fichent des bohémiens.»

Se demandant ce qu'il peut encore avoir à leur dire, mais ravie de bénéficier de la compagnie de l'homme qui a sauvé sa vie et surtout celle d'Helen, Mary accepte. Jocko verrouille la caravane en marmonnant un commentaire sur les gosses qui volent tout. «Je ne le faisais jamais, avant. Mais je préfère prendre des précautions qu'avoir des regrets. J'ai connu mieux qu'ici. J'envisage de me dégoter une bagnole, d'y accrocher ma roulotte et de repartir. Je ne suis pas né à Londres, même si j'y ai passé presque toute ma vie. Je suis venu avec mon père, de Huddersfield. À pied. Les gens étaient gentils. On mangeait les navets et les patates qu'on trouvait dans les champs et ce qu'on nous donnait. On a fait des tas de petits boulots puis il a été embauché dans une fabrique de jouets de Mitcham. Il y est resté jusqu'au jour où Meccano a racheté la boîte.» Il les éloigne du site puant en direction d'un pub dont les murs lépreux ont été recrépis et les vieilles fenêtres remplacées par des châssis en aluminium, comme s'il venait d'essuyer un bombardement. Elles le suivent dans une salle plongée dans la pénombre. Il les fait asseoir sur le plastique rouge craquelé d'une banquette d'où s'échappent des touffes de crin. Au-dessus de la cible du jeu de fléchettes Mary discerne le dessin d'un voyageur en tenue médiévale et remarque que ce pub s'appelle The Pilgrim's Gate, la porte du pèlerin.

enflé je lui ai dit qu'il déconnait mais la moto était correcte et ça a changé sa vie il était maître boulanger et il travaillait à mi-temps pour le City of London Theatre près de Liverpool Street ce bâtiment construit sur les ruines de Bedlam j'aurais aimé que tu puisses voir ce qu'ils ont déterré

Jocko leur demande ce qu'elles désirent et va leur chercher deux demis de bière blonde. Il prend pour lui une pinte de brune légère puis s'assied sur une chaise en face d'elles et les regarde à tour de rôle. Ses traits burinés traduisent soudain de la joie. « Vous ne pouvez pas savoir… C'est vraiment super de vous revoir. Vous êtes mon meilleur souvenir de cette putain de guerre !

— Vous alliez nous raconter comment vous nous avez sauvées, Mr Baines. » Helen sourit, car le contentement de cet homme est contagieux.

Il s'intéresse à sa boisson. « Est-ce que je peux vous poser une question indiscrète, m'dame ? Vous avez bien une cicatrice dans le dos ? Une tache en forme de botte ?

— Une brûlure que la chirurgie esthétique n'a pas permis de faire disparaître, dit Mary qui a de nouveau le souffle court. Comme si on m'avait marché dessus. Si vous voulez vous en excuser…

— C'est pas mon pied, m'dame. Oh, non ! » Il secoue vigoureusement la tête. « J'ai chopé un cancer des os. Je suis un traitement. Le toubib me l'a annoncé il y a deux semaines. Je voudrais vous toucher, toutes les deux. On dit que ça porte bonheur. Si vous n'y voyez pas d'objections. »

C'est avec des sentiments mitigés que Mary tend son bras. Sa fille l'imite, en hésitant. Jocko Baines les effleure à tour de rôle avant de rougir et de se tasser sur son siège. « On ne vous l'a jamais dit, pas vrai ? Les miracles sont nombreux, en ce bas monde. Ma femme en est morte, elle aussi. La lymphe. Emportée en six mois. Elle était forte, débordante d'énergie. Elle aimait la vie autant que moi. C'est toujours comme ça, non ? Qu'est-ce que j'allais expliquer ?

— Comment vous et Charlie McDevitt nous avez sorties du brasier. » Helen passe rapidement sa main sur son bras nu.

« C'est pas tout à fait ce qui s'est passé. On était au

cœur de l'incendie, c'est exact. Une vraie fournaise.
Vous êtes mieux placée que moi pour le savoir. C'était
intenable. Nos vêtements commençaient à se consumer
et c'était pas bon signe. On y serait restés si quelque
chose, un courant d'air, n'avait pas aspiré la fumée. On
est ressortis en esquivant les poutres qui tombaient
autour de nous. Une cloison s'est effondrée au ras des
talons de Charlie. Il l'a échappé belle. Les autres conti-
nuaient d'arroser tout ça. Personne n'aurait pu survivre
dans un enfer pareil.» Sa voix a une intonation chantante, lointaine.

«Je croyais que vous nous aviez sauvées, dit Mary,
déçue. Pouvez-vous nous dire ce qui s'est passé?

— En quelque sorte. Bon Dieu, m'dame, nous
n'avons pas pu retourner dans ce brasier. C'était impossible. Pourtant, on avait vu quelque chose se déplacer
dans les flammes. C'était pas la première fois, notez
bien. Des cadavres s'agitent sous l'effet de la chaleur. Ils
donnent l'impression de danser. Beaucoup de gens en
ont été témoins, pendant le Blitz. Non, nous avons fait
notre possible, Charlie et moi, mais nous ne vous avons
pas tirées de là!» Il rit et secoue la tête avant de vider
son verre. «Vous le savez déjà, pas vrai? Vous me faites
marcher?»

Helen se lève pour aller chercher d'autres consommations et Jocko apprécie. «Elle est super, dit-il à Mary.
Vous pouvez être fière d'elle.

— Je le suis. Cependant, quelqu'un est intervenu,
Mr Baines. Êtes-vous certain de ne pas savoir qui c'était?

— Dieu Tout-puissant, sans doute.» Il hausse ses frê-
les épaules.

Helen revient et distribue les bières. Dans un angle
du pub un vieillard s'est mis au piano. Il joue bizarre-
ment. Ses mains semblent se déplacer au hasard sur le
clavier. La gauche monte et redescend sur les touches
noires de façon immuable, la droite reproduit une mélo-

die à peine reconnaissable. Jocko Baines est de plus en plus enthousiaste. «Vous êtes des légendes dans tout le nord de Londres. J'ai rencontré des tas de gens qui connaissent une version ou une autre de votre histoire, mais je suis le seul témoin oculaire encore en vie. Je vous ai vue, m'dame, de mes propres yeux. Charlie McDevitt aussi. Comme les pompiers de métier. C'était sidérant. Vous êtes sortie de cette maison. Il n'y avait plus une brique ou un bout de bois intact et vous êtes apparue avec le bébé dans les bras. Guère différente de ce que vous êtes à présent. Très jeune. Votre robe ne brûlait qu'à un endroit, un feu en forme de semelle. C'était comme dans l'histoire biblique de Sidrac, Misac et Abdénago, à l'exception de cette flamme qui faisait penser à des petites ailes de la couleur d'une rose. Vous avez fait ça toute seule, m'dame. Vous ne vous en souvenez pas? Vous regardiez où vous posiez vos pieds comme si vous traversiez un champ de pâquerettes. Et, le temps d'arriver jusqu'à nous, même cette flamme s'était éteinte. Votre vêtement se consumait comme si quelqu'un avait oublié un fer à repasser, et au-dessous la peau était en ébullition.»

Jocko Baines se gratte la mâchoire, étonné et gêné par leur silence. «C'est pas le seul miracle du Blitz, ajoute-t-il pour détendre l'atmosphère. Attention, je n'affirme rien. Il s'est passé des tas de choses bizarres, pendant la guerre. Et aussi des tas de choses horribles, comme le jour où nous avons surpris ces flics qui pillaient des maisons près de Seven Sisters. Ils se sont noyés, et je pourrais vous dire qui les a balancés dans le canal. Mais je n'ai assisté qu'une seule fois à un truc pareil. Ce qui vous est arrivé. C'est pour ça que je m'en souviens si bien. Une vision d'innocence. Je l'ai dit à Charlie. C'était comme si une enfant et *son* enfant avaient été expédiées par erreur en Enfer puis autorisées à revenir sur Terre. *Elles ont franchi indemnes les portes de l'Enfer*, voilà ce que m'a dit Charlie. Il le confirmerait, s'il était encore de ce monde. Mince alors ! Vous étiez aussi pâle qu'un spectre. Vous ne vous rappelez rien ?

— Je ne crois pas…, commence Mary.

— Je n'ai pas tout compris, avoue Helen en posant la main sur le bras de sa mère. Vous dites que maman est sortie d'un brasier si brûlant que vous aviez dû battre en retraite ? Je suis désolée, Mr Baines, mais je croyais que vous aviez appartenu à l'équipe qui nous a tirées des décombres.

— Elle vous tenait dans ses bras, serrée contre sa poitrine. Vous auriez dû mourir, toutes les deux. Vous n'avez pas été ensevelies sous quoi que ce soit. Je viens de vous le dire. J'étais là. » Jocko hausse les épaules, vexé. « Je suppose que vous avez eu de la chance, mais nous avons pensé à un miracle.

— Et ensuite, que s'est-il passé ? » Ne voulant pas contrarier cet homme dont les jours sont comptés, Mary se penche vers lui et manque renverser sa bière. « J'ai perdu connaissance, c'est ça ?

— Vous avez attendu que l'ambulance arrive et que votre bébé soit en sécurité, m'dame. Puis vous vous êtes effondrée. Ils vous ont emmenées toutes les deux, mais vous aviez eu le temps de nous dire votre nom, votre âge et le reste. Et regardez-vous à présent. Ça aussi, c'est incroyable ! »

Mary lorgne de tous côtés, semblant chercher une issue. Elle se demande si elle n'a pas regagné le Pays des Rêves. La clarté qui règne dans ce pub est caractéristique des lieux que fréquente le peuple du soleil, lorsque ces gens se mêlent aux simples mortels pour se distraire. *Ne devient pas bien plus joli, comme les anges.. je la prenais pour une petite bêcheuse, je lui ai révélé son avenir dans la blanchisserie pendant qu'il pleuvait, si je survis j'aurai de la chance, il s'en est fallu d'un poil. Le portrait craché de lord Derby il y a une porte mais elle est ver-*

rouillée et maintenant enlève ta petite culotte ou je « Vous êtes sûr de ne pas confondre avec d'autres personnes ? » Mary s'est ressaisie.

« Vous avez cette cicatrice, vous l'avez dit. » Jocko Baines la regarde, brusquement compatissant, peut-être compréhensif. Prise de panique, elle se tourne vers Helen qui a fermé les yeux.

Et toutes les grandes orgues de la ville se font entendre. Mr Balhar en fait partie ce qui s'applique aussi à l'Espagnol et je suppose que ce n'est pas difficile c'est même sacrément facile elle va tomber dans les pommes.

« Maman ! » Helen tend un billet d'une livre. « Pourriez-vous aller lui chercher un double brandy, Mr Baines ? demande-t-elle en stabilisant sa mère de l'autre main. Maman ! »

Je hais ce monde, dit Mary. *J'aime Josef et Helen, ils méritent qu'on vive pour eux, mais je me sens coupable. Comment ai-je pu faire une chose pareille ? Des millions de femmes sont mortes dans ces incendies ; mortes de frayeur avant d'être asphyxiées par la fumée. Aucune n'aurait dû mourir. C'est ça, qui est scandaleux.*

The Old Bran's Head 1959

Rouge comme la peluche de l'ottomane élimée de Reeny Fox, David Mummery positionna ses doigts sur le manche pour faire un accord de *fa* en essayant de ne pas regarder le soldat de la garde royale qui avait retiré son pantalon et dégrafait le soutien-gorge de la petite Daphné. La plupart des convives avaient atteint divers stades de nudité mais, toujours décent, David restait dans son angle, son banjo sur les genoux. Reeny lui avait proposé dix livres et de l'alcool à volonté pour distraire ses invités et il n'avait pris qu'à retardement conscience de la nature de la soirée en question. La maison d'Earls Court proche de Warwick Avenue appartenait à une des « gagneuses » de John et Reeny, et David entretenait des rapports amicaux avec la plupart des putes qu'il avait rencontrées à Soho et qui voyaient en lui une sorte de mascotte. « Allons Davey, mon chou, fais-nous entendre une autre de tes chansons cochonnes ! » Brenda la Maigriotte qui sentait à plein nez la fleur de pavot lui caressa le menton. « Il en connaît des douzaines. On ne s'en douterait jamais en le voyant, pas vrai ? » Elle s'adressait à un vieil agent immobilier qui était presque aussi empourpré que David, mais pour des raisons différentes. John Fox entrebâilla la porte et regarda dans la pièce, fit un clin d'œil à David et leva le pouce avant de retourner s'occuper des jeux dans le sous-sol. David se dégagea la gorge avec du gin et entama une nouvelle ballade.

> Je connais une belle chanson,
> Sur ceux de la haute société,
> Et un lord plutôt polisson,
> Qui séduisit une femme mariée,
>
> Il s'agissait d'une lady,
> Charmante et jeune, jolie et fière,
> Qui avec mammy et daddy
> Avait vécu à Belgrave Square...

Il n'avait jamais compris pourquoi des hommes et des femmes aux mœurs dépravées trouvaient ces chansons relativement édulcorées si amusantes, mais tous en riaient déjà. Qu'elles soient si prisées dans les bordels était sans doute attribuable à la puissance évocatrice des mots, aux sous-entendus bien plus qu'aux thèmes. Pendant qu'il chantait, l'appréciation de son auditoire qui avait dépassé le stade du déshabillage l'aidait à se détendre. Mummery se demandait en quels termes il aurait pu décrire la scène. Il avait l'impression d'être un ménestrel babylonien et regrettait que Patsy Meakin et les autres aient refusé de l'accompagner pour aller faire un bœuf au Two I's en débattant déjà des clauses d'un futur contrat d'enregistrement. Des rires s'élevèrent lorsqu'il arriva au refrain que quelques putains reprirent avec lui.

Quand le téléphone posé à côté de lui sur le buffet sonna, Reeny, nue à l'exception d'une sorte de pilon et autres accessoires faisant penser à des ustensiles de cuisine, approcha d'un pas instable pour prendre l'appel. « Non, chéri. Je suis désolée, mon chou. Je n'ai plus personne, ce soir. Et tu sais que Moira ne peut plus se déplacer. J'aimerais faire quelque chose pour toi, chéri. Mais tu n'as qu'à venir, si tu te sens vraiment seul. D'accord. À bientôt. »

Sans raccrocher, elle retourna étreindre son homme d'affaires obèse et ils se fondirent en une masse informe.

> Ta Molly ne t'a pas trompé,
> Depuis qu'vous vous êtes séparés,
> Et qu'elle t'a juré d'être sincère,
> En te donnant sa tabatière.

Nu sur le lit de son studio d'Acton, irrité d'avoir réuni son courage pour rien, Josef Kiss remet le combiné sur son berceau. « Eh bien, mesdames, je me passerai de votre compagnie ! » Les jeunes femmes posées sur divers meubles, sur les étagères et les tables, continuent de lui sourire. *Mr Kiss, pouvez-vous avaler du feu*? Elles lui offrent des roses aux douces fragrances et sont parées de plumes d'oiseaux exotiques.

> À Fulham Town, disent les gens,
> Vivait un couple très polisson ;
> Leur amour était si constant,
> Qu'ils roucoulaient comme des pigeons.
> Ils passaient tout leur temps, ma foi,
> À s'bécoter, s'faire des papouilles
> Le couple le plus heureux qui soit,
> Beth la Lapine, Jo les Belles-couilles…

Mr Kiss, Mr Kiss, pouvez-vous avaler du feu? Ces beautés lui ont souvent fait penser à des sirènes, jamais à la mer. Elles fréquentent Essex Street, tard dans la nuit, les marches de Water Gate, les petites venelles qui serpentent derrière Fleet Street, le quai de la Tamise près du Temple. *Mr Kiss, Mr Kiss, pouvez-vous lire les pensées du feu*? Et, naturellement, ses yeux se rivent sur le charbon qui se consume étant donné qu'il n'a pas le gaz dans ce studio et qu'il doit y apporter le combustible par petits sacs. Toutes âgées de guère plus de vingt ans, elles portent des dessous de soie et la plupart ont de longs cheveux roux. Elles semblent vraiment vouloir connaître son opinion mais il ne sait pas pourquoi elles s'y intéressent. Comment pourrait-il leur rendre le plaisir qu'elles lui procurent en le flattant ? *Mr Kiss, lisez nos pensées. Vous les connaissez déjà, n'est-ce pas, Mr Kiss ?* Peut-être se trompe-t-il sur leur compte et accordent-elles effectivement de l'importance à son avis. Il a toujours estimé que son érudition lui garantirait d'avoir de la compagnie jusqu'à ses vieux jours. Souffrant parfois de la solitude, surtout lorsqu'il séjourne à Acton car cette pièce est plus grande que les autres, il a tenté de combler le vide qui l'entoure en l'encombrant de draperies, d'objets divers et de livres, mais il n'a réussi qu'à créer un décor bien plus sinistre encore de crevasses et de lézardes mystérieuses, de plis et d'ombres. Quand ses sirènes apparaissent, il ne peut savoir si elles ne sont pas accompagnées. Ont-elles des maîtres ? Il s'imagine des démons, semblables à celui qu'il a autrefois rencontré au Round Pond, qui les utilisent comme appâts. Il fait de son mieux pour ne pas leur prêter attention. Il ne se sent en sécurité auprès d'elles que lorsqu'il est hors de chez lui. Quand il part joyeusement à leur recherche dans Essex Street ou le Temple, près de la Tamise.

Mr Kiss, allez-vous baiser le feu qui me consume ? Allez-vous goûter ma flamme, Mr Kiss, car je suis plus douce que quiconque, plus douce que votre véritable amour. Lisez sur mes lèvres, goûtez mon esprit, dévorez mon désir. Je vous embraserai, Mr Kiss.

Dans la ville de Londres, il y a peu de temps,
Vous devez le savoir, vivait une blanchisseuse,
Qui avait une enfant, une très jolie gueuse,
Qui ne laissait aucun client indifférent.
Devenue une jeune fille, tous brûlaient de la voir,

Elle assistait sa mère dans son très dur labeur,
Jusqu'au jour où sur elles s'abattit le malheur,
Car sa mère égara son si précieux battoir,
Un bout de bois poli aux innombrables usages,
Très long et très solide, quasi indestructible,
Il leur servait beaucoup, c'était compréhensible,
Mais elles ne l'avaient plus et elles étaient en rage.

Chantez avec nous dans nos flammes, Mr Kiss. Humez-vous notre odeur de lavande ? De roses ? Caressez nos plumes, Mr Kiss, avalerez-vous notre feu ?

Ses dames sont pires que les voix qui le harcèlent, car ces dernières ne se réfèrent pas à lui, elles ne le soumettent pas à la tentation. Alors que ces femmes le désirent. Elles écartent leurs cuisses pour lui révéler leur intimité, elles calent leurs mains sous leurs seins pour les dresser vers lui, elles humectent leurs lèvres carmin avec leur langue, de façon suggestive. Seule une catin de chair peut lui permettre de les oublier, mais Reeny n'a rien fait pour lui, ce soir. Il passe près d'une de ses dames pour aller jusqu'à la penderie, se choisir un costume en gabardine tirant sur le jaune, un chapeau de paille beurre frais, une chemise avec des garnitures en dentelle. C'est dans toute sa splendeur théâtrale qu'il sort de sa chambre et laisse derrière lui ses sirènes pour s'aventurer dans les rues sages et déprimantes d'Acton.

« Et voilà que Betty regarde de partout
Mais le destin cruel rend ses recherches vaines,
Le battoir n'est pas là, malgré toute sa peine,
Ni dans un des recoins, ni dans les petits trous.
Betty monte au premier, pour sa peine oublier,
Elle va à la fenêtre et regarde la rue,
Au moment où sous elle arrive, impromptu,
Un jeune homme qui s'arrête et se met à pisser »,

chante Josef Kiss à Londres qui dort.

« Il lui révèle ainsi un membre impressionnant,
Qui conviendrait, ma foi, très bien à leur usage,
Et Betty qui le voit s'exclame sans ambages,
Nom d'une pipe, mais c'est le battoir à maman ! »

Il se justifie en se disant que ce n'est même pas
l'heure de fermeture des pubs, quand les gueulards titubants sont chassés de leurs lieux de beuverie habituels
et emplissent la nuit d'imprécations lancées à des dieux
invisibles. D'ici il prendra Shepherd's Bush, Notting Hill
Gate, Hyde Park, Green Park, l'Embankment, Essex
Street, jusqu'à Fleet Street et une cour secrète, un lieu
de retraite plus agréable. Acton est sa pénitence, sa
mise à l'épreuve ; il y a un studio parce qu'il se situe à
l'ouest de la ville, un secteur qu'il connaissait mal avant
de s'y installer. Il avait pensé à White City et Ealing,
mais le premier était trop sordide et le second trop
dépourvu d'intérêt pour lui convenir. Et Chiswick était
hors de question, car avec Hogarth et Norman Shaw il
avait un peu de caractère. Alors qu'Acton, pouvait-on
dire en toute équité, n'en avait aucun.

« Rapide comme l'éclair, la voilà qui dévale
Les marches et ouvre en grand la porte de l'entrée,
Pour agripper l'outil de l'homme estomaqué
Et attirer chez elle ce véritable mâle.
Elle lui dit que sa mère, cette bonne chrétienne,
A perdu sa palette dont elle a grand besoin,
Car elles doivent rendre une lessive pour demain,
Et elle lui demande de lui prêter la sienne.
Elle est si longue et grosse, si raide et si solide,
Que pour tous les usages elle leur conviendra,
Puissent toutes les femmes, qui sont dans l'embarras,
Trouver pareil battoir, bien dur et bien rigide. »

«Bonsoir, mesdames.» Il soulève son chapeau de paille pour saluer deux jeunes péripatéticiennes en tutus de ballerine, impers légers et parapluies roulés qui redressent le nez et l'ignorent comme il ignore quant à lui ses tentatrices. Il descend en flânant The Vale, prend Uxbridge Road, cette voie léthargique agonisante où se sont installés des prêteurs sur gages, des fripiers, des vendeurs de poissons frits flasques, des prostituées mortes de fatigue, des marchands de journaux et des pharmaciens qui ne doivent vendre que des préservatifs et des pommades contre les hémorroïdes. Dans Wood Lane, il passe devant la tour de la BBC qui toise avec morgue la misère s'étendant à ses pieds et traverse les broussailles de Shepherd's Bush Green que jonchent déjà la moitié des capotes achetées et utilisées ce soir-là, pour atteindre finalement Holland Park Avenue, ses maisons imposantes qui lui rappellent les grands bals du siècle dernier, évocatrices d'élégance, d'ambassades mystérieuses, de scandales, de terreurs et découvertes cachées, de magnats tout-puissants qui aspirent à gouverner le monde sous une apparente bienveillance, peut-être la seule avenue londonienne ayant autant de prestige. Ici, les demeures montrent leur dos, assises sur des talus élevés, ombragées par d'énormes arbres, des murs et des haies : refusant sans doute, au même titre que l'immeuble de la BBC, de regarder au nord où débute Notting Dale, ses taudis qui sont encore pires que ceux d'Acton, un quartier où les policiers ne s'aventurent que par trois lorsqu'ils ne refusent pas d'y aller comme les chauffeurs de taxi, une situation qui a engendré une population équivalente à celle de l'East End ou de Brixton tout en constituant une autre espèce, un lieu menacé par les urbanistes qui ont depuis la guerre fait de la standardisation leur cheval de bataille.

Il atteint Notting Hill Gate et affronte le vent qui hurle constamment entre des tours blanches de construction

récente abritant des représentants des professions libé-
rales ; des êtres qui, comme les Danois cultivés qui se
sont installés entre les Saxons et les pillards venus de la
mer, occupent une zone frontalière ; ces gratte-ciel érigés
à l'emplacement de tavernes et de merceries du
XVIIIᵉ siècle canalisent l'air qui s'engouffre tel un typhon
dans la grande rue de Notting Hill quand tout est calme
partout ailleurs. Un phénomène auquel on se réfère dans
les revues d'architecture du monde entier sous le nom de
piège à vent de Notting Hill. Josef Kiss traverse ces turbulences puis lâche son chapeau et déboutonne sa veste
claire en inhalant une brise plus paisible. Il ne lui reste
qu'à enjamber la barrière de Kensington Gardens et
prendre Broad Walk devant Fairy Tree, se diriger sous la
lune et les énormes chênes et marronniers qui bruissent
doucement vers les reflets paisibles du Round Pound,
s'arrêter là où il a rencontré son démon pour le mettre au
défi de se matérialiser de nouveau. Constatant que ni le
diable ni ses tentatrices ne se manifestent, il repart en
connaissant la tranquillité d'esprit propre à ceux qui sont
seuls dans un espace à la fois vaste et enclos. Il bâille,
redresse la tête et entame une autre chanson :

« Mon épouse, mon épouse ! Mon épouse fringante,
Nulle autre femme que toi je n'aurai pour amante !
Avec ton ventre rond — replet et bien tendu,
Au-dessus d'un charmant jardinet tout velu !
Voir ton corps me rend fou — quand je dévore des yeux
Tes cuisses ivoirines, ton sexe broussailleux !
Je chevauche ma mie ! Je chevauche ma mie !
Jusqu'à ce que son corps ruisselle à l'envi,
Et que ses yeux s'enflamment d'une folle passion,
Du plaisir que je donne à son si joli con !
Et si son ventre gonfle — je le remplis souvent,
Que m'importe ! Que m'importe ! Je chevauche le vent ! »

Ce qui le conduit jusqu'à la Serpentine et à la statue de Peter Pan. « Bonne nuit, Peter. Je partage ton sentiment, ce n'est pas ton avenir. Oh, je le pense aussi ! Mais je cède à mes pulsions et non à ma raison. » De l'autre côté de l'eau les canards cancanent comme des commères et il imagine une centaine de vieilles sorcières à califourchon sur des balais qui couvrent les flots d'écume blanche avant de grimper dans un ciel trop noir pour être réel avec son croissant de lune brillant, deux nuages bleu nacré, des étoiles vives qui ne scintillent pas dans un air si pur, pour virer et plonger gaiement pendant qu'il reste allongé sous un rhododendron, témoin discret de leur sabbat. Il prend le chemin qui passe sous la route et regarde le secteur où, le jour, s'ébattent les baigneurs.

« J'aime tant, j'aime tant, ma belle chevaucher,
Ma chaude, ma câline, mon enjôleuse aimée,
Et chaque cambrement, et chaque pulsation,
Manque de peu nous faire perdre toute raison.
Et elle prend ma cravache, doucement la caresse,
Jusqu'au moment où elle frémit et se redresse !
J'aime sa chatte ! J'aime sa chatte ! J'aime sa chatte !
En elle je me sens bien, comme un vrai coq en pâte,
Malgré tous les appas de ces catins lubriques,
Seule ma légitime goûtera à ma trique !
Quand le diable viendra un jour pour me chercher,
Ce n'est que dans ses bras qu'il pourra me trouver ! »

Il pense à Mummery, à qui il a appris tant de ces vieilles chansons de corps de garde, et il comprend que c'est son protégé qu'il a entendu chez Reeny Fox. « Ma foi, il existe des lieux moins recommandables pour un jeune homme ! Il a bon cœur et les filles le traiteront bien, j'en suis certain. Mais il va falloir que je surveille Reeny et John, et même Horace. »

Il a entre-temps atteint Park Lane et il franchit une fois

de plus la barrière pour s'immobiliser et regarder Marble Arch et les taxis de nuit, limousines et rares autobus illuminés qui suivent la rue tels des transatlantiques louvoyant entre des écueils, et il prend conscience d'avoir laissé dans son studio les cachets qui l'isolent des pensées de ce monde. Il se souvient également qu'il n'a rien pris à Acton et décide de ne plus couper par les parcs et d'emprunter Oxford Street, la route la plus directe. Il a l'impression que l'air se referme sur lui et il essuie son visage avec la soie bleu marine, combat la panique qui menace de l'assaillir en sifflotant l'intermède musical d'une pièce de la Restauration à moitié oubliée où il a tenu le rôle d'un paysan timide qui se fait tourner en ridicule par deux dandys londoniens. Le temps d'atteindre Bond Street où la vision de deux policiers le réduit temporairement au silence et où des jeunes gens voient en lui une occasion de s'amuser un peu avant de se raviser, l'atmosphère est devenue presque trop dense pour qu'il puisse l'inhaler. Il chantonne avec peine deux couplets de «The Gypsy Lover» avant de penser à son cœur et de craindre que le léger engourdissement de son flanc gauche et sa difficulté à articuler les mots ne soient des signes annonciateurs d'une crise cardiaque. Il décide de ne courir aucun risque et contrôle sa respiration et le rythme de son cœur pour traverser Oxford Circus éclairé par des vitrines dont les mannequins figés, parfaits pour mettre en valeur des vêtements New Look, portent le style actuel avec moins d'élégance. Il prend Soho Street en conservant un pas régulier jusqu'à Soho Square où il s'assied sur le banc le plus proche. Puis il voit avec surprise ses sirènes sortir de la cabane de jardinier du milieu de la place et se demande si la Mort les a envoyées s'emparer de son âme. «Bonsoir, mesdames.» Ici, leur adresser la parole est sans danger.

Pouvez-vous avaler du feu, Mr Kiss? L'avez-vous fait?

« Oh, façon de parler, mesdames ! Pas à titre professionnel, en tout cas. » Il lève les yeux et remarque que la lune a disparu derrière de lourds nuages. La sueur est froide sur son front. Il contemple les lumières de Greek Street et envisage de rendre une visite à une amie vivant à St Anne's Court lorsqu'il entend un grondement derrière lui et se tourne. S'il s'est attendu à voir un monstre, il comprend que ce n'est qu'un coup de tonnerre. Un orage approche. Il tourne sa frayeur en dérision en regardant les fourches d'un éclair à l'aplomb du clocher en ruine et décide de repartir. S'il doit s'abriter de la pluie, il préfère que ce soit en un lieu plus familier. « Bonsoir, mesdames. »

Il revient par Sutton Row, passe devant Foyles et s'engage dans Charing Cross Road. Il traverse vers High Holborn en direction du viaduc. La vision de tous ces nouveaux immeubles lui est pénible et il se souvient du temps où il parcourait les décombres nuit et jour, sans dormir, pour capter des murmures de vie, percevoir un cerveau où subsistait des traces d'activité. Le tonnerre gronde à son aplomb comme une vague de bombardiers venus porter le coup de grâce. Les éclairs lui rappellent les tirs de DCA, les obus traçants, les faisceaux des projecteurs. Il s'arrête. Il ne pleut toujours pas. Il regarde de l'autre côté de Chancery Lane et entrevoit une silhouette allongée à plat ventre sur la chaussée, près de deux sacs en plastique éventrés perdant leur contenu. Il croit avoir affaire à un ivrogne puis constate qu'il s'agit d'une femme boulotte d'environ vingt-cinq ans, aux longs cheveux bruns. Du sang coule de son nez et elle a une robe en coton bon marché, presque informe.

À la fois nerveuse et apathique, elle se laisse relever puis guider vers le trottoir. Il la fait asseoir sur les marches d'un immeuble de bureaux et retourne ramasser ses emplettes, principalement des pommes de terre, des oignons et des carottes. Il tente de tout remettre dans les sacs déchirés et de les attacher. Des éclairs lui révèlent que ses paumes et ses genoux sont ensanglantés. Il l'oriente vers la clarté du réverbère. Elle a fait une mauvaise chute.

« Elle va bien, pas vrai ? » La voix s'est élevée plus loin dans Chancery Lane, là où brillent les feux d'une voiture. Sans doute le conducteur qui l'a percutée.

« Il faut l'emmener à l'hôpital », répond Mr Kiss.

Une portière claque et un homme corpulent en veste à rayures et pantalon de flanelle gris approche à pas lourds, à contrecœur. « C'est pas ma faute, juré. Elle vous le dira. Elle s'est prise dans le câble. »

En essayant de nettoyer ses blessures, qui semblent superficielles mais qui pourraient, pour certaines, nécessiter quelques points de suture, Josef Kiss l'interroge du regard et elle hoche la tête. Une goutte tombe du ciel et dilue un peu de sang sur le trottoir. Elle se met à pleurer. « J'ai trébuché, dit-elle.

— Je remorquais une bagnole en panne. » L'homme la désigne de la main. « Nous avons stoppé au feu et elle a traversé entre nous, sans voir le câble. Elle s'est empêtrée dedans, quand il s'est tendu. J'ai pilé dès que j'ai vu ce qui s'était passé. Ça va aller, pas vrai, m'dame ? » La question contenait la réponse qu'il attendait.

« Comment vous appelez-vous ? demande doucement Josef Kiss à la blessée.

— Eve. » Ses traits sont doux, insignifiants. Elle hoche docilement la tête.

Deux femmes émergent de la bouche de métro de Chancery Lane et s'arrêtent, pour regarder la scène avant d'approcher. Elles ont la trentaine, un maquillage soigné qui ne dissimule pas leur lassitude. Elles portent des robes en rayonne pastel gonflées par plusieurs jupons, comme pour se rendre au bal. « C'est Eve, j'en étais sûre ! s'exclame l'une. Que t'est-il arrivé, ma chérie ?

— Elle a trébuché, c'est tout. » Le type en veste à rayures se tourne vers une porte, comme pour obtenir une confirmation. Mr Kiss y remarque une ombre qui reste dans les ombres, les mains dans les poches, peut-être éméchée.

« Vous avez vu ce qui s'est passé ? » Josef se redresse pendant que les femmes s'occupent de leur amie. L'homme ne sort pas de l'obscurité. Il ne tient pas à être mêlé à cette affaire. « Vous n'avez pas tenté de l'aider ? »

L'inconnu modifie l'inclinaison de sa casquette. « Elle s'est emmêlé les pinceaux, comme il l'a dit. C'est sa faute. Cette conne aurait pu regarder où elle mettait les pieds. » Il s'avance avec indolence sous la clarté du réverbère. Irrité qu'on lui ait demandé de témoigner, il renifle. « Elle n'a rien de sérieux. » Il a une grosse veste graisseuse, une chemise verte à la propreté douteuse, un pantalon en moleskine noire, des cheveux humides de sueur et des traits simiesques. « C'est sa faute. » Il fixe durement les amies d'Eve, cette dernière. « Secoue-toi un peu, pauvre idiote. »

Les femmes posent leurs manteaux sur une barrière proche et retroussent les manches de leurs robes légères pour aider Eve à se redresser. L'une d'elles déchire son mouchoir pour faire un garrot au-dessus de la main droite de la blessée. « On va t'accompagner, chérie. On s'arrêtera chez moi pour décider ce qu'il faut faire.

— Elle peut rentrer. Elle n'a rien. »

La femme se comporte comme si elle n'avait pas entendu. « Il t'a frappée, c'est ça ? »

Et Josef Kiss prend conscience du lien qui existe entre Eve et l'inconnu. Il lève les yeux pour interroger le conducteur et voit les feux des deux véhicules disparaître dans Chancery Lane. «Eh, vous!» crie-t-il avant de baisser les bras avec dégoût.

Pendant qu'Eve explique à ses amies ce qui lui est arrivé, la brute épaisse reste à distance et les observe comme un chien à moitié sauvage. Dépassée par les événements, Eve regarde les deux hommes comme si elle les suspectait d'être de connivence. «Elle peut bouger ses doigts? lance le primate. Elle fait des histoires pour que dalle. Si les extrémités sont pas paralysées, c'est qu'il n'y a rien de cassé.» Il s'intéresse à la station de métro puis au viaduc.

Mr Kiss sent sa colère croître et s'efforce de la contenir, car il la sait dangereuse. Elle pourrait lui valoir une arrestation. «Vous êtes ensemble? demande-t-il à Eve.

— En théorie.» Le choc étant passé, Eve se met à pleurer. Elle tente de se lever et se rassied lourdement. La pluie crépite autour d'elle, du sang coule de son visage et de ses mains.

«Quel salopard! Ça va aller, chérie.» Une des femmes regarde Mr Kiss. «Nous habitons de l'autre côté de la rue. Nous allons nous occuper d'elle.»

Il a l'impression de l'avoir déjà vue près des appartements qui jouxtent le sien à Brooke's Market. Au lieu de s'éloigner, il surveille l'homme qui est allé s'abriter dans l'embrasure de la porte. «C'est son mari?

— Son mec.» La femme semble avoir voulu établir une distinction. Elle déchire un jupon et noue la bande autour des doigts de la blessée. «Ça ira, ma chérie. Billy Fairling est un sale type.»

Comme inquiet d'avoir été identifié, le Billy Fairling en question traverse rapidement Chancery Lane. Sans doute va-t-il chercher de l'aide, pense Mr Kiss.

peuvent toutes aller se faire mettre faut pas pousser ces connes saignantes toujours sanglantes elles veulent que tu les baises et t'en es malade tellement c'est dégueu s'envoyer ces connasses ces pouffiasses me débectent

Billy Fairling s'éclipse. Il se rapproche déjà de l'angle de Furnival Street, de Brooke Street et de l'immeuble rouge de la Prudential. «Eh! Mr Fairling! Il va peut-être falloir la conduire à l'hôpital. Vous ne restez pas?

— J'ai des trucs à faire.» L'homme s'engage sur la chaussée pour disparaître dans la pénombre. Il va vers Fester Lane et l'imposant viaduc pendant que la pluie redouble et que le tonnerre gronde.

«Nous nous occupons d'elle, insiste une des femmes, visiblement inquiète. Nous habitons en face.» Elle replie sa jupe pailletée pour glisser une main sous son amie. «Courage, ma chérie.

— Où va-t-il?» Josef Kiss grogne tel un labrador nerveux. «Pourquoi ne nous aide-t-il pas?

— Oh, il va comme d'habitude aller traîner autour de *The Sporting Life*! lance l'autre amie avec délectation, comme pour attiser la colère de Mr Kiss. Il s'imagine qu'obtenir des tuyaux avant les autres améliore ses chances pour les courses du lendemain. C'est dans Farringdon Street.»

Sidéré par leur résignation, Mr Kiss suit des yeux Fairling qui disparaît. Il ne peut croire que le responsable de l'accident est reparti, que le mari en a fait autant et que ces femmes n'en sont pas choquées outre mesure. L'une d'elles ramasse les sacs éventrés et en improvise un troisième avec son manteau pendant que l'autre aide Eve à traverser la chaussée en boitillant. Toutes sont gênées par sa présence, comme s'il s'immisçait dans leurs vies. «Vous avez été très aimable», dit celle qui a récupéré les produits d'épicerie. Sa voix manque de naturel. Leur méfiance semble croître. Peut-être le suspectent-elles de vouloir tirer parti de la situation. Josef Kiss a un peu honte d'être un homme.

Mr Kiss? Lisez-vous les pensées du feu? Cette sirène est assise sur le Dragon en fonte qui marque l'emplacement de la vieille porte de la City. Nue, elle feint de le chevaucher en lui adressant des clins d'œil mutins.

Fairling est quant à lui sur le viaduc. Il prendra l'escalier qui descend vers Farringdon Road, s'il a l'intention de se rendre à la rédaction de *The Sporting Life*. La pluie est désormais si violente qu'elle aveugle Josef Kiss, mais il plonge sous la voûte surplombant les marches de pierre et atteint le palier central à l'instant où l'homme s'arrête sous le globe de la lampe à gaz pour regarder derrière lui avec surprise, les traits rendus encore plus bestiaux par les ombres. «Z'avez un problème, mon vieux?» Il s'est toutefois exprimé avec douceur.

«Les blessures d'Eve sont sérieuses. Vous devriez aller leur donner un coup de main. J'ai appris qu'elle est votre femme.

— Façon de parler. Quoi qu'il en soit, l'ami, c'est pas vos oignons.» Il a toujours un ton posé. «Ses copines s'en occupent et elle n'a rien de bien grave. C'est sa faute, à cette conne. Il suffit qu'il y ait un truc par terre pour qu'elle trébuche dessus. Elle a bousillé les courses.

— Que faisait-elle avec ces sacs à cette heure de la nuit?» Face à tant d'insensibilité, la question de Mr Kiss semble déplacée.

«C'est pas non plus vos oignons.» Billy Fairling hausse les épaules et ajoute: «Elle avait dû les laisser au pub.

— Vous étiez censé les rapporter, accuse Mr Kiss, certain d'avoir reconstitué les faits. Et elle est allée les chercher.

— Je vous ai dit que c'est pas vos oignons. Foutez-moi la paix. C'est ma femme, pas la vôtre, alors cessez de vous mêler de ce qui ne vous regarde pas.» Le ton de Fairling est apaisant car il n'aime guère ce qu'il lit sur le visage de son interlocuteur. Il humecte ses lèvres, refusant de se détourner tant qu'il risque d'être attaqué par-derrière. « Elle est tombée, c'est tout. Ce serait différent, si elle était grièvement blessée. Mais elle ne l'est pas.

— Comment pouvez-vous le savoir ? Vous n'avez pas en vous une once d'humanité… » Mr Kiss s'interrompt. Il sait que faire appel aux bons sentiments de cet homme manque de réalisme.

« J'ai tout vu. Ces types avaient raison. Je leur ai dit qu'ils n'y étaient pour rien, avant votre arrivée. Alors, lâchez-moi, d'accord ? Soyez gentil et occupez-vous de ce qui vous regarde, hein ? » Il y a désormais un peu d'agressivité dans sa voix, une touche de Birmingham.

Prenant le silence de Mr Kiss comme l'aveu de sa défaite, Billy Fairling va pour repartir vers le bas des marches.

« Arrêtez ! Revenez, Fairling. Voyez ce que vous pouvez faire pour elle. C'est une simple question de bienséance. » Mr Kiss voudrait tant qu'il en prenne conscience.

« Quoi ? » Amusé, l'homme grimace pour l'imiter. « Une simple question de bienséance, vraiment ? Vous me prenez pour qui ? Ce connard de Douglas Fairbanks Junior ? »

Le tonnerre résonne sous les voûtes du viaduc, comme à l'époque où les bombes tombaient, et la pluie s'abat avec tant de violence qu'elle couvre presque ces grondements pendant que les éclairs illuminent par intermittence la rue dans des tonalités bleutées. Billy Fairling le regarde avec méfiance et regrette d'avoir laissé libre cours à son agressivité. « Écoutez. Je ne voulais pas vous mettre en rogne. Je retournerai là-bas dès que j'aurai expédié ce que j'ai à faire. Ça vous va ? »

N'étant pas un expert en bagarres, Mr Kiss agit sans réfléchir et c'est par un pur effet du hasard que son poing serré atteint l'œil droit de Billy Fairling qui titube et se retient à la rampe. « Eh, arrêtez ! Je vais appeler les poulets. Je vous ai dit que je m'occuperai d'elle ! » La peur le fait piailler. « Je suis un ancien militaire ! »

Mr Kiss sent sous son gauche un nez qui s'aplatit et un os qui se rompt. Le poing droit repart et Fairling lâche prise, descend en vacillant les marches restantes et s'effondre dans la flaque de lumière d'un réverbère, sous le viaduc, saignant presque autant que sa femme. « Vous êtes cinglé ? J'ai une patte folle ! »

Privé de la parole, Mr Kiss libère un grondement qui résonne comme celui du tonnerre. Quand Fairling tente de fuir vers Ludgate Circus, Mr Kiss s'élance, le rattrape et le frappe dans le dos puis sur l'oreille. « Prenez-vous-en à vos semblables ! » gémit l'homme. Des propos que Mr Kiss ne sait comment interpréter. Il balance un coup de pied au tibia de Fairling qui s'étale sur la pierre mouillée et reste sur le sol sans être inconscient et sans feindre de l'être. Son costume clair assombri par la pluie et la sueur, Mr Kiss le surplombe, les poings serrés, haletant comme un bouledogue ivre de sang. « Sale type ! Pourceau ! » Il est à court de mots, pour la première fois depuis longtemps. « Maudit, maudit, maudit salopard ! »

Il pleure quand Old Nonny, ses beaux atours protégés par une pèlerine de cycliste jaune, tiraille sa manche. « Mr Kiss. Ça suffit. Arrêtez, Mr Kiss. Calmez-vous. Laissez-le, Mr Kiss ! » Elle s'adresse à lui comme à son loulou de Poméranie.

Le tonnerre devient plus assourdissant, les crépitements de la pluie semblent s'être éloignés.

Le souffle court, Josef Kiss se demande pourquoi la voix des Londoniennes devient de plus en plus stridente avec l'âge. Celle de Nonny évoque souvent un chant d'oiseau. Il se rappelle qu'elle vit quelque part au-delà de Smithfield, dans ces rues qui ont résisté aux bombardements et dont les fondations datent d'avant la Grande Conflagration.

« Eh ! fait-elle, plus virulente. Mr Kiss. Vous savez ce qu'ils diront, s'ils vous arrêtent ! »

Il décide de faire un saut en Hollande à sa sortie de l'hôpital psychiatrique. Il rendra visite à sa femme, car il aimerait bien savoir comment s'en tire son poulet devenu plumitif. « Elle a dû trouver ce qu'elle mérite, je suppose. »

Billy Fairling s'agite sur le sol. Il a une dent en moins et une lèvre enflée. « Vous êtes complètement cinglé !

— C'est absolument exact. » Josef Kiss redevient presque cordial, même si sa colère subsiste. « Je suis le Monstre de Fleet Street. Vous en voulez encore ? » Il regarde Billy Fairling se relever puis s'éloigner rapidement dans les ténèbres pluvieuses des rues désertes.

« Venez, Mr Kiss. » Old Nonny prend sa main meurtrie dans la sienne. « Il serait stupide de perdre votre liberté quand vous n'en ressentez pas le besoin, non ?

— Cet homme est un animal sans conscience. » Imprévu, un sanglot s'échappe de sa poitrine.

« Comme la plupart. Venez. Je sais où nous pouvons nous faire servir un verre à cette heure. » Elle le tire. « Allons, Mr Kiss. »

Le tonnerre ne s'interrompt pas et semble s'être positionné de façon permanente au-dessus de Holborn Viaduct. Il lève les yeux vers les contours élégants du pont, symbole de ses espoirs. La pluie tombe régulièrement et traverse horizontalement des rais de lumière jaune, alors qu'il n'y a pas de vent. Il se laisse guider. Par instants un éclair lui révèle la City, St Paul et Old Bailey et une demi-douzaine d'églises, car les décombres de la guerre le cernent. Rien n'a été reconstruit, il s'interroge sur l'utilité de ces ruines. Il continue de verser des larmes, sa main démesurée refermée sur celle minuscule d'Old Nonny.

« Ça ne devrait pas vous surprendre. » Elle l'entraîne dans les ténèbres, sur des briques boueuses et du béton brisé où les trombes d'eau ont aplati les épilobes mauves. « Vous avez dû être témoin de plus de mauvaises actions que la plupart des gens, Mr Kiss. »

L'odeur de la pluie l'aide à se ressaisir et il s'arrête dans la nuit de plus en plus fraîche pour chercher des repères que révèlent les éclairs. Il inhale à pleins poumons. « Je le suppose, ma chère. Mais ces choses me choquent toujours autant. » Fait étonnant, il découvre un nouveau territoire qu'il a pourtant parcouru un millier de fois en temps de paix et en temps de guerre.

« Justice et équité sont rares dans cette vieille cité, Mr Kiss. On ne peut espérer les trouver que dans nos propres actes. »

Le tonnerre semble ébranler tout Londres et il imagine les immeubles qui tremblent et menacent de s'écrouler. Old Nonny jacasse. « Venez, nous y sommes presque. » Elle désigne une lampe à gaz recouverte d'un abat-jour pour plus de discrétion. Josef Kiss est surpris de ne pas se souvenir de cette ruelle, même si elle ressemble à tant d'autres qu'il a connues avant le début du conflit. Sous ce luminaire, la pluie s'écoule comme une rivière sur la vieille peinture d'une enseigne où l'on peut voir une tête sommairement représentée. Elle a une large bouche souriante ensanglantée, des yeux fixes, une couronne de branches tressée dans sa chevelure en bataille : The Old Bran's Head. « Mummery a écrit quelque chose sur cet établissement. » Il est soulagé de constater que le monde est toujours réel. « Le premier pub de Londres.

— Mr Mummery ne sait pas tout. »

Old Nonny pousse l'étroite porte dont les gonds grincent. Il se produit une explosion assourdissante. Le ciel se déchaîne autour du viaduc et toute la City semble avoir explosé. Les deux vétérans regardent derrière eux, émerveillés. « Eh bien, ça m'a fichu une sacrée frousse ! » avoue Nonny en sifflant. « Ils se sou-

viennent de vous, ici. Vous avez sauvé leurs fils, en
1941. »

Avoir cédé à la colère a empli Mr Kiss de dégoût
envers lui-même. Ruisselant de pluie, il se dresse sur le
seuil du Old Bran's Head en se sentant humilié.

Nonny se tourne vers lui, compatissante. « Vous avez
fait de votre mieux, Mr Kiss. Comme toujours. Mais
nous ne pouvons changer le monde, n'est-ce pas ? Vous
devriez vous féliciter de réussir à vous dominer la plupart du temps. Certains d'entre nous ont dû se résigner
à ne jamais y parvenir. Ils savent qu'ils ne peuvent
modifier les règles du jeu. »

Mr Kiss se ressaisit. « Rien n'empêche d'essayer,
Nonny.

> « À l'arbre de Tyburn ils le pendirent enfin,
> Et tout cela eut lieu un joli mois de juin,
> Sa verge ils suspendirent à Execution Dock,
> Et en se balançant, solide comme un roc,
>   Hey diddle-o-lay,
>   Hey diddle-o-lay, mon doux amour,
> Entonna son braquemart quand se leva le jour ! »

Et c'est de son ancienne démarche retrouvée qu'il
s'avance vers le comptoir de chêne taché pour commander au propriétaire sidéré deux chopes de sa meilleure
bière.

SIXIÈME PARTIE

LE DÉPART DES CITOYENS

Sereine et ne redoutant pas la solitude,
Je laissais les brèves journées s'écouler, — et regardais le soleil
Les matins sanglants ou les après-midi impressionnants...
Pousser son disque dilaté dans le fog,
Surprendre les toits pentus et les cheminées
En les éclaboussant de couleurs ardentes. Où je ne voyais
Que le brouillard, ce brouillard fauve s'épancher,
Se mêler à la ville passive, l'étrangler
Vive, et l'emporter dans le néant,
Tours, ponts, rues et places, comme si une éponge
Effaçait Londres, — ou encore midi et minuit
Fusionner et éliminer
Le temps intermédiaire, s'annihilant
Par cet acte. Vos poètes citadins voient de telles choses...

Mais il suffit de contempler Londres quand le jour décline,
De regarder la brume engloutir la cité
Telles les armées de Pharaon dans la mer Rouge,
Chars, cavaliers, fantassins, toutes les troupes,
Aspirées vers le bas, condamnées au silence — pour, surpris
Par cette perception soudaine d'images et de sons,
Vous sentir vainqueur sans avoir combattu...

ELIZABETH BARRETT BROWNING,
extrait de *Aurora Leigh* (1856)

Josef Kiss

Mrs Gasalee partageait pour la première fois son lit de Fleet Street quand Mr Kiss lui révéla que ses dons de télépathe se circonscrivaient à Londres. « Je n'ai jamais pu lire correctement dans les esprits, en province. J'y aurais peut-être eu plus de succès. »

Ravie par ce que signifiaient tant son hospitalité que de cet aveu, Mary porta le regard vers la fenêtre à petits carreaux que l'air enneigé teintait d'un blanc délicat et colla sa peau douce contre la sienne, en quête de sa chaleur. « Oui, c'est plus ou moins la même chose pour moi. Nos vies auraient été plus faciles si nous avions déménagé. Tu ne l'as pas envisagé ? » Il dégageait une légère fragrance de roses.

« Pas sérieusement. » C'était un dimanche et le silence régnait dans Johnson's Court et les rues environnantes où les seuls trublions étaient des étourneaux et quelques moineaux. Trois pigeons se posèrent sur le rebord de la fenêtre puis repartirent à tire-d'aile, grossis et déformés par le verre qui les métamorphosait.

Ils se voyaient souvent, depuis que Mummery s'était noyé, à l'automne, comme s'il les avait séparés dans la vie pour les réunir dans la mort. Victime de dyskinésie tardive, un effet secondaire des psychotropes prescrits par les psychiatres dont les symptômes brutaux ressemblent fréquemment à la démence sénile et s'accompagnent d'une incapacité croissante à contrôler des membres tremblants, Mummery, qui comparait sa maladie à celle de Parkinson, a voulu la combattre en faisant de l'exercice. S'il avait cessé de prendre ses pilules ces manifestations se seraient atténuées, mais les médecins ont insisté pour qu'il continue son traitement et un après-midi, alors qu'il tentait d'imposer ses volontés à ses jambes rebelles pour aller rendre visite aux Scaramanga et à l'enfant qu'elles ont adopté, il est tombé du chemin de halage. Un témoin a déclaré l'avoir vu nager sans difficultés apparentes, mais ses mouvements de plus en plus spasmodiques ont inquiété un coiffeur local qui a plongé pour le secourir. Il avait coulé entre-temps. Un homme-grenouille de la police l'a finalement retrouvé dans un enchevêtrement de barbelés jetés dans le canal lors de la démolition de l'usine à gaz.

« Est-ce que te marier juste après Noël te conviendrait ? » Mary Gasalee roula sous ses fesses sa moitié de la couverture. « Je fête mon anniversaire le 13 décembre. » Le baiser amical qu'elle déposa sur son épaule fit sourire Josef Kiss.

« Un mariage hivernal serait merveilleux. Aimerais-tu vivre aux Palgrave Mansions ?

— Eh bien, mes chats s'y trouvent ! Les siamois aiment la compagnie mais peuvent voyager.

— En ce cas, gardons tous nos logements. Il est toujours préférable d'avoir le choix. À moins que tu n'envisages de partir ailleurs. À Mitcham, Epping ou, je ne sais pas, Uckfield ? »

Il fut visiblement soulagé de la voir secouer la tête. « Où aura lieu la réception ?

— La seule possibilité est Bank Cottage. Si les Scaramanga et leur protégé au visage pincé n'y voient aucun inconvénient, bien sûr. » Il se tourna pour river ses yeux

bleus aux siens. « Ont-elles vraiment découvert cet enfant
dans leur poulailler ?

— Sorti du sol comme un renard. Il avait entendu
parler de souterrains conduisant à un royaume
magique.

— Un Pays des Rêves ? Tu l'avais rencontré à Putney
et Kilburn. Tu as pu lui fournir des indices. Lit-il les
pensées d'autrui ?

— Il affirme que non. Il est sain d'esprit. Et de corps.
Le voici heureux et il aide nos vieilles dames. Il prépare
déjà des roses pour les expositions de l'an prochain, il a
aménagé l'extension de la pension pour chats et poursuivre ses études ne lui apporterait pas grand-chose. Il a
pour la lecture un amour aussi immodéré que le nôtre.
Sa mère voyage et boit, et elle se désintéresse de son
sort. Quant à son père, il a été tué d'un coup de couteau
voici quelques années, lors d'une rixe au Palace Hotel
de Kensington. Tu te rappelles que les bohémiens en ont
été chassés et qu'ils ont dû aller vivre pendant des mois
à l'Elgin, de l'autre côté de la rue ? Chloé pense qu'il est
télépathe mais, pour son bien, je ne l'encouragerai pas à
développer ses dons. Il semblait tant souffrir, quand je
l'ai vu pour la première fois. Elles estiment qu'il s'en est
remis. » Elle renonça à trouver de la chaleur, roula vers
le bord du lit et se leva, une silhouette mince et rosée
lustrée par la pâle clarté.

entraînant et doux comme le parc en mai une chanson
et de l'amour dans chaque bouche

Elle entreprit de se vêtir. Devant le lavabo où il asper-
geait ses aisselles de déodorant, Josef Kiss regarda de
toutes parts. « Ha ! Mes dames. Où sont-elles passées ?

— Ces spectres ? Ces femmes ?

— Ponctuelles comme une horloge. Tu les as chassées, Mary, mes sirènes du siège épiscopal placées sous
la tutelle d'un Duc infernal, tra la la ! » Il enfila la chemise en velours côtelé qu'elle lui avait achetée à Bur-

lington Arcade. «Elles venaient me tourmenter avec des promesses de luxure. Je connaissais très bien chacune d'elles.» C'était presque une chanson, au moins une litanie. «Elles ont pendant des années hanté tous mes refuges, mes tentatrices des rues chaudes, ces esclaves de démons, ces catins qui vendaient de la chaleur et de l'extase et m'éloignaient des rivages de la santé mentale pour m'envoyer m'échouer dans une éternité glacée. Là où je n'aurais plus jamais risqué de perdre mon sang-froid, douce Mary! Fort de cette constatation et de ma volonté d'airain, je leur ai résisté et m'en voici princièrement récompensé, car tu es venue à moi. *Mr Kiss, Mr Kiss, pouvez-vous avaler le feu?* Leurs lèvres se retroussaient, sensuelles jusqu'aux dents. Leurs yeux s'embrasaient, clignaient, roulaient. Oh, leur façon de me lorgner, Mary! Comme les tiens, leurs cheveux étaient des feux délicats sur une peau soyeuse. En fusion. Mais c'était des charbons ardents qui, sitôt qu'on les tenait, consumaient toute vie. *Oh, Mr Kiss, Mr Kiss, êtes-vous sensible à la douleur?* Ha! Je ne suis ni un pénitent qui a des fautes à expier ni un de ces hommes qui sont avides de remords comme les nourrissons sont avides du lait de leur mère. Je suis Kiss le télépathe, le plus grand en son temps, tra la la la!» Il boutonna la braguette du beau pantalon bleu marine qu'elle lui avait fait acheter dans Jermyn Street. «Le surnaturel manque d'imagination. Il est dans l'ensemble d'une banalité affligeante. Ils disent que c'est l'Enfer, Mary. Eh bien, nous ne connaîtrons pas l'Enfer aussi longtemps que nous vivrons, n'est-ce pas?

— Je l'espère. Où irons-nous en lune de miel?» Elle n'avait écouté que sa voix, pas ses paroles.

«Disons que… Kew ne serait pas pour me déplaire!» Il s'intéressa au pantalon.

«Je ne suis pas Gloria. Nous confondrais-tu?

« — Il n'y a pas à Londres d'autre jardin botanique digne de ce nom !

— Je suis trop vieille, et toi aussi, pour aller faire des galipettes dans une pépinière, surtout en plein hiver. Nous pourrions emplir un de tes pied-à-terre de plantes vertes. Pourquoi pas Hampstead ? Il y a le chauffage central, là-bas.

— La tapisserie se décollerait. C'est de la Morris. Le plâtre s'écaillerait.

— Pas si nous mettons les pots sous des châssis. »

Il la rattrapa alors qu'elle s'écartait et la ramena vers lui, entortillée dans des grands plis de coton. « Une petite serre à Hampstead, et totalement secrète. Serons-nous à la hauteur ? J'ai soixante-quatorze ans ! » Y penser l'amusait tant qu'il ne pouvait interrompre ses tremblements. Il pleura et rugit : « Oho, j'ai soixante-quatorze ans ! »

Elle se joignit à lui. Il était impossible de l'arrêter. Elle était là, une femme-enfant depuis deux ans sexagénaire. Pourraient-ils vivre éternellement ? Elle doutait d'avoir quitté le Pays des Rêves. Au lieu d'entrer dans le monde réel, ne l'avait-elle pas attiré dans le sien ? Si c'était le cas, ils avaient l'éternité devant eux, tant qu'ils ne s'ennuieraient pas. Elle se jeta sur lui et le fit basculer sur le lit, ce lit vierge jusqu'à une période récente, pour l'embrasser sur tout le corps, encore et encore, car pour eux rien ne pressait.

« J'ai soixante-quatorze ans ! » Elle l'avait enfourché et il connut l'extase dans la douceur de son ventre. « Seigneur, telles sont les récompenses d'un saint !

— De tous les saints, tu es le plus joyeux, Josef Kiss ! » Elle s'écarta. « Ce qui me rappelle que nous devons nous marier dans mon église.

— Tu es chrétienne ? Laquelle ?

— St Andrew, où j'ai prié pour toi, Josef Kiss, ainsi

que pour les morts, et où je prierai pour que notre union dure à jamais. Me fais-tu confiance pour tout organiser ?

— Bien sûr.

— Je présume que mes chats ne seront pas autorisés à assister à la cérémonie. Qu'ils t'aient pris en affection est une excellente chose.

— La plupart des animaux me trouvent sympathique.

— Ils s'intéressent à toi. C'est plutôt rare. Tu crois que nous pourrons nous passer de notre traitement pendant longtemps ?

— Autant que nous le voudrons. C'est une autre promesse que je te fais, Mary. Ma sœur ayant été nommée ministre de la Santé, la Clinique devra s'exiler au diable Vauvert ou plus loin encore. Beryl a déjà informé ses pairs du Parlement de son intention de fermer tous les établissements de ce genre. Le ministère de l'Économie a bien mérité son nom depuis que Mummery allait au 10, Downing Street. » Mary lui avait fait lire le legs de leur ami décédé, ses mémoires.

« Que deviendront nos amis, Josef ? Le capitaine Black, Mr Hargreaves, Old Nonny et les autres ?

— Comme nous, ils vont là-bas pour trouver de la compagnie et du réconfort. Nous continuerons de les voir.

— Sans Mrs Templeton ?

— Doreen est une névrosée qui souhaite avoir la maladie la plus bénigne qui soit. Comme la mère de Gloria qui avait des crises cardiaques à volonté, même si le minutage laissait parfois à désirer. Les Scaramanga pourraient mettre Bank Cottage à notre disposition.

— À moins de leur ouvrir Palgrave. Les chats seraient ravis de voir du monde... Nous n'aurons plus à nous soumettre à ces psys.

— Ils devront se trouver un vrai travail. Ils manquent de médecins, outre-mer. »

Emmitouflés et chapeautés, ils fermèrent la porte du

studio de Fleet Street et partirent dans un air si argenté qu'il évoquait un fog d'antan. Ils se dirigeaient vers l'Edgar Wallace où Dandy Banaji les attendait pour prendre avec eux leur apéritif dominical et leur expliquer comment il s'était lancé dans les affaires.

De la gelée blanche givrait les dalles qui pavaient Fleet Street et le granite, le marbre des jours de gloire, le béton. Ici, tout miroitait, comme effleuré par la main d'Ymir. Josef Kiss pensait que les mythes nordiques avaient modelé le milieu de la presse qui siégeait dans cette rue. Ils rendaient les nouvelles plus brutales et façonnaient l'opinion, métamorphosant en cyniques des berserkers ivres qui vivaient comme leurs ancêtres spirituels du viol, du vol et de la cruauté, se répandant quotidiennement sur le rivage après avoir remonté un fleuve turbulent. Il devait toutefois reconnaître que, dans l'ensemble, les articles étaient moins virulents les dimanches matin. Mr Kiss avait attendu avec impatience l'exode annoncé vers Wapping ou même Southwark mais ces vautours respectaient religieusement leurs habitudes et se moquaient des changements, tout en les redoutant.

Il ne se sentait pas plus concerné par les combats des journalistes que par les batailles ayant opposé Jean sans Terre à ses barons. Il mettait dans le même panier les magnats déprimés et la majorité de leurs subalternes, si ce n'est que ces derniers rêvaient de s'emparer du pouvoir dont leurs maîtres se contentaient d'abuser. Vivant tels des barbares grâce à la barbarie, les rares qui avaient encore en eux une trace d'humanité étaient assimilés à des messies. L'odeur du sang, répandu depuis longtemps ou de fraîche date, devenait oppressante sitôt qu'on se dirigeait vers les Law Courts, devant le Wig and Pen et tout ce qui allait avec ; autant de bastions de credo agonisants et de convictions mal placées, de forteresses d'idéaux déformés, avilis et malmenés, de rêves disparus et de mensonges ayant reçu la forme et la patine de vérités universelles, d'hommes malfaisants qui voudraient jusqu'à la fin des temps livrer bataille à un monde qu'ils abhorraient. « Tra, la la ! »

Dandy Banaji les attendait sur un tabouret, dans un angle lambrissé de l'Edgar Wallace, son écharpe bariolée tant de fois enroulée autour de son cou que sa tête avait tout d'une griotte ratatinée posée sur une glace qui commençait à fondre.

Ce fut avec toute la tendresse que lui inspirait cette expression éculée que Mr Kiss annonça :

« Je te présente la future Mrs Kiss.

— Mes félicitations. » Dandy les étreignit tous deux. « Et je dirai qu'il était temps. Je vais aller vous chercher votre Campari soda, Mrs Gasalee. Je présume que tu prendras ta pinte habituelle, Josef ?

— Il n'est même pas surpris ! » Mary déboutonna son manteau et Dandy s'arrêta, son argent à la main.

« Le seriez-vous ? Josef est la prévisibilité même.

— Je m'attendais au moins à une exclamation. Mais je dois reconnaître qu'il est esclave de ses habitudes ! » Elle caressa la manche de son fiancé.

« Je fais serment d'y remédier ! »

Elle accepta le Campari que lui tendait Dandy et préleva la tranche de citron pour la grignoter.

« J'ai demandé à George Mummery de nous rejoindre. » Dandy reprit sa place. « Savez-vous à quoi j'ai consacré mon temps, dernièrement ?

— Au tourisme, fit Mr Kiss avec componction.

— J'organise le week-end des circuits littéraires. Principalement pour des Japonais. Je connais un peu leur langue, même si la plupart d'entre eux ne savent pas de quoi je parle et de qui je parle. Je précise que l'éventuelle présence d'un interprète ne change rien à l'affaire. Mais quand vient midi tous adorent aller à la friterie, et la propriétaire est ravie. Elle juge à présent rentable d'ouvrir le dimanche. Elle est anglaise, mais toute sa famille est chinoise. J'ai commencé par la tournée des pubs portant le nom de Jack the Ripper et découvert qu'il en existe une demi-douzaine, comme pour Sherlock Holmes. Une Américaine tient un T.S. Eliot. Je suis surpris qu'elle ait des clients. J'ai inclus son établissement dans mon circuit car il ne justifierait pas une visite à titre individuel. Même Barrett Browning ne suscite pas suffisamment d'intérêt. Seuls les Dickens et les Shakespeare attirent assez de monde. Restent encore douze empoisonneurs et cinq crimes sexuels célèbres, ce genre de choses.

— Salut, Dando !» Un homme bucolique en forme de barrique et costume en tweed agitait une pipe en écume de mer. «Buvez, c'est ma tournée. Vos amis ?»

Ils procédèrent aux présentations. Mr Kiss pensa qu'il revenait d'un champ de courses où il était allé prendre des paris, mais George Mummery était si amical et détendu qu'il se le reprocha aussitôt. *Des préjugés alimentés par les descriptions peu flatteuses que David faisait des membres de la branche paternelle de sa famille*

Quand Dandy eut déclaré que George était l'inventeur du circuit des Scandales royaux, ils allèrent s'asseoir autour d'une table. «Je suis ouvert à toutes les suggestions, leur dit George Mummery. Et si elles se révèlent lucratives je verse un pourcentage. Il n'est pas bon de rouler les gens, dans ce genre d'activités. On ne peut se permettre d'avoir des ennemis. C'est un milieu impitoyable. Si j'avais pu faire breveter le circuit des Scandales royaux, je serais aujourd'hui un homme riche, mais c'est comme le métier de camelot que j'ai exercé autrefois. Les chiots qui hochent la tête étaient une vraie mine d'or. Je les vendais dans Oxford Street quand huit Turcs ont débarqué et qu'il y a eu plus de cabots qui opinaient du chef entre Bond Street et Tottenham Court Road que dans un embouteillage sur la A3 un week-end prolongé.

J'ai touché le fond, sans pouvoir y changer quoi que ce soit. J'ai été également colleur d'affiches, mais des gangs de brutes m'ont passé à tabac et je n'ai rien pu faire parce que cette activité est plus ou moins légale. J'ai tiré un trait dessus. Le tourisme c'est mieux, même s'il y a Dieu sait combien d'Australiens et d'Américains qui s'y mettent. Étudiants. Femmes au foyer. C'est le problème. Pas encore de Turcs, mais ça viendra. » Il rit avant de descendre sa pinte.

« Vous êtes donc en affaires avec Dandy, Mr Mummery ? » Mary Gasalee était impatiente d'en venir au vif du sujet car elle devait retourner s'occuper de ses chats. Sans compter qu'elle voulait faire l'amour avec Mr Kiss dans son appartement.

« Il vous fournira des explications pendant que je vais prendre d'autres consommations. Nous cherchons des capitaux. »

À la grande surprise de ses amis, ce fut avec un embarras évident que Dandy prit la parole. « Ils ont renouvelé toute l'équipe, au journal. En Inde, les politiciens changent et tout le reste suit. J'ai été viré. Il y a également un rapport avec le tourisme. George a appris que le café situé en face du Old King Lud allait être mis en vente et nous projetons de le rouvrir sous le nom de New Ludgate Chop House, aménagé dans le style victorien que les touristes adorent, comme ces nouveaux hôtels de Piccadilly qui semblent vieux d'un siècle. Sauf que ce sera un grill. La National Westminster Bank est intéressée mais nous aurons besoin de fonds supplémentaires.

— Un grill à l'ancienne, si vous voyez ce que je veux dire ? » George Mummery était revenu avec des verres. « Il n'en reste plus un seul digne de ce nom dans tout Londres, non ?

— J'en étais folle. » Mary adressa un sourire de

confirmation à Mr Kiss. «J'y déjeunais presque tous les jours, quand je travaillais près d'Aldgate.

— Il y aura des tables en marbre d'époque dans chaque box, des portemanteaux en fonte et des chaises en bois, des assiettes émaillées sur des réchauds, des lampes à gaz et un menu sur un tableau noir.» George fit une pause pour écarter les mains sur une enseigne qui était un pur fruit de son imagination. «*Tout ce que vous pouvez manger pour 30 pence: pain et beurre en supplément.*

— À ce prix-là, vous ferez faillite, annonça Josef Kiss sur un ton catégorique.

— Non, absolument pas! Parce que les clients appartiendront à un club. Pour deux cents livres par an, ils recevront des pièces n'ayant plus cours qui leur permettront de régler un certain nombre de repas. Un penny pour faire pipi, vous saisissez le principe? Comme des jetons dans un casino. Ceux qui ne sont pas membres devront être accompagnés et ils pourront échanger une livre contre un ancien penny — avec un chèque, du cash ou une carte de crédit — à la boutique qui se trouve juste à côté... le Mrs Evans Sweet & Tobacco Shop. Disneyland a donné l'exemple. Ce sera le mélange d'une atmosphère parfaitement reconstituée, avec une attention particulière portée aux moindres détails, d'un cercle très fermé et d'un voyage dans le temps. Croyez-moi, c'est bien plus révolutionnaire que le concept d'un pub irlandais ou d'un restaurant à l'ancienne. Personne ne pourra m'imiter, cette fois. Je ferai de cette Chop House un établissement unique en son genre. Un vrai club, voilà le secret. Les touristes devront s'inscrire ou venir en tant qu'invités des membres. Ils voudront désespérément entrer et les files d'attente s'étireront sous la pluie comme devant un Hard Rock Café. La simplicité sera de mise: côtelettes, steaks, saucisses, petits pois, pommes de terre sautées, des trucs qui coûtent une livre et demie

dans tous les autres snacks… et que je vendrai dix fois
plus cher. Une marge bénéficiaire qui me permettra
d'acheter une maison dans Highgate. Toutes les maisons
de Highgate. » Il renifla pour souligner la perfection de
son rêve. « Qu'en dites-vous ? »

les joyeux bandits de grand chemin, ces fripouilles de
Jack Sixteen-String, Claude Duval, Dick Turpin et Jack
Sheppard, prennent une chope en compagnie du Juif
qu'ils comptent dépouiller de sa bourse

« Comment pourrais-je faire comprendre à Dandy à
quel point ce projet me répugne ? » demanda Mr Kiss à
sa future épouse lorsqu'ils eurent retrouvé la froidure
pour remonter le Strand en direction de Charing Cross.
« Dois-je mentir à un vieil ami, sans emploi et déses-
péré ? Tout au long de sa vie, Londres lui a fourni de
quoi vivre. Pourquoi ne tirerait-il pas profit de cette
mode ? Holborn Viaduct et Ludgate Hill, sans parler de
Blackfriars et de Fleet Street, ont jusqu'à présent réussi
à ne pas devenir de simples parcs à thèmes mais toute
résistance n'est-elle pas vaine ? Ne vaut-il pas mieux
participer ? Ce serait une capitulation. Je ne veux pas
céder à Beryl et tout ce qu'elle soutient. Non, je refuse
de prendre part à cette conspiration.

— Tu considères que c'est de la malhonnêteté ? »
Mary Gasalee ne s'inquiétait pas trop. Elle estimait que
la civilisation créait sa propre mythologie.

« C'est bien pire ! » Josef Kiss s'arrêta à côté d'un lieu
où il avait autrefois trouvé du réconfort, St Clement
Danes, l'église de sir Christopher Wren érigée sur les
tombes de Harold Harefoot et de ses Vikings. « C'est de
l'aveuglement. Une mascarade. Notre fin. Une farce. »

Mary lui prit le bras pour le faire avancer vers l'air
plus chaud du métro, un avant-goût de son domicile.
« C'est préférable à une tragédie », lui répondit-elle.

Mrs Gasalee

Assise dans le fauteuil que Katharine Hepburn venait de libérer après avoir rendu visite à Mary pour lui parler du bon vieux temps, Judith Applefield méditait sur un fait qu'elle jugeait plein d'ironie. « J'ai souvent été jeune mariée mais jamais demoiselle d'honneur. Qui a demandé l'autre en mariage ?

— Moi, mais j'ai pris mon temps avant de me décider. Je l'aime vraiment, Judith. » Elle avait retiré les lourds rideaux restés en place pendant des années pour les remplacer par des stores pastel. L'appartement avait une odeur de peinture fraîche et d'encaustique, et même le mobilier semblait avoir été changé. « Helen en est ravie. Elle le trouve merveilleux. L'incarnation de l'esprit londonien. Il est pour moi bien plus que cela, mais elle est romantique. Une déformation professionnelle. Tu acceptes ?

— Si je n'ai pas à m'attifer en organdi ou me déguiser en Fergie.

— Tu n'as pas la silhouette pour ça. Surveille seulement ta teinture et le fard orangé. C'est une église et je connais le pasteur. Il serait gêné et je ne voudrais pas le mettre dans l'embarras.

— Fais-moi confiance. » Judith eut un hoquet. « Qui sera le garçon d'honneur ?

— Dandy, évidemment, même s'il est un peu nerveux pour l'instant. Il s'est entiché d'une affaire dans laquelle nous refusons d'investir.

— Leon a estimé que risquer un peu d'argent dans cette Chop House en vaut la peine.

— C'est pour Josef une question de principe, et Dandy le sait. Mais, si Leon souhaite s'y associer, ça ne devrait poser aucun problème.

— Tommy Mee était partant, avant son attaque. Il a été PDG des Big Ben Beef Bars et des Professor Moriarty's Thieves Kitchens. Et le cousin de David, Lewis, le parlementaire, est dans le coup. Tommy a parlé de franchises exclusives dans les principales villes — New York, Tokyo, Hongkong, Los Angeles — et il reniflerait une pièce dans le poing d'un pochard. Josef doit avoir un joli pécule, à présent. Fais-le participer.

— Nous n'entrons pas dans la même catégorie que Tommy. Mais bonne chance.

— Comme tu voudras. Je vais tenir un stand au Commonwealth Institute. » Judith en rit, avec autodérision. «Je ne changerai jamais, pas vrai ? Si j'étais restée avec Geoffrey, je me rendrais au Women's Institute. » Lorsqu'elle sortit, elle sifflotait « Jérusalem ».

Suivie par Gabby et Charlie, ses siamois, Mary regagna la cuisine quant à elle inchangée pour jeter un coup d'œil au fourneau. Elle ouvrit la trappe frontale avec le tisonnier et regarda à l'intérieur. Le feu évoquait des rubis et elle contempla son monde familier. Elle avait pendant des années été tentée d'assimiler ce poêle à une porte donnant sur le Pays des Rêves. N'avait-elle pas commis un impair en n'invitant pas Katharine Hepburn à son mariage ? Les chats, qui appréciaient la chaleur intense, se mirent à ronronner et elle en prit un dans chaque bras pour s'asseoir dans son vieux fauteuil en rotin, en laissant le calorifère ouvert car la température avait considérablement baissé. Il était rare qu'il neige avant Noël. Elle se demanda si la Tamise gèlerait, comme au Pays des Rêves. Elle se rappelait le manteau en renard argenté que portait Merle lorsqu'elle avait traversé le fleuve dans sa barque rouge et or. Sur l'autre rive un feu dégageait une épaisse fumée noire, toutes les voies d'eau étaient prises par la glace et la neige rendait les rues impraticables. Aucun train ou autobus ne circulait et même les égouts avaient été obstrués par d'énormes glaçons. C'était en 1947. Elle l'avait trouvé dans les vieux journaux qu'elle dénichait pour dresser un tableau chronologique de tout ce qui s'était passé avant qu'elle ouvre les yeux sur le sourire de Kitty Dodd. « Enfin réveillée, mon ange ! Je parie qu'un petit déjeuner serait le bienvenu. » Leur séparation l'avait profondément attristée et elle serait restée en contact avec cette infirmière si elle n'avait pris en 1956 un billet subventionné pour l'Australie où elle s'était mariée. Elle vivait désormais dans le Queensland.

Merle Oberon avait déclaré ne pas avoir connu d'hiver plus rigoureux. Sous Waterloo Bridge, elles avaient remonté Kingsway où tout évoquait les sculptures de glace géantes des Japonais. Précédées par leur haleine nacrée elles prirent High Holborn et virent passer un traîneau tiré par des rennes, son conducteur dissimulé sous une capote. L'attelage atteignit un grand cratère de bombe en face du château de brique rouge de la Prudential et de la débauche d'ornements Tudor de Staple Inn. Mary craignait qu'il ne tombe dans ce trou, mais Merle lui comprima la main et lui désigna le traîneau qui quittait le sol pour atterrir avec grâce sur Holborn Viaduct et disparaître dans le fog qui envahissait Cannon Street.

Mary et Merle étaient allées faire des emplettes aux Gamages qui étaient décorés pour Noël comme à l'époque où elle y travaillait, avant de rencontrer Patrick. Au rayon des jouets où proliféraient le houx et le gui artificiels, un Père Noël distribuait des cadeaux et elle lui avait demandé une poupée blonde. Cette entrevue s'était mal passée car il lui avait opposé un refus catégorique. Elle ne pouvait croire que toutes ces lumières colorées étaient électriques.

Gabby, le plus gros de ses chats, sauta sur ses genoux et donna des coups de patte à son visage. Elle rit et caressa sa tête. Elle le soupçonnait d'être jaloux de ses souvenirs. Que Katharine eût décidé de retourner vivre en Amérique l'attristait un peu. Elle ne la voyait plus guère, mais ses sages conseils lui manqueraient. Par ailleurs, elle ne savait trop où s'établissait la frontière entre le Pays des Rêves et la réalité, ce qui avait d'ailleurs cessé de lui importer. Elle aurait tant aimé faire découvrir à Josef Kiss les choses les plus agréables de son passé, en lui épargnant ses horreurs. Ils auraient pu aller à Soho Square et rencontrer le peuple du soleil qui ne se consumait pas mais offrait sa chaleur. Elle aurait voulu qu'il puisse admirer l'escadron de femmes combattantes qui, avec à leur tête Jeanne d'Arc et Boudicca, traversaient à cheval le viaduc pour livrer bataille à l'Armée grise conduite par la Mort en personne qui attendait au-delà d'Oxford Street et de Tyburn Field. Elle avait vu des silhouettes fuir les Vikings, courir vers la sécurité offerte par la brume, mais elle n'avait appris que plus tard de quoi il retournait.

Elle avait dû se rendre à Tyburn en 1950, à en juger à la mode exposée dans les vitrines et aux rues encore pavées. Il y avait des fontaines et toutes les traces du conflit avaient disparu, mais des soldats étaient de faction devant un monument commémoratif et l'un d'eux était son père. Elle ne l'avait pas immédiatement reconnu et l'homme en chemise et pantalon noir, sombrero blanc et bottes à hauts talons qui s'entretenait avec lui l'avait intriguée. Son père lui avait finalement présenté ce dandy de western comme étant Hopalong Cassidy mais, lorsqu'elle lui en avait parlé, David lui avait expliqué qu'il s'agissait d'un acteur et non du célèbre cow-boy. Un homme qui ne lui avait quoi qu'il en soit pas fait forte impression. « Hoppy n'avait que du mépris pour les six-coups à crosse de nacre et les tenues pleines de fanfreluches, avait précisé David. Il n'aurait pas dû mentir à ton père. »

Quelles avaient été les joies de David ? Un homme presque toujours mélancolique. Sa mère se trouvait dans une maison de retraite proche de Brighton, et quand Josef Kiss était allé lui annoncer la triste nouvelle elle avait paru s'apitoyer sur son propre sort plus que sur celui de son fils. Cette femme malheureuse et frustrée lui avait transmis ses espoirs déçus et il en était venu à se méfier du bonheur. Les premiers temps, lorsqu'ils étaient ensemble, il se plaçait systématiquement sur la défensive jusqu'au moment où Mary réussissait à le détendre. Mais cet apaisement n'était jamais durable, même si sa tension avait dû être bien plus grande encore lorsqu'il était enfant. Seules la lecture et l'écriture la dissipaient vraiment et à la fin, quand les tremblements avaient gagné la totalité de son corps et que ses paroles et pensées s'étaient embrouillées, même ces voies d'évasion lui avaient été refusées. Être témoin de son déclin avait été pénible, surtout après que Josef en eut découvert la cause. Ils avaient essayé de le sevrer de ses médicaments. Mais les médecins l'avaient menacé de l'interner s'il interrompait son traitement, ce qui le terrifiait car il avait vu ce qui attendait les patients séniles dans les institutions et il redoutait de perdre sa dignité ou d'être la victime d'une infirmière sadique. Avec du recul, Mary estimait qu'elle aurait dû lui dire de s'installer chez elle pendant la période de désaccoutumance, bien qu'il fût en liberté surveillée et dût se présenter à la Clinique chaque semaine pour recevoir une injection de drogue à effet retard. Elle ne regrette rait pas la disparition de cet établissement et priait pour qu'il ne soit pas remplacé par quelque chose d'encore pire. .

Elle savait depuis quatre ou cinq ans que le Dr Male, son futur beau-frère, avait voulu utiliser sur elle des méthodes chirurgicales. Il avait convaincu sa femme que cela permettrait à l'État de réaliser des économies en médicaments. Même en l'absence de pressions financières ces interventions étaient tour à tour prisées ou rejetées. Quand elle ou Josef parlaient des causes de la mort de David, peu de gens les écoutaient. Les médecins avaient déjà déclaré qu'ils donnaient tous deux des signes de démence et ils les menaçaient de leur administrer des produits plus dévastateurs. Ils avaient cessé de prendre leurs cachets pendant des semaines, sans que leur état s'aggrave. Ils étaient en outre si souvent ensemble qu'ils pouvaient se soutenir l'un l'autre. En soulevant le chat de sa poitrine, ses longues pattes étirées retenues par les griffes à ses épaules, elle alla vers le buffet où était posé le lecteur de CD que lui avait offert Helen. Elle enfonça une touche. Un de ses disques préférés se trouvait dans l'appareil et elle regagna lentement son fauteuil pendant que les mesures de l'ouverture d'*Enigma* se répandaient dans cette pièce si chaleureuse.

Les funérailles de David, qui avaient eu lieu comme celles de Ben French au Cimetière de Kensal Green, avaient été d'autant plus affligeantes que la plupart de ceux qui portaient son deuil se demandaient s'ils ne connaîtraient pas sous peu son destin. Elle pensait que c'était l'atmosphère de mise lors de l'enterrement d'une victime du sida, que c'était ce que tous avaient ressenti au cours des crémations des pestiférés. Elle avait récemment appris que ce n'était pas la Grande Conflagration qui avait mis un terme à la Grande Peste mais qu'elle s'était éteinte à la même période dans toutes les grandes villes d'Europe, une disparition aussi mystérieuse que les causes de l'incendie. Elle se rappelait qu'au début du Blitz certaines personnes se félicitaient que les bombes tombent principalement sur les taudis surpeuplés de l'East End où il serait possible de construire après la guerre de belles maisons ayant tout le confort moderne, dans un environnement de verdure aéré. Les projets de Wren, l'architecte auquel on devait tant de bâtiments londoniens, n'avaient pas été mieux interprétés mais au moins n'avait-il pas eu à subir la vision des hauts blocs de béton de Tower Hamlets, Haringey, Fulham et Kilburn, des clapiers encore plus déprimants que ceux qu'ils avaient remplacés. Dans les rues sordides où elle avait grandi, elle avait pu trouver une certaine liberté dans le ciel qui la surplombait et le sol qu'elle avait sous les pieds. Les locataires pouvaient voir venir leur propriétaire, mais ceux des grands ensembles lui inspiraient de la pitié, entassés les uns sur les autres, contraints de soumettre la plupart de leurs activités domestiques à l'approbation d'un comité. Bâtie sur l'argile, Londres n'était pas faite pour se développer à la verticale. Les Londoniens n'avaient pas été préparés à un tel mode de vie et ils ne s'y habitueraient pas avant des lustres ; ensuite les conditions de vie s'amélioreraient peut-être.

Il y avait pour l'instant trop de misère dans ces ruches d'où s'élevait un gémissement collectif, la fusion d'un millier de plaintes, la morne souffrance des désespérés auxquels on avait promis un monde meilleur mais qui ne voyaient autour d'eux que des preuves de déclin. L'avenir démocratique qu'on leur avait garanti avait engendré deux catégories distinctes de Londoniens que séparait un fossé défensif d'incompréhension et de méfiance, de violence illégale et d'autorité brutale. Les nuances avaient pratiquement disparu dans cette ville redevenue presque féodale. Mary était une des rares représentantes de la petite-bourgeoisie qui vivait encore dans les Gardens, car la plupart de ses semblables avaient été relogés ou expulsés depuis longtemps. Ils avaient laissé leur place à des jeunes femmes portant foulard et jupes en tweed qui se lançaient d'une voix aiguë des phrases toutes faites sans tenir compte de l'heure du jour ou de la nuit et étaient parfois accompagnées par des freluquets mal élevés dont l'aspect peu engageant n'était pas amélioré par les tenues coûteuses, des effrontés qui s'adressaient à tous — eux inclus — sous forme de plaisanteries et d'agressivité impérieuse qui, supposait-elle, passait dans leur milieu pour de l'esprit.

Mary voyait dans cette évolution peu de choses agréables et elle avait tendance à approuver Josef lorsqu'il déclarait que les gens manquaient de plus en plus de retenue, n'hésitant pas à traiter leur mère de putain, de maquerelle et d'entremetteuse ; des individus qui étaient ce que John et Reeny Fox avaient souhaité devenir alors que leur mode de vie les avait conduits à l'échec. Reeny purgeait deux années de réclusion à Holloway pour association de malfaiteurs et on racontait que son frère se trouvait à Dublin, où il travaillait comme barman sous un nom d'emprunt. Nul ne savait ce qu'était devenu Horace.

Tommy Mee vend des droits qui ne lui appartiennent pas, avait écrit David dans ses mémoires, ces digressions à bâtons rompus, en partie réminiscences, en partie journal, en partie essai, qui emplissaient dix-sept cahiers in-quarto reliés de cuir dans lesquels il avait également collé de vieux tickets de cinéma, des programmes, des menus et des étiquettes de vin, une collection de souvenirs dérisoires comme si ses plaisirs avaient été si rares qu'il avait fait son possible pour les protéger contre l'écoulement du temps. David avait encore écrit qu'il ne jugeait pas important que le gouvernement cède du pétrole, des réserves de gaz naturel ou des industries automobiles à des Américains, mais que ce qui troublait vraiment les

Britanniques était le bradage des choses sur lesquelles reposait leur identité. *Quel piètre substitut est le nationalisme ! C'est un processus brutal, semblable à ce qui est arrivé aux esclaves emmenés loin de leur pays et abêtis par la perte de tout avenir. Puis les esclavagistes les ont désignés du doigt en disant : « Voyez, ils ne sont guère plus que des bêtes. Ils ne prennent aucune initiative. Ils n'ont pas d'ambition. Ils savent à peine s'exprimer. À quoi servent-ils donc ? »* Ce n'était pas un problème qui se posait au Pays des Rêves, songea-t-elle.

Madame Pearl spirite cartomancienne chiromancienne télépathe guérisseuse et conseillère supérieure un phénix qui s'abat des voix dans la ville que Jane appelle l'amibe esthétique

Josef estime qu'il faudrait désormais un miracle pour redresser la situation. Charlie, l'autre siamois, quitte sa place sous le feu et saute sur ses genoux pour rejoindre Gabby, et Mary se rappelle Old Nonny debout dans le pub à côté de Josef dont la corpulence rapetissait la silhouette voyante, la métamorphosant en buisson fleuri au pied d'un grand chêne. Silencieuse pendant que Josef déplorait les changements, Nonny a adressé un clin d'œil à Mary puis, quand il s'est interrompu pour mordre dans sa tarte, elle a lancé : « Vous n'en aimez que plus Londres, voilà tout. Selon le point de vue, les choses s'améliorent ou empirent. Il y a dans une agglomération aussi vaste de tout pour tout le monde. J'ai déjà vu cela, chaque rêve et chaque cauchemar. Tout finira par s'arranger.

— Vous croyez donc aux miracles, Nonny ?

— Aux petits miracles seulement », a-t-elle répondu avec innocence.

Mary trouve leurs accrochages agréables car Old Nonny réussit toujours à calmer Josef quand le désespoir le rend pompeux. Elle remarque avec satisfaction qu'il cède de moins en moins souvent à ce travers, depuis quelque temps. À ces occasions, Old Nonny lui montre comment il faut s'y prendre avec les hommes. « Vous êtes la fille que je n'ai pas eue. »

Ce qui a surpris Mary. « Je pensais que vous aviez élevé un tas d'enfants, Nonny.

— Élevé ? Non. Les avoir eus est une histoire entre moi et Londres, comme on dit, mais j'ai une mentalité d'oiseau. Je les ai poussés hors du nid dès qu'ils ont su voler. Moins on s'en occupe, mieux ils se portent, ce qui ne veut pas dire que je refuse de les aider. Une main secourable est préférable à un doigt qu'on agite. Vous avez une juste idée de l'amour quand vous les laissez acquérir leur indépendance. »

Mary n'est pas sûre de partager ce point de vue, mais Old Nonny n'est pas toujours en accord avec elle-même et elle lui répète sans cesse de ne pas lui prêter attention. « Je suis aussi timbrée qu'un colis postal. Une folle certifiée. Une dévissée du cigare, comme disent certains. Il me manque une case. La maison est allumée, cependant il n'y a personne à l'intérieur. Il y a des années que je deviens sénile. N'importe qui pourra vous dire que j'ai une araignée au plafond. On a beau retourner la question dans tous les sens, Old Nonny a perdu la boule, mais elle ne s'en plaint pas. Songez à toutes les rencontres intéressantes qu'on fait dans un asile ! » Elle a souri à Mary, avec une affection sincère. « Tant qu'on ne se prend pas trop au sérieux, ma chérie, ça paie d'être maboule. »

Sans faire cas des protestations de ses chats, Mary se lève pour tisonner le feu et c'est le dernier mouvement de l'Elgar. Elle tend la main vers le seau à charbon émaillé et rajoute un peu de coke. Pendant un instant les flammes rouges papillotantes se parent de reflets bleutés et cuivrés et elle se rappelle Patrick les guidant, elle et le bébé, vers l'abri Morrison du rez-de-chaussée ; un refuge trop exigu pour qu'il puisse le partager avec elles. « Quoi qu'il en soit, je suis béni des dieux », lui a affirmé son sourire. Il lui a raconté qu'il a échappé à la mort à plusieurs reprises lorsqu'il était outre-mer, et quand le bombardement a débuté elle n'a pas cru que les appareils venaient vers eux. Elle s'est imaginé que le rythme des moteurs des Junkers et le grondement régulier des explosions évoquant les battements d'un cœur démesuré s'élevaient du cimetière situé derrière la maison, que les cadavres sortaient de leurs tombes pour repousser les envahisseurs ; puis un gémissement qui s'amplifiait à l'aplomb de sa tête lui a révélé l'horrible vérité ; elle a entendu la bombe défoncer le toit, vu le plâtre du plafond s'abattre autour de leur abri, perçu une détonation et eu le souffle coupé. En serrant Helen contre elle, elle a remarqué qu'elles étaient couvertes de poussière et que tout ondulait comme lorsqu'elle était à cette fête foraine et qu'un jeune bohémien avait déclenché un ventilateur pour soulever ses jupes. Il y a eu un second bruit assourdissant, sans doute une autre bombe, et les murs ont basculé vers elles pendant qu'un feu s'épanouissait dans des coloris rappelant ceux d'une rose. Elle l'a attribué à une fuite de gaz, sans flammes vives, mais peu après il rugissait autour du Morrison qu'elle a quitté en rampant sous une pluie de débris qui crépitaient sur son toit et défonçaient une des grilles latérales. Ensuite, ses souvenirs s'embrouillent. Voilà qu'arrive Olivia de Havilland qui a tout d'un oiseau de paradis avec sa cape à capuchon couverte de plumes exotiques, à moins que ce ne soit Merle Oberon. Mary a tendance à confondre les deux sœurs. Elle n'a pu emmener sa fille au Pays des Rêves mais elle sait qu'Olivia ou Merle l'a également sauvée. Elle a compris depuis qu'il ne s'agissait pas des véritables actrices, mais d'entités qui ont pris leur apparence et peuvent vivre dans le feu comme les habitants du soleil qui venaient à l'occasion faire leurs courses à Soho. L'esprit de nouveau serein, elle sourit aux flammes du fourneau qui exécutent un ballet pour la distraire.

Un peu plus tard on sonne à la porte et c'est en chantonnant qu'elle va ouvrir à son amant.

David Mummery

J'aimerai à jamais trois personnes, a écrit David Mummery : mon oncle Jim, mon ami Josef Kiss et Mary Gasalee. Ma mère m'inspire des sentiments ambivalents ; mon père de l'indifférence ; Ben French une amitié éternelle ; Lewis Griffin, qui m'a si souvent aidé dans ma carrière, de la reconnaissance ; et si mes petites amies n'ont pas été de véritables partenaires, toutes ont été très gentilles avec moi. Voici quelque temps, j'ai pris conscience que les individus dans mon genre sont condamnés à vivre seuls, une évidence à laquelle je me suis résigné et qui ne m'afflige pas outre mesure. Je me méfie de la plupart des gens et ne prête attention qu'à ceux qui gardent leurs distances. Sincèrement, j'avais espéré trouver de l'aide à la Clinique et j'ai été déçu. Je me demande ce qui se serait passé si j'avais refusé de suivre ce traitement ou s'il ne m'était pas venu à l'esprit d'aller prêter main-forte aux gars du Bar-20 pendant l'affaire de Suez.

Mon oncle Jim m'a dit qu'il s'était opposé à mon internement dans un hôpital psychiatrique, mais qu'il a subi d'énormes pressions quand ma mésaventure a occupé la une des journaux. Il n'a pas eu d'autre choix étant donné que ma mère faisait sa propre dépression nerveuse, qu'il ne pouvait veiller sur moi et que mes tantes avaient d'autres chats à fouetter même s'il m'arrivait de faire de

courts séjours chez elles à l'occasion. Ma cousine préférée est morte de la polio et je n'ai jamais vraiment apprécié les autres. Je crois que j'avais un faible pour elle car
elle m'est souvent apparue en rêve et je pense encore à
elle avec une vive émotion. Elle a passé la dernière année
de sa vie dans un poumon d'acier et, peu après sa mort,
j'ai fait de nombreux songes romanesques embrouillés
où je l'arrachais des griffes des Martiens verts de Bar-
soom, des pillards vikings, des Apaches et des flibustiers.
Peut-être est-ce à cause de cette perte que j'hésite à
m'engager auprès d'une femme, même s'il y en a eu une
à laquelle je brûlais de me lier, sans doute parce que
l'intérêt qu'elle me portait était d'une autre nature ou
parce qu'elle a été mon premier amour d'adulte et qu'on
s'imagine qu'il est plus authentique que les suivants.

Mon oncle Jim n'a jamais eu envers moi une attitude
condescendante. Il semblait trouver les fruits de mon
imagination amusants. N'a-t-il pas immédiatement compris, pour Hopalong Cassidy et la défense de Downing
Street ? Je lui dois ma fascination pour les mythes et les
légendes de Londres car il me parlait souvent de Gog et
Magog, Boudicca, Brutus le fondateur de la cité, et tous
les autres héros et demi-dieux. Lors de nos promenades,
il était intarissable sur les ruines que nous foulions aux
pieds car, contrairement à bon nombre de vieilles villes,
Londres conserve peu de traces visibles de son passé ; les
vestiges du Londres des Tudor consumé par les flammes
ont été rasés par les bombes d'Hitler, les anciennes rivières ont été transformées en égouts et les temples, églises
et citadelles gisent sous le béton. Selon la tradition, Boudicca repose sous le quai numéro dix de King's Cross
Station ; la tête aux pouvoirs magiques de Bran se trouve
sous le tumulus celtique de Parliament Hill ; Gog et
Magog, les géants qui ont gouverné Lud avant la
conquête des Troyens, dorment toujours près de Guildhall ; et le corps du roi Lud, qui était autrefois un dieu,

serait gelé dans les fondations de St Paul. Mon oncle Jim a été le premier à me faire remarquer que notre ville est hantée. Il y a presque autant de spectres que de vivants, parmi lesquels Nell Gwynn et son odeur de gardénia qui erre dans Dean Street alors que la Tour à elle seule en abrite des centaines dont Anne Boleyn, lady Jane Grey et Walter Raleigh. On peut voir des fantômes de plus basse extraction, comme celui de cette pauvre Annie Chapman victime de Jack l'Éventreur, dans les rues sordides proches. Lord Holland, assassiné pour avoir soutenu le droit divin des rois, parcourt majestueusement les vestiges de Holland House; Dan Leno en fait autant au Théâtre royal et les apparitions de Buckstone à celui de Haymarket attestent d'une carrière ininterrompue; Dick Turpin part de Spaniard's Inn pour chevaucher dans Hampstead Heath, des diligences spectrales assurent bon gré mal gré la liaison de Brixton à Barnet et dans Ladbroke Grove nul ne revoit jamais les inconscients qui prennent l'autobus numéro sept arrivant de Cambridge Gardens. Non loin de là, dans Blenheim Crescent, on voit parfois une Rolls Royce Silver Ghost pleine de sœurs du couvent des Pauvres Dames depuis longtemps démoli. Dans le sous-sol circulent au moins une douzaine de rames de métro fantômes, des hordes de victimes du Blitz pour bon nombre désintégrées, noyées ou broyées lors du carnage du Balham Tube Disaster. Les spectres de la guerre prolifèrent. Ils emplissent chaque nuit le King's Arms de Peckham Rye pour commémorer leurs derniers instants conviviaux et à Tyburn, là où se sont balancées les pires fripouilles, on trouve une joyeuse équipe de bandits de grand chemin, dynamiteurs, pillards, corsaires, rebelles, voleurs de chevaux et de moutons, traîtres, cambrioleurs, violeurs et assassins qui se bousculent autour de l'emplacement des potences désormais occupé par Marble Arch, un arc de triomphe trop étroit pour qu'un carrosse royal puisse passer dessous. Londres n'a jamais su se doter de monuments aussi imposants que ceux de Washington ou de Paris, sans doute parce que leurs bâtisseurs ont toujours lésiné sur les matériaux.

Lorsqu'il a pris sa retraite, mon oncle Jim a choisi d'aller s'installer en Rhodésie qu'il a comparée à son retour au Surrey, en plus chaud et avec encore moins de salles de spectacle. Il est né, puis a grandi et travaillé à Londres, principalement à Whitehall et Downing Street. Il déclarait qu'un Londonien voyait se développer en lui certains besoins et que vivre à proximité de la capitale était un peu comme loger juste à côté d'un pub pour un ex-alcoolique. Il a coupé les ponts et dut le regretter. Je crois que cette décision lui a été dictée par la maladie de tante Iris qui manquait de soleil, mais qui n'a pas apprécié, elle non plus. Elle se plaignait qu'il y avait là-bas trop de Noirs, une opinion qui s'appliquait à toute l'Afrique et qu'elle exprimait fréquemment, sans doute pour blesser mon oncle dont elle jugeait le vieil idéal de l'Empire britannique irréaliste. Mais au moins était-il fondé sur le principe d'une communauté d'individus égaux, s'unissant librement, mêlant leurs cultures, pour construire un monde libéré de préjugés raciaux et religieux, alors que ma tante, élevée dans le moule restrictif d'une certaine forme du christianisme, préférait ne rien changer au *statu quo*.

Mon oncle Jim était également déçu que mes engagements politiques soient à la fois radicaux et peu enthousiastes, mais il était heureux que je sois devenu journaliste et écrivain, même s'il me demandait parfois, un peu comme une grand-mère interrogeant son petit-fils, quand j'écrirais enfin un roman. Je lui répondais que j'y travaillais, mais il savait que je m'intéressais moins à la fiction pure qu'aux semi-vérités des croyances populaires et aux miracles véritables qu'on trouvait dans ma vie et celles de mes proches. Notre point commun.

Le capitaine Black a décidé de quitter Brixton parce que les jeunes y parlent un langage quasi incompréhensible, un jargon qui s'est répandu dans tout Londres et qu'aucune personne d'âge mur, aucun parent, ne pourrait interpréter. Il a coutume d'ajouter sur un ton réprobateur qu'il n'y reste plus grand-chose d'africain. Il a été trop souvent insulté par ces jeunes et, s'il ne leur reproche pas leur rébellion, il ne supporte pas leur insensibilité. « Pourquoi me traitent-ils de porc de Babylone, moi qui n'ai jamais nui à qui que ce soit ? » Il a découvert le même esprit étroit, la même haine ritualisée, chez les Noirs et les Blancs. Il a déménagé pour Southall dont la population principalement originaire du sous-continent indien est plus raisonnable mais, quand je lui ai rendu visite, lui et Alice avaient une expression malheureuse de déracinés qui ne disparaîtrait sans doute pas de sitôt. « Je crois que nous aurions meilleur moral si nous pensions que les problèmes dus à nos origines ont servi à quelque chose, m'a dit Alice. La situation a-t-elle évolué ? Je regrette malgré tout que nous n'ayons pas eu d'enfants. »

La dernière fois que je suis allé au Horse and Groom de Mitcham, je me suis senti mal à l'aise. Il y a des secteurs de Londres ou de sa banlieue uniquement peuplés de Blancs, et c'est là que l'intolérance est la plus grande. Je revois encore ces policiers casqués faire claquer leurs matraques sur leurs boucliers pour nous inciter à sortir du Mangrove. « La plupart de ceux qui s'en plaignent sont les seuls à blâmer, m'a dit mon oncle Oliver, le coco sentimental. Ils ont trop longtemps voté conservateur. » Il reproche aussi aux femmes de se laisser reléguer au rang de citoyennes de seconde catégorie et pense que la majorité des victimes des viols ont aguiché leurs assaillants. Il affirme qu'aucune d'entre elles n'aurait de problèmes si elles comprenaient la valeur du marxisme ; le dernier homme de Neandertal attribuant tous les maux de l'humanité à la disparition du couteau en os. Quand Mrs Templeton lui a ordonné de la boucler et est sortie du pub en pleurant, il a dit qu'elle avait craqué à cause des ennuis de Doreen. Elle a séjourné trois semaines à Banstead parce qu'elle a enlevé un autre bébé qu'elle jugeait maltraité par sa mère et qu'elle désirait protéger. Je n'ai pas l'intention de retourner à Mitcham. Un lotissement occupe l'emplacement des écuries des bohémiens. Ma Lee nous a quittés. Elle a toujours dit qu'elle voulait des funérailles tziganes à l'ancienne, en plein air, mais ses proches ont fait incinérer sa dépouille au Cimetière de Streatham. La cérémonie n'a duré que quelques minutes. Je n'ai pas été invité et après le départ des dernières voitures je suis allé déposer des fleurs sauvages sur le marbre, devant la chapelle. Il y avait déjà un gros bouquet de lavande et une couronne mortuaire que Marie et son mari avaient confectionnée avec ses roses préférées en reproduisant le mot MAMAN. Ma Lee avait dit que les Tziganes naissaient et mouraient dans la nature, mais il est désormais rare qu'ils soient brûlés dans leur roulotte. « C'est du gaspillage. Je n'ai jamais approuvé. En outre, je suis catholique. » Ni ses croyances ni sa foi n'ont été respectées.

Mon oncle Jim aurait dit que le sentimentalisme ne remplace pas les principes. « La majorité des Anglais s'en nourrissent, mais il est insupportable de le voir contaminer les dirigeants du parti. » Il espérait qu'une société telle que la nôtre servait de transition entre le rejet d'usages devenus caducs et la mise en place de préceptes essentiels. « Cependant, nous n'avons ni créé le vocabulaire qui s'y applique, ni fait quoi que ce soit de concret. » Il pensait avoir beaucoup de choses en commun avec Bertrand Russell et Harold Macmillan. « J'aurais moi aussi été heureux de passer directement du XVIIIe au XXe siècle, si j'en avais eu la possibilité. » C'était pour cela qu'il avait mis ses espoirs dans le peuple américain. «Bien qu'ils souffrent toujours des folies et ambitions du siècle dernier, les Européens ont la nostalgie de cette époque. Cette tendance est bien moins prononcée chez nos cousins d'outre-Atlantique.»

Mon oncle Jim nous a quittés avant que les aventures étrangères de Reagan ébranlent la foi de ceux qui partageaient ses idéaux et il a lui aussi eu droit à des funérailles qui étaient une négation de ses croyances. Je me souviens de la gêne des personnes présentes à l'office organisé par ma tante, quand deux scientistes en ont profité pour faire du prosélytisme et insinuer que mon oncle aurait encore été de ce monde s'il n'avait pas baissé les bras. Il me citait souvent un Américain pour lequel une des principales différences entre nos peuples était que ses semblables croyaient la mort facultative. Je ne sais pas à quel point mon oncle Jim s'est raccroché à la vie mais sa femme ne lui en a pas laissé l'opportunité. En rentrant chez moi dans le véhicule ostentatoire que j'avais pour d'obscures raisons loué afin d'honorer sa mémoire, j'ai chanté «Bury Me Not On The Lone Prairie», «Ghost Riders in the Sky», «Your Cheatin' Heart», «It Wasn't God Who Made Honky Tonk Angels», «Lovesick Blues» et autres extraits de ses chansons préférées de Hank Williams, Willie Nelson et Waylon Jennings dont je me souvenais. Ces trois chanteurs l'ont toujours enthousiasmé, ce qui s'applique également à Elgar, Holst et Percy Grainger. Je me souviens lui avoir rendu visite avec ma mère et ma tante, un après-midi, et avoir entendu les mesures finales de «Country Gardens», des sons presque bestiaux provenant d'une autre pièce, puis le nom de mon oncle appelé encore et encore. «Winston n'est pas lui-même, aujourd'hui.» Il avait soulevé le bras du phonographe. Au cours des dernières années que Churchill a passées au 10, Downing Street, bon nombre de ses admirateurs refusaient d'admettre que leur idole déclinait, mais mon oncle était surtout peiné pour lui.

La présence de mon ami Ben French à ses funérailles m'a réchauffé le cœur car il avait toujours apprécié nos visites. Tante Iris aurait voulu une cérémonie se déroulant dans la plus stricte intimité, mais Ben a été impressionné par les célébrités présentes, principalement du monde de la politique et du journalisme. «Je ne me doutais pas qu'il avait tant d'amis.» Quand lord Home lui a écrasé les orteils en reculant, il s'est tourné pour lui serrer la main et lui demander comment il se portait. «Bien, a répondu Ben. Et vous-même? Vous étiez un proche de sir James, je crois?» Ils ont bavardé un moment, sans savoir à qui ils s'adressaient. Home était le seul ex-Premier ministre présent mais, à l'exception de Mrs Thatcher, tous ceux qui étaient encore de ce monde ont envoyé des messages émouvants. C'est probablement l'événement le plus étrange et le plus triste auquel il m'a été donné d'assister, comme si mon oncle Jim avait été privé de funérailles décentes en expiation d'un abominable péché. Si ses amis et collègues essayaient de sauver les apparences, il était évident qu'ils n'approuvaient ni le choix du lieu ni celui des célébrants, car tous savaient que mon oncle Jim avait été un anglican bon teint. Seules les oraisons funèbres m'ont consolé un peu des adieux vengeurs de son épouse. Lorsqu'elle est morte à son tour, aussi péniblement et avec autant de courage que son époux, ni ma mère ni moi ne sommes allés à son enterrement. Nous avons laissé les scientistes prêcher les convertis. Je ne suis fier que de la plaque commémorative bleue que je lui ai dédiée sur la maison où il est né, dans Church Road, à Mitcham, et d'un graffiti discret dans un angle ombragé de Westminster Abbey qui a été pendant tant d'années son église. On peut y lire *Bonne piste, part'naire.*

Après la cérémonie, j'allai boire un verre dans un pub proche avec ma mère et Ben French, qu'elle avait toujours aimé autant que moi. Ce fut sans dissimuler son animosité qu'elle lui demanda des nouvelles de sa mère et elle parut heureuse d'apprendre qu'elle était morte d'une crise cardiaque. Comme à son habitude lorsqu'elle rencontre un de mes vieux amis, elle parla de mon enfance, de mon adolescence et d'individus dont j'avais oublié les noms et les visages. Ce fut Ben qui lui apprit que Patsy Meakin avait été arrêté pour trafic de drogue en Malaisie, où il attendait son exécution.

Ma mère cita des petites amies, de vagues connaissances, des parents de Ben. En un certain sens, il a toujours eu pour elle plus d'affection que moi. Il répondait patiemment et prêtait une oreille attentive à des souvenirs qui avaient pris des accents de légende et que je n'entendais plus. Elle avait été très proche de son frère, mais son chagrin s'était envolé et elle broda sur nos escapades d'enfants et sa propre jeunesse insouciante. Ben, qui vivait à Brighton, proposa de la reconduire chez elle et je regagnai mon appartement de Colville Terrace pour sortir ma collection de soldats de plomb tout en écoutant *Holiday Symphony* de Ives et *Billy the Kid* de Copeland. Tante Iris avait jeté les disques de mon oncle avant même de faire piquer son chat et je n'avais rien de particulier à écouter. Je mis *The New Riders of the Purple Sage* et *The Pure Prairie League* et allai prendre sur l'étagère où je rangeais ces livres un exemplaire de *Tex of the Bar-20*. Je lus pour mon plaisir et pour l'esprit de mon oncle Jim la scène où Tex apprend à tirer au pistolet à Miss Saunders tout en parlant de la réalité telle que la concevaient Kant et Spencer, sans se douter qu'il devra sous peu dégainer ses six-coups face à Bud Haines, le tueur à gages, dans le William's Hotel de Windsor, Kansas. Puis, pour me changer les idées, je sortis un de mes *Magnet* de sa pochette en plastique et lus les aventures de Billy Bunter au Brésil. Fût un temps, ces lectures avaient sur moi un effet plus positif que les médications mais — au même titre que les drogues — la fiction sensationnaliste perd ses pouvoirs avec l'accoutumance. C'est plus par désespoir que par goût que j'ai eu ces dernières années recours à Henry James et Marcel Proust. Je ne saurais dire quelles quantités de diverses benzodiazépines circulent dans mon corps, car les médecins augmentent sans cesse les doses, mais je suis certain qu'elles ne me sont pas plus salutaires que les romantiques allemands. Quand j'ai tenté de convaincre mon psy de demander à la Sécurité sociale de rembourser Tieck, il s'est contenté de me prescrire plus de Largactil. J'ai jeté le fouillis qui encombrait mon appartement et je vis désormais dans un cadre spartiate et ordonné. Lorsqu'on est seul, mieux vaut que chaque chose soit à sa place. Si Mary Gasalee dit que mon logement est « hi-tech », c'est uniquement parce qu'il est propre. J'ai vu se développer en moi une prédilection pour les étagères en acier et le bois verni sans décorations alors qu'elle est attirée par des styles vieillots qu'elle doit associer à une certaine stabilité sociale. Je ne sais plus à quoi correspondent de tels goûts car j'ai décidé de vivre au XXe siècle, même si c'est sa première moitié. Il me semble que nous vivons à des vitesses différentes et qu'il ne se produit des turbulences que lorsque la perception du Temps d'un tiers entre en conflit avec la nôtre. On ne peut faire des choix aussi subtils que dans une ville telle que Londres ; on ne les trouve pas dans les agglomérations de moindre importance car la flexibilité vient de la diversité. Le passé et l'avenir incluent le Londres actuel et c'est un de ses principaux attraits. Les théories du Temps sont généralement simplistes, comme celle de Dunne. Elles voudraient lui donner une forme linéaire ou circulaire, mais je le crois semblable à une gemme facettée avec une infinité de plans et de strates qu'il serait impossible de cartographier ou d'endiguer ; une représentation qui est mon antidote à la Mort.

Les célébrants

Les routes qui mènent au sud s'incurvent et dessinent des formes qu'il ne peut chasser de son esprit ; des jambes, des bas, des cuisses féminines sur l'étagère du haut du marchand de journaux, des revues hors de portée qu'il n'ose demander. La voiture roule toujours, ce qui l'inquiète. Elle ne le conduit nulle part. La dame qui vend les magazines est gentille mais, s'il lui avouait lesquels l'intéressent, elle en parlerait sans doute à tante Chloé. Et que ferait tante Chloé ? Le renverrait-elle ? Il ne peut espérer qu'elle comprenne, sauf s'il lui révèle ses peurs de ce que les femmes ont à offrir. Quel en est le prix ? Quelque chose ou quelqu'un est trahi.

La route tourne vers l'ouest et longe des toits et des immeubles, les caravanes bondées de ses proches. *Par pitié, par pitié, laissez-moi arriver là-bas ! Par pitié, par pitié, faites que la voiture ne tombe pas en panne !* Il n'a pas apprécié cet après-midi passé en compagnie de Grand-mère. Il en a des nausées, pas à cause de son âge, ses divagations ou même son odeur, mais de la saleté de sa cuisine, la crasse et les poils de chien qu'on trouve partout dans sa petite roulotte. Lui rendre visite lui a permis d'apprendre à ne pas vomir. Il a toujours dans ses narines la puanteur de l'urine, des vieilles merdes de chat et des légumes bouillis.

En cardigan kaki, after-shave et chemise propre, oncle Mickey vire pour quitter la route blanche et s'engager dans le labyrinthe qui s'étend au-dessous, prendre à gauche dans Edgware Road puis encore à gauche avant de repartir vers l'ouest. « Tu as été content de revoir le vieux Nick, mon gars ? » L'enfant n'aime pas le vieux Nick mais feint le contraire. Heureux de l'attention qu'il lui prodigue, le labrador reste sur son fauteuil pour haleter, baver et avoir parfois une érection.

Oncle Mickey l'a emmené voir Grand-mère parce que tous ceux de Bank Cottage sont allés à l'église, mais il assistera à la réception. Bien que les sautes d'humeur de sa mère, qui passe des étreintes et baisers étouffants à une rage folle, ne l'aient pas préparé à tant de stabilité, il a accepté sans réserve l'affection des sœurs Scaramanga. Il a toujours tenté de mettre un peu d'ordre dans le chaos de sa vie et elles l'y aident. Elles l'encouragent pour qu'il travaille à l'école et s'y fasse des amis. Il est très sage, pour ne pas risquer de perdre l'amour qu'elles lui portent. S'occuper des roses et nourrir les chiens, les chats et les poulets est pour lui un plaisir. Il n'aurait jamais cru qu'il y avait un paradis à Londres.

Oncle Mickey remonte Harrow Road et s'arrête près du pont du canal ; c'est presque le crépuscule et la brume du soir s'étend sur les flots glaciaux. « Grand-mère a été contente de son cadeau de Noël, en tout cas. » Il semble embarrassé. « Tu as un don pour deviner ce qui lui plaira. Pas moi. Je vais te déposer ici, un problème de stationnement. Ça va aller ?

— Merci. » Il sort de la Uno. « À plus. » Il agite la main avec maladresse.

« Sois gentil, mon garçon. Que Dieu te bénisse. » Oncle Mickey enclenche la première.

Il descend les marches de béton jusqu'au chemin de halage. Boueux à son départ, il est désormais gelé et craque sous ses pas. Il hume une odeur de vieilles feuilles, de moisissure, de suie, d'herbes aquatiques. Il conserve encore la chaleur du véhicule, emmitouflé dans son anorak et son écharpe, les gants épais tricotés par tante Beth ce Noël, et il prend son temps pour rentrer à la maison. Il savoure le silence du canal et la solitude hivernale, mais lorsqu'il approche de la haie d'ifs et voit de la fumée s'élever au-delà il craint une seconde que le cottage soit en feu car sa couverture de chaume l'inquiète. Mais ce n'est que la cheminée; elles doivent faire un feu d'enfer. Il entend à présent de la musique et de nombreuses voix; des humains, des chiens, des poulets et des chats qui n'apprécient guère qu'on bouleverse leurs habitudes. La stupidité des poules lui arrache toujours des sourires. Il s'engage sur le petit sentier au-dessus du bief et le canot peint en doré qu'il sera au printemps autorisé à utiliser puis il pousse le grand portail métallique et passe devant les chiens qui font un tapage de tous les diables en le reconnaissant. Il s'arrête pour les caresser, leur parler, pendant que derrière lui les fenêtres sans rideaux sont illuminées en jaune et qu'il peut voir des gens partout à l'intérieur, à l'étage, dans la cuisine. Lorsqu'il se tourne pour ouvrir la porte il s'attend à voir des invités dans l'enclos des chats, mais il n'y a que des persans suffisants et des siamois mécontents. Il entre dans la maison et Mary Gasalee l'aperçoit; elle semble avoir des bouffées de chaleur et son teint est presque aussi chaleureux que ses yeux quand elle vient l'étreindre. «Bonsoir, Mrs Gasalee.» Elle le fascinait déjà bien avant qu'il la connaisse vraiment.

«Mrs Kiss, désormais.» Elle regarde du côté de son énorme mari, un croisement de Bouddha et de dandy, qui sourit à son vieil ami Banaji. «Tu prendras une coupe de champagne avec nous?

— Il n'aime pas. Il préfère le jus de pomme.» Tante Chloé l'aide à retirer son anorak. «Comment va ta grand-mère ? Et le vieux Nick ? Il est dans le frigo. Ne fais pas attention à nous. Nous sommes tous un peu pompettes. »

En se dirigeant avec satisfaction vers la cuisine il s'arrête entre Joe Houghton et Leon Applefield qui parle de David Hockney. « Qu'est-ce que vous en savez ? Vous vous y connaissez en peinture ? » lance-t-il sur un ton agressif, juste avant d'éclater de rire. Mr Houghton l'imite. Rien ne pourrait entamer la bonne humeur générale. Assise au piano, avec un foulard turquoise noué à un poignet, un lilas à l'autre, de la mousseline aigue-marine autour du cou, Old Nonny joue tous les airs qu'on lui réclame mais surtout des succès du music-hall. Il reconnaît « Knocked 'Em In The Old Kent Road » et « Wot a Marf ! » que Mr Kiss chante à tante Chloé et tante Beth quand il vient prendre le thé. Le cottage n'est pas très grand, mais le tapis a été roulé contre le mur et les meubles ont été repoussés. Judith Applefield peut ainsi danser avec Mr Faysha pendant que Mrs Faysha est dans les bras d'un homme bronzé aux cheveux blonds qui a assisté aux funérailles de Mr Mummery. Il s'appelle Joss et vit en Californie. Debout dans la cuisine avec son verre de jus de pomme à la main, le garçon est ravi de les voir s'amuser même s'il comprend difficilement ce qui se passe car sa mère a toujours manqué de spontanéité en sa compagnie, comme si elle n'avait aucun sentiment.

sauvés du Blitz ils ne savent pas ce que c'est quand ils disent avoir connu l'enfer ma tante affirmait qu'il était très éveillé mais j'étais gosse lorsqu'ils ont péri à bord de ce train mon père était joyeux ma mère était folle ma grand-mère était bonne mais ma

Au premier, Helen Gasalee et son amie Delia Thickett, une belle femme délicate au sourire indélébile, à la chevelure brune très drue et au regard constamment ironique derrière ses lunettes rondes, tiennent des flûtes à champagne et parlent à l'ancien imprésario de Josef Kiss,

Bernard Bickerton, qui fait des commentaires sur le budget de la BBC et ses conséquences désastreuses pour les petits artistes. Il se réfère avec insistance à Mr Kiss en l'appelant «votre beau-père» et demande quand la prochaine pièce d'Helen passera à la télévision. Elle porte du velours bleu sombre et des perles empruntées à Delia, qui a quant à elle un ensemble écarlate à la mode. Il la prend pour une célèbre actrice qu'il ne réussit pas à identifier. «Enfin, ces deux-là sont casés pour la vie. Nul ne peut savoir ce que serait devenu Josef sans les poissons panés.

— Quel assortiment de personnes disparates, déclare Delia qui savoure cet instant. C'est très agréable. D'où viennent-ils?

— Principalement de la clinique où allait maman. Depuis que tante Beryl a fait fermer ses portes, ils se réunissent ici une fois par mois. Le type que tu vois là-bas est grec et les deux autres sont des frères turcs. D'après maman, ils ne s'étaient encore jamais adressé la parole. L'autre est postier, je crois, et il y a en bas un peintre qui enseigne à Slade ou St Martin. Il est gay mais il se met dans tous ses états si on le mentionne. Son ami a été roué de coups par Kieron et Patsy Meakin, les amis de maman qui sont en prison, et il a toujours été un peu bizarre depuis. Elle refuse de parler de l'incident, ce qui ne m'étonne pas!» Helen sourit. «Elle a vécu en solitaire pendant ses quinze années de sommeil et elle n'éprouve pas le besoin de s'exprimer.» Elle regrette que Gordon Meldrum ne se soit pas senti le courage de venir du Devon.

«Enfin, elle ne manque pas d'allant!» Delia tourne le dos à Bernard Bickerton qui n'a pas interrompu son monologue.

À l'extérieur la neige tombe dans le noir et la brume du soir dessine des silhouettes sur le canal, comme dans un royaume de conte de fées. Delia Thickett ne voit par la fenêtre que la haie et au-delà les arbres et les buissons obscurs de Kensal Rise. Elle trouve cette première visite à Bank Cottage d'autant plus agréable que Noël a été décevant. Elles ont décidé de le passer dans un hôtel chic de Londres. Affublées de chapeaux en papier ridicules, elles ont déjeuné au Café royal, en compagnie d'autres couples incapables de se détendre, et se sont lancé de table en table des serpentins et des «Joyeux Noël» apathiques. Seuls les serveurs paraissaient s'amuser, sans doute parce qu'ils avaient dû boire bien plus que les clients. Mais les décorations et les guirlandes électriques du sapin leur offrent à présent tout ce qui leur a manqué et elles ont pris l'engagement de ne plus jamais fêter Noël dans un cadre raffiné. Semblant avoir perçu leur humeur, Old Nonny entame au rez-de-chaussée «The First Noel» et tous ceux qui entourent le piano chantent avec elle. «Je vais descendre me servir une autre tartelette», dit Delia à Bernard qui hoche la tête et continue sur sa lancée. «Sans oublier ce pauvre Donald Wolfit, évidemment. Dieu sait combien de foies ont connu le même destin que le sien.» Il a agité une main ratatinée trop pâle pour son blazer bleu vif.

«Un cancer, mon vieux, dit Arthur Partridge le boulanger farineux. Je préfère encore le Blitz.»

Ally, qui vit dans un foyer mais redoute toujours de voir réapparaître son mari, lui sourit avec nervosité. «C'était affreux? Vous ne voulez pas dire que vous…

— Je parle de ses causes, explique Mr Partridge. Il vient des égouts. Je ne devrais pas vivre si près de l'eau, vraiment.» La passivité coutumière d'Ally lui permet de se lancer dans un long discours et il prend de l'assurance alors qu'elle bénéficie pour sa part d'une sensation singulière de puissance, de sécurité. Ce n'est qu'occasionnellement qu'elle jette un coup d'œil à la nuit.

gentils porcs quittent Jérusalem cette Babylone agitée

plus de pleurs d'enfants plus de chagrin plus de souf-
france tous rentrent chez eux

Voyant Delia descendre prudemment l'escalier étroit
en hauts talons et jupons écarlates, Mary s'immobilise et
lui sourit. « Ça va, vous deux ?

— Il y a longtemps que nous n'avons pas passé un
aussi bon moment. » Delia embrasse celle qu'elle considère désormais comme sa mère. « Nous sommes mon-
tées voir la neige sur le canal et je viens remplir mon
verre. »

Mary se dirige vers la table du séjour et prend une
bouteille débouchée. « Du champagne rosé fera
l'affaire ? Mon préféré, mais c'est censé être vulgaire.
Une boisson de danseuses de revue.

— Ce sera parfait. » Delia perçoit une présence derrière elle et voit Josef Kiss fendre la foule, un paquebot
au milieu de remorqueurs, et lorsqu'il ouvre la bouche
elle s'attend presque à ce qu'il émette un mugissement
de corne de brume. « Je ne vous ai pas encore félicités. »

Même son petit rire a quelque chose de maritime et il
hoche la tête en engloutissant sa main dans la sienne,
comme pour lui accorder sa bénédiction. Delia cède à
une impulsion et se dresse sur la pointe des pieds pour
déposer un baiser sur sa joue. « Merci ! » Il est flatté.
« Nous allons partir en voyage de noces d'une seconde
à l'autre. Nous vous faisons nos adieux.

— Où irez-vous ? Est-ce un secret ?

— Façon de parler, ma chère. Au nord, pourrait-on
dire, vers un tropique personnel peu conventionnel. »
Des mots accompagnés d'un clin d'œil de connivence
adressé à son épouse.

Delia les trouve sans âge, comme les arbres.
Renaissent-ils chaque printemps ? « Eh bien, j'espère
que vous verrez tous vos rêves se réaliser !

— Oh, oui ! » Mary est exubérante. « Le temps
d'embrasser Helen et de prendre mon manteau.

— J'aimerais aller dans une contrée plus chaude, moi aussi. » Delia s'avance pour étudier les décorations scintillantes rouges, or et vertes du sapin de Noël. Des ornements très anciens, finement ouvragés, certainement un héritage des Scaramanga, sans doute d'origine allemande, puis elle jette un coup d'œil au-delà des convives vers la lumière plus vive de la cuisine et voit l'enfant, un grand verre à la main. S'il sourit, c'est à personne. Il se contente d'extérioriser son plaisir et elle comprend que c'est pour lui le plus beau des Noëls. Elle se glisse entre les danseurs qui occupent le centre de la pièce et passe devant le piano où Old Nonny interprète un « Boiled Beef and Carrots » endiablé, pour aller dire quelques mots au petit garçon.

Au premier, Mary et Josef Kiss enfilent leurs manteaux. Ils bavardent avec Bernard Bickerton qui, dressé entre eux et Helen, regrette le bon vieux temps de la télévision indépendante jusqu'au moment où Mary, son nouveau raglan multicolore déboutonné, le contourne d'un pas décidé afin d'étreindre sa fille. « Nous irons vous voir au retour de notre lune de miel, ma chérie. »

oiseau-mouche pas plus doux papillon plus belle rose toute de flammes et de désir paisible de faire de ce lieu le bûcher du phénix et laisser revivre cette vieille dame qu'est Londres

Mary et Josef Kiss s'aventurent dans la brume, une nuit nacrée. Les flocons ont cessé de tomber et l'air est si limpide que les étoiles brillent comme des pièces d'or venant de sortir de l'Hôtel des monnaies. La neige couvre les haies, les toits et le chemin de halage. Elle adoucit les contours des arbres du cimetière et tout est merveilleusement calme, intemporel, silencieux. Sous le charme de cette magie qui n'a rien d'extraordinaire, ils s'avancent sans hâte le long du canal qui commence à geler et s'éloignent des voix de leurs amis et d'une valse inconnue, puis les chiens interrompent leurs aboiements.

Mummery sourd Mummery gourd Mummery lourd
sous le soleil de midi Mummery emporté Mummery pri-
sonnier Mummery retrouvé Mummery noyé dans la ville
immergée

Après avoir gravi bras dessus bras dessous les marches
les séparant de Ladbroke Grove pour aller chercher un
bus ou un taxi qui les emmènera vers Hampstead et leur
lune de miel tropicale, ils n'entendent plus les invités à
leurs noces ; un rideau argenté tendu au-dessus du pont
du canal dissimule tout ce qui se trouve au-delà.

« Peut-être aurons-nous plus de chances de l'autre
côté. » Josef se tourne pour regarder l'agitation clin-
quante de Notting Dale.

« Non, dit-elle en repartant. Ce n'est pas la route qui
conduit au Pays des Rêves. »

Josef Kiss apprécie son ironie et sa légèreté, et il se
laisse guider dans la grisaille qui se dissipe jusqu'à l'autre
rive et un monde aussi fantastique, complexe et excentrique que celui qu'ils abandonnent derrière eux. Ici,
cependant, il est encore tôt. Harrow Road est déserte,
enfouie sous la neige. La clarté ambrée des réverbères et
des fenêtres projette des silhouettes sur la blancheur,
arbres, kiosques et clochers. C'est une cité d'ombres
prête à s'emparer de tous ceux qui souhaitent s'y abandonner. Se tenant par le bras, ils s'immobilisent à la
croisée des chemins pour attendre le moyen de transport
qui viendra vers eux.

Mary soupire de bonheur et retire un gant pour
contempler l'alliance d'or et d'argent que lui a façonnée
l'oncle de Josef. Celle de son mari est identique. « As-tu
déjà connu une nuit comme celle-ci ?

— Elles sont peu nombreuses chaque année. » Il
regarde autour de lui avec contentement. « Quand
toute la ville semble en paix avec elle-même. Mais
celle-ci est encore bien plus belle. » Et il élève la voix
pour célébrer leur union :

« De Paddington à Camberwell
  Leur joie vibrait dans les ruelles,
D'Hammersmith à Highgate's Hill
  Les cloches tintaient dans la ville !
Annonçant, de Mayfair à Bow,
  Les noces de Mary et de Joe ! »

Une heure plus tard, à quelque chose près, Old Nonny, sortie pour prendre l'air, traverse le pont et les voit qui s'étreignent toujours, transfigurés par une concentration sublime, ayant oublié tout ce qui les entoure comme s'ils écoutaient un chœur invisible. Consciente de s'être immiscée dans une intimité profonde, Nonny recule dans la brume. De retour sur le chemin de halage, elle s'appuie à un vieux mur pour allumer une cigarette. Elle s'est aventurée dans la froidure sans manteau. « Si je m'attarde, ils retrouveront un glaçon. » Elle a adressé ce commentaire aux flots après avoir fumé plus de la moitié de la cigarette qu'elle jette sur la neige. Elle regarde son extrémité rougeoyer en libérant de petites volutes grisâtres puis fait demi-tour et regagne rapidement la chaleur de Bank Cottage. Elle vient de décider d'accepter l'hospitalité des sœurs Scaramanga qui l'ont invitée à passer la nuit chez elles.

Il y a des ombres sur le chemin, et leur haleine est si blanche qu'elle la compare à des phylactères sur lesquels elle s'attend à lire des dialogues ; des gens emmitouflés. Helen Gasalee, Delia Thickett, Leon et Judith Applefield d'excellente humeur qui fredonnent des extraits de chants et d'hymnes de Noël. « Nonny ! Vous aviez disparu ! » Leon Applefield la prend dans ses bras et la soulève. « Nous voulions entendre une autre de vos chansons !

— Ce n'est que partie remise, répond-elle en gloussant de plaisir.

— Pas si vous continuez de vous promener en tenue

printanière. » Delia est comme toujours pleine de sollicitude.

〈Ne vous inquiétez pas, ma chérie, il faudrait une ᴐombe H pour me tuer ! » Reposée sur le sol, Old Nonny ᴜui lance un baiser. « On se verra pour l'anniversaire ! »

Elle contourne la haie et franchit le portail, prête à jouer tout ce qu'on lui demandera.

« Dieu soit loué ! » Sur le seuil du cottage Beth tient le loulou de Poméranie dans ses bras. « Nous pensions vous avoir perdue ! »

Le peut chien jappe et se débat tant que Nonny ne l'a pas pris. Elle rit quand il lui lèche le visage avec enthousiasme. « Fais attention, tu vas me démaquiller ! Quelle horrible pensée, dit-elle à Chloé. Je suis parfois un peu claustrophobe et je dois alors m'isoler. Je crains un peu la fumée, à présent. Je dormirai chez vous, si votre offre tient toujours. »

Comme les autres, Beth admire l'indépendance de Nonny mais s'inquiète pour sa santé. Sa décision la soulage. « Vous pouvez rester plus longtemps. » Elle a dit cela pour plaisanter. Elle sait que Nonny est une nomade. « Ce serait drôle, si ce garçon était élevé par trois vieilles peaux dans notre genre.

— Il ne pourrait rien lui arriver de mieux. »

De retour dans le séjour, Nonny s'assied au piano et leur interprète avec entrain « One of the Ruins The Cromwell Knocked About a Bit » et « Love's Calendar ».

« Au sud de Kensal Field se dresse une fermette.
Quand hêtres et noisetiers cèdent leur belle cueillette
La dorure de l'automne dans sa beauté révèle
Un fermier, son épouse, leur fils et leur pucelle,
Près d'un ruisseau rieur qui vers Londres s'écoule,
Souriants et sereins les voilà qui roucoulent,
Des chansons pleines d'espoir, de cœurs raccommodés,
De batailles remportées, de chagrins surmontés. »

Au matin, Nonny et Loulou descendent en catimini dans la cuisine pour n'y trouver que le garçon qui mange ses corn flakes et lit *Little Dorrit* qu'il referme par politesse. « Salue tes tantes pour moi, mon chéri. Je dois me dégourdir les jambes. Prends bien soin de toi, on se reverra bientôt. » Puis, aussi discrètement qu'un spectre, elle franchir la porte et disparaît.

Il y a des années que Nonny n'a plus de foyer permanent, même si elle a conservé sa chambre de Smithfield. Elle préfère suivre les vieux chemins de la ville, pour bon nombre effacés par les incendies et les bombes, traversés par de nouveaux passages, entrecoupés de tunnels ou de viaducs, mais qui lui sont aussi familiers que les sentes des marécages qui s'étendaient ici avant la fondation de Londres, là où la Tamise était peu profonde et des gués permettaient de franchir les rivières désormais détournées, transformées en égouts. Plus labyrinthiques que les pistes d'un circuit imprimé, pas toujours apparentes, les voies que suit Nonny ont été tracées par des tensions singulières, des décisions excentriques, des habitudes fantasques, des besoins depuis longtemps oubliés, et elle semble se déplacer au hasard alors qu'elle emprunte des routes très anciennes et fréquentées, même si la plupart des gens ne pourraient reconnaître les poteaux indicateurs étant donné qu'elle se laisse guider par des associations d'idées, un instinct aussi aiguisé que celui d'un chasseur dans la jungle, et qu'ils diraient que son habileté n'est que du bon sens.

Magnifique et exotique tel un oiseau mythique, elle émigre de pub en pub comme le faisait autrefois Josef, réglant en anecdotes ses repas et boissons. Elle sait des choses sur chaque quartier, chaque rue, presque toutes les maisons de Londres et peut raconter les exploits de Brutus, Boudicca et Dick Turpin avec autant de délectation que lorsqu'elle narre les légendes plus récentes du Blitz. Elle sait quels fantômes hantent les caves sous les masses de béton et de verre des immeubles modernes, quels squelettes sont enterrés en quels lieux. Elle parle de pressentiments surnaturels, d'évasions impossibles et de bravoure inattendue. Elle parle de David Mummery, secouru par le capitaine Black ; de Josef Kiss qui a pu sauver un millier de personnes en lisant leurs pensées et de Mary Gasalee qui est sortie indemne d'un brasier dévastateur en serrant son bébé dans ses bras. Les Londoniens connaissent un grand nombre d'histoires de ce genre, même si peu ont eu les honneurs de la presse. Nos mythes et nos légendes nous rappellent ce que nous valons et qui nous sommes. Sans eux, nous sombrerions sans doute dans la folie.

DU MÊME AUTEUR

Aux Éditions Denoël, dans la collection Lunes d'encre

LES DANSEURS DE LA FIN DES TEMPS

  UNE CHALEUR VENUE D'AILLEURS (Folio Science-Fiction n° 174)

  LES TERRES CREUSES (Folio Science-Fiction n° 179)

  LA FIN DE TOUS LES CHANTS (Folio Science-Fiction n° 181)

  LÉGENDES DE LA FIN DES TEMPS (Folio Science-Fiction n° 184)

MOTHER LONDON (Folio Science-Fiction n° 274)

DÉJEUNERS D'AFFAIRES AVEC L'ANTÉCHRIST

Aux Éditions l'Atalante

GLORIANA OU LA REINE INASSOUVIE (Folio Science-Fiction n° 28)

LE CHALAND D'OR (Folio Science-Fiction n° 114)

VOICI L'HOMME

LES AVENTURES DE JERRY CORNELIUS (4 vol.)

LES LIVRES DE CORUM (6 vol.)

LES RIVES DU CRÉPUSCULE

LA CITÉ DES ÉTOILES D'AUTOMNE

LE CHIEN DE GUERRE ET LA DOULEUR DU MONDE

LA FILLE DE LA VOLEUSE DE RÊVES

Aux Éditions Pocket

LE NAVIRE DES GLACES

CONTES DU LOUP BLANC (2 vol.)

LE NOMADE DU TEMPS (3 vol.)

LA QUÊTE D'ÉRÉKOSË (3 vol.)

LA LÉGENDE DE HAWKMOON (7 vol.)

LE CYCLE D'ELRIC (9 vol.)

Composition IGS,
Impression Société Nouvelle Firmin-Didot
à Mesnil-sur-l'Estrée, le 20 mars 2007.
Dépôt légal : mars 2007.
Numéro d'imprimeur : 84379.

ISBN 978-2-07-034458-1/Imprimé en France.